Zu diesem Buch

«Zwar gibt es wie im klassischen englischen Krimi auch bei P. D. James immer am Anfang den obligatorischen Mord, und dann werden Verdächtige innerhalb einer geschlossenen Gruppe ins Kreuzverhör genommen – nur spielt sich das nicht auf den Landsitzen teetrinkender Lordschaften ab, sondern in der idyllischen, vergifteten Enge kleiner Provinzstädte an der englischen Küste. Diese Landschaft bildet das grandiose Panorama für unterdrückte Leidenschaften, vereitelte Hoffnungen, Angst- und Rachegefühle. Nicht heiße Aktionen dürfen Sie da erwarten, sondern unterirdische Schwelbrände: Abgründe der Normalität.» (Dieter Zilligen, «Bücherjournal», ARD)

«Was P. D. James von allen anderen ‹queens of crime› – mit Ausnahme von Dorothy L. Sayers – unterscheidet, ist die Wirklichkeitsnähe ihrer Geschichten. Zwar bedient sie sich der Spannungselemente der klassischen Detektivgeschichte, aber sie schreibt am Ende realistische Gesellschaftsromane.» (Nina Grunenberg in «Die Zeit»)

P. D. James, (eigtl. Phyllis White), geboren 1920 in Oxford, die unter ihrem Mädchennamen schreibt, war in einer Krankenhausverwaltung tätig und mit einem britischen Arzt verheiratet. So lernte sie das Milieu kennen, in dem drei ihrer berühmten Krimis spielen: «Eine Seele von Mörder» (rororo Nr. 4306), «Tod im weißen Häubchen» und «Der schwarze Turm» (rororo Nr. 5371). Nach dem Tod ihres Mannes arbeitete sie überdies von 1968 bis 1980 in einer hohen Position in der Kriminalabteilung des britischen Innenministeriums. Mit ihren Kriminalromanen erwarb sie sich in den anspruchsvollen angelsächsischen Ländern große Anerkennung. «Im Reich des Krimis regieren die Damen», schrieb die «Sunday Times» in Anspielung auf Agatha Christie und Dorothy L. Sayers, «ihre Königin aber ist P. D. James.»

In der Reihe der rororo-Taschenbücher liegt außerdem vor: «Ein reizender Job für eine Frau / Tod eines Sachverständigen» (Nr. 13169).

P. D. James

Tod im weißen Häubchen
Ein unverhofftes Geständnis

Rowohlt

Tod im weißen Häubchen
Die englische Originalausgabe erschien 1971 unter dem Titel
«Shroud for a Nightingale» im Verlag Faber & Faber, London
Ein unverhofftes Geständnis
Die Originalausgabe erschien 1967 unter dem Titel
«Unnatural Causes» im Verlag Faber and Faber, London

Umschlaggestaltung Barbara Hanke

Veröffentlicht im Rowohlt Taschenbuch Verlag GmbH,
Reinbek bei Hamburg, Mai 1993
Tod im weißen Häubchen
Copyright © 1978 by Rowohlt Verlag GmbH,
Reinbek bei Hamburg
«Shroud for a Nightingale» Copyright © 1971 by P. D. James
Ein unerhofftes Geständnis
Copyright © 1982 by Rowohlt Verlag GmbH,
Reinbek bei Hamburg
«Unnatural Causes» Copyright © 1967 by P. D. James
Gesamtherstellung Clausen & Bosse, Leck
Printed in Germany
1400-ISBN 3 499 12062 3

Tod im weißen Häubchen

Roman

Deutsch von
Wolfdietrich Müller

Für J. M. C.

Inhalt

Vorführung eines Todesfalls

1

Am Morgen des ersten Mordes wachte Miss Muriel Beale, Inspektorin der Krankenpflegeschulen bei der Allgemeinen Schwesternaufsicht, kurz nach sechs Uhr auf. Langsam wurde ihr bewußt, daß heute Montag, der zwölfte Januar, war und die Inspektion des John-Carpendar-Krankenhauses auf dem Programm stand. Sie hatte bereits die ersten vertrauten Geräusche des neuen Tages wahrgenommen: Angelas Wecker hatte zu läuten aufgehört, bevor ihr das Läuten bewußt geworden war; Angela schlurfte und brummelte wie ein schwerfälliges, aber freundliches Tier durch die Wohnung; das angenehme Klirren des Geschirrs sagte ihr, daß der Morgentee im Entstehen war. Sie zwang sich, die Augen aufzumachen, und widerstand dem Drang, sich tiefer in die schützende Wärme ihres Bettes zu kuscheln und die Gedanken wieder in glückliche Bewußtlosigkeit treiben zu lassen. Warum nur hatte sie Oberin Taylor mitgeteilt, sie würde kurz nach neun ankommen, um an der ersten Unterrichtsstunde des dritten Jahrgangs teilzunehmen? Es war lächerlich, unsinnig früh. Das Krankenhaus lag in Heatheringfield, an der Grenze zwischen Sussex und Hampshire, fast fünfzig Meilen von hier. Sie würde einen Teil der Strecke noch bei Dunkelheit fahren müssen. Und es regnete, wie es die ganze vergangene Woche mit trostloser Ausdauer geregnet hatte. Sie konnte das gedämpfte Zischen der Autoreifen auf der Cromwell Road hören, und ab und zu prasselte der Regen an die Fensterscheiben. Zum Glück hatte sie den Plan von Heatheringfield schon studiert und die genaue Lage des Krankenhauses ausfindig gemacht. Eine lebendige Marktstadt konnte einen Autofahrer, besonders wenn er fremd war, ziemlich viel Zeit kosten, bis er sich in dem Gewühl des Pendlerverkehrs an einem verregneten Montagmorgen zurechtgefunden hatte. Instinktiv fühlte sie, daß ihr ein schwieriger Tag bevorstand, und sie streckte sich unter der Bettdecke, wie um sich dafür zu wappnen. Sie dehnte ihre verkrampften Finger und genoß beinahe den kurzen scharfen Schmerz in den gespannten Gelenken. Ein leichter Anfall von Arthritis. Na ja, darauf mußte man gefaßt sein. Sie war schließlich neunundvierzig. Es war an der Zeit, ein weniger kürzerzutreten. Wie hatte sie nur meinen können, sie schaffe es, vor halb zehn in Heatheringfield zu sein?

Die Tür wurde aufgemacht und ließ einen Lichtstreifen vom Flur hereinfallen. Miss Angela Burrows schlug die Vorhänge zurück, warf einen Blick auf den schwarzen Januarhimmel und das regenverspritzte Fenster und zog sie wieder zu. «Es regnet», sagte sie mit der düsteren Genugtuung von einem, der Regen prophezeit hat und nicht dafür verantwortlich gemacht werden kann, daß seine Warnungen nicht beachtet wurden. Miss Beale stützte sich auf die Ellbogen, knipste die Nachttischlampe an und wartete. Einen Augenblick später war ihre Freundin wieder da und setzte das Frühstückstablett ab. Auf dem Tablett lag ein besticktes Leinendeckchen, die geblümten Tassen standen hübsch ausgerichtet, daß die Henkel parallel waren, auf den dazu passenden Tellern lagen vier Kekse ordentlich an ihrem Platz, und aus der Teekanne kam der köstliche Duft von eben bereitetem indischen Tee. Die beiden Frauen liebten ihre Behaglichkeit und hatten einen Sinn für Sauberkeit und Ordnung. Die Maßstäbe, die sie früher auf der Privatstation ihres Lehrkrankenhauses durchgesetzt hatten, legten sie jetzt für ihr eigenes Wohlbefinden an, so daß das Leben in ihrer Wohnung nicht viel anders als in einem teuren, großzügigen Privatsanatorium ablief.

Seit sie vor fünfundzwanzig Jahren dieselbe Schwesternschule verlassen hatten, wohnten Miss Beale und ihre Freundin zusammen. Miss Angela Burrows war Erste Tutorin an einem Londoner Lehrkrankenhaus. Miss Beale hielt sie für das Muster aller Schwesternlehrerinnen und maß bei ihren Inspektionen die Qualität des Unterrichts unbewußt an den häufigen Äußerungen ihrer Freundin über die Prinzipien einer korrekten und fundierten Ausbildung. Miss Burrows fragte sich ihrerseits, wie die Allgemeine Schwesternaufsicht zurechtkommen sollte, wenn sich Miss Beale einmal zur Ruhe setzte. Die glücklichsten Ehen werden von solchen tröstlichen Illusionen getragen, und das ganz anders geartete, im wesentlichen harmlose Verhältnis von Miss Beale und Miss Burrows hatte ähnliche Grundlagen. Sah man von dieser Fähigkeit zur gegenseitigen, wenn auch unausgesprochenen Bewunderung ab, waren die beiden sehr verschieden. Miss Burrows war derb, robust und stattlich und verbarg eine verwundbare Sensibilität hinter ihrem barschen und nüchternen Auftreten. Miss Beale war klein und zierlich, präzise in Sprache und Bewegungen und legte eine überholte vornehme Höflichkeit an den Tag, die manchmal schon beinahe lächerlich wirken mochte. Auch in ihren Lebensgewohnheiten unterschieden sie sich. Die schwerfällige Miss Burrows war beim ersten Ton des Weckers sofort hellwach, rettete ihre Energie bis über den Nachmittag und schlaffte dann rapide ab, je mehr der Abend fortschritt. Miss Beale öffnete allmorgendlich mit Widerwillen die verklebten Augenlider, mußte sich zuerst zu jeder Bewegung zwingen und wurde dann immer lebendiger und fröhlicher, je älter der Tag wurde. Es war ihnen aber gelungen, auch für diese unvereinbaren Gewohnheiten eine Lösung zu finden. Miss Burrows kochte nur zu gern den Morgentee, und Miss Beale wusch nach dem Abendessen ab und bereitete den abendlichen Kakao.

Miss Burrows goß Tee in beide Tassen, ließ zwei Zuckerstücke in die Tasse der Freundin fallen und nahm die eigene mit zu ihrem Stuhl am Fenster. Ihre Ausbildung gestattete ihr nicht, sich auf die Bettkante zu setzen. Sie sagte: «Du mußt zeitig los. Ich lasse besser schon das Badewasser einlaufen. Wann fangen die dort an?»

Miss Beale murmelte, sie habe der Oberin gesagt, sie komme möglichst bald nach neun. Der Tee war köstlich und anregend. Es war falsch gewesen zu versprechen, so früh loszufahren, aber inzwischen meinte sie, sie könne es vielleicht bis Viertel nach neun schaffen.

«Ist dort nicht Miss Taylor? Sie hat eigentlich einen ganz guten Namen, und dabei ist sie nur Oberin an einem Provinzkrankenhaus. Eigentlich komisch, daß sie nie nach London gekommen ist. Sie hat sich nicht einmal um die Stelle beworben, als Miss Montrose ausschied.» Miss Beale brummte etwas Unverständliches, aber da sie schon häufiger darüber gesprochen hatten, deutete ihre Freundin es ganz richtig als den Einwand, daß London auch nicht jedermanns Sache sei und daß die Leute zu leichtfertig behaupteten, aus der Provinz könne nichts Rechtes kommen.

«Sicher, da hast du recht», gab ihre Freundin zu. «Und das John Carpendar liegt in einem hübschen Fleckchen Erde. Ich mag die Gegend nach Hampshire hin. Schade, daß du nicht im Sommer hinfährst. Trotzdem, sie ist nun einmal nicht an einem größeren Lehrkrankenhaus, was sie bei ihrer Begabung leicht sein könnte. Sie hätte eine von den ganz großen Oberinnen werden können.» Während ihrer Ausbildung hatten sie und Miss Beale unter einer der ganz großen Oberinnen gelitten, aber sie waren nie müde geworden, das Ableben dieses schrecklichen Quälgeistes zu beklagen.

«Du solltest übrigens rechtzeitig abfahren. An der Straße wird gebaut, gerade wo sie auf die Umgehung von Guildford stößt.»

Miss Beale fragte nicht, woher sie wußte, daß dort eine Baustelle war. So etwas wußte Miss Burrows einfach. Die herzliche Stimme fuhr fort: «Letzte Woche traf ich Hilda Rolfe, ihre Erste Tutorin, in der Westminster-Bibliothek. Eine bemerkenswerte Frau! Klug natürlich und, wie man hört, eine erstklassige Lehrerin. Aber ich könnte mir vorstellen, daß sie ihren Schülerinnen angst macht.»

Miss Burrows machte ihren eigenen Schülerinnen häufig angst, ganz zu schweigen von den meisten ihrer Kolleginnen, wäre aber höchst erstaunt gewesen, wenn man es ihr gesagt hätte. Miss Beale fragte: «Sagte sie etwas von der Inspektion?»

«Ja, beiläufig. Sie brachte nur ein Buch zurück und hatte es sehr eilig, deshalb unterhielten wir uns nicht lang. Anscheinend hat eine Grippewelle die Schule erwischt, und die halbe Belegschaft ist krank.»

Miss Beale kam es komisch vor, daß die Erste Tutorin Zeit hatte, nach London zu fahren und ein Buch in die Bibliothek zurückzubringen, wenn es solche Personalschwierigkeiten gab, aber sie sagte nichts. Vor dem Frühstück verwandte Miss Beale ihre Energie lieber aufs Denken als aufs Sprechen. Miss Burrows ging um das Bett und füllte die Tasse zum zweitenmal. Sie sagte: «Bei diesem Wetter sieht es nach einem ziemlich trübsinnigen Tag für dich aus, noch dazu, wenn das halbe Lehrerkollegium krank ist.»

Sie hätte kaum etwas Unzutreffenderes sagen können, wie sich die beiden Freundinnen – mit der geschwätzigen Vorliebe für die Wiederholung von Altbekanntem, die zu den Freuden langer Vertrautheit gehört – in den kommenden Jahren immer wieder erzählen sollten. Miss Beale, auf nichts Schlimmeres gefaßt, als eine ermüdende Fahrt, eine anstrengende Inspektion und möglicherweise eine Kontroverse mit jenen Mitgliedern des Schwesternausbildungskomitees, die sich die Mühe machten zu erscheinen, warf sich den Morgenrock über, schlüpfte in ihre Hausschuhe und schlurfte ins Bad. Sie hatte die ersten Schritte gemacht, um einem Mord zuzusehen.

Trotz des Regens war die Fahrt nicht so anstrengend, wie Miss Beale befürchtet hatte. Sie fuhr einen guten Schnitt und war kurz vor neun in Heatheringfield, gerade noch rechtzeitig, um in die letzte Welle des morgendlichen Berufsverkehrs zu geraten. Die breite Hauptstraße mit ihren King-George-Häuserfronten war von Fahrzeugen verstopft. Frauen fuhren ihre Männer zum Bahnhof oder die Kinder in die Schule, Lastwagen luden ihre Ware ab, Busse spuckten Fahrgäste aus und nahmen andere auf. Es fiel immer noch ein leichter Nieselregen. An den drei Ampeln strömten Fußgänger mit aufgespannten Regenschirmen über die Straße: Die Kinder gingen in der geleckten Kleidung der Privatschulen, die meisten Männer trugen einen Bowler und hatten eine Aktentasche unter dem Arm, die Straßenkleidung der Frauen zeigte den typischen Kompromiß zwischen großstädtischem Schick und provinzieller Ungezwungenheit. Da Miss Beale genug damit zu tun hatte, auf die Ampeln und Fußgängerüberwege zu achten und einen Wegweiser zum Krankenhaus zu suchen, konnte sie nur einen flüchtigen Blick auf das schmucke Rathaus aus dem achtzehnten Jahrhundert, die gut erhaltene Reihe der Fachwerkhäuser und die großartige, mit Kriechblumen verzierte Turmspitze der Dreieinigkeitskirche werfen. Sie hatte dennoch den Eindruck von einer blühenden Gemeinde, die viel Sorgfalt auf die Erhaltung ihres baugeschichtlichen Erbes verwandte, wenn auch eine ganze Reihe von Filialgeschäften am Ende der Hauptstraße den Gedanken nahelegte, daß die Sorgfalt schon dreißig Jahre früher hätte beginnen sollen.

Aber da kam endlich der Wegweiser. Die Straße zum John-Carpendar-Krankenhaus zweigte als breite Allee von der Hauptstraße ab. Auf der linken Seite lief eine hohe Mauer, die das Krankenhausgelände eingrenzte.

Miss Beale hatte ihre Hausaufgaben gemacht. Die dicke Aktentasche auf dem Rücksitz des Autos enthielt einen umfassenden Abriß über die Geschichte des Krankenhauses, außerdem eine Kopie des Berichts von der letzten Inspektion durch die Allgemeine Schwesternaufsicht und eine Stellungnahme des Verwaltungskomitees, inwieweit die optimistischen Vorschläge der damaligen Inspektorin hatten berücksichtigt werden können. Das Krankenhaus hatte eine lange Geschichte, wie sie aus ihrer Lektüre erfahren hatte. Es war 1791 von einem wohlhabenden Kaufmann gegründet worden, der in der Stadt geboren und als mittelloser junger Mann nach London gegangen war, um dort sein Glück zu machen. Später war er hierher zurückgekehrt und hatte sich darin gefallen, als Wohltäter seine Nachbarn zu beeindrucken. Er hätte den Ruhm auch kaufen und sein Seelenheil sichern können, indem er die Witwen und Waisen unterstützt oder die Kirche renoviert hätte. Aber das Zeitalter der Wissenschaft und Vernunft hatte das Zeitalter des Glaubens abgelöst, und es war Mode geworden, ein Krankenhaus für die Armen zu stiften. Und so wurde bei der beinahe obligatorischen Zusammenkunft in einem Café des Ortes das John-Carpendar-Krankenhaus ins Leben gerufen. Das ursprüngliche, architektonisch einigermaßen wertvolle Haus war schon lange ersetzt worden: zunächst durch ein massives viktorianisches Denkmal demonstrativer Frömmigkeit und später durch die funktionellere Schmucklosigkeit des zwanzigsten Jahrhunderts.

Dem Krankenhaus war es immer gutgegangen. Die Bevölkerung gehörte vor allem der Mittelklasse an, sie war wohlhabend und gern bereit, etwas für wohltätige Zwecke auszugeben, fand aber nicht genug Objekte für ihre Spendenfreudigkeit. Kurz vor Kriegsausbruch war ein Flügel für eine gut ausgestattete Privatstation angebaut worden, die vor und nach der Schaffung des Staatlichen Gesundheitsdienstes reiche und folglich bedeutende Patienten aus London und aus noch größeren Entfernungen anzog. Miss Beale dachte, daß es schön und gut sei, was Angela über das Prestige eines Londoner Lehrkrankenhauses sagte, aber das John Carpendar hatte einen guten Ruf. Eine Frau konnte sehr wohl der Ansicht sein, es gebe schlechtere Stellen als die einer Oberin an einem allgemeinen Bezirkskrankenhaus, von dem man in der Stadt viel hielt, das annehmbar gelegen war und fest in der lokalen Tradition wurzelte.

Sie war inzwischen am Haupteingang angelangt. Links lag die Pförtnerloge, ein schmuckes Puppenhaus aus mosaikartig gesetzten Backsteinen, ein Überbleibsel des viktorianischen Krankenhauses, und rechts der Ärzteparkplatz. Ein Drittel der markierten Abstellplätze war bereits von den Daimler und Rolls besetzt. Es regnete nicht mehr, und die Dämmerung war der grauen Eintönigkeit eines Januartages gewichen. Alle Lichter im Krankenhaus waren angeschaltet. Es lag vor ihr wie ein großes Schiff vor Anker, hell erleuchtet, voller verborgener Aktivität und Macht. Linker Hand zogen sich die niedrigen Gebäude der ambulanten Abteilung mit ihren Glasfronten hin. Die ersten Patienten gingen in bedrückter Stimmung auf den Eingang zu.

Miss Beale lenkte ihr Auto vor das Fenster der Pförtnerloge, kurbelte die Scheibe herunter und meldete sich an. Der Pförtner ließ sich herab, ans Auto zu kommen, und baute sich gewichtig neben ihr auf.

«Sie sind sicher die Allgemeine Schwesternaufsicht, Miss», stellte er großsprecherisch fest. «Was ein Pech, daß Sie diesen Eingang gewählt haben. Die Krankenpflegeschule ist im Nightingale-Haus untergebracht, nur ungefähr hundert Meter vom Eingang an der Winchester Road entfernt. Wir benutzen zum Nightingale-Haus immer den Hintereingang.»

In seiner Stimme schwang vorwurfsvolle Resignation mit, als beklage er diesen einmaligen Mangel an Einsicht, der ihn einiges an Extraarbeit kostete.

«Aber ich kann doch wohl auch von hier aus zur Schule kommen?»

Miss Beale hatte weder die Nerven, sich noch einmal dem Gewühl der Hauptstraße auszusetzen, noch die Absicht, auf der Suche nach einem verborgenen Hintereingang auf dem Krankenhausgelände herumzukurven.

«Das können Sie, Miss.» Der Pförtner gab durch seinen Tonfall zu verstehen, daß nur ein ganz besonders Eigensinniger so etwas versuchen würde, und stützte sich auf die Autotür, als wolle er vertrauliche und komplizierte Anweisungen geben. Sie stellten sich jedoch als ziemlich einfach heraus. Das Nightingale-Haus lag innerhalb des Krankenhausgeländes hinter der Aufnahme.

«Fahren Sie hier die linke Straße, Miss, und dann wieder geradeaus an der Leichenhalle vorbei, bis Sie an die Wohngebäude des Klinikpersonals kommen. Dann halten Sie sich rechts. An der Straßengabelung steht ein Wegweiser. Sie können es nicht verfehlen.»

Dieses Mal schien diese offenbar nichts Gutes verheißende Versicherung berechtigt. Das Grundstück des Krankenhauses war ausgedehnt und hatte einen guten Baumbestand, eine Mischung aus richtigem Garten, Rasen und zerzausten Baumgruppen. Miss Beale fühlte sich an eine alte Nervenklinik erinnert. Ein so großzügig mit Grund ausgestattetes Krankenhaus war eine Seltenheit. Aber die vielen Straßen waren gut beschildert, und nur eine führte von der Ambulanz nach links. Die Leichenhalle war leicht zu erkennen, ein gedrungenes, häßliches kleines Gebäude, das taktvoll zwischen die Bäume gestellt war und durch seine absichtliche Isolierung noch düsterer wirkte. Das Ärztehaus war neu und unverkennbar. Miss Beale ließ ihrem üblichen, häufig ganz unangebrachten Unmut freien Lauf, daß Verwaltungskomitees von Krankenhäusern immer schneller bei der Hand waren, Häuser für die Ärzte zu bauen, als angemessene Räumlichkeiten für die Krankenpflegeschule bereitzustellen. Da sah sie auch schon den versprochenen Wegweiser. Ein weiß gestrichenes Brett zeigte nach rechts: «Nightingale-Haus, Krankenpflegeschule».

Sie schaltete herunter und bog langsam ein. Die neue Straße war schmal und gewunden. Das auf beiden Seiten aufgehäufte nasse Laub ließ kaum Platz für ein einziges Auto. Die Bäume standen bis dicht an den Weg heran, schlossen sich über ihm zusammen und bildeten mit ihren starken schwarzen Ästen einen dunklen Tunnel. Ab und zu ließ ein Windstoß Regentropfen auf das Autodach prasseln oder preßte ein fallendes Blatt an die Windschutzscheibe. Die Rasenkante wurde von Blumenbeeten mit kümmerlichen Büschen unterbrochen. Regelmäßig und rechteckig, sahen sie wie Gräber aus. Unter den Bäumen war es so dunkel, daß Miss Beale das Abblendlicht einschaltete. Die Straße vor ihr glänzte wie ein öliges Band. Sie hatte das Fenster unten gelassen. Ein widerwärtig süßlicher Modergeruch breitete sich im Auto aus und überdeckte sogar den normalen Autogeruch von Benzin und warmem Öl. Sie fühlte sich merkwürdig allein, und plötzlich überkam sie ein irrationales Unbehagen, ein wunderliches Gefühl, aus der Zeit in eine neue Dimension zu reisen und einem unfaßbaren und unausweichlichen Entsetzen entgegenzugehen. Der Spuk dauerte nur einen Augenblick, und sie schüttelte ihn schnell ab. Sie dachte an die fröhliche Geschäftigkeit auf der Hauptstraße, die nicht einmal eine Meile von hier weg war, und an die Nähe von Leben und Betriebsamkeit. Aber es war ein seltsames, verwirrendes Erlebnis gewesen. Sie ärgerte sich über sich selbst, daß sie sich dieser krankhaften Sinnestäuschung überlassen hatte, drehte das Fenster hoch und trat auf das Gaspedal. Der kleine Wagen fuhr mit einem Ruck weiter.

Kurz darauf hatte sie die letzte Kehre erreicht, und vor ihr lag das Nightingale-Haus. Sie stand fast auf der Bremse vor Überraschung. Es war ein außergewöhnliches Haus, ein erstaunlich großes viktorianisches Gebäude aus roten Ziegeln, burgartig angelegt und so überreich verziert, daß es schon versponnen wirkte. Die Krönung waren die vier großen Türme. Es war hell erleuchtet an diesem dunklen Januarmorgen, und nach der düsteren Straße glänzte es ihr wie aus Kinderträumen entgegen. An die rechte Seite des Hauses war ein riesengroßer Wintergarten angebaut, der für Miss Beale allerdings eher zu Kew Gardens als zu diesem Gebäude gepaßt hätte, das offensichtlich einmal ein privates Wohnhaus gewesen war. Er war nicht so hell wie das Haus beleuchtet, doch das gedämpfte Licht reichte aus, daß sie durch das Glas die glänzenden Blätter der Schildblumen, das grelle Rot der Weihnachtssterne und die gelben und bräunlichen Kugeln der Chrysanthemen erkennen konnte.

Die kurze Anwandlung von Panik unter den Bäumen war völlig vergessen, so sehr staunte Miss Beale über das Nightingale-Haus. Sie konnte sich zwar normalerweise auf ihren Geschmack verlassen, aber so ganz unempfänglich für modische Launen war sie nicht, und sie fragte sich beunruhigt, ob es in entsprechender Gesellschaft nicht angebracht sein könne, solche Spielereien zu bewundern. Es war ihr jedoch zur Gewohnheit geworden, jedes Gebäude nur auf seine Tauglichkeit als Schwesternschule hin zu betrachten — sie hatte einmal während eines Parisurlaubs zu ihrem eigenen Entsetzen den Elysée-Palast keines zweiten Blickes für wert gehalten —, und als Schwesternschule war das Nightingale-Haus schon auf den ersten Blick ganz einfach unmöglich. Die Gründe sprangen geradezu ins Auge. Die meisten Räume mußten viel zu groß sein. Wo konnte es zum Beispiel gemütliche Büros für die Erste Tutorin, die klinische Lehrkraft und die Sekretärin der Schule geben? Außerdem war es sicher äußerst schwierig, das Haus richtig zu heizen, und diese Erkerfenster ließen nicht sehr viel Licht herein, mochten sie noch so hübsch für jemanden sein, der an so etwas Gefallen fand. Noch schlimmer war, daß etwas Abstoßendes und Unheilvolles über dem Haus lag. Da der BERUF (Miss Beale schrieb ihn im Geiste immer in Großbuchstaben) mühsam seinen Weg ins zwanzigste Jahrhundert gefunden und die Hürden überholter Gepflogenheiten und Methoden überwunden hatte — Miss Beale mußte häufig Reden halten, und gewisse Lieblingssätze hafteten im Gedächtnis —, war es eine Schande, die jungen Schülerinnen in diesem viktorianischen Monstrum unterzubringen. Es würde nicht schaden, in ihrem Bericht auch die unbedingte Notwendigkeit einer neuen Schule zu betonen. Das Nightingale-Haus war auf Ablehnung gestoßen, bevor sie es überhaupt betreten hatte.

Doch an ihrem Empfang war nichts auszusetzen. Als sie die letzte Stufe genommen hatte, ging die Tür auf und ließ einen Schwall warmer Luft und den Duft frischen Kaffees ins Freie. Ein Mädchen in Schwesterntracht trat respektvoll zur Seite, und sie sah die Oberin Mary Taylor mit ausgestreckter Hand die breite Eichentreppe herunterkommen — vor der dunklen Täfelung erinnerte sie an ein Renaissanceporträt in Grau und Gold. Miss Beale setzte ihr strahlendes Berufslächeln auf, das sich aus fröhlicher Erwartung und allgemeiner Ermunterung zusammensetzte, und trat zur Begrüßung auf sie zu. Die unheilvolle Inspektion der John-Carpendar-Schwesternschule hatte begonnen.

3

Eine Viertelstunde später gingen vier Personen die Haupttreppe zum Übungsraum im Erdgeschoß hinunter, um bei der ersten Unterrichtsstunde des Tages zuzuhören. Man hatte im Wohnzimmer der Oberin in einem der Turmanbauten Kaffee getrunken. Miss Beale war dort der Ersten Tutorin, Miss Hilda Rolfe, und einem Chirurgen, Mr. Stephen Courtney-Briggs, vorgestellt worden. Sie kannte beide dem Namen nach. Miss Rolfes Anwesenheit war notwendig, und sie hatte sie erwartet, aber Miss Beale war ein wenig überrascht, daß Mr. Courtney-Briggs sich darauf eingestellt hatte, so viel Zeit für die Inspektion zu opfern. Er war ihr als Vizepräsident des Schwesternausbildungskomitees des Krankenhauses vorgestellt worden, und sie hätte eher erwartet, ihn zusammen mit den anderen Mitgliedern des Komitees bei der abschließenden Diskussion am Ende des Tages zu sehen. Es war ungewöhnlich für einen Chirurgen, an einer Unterrichtsstunde teilzunehmen, und sie begrüßte es, daß er so starkes persönliches Interesse an der Schule zeigte.

Auf den breiten holzgetäfelten Korridoren konnte man zu dritt nebeneinander gehen, und Miss Beale kam sich zwischen den großen Gestalten der Oberin und Mr. Courtney-Briggs' wie ein kleiner Missetäter vor. Mr. Courtney-Briggs ging auf der linken Seite. Er war eine beeindruckende Erscheinung in seinen überkorrekten gestreiften Hosen. Ein Duft von After-Shave umgab ihn. Miss Beale merkte es trotz des durchdringenden Geruchs nach Desinfektionsmitteln, Kaffee und Möbelpolitur. Sie fand es überraschend, aber nicht unangenehm. Die Oberin, die Größte von den dreien, strahlte heitere Ruhe aus. Ihr strenges graues Gabardinekleid war hochgeschlossen mit einem weißen Leinenbändchen am Hals und den Ärmelaufschlägen. Das strohblonde Haar hob sich kaum von ihrer Hautfarbe ab. Es war aus der hohen Stirn zurückgekämmt und von einem riesigen Dreieck aus Musselin gebändigt, dessen Spitze fast bis auf das Kreuz reichte. Die Haube erinnerte Miss Beale an die Kopfbedeckungen, die während des letzten Krieges die Schwestern der Heereskrankenpflege getragen hatten. Sie hatte sie seitdem selten gesehen. Aber in ihrer Schlichtheit paßte sie zu Miss Taylor.

Dieses Gesicht mit den hohen Backenknochen und den großen vorstehenden Augen – Miss Beale fühlte sich ganz unehrerbietig an helle geäderte Stachelbeeren erinnert – hätte unter den Rüschen einer orthodoxeren Kopfbedeckung vielleicht grotesk gewirkt. Hinter sich spürte Miss Beale die störende Anwesenheit von Oberschwester Rolfe, die ihnen in unangenehmer Nähe folgte.

Mr. Courtney-Briggs redete: «Diese Grippeepidemie ist uns denkbar ungelegen gekommen. Wir mußten die nächste Unterrichtsgruppe im Stationsdienst lassen und befürchteten sogar, die jetzige Gruppe müsse einspringen. Es hat gerade noch so geklappt.»

Wie gewohnt, dachte Miss Beale. Wenn die Lage im Krankenhaus kritisch wurde, hatten zuerst die Schwesternschülerinnen darunter zu leiden. Das Unterrichtsprogramm konnte jederzeit unterbrochen werden. Es war einer ihrer wunden Punkte, aber sie hielt es im Augenblick nicht für angebracht, dagegen zu protestieren. Sie murmelte irgend etwas Beifälliges. Sie kamen jetzt an die letzte Treppe. Mr. Courtney-Briggs fuhr in seiner Rede fort: «Ein Teil des Unterrichtspersonals ist ebenfalls ausgefallen. Die heutige Übung wird von unserer klinischen Lehrschwester, Mavis Gearing, übernommen. Wir mußten sie in die Schule zurückholen. Für gewöhnlich unterrichtet sie natürlich nur am Krankenbett. Es ist ein relativ neuer Gedanke, daß eine ausgebildete Lehrschwester die Mädchen auf den Stationen unterrichtet und die Patienten als klinisches Material benutzt. Den Stationsschwestern bleibt dazu heutzutage einfach keine Zeit. Die Einführung des Blockunterrichts ist ja überhaupt ziemlich neu. Während meiner Studentenzeit wurden die Lehrlinge, wie wir sie nannten, ausschließlich auf der Station ausgebildet und bekamen nur gelegentlich in ihrer freien Zeit ein paar Stunden von den Ärzten. Es gab kaum theoretischen Unterricht. Jedenfalls wurden sie nicht jedes Jahr eine Zeitlang aus dem Stationsbetrieb herausgenommen und auf die Schwesternschule geschickt. Das gesamte Konzept der Schwesternausbildung hat sich geändert.»

Miss Beale war die letzte, die es nötig gehabt hätte, sich über Funktion und Pflichten einer klinischen Lehrschwester oder die Entwicklung der Unterrichtsmethoden aufklären zu lassen. Sie überlegte, ob Mr. Courtney-Briggs vergessen hatte, wer sie war. Diese elementare Einführung wäre eher bei neuen Mitgliedern des Verwaltungskomitees angebracht gewesen, die von der Schwesternausbildung genausowenig wußten wie von allem anderen, was mit Krankenhäusern zusammenhing. Sie hatte das Gefühl, daß dahinter eine Absicht steckte. Oder das alles hatte gar keinen Bezug zum Zuhörer, sondern war nur das ziellose Geplauder eines Egozentrikers, der nicht ertragen konnte, auch nur einen Augenblick das angenehme Echo seiner eigenen Stimme zu vermissen. Falls letzteres zutraf, wäre es am besten für alle Betroffenen, wenn er möglichst schnell zu seinen ambulanten Patienten oder zur Visite ginge und die Inspektion ohne seine gnädige Anwesenheit über die Bühne gehen ließ.

Die vier gingen durch die mit Fliesen ausgelegte Halle auf einen Raum an der Stirnseite des Hauses zu. Miss Rolfe lief voraus, um die Tür zu öffnen, und ließ die anderen eintreten. Mr. Courtney-Briggs komplimentierte Miss Beale hinein. Sie war sofort in ihrem Element. Obgleich der Raum an sich ungewöhnlich war – die zwei großen Fenster mit den bunten Glasscheiben, der massive Marmorkamin mit dekorativen Figuren, die den Sims stützten, die hohe stuckverzierte Decke, die von drei Neonröhren entweiht wurde –, erinnerte diese durch und durch vertraute Welt sie anheimelnd an ihre eigene Ausbildungszeit. Da war alles Zubehör ihres Berufes: die Reihen von Glasschränken mit glänzenden Instrumenten, die fein säuberlich an ihrem Platz lagen; die Wandkarten mit gespenstischen Diagrammen, die den Blutkreislauf und die unglaublichen Verdauungsvorgänge erläuterten; die unordentlich gewischte Wandtafel, auf der die Notizen vom Vortag verschmiert waren; die fahrbaren Instrumententische mit den Leinentüchern; die lebensgroße Puppe in den Kissen eines der beiden Vorführbetten; das unvermeidliche Skelett, das in hilfloser Hinfälligkeit an seinem Galgen baumelte. Über allem lag der starke, durchdringende Geruch von Desinfektionsmitteln. Miss Beale sog ihn ein wie eine Süchtige. Welche Fehler sie auch immer an dem Zimmer, an der Zweckmäßigkeit der Unterrichtsmittel, der Beleuchtung oder der Einrichtung noch entdekken würde: sie fühlte sich von Anfang an in dieser einschüchternden Atmosphäre zu Hause.

Sie bedachte die Schülerinnen und die Lehrerin mit einem kurzen beruhigenden und aufmunternden Lächeln und setzte sich auf einen der vier Stühle, die an der einen Seite des Zimmers aufgereiht waren. Oberin Taylor und Miss Rolfe nahmen links und rechts von ihr Platz, so ruhig und unauffällig, wie es angesichts Mr. Courtney-Briggs' Absicht, den Damen übertrieben galant die Stühle zurechtzurücken, möglich war. Die Ankunft der kleinen Gesellschaft hatte trotz aller Rücksichtnahme die Tutorin anscheinend ein wenig aus dem Konzept gebracht. Eine Inspektion bedeutete zwar kaum eine normale Unterrichtssituation, aber es war immer aufschlußreich zu sehen, wie lange die Lehrkraft brauchte, um ihre Klasse wieder in den Griff zu bekommen. Miss Beale wußte aus Erfahrung, daß eine erstklassige Lehrerin sogar bei einem schweren Bombenangriff die Aufmerksamkeit einer Klasse fesseln konnte, geschweige denn bei dem Besuch einer Inspektorin der Schwesternaufsichtsbehörde. Sie hatte allerdings nicht das Gefühl, daß Mavis Gearing zu dieser seltenen begnadeten Gattung gehörte. Dem Mädchen – oder vielmehr der Frau – fehlte es an Autorität. Sie machte einen unterwürfigen Eindruck und sah aus, als tendiere sie dazu, einfältig zu lächeln. Außerdem war sie um einiges zu stark geschminkt für eine Frau, die ihre Gedanken auf weniger vergängliche Künste richten sollte. Aber sie war schließlich nur die klinische Lehrschwester und keine qualifizierte Tutorin. Sie hatte die Klasse kurzfristig und unter besonderen Umständen übernehmen müssen. Miss Beale beschloß für sich, sie nicht zu streng zu beurteilen.

Die Klasse sollte die Ernährung eines Patienten mittels einer Magensonde üben. Die Schülerin, die Patient spielen sollte, lag bereits in einem der Betten. Ein Gummilatz schützte ihr kariertes Kleid. Ihr Kopf lag auf einer Rückenstütze und einem Kissenpolster. Sie war ein unscheinbares Mädchen mit einem energischen, eigensinnigen, merkwürdig reifen Gesichtsausdruck. Das glanzlose Haar hatte sie unvorteilhaft aus der hohen unebenen Stirn nach hinten gekämmt. Sie lag ganz still unter dem harten Neonlicht und sah ein wenig lächerlich aus, doch seltsam feierlich, als konzentriere sie sich auf eine innere Welt und löse sich durch ihre Willenskraft von der ganzen Prozedur. Plötzlich ging es Miss Beale durch den Kopf, daß das Mädchen vielleicht Angst hatte. Der Gedanke war absurd, aber sie wurde ihn nicht los. Sie verspürte auf einmal eine Abneigung, dieses resolute Gesicht weiter zu betrachten. Verwirrt von ihrer eigenen Empfindlichkeit, wandte sie ihre ganze Aufmerksamkeit der Tutorin zu.

Oberschwester Gearing warf einen ängstlichen fragenden Blick auf die Oberin, erhielt ein bejahendes Nicken als Antwort und nahm die Stunde wieder auf.

«Schwester Pearce hat heute morgen die Rolle der Patientin übernommen. Wir haben gerade die Krankengeschichte durchgesprochen. Es handelt sich um Mrs. Stokes, fünfzig Jahre, Mutter von vier Kindern. Ihr Mann arbeitet bei der städtischen Müllabfuhr. Sie hatte eine Kehlkopfoperation wegen Krebs.» Sie wandte sich an eine Schülerin auf ihrer rechten Seite.

«Schwester Dakers, beschreiben Sie bitte Mrs. Stokes' bisherige Behandlung.»

Schwester Dakers begann pflichtbewußt. Das blasse, magere

Mädchen errötete unschön beim Sprechen. Sie sprach sehr leise, wußte aber über den Fall Bescheid und erläuterte ihn gut. Ein gewissenhaftes junges Ding, dachte Miss Beale, vielleicht nicht besonders intelligent, aber fleißig und zuverlässig; schade, daß sie nichts gegen ihre Akne unternimmt. Ihr Gesicht strahlte weiter berufliches Interesse aus, während Schwester Dakers Mrs. Stokes' fiktive Krankengeschichte vortrug. Inzwischen sah sie sich die übrigen Schülerinnen in der Klasse etwas näher an. Gewohnheitsmäßig schätzte sie für sich deren Charakter und berufliche Fähigkeiten ab.

Die Grippewelle hatte sicherlich ihre Opfer gefordert. Insgesamt waren nur sieben Mädchen im Übungsraum. Die zwei, die links und rechts neben dem Vorführbett standen, fielen sofort auf. Es waren offensichtlich eineiige Zwillinge, frische, kräftige Mädchen mit kupfernem Haar, das sich in einem dicken Pony über auffallend blauen Augen buschte. Ihre Hauben mit dem gefältelten Mützchen waren, wie es sich gehörte, nach vorn gerückt, die riesigen Flügel aus weißem Leinen standen nach hinten weg. Miss Beale wußte noch aus früheren Tagen, was man mit zwei Hutnadeln mit den weißen Spitzen fertigbringen konnte. Aber sie war dennoch von der Geschicklichkeit fasziniert, mit der ein derart bizarres und körperloses Gebilde so sicher auf einem widerspenstigen Haarschopf befestigt werden konnte. Die Tracht am John Carpendar fiel ihr als ganz besonders unzeitgemäß auf. Fast alle Krankenhäuser, die sie besuchte, hatten diese altmodischen Flügelhauben durch kleinere amerikanischer Machart ersetzt, die leichter zu tragen, schneller zu richten, für weniger Geld zu kaufen und einfacher zu waschen waren. Einige Krankenhäuser hatten sogar, allerdings zu Miss Beales Bedauern, Wegwerfhauben aus Papier eingeführt. Aber die Schwesterntracht eines Krankenhauses wurde immer eifersüchtig verteidigt und nur sehr widerwillig geändert, und das John Carpendar war offensichtlich seiner Vergangenheit besonders eng verbunden. Auch die Kleider waren nicht mehr ganz zeitgemäß. Die kräftigen sommersprossigen Arme der Zwillinge steckten in Ärmeln aus rosakarierter Baumwolle, die Miss Beale an die eigene Jugend erinnerte. Auch die Rocklänge verriet keine modischen Zugeständnisse, und ihre derben Füße steckten in flachen schwarzen Schnürschuhen.

Sie warf einen schnellen Blick auf die übrigen Schülerinnen. Da war zum Beispiel ein stilles bebrilltes Mädchen mit einem offenen, klugen Gesicht. Miss Beales erster Gedanke war, daß sie ein Glücksfall für eine Station sein mußte. Daneben saß ein dunkles, reichlich stark geschminktes Mädchen, das mürrisch dreinblickte und sich alle

Mühe gab, möglichst wenig Interesse an der Übung zu zeigen. Ziemlich gewöhnlich, dachte Miss Beale. Miss Beale liebte solche unmodernen Attribute und brachte ihre Vorgesetzten damit gelegentlich in Verlegenheit. Sie gebrauchte sie ganz selbstverständlich und wußte genau, was sie damit ausdrücken wollte. Ihr Spruch «Die Oberin stellt eine sehr nette Art von Mädchen ein» besagte, daß sie aus respektablen Familien der Mittelklasse kamen, eine höhere Schule absolviert hatten, ihre Röcke knielang oder länger trugen und genau wußten, welches Vorrecht es war, Schwesternschülerin zu sein, und welche Verantwortung das mit sich brachte. Die letzte Schülerin der Klasse war ein sehr hübsches Mädchen. Ihr blonder Pony über dem kessen Gesicht fiel bis auf die Augenbrauen. Sie war attraktiv genug für ein Werbeplakat, dachte Miss Beale, aber irgendwie war es das letzte Gesicht, das man für diesen Beruf wählen würde. Während sie noch überlegte, warum, war Schwester Dakers mit ihrem Vortrag fertig.

«Gut, Schwester», sagte Oberschwester Gearing. «Wir haben also eine postoperative Patientin, die bereits bedenklich an Gewicht verloren hat und jetzt keine Nahrung durch den Mund zu sich nehmen kann. Und das bedeutet? Ja, bitte?»

«Ernährung mit der Magensonde oder rektal, Schwester.»

Die Antwort kam von dem dunklen, mürrisch aussehenden Mädchen, das sich bemühte, nur keine Begeisterung oder gar Interesse durch seine Stimme zu verraten. Gewiß kein ansprechendes Mädchen, dachte Miss Beale.

Von der Klasse kam ein Murmeln. Oberschwester Gearing hob fragend eine Augenbraue. Die bebrillte Schülerin sagte: «Nicht rektal, Oberschwester. Das Rektum kann nicht genügend Nährstoffe aufnehmen. Ernährung mit der Magensonde durch Mund oder Nase.»

«Stimmt, Schwester Goodale, genau das hat der Chirurg für Mrs. Stokes verordnet. Fahren Sie bitte fort, Schwester. Und erklären Sie jeden Schritt.»

Einer der Zwillinge zog den Wagen nach vorn und führte die notwendigen Geräte auf dem Tablett vor: die Reibschale mit dem doppeltkohlensaurem Natrium zur Reinigung von Mund oder Nasenlöchern; den Kunststofftrichter mit dem zugehörigen Röhrchen; die Verbindungsklemme; das Gleitmittel; die Nierenschale mit Zungenspatel, Zungenhalter und Mundsperre. Sie hielt den Speiseröhrenschlauch hoch. Er baumelte ekelhaft wie eine gelbe Schlange von ihrer sommersprossigen Hand.

«Schön», sagte Oberschwester Gearing aufmunternd.

«Und jetzt zur Nahrung. Was geben Sie ihr?»

«In Wirklichkeit ist es gewöhnliche warme Milch, Oberschwester.»

«Aber wenn wir es mit einem echten Patienten zu tun hätten?»

Der Zwilling zögerte. Das Mädchen mit der Brille antwortete ruhig und bestimmt: «Wir können Protein, Ei, Vitaminpräparate und Zucker beigeben.»

«Richtig. Wenn länger als achtundvierzig Stunden künstlich ernährt wird, müssen wir dafür sorgen, daß die Diät die richtige Menge an Kalorien, Proteinen und Vitaminen enthält. Mit welcher Temperatur geben Sie die Nahrung?»

«Körpertemperatur, Oberschwester, 38° C.»

«In Ordnung. Und da unsere Patientin bei Bewußtsein ist und schlucken kann, geben wir ihr die Nahrung durch den Mund. Vergessen Sie nicht, Ihre Patientin zu beruhigen. Erklären Sie ihr ganz einfach, was Sie als nächstes machen werden und warum. Merken Sie sich das, fangen Sie nie etwas an, ohne den Patienten darüber aufzuklären.»

Sie sind immerhin im dritten Jahr, dachte Miss Beale. Das sollten sie mittlerweile wissen. Aber der Zwilling, der ganz sicher mit einem echten Patienten gut zurechtgekommen wäre, war verlegen und fand es schwierig, einer Mitschülerin die Prozedur zu erläutern. Sie mußte sich anstrengen, nicht loszukichern, sagte ein paar undeutliche Worte zu der reglosen Gestalt im Bett und warf den Schlauch beinahe nach der Patientin. Schwester Pearce blickte immer noch starr geradeaus. Sie tastete mit der linken Hand nach dem Schlauch und führte ihn zum Mund. Dann schloß sie die Augen und schluckte. Ihre Halsmuskeln zogen sich krampfhaft zusammen. Sie machte eine Pause, atmete tief und schluckte weiter. Der Schlauch wurde kürzer. Es war sehr still im Übungsraum. Miss Beale merkte, daß ihr unwohl wurde, aber sie wußte nicht, warum. Es war sicher etwas ungewöhnlich, die künstliche Ernährung auf diese Art an einer Schülerin zu erproben, aber es war nicht unbekannt. An einem Krankenhaus führte wohl eher ein Arzt den Schlauch ein, aber eine Schwester konnte doch auch einmal dafür verantwortlich sein; es war immerhin besser, das an einer Mitschülerin zu lernen als an einem Schwerkranken, und die Übungspuppe war kein wirklich zufriedenstellender Ersatz für das lebende Objekt. Sie hatte selbst einmal in ihrer Schwesternschule die Patientin gespielt und es erstaunlich einfach gefunden, den Schlauch zu schlucken. Während sie die krampfartigen Bewegungen von Schwester Pearces Kehle beobachtete und in unbewußter Sympathie mitschluckte, spürte sie beinahe wieder, nach dreißig Jahren, das plötzliche Kältegefühl, als der Schlauch über den weichen Gaumen glitt, und den leichten Schrecken vor Überraschung, wie einfach das alles ging. Aber es lag etwas Rührendes und Verwirrendes über dieser reglosen bleichen Gestalt auf dem Bett mit dem Babylatz. Sie hatte die Augen fest geschlossen, und der dünne Schlauch ringelte sich aus den Mundwinkeln. Miss Beale fühlte, daß sie einem unverdienten Leiden zusah, daß die ganze Vorführung entsetzlich war. Einen Augenblick lang hatte sie große Lust, dagegen Einspruch zu erheben.

Einer der Zwillinge steckte jetzt eine 20-ml-Spritze auf das Schlauchende, um Magensaft anzusaugen und so festzustellen, ob das andere Ende den Magen erreicht hatte. Das Mädchen hatte völlig ruhige Hände. Vielleicht bildete sich Miss Beale bloß ein, daß es unnatürlich still im Raum war. Sie warf einen Blick auf Miss Taylor. Die Oberin hatte ihre Augen auf Schwester Pearce geheftet. Sie runzelte leicht die Stirn. Ihre Lippen bewegten sich, und sie rutschte auf ihrem Stuhl hin und her. Miss Beale fragte sich, ob sie protestieren wolle. Aber die Oberin blieb stumm. Mr. Courtney-Briggs beugte sich auf seinem Stuhl nach vorn. Seine Hände umklammerten die Knie. Sein Blick war gespannt, aber er sah nicht Schwester Pearce an, sondern das Tropfrohr, als habe ihn das sanfte Pendeln des Schlauches hypnotisiert. Miss Beale hörte, wie er schwer atmete. Miss Rolfe saß kerzengerade, die Hände im Schoß gefaltet, ohne Ausdruck in den schwarzen Augen. Aber Miss Beale sah, daß ihr Blick nicht dem Mädchen im Bett galt, sondern der hübschen blonden Schülerin. Und einen winzigen Augenblick lang sah das Mädchen ebenso ausdruckslos zu ihr herüber.

Der Zwilling, der die Nahrung einflößen sollte, hatte offensichtlich festgestellt, daß das Schlauchende im Magen angekommen war, hob den Trichter hoch über Schwester Pearces Kopf und begann langsam die milchige Flüssigkeit einzugießen. Die Klasse schien den Atem anzuhalten. Und dann geschah es. Ein hoher, schriller Schrei, entsetzlich unmenschlich, und Schwester Pearce schnellte vom Bett hoch, wie von einer unwiderstehlichen Kraft getrieben. Einen Moment lag sie unbeweglich gegen den Kissenberg gestützt, im nächsten war sie aus dem Bett, machte ein paar schwankende Schritte auf gekrümmten Füßen wie in einer Ballettparodie und griff vergebens in die Luft, als suche sie verzweifelt den Schlauch. Und die ganze Zeit schrie sie, schrie unaufhörlich, wie eine festgeklemmte Klingel.

Miss Beale hatte vor Entsetzen kaum Zeit, das verzerrte Gesicht und den Schaum auf den Lippen zu registrieren, bevor das Mädchen auf den Boden schlug und sich zusammenkrümmte wie ein Reifen. Ihre Stirn berührte den Boden, der ganze Körper wand sich im Todeskampf.

Eines der Mädchen schrie auf. Einen Augenblick waren alle wie gelähmt. Dann sprangen sie auf einmal auf. Oberschwester Gearing zog dem Mädchen den Schlauch aus dem Mund. Mr. Courtney-Briggs schob sie mit ausgestreckten Armen resolut in das Durcheinander. Die Oberin und Oberschwester Rolfe beugten sich über den zuckenden Körper und verbargen ihn vor den Blicken. Dann richtete sich Miss Taylor auf und drehte sich nach Miss Beale um.

«Die Schülerinnen ... Könnten Sie sich bitte um sie kümmern? Nebenan ist ein leeres Zimmer. Halten Sie sie zusammen.»

Sie versuchte ruhig zu bleiben, aber die Eile gab ihrer Stimme einen scharfen Klang. «Bitte schnell.»

Miss Beale nickte. Die Oberin beugte sich wieder über die verzerrte Gestalt. Das Schreien hatte aufgehört. Man hörte jetzt nur noch ein klägliches Stöhnen und das schreckliche Stakkato von Absätzen, die auf die Holzdielen trommelten. Mr. Courtney-Briggs zog das Jackett aus, warf es in die Ecke und rollte sich die Hemdsärmel auf.

4

Miss Beale schob die kleine Gruppe vor sich her über den Flur und murmelte leise etwas Aufmunterndes. Ein Mädchen, sie war nicht sicher welches, sagte mit hoher Stimme: «Was ist ihr passiert? Was ist passiert? Was ist schiefgegangen?» Niemand gab eine Antwort. Sie gingen betäubt von dem Schock in das Zimmer nebenan. Es lag an der Rückseite des Hauses. Der kleine unproportionierte Raum war offenbar, wie man an der hohen Decke sah, von dem ursprünglichen Salon abgeteilt worden und diente jetzt der Ersten Tutorin als Büro. Miss Beale warf einen Blick auf die Einrichtung: ein großer Schreibtisch, eine Reihe grüner Aktenschränke aus Stahl, ein volles Schwarzes Brett, ein mit Haken befestigtes Schlüsselbrett. Eine ganze Wand wurde von einem Plan eingenommen, auf dem das Unterrichtsprogramm stand und die Fortschritte jeder einzelnen Schülerin eingetragen waren. Die Trennwand halbierte das unterteilte Fenster, so daß das Büro außer seinem ungefälligen Zuschnitt auch unzureichend beleuchtet war. Eine der Schülerinnen drückte auf den Licht-schalter, und die Neonröhre in der Mitte des Zimmers flackerte auf. Wirklich ein höchst ungeeignetes Zimmer für eine Erste Tutorin oder überhaupt für eine Lehrkraft, dachte Miss Beale, die verzweifelt versuchte, ihre Gedanken nicht von den gewohnten Bahnen ab-schweifen zu lassen.

Diese kurze Erinnerung an den eigentlichen Zweck ihrer Anwe-senheit verschaffte ihr vorübergehend Erleichterung. Aber beinahe sofort war die furchtbare Realität wieder da. Die Schülerinnen, die-ses klägliche, durcheinandergebrachte Häuflein, standen mitten im Zimmer, unfähig, etwas zu tun. Mit einem schnellen Blick sah Miss Beale, daß nur drei Stühle vorhanden waren. Einen Augenblick fühlte sie sich verlegen und verwirrt wie eine Gastgeberin, die nicht weiß, wie sie ihre Gäste unterbringen soll. Ihre Sorge war nicht ganz abwegig. Sie mußte zusehen, daß die Mädchen es sich bequem ma-chen und sich entspannen konnten. Das war die einzige Möglichkeit, ihre Gedanken von den Vorgängen nebenan abzulenken. Und viel-leicht würden sie eine Zeitlang hier eingesperrt sitzen müssen.

«Helfen Sie mir», sagte sie fröhlich. «Wir schieben einfach den Schreibtisch an die Wand, dann können sich vier daraufsetzen. Ich nehme den Schreibtischstuhl, und zwei können sich in die Sessel setzen.»

Jetzt gab es wenigstens etwas zu tun. Miss Beale sah, daß die ma-gere blonde Schülerin zitterte. Sie schob ihr den einen Sessel unter, und das dunkle, mürrisch aussehende Mädchen setzte sich schnell in den anderen. Typisch für sie, sich gleich zu bedienen, dachte Miss Beale. Sie half den anderen Schülerinnen, den Schreibtisch abzuräu-men und an die Wand zu rücken. Wenn sie doch nur eine wegschik-ken könnte, um Tee zu kochen. Obwohl Miss Beale moderneren Methoden der Schockbehandlung theoretisch zustimmte, setzte sie immer noch ihr größtes Vertrauen auf heißen, starken, süßen Tee. Aber es war keiner zu bekommen. Es kam nicht in Frage, auch noch das Küchenpersonal durcheinanderzubringen.

«Ich schlage vor, wir machen uns erst einmal miteinander be-kannt», sagte sie fröhlich. «Ich bin Miss Muriel Beale. Ich brauche Ihnen nicht zu sagen, daß ich im Auftrag der Schwesternaufsicht hier bin. Ich kenne schon ein paar Namen, aber ich weiß nicht ge-nau, zu wem sie gehören.»

Fünf Augenpaare starrten sie erstaunt und verständnislos an. Doch die tüchtige Schülerin, wie Miss Beale sie in Gedanken immer noch nannte, stellte sie mit ruhiger Stimme vor.

«Die Zwillinge sind Maureen und Shirley Burt. Maureen ist ungefähr zwei Minuten älter und hat mehr Sommersprossen. Ansonsten sind sie schwer auseinanderzuhalten. Neben Maureen sitzt Julia Pardoe. Christine Dakers sitzt in dem Sessel hier, das in dem anderen ist Diane Harper. Ich bin Madeleine Goodale.»

Miss Beale hatte nie ein gutes Namensgedächtnis gehabt und wiederholte wie gewöhnlich alles noch einmal im Geiste. Die Burt-Zwillinge. Nett und drall. Die Vornamen würde sie sich leicht merken können, aber es würde unmöglich sein zu sagen, wer zu welchem gehörte. Julia Pardoe. Ein attraktiver Name und ein attraktives Mädchen. Sehr anziehend für einen, der diese blonde, eher katzenhafte Schönheit mochte. Miss Beale sah ihr lächelnd in die veilchenblauen Augen und kam zu dem Schluß, daß sie einigen, und nicht nur Männern, wohl tatsächlich sehr gut gefallen mußte. Madeleine Goodale. Ein vernünftiger Name für ein vernünftiges Mädchen. Goodale würde sie wohl ohne Schwierigkeiten behalten. Christine Dakers. Da stimmte etwas ganz und gar nicht. Das Mädchen hatte während der ganzen Übung krank gewirkt und schien jetzt einem Zusammenbruch nahe. Sie hatte eine schlechte Haut, ziemlich ungewöhnlich für eine Schwester. Ihr Gesicht war jetzt gerötet, so daß die Flecken um den Mund und auf der Stirn wie ein entzündeter Ausschlag aussahen. Sie hatte sich tief in den Sessel gekauert, und ihre schmalen Hände glätteten und zupften abwechselnd an der Schürze. Schwester Dakers war sicher am meisten mitgenommen von der ganzen Gruppe. Vielleicht war sie eine enge Freundin von Schwester Pearce gewesen. Abergläubisch korrigierte Miss Beale schnell im Geiste die Zeitform: Vielleicht war sie eine enge Freundin. Wenn man dem Mädchen nur einen heißen, belebenden Tee geben könnte!

Schwester Harper, deren Lippenstift und Lidschatten in dem blaßgewordenen Gesicht noch stärker auffielen, sagte unvermittelt: «Irgendwas muß in der Nahrung gewesen sein.»

Die Zwillinge drehten sich gleichzeitig nach ihr um. Maureen sagte: «Natürlich! Milch war drin.»

«Ich meine, etwas außer der Milch.» Sie zögerte. «Gift.»

«Aber das ist ausgeschlossen! Shirley und ich haben als erstes heute morgen eine frische Flasche Milch aus dem Kühlschrank in der Küche genommen. Miss Collins war da, ihr könnt sie fragen. Wir trugen sie in den Übungsraum und ließen sie dort stehen und füllten sie erst unmittelbar vor der Übung in den Meßbecher um, nicht wahr, Shirley?»

«Doch, so war's. Es war eine frische Flasche. Wir haben sie gegen sieben geholt.»

«Und ihr habt nicht aus Versehen etwas dazugeschüttet?»

«Was denn? Natürlich haben wir nichts dazugetan.»

Die Zwillinge sprachen einstimmig, völlig selbstsicher, beinahe sorglos. Sie wußten genau, was sie getan hatten und wann, und wahrscheinlich, dachte Miss Beale, konnte sie niemand beirren. Sie waren nicht der Typ, der von unnötigen Schuldgefühlen geplagt wurde oder an dem die irrationalen Zweifel nagten, die weniger gleichgültige, mit mehr Phantasie ausgestattete Persönlichkeiten heimsuchten. Miss Beale glaubte, sie sehr gut zu verstehen.

Julia Pardoe sagte: «Vielleicht hat sich sonst jemand an der Nahrung zu schaffen gemacht.»

Sie sah ihre Mitschülerinnen herausfordernd und ein wenig amüsiert aus halb geschlossenen Augen an. Madeleine Goodale sagte ruhig: «Aber warum sollte jemand?»

Schwester Pardoe zuckte mit den Achseln und spitzte den Mund zu einem kleinen, verstohlenen Lächeln. Sie sagte: «Aus Versehen. Oder jemand wollte ihr einen Streich spielen. Oder es war vielleicht Absicht.»

«Aber das wäre versuchter Mord!» Diane Harper hatte das gesagt. Ihre Stimme klang ungläubig. Maureen Burt lachte.

«Sei nicht albern, Julia. Wer würde die Pearce ermorden wollen?»

Keiner antwortete. Es war anscheinend logisch und unwiderleglich. Man konnte sich unmöglich vorstellen, daß jemand Schwester Pearce ermorden wollte. Sie gehörte entweder zu der von Natur aus harmlosen Sorte, stellte Miss Beale fest, oder sie hatte zu wenig Persönlichkeit, um den wilden Haß hervorzurufen, der zum Mord führen kann. Schließlich sagte Schwester Goodale trocken: «Die Pearce war nicht jedermanns Kragenweite.»

Miss Beale sah das Mädchen überrascht an. Es war eine seltsame Bemerkung für Schwester Goodale, ein wenig gefühllos unter diesen Umständen. Das paßte eigentlich nicht zu ihr. Sie registrierte auch, daß sie in der Vergangenheit sprach. Sie erwartete also nicht, Schwester Pearce noch einmal lebend zu sehen.

Schwester Harper wiederholte hartnäckig: «Es ist Blödsinn, an Mord zu glauben. Niemand könnte den Wunsch haben, die Pearce umzubringen.»

Schwester Pardoe zuckte mit den Schultern: «Vielleicht war die Pearce gar nicht gemeint. Jo Fallon hätte doch heute Patient spielen sollen. Sie stand als nächste auf der Liste. Wäre sie nicht gestern abend krank geworden, hätte sie heute in dem Bett gelegen.»

Alle waren still. Schwester Goodale wandte sich an Miss Beale.

«Sie hat recht. Wir halten uns genau an die Reihenfolge. Die Pearce wäre heute tatsächlich nicht als Patientin drangewesen. Aber Josephine Fallon wurde gestern abend auf die Krankenstation gebracht – Sie haben sicher gehört, daß wir hier eine Grippeepidemie haben –, und die Pearce stand als nächste auf der Liste. Sie ist für die Fallon eingesprungen.»

Miss Beale geriet langsam in Verlegenheit. Sie fühlte, daß sie diesem Gespräch ein Ende setzen sollte, daß sie dafür verantwortlich war, die Gedanken von dem Unfall abzulenken, und es war ganz sicher nichts anderes als ein Unfall. Aber sie wußte nicht, wie sie das anstellen sollte. Außerdem hatte es einen schrecklichen Reiz, ein paar Fakten zu erfahren. So war es ihr immer gegangen. Vielleicht war es doch besser, wenn die Mädchen diesem unvoreingenommenen, nachforschenden Interesse nachgaben, anstatt hier herumzusitzen und unnatürliche und sinnlose Konversation zu machen. Sie sah bereits, daß der Schock nachließ und der ein wenig schamhaften Aufregung Platz machte, die einem schrecklichen Ereignis folgen kann, zumindest wenn es sich um das Unglück eines anderen handelt.

Julia Pardoe mit ihrer ruhigen, etwas kindlichen Stimme fuhr fort: «Wenn also das Opfer hätte Fallon heißen sollen, dann kann es jedenfalls keine von uns gewesen sein. Wir wußten alle, daß die Fallon heute morgen nicht die Patientin sein würde.»

Madeleine Goodale sagte: «Ich denke, das wußten alle. Wenigstens das ganze Nightingale-Haus. Beim Frühstück wurde lang und breit darüber geredet.»

Wieder waren alle still und überdachten diese Wendung. Miss Beale fiel auf, daß die Mädchen nicht protestierten, es hätte doch kein Mensch Interesse daran haben können, Schwester Fallon zu ermorden.

Schließlich sagte Maureen Burt: «So arg schlecht kann es der Fallon nicht gehen. Sie war nämlich heute morgen ungefähr um zwanzig vor neun hier im Nightingale-Haus. Shirley und ich sahen, wie sie durch den Nebeneingang hinausschlüpfte, kurz bevor wir nach dem Frühstück in den Übungsraum gingen.»

Schwester Goodale fragte rasch: «Was hatte sie an?» Maureen war von dieser anscheinend nicht unwesentlichen Frage nicht überrascht.

«Hosen. Mantel. Und dieses rote Kopftuch, das sie immer trägt. Warum?»

Schwester Goodale war sichtlich verwirrt, versuchte aber, sich nichts anmerken zu lassen. Sie sagte: «Das zog sie an, bevor wir sie gestern abend auf die Station brachten. Ich nehme an, sie holte etwas aus ihrem Zimmer, das sie dringend brauchte. Aber sie hätte ihr Bett nicht verlassen sollen. Das war der reine Leichtsinn. Sie hatte 39,9 Fieber, als sie eingeliefert wurde. Ein Glück, daß Oberschwester Brumfett sie nicht gesehen hat.»

Schwester Pardoe sagte gehässig: «Ziemlich seltsam, was?» Niemand antwortete. Es war tatsächlich seltsam, dachte Miss Beale. Sie hatte wieder den langen, naßkalten Weg vom Krankenhaus zur Schwesternschule vor Augen. Die Straße verlief in Serpentinen, und sicher gab es eine Abkürzung querfeldein durch die Bäume. Trotzdem war es so früh an einem Januarmorgen ein ungewöhnlicher Spaziergang für ein krankes Mädchen. Es mußte einen zwingenden Grund dafür gegeben haben, daß sie ins Nightingale-Haus gekommen war. Schließlich hätte sie doch bloß darum bitten müssen, wenn sie etwas aus ihrem Zimmer haben wollte. Ihre Mitschülerinnen hätten es ihr gern rüber ans Bett gebracht. Und das war nun das Mädchen, das an diesem Morgen eigentlich die Rolle der Patientin hätte übernehmen sollen, das folglich nebenan in dem Durcheinander von Schläuchen und Leintüchern liegen müßte.

Schwester Pardoe sagte: «Es gibt auf jeden Fall eine Person, die ganz sicher wußte, daß die Fallon heute morgen nicht als Patientin auftreten würde. Schwester Fallon selbst!»

Schwester Goodale sah sie mit weißem Gesicht an.

«Wenn du unbedingt dumm und boshaft daherreden willst, kann ich dich wohl nicht daran hindern. Aber an deiner Stelle würde ich den Mund halten.»

Schwester Pardoe schien ungerührt, eher ein wenig belustigt. Miss Beale fing ihr verstohlenes, zufriedenes Lächeln auf und entschied, daß es höchste Zeit sei, diese Unterhaltung zu beenden. Sie suchte krampfhaft nach einem anderen Thema, als aus dem Sessel die schwache Stimme von Schwester Dakers kam: «Mir ist schlecht.»

Sofort richtete sich das Interesse auf sie. Nur Schwester Harper machte keine Anstalten zu helfen. Die anderen standen um das Mädchen herum und waren froh, sich endlich mit etwas beschäftigen zu können. Schwester Goodale sagte: «Ich gehe mit ihr runter auf die Toilette.»

Sie führte das Mädchen aus dem Zimmer. Zu Miss Beales Überraschung ging Schwester Pardoe mit. Offenbar waren die Meinungsverschiedenheiten schon wieder vergessen, als sie Schwester Dakers in die Mitte nahmen. Miss Beale blieb mit den Zwillingen und Schwester Harper allein. Wieder trat völlige Stille ein. Aber Miss Beale hatte aus der Situation gelernt. Sie war unverzeihlich verantwortungslos gewesen. Es durfte nicht mehr von Tod und Mord geredet werden. Wenn sie schon unter ihrer Aufsicht waren, konnten sie genausogut arbeiten. Sie sah Schwester Harper streng an und forderte sie auf, die Anzeichen, Symptome und die Behandlung eines Lungenkollapses zu beschreiben.

Zehn Minuten später kamen die drei anderen wieder zurück. Schwester Dakers sah immer noch blaß aus, aber sie war jetzt etwas ruhiger. Dafür machte Schwester Goodale ein bestürztes Gesicht. Als könne sie es nicht länger für sich behalten, sagte sie: «Die Flasche mit dem Desinfektionsmittel ist nicht mehr im Waschraum. Ihr wißt, welche ich meine. Sie steht sonst immer auf dem kleinen Wandbrett. Pardoe und ich konnten sie nirgends finden.»

Schwester Harper unterbrach ihren gelangweilten, aber überraschend sachkundigen Vortrag und sagte: «Meinst du die Flasche mit dem milchigen Zeug? Gestern nach dem Abendessen stand sie noch da.»

«Das ist auch schon eine Weile her. War eine von euch heute morgen unten auf der Toilette?»

Anscheinend keine. Sie sahen sich schweigend an.

In diesem Augenblick ging die Tür auf, die Oberin kam leise herein und schloß sie hinter sich. Gestärktes Leinen knisterte, als die Zwillinge vom Schreibtisch rutschten und strammstanden. Schwester Harper erhob sich schlaksig aus ihrem Sessel. Alle sahen Miss Taylor erwartungsvoll an.

«Kinder», begann sie, und das unerwartete liebevolle Wort sagte ihnen die Wahrheit, bevor sie weitergesprochen hatte. «Kinder, Schwester Pearce ist vor wenigen Minuten gestorben. Wir wissen noch nicht, wie und warum, aber wenn etwas Unerklärliches dieser Art passiert, müssen wir es der Polizei melden. Der Verwalter ist gerade dabei, das zu tun. Ich möchte, daß Sie tapfer und vernünftig sind, aber darauf kann ich mich sicher verlassen. Bis die Polizei hier ist, halte ich es für besser, nicht über den Vorfall zu sprechen. Nehmen Sie Ihre Bücher mit und lassen Sie sich von Schwester Goodale in mein Wohnzimmer bringen. Ich schicke Ihnen gleich einen starken Kaffee nach oben. Sind Sie einverstanden?»

Ein leises, gemurmeltes «Ja, Oberin!» war die Antwort.

Miss Taylor wandte sich an Miss Beale.

«Es tut mir außerordentlich leid, aber Sie werden auch noch etwas hierbleiben müssen.»

«Natürlich, Frau Oberin, das versteht sich doch von selbst.»

Über den Köpfen der Schülerinnen trafen sich ihre Blicke in bestürztem Nachdenken und wortloser Sympathie.

Später bekam Miss Beale allerdings einen leichten Schrecken, als sie sich an die Banalität und Unwichtigkeit ihres ersten bewußten Gedankens erinnerte: Das wird mein kürzester Inspektionsbericht. Was um Himmels willen soll ich der Schwesternaufsicht bloß erzählen?

5

Ein paar Minuten zuvor hatten sich die vier Personen im Übungsraum aufgerichtet und einander mit weißen Gesichtern und bis aufs äußerste erschöpft angesehen. Heather Pearce war tot. Sie war tot nach klinischem und juristischem Befund. Sie hatten es während der letzten fünf Minuten gewußt, aber sie hatten weitergearbeitet, verbissen und stumm, als hätte noch eine Chance bestanden, das schlaffe Herz wieder zum Schlagen zu bringen. Mr. Courtney-Briggs' Weste war vorn voller Blut. Er starrte mit gerunzelter Stirn und krausgezogener Nase auf das verkrustende Blut, als sei Blut eine fremde Substanz für ihn. Die Herzmassage war so unästhetisch wie wirkungslos gewesen. Erstaunlich unästhetisch für Mr. Courtney-Briggs, dachte die Oberin. Aber der Versuch war doch sicher gerechtfertigt gewesen? Sie hatten zu wenig Zeit gehabt, sie in den Operationssaal zu schaffen. Dummerweise hatte Oberschwester Gearing die Magensonde herausgezogen. Es war vielleicht eine normale Reaktion gewesen, aber möglicherweise hatte sie Schwester Pearce um die einzige Überlebenschance gebracht. Wäre der Schlauch noch an seinem Platz gewesen, hätten sie wenigstens umgehend eine Magenspülung versuchen können. Wegen der heftigen Zuckungen des Mädchens war es unmöglich gewesen, einen anderen Schlauch durch die Nase einzuführen, und als die Krämpfe aufgehört hatten, war es zu spät gewesen. Mr. Courtney-Briggs hatte die Thoraxwand öffnen müssen und die letzte mögliche Maßnahme versucht. Mr. Courtney-Briggs' heroische Bemühungen wurden allgemein anerkannt. Nur war es ein Jammer, daß sie den Leichnam so kläglich entstellt hatten. Im Übungsraum roch es wie in einem Schlachthaus. So etwas ließ sich im Operationssaal besser an, wo es vom rituellen Zubehör der Chirurgie verschleiert und geweiht wurde.

Er sprach als erster: «Das war kein natürlicher Tod. In der Lösung war etwas anderes als Milch. Nun, ich meine, das ist uns allen klar. Wir sollten die Polizei verständigen. Ich benachrichtige den Yard. Zufällig kenne ich dort jemanden persönlich. Einen der Abteilungsleiter.»

Er kennt überall jemanden, dachte die Oberin. Sie spürte einen Drang zu widersprechen. Als der Schock nachgelassen hatte, kam ein Gefühl der Gereiztheit in ihr hoch, die sich grundlos gegen den Arzt richtete. Sie sagte ruhig: «Die hiesige Polizei muß geholt werden, und ich meine, das ist Sache des Verwalters. Ich versuche jetzt, Mr. Hudson über das Haustelefon zu erreichen. Die Polizei wird den Yard einschalten, wenn sie es für notwendig hält. Ich sehe allerdings keinen Grund, warum. Aber das muß der Polizeidirektor entscheiden, nicht wir.»

Auf dem Weg zum Wandtelefon mußte sie einen Bogen um die zusammengekauerte Gestalt von Miss Rolfe machen. Die Erste Tutorin kniete immer noch vor der Leiche. Mit ihren glühenden Augen in dem totenbleichen Gesicht, mit dem schwarzen Haar, das unter dem gefältelten Häubchen ein wenig durcheinandergeraten war, und den besudelten Händen erinnerte sie die Oberin an eine Gestalt aus einem viktorianischen Melodram. Sie kehrte langsam die Hände nach außen und betrachtete die rote Masse mit wissenschaftlichem Interesse, als könne auch sie kaum glauben, daß es wirklich Blut war. Sie fragte: «Wenn der Verdacht besteht, daß das nicht mit rechten Dingen zugegangen ist, dürfen wir denn dann die Leiche wegbringen?»

Mr. Courtney-Briggs erwiderte scharf: «Ich habe keineswegs vor, sie wegzubringen.»

«Aber wir können sie doch nicht hier liegen lassen, wenigstens nicht so!» widersprach Miss Gearing. Sie war nahe daran zu weinen. Der Chirurg starrte sie an.

«Gute Frau, das Mädchen ist tot! Tot! Spielt es eine Rolle, wo wir die Leiche liegen lassen? Sie fühlt nichts. Sie weiß nichts davon. Werden Sie um Gottes willen nicht sentimental, was den Tod angeht. Daß wir überhaupt sterben, ist unwürdig, nicht, was mit unserem Leichnam geschieht.»

Er wandte sich brüsk ab und ging hinüber zum Fenster. Oberschwester Gearing machte eine Geste, als wolle sie hinter ihm hergehen, dann ließ sie sich auf den nächsten Stuhl fallen und begann leise schnüffelnd vor sich hin zu weinen. Keiner achtete auf sie. Oberschwester Rolfe richtete sich steif auf. Mit vorgestreckten Händen ging sie in der rituellen Haltung einer OP-Schwester an das Waschbecken in der Ecke, drückte mit dem Ellbogen den Wasserhahn auf und begann sich die Hände zu säubern. Am Telefon wählte die Oberin eine fünfstellige Nummer. Sie hörten ihre ruhige Stimme.

«Verwaltung? Ist Mr. Hudson da? Hier spricht die Oberin.» Es dauerte eine Weile. «Guten Morgen, Mr. Hudson. Ich rufe vom Übungsraum im Nightingale-Haus aus an. Könnten Sie bitte sofort rüberkommen. Ja. Sehr dringend. Es ist leider etwas Tragisches, etwas Entsetzliches passiert. Sie werden die Polizei anrufen müssen. Nein, ich möchte Ihnen das nicht am Telefon erzählen. Danke.» Sie legte auf und sagte leise: «Er kommt sofort. Er muß auch den Vizepräsidenten ins Bild setzen – zu dumm, daß Sir Marcus in Israel ist –, aber als erstes muß die Polizei benachrichtigt werden. Und jetzt muß ich es wohl den anderen Schülerinnen sagen.»

Oberschwester Gearing versuchte sich zu fassen. Sie schneuzte lautstark in ihr Taschentuch, verstaute es in der Tasche und hob ihr verquollenes Gesicht.

«Es tut mir leid. Der Schock vermutlich. Es war alles so gräßlich. Daß so etwas Schreckliches passieren muß. Und wo ich gerade zum erstenmal eine Klasse hatte. Und alle haben sie dagesessen und es mit angesehen. Die Schülerinnen ja auch. So ein entsetzlicher Unfall.»

«Unfall, Oberschwester?» Mr. Courtney-Briggs wandte sich vom Fenster ab. Er ging langsam auf sie zu und beugte seinen bulligen Kopf über sie. Seine Stimme klang rauh, fast geringschätzig, als er ihr seine Worte ins Gesicht schleuderte. «Ein Unfall? Wollen Sie etwa behaupten, daß ein Ätzmittel zufällig in die Nährlösung gekommen ist? Oder daß ein Mädchen bei vollem Verstand sich ausgerechnet auf diese grausame Art und Weise umbringen würde? Kommen Sie, Oberschwester, machen wir uns doch nichts vor. Was wir gerade miterlebt haben, war Mord!»

Windstille um Mitternacht

1

Sechzehn Tage nach dem Tod von Schwester Pearce saß Schwester Dakers spätabends im Aufenthaltsraum der Schülerinnen im ersten Stock des Nightingale-Hauses. Es war der 28. Januar, ein Mittwoch, und sie schrieb, wie immer an diesem Tag, einen Brief an ihre Mutter. Gewöhnlich war sie früh genug damit fertig und konnte ihn noch vor der letzten Leerung einwerfen, aber diese Woche hatte sie weder die Energie noch die richtige Laune gehabt, sich an den Schreibtisch zu setzen. Im Papierkorb unter dem Tisch lagen schon die zusammengeknüllten Blätter der ersten beiden Entwürfe. Und nun nahm sie einen dritten Anlauf.

Sie saß an einem der Zweierschreibtische vor dem Fenster. Ihr linker Ellbogen streifte fast die schweren Vorhänge, die die naßkalte Schwärze der Nacht draußen hielten. Den Unterarm hatte sie schützend um den Schreibblock gelegt. Ihr gegenüber fiel das Licht der Schreibtischlampe auf den gebeugten Kopf von Madeleine Goodale. Sie saß so nahe, daß Schwester Dakers die saubere weiße Kopfhaut am Scheitel sehen und den kaum wahrnehmbaren antiseptischen Geruch des Shampoos riechen konnte. Schwester Goodale hatte zwei Lehrbücher aufgeschlagen und machte sich Notizen. Nichts kann sie beunruhigen, dachte Schwester Dakers mit neidischem Groll; nichts hier im Zimmer oder draußen kann ihre stille Konzentration stören. Die bewundernswerte, selbstsichere Goodale sorgte vor, daß die John-Carpendar-Goldmedaille für die besten Noten in der Abschlußprüfung endlich an ihre immer so makellose Schürze geheftet würde.

Schwester Dakers erschrak vor der Stärke dieses plötzlichen und beschämenden feindseligen Gefühls, das sich, wie sie meinte, Schwester Goodale mitteilen mußte. Sie wandte die Augen von diesem gesenkten Kopf, der ihr so verwirrend nahe war, und blickte sich im Zimmer um. Es war ihr nach fast dreijähriger Schulzeit so vertraut, daß sie architektonische Einzelheiten oder die Einrichtung normalerweise kaum wahrnahm. Aber an diesem Abend sah sie alles mit einer seltsamen Deutlichkeit, als hätte es mit ihr und ihrem Leben nichts zu tun. Es war zu groß, um gemütlich zu sein, und möbliert, wie wenn nach und nach einige sonderbare Stücke hineingestellt worden wären, die es sich angeglichen hätte. Früher mußte es ein eleganter Salon gewesen sein, aber die Wände hatten schon lange keine Tapeten mehr, sondern waren gestrichen und mittlerweile ziemlich schäbig. Es hieß, der Raum solle renoviert werden, sobald die nötigen Geldmittel zur Verfügung ständen. In den verzierten Kamin aus behauenem Marmor mit einer Eichenholzeinfassung war ein großer Gasofen eingebaut, der – äußerlich alt und häßlich, aber noch erstaunlich tüchtig – seine starke Hitze bis in die dunklen Ecken des Zimmers ausstrahlte. Der geschmackvolle Mahagonitisch an der gegenüberliegenden Wand mit dem Berg von Zeitschriften hatte vielleicht noch John Carpendar gehört. Aber jetzt war er ramponiert und schäbig, die zerkratzte Platte wurde zwar regelmäßig abgestaubt, aber vermutlich nie poliert. Links neben dem Kamin stand in unpassendem Kontrast dazu ein großer moderner Fernsehapparat, den die Gesellschaft der Freunde des Krankenhauses gestiftet hatte, davor ein kretonnebezogenes Sofa mit durchhängenden Federn und ein dazu passender Sessel. Die übrigen Sitzgelegenheiten sahen aus wie die Stühle im Wartezimmer der Ambulanz, aber sie waren zu alt und abgenutzt, als daß man sie den Patienten hätte zumuten können. Die Lehnen aus hellem Holz waren rauh und die bunten Kunststoffsitze ausgeleiert und zerbeult. Sie rochen unangenehm durch die Hitze vom Kamin. Einer der Stühle war leer. Es war der mit dem roten Sitzkissen, der Stammplatz von Schwester Pearce. Sie hatte die Intimität des Sofas verschmäht und sich dem Gedränge der Schülerinnen vor dem Fernseher immer ein wenig ferngehalten. Sie hatte meistens mit bewußt zur Schau getragenem Desinteresse zugesehen, als könne sie auf dieses Vergnügen leicht verzichten. Ab und zu hatte sie dann einen Blick in das Buch auf ihrem Schoß geworfen, als habe sie zeigen wollen, daß die dumme Handlung, die da zu ihrer Unterhaltung geboten wurde, mehr war, als sie ertragen konnte. Ihre Gegenwart, dachte Schwester Dakers, war immer ein wenig unerwünscht und bedrückend gewesen. Die Atmosphäre des Aufenthaltsraums war ohne diese kerzengerade, strenge Gestalt leichter und gelöster gewesen. Doch der leere Stuhl mit dem ausgebeulten Sitz war eher noch schlimmer. Schwester Dakers hätte gern den Mut besessen, ihn in eine Reihe mit den anderen Stühlen um den Fernseher zu rücken, es sich lässig auf seinem durchhängenden Polster bequem zu machen und damit ein für allemal dieses erdrückende Gespenst auszutreiben. Sie fragte sich, ob die anderen genauso empfanden. Sie konnte unmöglich fragen. Waren die Zwillinge, die eng nebeneinander auf dem Sofa saßen, wirklich so gefesselt von dem alten Gangsterfilm, den sie sich ansahen? Beide strickten, wieder einen dieser unförmigen Pullover, die sie den ganzen Winter über unentwegt trugen. Die Nadeln klapperten vor sich hin, aber die Augen wichen nicht von der Scheibe.

Daneben rekelte sich Schwester Fallon im Lehnsessel, das eine behoste Bein nachlässig über die Lehne gelegt. Sie war heute zum erstenmal nach ihrer Krankheit wieder im Unterricht gewesen und sah noch blaß und mitgenommen aus. Waren ihre Gedanken wirklich bei diesem geschniegelten Helden mit seinem übertrieben großen, lächerlichen Schlapphut und den ausgestopften Schultern, dessen heisere Stimme, unterstrichen von Schüssen, das Zimmer füllte? Oder war auch sie sich dieses leeren Stuhles krankhaft bewußt, des ausgebeulten Sitzes, der abgerundeten Enden der Lehnen, die Schwester Pearces Hände poliert hatten?

Schwester Dakers fröstelte. Auf der Wanduhr war es schon nach halb zehn. Draußen erhob sich der Wind. Es würde eine stürmische Nacht werden. In den seltenen Intervallen, wenn der Fernsehapparat leise war, konnte sie die Bäume knirschen und ächzen hören und sich vorstellen, wie die letzten Blätter leise auf das Gras und die Wege fielen und das Nightingale-Haus mit einem Wall von Stille und Verwesung umgaben. Sie zwang sich, den Federhalter wieder in die Hand zu nehmen. Sie mußte wirklich weitermachen! Es war bald Schlafenszeit. Die Schülerinnen würden sich bald gute Nacht sagen und hinausgehen, und sie würde sich allein auf die spärlich beleuchtete Treppe mit dem dunklen Flur darunter wagen müssen. Jo Fallon bliebe natürlich noch übrig. Sie ging nie ins Bett, bevor das Fernsehprogramm zu Ende war. Dann würde sie allein nach oben gehen, um sich wie jede Nacht ihren heißen Whisky mit Zitrone zu machen. Diese feste Gewohnheit war allen bekannt. Aber Schwester Dakers wollte auf keinen Fall mit der Fallon allein bleiben. Diese Gesellschaft würde sie zuallerletzt suchen, nicht einmal für diesen beängstigenden Weg vom Aufenthaltsraum in ihr Zimmer.

Sie fing wieder an zu schreiben.

«Und bitte, Mutti, mach dir keine Gedanken mehr wegen dieses Mordes.»

Sowie sie die Worte auf dem Papier sah, merkte sie, daß sie das unmöglich schreiben konnte. Irgendwie mußte sie dieses herausfordernde, blutbefleckte Wort umgehen. Sie versuchte es noch einmal. «Und bitte, Mutti, reg Dich nicht auf über das, was in den Zeitungen steht. Dazu hast Du wirklich keinen Grund. Ich fühle mich völlig sicher, und es geht mir glänzend. Niemand glaubt im Ernst, daß Schwester Pearce absichtlich umgebracht wurde.»

Das stimmte natürlich nicht ganz mit der Wahrheit überein. Ein paar Leute mußten doch annehmen, daß die Pearce absichtlich umgebracht worden war, oder warum wäre sonst die Polizei im Haus? Und es war unsinnig anzunehmen, das Gift sei durch einen unglücklichen Zufall in die Flasche gelangt, oder die Pearce, die fromme, gewissenhafte und im Grunde genommen langweilige Pearce, habe beschlossen, sich auf diese schmerzhafte, aufsehenerregende Weise das Leben zu nehmen. Sie schrieb weiter:

«Wir haben immer noch die hiesige Kripo im Haus, aber sie beschäftigen sich jetzt nicht mehr so oft mit uns. Sie sind sehr freundlich zu uns Schülerinnen gewesen, und ich glaube nicht, daß sie eine von uns verdächtigen. Die arme Pearce ist nicht besonders beliebt gewesen, aber der Gedanke, irgendeiner hier habe ihr etwas antun wollen, ist einfach lächerlich.»

War die Polizei wirklich freundlich gewesen? fragte sie sich. Sie hatten sich bestimmt sehr korrekt, sehr höflich verhalten. Sie hatten alle die üblichen nichtssagenden Phrasen vorgebracht, wie wichtig es sei, mit ihnen zusammenzuarbeiten, um diese schreckliche Tragödie aufzuklären, jederzeit die Wahrheit zu sagen, nichts zu verschweigen, wie trivial und belanglos es auch scheinen mochte. Kein einziger von ihnen war laut geworden; keiner war aggressiv oder einschüchternd gewesen. Und doch hatten sie ihr Angst eingejagt. Allein ihr männliches, selbstsicheres Auftreten in Nightingale-Haus hatte, wie die verriegelte Tür zum Übungsraum, ständig die Erinnerung an das Unglück wachgehalten und sie mit Furcht erfüllt. Für Schwester Dakers war Inspektor Bailey der Schrecklichste von allen gewesen. Er war groß, rosig und mondgesichtig, und seine ermutigende Stimme und das onkelhafte Benehmen standen in krassem Gegensatz zu seinen kalten Schweinsaugen.

Die Ausfragerei hatte kein Ende genommen. Sie hatte immer noch die endlosen Sitzungen vor sich, erinnerte sich noch an die Willenskraft, die sie aufbringen mußte, um seinem prüfenden Blick standzuhalten.

«Sie haben sich also am meisten von allen über den Tod von Schwester Pearce aufgeregt, habe ich gehört. Sie waren wohl besonders gut mit ihr befreundet?»

«Nein. Eigentlich nicht. Nicht direkt befreundet. Ich kannte sie kaum.»

«Na, das ist aber eine Überraschung! Nach fast drei Jahren in derselben Schule? Ich hätte eher angenommen, daß man sich ziemlich gut kennt, wenn man so eng zusammen wohnt und arbeitet.»

Sie hatte verzweifelt nach einer Erklärung gesucht.

«Natürlich, das wohl. Wir wissen, welche Gewohnheiten jeder hat. Aber ich wußte nicht, wie sie wirklich war, ich meine, als Mensch.» Eine törichte Antwort. Wie konnte man jemanden sonst kennen; wohl doch nur als Mensch. Und außerdem stimmte es nicht. Sie hatte die Pearce gekannt. Sie hatte sie sogar ziemlich gut gekannt.

«Aber Sie sind gut miteinander ausgekommen? Kein Streit oder so? Keine Unstimmigkeiten?»

Was für ein Wort. Unstimmigkeiten. Sie hatte wieder diese verzerrte Gestalt vor sich gesehen, wie sie sich vor Schmerzen zusammenkrampfte und mit den Händen sinnlos in die Luft griff, wie das dünne Röhrchen den Mund wie eine Wunde offenhielt. Nein, keine Unstimmigkeiten.

«Und die anderen Schülerinnen? Sind die auch gut mit Schwester Pearce ausgekommen? Hat es da kein böses Blut gegeben?»

Böses Blut. Was für ein dummer Ausdruck. Was war das Gegenteil? fragte sie sich. Gutes Blut? Es hat nur gutes Blut zwischen uns gegeben. Das gute Blut der Pearce. Sie hatte geantwortet: «Sie hatte keine Feinde, soviel ich weiß. Und wenn eine etwas gegen sie hatte, hätte sie sie deswegen nicht umgebracht.»

«Das sagen mir alle. Aber schließlich hat jemand sie umgebracht. Es sei denn, das Gift wäre nicht für Schwester Pearce bestimmt gewesen. Sie hatte nur zufällig die Rolle der Patientin übernommen. Wußten Sie, daß Schwester Fallon in der Nacht krank geworden war?»

Und so war es weitergegangen. Fragen über Fragen, nach jeder einzelnen Minute jener schrecklichen letzten Übung, nach dem Desinfektionsmittel im Waschraum. Die Polizei hatte die leere Flasche bald gefunden. Sie lag unter den Büschen hinter dem Haus, und die Fingerabdrücke waren sorgfältig abgewischt. Jeder konnte sie aus einem Schlafzimmerfenster oder von der Toilette aus in der schützenden Dunkelheit jenes Januarmorgens hinuntergeworfen haben. Fragen über jeden Schritt, seit sie aufgewacht war. Die ständige Wiederholung in diesem drohenden Ton, daß nichts verschwiegen, nichts verborgen werden durfte.

Sie fragte sich, ob die anderen Schülerinnen ebensolche Angst hatten. Die Zwillinge wirkten nur gelangweilt. Sie folgten ergeben den sporadischen Vorladungen des Inspektors mit einem Schulterzucken und einem brummigen «O Gott, nicht schon wieder!» Schwester Goodale hatte nichts gesagt, als sie zum Verhör gerufen wurde, auch nicht hinterher. Schwester Fallon war genauso schweigsam gewesen. Alle wußten, daß Inspektor Bailey mit ihr im Krankenhaus gesprochen hatte, sobald es ihr etwas besser gegangen war. Niemand hatte erfahren, was bei dem Verhör herausgekommen war. Es ging das Gerücht, sie habe zugegeben, früh am Morgen des Verbrechens im Nightingale-Haus gewesen zu sein. Aber sie hatte sich angeblich geweigert, einen Grund dafür anzugeben. Das sah der Fallon ähnlich. Und jetzt war sie wieder im Nightingale-Haus. Bis jetzt hatte sie den Tod ihrer Mitschülerin nicht einmal erwähnt. Schwester Dakers fragte sich, ob und wann sie das tun würde. Und überempfindlich auf mögliche Hintergedanken bei jedem Wort achtend, mühte sie sich weiter mit dem Brief ab:

«Wir haben den Übungsraum seit dem Tod von Schwester Pearce nicht mehr benutzt, aber davon abgesehen, arbeitet unsere Gruppe nach Plan weiter. Nur eine von uns, Diane Harper, hat die Schule verlassen. Zwei Tage, nachdem Schwester Pearce gestorben war, holte ihr Vater sie ab, und die Polizei hatte offensichtlich nichts dagegen. Wir dachten alle, es sei ziemlich dumm von ihr, so kurz vor der Abschlußprüfung aufzustecken, aber ihr Vater hat sowieso nie viel auf ihre Schwesternausbildung gegeben. Sie wird außerdem bald heiraten, und ich denke, es ist ihr deshalb ziemlich gleichgültig. Sonst hat keine die Absicht wegzugehen. Es besteht auch wirklich nicht die geringste Gefahr. Also bitte, Mutti, mach Dir meinetwegen keine Sorgen mehr. So, jetzt muß ich Dir noch etwas über das Programm von morgen schreiben.»

Jetzt mußte sie kein Konzept mehr machen. Der Rest des Briefes würde leicht sein. Sie überflog noch einmal, was sie geschrieben hatte, und meinte, es gehe so. Sie nahm ein neues Blatt und schrieb den endgültigen Brief. Wenn sie ein bißchen Glück hätte, würde sie es noch schaffen, bevor der Film zu Ende wäre, die Zwillinge ihr Strickzeug aus der Hand legten und schlafen gingen.

Sie schrieb den Brief schnell runter, und als sie nach einer halben Stunde fertig war, sah sie erleichtert, daß es im Fernsehen gerade zum letzten Massensterben und der abschließenden Umarmung gekommen war. Im selben Augenblick setzte Schwester Goodale die Lesebrille ab, hob den Kopf und klappte das Buch zu. Die Tür ging auf, und Julia Pardoe kam herein.

«Da bin ich wieder», verkündete sie und gähnte. «Ein doofer Film war das. Kocht noch jemand Tee?» Niemand antwortete, aber die Zwillinge spießten ihre Stricknadeln in die Wollknäuel, gingen zur Tür und schalteten im Vorbeigehen den Fernseher aus. Schwester Pardoe machte sich nie die Mühe, Tee zu kochen, wenn sie andere dafür finden konnte, und die Zwillinge waren meistens so nett. Als Schwester Dakers nach ihnen aus dem Aufenthaltsraum ging, drehte sie sich nach Jo Fallon um, die stumm und reglos dasaß. Außer ihr war nur noch Madeleine Goodale im Zimmer. Schwester Dakers verspürte plötzlich den Wunsch, Jo Fallon anzusprechen. Sie wollte ihr sagen, wie schön es sei, sie wieder in der Schule zu sehen, fragen, ob sie sich wieder gut fühle, oder einfach ‹gute Nacht› wünschen. Aber die Worte blieben ihr im Hals stecken, und der rechte Augenblick war verpaßt. Das letzte, was sie sah, als sie die Tür hinter sich schloß, war Jo Fallons blasses charaktervolles Gesicht. Sie starrte immer noch mit ausdruckslosen Augen auf den Fernsehapparat, als sei ihr nicht bewußt, daß der Bildschirm dunkel war.

2

In einem Krankenhaus wird die Zeit selbst dokumentiert, die Sekunden werden an einem Pulsschlag, dem Tröpfeln von Blut oder Plasma gemessen, die Minuten am Aussetzen eines Herzens, die Stunden am Steigen oder Fallen einer Fieberkurve, an der Dauer einer Operation. Als die Ereignisse der Nacht vom 28. auf den 29. Januar nachgezeichnet werden sollten, wußten nur wenige der Hauptpersonen am John-Carpendar-Krankenhaus nicht, was sie in jeder einzelnen Minute ihrer wachen Stunden getan oder wo sie sich aufgehalten hatten. Sie sagten vielleicht lieber nicht die Wahrheit, aber sie wußten zumindest, was die Wahrheit war.

In dieser Nacht zog ein heftiger, aber unregelmäßiger Sturm herauf, die Windstärke und selbst die Richtung änderten sich von Stunde zu Stunde. Um zehn Uhr war es kaum mehr als eine seufzende Begleitmusik unter den Ulmen. Eine Stunde später schwoll der Wind plötzlich zu einem wütenden Toben an. Die hohen Ulmen krachten und ächzten unter den heftigen Böen, das Heulen des Sturms klang wie das wiehernde Gelächter von Teufeln. Die noch regenschweren Laubwälle neben den verlassenen Wegen verschoben sich träge, zerrissen dann in einzelne Haufen, wirbelten wild auf wie verrückte Insekten und klebten sich an die schwarze Rinde der Bäume. Im Operationssaal im obersten Stock des Krankenhauses bewies Mr. Courtney-Briggs vor dem Assistenzarzt seine Gelassenheit in kritischen Momenten. Er murmelte etwas von einer stürmischen Nacht, bevor er sich wieder in die befriedigende Betrachtung des chirurgischen Problems vertiefte, das zwischen den klaffenden Wundrändern pochte. Unter ihm auf den stillen, schwach beleuchteten Stationen bewegten die Kranken im Schlaf die Lippen und wälzten sich hin und her, als spürten sie den Aufruhr draußen. Die Röntgenassistentin, die von zu Hause gerufen worden war, um rasch Aufnahmen von Mr. Courtney-Briggs' Patienten zu machen, deckte das Gerät wieder ab, schaltete das Licht aus und fragte sich, ob ihr leichtes Auto wohl sicher genug auf der Straße liege. Die Nachtschwestern bewegten sich leise zwischen den Krankenbetten, sahen nach, ob die Fenster richtig geschlossen waren, und zogen die Vorhänge noch dichter zusammen, als wollten sie eine bedrohliche, feindselige Macht fernhalten. Der diensttuende Pförtner am Haupteingang rutschte ungemütlich auf seinem Stuhl hin und her, stand dann verkrampft auf und warf ein paar Brocken Kohle aufs Feuer. Er brauchte Wärme und Behaglichkeit in seiner einsamen Behausung. Das kleine Haus schien bei jedem Windstoß zu erzittern.

Doch kurz vor Mitternacht flaute der Sturm ab, als spüre er die nahende Geisterstunde, die tiefste Nacht, wenn der Puls des Menschen am langsamsten schlägt und der Sterbende am leichtesten die Schwelle zur letzten Vergessenheit überschreitet. Die unheimliche Stille dauerte ungefähr fünf Minuten, dann hörte man wieder den Wind in den Baumkronen, aber er schien von der eigenen Wut erschöpft und seufzte nur noch in sanftem Rhythmus. Die Operation war beendet. Mr. Courtney-Briggs streifte die Handschuhe ab und ging in sein Umkleidezimmer. Sobald er sich umgezogen hatte, rief er im Nightingale-Haus an und bat Oberschwester Brumfett, die die Privatstation unter sich hatte, herüberzukommen und die Betreuung seines Patienten in den ersten kritischen Stunden zu überwachen. Er stellte zufrieden fest, daß der Wind nachgelassen hatte. Sie konnte allein herüberkommen, wie sie es auf seine Bitte schon unzählige Male zuvor getan hatte. Er brauchte sich nicht verpflichtet zu fühlen, sie mit dem Wagen abzuholen.

Kaum fünf Minuten später stiefelte Oberschwester Brumfett beherzt durch den Park. Ihr Mantel hing an ihr wie eine Fahne, die der Wind an den Mast schlägt, und die Kapuze verdeckte ihr gekraustes

Häubchen. Sie ging geräuschlos über das rutschige Gras und spürte durch die dicken Schuhsohlen den Sog des aufgeweichten Bodens. Ab und zu rissen sich vom Sturm geknickte dünne Ästchen vom letzten Rindenfädchen los und taumelten ihr wie aus Versehen vor die Füße. Als sie die in tiefer Ruhe liegende Privatstation erreicht hatte und sich daranmachte, mit der Schwester, einer Schülerin im dritten Jahr, das Bett zu richten und die Bluttransfusion vorzubereiten, begann der Sturm aufs neue. Aber die Oberschwester war so von ihrer Aufgabe in Anspruch genommen, daß sie nicht mehr darauf achtete.

Am Haupteingang machte Albert Colgate, der Pförtner, der hier Nachtdienst hatte, ein Nickerchen über seiner Abendzeitung. Kurz nach halb eins wurde er durch ein Lichtbündel, das über das Glas huschte, und das Surren eines näherkommenden Autos aufgeschreckt. Das muß wohl, dachte er, der Daimler von Mr. Courtney-Briggs sein. Die Operation war also vorbei. Er erwartete, daß das Auto durch den Haupteingang fahren würde, aber es hielt unerwartet an. Er hörte es zweimal energisch hupen. Vor sich hin brummelnd, warf er den Mantel über und ging nach draußen. Mr. Courtney-Briggs kurbelte das Fenster herunter und rief ihm durch den Wind zu: «Ich wollte eigentlich zur Ausfahrt an der Winchester Road, aber dort liegt ein Baum quer über der Straße. Ich wollte es Ihnen lieber melden. Kümmern Sie sich möglichst schnell darum.»

Der Pförtner steckte seinen Kopf durch das Autofenster. Ein luxuriöser Duft von Zigarrenrauch, After-Shave und Leder schlug ihm entgegen. Mr. Courtney-Briggs wich unwillkürlich ein wenig zurück. Der Pförtner sagte: «Das ist bestimmt eine von den alten Ulmen, Sir. Ich werde es morgen früh als erstes melden. Jetzt kann ich da nichts machen, Sir, nicht bei diesem Sturm.»

Mr. Courtney-Briggs begann das Fenster hochzukurbeln. Colgates Kopf machte einen schnellen Rückzug.

Der Chirurg sagte: «Heute nacht braucht man nichts mehr zu unternehmen. Ich habe meinen weißen Schal an einen Ast gebunden. Ich glaube nicht, daß jemand diesen Weg benutzt, bevor es hell wird. Falls doch, wird er den Schal sehen. Aber vielleicht können Sie jeden warnen, der hier hereinfährt. Gute Nacht, Colgate.»

Der schwere Wagen brummte durch das Haupttor, und Colgate ging in sein Häuschen zurück. Gewissenhaft sah er nach der Wanduhr über dem Kamin und trug eine Notiz in sein Buch ein. 0.32 Mr. Courtney-Briggs meldet umgestürzten Baum quer über dem Weg zur Winchester Road.»

Er hatte sich schon wieder auf seinen Stuhl gesetzt und die Zeitung in die Hand genommen, als ihm einfiel, daß es eigentlich seltsam sei, daß Mr. Courtney-Briggs durch das Winchester-Tor fahren wollte. Das war nicht sein kürzester Weg nach Hause, und außerdem benutzte er diese Ausfahrt selten. Vermutlich, dachte Colgate, hatte er einen Schlüssel für das Tor an der Winchester Road. Mr. Courtney-Briggs hatte Schlüssel zu fast allen Türen des Krankenhauses. Aber seltsam war es dennoch.

Im zweiten Stock des Nightingale-Hauses bewegte sich kurz vor zwei Uhr Maureen Burt im Schlaf, murmelte zusammenhanglos durch die gespitzten feuchten Lippen und erwachte in dem unangenehmen Bewußtsein, daß drei Tassen Tee vor dem Schlafengehen zwei zuviel gewesen waren. Sie blieb einen Augenblick still liegen und lauschte schläfrig dem Ächzen des Sturms. Sie fragte sich, ob sie vielleicht doch wieder einschlafen könnte, merkte aber, daß es zu quälend sei, um vernünftigerweise ertragen werden zu können, und tastete nach dem Schalter der Nachttischlampe. Die plötzliche Helligkeit blendete sie und machte sie vollends wach. Sie schlüpfte in die Hausschuhe, warf den Bademantel über und tappte hinaus auf den Flur. Als sie leise die Zimmertür hinter sich schloß, blähte ein heftiger Windstoß die Vorhänge des Fensters am entgegengesetzten Ende des Flurs. Sie lief hin, um es zu schließen. Durch das wildbewegte Netzwerk der Äste und die auf der Fensterscheibe hin und her springenden Schatten sah sie das Krankenhaus wie ein großes Schiff vor Anker, das der Sturm schüttelt. Die Fenster der Stationen schimmerten nur schwach im Vergleich zu der senkrechten Linie hell erleuchteter Augen, hinter denen die Räume der Stationsschwestern und die Stationsküchen lagen. Sie schloß das Fenster sorgfältig und tastete sich, vor Müdigkeit leicht wankend, vorwärts in Richtung Toilette. Weniger als eine Minute später kam sie wieder auf den Flur heraus und blieb kurz stehen, um die Augen an die Dunkelheit zu gewöhnen. Von den wirren Schatten am oberen Ende der Treppe hob sich ein dunklerer Schatten ab, bewegte sich auf sie zu und entpuppte sich als eine Gestalt in Mantel und Kapuze. Maureen war nicht ängstlich, und in ihrem schlaftrunkenen Zustand fühlte sie nur Erstaunen, daß noch jemand wach und auf den Beinen war. Sie erkannte Oberschwester Brumfett sofort. Zwei durchdringende, bebrillte Augen starrten sie durch die Dunkelheit an. Die Stimme der Schwester klang unerwartet scharf.

«Eine von den Zwillingen, nicht? Was machen Sie denn hier? Ist noch jemand auf?»

«Nein, Oberschwester. Wenigstens glaube ich es nicht. Ich bin nur auf der Toilette gewesen.»

«Ach so. Na, wenn sonst alles in Ordnung ist. Ich dachte, der Sturm hätte Sie alle vielleicht gestört. Ich komme eben von meiner Station. Ein Patient von Mr. Courtney-Briggs hatte einen Rückfall und mußte sofort operiert werden.»

«Ja, Oberschwester», sagte Maureen Burt. Sie wußte nicht recht, wie sie sich verhalten sollte. Es überraschte sie, daß Oberschwester Brumfett sich die Mühe machte, einer kleinen Schwesternschülerin ihre Anwesenheit zu erklären, und sie sah etwas verunsichert zu, wie die Schwester ihren langen Mantel fester um sich zog und mit energischen Schritten zur Treppe am anderen Ende des Flurs ging. Ihr Zimmer lag einen Stock höher, gleich neben der Wohnung der Oberin. An der Treppe angekommen, drehte sie sich noch einmal um und schien etwas sagen zu wollen. In diesem Augenblick ging Shirley Burts Tür langsam auf, und ein roter Wuschelkopf erschien.

«Was ist los?» fragte sie verschlafen.

Oberschwester Brumfett ging auf sie zu.

«Nichts ist los, Schwester. Ich will eben schlafen gehen. Ich bin gerade von meiner Station gekommen. Und Maureen mußte aufstehen und zur Toilette gehen. Sie brauchen sich keine Sorgen zu machen.»

Shirley gab nicht zu erkennen, ob sie sich Sorgen machte oder jemals gemacht hatte. Sie wickelte sich in ihren Bademantel und schlurfte auf den Flur. Resigniert, aber auch ein wenig selbstgefällig sagte sie: «Wenn Maureen aufwacht, werde ich auch wach. Das ist bei uns immer so gewesen, schon als Babys. Sie können unsere Mutter fragen!» Ein bißchen wacklig vor Schläfrigkeit, aber nicht unzufrieden, daß die magischen Familienbande noch intakt waren, schloß sie die Zimmertür hinter sich mit der Entschiedenheit einer, die, erst einmal aufgestanden, auch aufbleiben will.

«Bei diesem Wetter braucht man gar nicht erst versuchen, wieder einzuschlafen. Ich koche uns einen Kakao. Können wir Ihnen einen Becher raufbringen, Oberschwester? Dann schlafen Sie leichter ein.»

«Nein, danke, Schwester. Ich habe bestimmt keine Schwierigkeiten mit dem Einschlafen. Seien Sie möglichst leise, damit Sie die andern nicht wecken. Und daß Sie sich nicht erkälten.» Sie drehte sich wieder nach der Treppe um. Maureen sagte: «Die Fallon ist noch wach. Wenigstens brennt ihre Nachttischlampe noch.»

Alle drei blickten den Korridor hinunter auf die Stelle, wo ein

Lichtstrahl durch das Schlüsselloch von Schwester Fallons Zimmer fiel und einen kleinen hellen Kreis auf die Wandverkleidung warf.

Shirley sagte: «Dann bringen wir ihr auch einen Becher. Sie ist sicher noch wach und liest. Komm, Maureen! Gute Nacht, Oberschwester.»

Sie schlurften zusammen den Korridor hinunter zu der Teeküche an seinem Ende. Oberschwester Brumfett blieb noch einen Augenblick stehen und sah ihnen mit starrem, ausdruckslosem Blick nach. Dann drehte sie sich endgültig um und stieg die Treppe hinauf in ihr Schlafzimmer.

Genau eine Stunde später fiel – von keinem Menschen im Nightingale-Haus gehört oder gesehen – eine morsche Fensterscheibe, die die ganze Nacht krampfhaft geklappert hatte, nach innen in den Wintergarten und zersprang auf dem gekachelten Boden in tausend Splitter. Der Wind fegte durch die Öffnung herein wie ein stöberndes Tier. Sein kalter Atem raschelte durch die Magazine auf dem Korbtisch, hob die Palmwedel hoch und wiegte sanft die Blätter der Farne. Schließlich fand er den langen weißen Schrank unter den Blumengestellen. Am frühen Abend hatt der verzweifelte, eilige Besucher, der seine Hand tief in den Schrank gesteckt hatte, die Tür angelehnt gelassen. Die ganze Nacht über hatte sie offengestanden und sich nicht in ihren Scharnieren bewegt. Aber jetzt schwang der Wind sie leise hin und her und schloß sie schließlich, als sei er des Spiels überdrüssig, mit einem letzten, dumpfen Schlag.

Und alle, die unter dem Dach des Nightingale-Hauses lebten, lagen in tiefem Schlaf.

3

Das Schrillen des Weckers auf ihrem Nachttisch weckte Schwester Dakers. Die Zeiger auf dem schwach beleuchteten Zifferblatt standen auf 6 Uhr 15. Obwohl die Vorhänge zurückgezogen waren, lag das Zimmer noch in völliger Dunkelheit. Der quadratische helle Fleck kam, wie sie wußte, nicht von der Tür, sondern von den fernen Lichtern des Krankenhauses, wo das Nachtpersonal wohl bereits die erste Tasse Tee servierte. Sie blieb eine Weile still liegen, um sich an das Wachsein zu gewöhnen und zögernde Fühler in den Tag auszustrecken. Sie hatte gut geschlafen, trotz des Sturms, dessen sie sich nur flüchtig bewußt geworden war. Sie spürte mit einem plötzlichen

Glücksgefühl, daß sie dem Tag eigentlich zuversichtlich entgegensehen könnte. Die trübe Stimmung und ihre Befürchtungen während des letzten Abends, der letzten Wochen, schienen von ihr abgefallen zu sein. Sie kamen ihr nur noch wie die Auswirkungen von Müdigkeit und zeitweiliger Niedergeschlagenheit vor. Sie hatte seit dem Tod von Schwester Pearce den langen, dunklen Gang der Angst und Ungewißheit durchschritten, aber an diesem Morgen war sie wie durch ein Wunder wieder ans Tageslicht gelangt. Es war wie der Morgen des Weihnachtstages, als sie klein war. Es war der Anfang der Sommerferien in der Schule. Es war das frische Erwachen nach einer Fieberkrankheit in dem beruhigenden Wissen, daß Mutter da war und all die angenehmen Seiten der Genesung auf sie warteten. Es war der Wiederbeginn des vertrauten Lebens.

Der Tag lag in hellstem Licht vor ihr. Sie ging in Gedanken die Freuden durch, die er versprach. Als erstes hätte sie Arzneimittelkunde. Diese Stunde war wichtig. Arzneimittel und Dosierungen waren schon immer ihre schwache Seite. Nach der Kaffeepause würde dann Mr. Courtney-Briggs seine Chirurgievorlesung für den dritten Jahrgang halten. Es kam einer Auszeichnung gleich, daß ein Chirurg von seinem Rang sich solche Mühe mit der Schwesternausbildung gab. Sie hatte ein wenig Angst vor ihm, besonders, wenn er seine präzisen schnellen Fragen stellte. Aber heute morgen wollte sie ihren ganzen Mut zusammennehmen und frei und selbstsicher antworten. Dann, am Nachmittag, würde der Krankenhausbus die Gruppe zur städtischen Entbindungs- und Kinderklinik fahren, damit sie die Arbeit der örtlichen Behörde kennenlernten. Auch das war wichtig für ein Mädchen, das später Gemeindeschwester werden wollte. Sie dachte noch eine Weile über dieses zufriedenstellende Tagesprogramm nach, dann stand sie auf, steckte die Füße in die Pantoffeln, schlüpfte in ihren billigen Morgenmantel und ging durch den Korridor zur Teeküche der Schülerinnen.

Die Nightingale-Schwestern wurden jeden Morgen pünktlich um sieben Uhr von einem der Mädchen geweckt, aber die meisten Schülerinnen waren von der Arbeit auf den Stationen her an frühes Aufstehen gewöhnt und stellten ihre Wecker auf halb sieben, um noch Zeit zum Teekochen und für einen kleinen Plausch zu haben. Die Frühaufsteher waren schon versammelt. Der kleine Raum war hell erleuchtet, fröhlich familiär, es roch wie üblich nach Tee, gekochter Milch und Reinigungsmitteln. Der Anblick war beruhigend alltäglich. Die Burt-Zwillinge hatten noch verquollene Gesichter vom Schlaf. Beide steckten in knallroten Bademänteln. Maureen hatte auf ihrem Transistorradio das zweite Programm eingeschaltet und zuckte träge mit Hüften und Schultern zu den Rhythmen der frühmorgendlichen BBC-Musiksendung. Ihre Zwillingsschwester stellte zwei große Henkelbecher auf ein Tablett und kramte in einer Dose nach Keksen. Sonst war bis jetzt nur Madeleine Goodale da. Sie trug einen altmodischen karierten Morgenrock und wartete auf das erste Dampfwölkchen aus dem Kessel. In ihrer fröhlichen Stimmung hätte Schwester Dakers allen um den Hals fallen mögen.

«Wo steckt denn die Fallon heute morgen?» fragte Maureen Burt ohne besonderes Interesse.

Schwester Fallon war ein notorischer Spätaufsteher, aber normalerweise war sie eine der ersten in der Teeküche. Sie hatte sich angewöhnt, den Tee mit auf ihr Zimmer zu nehmen und gemütlich im Bett zu genießen, wo sie dann bis zur allerletzten Minute blieb, so daß sie gerade noch rechtzeitig zum Frühstück kam. Aber heute morgen stand ihre Teekanne samt dazu passender Tasse noch im Küchenschrank neben der Blechdose mit chinesischem Tee, den Schwester Fallon dem starken braunen Gebräu vorzog, das der Rest der Klasse für nötig hielt, um sich für den Tag zu wappnen.

«Ich sage ihr Bescheid», schlug Schwester Dakers vor, glücklich, sich nützlich machen zu können. Sie verlangte danach, ihre Befreiung von der Anspannung der letzten Wochen durch gute Taten zu feiern.

«Warte einen Augenblick, dann kannst du ihr eine Tasse aus meiner Kanne mitbringen», sagte Maureen.

«Indischen mag sie nicht. Ich sehe nur mal nach, ob sie wach ist und sage ihr, daß das Teewasser kocht.»

Schwester Dakers dachte kurz daran, selbst den Tee für Schwester Fallon zu bereiten. Aber diese Regung ging schnell vorüber. Nicht, daß die Fallon besonders launisch oder unberechenbar gewesen wäre, aber aus unbestimmten Gründen mischte sich niemand gern in ihr Privatleben ein oder erwartete, daran teilzuhaben. Sie besaß nicht besonders viel, aber was sie hatte, war teuer, elegant, sorgfältig ausgesucht und so sehr Teil ihrer Persönlichkeit, daß es unantastbar schien.

Schwester Dakers rannte beinahe über den Korridor zu Schwester Fallons Zimmer. Die Tür war nicht verschlossen. Das überraschte sie nicht. Seit vor ein paar Jahren eine Schülerin nachts krank geworden war und sich vor Schwäche nicht mehr durchs Zimmer hatte schleppen können, um die Tür aufzuschließen, war es den Mädchen ausdrücklich verboten, sich nachts einzuschließen. Nach Schwester

Pearces Tod hatten doch einige den Schlüssel herumgedreht, und falls die Oberschwestern es ahnten, sagten sie zumindest nichts. Vielleicht schliefen auch sie ruhiger und tiefer hinter verriegelten Türen. Aber die Fallon war nie ängstlich gewesen.

Die Vorhänge waren dicht zusammengezogen. Die Nachttischlampe brannte, aber der verstellbare Schirm war so gedreht, daß er einen hellen Kreis auf die gegenüberliegende Wand warf und das Bett im Schatten ließ. Ein Wust von schwarzem Haar lag auf dem Kissen. Schwester Dakers tastete an der Wand nach dem Lichtschalter und wartete ein wenig, bevor sie anschaltete. Dann drückte sie ganz sacht darauf, als sei es möglich, das Zimmer gedämpft und allmählich zu erleuchten, um Schwester Fallon nicht zu erschrecken. Die Lampe flammte auf. Sie mußte in dem plötzlichen grellen Licht blinzeln. Dann ging sie leise auf das Bett zu. Sie schrie weder, noch fiel sie in Ohnmacht. Sie stand eine Weile völlig reglos und sah hinunter auf die Gestalt. Sie lächelte ein wenig, beinahe staunend. Sie zweifelte nicht daran, daß Schwester Fallon tot war. Die Augen standen noch weit offen, aber sie waren kalt und glanzlos wie die eines toten Fisches. Schwester Dakers beugte sich über sie und starrte hinein, als wolle sie sie wieder zum Leuchten bringen oder als suche sie vergebens eine Spur ihres Spiegelbildes. Dann wandte sie sich langsam ab, knipste das Licht aus, ging hinaus und schloß die Tür hinter sich. Sie wankte wie ein Schlafwandler durch den Flur, ihre Hände versuchten an der Wand Halt zu finden.

Die anderen merkten nicht gleich, daß sie zurückgekommen war. Dann richteten sich plötzlich drei Augenpaare auf sie, standen drei Gestalten erstarrt und waren eine einzige verwirrte Frage. Schwester Dakers lehnte am Türrahmen und öffnete stumm den Mund. Die Worte wollten nicht kommen. Irgend etwas schien mit ihrer Kehle nicht zu stimmen. Die ganze Mundpartie zitterte unkontrollierbar, und ihre Zunge klebte am Gaumen. Ihre Augen flehten die andern an. Es schien Minuten zu dauern, während die drei ihrem Kampf zusahen. Als ihr die Stimme wieder kam, klang sie gefaßt, beinahe ein wenig erstaunt.

«Die Fallon. Sie ist tot.»

Sie lächelte wie jemand, der aus einem Traum erwacht, und erklärte ruhig: «Jemand hat die Fallon ermordet.»

Die Küche war leer. Sie merkte nicht, daß die andern zusammen auf den Korridor stürzten. Sie war allein. Der Kessel pfiff jetzt, der Deckel wurde vom Dampf angehoben und klapperte. Vorsichtig, konzentriert die Stirn runzelnd, drehte sie das Gas kleiner. Ganz langsam, wie ein Kind, das man mit einer wichtigen Aufgabe betraut hat, nahm sie die Blechdose heraus, die hübsche Teekanne, das dazupassende Gedeck, und bereitete, leise vor sich hin summend, den Tee für Schwester Fallon.

1

«Der Arzt ist hier, Sir.»

Ein Polizist steckte seinen Kopf durch die Tür und zog fragend eine Augenbraue hoch.

Kriminalrat Adam Dalgliesh wandte sich um. Er hatte seine einsachtundachtzig unbequem zwischen das Fußende des Bettes und die Schranktür gezwängt und war dabei, die Kleider des toten Mädchens zu untersuchen. Er warf einen Blick auf die Armbanduhr. Acht Minuten nach zehn. Sir Milles Honeyman hatte es wie immer schnell geschafft.

«Gut, Fenning. Würden Sie ihn bitten, so nett zu sein und einen Augenblick zu warten? Wir sind hier gleich fertig. Dann können ein paar von unseren Leuten verschwinden und ihm Platz machen.»

Der Kopf zog sich zurück. Dalgliesh schaffte es mit einiger Mühe, sich aus seinem Gefängnis zu befreien und die Schranktür zu schließen. Ein vierter Mann paßte jedenfalls jetzt nicht mehr ins Zimmer. Die massige Gestalt des Spezialisten für Fingerabdrücke füllte den Raum zwischen Nachttisch und Fenster aus. Wegen der Enge mußte er sich unbequem zusammenkauern, während er die Whiskyflasche am Korken drehte und sorgfältig das Einstaubpulver auftrug. Neben der Flasche lag eine Glasplatte mit den Fingerabdrücken des toten Mädchens. Die Rillen waren deutlich sichtbar.

«Gibt es was?» fragte Dalgliesh.

Der Mann von der Spurensicherung unterbrach seine Tätigkeit und ging mit den Augen noch näher heran.

«Ein hübscher Satz von Fingerabdrücken kommt da heraus, Sir. Sind aber alles ihre eigenen. Sonst leider nichts. Sieht so aus, als hätte der Knabe, der ihr die Flasche verkauft hat, sie wie üblich abgewischt, bevor er sie einwickelte. Mal sehen, ob wir beim Becher mehr Glück haben.»

Er warf einen besitzergreifenden Blick darauf. Der Becher lag in der Schwebe auf einer Wölbung der Steppdecke, so wie er dem Mädchen aus der Hand gefallen war. Erst wenn alle Aufnahmen gemacht wären, würde er ihm zur Untersuchung überlassen werden.

Er beugte sich wieder über seine Arbeit an der Flasche. Hinter ihm rückte der Fotograf des Yard sein Stativ mit der Kamera – einer neuen Cambo für Großaufnahmen, wie Dalgliesh feststellte – an das rechte Fußende des Bettes. Es klickte, das Licht blitzte auf, und das Bild des toten Mädchens sprang ihnen entgegen, schwebte in der Luft und brannte sich in Dalglieshs Netzhaut ein. Diese grausame kurze Helligkeit steigerte und verzerrte Farbe und Umriß. Das lange schwarze Haar hob sich als zerzauste Perücke von dem Weiß des Kissens ab; die glasigen Augen waren hervorstehende Kugeln, als habe die Leichenstarre sie aus ihren Höhlen gedrückt; die Haut war sehr weiß und glatt, sah abstoßend aus, eine künstliche Membran, fest und undurchdringlich wie aus Plastik. Dalgliesh blinzelte und versuchte, das Bild dieses Hexenspielzeugs, dieser grotesken, achtlos auf das Kissen geworfenen Puppe auszuradieren. Als er dann hinsah, war sie wieder ein totes Mädchen auf einem Bett; nicht mehr und nicht weniger. Noch zweimal sprang ihm das verzerrte Bild entgegen und blieb erstarrt in der Schwebe, als der Fotograf zwei Aufnahmen mit der Polaroidkamera machte, um Dalgliesh sofort die Abzüge geben zu können, die er sich immer ausbat. Dann war es vorbei. «Das war das letzte, Sir», sagte der Fotograf. «Ich sage jetzt Sir Miles Bescheid.» Er streckte den Kopf durch die Tür, während der Spurensicherer, vor Genugtuung grunzend, den Becher mit einer Pinzette von der Steppdecke nahm und neben die Whiskyflasche stellte.

Sir Miles mußte auf dem Flur gewartet haben, denn er kam sofort hereinspaziert – eine wohlbekannte rundliche Gestalt mit seinem schweren Kopf, dem krausen schwarzen Haar, den lebhaften kleinen Augen. Er brachte einen Hauch von Operettengemütlichkeit mit herein, dazu, wie immer, einen dünnen herben Schweißgeruch. Die Wartezeit hatte ihn nicht verstimmt. Aber Sir Miles, Geschenk Gottes an die Gerichtsmedizin oder – wie man es nehmen wollte – ein dilettantischer Quacksalber, war auch nicht leicht zu kränken. Er verdankte seinen Ruf – und möglicherweise auch seine vor kurzem erfolgte Erhebung in den Adelsstand – zum Teil seinem treuen Festhalten an dem Prinzip, niemals jemanden absichtlich zu kränken, auch keinen, der unter ihm stand. Er begrüßte den weggehenden Fotografen und den Beamten von der Spurensicherung wie alte Freunde und nannte Dalgliesh beim Vornamen. Aber die Höflichkeiten waren belanglos; sein Vorhaben hatte ihn in der Gewalt wie ein Krankheitskeim, als er sich zum Bett durchschob.

Dalgliesh verachtete seine Nekrophilie, was allerdings, wie er sich eingestand, kein rationaler Grund für eine Abneigung war. In einer vollkommenen organisierten Welt würden Fußfetischisten zweifelsohne Fußpfleger werden, Haarfetischisten Frisöre und Nekrophile eben Leichenbeschauer. Es war erstaunlich, daß so wenige es tatsächlich wurden. Sir Miles allerdings legte diese Folgerung nahe. Er machte sich voller Eifer, beinahe mit Freude, an jede neue Leiche. Seine makabren Scherze waren in den meisten Londoner Clubs bekannt. Er war Experte in Todesfällen, und offensichtlich machte ihm seine Arbeit Spaß. Dalgliesh fühlte sich in seiner Gegenwart gehemmt, weil ihm seine Abneigung gegen den Mann bewußt war. Die Antipathie schien an ihm zu knistern; sie mußte sich einfach mitteilen. Aber Sir Miles war dafür blind. Er war zu sehr in sich verliebt, um auf den Gedanken zu kommen, andere Menschen könnten ihn weniger liebenswert finden. Und diese nette Treuherzigkeit verlieh ihm einen gewissen Charme. Selbst jene Kollegen, die seine Eitelkeit, seine Sucht nach Publicity und die Unverantwortlichkeit vieler öffentlicher Äußerungen zutiefst verachteten, fanden es deshalb schwer, so viel Abneigung gegen ihn zu empfinden, wie sie es eigentlich hätten tun sollen. Auf Frauen wirkte er angeblich attraktiv. Vielleicht übte er auf sie eine krankhafte Faszination aus. Mit Sicherheit verfügte er über die ansteckende gute Laune eines Mannes, der in der Welt unbedingt einen annehmbaren Ort sieht, weil sie ihn enthält.

Immer machte er sein «ts, ts», wenn er vor einer Leiche stand, auch jetzt wieder, als er die Decke mit einer komisch zimperlichen Geste seiner kurzen, dicken Finger zurückschlug. Dalgliesh ging zum Fenster und blickte hinaus auf das Netzwerk der Äste, durch die das entfernte, immer noch beleuchtete Krankenhaus wie ein unwirkliches, in der Luft schwebendes Schloß schimmerte. Er hörte das leise Rascheln des Bettzeugs. Sir Miles nahm hier nur eine vorläufige Untersuchung vor, aber allein der Gedanke an diese dicken Finger, die über die Weichteile des Körpers tasteten, genügte, sich einen friedlichen Tod im eigenen Bett zu erhoffen. Das eigentliche Geschäft würde erst auf dem Tisch der Leichenhalle stattfinden, in dieser Aluminiumwanne mit ihrem gräßlichen Zubehör von Gummiröhrchen und Sprays, in der Josephine Fallons Körper dann systematisch zerlegt würde – im Interesse der Gerechtigkeit oder der Wissenschaft oder der Neugier, wie immer man es sehen wollte. Und hinterher würde Sir Miles' Gehilfe sich seinen Geldschein verdienen, indem er alles wieder zu einer schicklichen menschenähnlichen

Gestalt zusammenflickte, damit die Angehörigen sie ohne Schock sehen konnten. Falls Angehörige vorhanden waren. Er fragte sich, wer, wenn es sie überhaupt gab, die offiziellen Leidtragenden sein mochten. Auf den ersten Blick gab es in ihrem Zimmer nichts – keine Fotos, keine Briefe –, was darauf hinwies, daß sie engere Bindungen an eine lebende Seele hatte.

Während Sir Miles schwitzte und vor sich hin murmelte, machte Dalgliesh eine zweite Runde durch das Zimmer, wobei er sorgfältig vermied, den Arzt vor die Augen zu bekommen. Er wußte, daß seine Überempfindlichkeit wider jede Vernunft war, und schämte sich beinahe deswegen. Eine Leichenschau brachte ihn an sich nicht aus der Fassung. Es war diese unpersönliche Untersuchung des noch warmen Frauenkörpers, die ihm Übelkeit verursachte. Einige wenige Stunden zuvor hätte sie das Recht gehabt, etwas Anstand zu verlangen, ihren Arzt selbst zu wählen, diese unnatürlich weißen, eifrig suchenden Finger zurückzuweisen. Vor ein paar Stunden war sie ein Mensch gewesen. Jetzt war sie totes Fleisch.

Es war das Zimmer einer Frau, die es vorzog, frei zu sein. Es enthielt, was unbedingt zum Wohlfühlen gehörte, und ein paar ausgesuchte verschönende Zutaten. Anscheinend hatte sie ihre Wünsche genau überlegt und sich erfüllt – teuer zwar, aber ihren Vorstellungen entsprechend und ohne Extravaganz. Der dicke Läufer vor dem Bett, dachte er, war nicht von der Sorte, wie sie das Verwaltungskomitee des Krankenhauses anschaffte. Es gab nur ein einziges Bild, allerdings ein Original, ein reizvolles Aquarell einer Landschaft von Robert Hills. Es hing so, daß das Licht vom Fenster es besonders wirkungsvoll zur Geltung brachte. Auf der Fensterbank stand als einziger Schmuckgegenstand eine Staffordshirefigur von John Wesley als Prediger auf der Kanzel. Dalgliesh nahm sie in die Hand. Ausgezeichnet, ein Sammlerstück. Aber er sah kein einziges Stück von diesen alltäglichen Kleinigkeiten, mit denen man sich in Wohnheimen gern umgibt, um ein wenig Gemütlichkeit und ein heimisches Gefühl zu schaffen.

Er ging hinüber zum Bücherregal neben dem Bett und sah sich noch einmal die Bücher an. Auch sie schienen ausgewählt, um in vorhersehbaren Stimmungen zu helfen. Viel moderne Lyrik, auch sein eigener letzter Band war dabei; eine vollständige Ausgabe von Jane Austen, ziemlich zerlesen, aber in Leder gebunden und auf Dünndruckpapier; ein paar philosophische Bücher, schön in der Mitte zwischen Wissenschaft und populärem Anspruch; ungefähr zwei Dutzend Taschenbücher mit modernen Romanen, Greene, Waugh,

Compton Burnett, Hartley, Powell, Cary. Aber doch in der Hauptsache Gedichte. Wir hatten dieselben Vorlieben, dachte er, während er die Bände musterte. Wenn wir uns je über den Weg gelaufen wären, hätten wir uns wenigstens etwas zu sagen gehabt. «Eines jeden Tod nimmt mir ein Stück.» Gewiß doch, Doktor Donne. Der überstrapazierte Spruch war ein modisches Schlagwort geworden in dieser überbevölkerten Welt, in der es eine soziale Notwendigkeit war, sich nicht hineinziehen zu lassen.

Aber manche Tode hatten immer noch die Kraft, mehr als andere wegzunehmen. Zum erstenmal seit Jahren verspürte er ein Gefühl des Verlusts, einer irrationalen persönlichen Einbuße.

Er ging weiter. Am Fußende des Bettes stand ein Kleiderschrank mit einer angebauten Kommode, eine ungewöhnliche Erfindung in hellem Holz, entworfen, falls jemand so ein häßliches Möbelstück bewußt entwerfen konnte, um auf möglichst kleinem Raum möglichst viel unterbringen zu können. Die Kommode sollte auch als Toilettentisch dienen. Ein kleiner Spiegel gehörte dazu, vor dem Kamm und Bürste lagen. Sonst nichts.

Er öffnete die kleine Schublade auf der linken Seite. Sie enthielt ihr Make-up, Töpfchen und Tuben, sauber geordnet auf einem kleinen Tablett aus Pappmaché, viel mehr, als er erwartet hatte: Reinigungscreme, eine Schachtel Papiertücher, Grundierungscreme, Puder, Lidschatten, Wimperntusche. Offenbar hatte sie sich sorgfältig geschminkt. Aber von allem hatte sie jeweils nur eine Sorte. Keine Experimente, keine halb verbrauchten und beiseite gelegten Tuben mit verklebten Verschlüssen. Die Auswahl besagte: «Das paßt zu mir. Das brauche ich. Nicht mehr und nicht weniger.»

Er zog die rechte Schublade auf. Sie enthielt nichts außer einem Ziehharmonikaordner mit beschrifteten Fächern. Er blätterte den Inhalt durch. Eine Geburtsurkunde. Ein Taufschein. Ein Postsparbuch. Name und Anschrift ihres Anwalts. Keine persönlichen Briefe. Er klemmte den Ordner unter den Arm.

Dann nahm er sich den Kleiderschrank vor und sah sich ihre Kleider an. Drei Paar Hosen. Kaschmirpullover. Ein Wintermantel aus leuchtend rotem Tweed. Vier gut geschnittene Kleider aus feinem Wollstoff. Man sah allem die Qualität an. Für eine Schwesternschülerin war es eine teure Garderobe.

Er hörte einen abschließenden zufriedenen Grunzlaut von Sir Miles und drehte sich um. Der Arzt richtete sich auf und zog die Gummihandschuhe aus. Sie waren so hauchdünn, daß es aussah, als streife er seine Haut ab. Er sagte:

«Ich würde sagen, sie ist seit etwa zehn Stunden tot. Ich gehe hauptsächlich von der Rektaltemperatur und dem Erstarrungsgrad der unteren Gliedmaßen aus. Aber mehr als eine Vermutung ist das nicht, mein Lieber. Diese Sachen sind eben unsicher, das wissen Sie ja. Wir müssen uns noch den Mageninhalt ansehen, vielleicht gibt der uns genauere Hinweise. Für den Augenblick jedenfalls und nach den klinischen Anzeichen, würde ich sagen, sie starb um Mitternacht, plus minus eine Stunde. Vom gesunden Menschenverstand aus gesehen, starb sie natürlich, als sie diesen Schlummertrunk zu sich nahm.»

Der Beamte von der Spurensicherung hatte die Whiskyflasche und den Becher auf dem Tisch stehen lassen und war jetzt mit der Türklinke beschäftigt. Sir Miles ging zum Tisch, beugte den Kopf über den Becher, ohne ihn zu berühren, und brachte seine Nase an den Rand.

«Whisky. Aber was außerdem? Das müssen wir uns fragen, mein Lieber. Das müssen wir uns fragen. Jedenfalls war es kein Ätzmittel. Keine Karbolsäure diesmal. Ich habe übrigens bei dem anderen Mädchen nicht die Leichenschau vorgenommen. Rikki Blake hat das damals erledigt. Eine böse Sache. Ich nehme an, Sie suchen nach einem Zusammenhang zwischen den beiden Todesfällen?»

Dalgliesh sagte: «Möglich wäre es.»

«Könnte sein. Könnte wohl sein. Das sieht überhaupt nicht nach einem natürlichen Tod aus. Aber wir müssen den toxikologischen Befund abwarten. Davon können wir uns etwas erhoffen. Es gibt keine Würgemale oder Anzeichen, daß sie erstickte. Auch keine äußeren Hinweise auf Gewaltanwendung. Übrigens war sie schwanger. Ungefähr im dritten Monat, würde ich sagen. Ich habe es durch Abtasten festgestellt. Habe ich seit meinem Studium nicht mehr versucht. Die Leichenschau wird es sicher bestätigen.»

Seine kleinen glänzenden Augen suchten das Zimmer ab. «Anscheinend nichts, worin Gift gewesen sein könnte. Falls es überhaupt Gift war. Und kein schriftlicher Hinweis auf Selbstmord?»

«Das ist doch wirklich noch kein überzeugender Beweis», sagte Dalgliesh.

«Weiß ich, weiß ich. Aber die meisten hinterlassen ein kleines *billet doux*. Sie möchten ihre Geschichte loswerden, mein Lieber. Sie möchten ihre Geschichte loswerden. Der Leichenwagen ist übrigens hier. Ich nehme sie mit, wenn Sie mit ihr fertig sind.»

«Ich bin fertig», sagte Dalgliesh.

Er wartete und sah zu, wie die Träger die Bahre ins Zimmer

schafften und mit geübten, flinken Händen die tote Last darauf fallen ließen. Sir Miles lief mit der ängstlichen Nervosität eines Kenners, der ein besonders gutes Exemplar gefunden hat und dessen sichere Überführung sorgfältig überwachen muß, um sie herum. Es war sonderbar, daß der Abtransport dieser passiven Masse von Knochen und erstarrenden Muskeln, bei dem jeder sich auf seine Art nützlich gemacht hatte, das Zimmer so leer, so öde zu hinterlassen schien. Dalgliesh hatte das schon öfter festgestellt, wenn eine Leiche weggetragen wurde: diese Vorstellung von einer leeren Bühne, von Kulissen, die wie zufällig abgestellt worden sind und ihren Sinn verloren haben, von aufgezehrter Luft. Frisch Verstorbene haben ihr eigenes geheimnisvolles Charisma; nicht umsonst unterhielten sich die Menschen in ihrer Gegenwart im Flüsterton. Doch nun war sie weg, und er hatte in ihrem Zimmer nichts mehr verloren. Er ließ den Kollegen von der Spurensicherung, der seine Fundstücke fotografierte und registrierte, allein und trat auf den Gang hinaus.

2

Es war inzwischen schon nach elf Uhr, aber der Flur lag noch immer im Dunkeln. Das einzige Fenster am anderen Ende war nur als etwas hellerer Fleck hinter den zugezogenen Vorhängen auszumachen. Dalgliesh erkannte zunächst nur Umrisse und Farbe von drei roten sandgefüllten Eimern und einem Feuerlöscher, die sich leuchtend von der geschnitzten Wandverkleidung aus Eichenholz abhoben. Die rücksichtslos in das wertvolle Holz geschlagenen Eisenhaken, an denen sie hingen, bildeten einen unvereinbaren Kontrast zu der Reihe von eleganten Wandleuchtern aus getriebenem Messing, die aus der Mitte der Vierblattschnitzereien hervorsprangen. Die Fassungen waren anscheinend ursprünglich für Gas entworfen, aber phantasielos und ohne Geschick dem Gebrauch von Elektrizität angepaßt worden. Das Messing war nicht poliert, und die meisten der zarten, wie Blütenblätter geschwungenen Glasschirme fehlten oder waren zersprungen. In jeder entblätterten Traube war nur eine einzige Fassung mit einer schmutzigen, matten Glühbirne versehen, deren schwaches und diffuses Licht Schatten auf den Boden zeichnete und die allgemeine Düsternis eher noch unterstrich. Außer durch das kleine Fenster am Ende des Flurs fiel wenig anderes natürliches Licht ein. Das große Fenster im Treppenhaus, auf dem in fahlen Farben die Vertreibung aus dem Paradies dargestellt war, erfüllte kaum einen praktischen Zweck.

Er warf einen Blick in die Zimmer, die an das des toten Mädchens angrenzten. Das eine war nicht belegt. Das Bett war abgezogen, die Schranktür stand offen, und die mit frischem Zeitungspapier ausgelegten Schubladen waren herausgezogen, wie um die Leere des Zimmers zu beweisen. Das andere war bewohnt, sah aber aus, als sei es in größter Eile verlassen worden. Die Bettdecke war unordentlich zurückgeschlagen, der Bettvorleger zerknüllt. Ein kleiner Stapel Lehrbücher lag auf dem Nachttisch. Er schlug das oberste auf und las auf dem Deckblatt den Namen «Christine Dakers». Hier wohnte demnach das Mädchen, das die Leiche gefunden hatte. Er untersuchte die Wand zwischen beiden Zimmern. Sie war dünn, eine leichte Trennwand aus gestrichener Hartfaser, die zitterte und einen hohlen Klang von sich gab, als er daranschlug. Er fragte sich, ob Schwester Dakers in der Nacht etwas gehört hatte. Falls Josephine Fallon nicht augenblicklich und fast lautlos gestorben war, müßte ein Zeichen ihrer Qualen durch das dünne Material der Trennwand gedrungen sein. Er war begierig darauf, sich mit Schwester Dakers zu unterhalten. Im Augenblick lag sie im Schwesternkrankenzimmer und stand, wie man ihm sagte, unter der Wirkung des Schocks. Der Schock war vermutlich echt, aber selbst, wenn dem nicht so gewesen wäre, hätte er jetzt nichts unternehmen können. Ihre Ärzte schützten Schwester Dakers vorerst vor polizeilichen Verhören.

Er dehnte seine Erkundungen ein wenig weiter aus. Gegenüber der Reihe von Schwesternzimmern lagen Badezimmer und Toiletten, in die man von einem großen quadratischen Waschraum mit vier, jeweils von einem Duschvorhang umgebenen Waschbecken gelangte. Jedes Bad hatte ein kleines Schiebefenster mit blindem Glas, das unbequem angebracht, aber nicht schwer zu öffnen war. Sie gaben den Blick auf die Rückseite des Gebäudes und auf die beiden kurzen Seitenflügel frei, die auf einen Backsteinkreuzgang gesetzt und unharmonisch an den Mitteltrakt gekleistert waren. Es schien, als habe der Architekt einem kontemplativeren und kirchlicheren Einfluß nachgegeben, nachdem er die Möglichkeiten von Neugotik und Barock ausgeschöpft hatte. Der Boden zwischen den Kreuzgängen glich einem wuchernden Dickicht aus Rhododendronbüschen und ungepflegten Bäumen, die so dicht an das Haus heranstanden, daß ihre Zweige die unteren Fenster berührten. Dalgliesh sah ein paar undeutliche Gestalten, die das Gestrüpp durchsuchten, und hörte leise Stimmen. Die weggeworfene Flasche mit dem Desinfektionsmittel, das Heather Pearce getötet hatte, war unter diesen Büschen gefunden worden, und es war denkbar, daß ein zweites Behältnis mit ebenso tödlichem Inhalt in der Nacht aus demselben Fenster geschleudert worden war. Auf der Ablage lag eine Nagelbürste. Dalgliesh holte sie und warf sie in hohem Bogen in die Büsche. Er konnte ihren Fall weder sehen noch hören, doch die Blätter teilten sich, ein fröhliches Gesicht tauchte auf, eine Hand winkte, dann drangen die beiden Konstabler tiefer in das Unterholz vor.

Als nächstes ging er zur Teeküche am anderen Ende des Korridors und traf dort auf Sergeant Masterson und Oberschwester Rolfe. Sie besichtigten gemeinsam ein Sammelsurium von Gegenständen, die vor ihnen auf der Arbeitsplatte ausgebreitet waren. Es schien, als seien sie in ein eben erfundenes Spiel vertieft. Da lagen zwei ausgepreßte Zitronen; eine Zuckerdose stand daneben; ein Sortiment von Henkelbechern mit kaltem Tee, der obenauf fleckig und blasig war; eine hübsche Teekanne aus Worcesterporzellan mit Tasse, Untertasse und Milchkännchen im gleichen Muster. Außerdem lag noch ein zerknülltes Stück dünnes weißes Packpapier da, das die Aufschrift «Scunthorpe, Spirituosen, 149 High Street, Heatheringfield» trug, und eine gekritzelte Quittung, glattgestrichen und von ein paar Teebüchsen festgehalten.

«Sie hat den Whisky gestern morgen gekauft, Sir», sagte Masterson. «Ein Glück, daß Mr. Scunthorpe es mit seinen Quittungen so genau nimmt. Hier ist die Rechnung, und das da ist das Einpackpapier. Anscheinend hat sie die Flasche erst aufgemacht, als sie gestern zu Bett ging.»

Dalgliesh fragte: «Wo bewahrte sie die Flasche auf?»

Oberschwester Rolfe antwortete ihm: «Schwester Fallon hatte den Whisky immer auf ihrem Zimmer.»

Masterson lachte.

«Kein Wunder, wenn eine Flasche von dem Zeug fast drei Pfund kostet.»

Oberschwester Rolfe sah ihn voller Verachtung an.

«Darüber hätte sie sich wohl kaum Gedanken gemacht. Es lag ihr nicht, den Flascheninhalt zu markieren.»

«Sie war großzügig?» fragte Dalgliesh.

«Nein, lediglich gleichgültig. Sie hob den Whisky in ihrem Zimmer auf, weil die Oberin sie darum gebeten hatte.»

Brachte ihn aber hierher, um ihren Schlummertrunk zu bereiten, dachte Dalgliesh. Er rührte mit dem Finger im Zucker.

Schwester Rolfe sagte: «Der ist harmlos. Die Schülerinnen sagten, sie hätten alle davon in ihren Morgentee getan. Und zumindest die beiden Burts haben auch etwas getrunken.»

«Wir schicken ihn aber trotzdem samt der Zitrone ins Labor», sagte Dalgliesh.

Er lupfte den Deckel von der kleinen Teekanne und sah hinein. Oberschwester Rolfe beantwortete seine unausgesprochene Frage: «Anscheinend hat Schwester Dakers heute früh Tee darin überbrüht. Die Kanne gehört natürlich Schwester Fallon. Niemand sonst trinkt den Morgentee aus altem Worcester.»

«Schwester Dakers kochte Tee für Schwester Fallon, bevor sie wußte, daß das Mädchen tot war?»

«Nein, hinterher. Eine rein mechanische Reaktion, denke ich. Sie muß unter einem Schock gestanden haben. Schließlich hatte sie gerade die Leiche von Schwester Fallon entdeckt. Sie nahm wohl kaum an, sie könne die Leichenstarre mit heißem Tee behandeln, nicht einmal mit der besten Chinamischung. Vermutlich möchten Sie jetzt die Dakers aufsuchen, aber Sie werden sich gedulden müssen. Sie liegt zur Zeit drüben im Krankenhaus. Das wissen Sie wohl schon. Sie hat ein Zimmer auf der Privatstation, und Oberschwester Brumfett kümmert sich um sie. Deshalb bin ich jetzt hier. Wie die Polizei sind auch wir ein hierarchischer Beruf, und wenn die Oberin nicht im Nightingale-Haus ist, besetzt Oberschwester Brumfett die erste Stelle in der Hackordnung. Normalerweise würde sie, Ihnen die Honneurs machen. Sie haben sicher gehört, daß sich Miss Taylor auf der Rückreise von einer Konferenz in Amsterdam befindet. Sie mußte überraschend den Bezirksvorsitzenden des Schwesternschulen-Komitees vertreten – ein Glück für sie. Da hat wenigstens eins der gehobenen Mitglieder unserer Mannschaft ein Alibi.»

Dalgliesh hatte es gehört, und mehr als einmal. Die Abwesenheit der Oberin schien eine Tatsache zu sein, die jeder, den er traf, für wert befunden hatte, zumindest kurz zu erwähnen, zu erklären oder zu bedauern. Aber Oberschwester Rolfe spielte als erste boshaft darauf an, daß Miss Taylor damit ein Alibi hatte, wenigstens für Schwester Fallons Todesstunde.

«Und was ist mit den anderen Schülerinnen?»

«Sie sind in dem kleinen Unterrichtsraum einen Stock tiefer und arbeiten für sich. Oberschwester Gearing, unsere klinische Lehrkraft, führt die Aufsicht. Ich kann mir nicht denken, daß viel dabei herausspringt. Es wäre besser gewesen, sie etwas Aktiveres tun zu lassen, aber so im Handumdrehen fällt einem meist nicht gleich das Richtige ein. Wollen Sie dort mit ihnen sprechen?»

«Jetzt nicht, später. Und in dem Übungsraum, in dem Schwester Pearce starb.»

Sie blickte ihn an und wandte dann schnell die Augen ab, aber nicht so schnell, daß ihm der erstaunte und, wie er meinte, mißbilligende Ausdruck entgangen wäre. Sie hätte von ihm etwas mehr Einfühlungsvermögen und Zartgefühl erwartet. Der Übungsraum war seit Schwester Pearces Tod nicht mehr benutzt worden. Die Schülerinnen so kurz nach dieser zweiten Tragödie dort zu verhören, würde die Erinnerung mit neuem Schrecken nähren. War eine unter ihnen, die vielleicht die Nerven verlieren würde, dann am ehesten an jenem Ort. Er hatte keinen Augenblick daran gedacht, einen anderen Raum zu benutzen. Oberschwester Rolfe, dachte er, ist wie alle anderen. Sie wollen, daß die Mörder gefaßt werden, aber nur mittels der vornehmsten Methoden. Sie wollen, daß Mörder bestraft werden, aber die Strafe durfte ihr eigenes Feingefühl nicht zu sehr verletzen.

Dalgliesh fragte: «Wie wird das Haus nachts abgeschlossen?»

«Oberschwester Brumfett, Oberschwester Gearing und ich sind jeweils für eine Woche verantwortlich. Diese Woche ist Miss Gearing an der Reihe. Wir sind die einzigen Oberschwestern, die hier wohnen. Wir verriegeln den Haupteingang und die Küchentür Punkt elf Uhr. Der kleine Seiteneingang hat ein Sicherheitsschloß und einen Riegel von innen. Wenn eine Schülerin oder sonst jemand vom Personal später als elf nach Hause kommt, lassen sie sich einen Schlüssel für diese Tür geben und legen dann innen den Riegel vor. Die Oberschwestern haben ständig einen Schlüssel dafür. Außerdem gibt es nur noch eine andere Tür, und die führt zur Wohnung der Oberin im dritten Stock. Sie hat eine private Treppe und natürlich ihren eigenen Schlüssel. Dann gibt es noch die Notausgänge, aber die sind immer von innen verschlossen. Es dürfte nicht besonders schwierig sein, hier einzubrechen, doch das wird bei den meisten Häusern nicht anders sein. Soviel ich weiß, haben wir aber noch nie einen Einbruch hier gehabt. Übrigens ist im Wintergarten eine Fensterscheibe kaputtgegangen. Stadtrat Kealey, unser stellvertretender Vorsitzender, nimmt anscheinend an, daß der Mörder dort hereingekommen ist. Er ist immer groß darin, bequeme Erklärungen für alle unangenehmen Probleme des Alltags zu finden. Mir sieht es eher so aus, als habe der Wind die Scheibe eingedrückt, aber Sie werden sich sicher Ihre eigene Meinung bilden.»

Sie redet zuviel, dachte er. Redseligkeit war eine der gewöhnlichsten Reaktionen auf Schock oder Nervosität und dazu eine, aus der ein Untersuchungsbeamter am meisten herausholen konnte. Morgen würde sie sich darüber ärgern und um so schwieriger, um so ablehnender sein. Inzwischen erzählte Oberschwester Rolfe ihm jedoch mehr, als ihr bewußt war.

Die zerbrochene Scheibe mußte er sich natürlich ansehen und den Holzrahmen auf Spuren untersuchen. Aber er hielt es für unwahrscheinlich, daß Schwester Fallons Tod das Werk eines Eindringlings war. Er fragte: «Wer hat letzte Nacht hier im Haus geschlafen?»

«Miss Brumfett, Miss Gearing und ich. Miss Brumfett war einen Teil der Nacht außer Haus. Mr. Courtney-Briggs hat sie auf die Station gerufen. Und dann die fünf Schwesternschülerinnen: Schwester Dakers, die beiden Burts, Schwester Goodale und Schwester Pardoe. Und Schwester Fallon schlief natürlich hier. Das heißt, falls sie Zeit zum Schlafen hatte. Übrigens brannte ihre Nachttischlampe die ganze Nacht. Die Zwillinge kochten sich kurz nach zwei einen Kakao und hätten Schwester Fallon beinahe eine Tasse aufs Zimmer gebracht. Wären sie hineingegangen, hätten Sie jetzt vielleicht einen genaueren Anhaltspunkt für die Todeszeit. Aber dann fiel ihnen ein, sie sei womöglich eingeschlafen, ohne das Licht auszumachen, und auch beim Anblick einer dampfenden Tasse Kakao nicht gerade erbaut darüber, noch einmal aufgeweckt zu werden. Die Zwillinge können sich mit Essen und Trinken über alles hinwegtrösten, aber sie sind wenigstens alt genug, um zu wissen, daß nicht jeder ihre Vorliebe teilt und daß ganz besonders Schwester Fallon Schlaf und Alleinsein einer Tasse Kakao und ihrer Gesellschaft vorzog.»

«Ich werde mit den Burts noch sprechen. Wie steht es mit dem Krankenhausgelände? Ist es nachts zugänglich?»

«Am Haupteingang ist immer ein Pförtner im Dienst. Wegen der Unfallwagen wird das Tor nie geschlossen, aber der Pförtner sieht jeden kommen und gehen. Das Nightingale-Haus liegt viel näher am Hintereingang des Geländes, aber wir gehen da gewöhnlich nicht zu Fuß, weil der Weg schlecht beleuchtet und ziemlich unheimlich ist. Außerdem mündet das Tor auf die Winchester Road, die fast zwei Meilen vom Stadtzentrum entfernt ist. Das hintere Tor wird sommers wie winters nach Sonnenuntergang von einem der Pförtner geschlossen, aber die Oberschwestern und die Oberin haben Schlüssel.»

«Und wenn die Schülerinnen spät nach Hause kommen?»

«Sie sollen den Vordereingang benutzen und auf dem Hauptweg gehen, der am Krankenhaus vorbeiführt. Es gibt eine Abkürzung durch die Bäume – dann sind es nur ungefähr zweihundert Meter –, aber die meisten kürzen nachts lieber nicht ab. Ich denke, Mr. Hudson – das ist unser Hausverwalter – kann Ihnen einen Plan des ganzen Geländes und des Nightingale-Hauses geben. Übrigens wartet er mit dem stellvertretenden Vorsitzenden in der Bibliothek auf Sie. Der Vorsitzende, Sir Marcus Cohen, ist zur Zeit in Israel. Trotzdem ist es beinahe ein Empfangskomitee. Mr. Courtney-Briggs hat sogar seine Sprechstunde für ambulante Patienten verschoben, um den Yard im Nightingale-Haus zu begrüßen.»

«Dann seien Sie doch bitte so nett und sagen ihnen, daß ich gleich rüberkomme», sagte Dalgliesh.

Sie war entlassen. Als wolle er diesen Eindruck abschwächen, sagte Sergeant Masterson unerwartet und laut: «Oberschwester Rolfe hat uns sehr geholfen.» Die Frau lachte höhnisch auf.

«Der Polizei helfen! Hat das nicht eine finstere Nebenbedeutung? Wie dem auch sei, ich glaube nicht, daß ich besonders nützlich sein kann. Ich habe weder die eine noch die andere umgebracht. Und letzte Nacht war ich allein im Kino für neue Filmkunst. Sie bringen jetzt eine Reihe von Antonionifilmen. Diese Woche *L'Avventura*. Ich kam erst kurz vor elf nach Hause und ging sofort ins Bett. Ich habe Schwester Fallon nicht einmal gesehen.»

Dalgliesh registrierte mit müder Resignation die erste Lüge und fragte sich, wie viele, wichtige und unwichtige, bis zum Abschluß der Untersuchung noch ausgesprochen würden. Aber jetzt war nicht der richtige Zeitpunkt, Oberschwester Rolfe zu verhören. Sie würde keine einfache Zeugin sein. Sie hatte seine Fragen vollständig, aber mit unverhülltem Widerwillen beantwortet. Er war sich nicht sicher, ob sie etwas gegen ihn oder gegen seinen Beruf hatte, oder ob jeder Mann diesen ärgerlichen und geringschätzigen Ton herausgefordert hätte. Ihr Gesicht, abweisend und auf Abwehr eingestellt, stimmte mit ihrer Persönlichkeit überein. Es war energisch und klug, aber ohne etwas Weiches und Frauliches. Die tiefliegenden, sehr dunklen Augen hätten anziehend wirken können, wären darüber nicht diese völlig geraden Augenbrauen gewesen, die so dunkel und buschig waren, daß sie das Gesicht ein wenig unproportioniert wirken ließen. Die Nase war breit und großporig, die Lippen waren eine dünne, harte Linie. Es war das Gesicht einer Frau, die nie gelernt hatte, das Leben zu nehmen, wie es war, und vielleicht aufgegeben hatte, es auch nur zu versuchen. Sollte sie sich als Mörderin herausstellen und ihr Bild in der Zeitung erscheinen, dachte er plötzlich, würden andere Frauen begierig in dieser unnachgiebigen Maske die Zeichen der Verderbtheit suchen und behaupten, sie seien keineswegs überrascht. Auf einmal tat sie ihm leid – mit dieser Mischung aus Verwirrung und Mitgefühl, die man empfindet, wenn man körperlichen Mängeln oder Mißbildungen gegenübersteht. Er wandte sich schnell ab, damit sie dieses aufflackernde Mitleid nicht bemerkte. Für sie wäre es, wie er wußte, die denkbar schlimmste Beleidigung gewesen. Und als er sich wieder umdrehte, um ihr förmlich zu danken, war sie schon hinausgegangen.

3

Sergeant Charles Masterson war breitschultrig und gut einsneunzig groß. Er trug seine Größe lässig und bewegte sich überraschend beherrscht und präzise für einen so ausgesprochen maskulinen und kräftigen Mann. Er wurde allgemein für gutaussehend gehalten – und mit seinem ausdrucksvollen Gesicht, den sinnlichen Lippen und den verschleierten Augen hatte er eine bemerkenswerte Ähnlichkeit mit einem populären amerikanischen Filmschauspieler des draufgängerischen Typs. Dem Sergeant war diese Ähnlichkeit – wie hätte es anders sein können – natürlich bewußt, und Dalgliesh hatte manchmal den leisen Verdacht, daß er ein wenig mit einem leichten amerikanischen Akzent nachhalf.

«Also, Sergeant, Sie haben Zeit gehabt, sich umzusehen. Sie haben mit ein paar Leuten gesprochen. Berichten Sie!»

Diese Aufforderung versetzte Dalglieshs Untergebene gewöhnlich in Furcht und Schrecken. Sie bedeutete, daß der Kriminalrat jetzt eine kurze, geraffte, exakte, gut ausgedrückte und gleichzeitig umfassende Darstellung des Verbrechens hören wollte, die dem neu Hinzukommenden alle bislang bekannten wesentlichen Fakten lieferte. Die Fähigkeit, zu wissen, was man sagen möchte, und das mit einem Minimum passender Worte zu sagen, ist bei der Polizei genauso wenig verbreitet wie bei anderen Mitgliedern der Gesellschaft. Wahrscheinlich jammerten Dalglieshs Untergebene, sie hätten, als sie bei der Kriminalpolizei eintraten, nicht gewußt, daß dafür neuerdings ein abgeschlossenes Englischstudium verlangt würde. Aber Sergeant Masterson war weniger leicht einzuschüchtern als die meisten seiner Kollegen. Er hatte sicher seine Schwächen, aber mangelndes Selbstvertrauen gehörte nicht dazu. Er freute sich, an diesem Fall mitarbeiten zu dürfen. Es war beim ganzen Yard bekannt, daß Kriminalrat Dalgliesh keinen Dummkopf in seiner Umgebung ertragen konnte und daß er für Dummheit seine höchstpersönliche Definition hatte. Masterson respektierte ihn, weil Dalgliesh einer der erfolgreichsten Kriminalisten des Yard war, und Erfolg war für Masterson das einzige wirkliche Kriterium. Er hielt ihn für sehr fähig, was allerdings nicht besagte, daß er Adam Dalgliesh für ebenso fähig wie Charles Masterson hielt. Meistens konnte er ihn herzlich wenig leiden – aus Gründen, die er einer näheren Überprüfung nicht für wert hielt. Er vermutete, daß die Abneigung auf Gegenseitigkeit beruhte, aber das machte ihm nicht viel aus. Dalgliesh würde der Karriere eines Untergebenen niemals im Wege stehen, weil er ihn nicht leiden konnte. Er verteilte vielmehr peinlich genau und wohlüberlegt seine Pluspunkte, wo sie angebracht waren. Aber die Situation erforderte Wachsamkeit, und Masterson hatte vor, auf der Hut zu bleiben. Ein ehrgeiziger Mann, der seinen Weg zu höheren Ehren sorgfältig vorausgeplant hat, wäre ein Narr, wenn er nicht frühzeitig erkannt hätte, daß es verdammt dämlich ist, einem höhergestellten Beamten zu widersprechen. Masterson hatte nicht die Absicht, sich so dumm zu verhalten. Aber ein wenig Kooperation von seiten des Chefs in seiner Kampagne des guten Willens wäre nicht unwillkommen. Und er war sich durchaus nicht sicher, ob er die bekommen würde.

Er sagte: «Ich werde die beiden Todesfälle getrennt behandeln, Sir. Das erste Opfer . . .»

«Sie sprechen wie ein Reporter, Sergeant! Erst müssen wir einmal wissen, ob wir ein Opfer haben, bevor wir das Wort gebrauchen.»

Masterson begann: «Die erste Verstorbene . . . das erste Mädchen, das starb, war eine einundzwanzigjährige Schwesternschülerin, Heather Pearce.» Er trug die den Tod der beiden Mädchen betreffenden Fakten vor, soweit sie bekannt waren, und achtete sorgfältig darauf, besonders himmelschreiende Beispiele von Polizistenjargon zu vermeiden, da er wußte, daß der Chef krankhaft empfindlich darauf reagierte. Er widerstand auch der Versuchung, seine soeben erworbenen Kenntnisse in künstlicher Ernährung auszubreiten. Er hatte sich der Mühe unterzogen, aus Oberschwester Rolfe eine umfassende, wenn auch widerwillig gegebene Darstellung herauszuholen. Er schloß: «Wir haben also die Möglichkeiten, Sir, daß es sich in einem oder beiden Fällen um Selbstmord handelt, daß einer oder beide Unfälle waren, daß der erste Mord war, aber das falsche Opfer getötet wurde, oder daß es zwei Morde mit zwei richtigen Opfern gab. Eine faszinierende Auswahl, Sir.»

Dalgliesh sagte: «Oder daß Schwester Fallon eines natürlichen

Todes gestorben ist. Solange wir nicht den toxikologischen Befund haben, bewegen wir uns in Theorien, die den Fakten voraus sind. Aber für den Augenblick betrachten wir beide Todesfälle als Morde. So, dann wollen wir mal in die Bibliothek gehen und sehen, was der stellvertretende Vorsitzende des Verwaltungskomitees uns zu sagen hat.»

4

Die Bibliothek, leicht zu finden durch ein auffälliges Schild über der Tür, war ein hoher freundlicher Raum im ersten Stock, direkt neben dem Aufenthaltsraum der Schülerinnen. Eine Wand wurde ganz von drei verzierten Erkerfenstern eingenommen, an den drei anderen reichten die Bücherregale bis unter die Decke. Die Mitte des Raums blieb frei. Vor den Fenstern standen vier Tische, außerdem gab es noch zwei schäbige Sofas zu beiden Seiten des gemauerten Kamins, in dem jetzt ein altertümlicher Gasofen seinen finsteren Willkommensgruß zischte. Davor, unter den zwei Leuchtröhren, unterhielt sich in verschwörerisch gedämpftem Ton eine Gruppe von vier Männern. Als die Tür aufging, sahen sie alle zugleich auf und betrachteten Dalgliesh und Masterson mit wachsamer Neugier. Für Dalgliesh war es ein vertrauter Anblick, wie immer eine Mischung aus Interesse, Befürchtung und Hoffnung – diese erste Begegnung der Protagonisten in einem Mordfall mit dem Außenseiter, dem fremden Experten für gewaltsamen Tod, der sich als unwillkommener Gast bei ihnen eingefunden hat, um seine beneidenswerten Talente zu beweisen.

Dann löste sich die Spannung, und die Gruppe geriet in Bewegung. Die zwei Männer, die Dalgliesh bereits kennengelernt hatte – Stephen Courtney-Briggs und der Krankenhausverwalter Paul Hudson –, kamen mit einem höflichen Lächeln auf ihn zu. Mr. Courtney-Briggs, der anscheinend an jedem Ort, den er mit seiner Anwesenheit beehrte, die Leitung übernahm, stellte die Herren vor. Der Personalleiter Raymond Grout reichte Dalgliesh eine feuchte Hand. Er hatte ein kummervolles Gesicht, voller Sorgenfalten wie das eines Kindes, das gleich zu weinen anfangen will. Sein Haar lag in silbernen Strähnen über einer hohen gewölbten Stirn. Wahrscheinlich war er jünger, als er aussah, dachte Dalgliesh, aber trotzdem mußte er kurz vor der Pensionierung stehen.

Neben Grouts großer, gebeugter Gestalt sah Stadtrat Kealey munter wie ein Terrier aus. Er war ein rotblonder listiger kleiner Mann, säbelbeinig wie ein Jockey, steckte in einem auffällig karierten Anzug, dessen scheußliches Muster durch den ausgezeichneten Schnitt besonders ins Auge sprang, und wirkte dadurch wie ein als Mensch verkleidetes Tier aus irgendwelchen Kindercomics. Dalgliesh rechnete fast damit, eine Tatze gereicht zu bekommen.

«Gut, daß Sie gekommen sind, und vor allem so schnell», sagte Mr. Kealey.

Anscheinend merkte er selbst, wie töricht diese Bemerkung war, kaum daß er sie gemacht hatte, denn er warf unter den stachligen roten Augenbrauen hervor einen schnellen Blick auf die andern, als wolle er ihnen ein Schmunzeln verbieten. Es schmunzelte keiner, aber Mr. Grout guckte unter sich, als habe er selbst den Schnitzer begangen, und Paul Hudson wandte sich ab, um ein verlegenes Grinsen zu verbergen. Er war ein angenehmer junger Mann, der auf Dalgliesh bei seiner Ankunft im Krankenhaus einen tüchtigen und entschlußfreudigen Eindruck gemacht hatte.

Jetzt schien ihm allerdings die Anwesenheit des stellvertretenden Vorsitzenden und des Personalleiters die Sprache verschlagen zu haben, und er hatte die entschuldigende Miene eines Mannes, dessen Gegenwart nur stillschweigend geduldet wird.

Mr. Courtney-Briggs sagte: «Es ist wohl noch zu früh, um etwas Neues zu erfahren, denke ich. Wir sahen den Leichenwagen abfahren, und ich wechselte ein paar Worte mit Miles Honeyman. Er konnte sich natürlich in diesem Stadium der Untersuchung nicht festlegen, aber er meinte, er wäre überrascht, wenn es sich als natürlicher Tod herausstellte. Das Mädchen hat Selbstmord begangen. Ja, ich meine, das dürfte jedem klar sein.»

Dalgliesh erwiderte: «Nichts ist bis jetzt klar.»

Darauf trat Stille ein. Der stellvertretende Vorsitzende fand das Schweigen anscheinend peinlich, denn er räusperte sich geräuschvoll und sagte: «Sie werden natürlich ein Büro brauchen. Die hiesige Polizei hat von ihrer Wache aus gearbeitet. Sie haben uns wirklich kaum Ungelegenheiten bereitet. Wir merkten kaum, daß sie im Haus waren.» Er sah Dalgliesh mit schwachem Optimismus an, als hege er nur wenig Hoffnung, daß das Team vom Yard ebenso entgegenkommend sein werde.

Dalgliesh antwortete knapp: «Wir brauchen ein Zimmer. Ist es möglich, uns eines im Nightingale-Haus zur Verfügung zu stellen? Das wäre am praktischsten.»

Dieses Ansinnen schien die Herren zu verwirren. Der Personalleiter sagte zaghaft: «Wenn die Oberin hier wäre ... Wir können nicht so leicht feststellen, was frei ist. Sie wird aber bald zurück sein.»

Stadtrat Kealey knurrte. «Wir können nicht alles liegen lassen, bis die Oberin wieder hier ist. Der Kriminalrat braucht ein Zimmer. Dann suchen Sie ihm eben eines.»

«Na ja, dann vielleicht Miss Rolfes Büro im Parterre, direkt neben dem Übungsraum.» Der Personalleiter sah Dalgliesh mit traurigen Augen an. «Sie kennen Miss Rolfe, unsere Erste Tutorin, ja schon. Falls Miss Rolfe vorübergehend in das Zimmer ihrer Sekretärin umziehen könnte ... Miss Buckfield ist an Grippe erkrankt, das wäre also frei. Es ist ziemlich eng, eigentlich nur eine Kammer, aber wenn die Oberin ...»

«Sagen Sie Miss Rolfe, sie möchte alles ausräumen, was sie braucht. Und lassen Sie die Aktenschränke hinaustragen.»

Stadtrat Kealey wandte sich an Dalgliesh und bellte: «Meinen Sie, das wird es tun?»

«Falls es ungestört, einigermaßen schalldicht, abschließbar und groß genug für drei Personen ist und dazu eine direkte Telefonverbindung zur Vermittlung hat, wird es gehen. Wenn es auch noch fließendes Wasser hat, um so besser.»

Die beachtliche Wunschliste dämpfte den stellvertretenden Vorsitzenden ein wenig. «Im Erdgeschoß, gegenüber von Miss Rolfes Zimmer, gibt es einen kleinen Waschraum mit Toilette, den man Ihnen zur Verfügung stellen könnte.»

Mr. Grout fühlte sich immer ungemütlicher. Er sah zu Mr. Courtney-Briggs hinüber, als suche er einen Verbündeten, aber der Chirurg war während der letzten Minuten merkwürdig schweigsam gewesen und schien seinem Blick auszuweichen. Dann läutete das Telefon. Mr. Hudson lief schnell hin. Offensichtlich war er glücklich, sich betätigen zu können. Er wandte sich an den stellvertretenden Vorsitzenden.

«Der *Clarion*, Sir. Sie möchten Sie persönlich sprechen.»

Stadtrat Kealey griff resolut zum Hörer. Nachdem er beschlossen hatte, sich hier Geltung zu verschaffen, war er offensichtlich bereit, das Kommando in jeder Situation zu übernehmen, und diese hier lag immerhin im Bereich seiner Fähigkeiten. Mord gehörte zwar nicht zu seinen normalen Beschäftigungen, aber mit der lokalen Presse umzugehen, darauf verstand er sich.

«Hier Stadtrat Kealey. Der stellvertretende Vorsitzende des Verwaltungskomitees. Ja, der Yard ist hier. Das Opfer? Oh, ich denke, wir sprechen lieber nicht von einem Opfer. Jedenfalls vorerst nicht. Fallon. Josephine Fallon. Alter?» Er legte die Hand auf die Sprechmuschel und drehte sich nach dem Personalleiter um. Seltsamerweise kam die Antwort von Mr. Courtney-Briggs.

«Sie war einunddreißig Jahre und zehn Monate alt», sagte er. «Sie war auf den Tag zwanzig Jahre jünger als ich.»

Stadtrat Kealey schien über die unverlangte Auskunft nicht überrascht und wandte sich wieder an den Anrufer.

«Sie war einunddreißig. Nein, wir wissen noch nichts über die Todesursache. Niemand weiß etwas. Wir warten noch auf das Untersuchungsergebnis. Ja, Kriminalrat Dalgliesh. Er ist im Augenblick hier, aber er hat keine Zeit, ans Telefon zu kommen. Ich hoffe, ich kann heute abend eine Pressemeldung herausgeben. Bis dahin dürften wir den Autopsiebefund haben. Nein, wir haben keine Veranlassung, von einem Mord auszugehen. Der Polizeichef hat den Yard nur sicherheitshalber gerufen. Nein, nach unserem derzeitigen Kenntnisstand haben die beiden Todesfälle nichts miteinander zu tun. Sehr traurig. Ja, wirklich. Wenn Sie gegen sechs Uhr noch einmal anrufen, kann ich Ihnen vielleicht bessere Auskünfte geben. Wir wissen im Augenblick nur, daß Schwester Fallon heute morgen kurz nach sieben Uhr tot in ihrem Bett aufgefunden wurde. Es könnte sehr wohl ein Herzanfall gewesen sein. Sie hatte gerade eine schwere Grippe hinter sich. Nein, es wurde keine Nachricht gefunden. Nichts dergleichen.»

Er hörte eine Zeitlang hin, deckte dann wieder die Sprechmuschel ab und sah Grout an.

«Sie fragen nach Verwandten. Wissen wir etwas von ihren Angehörigen?»

«Sie hatte keine. Schwester Fallon war Waise.» Wieder hatte Mr. Courtney-Briggs geantwortet.

Stadtrat Kealey gab diese Informationen weiter und legte auf. Grimmig lächelnd sah er Dalgliesh an, halb selbstzufrieden, halb warnend. Dalgliesh fand es interessant zu erfahren, der Yard sei nur sicherheitshalber geholt worden. Das war eine neue Auffassung von seinen Zuständigkeiten, nicht gerade geeignet, die Knaben von der Lokalzeitung zu täuschen, und erst recht nicht die Londoner Reporter, die bald hinter ihm her sein würden. Er fragte sich, wie das Krankenhaus mit dem öffentlichen Aufsehen fertig würde. Stadtrat Kealey hatte ein paar Ratschläge nötig, wenn die Nachforschungen nicht behindert werden sollten. Aber das hatte noch Zeit. Jetzt wollte er sie alle erst einmal loswerden, um mit der Untersuchung anfangen zu können. Diese Höflichkeitsformalien waren immer ein zeitraubendes Ärgernis. Und bald gäbe es dazu noch eine Oberin, die besänftigt und konsultiert werden mußte, wenn man nicht sogar gegen sie ankämpfen mußte. Nach der Abneigung des Personalleiters, auch nur einen Schritt ohne ihre Einwilligung zu tun, zu schließen, war sie wohl eine starke Persönlichkeit. Er freute sich nicht sonderlich auf die Aussicht, ihr taktvoll klarzumachen, daß es bei dieser Untersuchung nur Platz für *eine* starke Persönlichkeit geben würde.

Mr. Courtney-Briggs, der in Gedanken versunken am Fenster gestanden und in den sturmzerzausten Garten gestarrt hatte, drehte sich um und sagte: «Ich habe leider keine Zeit mehr. Ich muß mich um einen Privatpatienten kümmern, und dann ist die Visite fällig. Eigentlich hätte ich den Schülerinnen nachher einen Vortrag halten sollen, aber der wird jetzt ausfallen müssen. Sie lassen mich wissen, Kealey, wenn ich irgendwie behilflich sein kann.»

Dalgliesh ließ er links liegen. Er vermittelte, und das sicherlich mit Absicht, den Eindruck eines vielbeschäftigten Mannes, der schon viel zuviel Zeit mit Nebensächlichkeiten vergeudet hat. Dalgliesh widerstand der Versuchung, ihn aufzuhalten. So schön es gewesen wäre, dem arroganten Mr. Courtney-Briggs einen Dämpfer zu verpassen, war das doch ein Vergnügen, das er sich jetzt nicht leisten konnte. Es gab Dringlicheres zu tun.

In diesem Augenblick hörten sie ein Auto vorfahren. Mr. Courtney-Briggs ging wieder ans Fenster, sagte aber nichts. Die drei anderen erstarrten und wandten, wie von einer geheimen Kraft angezogen, die Köpfe zur Tür. Eine Autotür schlug zu. Ein paar Sekunden war es still, dann hörte man das Klappern von eiligen Schritten auf dem gekachelten Korridor. Die Tür ging auf, und die Oberin kam herein.

Dalglieshs erster Eindruck war der einer sehr persönlichen, doch beiläufigen Eleganz und eines Selbstvertrauens, das sich mit Händen greifen ließ. Er hatte eine große, schlanke Frau vor sich. Sie war ohne Kopfbedeckung, und ihr Haar zeigte fast die gleiche honiggelbe Farbe wie ihr blasser Teint. Sie hatte es aus der hohen Stirn zurückgekämmt und im Nacken zu einer raffinierten Rolle gedreht. Sie trug einen grauen Tweedmantel, dazu einen Schal in kräftigem Grün, und hielt in der Hand eine schwarze Handtasche und eine kleine Reisetasche. Sie kam wortlos in das Zimmer, stellte die Reisetasche auf den Tisch, streifte die Handschuhe ab und blickte die kleine Versammlung schweigend an. Fast instinktiv, als beobachtete er eine Zeugin, achtete Dalgliesh auf ihre Hände. Die Finger waren sehr weiß, lang und schmal, hatten aber ungewöhnlich knochige Gelenke. Die Nägel waren kurz geschnitten. Am dritten Finger der rechten Hand funkelte ein auffallend großer Saphir mit einer reich verzierten Fassung. Er fragte sich unwillkürlich, ob sie ihn im Dienst abnahm und, wenn ja, wie sie ihn über diese knotigen Gelenke brachte.

Mr. Courtney-Briggs ging nach einem knappen «Guten Morgen!» zur Tür und blieb dort wie ein gelangweilter Gast stehen, der demonstrativ seinen Wunsch zeigen will, schnell zu verschwinden. Aber die anderen drängten sich um sie. Eine plötzliche Erleichterung war zu spüren. Man machte sich miteinander bekannt.

«Guten Morgen, Herr Kriminalrat.» Ihre Stimme war dunkel, ein wenig rauh, etwas Besonderes wie ihre ganze Erscheinung. Sie schien kaum auf ihn zu achten, doch er fing einen schnellen abschätzenden Blick aus ihren grünen, leicht vorstehenden Augen auf. Ihr Händedruck war fest und kühl, aber so knapp, daß es ihm wie ein flüchtiges Berühren von Handflächen vorkam, nicht mehr.

Der stellvertretende Vorsitzende sagte: «Die Polizei braucht ein Zimmer. Wir dachten, vielleicht Miss Rolfes Büro?»

«Das ist zu klein, meine ich, und nicht ungestört genug so nah bei der Diele. Es wäre besser, wenn Mr. Dalgliesh das Gästezimmer im ersten Stock und den Waschraum daneben benutzen könnte. Das Zimmer kann abgeschlossen werden. Im Hauptbüro steht ein Schreibtisch mit verschließbaren Schubladen, den man nach oben schaffen könnte. Dort wird sich die Polizei einigermaßen ungestört fühlen und dem Schulbetrieb nicht ins Gehege kommen.»

Die Männer murmelten zustimmend. Sie sahen erleichtert aus. Die Oberin wandte sich an Dalgliesh: «Brauchen Sie ein Schlafzimmer? Möchten Sie im Krankenhaus übernachten?»

«Das ist nicht nötig. Wir werden in der Stadt wohnen. Aber arbeiten würde ich lieber von hier aus. Da wir wahrscheinlich bis spätabends hier sein werden, wäre es günstig, wenn wir Schlüssel bekommen könnten.»

«Für wie lange?» fragte der stellvertretende Vorsitzende plötzlich. Das war von vornherein eine dumme Frage, aber Dalgliesh merkte, daß ihn alle ansahen, als erwarteten sie, er könne darauf eine Antwort geben. Er wußte, daß er für schnelles Arbeiten bekannt war. Wußten sie das vielleicht auch?

«Für eine Woche etwa», sagte er. Selbst wenn sich die Geschichte länger hinziehen sollte, würde er alles, was er über das Nightingale-Haus und seine Bewohner wissen mußte, innerhalb von acht Tagen herausbekommen. Falls Schwester Fallon ermordet worden war – und das glaubte er –, gäbe es nur einen kleinen Kreis von Verdächtigen. Wenn der Fall nicht in einer Woche gelöst werden konnte, würde er vielleicht nie gelöst werden. Er glaubte einen leisen Seufzer der Erleichterung zu hören.

Die Oberin fragte: «Wo ist sie?»

«Sie haben sie in die Leichenhalle gebracht, Frau Oberin.»

«Das meinte ich nicht. Wo ist Schwester Dakers? Ich habe gehört, sie war es, die die Leiche gefunden hat.»

Stadtrat Kealey antwortete. «Sie liegt auf der Privatstation. Sie war völlig durcheinander, deshalb haben wir Doktor Snelling gebeten, nach ihr zu sehen. Er hat ihr ein Beruhigungsmittel gegeben, und Oberschwester Brumfett kümmert sich um sie.»

Er fügte hinzu: «Oberschwester Brumfett hat sich Sorgen um das Mädchen gemacht. Außerdem hat sie noch einen ziemlich schweren Fall auf ihrer Station. Sonst hätte sie Sie am Flughafen abgeholt. Es tat uns allen leid, daß Sie ankamen und niemand von uns da war, aber es schien uns am vernünftigsten, eine Nachricht für Sie durchzugeben, damit Sie uns gleich nach der Landung anrufen. Oberschwester Brumfett meinte, der Schock wäre weniger groß, wenn Sie es auf diese Art erführen. Andererseits war es wohl nicht richtig, niemanden hinzuschicken. Ich wollte, daß Grout ...»

Ihre rauhe Stimme unterbrach ihn mit einem mißbilligenden Unterton: «Das hätte ich für Ihre letzte Sorge gehalten, mir einen Schock zu ersparen.» Sie wandte sich an Dalgliesh: «In etwa einer dreiviertel Stunde bin ich in meinem Wohnzimmer im dritten Stock. Falls es Ihnen paßt, würde ich gern mit Ihnen sprechen.»

Dalgliesh widerstand der Regung, mit einem gehorsamen «Ja, Frau Oberin» zu antworten, und sagte nur, daß es ihm passe. Miss Taylor sah Stadtrat Kealey an.

«Ich sehe jetzt nach Schwester Dakers. Nachher möchte mir der Kriminalrat ein paar Fragen stellen, und danach werde ich mich in meinem Büro im Krankenhaus aufhalten. Selbstverständlich bin ich den ganzen Tag erreichbar.»

Ohne einen weiteren Satz oder Blick nahm sie Reisetasche und Handtasche und ging aus dem Zimmer. Mr. Courtney-Briggs öffnete ihr mechanisch die Tür und machte dann ebenfalls Anstalten zu gehen. In der offenen Tür stehend, sagte er aufgeräumt und angriffslustig: «So, jetzt, wo wir unsere Oberin wieder hier haben und die höchst wichtige Angelegenheit der Unterbringung der Polizei geregelt ist, dürfen wir die Krankenhausarbeit vielleicht wieder aufnehmen. An Ihrer Stelle ginge ich nicht zu spät zu dem Rendezvous, Dalgliesh. Miss Taylor ist Ungehorsam nicht gewohnt.»

Er schloß die Tür hinter sich. Stadtrat Kealey guckte verdutzt, dann sagte er: «Er ist natürlich aus dem Gleichgewicht. Ist ja verständlich. Ging nicht das Gerücht . . .»

Dann fiel sein Blick auf Dalgliesh. Er besann sich plötzlich eines anderen und wandte sich an Paul Hudson.

«Also, Mr. Hudson, Sie haben gehört, was die Oberin gesagt hat. Die Polizei soll das Gästezimmer auf diesem Stock bekommen. Kümmern Sie sich bitte darum. Nun machen Sie schon!»

5

Miss Taylor schlüpfte in die Tracht der Oberin, bevor sie zur Privatstation hinüberging. Im Augenblick schien es eine instinktive Haltung zu sein, als sie dann aber, fest in sie gehüllt, mit flinken Schritten den schmalen Fußweg vom Nightingale-Haus zum Krankenhaus entlangging, wurde ihr bewußt, daß der Verstand dem Instinkt nachgeholfen hatte. Es war wichtig für das Krankenhaus, daß die Oberin zurück war, und wichtig, daß sie auch gesehen wurde.

Am schnellsten gelangte man durch die Vorhalle der Ambulanz zur Privatstation. Die Abteilung war schon voller Aktivität. Die Gruppen von bequemen Sesseln, die bewußt so gestellt waren, daß sie die Illusion von Zwanglosigkeit und Gemütlichkeit vermittelten, füllten sich rasch. Freiwillige vom Damenkomitee der Gesellschaft der Freunde hatten bereits die Teemaschine in Gang gesetzt und bedienten die Dauerpatienten, die sich lieber schon eine Stunde vor ihrem Termin einfanden, um gemütlich im Warmen zu sitzen, Zeitschriften zu lesen und mit den anderen Stammgästen zu plaudern. Als die Oberin vorbeiging, spürte sie, wie sich alle Köpfe nach ihr drehten. Einen Augenblick war es still, dann folgte das übliche Gemurmel respektvollen Grüßens. Sie nahm die jungen Assistenzärzte in ihren weißen Kitteln wahr, die kurz zur Seite traten, um sie vorbeizulassen, und die Schwesternschülerinnen, die sich an die Wand drückten.

Die Privatstation lag im zweiten Stock des Gebäudes, das immer noch das neue Haus hieß, obwohl es bereits 1945 fertiggestellt worden war. Miss Taylor nahm den Aufzug, in dem noch zwei Röntgenassistenten und ein junger Dienstbote mitfuhren. Sie murmelten ein förmliches «Guten Morgen, Frau Oberin», und blieben dann unnatürlich schweigsam, bis der Lift hielt. Sie warteten, um der Oberin den Vortritt zu lassen.

Die Privatstation bestand aus zwanzig Einzelzimmern, die zu beiden Seiten eines breiten Mittelgangs lagen. Das Zimmer der Stationsschwester, die Küche und der Wirtschaftsraum kamen gleich nach der Eingangstür. Als Miss Taylor hereinkam, tauchte eine Schwesternschülerin aus dem ersten Jahrgang in der Küchentür auf. Sie wurde rot, als sie die Oberin erblickte, und stotterte, sie wolle die Stationsschwester holen.

«Wo ist die Oberschwester?»

«Im Zimmer 7 bei Mr. Courtney-Briggs, Frau Oberin. Seinem Patienten geht es nicht gut.»

«Stören Sie sie nicht. Sagen Sie ihr nur, wenn sie herauskommt, daß ich Schwester Dakers besuchen will. Wo liegt sie?»

«Zimmer 3, Frau Oberin.» Sie zögerte.

«Schon gut, Schwester, ich finde mich allein zurecht. Machen Sie nur Ihre Arbeit weiter.»

Zimmer 3 lag am anderen Ende des Gangs. Es war eines von sechs Einzelzimmern, die gewöhnlich für erkrankte Schwestern freigehalten wurden. Nur wenn diese Zimmer belegt waren, wurden Angehörige des Personals in den Räumen zu beiden Seiten des Flurs untergebracht. Zimmer 3 war das hellste und gemütlichste der sechs Zimmer für die Schwestern. Vor einer Woche hatte dort eine Schwester mit Lungenentzündung nach einer Grippe gelegen. Miss Taylor, die jede Station des Krankenhauses einmal am Tag besuchte und sich täglich über jede erkrankte Schwester berichten ließ, hielt es für unwahrscheinlich, daß Schwester Wilkins schon wieder so weit hergestellt war, daß sie entlassen werden konnte. Oberschwester Brumfett mußte sie umgebettet haben, um das Zimmer für Schwester Dakers freizumachen. Miss Taylor konnte sich denken, weshalb. Das Fenster ging auf den Rasen und die glattgeharkten Blumenbeete vor dem Krankenhaus; von dieser Seite der Station aus war es trotz der kahlen Äste der winterlichen Bäume unmöglich, das Nightingale-Haus zu sehen. Die Brumfett, die treue Seele! So unbeweglich und dickköpfig sie in ihren Ansichten war, so erfinderisch zeigte sie sich, wenn es um Wohlbefinden und Behaglichkeit der Patienten ging. Die Brumfett, die bis an die Grenze der Peinlichkeit von Pflicht, Gehorsam und Treue sprach, aber genau wußte, was sie unter diesen unpopulären Begriffen verstand, und auch danach lebte. Sie war eine der besten Stationsschwestern, die das John Carpendar hatte und jemals haben würde. Aber Miss Taylor war froh, daß das aufopfernde Pflichtbewußtsein Oberschwester Brumfett davon abgehalten hatte, sie am Flugzeug in Heathrow abzuholen. Es war auch ohne die zusätzliche Belastung von Oberschwester Brumfetts hündischer Anhänglichkeit und Anteilnahme schlimm genug, nach Hause zu kommen und von dieser zweiten Tragödie zu erfahren.

Sie zog den Schemel unter dem Bett hervor und setzte sich zu dem Mädchen. Trotz Dr. Snellings Beruhigungsmittel schlief Schwester Dakers nicht. Sie lag reglos auf dem Rücken und starrte ins Leere. Jetzt sah sie die Oberin an. Aus ihren Augen sprach das nackte Elend. Auf dem Nachttisch lag ein Lehrbuch: Arzneimittelkunde für Krankenschwestern. Die Oberin nahm es in die Hand.

«Das ist zwar sehr gewissenhaft, Schwester, aber warum lesen Sie nicht in der kurzen Zeit, die Sie hier sind, einen Roman aus der Leihbücherei oder eine anspruchslose Zeitschrift? Soll ich Ihnen etwas bringen?»

Ein Tränenstrom war die Antwort. Der magere Körper wand sich krampfhaft im Bett, und sie vergrub ihren Kopf im Kissen, das sie mit zitternden Händen festhielt. Das Bett bebte unter diesem Ausbruch von Schmerz. Die Oberin erhob sich, ging zur Tür und klappte den Spion zu. Sie setzte sich rasch wieder hin, legte ihre Hand auf den Kopf des Mädchens und wartete ab, ohne etwas zu sagen und ohne sich zu rühren. Nach ein paar Minuten wurde Schwester Dakers ruhiger, und das schreckliche Zittern hörte auf. Sie begann, von Schluchzen unterbrochen und durch das Kissen gedämpft, zu stammeln: «Ich fühle mich so elend, ich schäme mich so arg.»

Die Oberin beugte sich hinunter, um die Worte zu verstehen. Ein eisiges Gefühl kroch an ihr hoch. Sie sollte doch nicht etwa ein Mordgeständnis hören? Halb unbewußt fing sie flüsternd an zu beten.

«Lieber Gott, bitte nicht. Nicht dieses Kind! Doch bestimmt nicht dieses Kind?»

Sie wartete, wagte nicht zu fragen. Schwester Dakers drehte sich im Bett herum und starrte sie an. Ihre Augen waren gerötet und verquollen wie zwei mißgestaltete Monde in einem vor Elend fleckigen und verzerrten Gesicht.

«Ich bin schlecht, Frau Oberin, schlecht. Ich habe mich gefreut, als sie starb.»

«Schwester Fallon?»

«O nein, nicht die Fallon! Das mit der Fallon hat mir leid getan. Schwester Pearce.»

Die Oberin legte ihre Hand auf die Schultern des Mädchens und drückte sie gegen das Bett. Sie hielt den Körper mit festem Griff und blickte hinunter in die in Tränen schwimmenden Augen.

«Ich möchte, daß Sie mir die Wahrheit sagen, Schwester. Haben Sie Schwester Pearce umgebracht?»

«Nein, Frau Oberin.»

«Oder Schwester Fallon?»

«Nein, Frau Oberin.»

«Oder haben Sie sonst etwas mit ihrem Tod zu tun?»

«Nein, Frau Oberin.»

Miss Taylor atmete hörbar aus. Sie ließ das Mädchen los, und ihre Spannung ließ nach.

«Ich denke, Sie erzählen mir am besten alles.»

Und dann kam, ganz ruhig jetzt, die jammerwürdige Geschichte. Es war ihr damals nicht wie Diebstahl vorgekommen. Es hatte wie ein Wunder ausgesehen. Mutti hatte so dringend einen warmen Wintermantel gebraucht, und Schwester Dakers hatte jeden Monat dreißig Schilling von ihrem Lohn zurückgelegt. Aber es hatte so lange gedauert, das Geld zusammenzusparen, und das Wetter war kälter geworden; und Mutti, die sich nie beklagte und sie nie um etwas bat, mußte morgens manchmal fast eine Viertelstunde auf den Bus warten und erkältete sich so leicht. Und wenn sie tatsächlich eine Erkältung bekam, konnte sie nicht zu Hause bleiben, weil Miss Arkwright, die Einkäuferin in dem Kaufhaus, nur auf eine passende Gelegenheit wartete, sie rauszuwerfen. Die Arbeit in einem Warenhaus war nicht die richtige Stelle für Mutti, aber wenn man über fünfzig war und nichts gelernt hatte, war es nicht leicht, eine gute Arbeit zu bekommen, und die jüngeren Angestellten in dem Kaufhaus waren auch nicht nett. Sie tuschelten ständig hinter ihrem Rücken, daß Mutti sich nicht genug ins Zeug lege, aber das stimmte nicht. Mutti war vielleicht langsamer als sie, aber sie gab sich wirklich Mühe mit den Kunden.

Dann hatte Schwester Harper ihr die zwei brandneuen Fünf-Pfund-Scheine fast vor die Füße fallen lassen. Schwester Harper, die so viel Taschengeld von ihrem Vater bekam, daß sie zehn Pfund verlieren konnte, ohne sich groß darum zu kümmern. Das war ungefähr vier Wochen vor Schwester Pearces Tod gewesen. Schwester Harper war mit der Pearce vom Nightingale-Haus zum Frühstück im Speisesaal des Krankenhauses gegangen, und Schwester Dakers war ihnen im Abstand von ein paar Schritten gefolgt. Die zwei Scheine waren aus Schwester Harpers Manteltasche gefallen und auf den Boden geflattert. Zuerst hatte sie den beiden nachrufen wollen, aber irgend etwas hatte sie beim Anblick des Geldes davon abgehalten. Die Scheine hatten da so unerwartet gelegen, so unwirklich, so schön und so unverdorben neu. Sie war stehengeblieben und hatte sie einen Augenblick betrachtet, und da hatte sie gemerkt, daß sie in Wirklichkeit Mutters neuen Mantel vor sich sah. Und inzwischen waren die beiden anderen schon fast außer Sicht, die Scheine lagen zusammengefaltet in ihrer Hand, und es war zu spät.

Die Oberin fragte: «Wieso wußte Schwester Pearce, daß Sie das Geld hatten?»

«Sie sagte, sie hätte mich gesehen. Sie drehte sich zufällig um, als ich mich gerade bückte, um die Scheine aufzuheben. Damals dachte sie sich nichts dabei, aber als Schwester Harper herumerzählte, daß sie das Geld verloren hatte und daß die Scheine auf dem Weg zum Frühstück aus ihrer Manteltasche gefallen sein mußten, ahnte Schwester Pearce, was passiert war. Sie und die Zwillinge suchten mit Schwester Harper den Weg nach dem Geld ab. Ich nehme an, ihr fiel dabei wieder ein, daß ich mich nach etwas gebückt hatte.»

«Wann hat sie zum erstenmal etwas zu Ihnen gesagt?»

«Eine Woche später, Frau Oberin, vierzehn Tage bevor unsere Gruppe mit dem theoretischen Unterricht begann. Wahrscheinlich hat sie es zuerst nicht recht glauben können. Sie mußte sich wohl erst darüber klarwerden, ob sie mich daraufhin ansprechen sollte.»

Schwester Pearce hatte also abgewartet. Die Oberin fragte sich, weshalb. Sie konnte nicht eine ganze Woche gebraucht haben, um sich über den Verdacht klarzuwerden. Es mußte ihr gleich eingefallen sein, daß sie gesehen hatte, wie sich Schwester Dakers bückte, als sie von den vermißten Scheinen hörte. Warum hatte sie dann das Mädchen nicht sofort gestellt? War es für ihr verqueres Ich vielleicht eine größere Genugtuung gewesen, zu warten, bis das Geld ausgegeben und die Schuldige fest in ihrer Hand war?

«Hat sie Sie erpreßt?» fragte sie.

«O nein, Frau Oberin!» Das Mädchen war entsetzt. «Sie verlangte nur fünf Schilling pro Woche, und das war keine Erpressung. Sie schickte das Geld jede Woche an eine Gesellschaft für ehemalige Inhaftierte. Ich habe die Quittungen gesehen.»

«Und erklärte sie zufällig, warum sie es nicht Schwester Harper zurückzahlte?»

«Sie meinte, es sei schwer zu erklären, ohne mich mit hineinzuziehen, und ich bat sie, es nicht zu tun. Damit wäre alles aus gewesen, Frau Oberin. Ich möchte die Kurse für Gemeindeschwestern mitmachen, wenn ich hier meine Prüfung hinter mir habe, damit ich mich besser um meine Mutter kümmern kann. Wenn ich einen Bezirk auf dem Land bekommen könnte, wäre es vielleicht möglich, für uns beide ein Häuschen zu mieten und vielleicht sogar ein Auto anzuschaffen. Mutti könnte dann ihre Arbeit im Kaufhaus aufgeben. Ich habe darüber mit Schwester Pearce gesprochen. Außerdem sagte sie, die Harper ginge so achtlos mit ihrem Geld um, daß es ihr nicht schaden würde, Lehrgeld zu zahlen. Sie schickte meine Rückzahlungen an diese Gesellschaft, weil das am angemessensten schien. Schließlich hätte ich ja auch ins Gefängnis kommen können, wenn sie mich nicht gedeckt hätte.»

Die Oberin sagte trocken: «Das ist natürlich Unsinn, und Sie hätten wissen sollen, daß es Unsinn war. Schwester Pearce scheint eine dumme und anmaßende Person gewesen zu sein. Stellte sie bestimmt keine anderen Forderungen an Sie? Es gibt noch andere Arten von Erpressung.»

«Aber das hätte sie niemals getan, Frau Oberin!» Schwester Dakers hob mit Mühe ihren Kopf vom Kissen. «Schwester Pearce war . . . ja, sie war gut.» Sie fand das Wort anscheinend nicht ausreichend und runzelte die Stirn, als suche sie nach einer besseren Erklärung.

«Sie redete oft mit mir und gab mir eine Karte mit einem Abschnitt aus der Bibel, den ich täglich lesen mußte. Einmal in der Woche fragte sie mich danach.»

In der Oberin stieg ein moralischer Zorn hoch, der so stark war, daß sie etwas tun mußte, um sich Erleichterung zu verschaffen. Sie stand auf und ging zum Fenster, um ihr brennendes Gesicht an der Scheibe zu kühlen. Sie spürte ihr Herz heftig klopfen und registrierte mit beinahe klinischem Interesse, daß ihre Hände zitterten. Nach einer Weile ging sie wieder an das Bett.

«Sagen Sie nicht, daß sie gut war. Pflichtbewußt, gewissenhaft und wohlmeinend, wenn Sie wollen, aber nicht gut. Sollten Sie jemals wirkliche Güte kennenlernen, werden Sie den Unterschied begreifen. Und ich würde mir keine Gedanken darüber machen, mich über ihren Tod zu freuen. Unter den gegebenen Umständen ist es normal, daß Sie so empfinden. Mit der Zeit werden Sie fähig sein, sie zu bedauern und ihr zu vergeben.»

«Aber, Frau Oberin, ich bin doch die, der man vergeben muß. Ich bin der Dieb.» Lag da eine Andeutung von Masochismus in der weinerlichen Stimme, die perverse Selbstbeschuldigung des geborenen Opfers?

Miss Taylor sagte energisch: «Sie sind kein Dieb. Sie haben einmal gestohlen; das ist eine ganz andere Sache. Jeder von uns hat einen wunden Punkt in seinem Leben, etwas, weswegen er sich schämt, was ihm leid tut. Sie haben kürzlich etwas über sich selbst erfahren, etwas darüber, wozu Sie fähig sind, und das hat Ihr Selbstvertrauen erschüttert. Jetzt müssen Sie mit diesem Wissen leben. Wir können andere Menschen erst verstehen und ihnen verzeihen, wenn wir gelernt haben, uns selbst zu verstehen und zu verzeihen. Sie werden nicht noch einmal stehlen. Das weiß ich, und Sie wissen es auch. Aber Sie haben es einmal getan. Sie sind fähig zu stehlen. Dieses Wissen wird Sie davor bewahren, zu selbstgefällig, zu selbstzufrieden zu sein. Es kann dazu beitragen, daß Sie ein toleranter und verständnisvoller Mensch und eine bessere Schwester werden. Aber nicht, wenn Sie in Schuldgefühlen, Gewissensbissen und Verbitterung schwelgen. Diese tückischen Gefühle mögen sehr schön sein, aber sie helfen weder Ihnen noch sonst jemandem.»

Das Mädchen blickte zu ihr auf.

«Muß die Polizei das erfahren?»

Das war natürlich die Frage. Und es konnte nur eine Antwort geben.

«Ja. Und Sie müssen es ihr erzählen, wie Sie es mir erzählt haben. Aber ich werde zuerst mit dem Kriminalrat reden. Es ist ein neuer Detektiv, diesmal von Scotland Yard, und ich glaube, er ist ein intelligenter und verständnisvoller Mann.»

War er das wirklich? Wie konnte sie das überhaupt sagen? Diese erste Begegnung war so kurz gewesen, nicht mehr als ein Blick und eine flüchtige Berührung ihrer Hände. Machte sie sich vielleicht nur selbst Mut mit der voreiligen Meinung, er sei ein Mann mit Autorität und Einfühlungsvermögen, der das Rätsel um die beiden Todesfälle möglichst schmerzlos lösen würde, sowohl für die Unschuldigen als auch für die Schuldigen? Instinktiv hatte sie das gespürt. Aber war dieses Gefühl rational? Sie glaubte Schwester Dakers ihre Geschichte; aber sie wollte sie auch glauben. Was würde ein Kriminalbeamter davon halten, der zwar eine Vielzahl von Verdächtigen vor sich hatte, aber keine andere mit erkennbaren Motiven? Und hier gab es ein echtes Motiv. Es ging um die ganze Zukunft von Schwester Dakers und um die ihrer Mutter. Und die Dakers hatte sich wirklich seltsam verhalten. Sicher, sie war am meisten von allen Schülerinnen verstört gewesen, als Schwester Pearce starb, aber sie hatte sich schnell wieder gefangen. Sogar bei dem gründlichen Verhör durch die Polizei hatte sie ihr Geheimnis für sich behalten. Was hatte dann diesen Zusammenbruch bewirkt, was dieses Geständnis und die Gewissensbisse? War es nur der Schock, als sie die Leiche der Fallon fand? Und warum sollte Schwester Fallons Tod das alles ausgelöst haben, wenn sie nichts damit zu tun hatte?

Miss Taylor dachte noch einmal über die Pearce nach. Wie wenig wußte man tatsächlich von seinen Schülerinnen. Schwester Pearce war, wenn man überhaupt an sie dachte, die typische langweilige, gewissenhafte, unattraktive Schülerin gewesen, die den Schwesternberuf wahrscheinlich dazu benutzte, um den Mangel an herkömmlicheren Befriedigungen zu kompensieren. Eine von der Art gab es gewöhnlich an jeder Schwesternschule. Man konnte sie kaum ablehnen, wenn sie sich um die Aufnahme bewarben, denn sie brachten eine überdurchschnittliche Schulbildung und einwandfreie Zeugnisse mit. Und insgesamt gaben sie auch keine schlechten Schwestern ab. Allerdings wurden sie auch selten besonders gute. Aber nun war sie ihrer Sache nicht mehr so sicher. Wenn die Pearce von einem solchen heimlichen Machtstreben erfüllt war, daß sie die Schuld und Verzweiflung dieses Mädchens ausgenutzt hatte, um ihr eigenes Ich zu stärken, dann war sie alles andere als gewöhnlich und bedeutungslos gewesen. Dann war sie eine gefährliche junge Frau gewesen.

Und sie hatte sich alles so fein ausgedacht. Indem sie eine Woche abgewartet hatte, bis sie einigermaßen sicher sein konnte, daß das Geld ausgegeben war, hatte sie der Dakers keine Wahl mehr gelassen. Das Kind konnte dann kaum noch geltend machen, sie habe einem plötzlichen Impuls nachgegeben, aber das Geld zurückgeben wollen. Und selbst wenn Schwester Dakers beschlossen hätte, es zuzugeben, vielleicht gegenüber der Oberin, hätte es Schwester Harper auf jeden Fall erfahren: dafür hätte die Pearce gesorgt. Und nur Schwester Harper hätte entscheiden können, ob die Sache weiter verfolgt werden sollte. Sie hätte möglicherweise dazu gebracht werden können, Gnade vor Recht ergehen zu lassen. Aber gesetzt den Fall, es wäre nicht möglich gewesen? Schwester Harper hätte es mit einiger Gewißheit ihrem Vater erzählt, und die Oberin konnte sich nicht vorstellen, daß Mr. Ronald Harper gnädig mit einem verfuhr, der sich an seinem Geld bedient hatte. Miss Taylors Bekanntschaft mit ihm war nur sehr flüchtig, aber sie glaubte ihn gut genug zu kennen. Zwei Tage nach dem Tod von Schwester Pearce war er ins Krankenhaus gekommen, ein großer, wohlhabend wirkender, aggressiver Mann, gewichtig in einem pelzbesetzten Automantel. Ohne lange Vorreden oder Erklärungen hatte er seine einstudierte

Tirade vom Stapel gelassen und mit der Oberin in einem Ton gesprochen, als sei sie ein Lehrling in seiner Werkstatt. Er habe nicht die Absicht, seine Tochter einen Augenblick länger in einem Haus zu lassen, wo sich ein Mörder frei bewegte, Polizei hin, Polizei her. Diese Schwesternschule sei von Anfang an eine blödsinnige Idee gewesen, und nun sei Schluß damit. Seine Diane brauche sowieso keinen Beruf. Sie sei ohnehin verlobt. Eine verdammt gute Partie noch dazu! Mit dem Sohn seines Geschäftspartners. Sie könne die Hochzeit vorverlegen statt bis zum Sommer zu warten, und in der Zwischenzeit könne sie zu Hause bleiben und im Büro helfen. Er werde sie jetzt mitnehmen, und er wolle den sehen, der versuche, ihn aufzuhalten.

Niemand hatte ihn aufgehalten. Das Mädchen hatte keine Einwände vorgebracht. Sie hatte freundlich und zurückhaltend im Büro der Oberin gestanden, aber ein wenig gelächelt, als freue sie sich über die ganze Aufregung ihretwegen und über die selbstsichere Männlichkeit ihres Vaters. Die Polizei konnte sie nicht daran hindern zu gehen, aber sie versuchte es auch gar nicht. Es war merkwürdig, dachte die Oberin, daß niemand ernsthaft die Harper verdächtigt hatte; und wenn die zwei Todesfälle das Werk einer Hand waren, war dieses Gefühl richtig gewesen. Sie hatte das Mädchen zum letztenmal gesehen, wie sie in das überdimensionale, häßliche Auto ihres Vaters einstieg – mit ihren dünnen Beinen unter dem neuen Pelzmantel, den er gekauft hatte, um sie für den vorzeitigen Abbruch ihrer Ausbildung zu entschädigen. Sie hatte sich noch einmal umgeschaut und ihrer Gruppe zugewinkt, herablassend wie ein Filmstar gegenüber seinen versammelten Fans. Nein, keine besonders sympathische Familie: Miss Taylor hätte mit jedem Mitleid, der mit ihnen zu tun bekäme. Und doch, da sah man die Launen der Natur. Diane Harper war eine begabte Schwester gewesen, in mancher Hinsicht eine bessere als die Pearce.

Aber eine Frage war noch offen, und sie brauchte eine Weile, um ihren Mut zusammenzunehmen und sie zu stellen.

«Wußte Schwester Fallon von dieser Sache?»

Das Mädchen antwortete sofort, selbstsicher und ein wenig überrascht.

«Nein, nein, Frau Oberin! Ich glaube es wenigstens nicht. Schwester Pearce versprach, es keiner Seele zu erzählen, und sie war ja auch nicht besonders befreundet mit der Fallon. Ich bin sicher, daß sie es Schwester Fallon niemals erzählt hätte.»

«Nein», sagte die Oberin. «Wahrscheinlich nicht.»

Mit sanfter Hand hob sie Schwester Dakers' Kopf und strich das Kissen glatt.

«Und jetzt versuchen Sie, ein wenig Schlaf zu finden. Sie werden sich sehr viel besser fühlen, wenn Sie aufwachen. Und machen Sie sich keine Sorgen mehr.»

Das Gesicht des Mädchens entspannte sich. Sie lächelte die Oberin an, streckte die Hand aus und berührte flüchtig Miss Taylors Wange. Dann kuschelte sie sich in die Bettdecke und schien willens zu schlafen. Das war also in Ordnung. Natürlich! Es wirkte immer. Wie leicht und verräterisch befriedigend war es, Trost und Rat auszuteilen, jede Portion eigens nach dem jeweiligen Geschmack gewürzt. Sie hätte die Frau eines viktorianischen Pfarrers sein können, die Suppe an die Armen verteilt. Jedem das, was er brauchte. Im Krankenhaus geschah das jeden Tag. Die fröhliche Berufsstimme einer Stationsschwester. «Da kommt die Oberin, Mrs. Cox. Leider fühlt sich Mrs. Cox heute nicht besonders gut, Frau Oberin.»

Ein müdes, von Schmerzen zerquältes Gesicht auf dem Kissen, das tapfer lächelte, das nach einem Bröckchen Freundlichkeit und Beruhigung hungerte. Die Oberschwestern, die mit ihren Problemen kamen, den ständigen Problemen mit der Arbeit und mit unverträglichen Menschen.

«Fühlen Sie sich jetzt besser, Oberschwester?»

«Ja, danke, Frau Oberin. Sehr viel besser.»

Der Personalleiter, der verzweifelt mit seiner eigenen Unzulänglichkeit kämpfte.

«Mir wäre wohler, Frau Oberin, wenn wir uns über dieses Problem kurz unterhalten könnten.» Natürlich wäre ihm dann wohler! Alle wollten sie sich kurz über ein Problem unterhalten. Alle gingen sie dann weg und fühlten sich besser. Hört, was für tröstliche Worte unsere Oberin weiß. Ihr ganzes Arbeitsleben schien eine blasphemische Liturgie der Beruhigung und Absolution zu sein. Und wieviel leichter zu geben und anzunehmen war diese süße Milch menschlicher Freundlichkeit als die bittere Säure der Wahrheit. Sie konnte sich das fassungslose Unverständnis, den Groll ausmalen, mit dem ihre wirkliche persönliche Überzeugung begrüßt worden wäre.

«Ich habe nichts anzubieten. Hier gibt es keine Hilfe. Wir sind alle allein, wir alle, vom Augenblick unserer Geburt bis zum Tod. Unsere Vergangenheit ist unsere Gegenwart und Zukunft. Wir müssen mit uns leben, bis die Zeit abgelaufen ist. Wenn du Hilfe brauchst, verlasse dich auf dich selbst. Du hast niemanden sonst, auf den du dich verlassen kannst.»

Sie blieb noch einen Augenblick sitzen und ging dann leise hinaus. Schwester Dakers lächelte zum Abschied. Als sie auf den Gang hinaustrat, sah sie Oberschwester Brumfett und Mr. Courtney-Briggs aus dem Zimmer seines Patienten kommen. Oberschwester Brumfett eilte auf sie zu.

«Entschuldigen Sie, Frau Oberin. Ich wußte nicht, daß Sie auf der Station sind.»

Sie gebrauchte immer den offiziellen Titel. Mochten sie ihre gesamte Freizeit zusammen mit Autofahren und Golfspielen verbringen, mochten sie einmal im Monat mit der traulichen langweiligen Regelmäßigkeit eines alten Ehepaares eine Londoner Veranstaltung besuchen oder die erste Tasse Tee am Morgen und die letzte heiße Milch am Abend in unzertrennlicher Zweisamkeit trinken – im Krankenhaus redete Oberschwester Brumfett sie nur mit Frau Oberin an. Die scharfen Augen suchten die ihren.

«Sie haben den neuen Detektiv gesprochen, den Mann von Scotland Yard?»

«Nur flüchtig. Ich bin mit ihm verabredet, sobald ich wieder drüben bin.»

Mr. Courtney-Briggs sagte: «Ich kenne ihn, um die Wahrheit zu sagen, nicht gut, aber wir haben uns jedenfalls kennengelernt. Sie werden sehen, er ist vernünftig und intelligent. Er ist freilich auch eine ziemliche Berühmtheit. Angeblich arbeitet er sehr schnell. Was mich betrifft, ist das eine wichtige Eigenschaft. Das Krankenhaus verträgt keine Störung. Er wird mich sprechen wollen, nehme ich an, aber da wird er warten müssen. Frau Oberin, sagen Sie ihm doch bitte, daß ich auf einen Sprung ins Nightingale-Haus rüberkomme, wenn ich meine Runde hier gemacht habe.»

«Ich werde es ihm sagen, wenn er mich fragt», erwiderte Miss Taylor ruhig. Sie wandte sich an Oberschwester Brumfett.

«Schwester Dakers ist jetzt ruhiger, aber ich meine, sie sollte trotzdem nicht durch Besuche gestört werden. Wahrscheinlich wird sie jetzt etwas schlafen können. Ich schicke ein paar Zeitschriften und frische Blumen rüber. Wann kommt Dr. Snelling zu ihr?»

«Er sagte, er wolle vorm Mittagessen nach ihr sehen, Frau Oberin.»

«Vielleicht sagen Sie ihm, ich würde mich gern kurz mit ihm unterhalten. Ich bin den ganzen Tag im Krankenhaus.»

Oberschwester Brumfett sagte: «Ich nehme an, daß der Mann von Scotland Yard mich auch sehen will. Ich hoffe, er wird es kurz machen. Ich habe einen schwerkranken Patienten hier.»

Die Oberin hoffte, die Brum würde sich nicht gar zu eigensinnig anstellen. Es wäre nicht besonders glücklich, wenn sie meinte, sie könne einen Kriminalrat von der Londoner Polizei wie einen unfolgsamen Hauschirurgen behandeln. Mr. Courtney-Briggs würde bestimmt arrogant wie immer auftreten, aber sie hatte das Gefühl, daß Kriminalrat Dalgliesh mit ihm fertig werden könnte.

Sie gingen zusammen bis zum Ausgang der Station. Miss Taylor beschäftigte sich in Gedanken bereits mit neuen Problemen. Mit Schwester Dakers' Mutter mußte etwas geschehen. Es würde noch ein paar Jahre dauern, bis die Tochter eine fertige Gemeindeschwester wäre. Es wäre wohl ganz nützlich, mit Raymund Grout zu sprechen. Vielleicht gab es irgendeine Büroarbeit im Krankenhaus, die für sie geeignet wäre. Aber wäre das gerecht? Man durfte nicht dem eigenen Drang zu helfen nachgeben, wenn das auf Kosten eines anderen ging. Welche personellen Probleme es auch immer für die Krankenhäuser in London geben mochte, Grout hatte hier jedenfalls keine Schwierigkeiten, seine Bürostellen zu besetzen. Er hatte das Recht, an die Tüchtigkeit zu denken, und die Mrs. Dakers' dieser Welt, die von ihren Unzulänglichkeiten ebenso wie von Mißgeschicken verfolgt wurden, konnten diese nur selten bieten. Sie würde die Frau wohl anrufen müssen; ebenso die Eltern der anderen Schülerinnen. Wichtig war, daß die Mädchen nicht im Nightingale-Haus blieben. Der Lehrplan durfte nicht unterbrochen werden; er war ohnehin gedrängt genug. Am besten würde sie mit dem Hausmeister die Möglichkeit besprechen, sie im Schwesternwohnheim unterzubringen. Dort müßte genug Platz sein, wo so viele Schwestern krank waren. Sie könnten dann jeden Tag herüberkommen und die Bibliothek als Unterrichtsraum benutzen. Und dann mußte sie sich mit dem stellvertretenden Vorsitzenden des Verwaltungskomitees besprechen und sich um die Presse kümmern, bei der Leichenschau dabeisein und sich mit dem Begräbnis befassen. Ständig würde jemand mit ihr zu sprechen wünschen. Aber zuerst und vor allem mußte sie für Kriminalrat Dalgliesh dasein.

Fragen und Antworten

1

Die Oberin und die Oberschwestern hatten ihre Wohnräume im dritten Stock des Nightingale-Hauses. Als Dalgliesh oben an der Treppe ankam, sah er, daß der Südwestflügel durch eine eigens eingebaute Wand aus weißgestrichenem Holz vom Korridor abgetrennt war. Auf der Tür, die im Gegensatz zu der hohen Decke und den Eichenholzwänden klein und unauffällig wirkte, stand «Wohnung der Oberin». Bevor er auf den Klingelknopf drückte, erkundete er kurz den Korridor. Er sah so ähnlich aus, wie im darunterliegenden Stockwerk, nur lag hier ein roter Teppich, der dem ansonsten leeren Raum, obgleich verblaßt und abgenützt, einen Anflug von Behaglichkeit gab.

Dalgliesh ging leise von Tür zu Tür. An jeder steckte ein handgeschriebenes Namensschild in der Messinghalterung. Oberschwester Brumfett bewohnte das unmittelbar an die Wohnung der Oberin anstoßende Zimmer. Dann kam ein Badezimmer, das zweckmäßig in drei kleine Zellen, jeweils mit Badewanne und Waschbecken, aufgeteilt war. Das Kärtchen auf der nächsten Tür trug Oberschwester Gearings Namen; die beiden folgenden Zimmer standen leer. Oberschwester Rolfe wohnte an der Nordseite des Korridors, direkt neben der Küche und der Abstellkammer. Dalgliesh war nicht befugt, eines der Zimmer zu betreten, aber er drückte versuchshalber die Klinken an allen Türen. Wie erwartet, waren sie verschlossen.

Die Oberin öffnete ihm, kaum daß er geklingelt hatte, und er folgte ihr in das Wohnzimmer. Seine Größe und Einrichtung verschlug ihm die Sprache. Es nahm den ganzen südwestlichen Turm ein, ein weiträumiges, weißgetünchtes Zimmer mit einer golden und hellblau gemusterten Decke und zwei hohen Fenstern, die auf das Krankenhaus gingen. An der einen Wand standen weiße Bücherregale bis unter die Decke. Dalgliesh hatte Lust, einen beiläufigen Blick auf die Bücherwand zu werfen, um vielleicht von ihrem literarischen Geschmack auf Miss Taylors Persönlichkeit schließen zu können, aber aus Höflichkeit hielt er sich zurück. Aber von da, wo er stand, konnte er sehen, daß Lehrbücher, amtliche Berichte und Aktenordner fehlten. Das hier war ein Wohnzimmer, kein Büro.

Ein offenes Feuer brannte im Kamin. Es war gerade angezündet worden, und das Holz knackte noch. Es hatte die Luft im Zimmer noch nicht erwärmen können. Die Oberin trug ein scharlachrotes Cape über ihrem grauen Kleid. Sie hatte ihre Haube abgenommen, und der dicke Knoten aus blonden Haaren lag schwer auf ihrem schlanken weißen Nacken.

Sie hatte Glück, dachte er, in einer Zeit geboren zu sein, welche die individuelle Note von Gesichtszügen zu schätzen wußte, die vor allem vom Knochenbau her bestimmt waren und denen die weichen Nuancen der Weiblichkeit fehlten. Vor hundert Jahren hätte man sie als häßlich oder sogar lächerlich bezeichnet. Aber heutzutage würden die meisten Männer sie wohl interessant finden, manche sie vielleicht sogar schön nennen. Für Dalgliesh war sie eine der schönsten Frauen, denen er jemals begegnet war.

Genau zwischen den beiden Fenstern stand ein massiver Eichentisch, der ein großes schwarz-weißes Teleskop trug. Dalgliesh erkannte auf den ersten Blick, daß dies kein Spielzeug eines Amateurs war, sondern ein teures und kompliziertes Instrument. Es beherrschte das Zimmer. Die Oberin sah seinen Blick darauf ruhen und fragte:

«Interessieren Sie sich für Astronomie?»

«Nicht besonders.»

Sie lächelte. *«Le silence éternel de ces espaces infinis m'affraie?»*

«Beunruhigt mich eher, als daß sie mich erschreckt. Das kommt vermutlich von meiner Eitelkeit. Ich kann mich nicht für etwas interessieren, das ich nicht nur nicht verstehe, sondern von dem ich auch weiß, daß ich es nie verstehen werde.»

«Das macht es für mich gerade reizvoll. Es ist eine Form von Eskapismus, nehme ich an, vielleicht sogar von Voyeurismus – dieses Eintauchen in ein unpersönliches Universum, das ich weder beeinflussen noch kontrollieren kann und, das ist noch wichtiger, wo das auch niemand von mir erwartet. Es ist ein Verzicht auf Verantwortung. Es rückt persönliche Probleme wieder in die richtige Größenordnung.»

Sie bedeutete Dalgliesh, auf dem schwarzen Ledersofa vor dem Feuer Platz zu nehmen. Auf einem niedrigen Tisch davor stand ein Tablett mit einer Kaffeemaschine, heißer Milch, Zucker und zwei Tassen.

Während er sich setzte, sagte er lächelnd: «Wenn ich der Bescheidenheit frönen und über das Unfaßbare meditieren will, ziehe ich es vor, eine Schlüsselblume zu betrachten. Das kostet nichts, die Freude ist unmittelbar und die Moral genauso gültig.»

Der ausdrucksvolle Mund verspottete ihn.

«Und zumindest beschränken Sie Ihre Schwelgerei in diesen gefährlichen philosophischen Spekulationen auf ein paar kurze Frühlingswochen.»

Diese Unterhaltung ist eine Pavane in Worten, dachte er. Wenn ich nicht aufpasse, fange ich noch an, Gefallen daran zu finden. Ich bin gespannt, wann sie zur Sache kommt. Oder erwartet sie, daß ich den ersten Schritt tue? Und warum eigentlich nicht? Ich bin der Bittsteller, der Eindringling.

Als hätte sie seine Gedanken gelesen, sagte sie unvermittelt: «Es ist merkwürdig, daß beide so einsame Mädchen waren, beide Waisen. Das macht meine Aufgabe weniger schwierig. Es gibt keine verzweifelten Eltern, die getröstet werden müssen, Gott sei Dank! Schwester Pearce hatte nur die Großeltern, die sie aufgezogen haben. Er war früher Bergarbeiter, und sie leben ziemlich eingeschränkt in einem Häuschen außerhalb von Nottingham. Sie gehören einer sehr puritanischen Sekte an, und als einzige Reaktion auf den Tod des Kindes sagten sie: ‹Gottes Wille geschehe.› Eine seltsame Antwort auf einen Unglücksfall, der offenbar der Wille eines Menschen war.»

«Dann glauben Sie also, der Tod von Schwester Pearce war Mord?»

«Nicht unbedingt. Aber ich beschuldige den lieben Gott nicht, an der Magensonde herumgebastelt zu haben.»

«Und Schwester Fallons Verwandte?»

«Sie hat keine, soviel ich weiß. Sie wurde nach ihren nächsten Angehörigen gefragt, als sie bei uns anfing, und sagte, sie sei Vollwaise und habe keine Blutsverwandten. Es bestand kein Grund, dem nachzugehen. Es entsprach vermutlich der Wahrheit. Aber ihr Tod wird morgen in der Zeitung stehen, und falls es Verwandte oder Freunde gibt, werden wir bestimmt von ihnen hören. Sie haben vermutlich schon mit den Schülerinnen gesprochen?»

«Ich hatte gerade ein erstes Gespräch mit ihnen als Gruppe. Ich bestellte sie in den Übungsraum. Das hat mir geholfen, dem Fall den richtigen Hintergrund zu geben. Sie waren alle damit einverstanden, sich die Fingerabdrücke abnehmen zu lassen, und das passiert im Augenblick. Ich brauche die Abdrücke von allen, die sich letzte

Nacht und heute morgen im Nightingale-Haus befanden, und sei es nur, um schon einige auszuscheiden. Ich werde natürlich alle einzeln verhören müssen. Aber bin froh über die Gelegenheit, zuerst mit Ihnen zu sprechen. Schließlich waren Sie in Amsterdam, als Schwester Fallon starb. Das bedeutet für mich, daß ich mich um eine Verdächtige weniger kümmern muß.»

Zu seiner Überraschung sah er, daß ihre Knöchel um den Griff der Kaffeekanne weiß wurden und sie errötete. Sie schloß die Augen, und er glaubte, einen Seufzer zu hören. Er betrachtete sie leicht verwirrt. Was er gesagt hatte, mußte einer Frau von ihrer Intelligenz ohnehin klar sein. Er wußte nicht einmal recht, warum er es überhaupt erwähnt hatte. Falls dieser zweite Todesfall Mord war, dann war jeder, der ein lückenloses Alibi für den gestrigen Abend und die Nacht hatte, frei von Verdacht. Als hätte sie sein Erstaunen gespürt, sagte sie: «Es tut mir leid. Ich muß Ihnen dumm vorkommen. Ich weiß, es ist töricht, sich so erleichtert zu fühlen, daß man nicht unter Verdacht steht, wenn man ohnehin weiß, daß man unschuldig ist. Vielleicht, weil niemand im echten Sinne unschuldig ist. Ein Psychologe könnte das gewiß erklären. Aber dürfen Sie Ihrer Sache wirklich so sicher sein? Könnte das Gift – falls es sich um Gift handelte – nicht jederzeit, nachdem Schwester Fallon den Whisky gekauft hatte, in die Flasche gegeben worden sein? Könnte nicht eine vergiftete Flasche mit der, die sie kaufte, vertauscht worden sein? Das hätte geschehen können, bevor ich Dienstagabend nach Amsterdam flog.»

«Ich fürchte, Sie müssen sich mit Ihrer Schuldlosigkeit abfinden. Miss Fallon kaufte diese spezielle Flasche gestern nachmittag bei Scunthorpe in der High Street und trank ihr erstes und einziges Glas davon in der Nacht, in der sie starb. Die Flasche ist noch fast voll, der Whisky darin ist, soweit wir wissen, völlig in Ordnung, und die einzigen Fingerabdrücke auf der Flasche gehören Miss Fallon.»

«Sie arbeiten sehr schnell. Also wurde das Gift entweder in das Glas gegeben, nachdem sie sich ihren heißen Drink eingegossen hatte, oder in den Zucker.»

«Falls sie vergiftet wurde. Wir können nichts mit Sicherheit voraussetzen, bevor wir den Obduktionsbefund vorliegen haben, und vielleicht nicht einmal dann. Der Zucker wird ebenfalls untersucht, aber das ist eine reine Formsache. Die meisten Schülerinnen haben sich aus derselben Zuckerdose bedient, als sie sich heute morgen den ersten Tee bereiteten, und wenigstens zwei der Mädchen haben ihn auch getrunken. Also bleibt nur das Whiskyglas. Miss Fallon machte es einem Mörder sehr leicht. Offenbar wußte das ganze Nightingale-Haus, daß sie, wenn sie nicht abends ausging, bis zum Programmschluß vor dem Fernseher saß. Sie kam mit wenig Schlaf aus und ging folglich nie früh zu Bett. Wenn das Fernsehprogramm zu Ende war, ging sie auf ihr Zimmer und kleidete sich aus. Dann ging sie in Hausschuhen und Morgenrock in die kleine Küche im zweiten Stock und mischte sich ihren Nachttrunk. Sie bewahrte den Whisky in ihrem Zimmer auf, aber dort konnte sie sich keinen Drink mischen, weil es kein Wasser gab und auch keine Möglichkeit, welches heiß zu machen. Also war es ihre Gewohnheit, den Whisky einzugießen, das Glas mit in die Küche zu nehmen und dort die heiße Zitrone dazuzugeben. Einen kleinen Vorrat an Zitronen hob sie im Küchenschrank neben dem Kakao und Kaffee, der Schokolade und den anderen Dingen auf, aus denen sich die Schwestern ihre allabendlichen Getränke bereiten. Dann brachte sie das Glas zurück in ihr Zimmer und ließ es auf dem Nachttisch stehen, während sie ihr Bad nahm. Sie beeilte sich immer beim Baden und ging am liebsten sofort danach zu Bett, solange sie noch die Wärme spürte. Vermutlich bereitete sie sich deshalb ihren Drink, bevor sie ins Bad ging. Bis sie dann im Bett lag, hatte der Whisky gerade die richtige Temperatur. Und anscheinend wich sie nie von dieser Routine ab.»

Die Oberin sagte: «Es ist erschreckend, wieviel die Menschen in so einer kleinen Gemeinschaft wie dieser hier von den Gewohnheiten eines jeden anderen mitbekommen. Aber das ist natürlich nicht zu vermeiden. Es gibt kein richtiges Privatleben. Wie könnte es auch! Ich wußte natürlich über den Whisky Bescheid, aber es ging mich eigentlich nichts an. Das Mädchen war bestimmt keine angehende Alkoholikerin, und sie verleitete keine jüngeren Schülerinnen. In ihrem Alter hatte sie das Recht, zu trinken, was sie wollte.»

Dalgliesh fragte, woher die Oberin von dem Whisky wußte.

«Schwester Pearce sagte es mir. Sie bat um eine Unterredung und gab mir die Information nach der Art von ‹Ich möchte ja nichts sagen, aber ich meine, Sie sollten es wissen.› Trinken und der Teufel waren ein und dasselbe für Schwester Pearce. Dabei hat Miss Fallon, meine ich, gar kein Geheimnis aus ihrem Whisky gemacht. Das hätte sie auch gar nicht gekonnt. Ich sagte ja schon, wir kennen die Gewohnheiten eines jeden. Aber natürlich gibt es auch ein paar Dinge, von denen wir nichts wissen. Josephine Fallon war eine sehr verschlossene Person. Ich kann Ihnen nichts über ihr Leben außerhalb des Krankenhauses sagen, und ich habe meine Zweifel, ob sonst jemand hier im Haus das kann.»

«Mit wem war sie hier befreundet? Sie hatte doch sicher jemanden, dem sie vertraute. Braucht das nicht jede Frau in dieser Art von geschlossener Gesellschaft?»

Sie sah ihn ein wenig sonderbar an.

«Ja, wir alle brauchen jemanden. Aber ich glaube, Schwester Fallon hatte eine Freundin nicht so nötig wie die meisten anderen. Sie war ziemlich wenig auf fremde Hilfe angewiesen. Wenn sie überhaupt einer näherstand, dann dürfte das Madeleine Goodale gewesen sein.»

«Die Unscheinbare mit dem runden Gesicht und der großen Brille?»

Dalgliesh erinnerte sich an sie. Es war kein unattraktives Gesicht, hauptsächlich dank der schönen Haut und der Klugheit jener großen grauen Augen hinter der dicken Hornbrille. Schwester Goodale würde immer unscheinbar bleiben. Er glaubte, ihre Zukunft vor sich zu sehen: die gern ertragenen Jahre der Ausbildung; Erfolg bei den Prüfungen; die nach und nach wachsende Verantwortung, bis sie am Ende selbst Oberin wäre. Für ein solches Mädchen war es nicht ungewöhnlich, sich mit einer attraktiven Frau anzufreunden. Das war eine Möglichkeit, zumindest einen nachempfundenen Anteil an einem romantischeren und weniger aufopfernden Leben zu haben.

Als habe sie seine Gedanken erraten, sagte Miss Taylor: «Miss Goodale ist eine unserer besten Schwestern. Ich hatte eigentlich die Hoffnung, daß sie nach ihrer Ausbildung hier eine Stelle annehmen würde. Aber das ist mehr als unwahrscheinlich. Sie ist mit einem Pfarrer von hier verlobt, und sie wollen nach Ostern heiraten.»

Sie warf einen etwas hämischen Blick auf Dalgliesh.

«Man hält ihn allgemein für einen sehr akzeptablen jungen Mann. Sie scheinen überrascht, Herr Kriminalrat.»

Dalgliesh lachte: «Nach mehr als zwanzig Jahren bei der Polizei müßte ich eigentlich gelernt haben, keine oberflächlichen Urteile abzugeben. Ich meine, ich sollte Schwester Goodale als erste sprechen. Ich habe gehört, das Zimmer, das Sie mir zur Verfügung stellen wollen, ist noch nicht fertig. Wir können den Übungsraum wohl weiter benutzen. Oder brauchen Sie ihn vielleicht?»

«Mir wäre es lieber, wenn Sie die Mädchen woanders verhören würden. Dieser Raum ist für sie mit sehr unglücklichen und aufregenden Erinnerungen verknüpft. Wir benutzen ihn nicht einmal für den Unterricht. Bis das kleine Gästezimmer im ersten Stock fertig ist, gestatte ich Ihnen gern, sie hier zu vernehmen.»

Dalgliesh dankte ihr. Er stellte seine Kaffeetasse auf das Tablett.

Sie zögerte einen Augenblick, dann sagte sie: «Mr. Dalgliesh, da ist noch etwas, was ich sagen möchte. Ich fühle mich – ich bin – *in loco parentis* gegenüber meinen Schülerinnen. Falls eine Frage ... falls Ihnen der Verdacht kommt, eine von ihnen habe mit der Sache zu tun, kann ich mich in diesem Fall darauf verlassen, daß Sie es mich wissen lassen? Sie würden dann Schutz brauchen. Sicher müßte dann ein Anwalt gefunden werden.»

Sie zögerte erneut: «Entschuldigen Sie bitte, ich möchte Sie nicht beleidigen. Unsereins hat so wenig Erfahrung in solchen Dingen. Nur, ich möchte nicht gern, daß sie ...»

«In eine Falle gehen?»

«Daß sie dazu gebracht werden, Dinge zu sagen, die sie selbst oder andere Mitglieder des Personals in falschen Verdacht bringen.»

Gegen seinen Willen ärgerte sich Dalgliesh.

«Es gibt gewisse Regeln, wie Sie wissen», sagte er.

«Ja, Regeln! Ich weiß, es gibt Regeln. Aber ich bin sicher, daß Sie zu erfahren und zu klug sind, um sich zu sehr davon einengen zu lassen. Ich erinnere Sie nur daran, daß diese Mädchen weniger intelligent und in solchen Dingen gänzlich unerfahren sind.»

Dalgliesh kämpfte gegen seinen Ärger an und sagte kühl: «Ich kann Ihnen nur sagen, daß die Regeln existieren und daß es in unserem Interesse ist, sie einzuhalten. Können Sie sich nicht vorstellen, was für ein Geschenk jede Übertretung für den Verteidiger wäre? Ein schutzloses junges Mädchen, eine Schwesternschülerin, drangsaliert von einem Polizisten, der über jahrelange Erfahrung verfügt, wie man die Unbedachten in die Falle lockt. Der Polizei werden in diesem Land genug Schwierigkeiten in den Weg gelegt; wir brauchen nicht freiwillig noch welche hinzuzufügen.»

Sie errötete, und er beobachtete interessiert, wie die Welle von ihrem Hals über die bleiche honigfarbene Haut schlug und ihr vorübergehend das Aussehen gab, als fließe Feuer durch ihre Adern. Ganz schnell war es vorbei. Der Wechsel war so plötzlich, daß er sich nicht sicher sein konnte, ob er diese verräterische Verwandlung tatsächlich gesehen hatte. Sie sagte gelassen: «Wir haben beide unsere Verpflichtungen. Wir können nur hoffen, daß sie nicht in Widerspruch zueinander geraten. Einstweilen müssen Sie sich darauf einstellen, daß ich mich um meine genauso kümmere wie Sie sich um die Ihren. Und das bringt mich auf eine Sache, die ich Ihnen mitteilen muß. Sie betrifft Christine Dakers, das Mädchen, das Schwester Fallons Leiche entdeckt hat.»

Sie beschrieb kurz und prägnant, was sich während ihres Besuchs auf der Privatstation abgespielt hatte. Dalgliesh stellte mit Interesse fest, daß sie keinen Kommentar abgab, keine Meinung anbot und keinen Versuch machte, das Mädchen zu rechtfertigen. Er fragte sie nicht, ob sie die Geschichte glaubte. Sie war eine hochintelligente Frau. Sie mußte wissen, daß das, was sie ihm soeben mitgeteilt hatte, das erste Motiv war. Er fragte, wann er mit Schwester Dakers sprechen könne.

«Jetzt schläft sie. Dr. Snelling, der für die Gesundheit der Krankenschwestern zuständig ist, besucht sie gegen Mittag. Er wird mir dann Bescheid geben. Falls er einverstanden ist, könnten Sie sie heute nachmittag aufsuchen. Und jetzt werde ich Schwester Goodale rufen lassen. Das heißt, falls ich Ihnen nichts mehr sagen kann.»

«Ich benötige noch eine ganze Menge Auskünfte über Alter und Lebenslauf aller Beteiligten, wie lange sie schon am Krankenhaus sind und so weiter. Steht das nicht in ihren Personalbogen? Es wäre mir eine große Hilfe, wenn ich die einsehen könnte.»

Die Oberin dachte nach. Dalgliesh stellte fest, daß ihr Gesicht dabei vollkommen ohne Bewegung war. Nach einer Weile sagte sie: «Über das gesamte Personal werden natürlich Dossiers geführt. Rechtlich gehören diese dem Verwaltungskomitee des Krankenhauses. Der Präsident wird erst morgen abend aus Israel zurückerwartet, aber ich werde seinen Stellvertreter fragen. Vermutlich wird er mich bitten, die Akten durchzusehen und an Sie weiterzugeben, falls sie nichts rein Privates enthalten, das für Ihre Untersuchung ohne Bedeutung ist.»

Dalgliesh beschloß für sich, daß es im Augenblick nicht klug wäre, auf der Frage zu bestehen, wer zu entscheiden habe, was ohne Bedeutung für seine Untersuchung sei.

Er sagte: «Natürlich muß ich persönliche Fragen stellen. Aber es wäre sehr viel bequemer und zeitsparender, wenn ich die Routineinformationen den Akten entnehmen könnte.»

Es war seltsam, daß ihre Stimme so liebenswürdig und dabei so halsstarrig klingen konnte.

«Das wäre gewiß sehr viel bequemer für Sie, und Sie könnten, was man Ihnen erzählt, gleich auf seine Wahrheit hin überprüfen. Aber die Personalbogen können Ihnen nur unter den Bedingungen, die ich gerade nannte, ausgehändigt werden.»

Sie verließ sich also darauf, daß der stellvertretende Vorsitzende akzeptieren und bekräftigen würde, was sie für richtig hielt. Und das würde er zweifellos. Hier hatte er eine starke Frau vor sich. Mit einem verzwickten Problem konfrontiert, hatte sie die Angelegenheit überdacht, war zu einem Entschluß gekommen und hatte ihn bestimmt und ohne Rechtfertigung oder Zaudern vorgetragen. Eine bewundernswerte Frau. Man würde gut mit ihr auskommen, solange alle ihre Entscheidungen so annehmbar wie diese wären.

Er fragte, ob er das Telefon benutzen dürfe, bat Sergeant Masterson, der die Umwandlung des Gästezimmers in ein Büro beaufsichtigte, heraufzukommen und stellte sich auf die langwierigen Einzelverhöre ein.

2

Schwester Goodale wurde telefonisch gerufen und erschien zwei Minuten später; sie sah ruhig und gelassen aus. Miss Taylor schien der Ansicht, daß bei dieser selbstbeherrschten jungen Frau weder Erklärungen noch Ermutigungen nötig seien, und sagte nur: «Setzen Sie sich, Schwester. Kriminalrat Dalgliesh möchte sich mit Ihnen unterhalten.»

Dann nahm sie ihr Cape vom Stuhl, warf es um die Schultern und ging hinaus, ohne noch einen Blick auf die Zurückbleibenden zu werfen. Sergeant Masterson schlug sein Notizbuch auf. Schwester Goodale setzte sich auf einen Stuhl am Tisch, aber als Dalgliesh auf einen Sessel vor dem Kamin wies, zierte sie sich nicht. Sie saß unbeweglich auf der Sesselkante, kerzengerade, die überraschend wohlgeformten schönen Beine sittsam nebeneinander. Aber die Hände lagen ganz unverkrampft im Schoß, und Dalgliesh, der gegenübersaß, blickte in ein Paar verwirrend intelligenter Augen. Er sagte: «Sie standen Miss Fallon wahrscheinlich näher als alle anderen im Krankenhaus. Erzählen Sie mir etwas von ihr.»

Sie zeigte kein Erstaunen über die Form seiner ersten Frage, aber sie zögerte ein paar Sekunden mit der Antwort. Vermutlich überlegte sie sich eine sinnvolle Reihenfolge. Schließlich sagte sie: «Ich konnte sie gut leiden. Sie vertrug sich mit mir besser als mit den meisten anderen Schülerinnen, aber ihre Gefühle für mich, glaube ich, gingen nicht darüber hinaus. Sie war schließlich einunddreißig, und wir müssen ihr alle ziemlich unreif vorgekommen sein. Sie hatte eine recht sarkastische Art zu reden, und das machte es nicht einfacher. Ich glaube, einige Mädchen hatten Angst vor ihr.

Sie sprach zwar selten mit mir über ihre Vergangenheit, aber sie erzählte, daß ihre Eltern 1944 bei einem Luftangriff auf London umkamen. Sie wuchs bei einer ältlichen Tante auf und kam dann in eine dieser Schulen, wo man die Kinder schon sehr klein aufnimmt und wo sie bis zum Abschluß bleiben können. Natürlich vorausgesetzt, daß die Gebühren bezahlt werden, aber ich hatte den Eindruck, daß es in dieser Beziehung nie Probleme gab. Sie hatte schon immer Krankenschwester werden wollen, aber dann bekam sie Tuberkulose, als sie die Schule hinter sich hatte, und verbrachte zwei Jahre in einem Sanatorium. Wo, weiß ich nicht. Danach wurde sie aus gesundheitlichen Gründen von zwei Krankenhäusern abgelehnt und nahm deshalb eine Reihe Gelegenheitsjobs an. Kurz nachdem wir hier angefangen hatten, erzählte sie mir, sie sei schon einmal verlobt gewesen, es sei aber schiefgegangen.»

«Fragten Sie nicht, warum?»

«Ich fragte sie nie etwas. Wenn sie gewollt hätte, hätte sie es mir auch so erzählt.»

«Sagte sie Ihnen, daß sie schwanger war?»

«Ja. Sie sagte es mir zwei Tage, bevor sie krank wurde. Sie muß es schon vorher gewußt haben, aber die Bestätigung erhielt sie erst an jenem Morgen. Ich fragte sie, was sie zu tun gedenke, und sie antwortete mir, sie werde das Kind nicht zur Welt bringen.»

«Haben Sie sie darauf hingewiesen, daß ihr Vorhaben vermutlich illegal sei?»

«Nein. Sie kümmerte sich nicht um Gesetze. Ich sagte ihr, es sei nicht richtig.»

«Aber sie blieb dennoch zu einer Abtreibung entschlossen?»

«Ja, sie sagte, sie kenne einen Arzt, der es machen würde, und es sei kein ernsthaftes Risiko dabei. Ich fragte sie, ob sie Geld brauche, und sie sagte, das sei in Ordnung, Geld sei das letzte ihrer Probleme. Sie sprach nie davon, zu wem sie gehen wolle, und ich fragte nicht danach.»

«Aber Sie waren bereit, ihr mit Geld zu helfen, falls sie welches gebraucht hätte, obwohl Sie gegen die Abtreibung waren?»

«Daß ich dagegen war, hatte nichts zu sagen. Wichtig war nur, daß es nicht richtig war. Aber da sie fest entschlossen war, mußte ich mir überlegen, ob ich ihr helfen sollte. Ich hatte Angst, sie könne an einen unqualifizierten Pfuscher geraten und Leben und Gesundheit aufs Spiel setzen. Ich weiß, daß das Gesetz jetzt anders ist, daß es leichter ist, eine ärztliche Befürwortung zu bekommen, aber ich glaube nicht, daß sie das geschafft hätte. Ich mußte eine moralische Entscheidung treffen. Wenn man die Absicht hat, eine Sünde zu begehen, dann begeht man sie am besten mit Klugheit. Andernfalls beleidigt man Gott nicht nur, sondern man verachtet ihn auch, meinen Sie nicht?»

Dalgliesh sagte ernst: «Das ist ein interessantes theologisches Problem, aber ich bin leider nicht kompetent, darüber zu diskutieren. Erzählte sie Ihnen, wer der Vater des Kindes war?»

«Nicht direkt. Es könnte ein junger Schriftsteller gewesen sein, mit dem sie befreundet war. Ich weiß weder, wie er heißt, noch wo Sie ihn finden können, aber ich weiß sicher, daß Jo letzten Oktober eine Woche mit ihm auf der Isle of Wight verbrachte. Sie hatte noch acht Tage Urlaub und sagte mir, sie wolle mit einem Freund auf der Insel wandern. Ich nehme an, er war dieser Freund. Von hier war es bestimmt niemand. Sie fuhren in der ersten Oktoberwoche, und sie erzählte mir, sie hätten in einem kleinen Gasthaus ungefähr fünf Meilen südlich von Ventnor gewohnt. Das war alles, was sie mir sagte. Könnte sie wohl in dieser Woche schwanger geworden sein?»

Dalgliesh sagte: «Das Datum könnte hinkommen. Und sie vertraute Ihnen nie etwas über den Vater an?»

«Nein. Ich fragte sie, warum sie den Vater nicht heiraten wolle, und sie antwortete, das sei unfair gegenüber dem Kind, es mit so verantwortungslosen Eltern zu belasten. Ich erinnere mich, daß sie sagte: ‹Er wär jedenfalls über diesen Gedanken entsetzt, es sei denn, er verspürte plötzlich Lust zum Vatersein, nur um einmal auszuprobieren, was für ein Gefühl das ist. Und er möchte vielleicht bei der Geburt des Babys zusehen, um eines Tages einen schaurigen Bericht darüber schreiben zu können. Aber in Wirklichkeit ist er sich selbst völlig genug.›»

«Und sie? Hat sie sich viel aus ihm gemacht?»

Das Mädchen ließ sich mit der Antwort Zeit. Schließlich sagte sie: «Ich glaube, ja. Ich meine, das könnte der Grund sein, weshalb sie sich umgebracht hat.»

«Wieso meinen Sie, sie habe sich umgebracht?»

«Vielleicht, weil die andere Möglichkeit noch viel unwahrscheinlicher ist. Ich hatte Jo nie für den Typ gehalten, sich das Leben zu nehmen – falls es diesen Typ gibt. Aber wirklich gekannt habe ich sie nicht. Man kennt einen anderen Menschen niemals richtig. Es ist alles bei jedem möglich. Das habe ich schon immer geglaubt. Und es ist gewiß wahrscheinlicher, daß sie sich umgebracht hat, als daß jemand sie ermordet hätte. Das scheint mir ganz und gar unglaubhaft. Warum hätte das jemand tun sollen?»

«Ich hatte gehofft, Sie könnten mir das sagen.»

«Ich kann es aber nicht. Sie hatte, soviel ich weiß, keine Feinde am

John Carpendar. Sie war nicht beliebt. Sie war zu zurückhaltend, zu einzelgängerisch. Aber niemand hatte etwas gegen sie. Und wenn schon, zu einem Mord gehört mehr als gewöhnliche Abneigung. Es ist doch viel wahrscheinlicher, daß sie zu früh nach ihrer Grippe wieder zu arbeiten anfing und in eine depressive Stimmung geriet. Sie fühlte, sie könne mit der Abtreibung nicht fertig werden, konnte sich aber auch nicht damit abfinden, ein uneheliches Kind zur Welt zu bringen, und handelte schließlich im Affekt.»

«Sie sagten, als ich Sie alle vorhin im Übungsraum befragte, Sie seien vermutlich die letzte gewesen, die sie lebend gesehen hat. Was genau ist passiert, als Sie letzte Nacht mit ihr zusammen waren? Deutete irgend etwas an ihr auf die Möglichkeit eines Selbstmordes hin?»

«Nein. Sonst hätte ich sie wohl kaum allein auf ihr Zimmer gehen lassen. Sie sagte gar nichts. Ich glaube, wir haben nicht mehr als ein halbes Dutzend Worte gewechselt. Ich fragte sie, wie es ihr gehe, und sie sagte, sie fühle sich wohl. Sie hatte offensichtlich keine Lust zu plaudern, und ich drängte mich ihr nicht auf. Ungefähr zwanzig Minuten später ging ich dann schlafen. Ich habe sie nicht mehr gesehen.»

«Und sie sprach auch nicht über ihre Schwangerschaft?»

«Sie sprach über gar nichts. Sie sah müde aus, dachte ich, und ziemlich blaß. Aber andrerseits war Jo immer ziemlich blaß. Der Gedanke ist ziemlich schlimm für mich, daß sie womöglich Hilfe gebraucht hätte und daß ich kein Wort zu ihr sagte, das sie vielleicht gerettet hätte. Aber sie war keine Frau, die zu Vertraulichkeiten einlud. Ich blieb sitzen, als die andern weggingen, weil ich dachte, sie möchte sich vielleicht noch unterhalten. Aber dann war mir klar, daß sie allein sein wollte, und ich ging auch.»

Sie sprach davon, wie schlimm es für sie sei, dachte Dalgliesh, aber man sah es ihr weder an noch klang ihre Stimme danach. Sie machte sich keine Vorwürfe. Warum sollte sie eigentlich auch? Er fragte sich, ob sie besonderen Schmerz fühle. Sie hatte Josephine Fallon nähergestanden als die anderen Schülerinnen. Aber tatsächlich ging es ihr nicht sehr nahe. Gab es jemanden auf der Welt, dem es mehr ausmachte?

«Und der Tod von Schwester Pearce?» fragte er.

«Ich glaube, das war wirklich ein Unfall. Irgend jemand schüttete das Gift in die Milchflasche, aus Spaß oder aus Gehässigkeit, ohne zu bedenken, daß die Folgen tödlich wären.»

«Was bei einer Schwesternschülerin im dritten Jahr merkwürdig wäre. Der Lehrplan sieht sicher die Vermittlung von Grundkenntnissen über ätzende Gifte vor.»

«Ich habe nicht unterstellt, daß es eine Schwester war. Ich weiß nicht, wer es war. Ich glaube auch nicht, daß Sie das jetzt noch herausfinden werden. Aber ich kann mir nicht vorstellen, daß es sich um vorsätzlichen Mord handelte.»

Das war schön und gut, dachte Dalgliesh, aber doch ein wenig unaufrichtig von einem so intelligenten Mädchen wie Schwester Goodale. Es war allerdings die verbreitete Ansicht, fast die offizielle. Sie sprach jeden von dem schlimmsten Verbrechen frei und legte keinem mehr als Gehässigkeit oder Leichtsinn zur Last. Es war eine tröstliche Theorie, und wenn er kein Glück hätte, würde sie nie umgestoßen werden. Aber er glaubte nicht daran, und er ließ sich auch nicht einreden, daß Schwester Goodale daran glaubte. Und noch weniger wollte er gelten lassen, daß er hier ein Mädchen vor sich hatte, das sich mit falschen Theorien tröstete oder vor unschönen Tatsachen die Augen schloß.

Dalgliesh fragte sie dann, was sie am Morgen von Schwester Pearces Tod getan hatte. Er wußte es bereits von Inspektor Baileys Notizen und ihrer früheren Aussage und war nicht überrascht, als Schwester Goodale ohne zu zögern alles bestätigte. Sie war um 6.45 Uhr aufgestanden und hatte mit den anderen in der Teeküche die morgendliche Tasse Tee getrunken. Sie hatte ihnen von Schwester Fallons Grippe erzählt, denn die Fallon war, als sie sich nachts schlecht fühlte, in ihr Zimmer gekommen. Keine der Schülerinnen hatte sich besonders dafür interessiert, aber sie hatten sich gefragt, wie die Übung mit dieser dezimierten Gruppe ablaufen sollte, und hatten, nicht ohne Bosheit, darauf spekuliert, daß Oberschwester Gearing angesichts der Inspektion kneifen würde. Schwester Pearce hatte mit ihnen zusammen Tee getrunken und, wie sich Schwester Goodale zu erinnern glaubte, gesagt: «Wenn die Fallon krank ist, muß ich wohl als Patientin einspringen.» Schwester Goodale konnte sich nicht erinnern, ob jemand eine Bemerkung dazu fallenließ. Es wurde allgemein akzeptiert, daß die nächste Schülerin auf der Liste nachrückte, wenn jemand ausfiel.

Danach hatte Schwester Goodale sich angezogen und war in die Bibliothek gegangen, um zur Vorbereitung auf die erste Stunde noch einmal die Behandlung nach einer Kehlkopfoperation durchzugehen. Es war wichtig, auf alle Fragen sofort eine klare Antwort zu wissen, wenn man gut abschneiden wollte. Sie hatte sich um 7.15 Uhr an die Arbeit gemacht, und Schwester Dakers war bald darauf ebenfalls in der Bibliothek erschienen. Ihr Arbeitseifer, dachte Dalgliesh, war immerhin mit einem Alibi für den größten Teil der Zeit vor dem Frühstück belohnt worden. Sie und Schwester Dakers hatten während der Arbeit nicht weiter miteinander gesprochen, sie hatten gleichzeitig die Bibliothek verlassen und waren gemeinsam zum Frühstück gegangen. Das war etwa zehn Minuten vor acht gewesen. Sie hatte bei der Dakers und den Burts gesessen, war aber vor ihnen vom Tisch aufgestanden, etwa 8.15 Uhr. Sie war noch einmal in ihr Zimmer gegangen, um das Bett zu machen, danach wieder in die Bibliothek und hatte Briefe geschrieben. Anschließend war sie kurz auf der Toilette gewesen und dann in den Übungsraum gegangen. Das war kurz vor 8.45 Uhr. Nur Oberschwester Gearing und die Burts waren schon vor ihr gekommen, aber der Rest der Gruppe hatte sich gleich darauf eingefunden; sie wußte nicht mehr, in welcher Reihenfolge. Sie glaubte, daß die Pearce als letzte erschienen war.

Dalgliesh fragte: «Was für einen Eindruck machte Schwester Pearce?»

«Mir fiel nichts Ungewöhnliches an ihr auf, aber das hätte ich auch nicht anders erwartet. Die Pearce war einfach die Pearce. Sie fiel nicht weiter auf.»

«Sagte sie irgend etwas, bevor die Übung anfing?»

«Ja, das hat sie tatsächlich. Seltsam, daß Sie danach fragen. Ich erwähnte es damals nicht, ich nehme an, weil Inspektor Bailey nicht danach fragte. Aber sie sagte wirklich etwas. Sie sah uns der Reihe nach an – inzwischen waren wir vollzählig versammelt – und fragte, ob jemand etwas aus ihrem Zimmer an sich genommen habe.»

«Hat sie gesagt, was?»

«Nein. Sie stand einfach da, mit diesem anklagenden, ziemlich streitsüchtigen Blick, den sie manchmal an sich hatte, und sagte: ‹Ist heute morgen jemand in meinem Zimmer gewesen und hat etwas weggenommen?› Niemand gab Antwort. Ich glaube, wir schüttelten alle den Kopf. Wir nahmen die Frage nicht besonders ernst. Die Pearce machte oft viel Aufhebens um Kleinigkeiten. Die Zwillinge waren sowieso mit ihren Vorbereitungen beschäftigt, und wir anderen unterhielten uns. Ihre Frage wurde nicht weiter beachtet. Ich weiß nicht einmal, ob alle hingehört hatten.»

«Merkten Sie, wie sie reagierte? War sie beunruhigt oder ärgerlich oder ängstlich?»

«Weder noch. Es war eigentlich merkwürdig. Jetzt fällt es mir wieder ein. Sie sah befriedigt, fast triumphierend aus, als hätte sich etwas, das sie geahnt hatte, bestätigt. Ich weiß nicht, wieso ich das bemerkte, es fiel mir jedenfalls auf. Dann bat Oberschwester Gearing um Ruhe, und die Übung fing an.»

Als sie mit ihrem Bericht fertig war und Dalgliesh nicht gleich etwas darauf sagte, nahm sie an, sie sei entlassen und stand auf. Sie erhob sich von ihrem Sessel mit der gleichen beherrschten Grazie, mit der sie sich gesetzt hatte, strich ihre Schürze mit einer kaum wahrnehmbaren Geste glatt, warf einen letzten fragenden Blick auf Dalgliesh und ging zur Tür. Dort drehte sie sich um, als gebe sie einem plötzlichen Impuls nach.

«Sie fragten mich, ob jemand einen Grund hatte, Jo umzubringen. Ich sagte, ich könnte mir keinen denken. Das ist auch wahr. Aber ich nehme an, ein Motiv vor dem Gesetz ist etwas anderes. Ich sollte Ihnen wohl sagen, daß manche vielleicht meinen, ich hätte ein Motiv.»

Dalgliesh sagte: «Hatten Sie eines?»

«Ich denke, Sie werden es dafür halten. Ich bin Jos Erbin, ich glaube es wenigstens. Sie teilte mir vor etwa drei Monaten mit, sie habe ein Testament aufgesetzt und mir alles, was sie besaß, vermacht. Sie nannte mir Namen und Anschrift ihres Anwalts. Ich kann sie Ihnen geben. Ich habe noch nichts von ihm gehört, aber ich denke, er wird mir demnächst schreiben, das heißt, falls Jo tatsächlich ein Testament hinterlassen hat. Aber sie hat es sicher gemacht. Es war nicht ihre Art, etwas zu versprechen und hinterher nicht zu halten. Möchten Sie jetzt vielleicht gern mit dem Anwalt Verbindung aufnehmen? Diese Dinge kosten viel Zeit, nicht wahr?»

«Sagte sie auch, warum sie Sie als Erbin einsetzte?»

«Sie sagte, irgendeinem müsse sie das Geld ja hinterlassen, und ich würde sicher das Beste daraus machen. Ich nahm die ganze Sache nicht besonders ernst, und ich glaube, sie auch nicht. Schließlich war sie erst einunddreißig. Sie dachte nicht an den Tod. Und sie wies mich darauf hin, sie würde es sich höchstwahrscheinlich wieder anders überlegen, lange bevor sie in einem Alter wäre, daß ich mir ernsthafte Aussichten auf die Erbschaft machen könne. Wahrscheinlich würde sie irgendwann heiraten. Aber sie meinte, sie sollte ein Testament machen, und ich war damals der einzige Mensch, dem sie etwas hätte vermachen wollen. Ich dachte, es sei nicht mehr als eine Formalität. Es wäre mir nie in den Sinn gekommen, sie könne viel hinterlassen. Erst als wir über die Kosten einer Abtreibung sprachen, sagte sie mir, was sie besaß.»

«Und war es – ist es – viel?»

Das Mädchen antwortete gelassen: «Ungefähr sechzehntausend

Pfund, glaube ich. Es stammt aus den Versicherungen ihrer Eltern.»
Sie lächelte ein bißchen schief.

«Sie sehen, Herr Kriminalrat, es hätte sich gelohnt. Ich könnte
mir denken, daß das ein handfestes Motiv abgibt, nicht wahr? Wir
können jetzt im Pfarrhaus Zentralheizung einbauen lassen. Und
wenn Sie das Haus meines Verlobten sehen würden – zwölf Zimmer, die fast alle nach Norden und Osten gehen –, würden Sie das
sicher für ein gutes Motiv halten.»

3

Oberschwester Rolfe und Oberschwester Gearing warteten mit den
Schülerinnen in der Bibliothek. Sie waren aus dem Aufenthaltsraum
umgezogen, um die Wartezeit mit Lesen und Wiederholen zu über-
brücken. Wieviel die Mädchen wirklich davon hatten, war die Frage,
aber es sah wenigstens von außen nach Arbeit und Fleiß aus. Die
Schülerinnen hatten sich an die Tische vor dem Fenster gesetzt und
beugten, anscheinend in ihre Arbeit vertieft, ihre Köpfe über aufge-
schlagene Bücher. Die Oberschwestern hatten sich auf das Sofa vor
dem Kamin zurückgezogen und saßen nebeneinander, als wollten sie
ihre höhere Stellung und ihre Einmütigkeit hervorheben. Oberschwester Rolfe korrigierte mit grünem Kugelschreiber eine
Übungsarbeit des ersten Jahrgangs. Sie nahm die Hefte von einem
Stoß auf dem Boden und legte sie, wenn sie damit durch war, auf
den wachsenden Stapel auf dem Sofa. Oberschwester Gearing machte sich angeblich Notizen für ihre nächste Stunde, konnte aber anscheinend die Augen nicht von den entschlossenen Hieroglyphen
der Kollegin abwenden.

Die Tür ging auf, und Madeleine Goodale kam zurück. Ohne ein
Wort ging sie an ihren Tisch, griff zum Füller und fuhr in ihrer be-
gonnenen Arbeit fort.

Oberschwester Gearing flüsterte: «Die Goodale macht einen ganz
ruhigen Eindruck. Merkwürdig, wenn man sich vorstellt, daß sie die
beste Freundin der Fallon war.»

Oberschwester Rolfe blickte nicht auf. Sie sagte trocken: «Sie hat
sich in Wirklichkeit nicht viel aus der Fallon gemacht. Die Goodale
verfügt nur über begrenzt emotionale Möglichkeiten, und ich stelle
mir vor, daß sie die völlig für diesen unendlich langweiligen Pfarrer
verbraucht, den sie heiraten will.»

«Er sieht jedenfalls gut aus. Die Goodale kann froh sein, daß sie den bekommt, wenn Sie mich fragen.»

Aber das Thema war von zweitrangigem Interesse für Oberschwester Gearing, und sie verfolgte es nicht weiter. Nach einer Weile sagte sie schlechtgelaunt: «Warum läßt die Polizei keine mehr holen?»

«Das kommt schon noch.» Oberschwester Rolfe legte ein weiteres, reichlich mit grüner Farbe verziertes Heft auf den Stapel neben sich. «Sie diskutieren wahrscheinlich noch, was die Goodale beizutragen hatte.»

«Sie hätten zuerst uns hören sollen. Schließlich sind wir Oberschwestern. Die Oberin hätte es ihnen klarmachen sollen. Und warum ist die Brumfett nicht hier? Ich sehe nicht ein, warum sie anders behandelt werden sollte als wir.»

«Zuviel zu tun. Anscheinend haben ein paar Schülerinnen im Stationsdienst jetzt die Grippe bekommen. Sie hat über den Pförtner eine Art Bericht an Mr. Dalgliesh geschickt, der vermutlich alle ihre Schritte in der letzten Nacht wiedergibt. Ich traf ihn, als er mit dem Brief unterwegs war. Er fragte mich, wo er den Herrn von Scotland Yard finden könne.»

Oberschwester Gearings Ton wurde noch mißgelaunter. «Das ist alles schön und gut, aber sie sollte trotzdem hiersein. Wir sind ja, weiß Gott, auch beschäftigt! Die Brumfett wohnt im Nightingale-Haus; sie hatte genauso gute Möglichkeiten, die Fallon zu ermorden, wie die anderen.»

Oberschwester Rolfe sagte ruhig: «Sie hatte eine bessere Gelegenheit.»

«Was wollen Sie damit sagen?» Schwester Gearings Stimme zerschnitt die Stille, und einer der Zwillinge sah auf.

«Sie hatte die Fallon zehn Tage lang in der Hand, als sie krank war.»

«Aber Sie wollen doch gewiß nicht sagen ...? Die Brumfett? Niemals!»

«Eben», sagte die Oberschwester kalt. «Warum also die dummen, unverantwortlichen Bemerkungen!»

Darauf war es still. Man hörte nur noch Papiergeraschel und das Zischen des Gasfeuers. Oberschwester Gearing wurde nervös.

«Ich nehme an, die Brumfett wird die Oberin drängen, aus dieser Gruppe ein paar auf die Station zu schicken, wenn schon zwei Schwestern wegen Grippe ausgefallen sind. Sie hat, wie ich weiß, die Burts ins Auge gefaßt.»

«Da wird sie Pech haben. Diese Gruppe hat bereits genug Stunden verloren. Es ist schließlich ihr letzter Blockunterricht vor den Prüfungen. Die Oberin wird da keine Abstriche machen.»

«Ich bin mir da nicht so sicher. Sie müssen daran denken, daß es um die Brumfett geht. Die Oberin schlägt ihr normalerweise keinen Wunsch ab. Allerdings habe ich ein Gerücht gehört, daß sie dieses Jahr nicht zusammen auf Urlaub gehen. Eine der Apothekenhelferinnen hat es von der Sekretärin der Oberin: Dieses Jahr will die Oberin allein mit dem Auto durch Irland fahren.»

Mein Gott, dachte Oberschwester Rolfe. Gibt es denn überhaupt kein Privatleben in diesem Haus? Aber sie sagte nichts, sondern rückte nur ein paar Zentimeter von der nervösen Person neben sich ab. In diesem Augenblick klingelte das Telefon. Oberschwester Gearing sprang auf, um das Gespräch anzunehmen. Dann wandte sie sich den anderen zu und verzog enttäuscht das Gesicht.

«Sergeant Masterson war dran. Kriminalrat Dalgliesh möchte bitte als nächste die Burts sehen. Er ist inzwischen in das Gästezimmer auf diesem Stock umgezogen.»

Wortlos und ohne Anzeichen von Nervosität klappten die Zwillinge ihre Bücher zu und gingen zur Tür.

4

Eine halbe Stunde später war Sergeant Masterson dabei, Kaffee zu kochen. Das Gästezimmer hatte eine Miniküche bekommen. Man hatte einen Spültisch und einen Schrank mit Kunststoffplatte, auf der ein zweiflammiger Gaskocher stand, in die große Nische gestellt. Der Schrank war leer bis auf vier große Becher, eine Blechbüchse mit Zucker und eine mit Tee, eine Dose Kekse, eine große Keramikkanne, ein Sieb und drei durchsichtige, luftdicht verschlossene Päckchen mit frisch gemahlenem Kaffee. Auf dem Spültisch standen zwei Flaschen Milch. Der Sahnerand war deutlich zu sehen, aber Sergeant Masterson machte die Flasche trotzdem vorsichtig auf und schnüffelte mißtrauisch an der Milch, bevor er einen Teil davon im Kochtopf heiß machte. Er wärmte die Kanne mit heißem Wasser aus der Leitung vor, trocknete sie sorgfältig mit dem Geschirrtuch ab, das am Spültisch hing, löffelte großzügig Kaffee hinein und wartete, daß der erste Dampf aus dem Kessel stieg. Er war mit der Einrichtung zufrieden.

Die Polizei hatte nun einmal im Nightingale-Haus zu arbeiten, und da war dieses Zimmer eigentlich ganz angenehm und gemütlich. Der Kaffee war ein unerwarteter zusätzlicher Pluspunkt, den er im Geiste Paul Hudson gutschrieb. Der Hausverwalter schien ein tüchtiger und einfallsreicher Mann zu sein. Seine Arbeit war bestimmt nicht einfach. Der arme Teufel hatte einen schweren Stand. Er wurde zwischen diesen alten Trotteln Kealey und Grout und diesem anmaßenden Weibsstück von Oberin aufgerieben.

Er goß den Kaffee mit besonderer Sorgfalt durch das Sieb und stellte einen Becher vor seinen Chef. Sie saßen einträchtig zusammen, tranken Kaffee und sahen in den sturmzerzausten Garten hinaus. Beide hatten eine ausgeprägte Abneigung gegen mieses Essen und Pulverkaffee, und Masterson war der Ansicht, sie seien einander nie näher, nie sympathischer, als wenn sie zusammen aßen und tranken, sich über das unzulängliche Gasthausessen beklagten oder, wie jetzt, über den guten Kaffee freuten. Dalgliesh legte zufrieden seine Hände um den Becher und dachte, es sei typisch für Mary Taylors Tüchtigkeit und Einfallsreichtum, für richtigen Kaffee zu sorgen. Ihre Arbeit war bestimmt nicht leicht. Dieses unfähige Gespann, Kealey und Grout, war wohl in keiner Hinsicht eine Hilfe, und Paul Hudson war zu jung, um sie richtig zu unterstützen.

Nach ein paar genießerischen Schlucken sagte Masterson: «Das war ein enttäuschendes Gespräch, Sir.»

«Die Zwillinge? Ja, ich muß sagen, ich hatte mir etwas mehr erhofft. Sie standen doch im Mittelpunkt des geheimnisvollen Geschehens; sie verabreichten die tödliche Flüssigkeit; sie erspähten die rätselhafte Schwester Fallon, als sie sich aus dem Nightingale-Haus schlich; sie begegneten auf ihren nächtlichen Wanderungen Oberschwester Brumfett. Aber das wußten wir ja alles schon. Und jetzt wissen wir kein bißchen mehr.»

Dalgliesh dachte über die beiden Mädchen nach. Masterson hatte noch einen Stuhl hereingeholt, als sie kamen, und da hatten sie gesessen, mit den sommersprossigen gefalteten Händen im Schoß, sittsam übereinandergeschlagenen Beinen, jede ein Spiegelbild der Zwillingsschwester. Ihre höflichen, abwechselnd gegebenen Antworten auf seine Fragen waren in der gutturalen Aussprache ihres Dialekts genauso angenehm für das Ohr wie ihre strahlende Gesundheit für das Auge. Er hatte die Zwillinge sehr nett und sympathisch gefunden. Er hätte natürlich auch zwei ausgekochte, gefährliche Komplizen vor sich haben können. Mit Sicherheit hatten sie die beste Gelegenheit gehabt, die Flüssigkeit zu vergiften, und sie hätten sich ebensogut wie jede im Nightingale-Haus um Schwester Fallons

Schlaftrunk kümmern können. Doch sie waren in seiner Gegenwart so gänzlich unbefangen gewesen, vielleicht ein wenig gelangweilt, weil sie den größten Teil ihrer Geschichte zum zweitenmal erzählen mußten, aber weder eingeschüchtert noch besonders nervös. Ab und zu hatten sie einen forschenden, beunruhigten Blick auf ihn geworfen, als sei er ein Patient, dessen Befinden allmählich Anlaß zur Besorgnis gab. Er hatte diesen angespannten und mitleidsvollen Ausdruck auch auf den Gesichtern anderer Schwestern bei der ersten Begegnung im Übungsraum bemerkt und ihn verwirrend gefunden.

«Und Ihnen ist nichts Merkwürdiges an der Milch aufgefallen?»

Sie hatten beinahe gleichzeitig geantwortet. Aus ihrem Tonfall sprach der gesunde Menschenverstand.

«Aber nein! Wir hätten doch wohl bestimmt nicht weitergemacht, wenn uns etwas aufgefallen wäre!»

«Erinnern Sie sich daran, wie Sie den Deckel von der Flasche genommen haben? War er lose?»

Zwei blaue Augenpaare sahen einander an, fast als gäben sie sich ein Zeichen. Dann antwortete Maureen: «Wir können uns nicht erinnern, ob er locker war. Aber selbst wenn es so gewesen wäre, hätten wir sicher nicht den Verdacht geschöpft, es habe sich jemand an der Milch zu schaffen gemacht. Wir hätten uns wahrscheinlich gesagt, daß die Molkerei die Milch bereits so geliefert hätte.»

Dann fuhr Shirley von sich aus fort: «Ich glaube nicht, daß wir überhaupt etwas Ungewöhnliches an der Milch bemerkt hätten. Wissen Sie, wir konzentrierten uns auf die ganze Prozedur und überlegten, ob wir alle Instrumente und das ganze Drum und Dran, das wir brauchten, zur Hand hatten. Miss Beale und die Oberin konnten ja jeden Augenblick erscheinen.»

Das war natürlich eine Erklärung. Man hatte diesen Mädchen beigebracht zu beobachten, aber ihre Beobachtungsgabe war spezifisch und begrenzt. Wenn sie einen Patienten betreuten, würde ihnen kein Anzeichen, kein Symptom entgehen, kein Zucken der Augenlider, keine Schwankung des Pulsschlags; alles, was sonst im Zimmer passierte, mochte es noch so aufregend sein, bliebe wahrscheinlich unbemerkt. Ihre Aufmerksamkeit hatte sich auf die Übung, die Geräte, die Hilfsmittel und die Patienten gerichtet. Die Milchflasche war kein Problem. Das hatten sie vorausgesetzt. Und doch – sie waren Bauerntöchter. Eine von ihnen – Maureen war es gewesen – hatte das Zeug aus der Flasche gegossen. Hatten sie sich wirklich in der Farbe, der Beschaffenheit und dem Geruch von Milch täuschen können?

Als hätte sie seine Gedanken gelesen, sagte Maureen: «Natürlich haben wir das Karbol gerochen. Der ganze Übungsraum stinkt ja nach Desinfektionsmitteln. Miss Collins wirft mit dem Zeug um sich, als wären wir alle Aussätzige.»

Shirley lachte: «Karbol schützt nicht vor Lepra!»

Sie sahen einander an und lachten wie fröhliche Verschwörer.

Und so war das Verhör weitergegangen. Sie konnten keine Theorien vorschlagen und hatten keine Vermutungen. Sie kannten niemanden, der Schwester Pearce oder Schwester Fallon den Tod gewünscht hätte, und doch schienen die beiden Todesfälle, nachdem sie nun geschehen waren, sie nicht sehr zu überraschen. Sie konnten sich an jedes Wort erinnern, das sie in den frühen Morgenstunden mit Oberschwester Brumfett gewechselt hatten, aber die Begegnung hatte anscheinend keinen großen Eindruck auf sie gemacht. Als Dalgliesh sie fragte, ob die Oberschwester ihnen außergewöhnlich ängstlich oder nervös vorgekommen sei, starrten sie ihn beide mit vor Verblüffung gerunzelter Stirn an, bevor sie antworteten, sie sei ganz wie immer gewesen.

Als hätte er den Gedankengängen seines Chefs folgen können, sagte Masterson: «Sie hätten sich nicht viel deutlicher ausdrücken können, wenn Sie sie geradeheraus gefragt hätten, ob Oberschwester Brumfett aussah, als hätte sie gerade die Fallon ermordet. Das Pärchen ist nicht gerade mitteilsam.»

«Wenigstens erinnern sie sich genau an die Zeit. Sie holten die Milch kurz nach sieben Uhr und gingen damit sofort in den Übungsraum. Sie stellten die Flasche ungeöffnet auf den Instrumentenwagen, während sie ihre Vorbereitungen für die Übung trafen. Sie verließen den Übungsraum 7.25 Uhr, um zu frühstücken, und die Flasche stand noch auf dem gleichen Platz, als sie ungefähr zwanzig vor neun zurückkamen und ihre Vorbereitungen beendeten. Dann stellten sie sie, immer noch ungeöffnet, in einen Topf mit heißem Wasser, um sie auf Körpertemperatur zu bringen, und darin blieb sie stehen, bis sie die Milch aus der Flasche in einen Meßbecher umfüllten. Das war etwa zwei Minuten, bevor Miss Beale und die Oberin mit ihrer Begleitung erschienen. Fast alle Verdächtigen waren von acht bis 8.25 Uhr zusammen im Frühstücksraum, so daß das Unheil entweder zwischen 7.25 und acht Uhr oder in der kurzen Zeit zwischen dem Ende des Frühstücks und der Rückkehr der Zwillinge in den Übungsraum angerichtet wurde.»

Masterson sagte: «Mir kommt es immer noch merkwürdig vor, daß ihnen nichts an der Milch auffiel.»

«Sie haben vielleicht mehr bemerkt, als ihnen jetzt bewußt ist. Schließlich haben sie heute zum zigstenmal ihre Geschichte erzählt. In den Wochen seit dem Tod von Schwester Pearce haben sich ihre ersten Aussagen als unumstößliche Wahrheit in ihren Köpfen festgesetzt. Deshalb stellte ich ihnen nicht die entscheidende Frage nach der Milchflasche. Hätten sie mir jetzt die falsche Antwort gegeben, wären sie für immer dabei geblieben. Man muß sie durch einen Schock dazu bringen, sich an absolut alles zu erinnern. Sie sehen nichts, was passiert ist, mit neuen Augen. Mir liegt die Rekonstruktion eines Verbrechens nicht; ich fühle mich dabei immer wie ein Romandetektiv. Aber ich meine, in diesem Fall wäre sie angebracht. Ich muß morgen zeitig in London sein, aber Sie und Greeson können sich darum kümmern. Greeson wird vermutlich seinen Spaß daran haben.»

Er teilte Masterson in wenigen Worten mit, was er sich vorstellte, und schloß: «Die Oberschwestern können Sie auslassen. Die nötige Menge Desinfektionsmittel können Sie sicher von Miss Collins bekommen. Aber geben Sie um Gottes willen auf das Zeug acht und schmeißen Sie es hinterher weg. Wir wollen kein weiteres Unglück.»

Sergeant Masterson trug die zwei Kaffeebecher zur Spüle. Er sagte: «Das Nightingale-Haus scheint vom Pech verfolgt zu sein, aber ich kann mir nicht vorstellen, daß der Mörder es noch einmal probieren wird, solange wir hier sind.»

Das sollte sich als eine höchst unprophetische Bemerkung erweisen.

5

Seit ihrem ersten Zusammentreffen mit Dalgliesh in der Teeküche am Vormittag hatte Oberschwester Rolfe Zeit gehabt, über den Schock hinwegzukommen und ihre Lage zu überdenken. Wie Dalgliesh erwartet hatte, war sie jetzt viel weniger entgegenkommend. Sie hatte bereits gegenüber Inspektor Bailey eine klare und eindeutige Aussage über die Vorbereitungen und die Durchführung der Übung sowie ihre eigenen Schritte an jenem Morgen, an dem Schwester Pearce starb, gemacht. Sie bestätigte die Aussage exakt und ohne Unsicherheit. Sie gab zu, daß sie gewußt hatte, wer die

Rolle der Patientin spielen würde, und wies sarkastisch darauf hin, daß es wenig Sinn habe, ihre Kenntnis zu leugnen, da ja gerade sie von Madeleine Goodale gerufen worden war, als Schwester Fallon damals erkrankte.

Dalgliesh fragte: «Hatten Sie Zweifel an der Echtheit ihrer Krankheit?»

«Damals?»

«Damals oder heute.»

«Ich vermute, Sie unterstellen, Schwester Fallon könnte die Grippe gespielt haben, um sicherzustellen, daß die Pearce für sie einsprang, und habe sich dann vorm Frühstück ins Nightingale-Haus geschlichen, um die Flüssigkeit zu vertauschen? Ich weiß nicht, warum sie zurückkam, aber den Gedanken, sie habe ihre Krankheit vorgetäuscht, können Sie sich aus dem Kopf schlagen. Nicht einmal Schwester Fallon konnte eine Temperatur von 39,9, Schüttelfrost und einen jagenden Puls simulieren. Ihr ging es in jener Nacht tatsächlich sehr schlecht, und sie war zehn Tage lang krank.»

Dalgliesh erklärte, dann sei es aber um so merkwürdiger, daß sie sich kräftig genug gefühlt hatte, am nächsten Morgen den ganzen Weg zum Nightingale-Haus zu schaffen. Oberschwester Rolfe antwortete, das sei sogar so merkwürdig, daß sie sich nur denken könne, Schwester Fallon habe einen zwingenden Grund dafür gehabt. Als er sie nach einem denkbaren Grund fragte, antwortete sie, es sei nicht ihre Aufgabe, Theorien aufzustellen. Dann fügte sie, wie unter Zwang, hinzu: «Aber bestimmt nicht, um die Pearce zu ermorden. Schwester Fallon war sehr intelligent, mit Abstand die intelligenteste ihres Jahrgangs. Falls die Fallon hierhergekommen wäre, um das Ätzmittel in die Flasche zu schütten, hätte sie gewußt, wie leicht sie im Nightingale-Haus gesehen werden könnte, selbst wenn man sie auf der Station nicht vermißt hätte. Sie hätte also bestimmt dafür gesorgt, eine passende Geschichte parat zu haben. Es wäre nicht schwer gewesen, sich etwas einfallen zu lassen. Ich schließe daraus, daß sie es einfach ablehnte, vor Inspektor Bailey eine Erklärung abzugeben.»

«Vielleicht war sie klug genug einzusehen, daß diese ungewöhnliche Verschwiegenheit von einer anderen intelligenten Frau haargenauso ausgelegt würde.»

«Etwa ein doppelter Bluff? Das glaube ich nicht. Das hieße, sich zu sehr auf die Intelligenz der Polizei zu verlassen!»

Sie gab gelassen zu, daß sie für die Zeit von sieben Uhr an, als die Zwillinge die Milchflasche aus der Küche geholt hatten, bis zehn vor neun, als sie sich zur Oberin und Mr. Courtney-Briggs in Miss Taylors Wohnzimmer begeben hatte, um auf Miss Beale zu warten, kein Alibi vorweisen konnte, ausgenommen die kurze Zeit von acht bis 8.25 Uhr: da hatte sie mit Miss Brumfett und Miss Gearing am selben Tisch gefrühstückt. Miss Brumfett war als erste aufgestanden, sie war ihr etwa um 8.25 gefolgt. Sie hatte sich zunächst in ihr Büro neben dem Übungsraum begeben, dort aber Mr. Courtney-Briggs vorgefunden und war sofort auf ihr Zimmer im dritten Stock gegangen.

Auf Dalglieshs Frage, ob Oberschwester Gearing und Oberschwester Brumfett ihr beim Frühstück wie immer vorgekommen seien, antwortete sie trocken, die beiden hätten keine Anzeichen von Mordlust erkennen lassen, falls er das hören wolle. Die Gearing habe den *Daily Mirror* und die Brumfett die *Nursing Times* gelesen, falls das von Bedeutung sei, geredet hätten sie so gut wie nichts miteinander. Sie bedauerte, keine Zeugen für ihre Schritte vor und nach dem Frühstück anführen zu können, aber das sei sicher begreiflich; in den letzten Jahren habe sie es vorgezogen, ins Bad zu gehen, wenn sonst niemand da war. Davon abgesehen, schätze sie die freie Zeit vor der Tagesarbeit und verbringe sie lieber allein.

Dalgliesh fragte: «Waren Sie überrascht, Mr. Courtney-Briggs in Ihrem Büro anzutreffen, als Sie nach dem Frühstück hingingen?»

«Eigentlich nicht. Ich nahm an, daß er die Nacht im Krankenhaus verbracht hatte und heute früh rüber ins Nightingale-Haus gekommen war, um die Frau von der Schwesternaufsicht zu treffen. Vermutlich wollte er irgendwo einen Brief schreiben. Mr. Courtney-Briggs nimmt sich das Recht heraus, jedes Zimmer im John Carpendar als sein Privatbüro zu benutzen, wenn es ihm einfällt.»

Dalgliesh fragte sie, was sie in der vergangenen Nacht getan habe. Sie wiederholte, sie sei allein im Kino gewesen, fügte aber diesmal hinzu, sie habe Julia Pardoe beim Hinausgehen getroffen und sei mit ihr zusammen zurückgekommen. Sie hatten den Eingang an der Winchester Road benutzt, für den sie einen Schlüssel besaß, und waren kurz nach elf Uhr im Nightingale-Haus. Sie war sofort nach oben in ihr Zimmer gegangen und hatte niemand im Treppenhaus getroffen. Schwester Pardoe, nahm sie an, hatte sich entweder ebenfalls sofort schlafen gelegt oder noch kurz zu den anderen Schülerinnen in den Aufenthaltsraum gesetzt.

«Sie haben mir also nichts mitzuteilen, Oberschwester? Nichts, was uns weiterhelfen könnte?»

«Nein.»

«Auch nicht, warum Sie sicher grundlos, gelogen haben, als Sie sagten, Sie seien allein ins Kino gegangen?»

«Nein. Und ich hätte nicht gedacht, daß meine privaten Angelegenheiten Sie etwas angehen.»

Dalgliesh sagte ruhig: «Miss Rolfe, zwei Ihrer Schülerinnen sind tot. Ich bin hier, um herauszubekommen, wie und warum sie starben. Wenn Sie nicht mitarbeiten wollen, brauchen Sie es nur zu sagen. Sie müssen meine Fragen nicht beantworten. Aber versuchen Sie nicht, mir vorzuschreiben, welche Fragen ich Ihnen stelle. Ich habe diese Untersuchung durchzuführen. Ich tue es auf meine Art.»

«So ist das also. Sie stellen die Regeln auf, wie es Ihnen paßt. Wir können nur noch sagen, wann wir nicht mehr mitspielen wollen. Sie spielen ein gefährliches Spiel, Mr. Dalgliesh.»

«Erzählen Sie mir ein wenig von diesen Schülerinnen. Sie sind die Erste Tutorin. Durch Ihre Hände gehen ziemlich viele Mädchen. Ich glaube, Sie können eine Persönlichkeit gut beurteilen. Fangen wir bei Schwester Goodale an.»

Falls sie bei diesem Namen Überraschung oder Erleichterung verspürte, verbarg sie es.

«Madeleine Goodale wird mit Sicherheit die Goldmedaille als beste Schülerin ihres Jahrgangs gewinnen. Sie ist weniger intelligent als Schwester Fallon – als die Fallon war –, aber sie arbeitet sehr fleißig und ganz besonders gewissenhaft. Sie kommt von hier. Ihr Vater ist in der Stadt ein bekannter Mann, ein sehr erfolgreicher Immobilienmakler, der ein alteingesessenes Familienunternehmen geerbt hat. Er ist Mitglied des Stadtrats und war ein paar Jahre im Verwaltungskomitee des Krankenhauses. Madeleine Goodale besuchte die hiesige höhere Schule und kam danach zu uns. Ich glaube, für sie kam nie eine andere Schwesternschule in Frage. Die ganze Familie zeigt eine ausgeprägte Treue zu dieser Stadt. Sie ist mit dem jungen Pfarrer der Dreieinigkeitsgemeinde verlobt, und ich denke, sie werden heiraten, sobald sie ihre Ausbildung hinter sich hat. Wieder eine gute Kraft, die dem Beruf verlorengeht, aber sie wird wissen, was für sie wichtiger ist.»

«Die beiden Burts?»

«Nette, vernünftige, liebenswürdige Mädchen mit mehr Einfühlungsvermögen und Feingefühl, als man ihnen im allgemeinen zutraut. Sie kommen von einem Bauernhof bei Cloucester. Ich weiß nicht genau, warum sie sich gerade dieses Krankenhaus ausgesucht haben. Ich habe so etwas gehört, daß eine Kusine hier war und sich ziemlich wohl gefühlt hat. Sie gehören zu den Menschen, die sich eine Schwesternschule auf Grund solcher familiären Bindungen aussuchen. Sie sind nicht besonders intelligent, aber ganz bestimmt nicht dumm. Wir sind, Gott sei Dank, nicht darauf angewiesen, auch dumme Mädchen aufnehmen zu müssen. Beide haben einen festen Freund, Maureen ist verlobt. Ich glaube, keine von beiden sieht in der Krankenpflege einen Lebensberuf.»

Dalgliesh sagte: «Sie werden in Schwierigkeiten kommen, leitende Kräfte für Ihren Beruf zu finden, wenn dieser automatische Rückzug in die Ehe zur Regel wird.»

Sie sagte trocken: «Wir haben bereits Schwierigkeiten. Für wen interessieren Sie sich noch?»

«Schwester Dakers.»

«Das arme Ding! Sie stammt auch von hier, aber aus einem ganz anderen Milieu als Schwester Goodale. Ihr Vater war ein kleiner Beamter bei der Stadtverwaltung. Er starb an Krebs, als sie zwölf war. Die Mutter hat sich seitdem mit einer kümmerlichen Pension durchgeschlagen. Das Mädchen ging auf dieselbe Schule wie die Goodale, aber soviel ich weiß, waren sie nicht befreundet. Die Dakers ist eine gewissenhafte und sehr fleißige Schülerin mit einer ganz schönen Portion Ehrgeiz. Sie wird ihre Sache ordentlich machen, aber nicht mehr als ordentlich. Sie ermüdet rasch und ist nicht besonders kräftig. Man hält sie hier für ängstlich und überempfindlich, was immer dieser Euphemismus besagen mag. Aber die Dakers ist recht zäh. Vergessen Sie nicht, sie ist in ihrem dritten Jahr. Ein Mädchen hält diese Ausbildung nicht so lange durch, wenn es wirklich schwach ist, sei es physisch oder psychisch.»

«Julia Pardoe?»

Schwester Rolfe hatte sich vollkommen unter Kontrolle. Ihre Stimme blieb unverändert, als sie fortfuhr.

«Das einzige Kind geschiedener Eltern. Ihre Mutter gehört zu jenen hübschen, aber egoistischen Frauen, die es nicht lange bei einem Mann aushalten. Sie hat jetzt den dritten, glaube ich. Ich bin nicht einmal sicher, ob das Mädchen wirklich weiß, wer sein Vater ist. Sie war nicht viel zu Hause. Ihre Mutter hat sie schon mit fünf Jahren in eine Internatsschule gesteckt. Sie hatte eine bewegte Schulzeit und kam direkt aus der sechsten Klasse eines dieser privaten Mädcheninternate hierher, wo man den Mädchen nichts beibringt, sie es aber dennoch schaffen, eine ganze Menge zu lernen. Sie bewarb sich zuerst bei einem Londoner Lehrkrankenhaus, genügte aber, was ihre Herkunft und Schulbildung betraf, nicht ganz den Anforderungen für die Aufnahme. Die Oberin verwies sie an uns weiter. Schulen wie unsere haben solche Abkommen mit den Londoner Krankenhäusern. Dort kommt auf jeden Platz ein Dutzend Bewerberinnen, häufig aus Snobismus oder in der Hoffnung, sich da einen Mann zu angeln. Wir sind in der glücklichen Lage, einige der Abgewiesenen bei uns aufnehmen zu können. Ich halte es für möglich, daß sie häufig bessere Schwestern abgeben als die anderen, die sie annehmen. Schwester Pardoe zum Beispiel ist so eine. Ein ungeschulter, aber kluger Kopf. Eine freundliche und umsichtige Schwester.»

«Sie wissen sehr gut Bescheid über Ihre Schülerinnen.»

«Das habe ich mir zur Aufgabe gemacht. Aber ich setze voraus, daß Sie von mir keine Beurteilung meiner Kolleginnen erwarten.»

«Von Oberschwester Gearing und Oberschwester Brumfett? Nein. Aber ich würde gerne noch Ihre Meinung über Schwester Fallon und Schwester Pearce hören.»

«Ich kann Ihnen nicht viel über die Fallon erzählen. Sie war ein zurückhaltendes, beinahe verschlossenes Mädchen. Intelligent natürlich und reifer als die Mehrzahl der Schülerinnen. Ich habe mich, glaube ich, nur ein einziges Mal über etwas Persönliches mit ihr unterhalten. Das war nach ihrem ersten Jahr. Ich fragte sie nach ihrer Meinung vom Schwesternberuf. Ich wollte wissen, wie unsere Methoden auf ein Mädchen wirken, das so ganz anders ist als der Durchschnitt der Schülerinnen, die direkt von der Schulbank zu uns kommen. Sie sagte, man könne nicht unparteiisch urteilen, solange man noch Anfänger sei und wie ein unterdurchschnittliches Dienstmädchen behandelt werde, aber sie sei immer noch davon überzeugt, daß sie mit der Krankenpflege das Richtige getroffen habe. Ich fragte sie, was sie an diesem Beruf angezogen habe, und sie antwortete, sie wolle sich ein Können aneignen, das sie in der Welt unabhängig mache, eine Qualifikation, die immer und überall gefragt sei. Ich glaube nicht, daß sie besonders ehrgeizig war und in diesem Beruf Karriere machen wollte. Ihre Berufsausbildung war einfach ein Mittel zum Zweck. Aber da mag ich falsch liegen. Wie ich schon sagte, ich kannte sie eigentlich nicht richtig.»

«Sie können also nicht sagen, ob sie Feinde hatte?»

«Ich kann nicht sagen, warum irgend jemand sie hätte umbringen wollen, falls Sie das meinen. Ich hätte die Pearce für ein viel wahrscheinlicheres Opfer gehalten.»

Dalgliesh fragte sie, warum.

«Ich mochte die Pearce nicht. Ich habe sie nicht umgebracht, ich neige allerdings auch nicht dazu, Menschen zu ermorden, bloß weil ich sie nicht leiden kann. Aber sie war ein merkwürdiges Mädchen, scheinheilig und ein Störenfried. Sie brauchen mich nicht zu fragen, woher ich das weiß. Ich habe überhaupt keine Beweise dafür, und falls ich welche hätte, würde ich sie vielleicht für mich behalten.»

«Für Sie war es also keine Überraschung, daß sie ermordet wurde?»

«Natürlich war ich überrascht. Aber ich habe keine Sekunde an Selbstmord oder einen Unfall geglaubt.»

«Und wer, meinen Sie, hat sie umgebracht?»

Schwester Rolfe sah ihn mit einer Art finsterer Genugtuung an. «Sagen Sie mir das, Herr Kriminalrat. Sagen Sie mir das!»

6

«Sie waren also gestern abend allein im Kino?»

«Ja, das habe ich Ihnen doch schon gesagt.»

«Um eine Wiederholung von *L'Avventura* zu sehen. Hatten Sie vielleicht das Gefühl, die Feinheiten Antonionis könnten am besten allein nachempfunden werden? Oder fanden Sie keinen, der mit Ihnen kommen wollte?»

Das konnte sie natürlich nicht auf sich sitzenlassen.

«Es sind genug Leute scharf darauf, mit mir auszugehen, wenn ich es nur will.»

Genug Leute sind scharf darauf. Dalgliesh hätte sich seinerzeit anders ausgedrückt. Aber die Kluft zwischen den Generationen war mehr als eine semantische Angelegenheit, die Entfremdung ging viel weiter. Er verstand sie einfach nicht. Er hatte nicht den leisesten Schimmer von dem, was hinter dieser glatten kindlichen Stirn vor sich ging. Die auffallenden dunkelblauen Augen, die unter geschwungenen Augenbrauen weit auseinander standen, starrten ihn an, wachsam, aber gleichgültig. Das Katzengesicht mit dem kleinen runden Kinn und den breiten Backenknochen drückte nichts als einen vagen Ekel vor dieser Angelegenheit hier aus. Man konnte sich kaum eine hübschere oder ansprechendere Person als Julia Pardoe neben seinem Krankenbett vorstellen, dachte Dalgliesh. Es sei denn, man hätte unerträgliche Schmerzen und wäre wirklich verzweifelt; dann wäre einem die robuste, vernünftige Art der Burts oder Madeleine Goodales ruhige Tüchtigkeit wahrscheinlich um vieles angenehmer. Vielleicht war es ein persönliches Vorurteil, aber er konnte sich keinen Mann vorstellen, der dieser schnippischen, sich selbst genügenden jungen Frau gern seine Schwächen oder körperlichen Schmerzen gezeigt hätte. Und was genau gab ihr der Pflegeberuf? Er konnte es sich nicht denken. Wenn das John Carpendar eine Universitätsklinik gewesen wäre, hätte er es verstanden. Dieser Trick, die Augen beim Sprechen weit aufzumachen, so daß ihr Gegenüber von einem plötzlichen Aufleuchten von Blau getroffen wurde, ihre Art, die feuchten Lippen über den blendenden elfenbeinernen Zähnen leicht zu öffnen, würden bei einer ganzen Schar von Medizinstudenten gut ankommen.

Es hatte auch, wie er bemerkte, seine Wirkung auf Sergeant Masterson.

Aber was hatte Oberschwester Rolfe von ihr gesagt?

«Ein ungeschulter, aber kluger Kopf; eine freundliche und umsichtige Schwester.»

Das mochte zutreffen. Aber Hilda Rolfe war voreingenommen. Und auf seine Art war das Dalgliesh auch.

Er unterdrückte einen Drang zu Spott, zu den billigen Sticheleien der Antipathie, und setzte das Verhör fort.

«Hat Ihnen der Film gefallen?»

«Er war ganz gut.»

«Und Sie kamen wann von diesem ganz guten Film ins Nightingale-Haus zurück?»

«Das weiß ich nicht. Ich denke, so gegen elf. Ich traf Oberschwester Rolfe vor dem Kino, und wir gingen zusammen nach Hause. Ich nehme an, sie hat es Ihnen schon gesagt.»

Sie mußten also seit heute früh miteinander gesprochen haben. Das war ihre Geschichte, und das Mädchen wiederholte sie und tat nicht einmal so, als sei es ihr wichtig, daß man ihr glaubte. Man konnte es selbstverständlich nachprüfen. Das Mädchen an der Kasse erinnerte sich vielleicht, ob sie zusammen gekommen waren. Aber diese Nachforschung war kaum der Mühe wert. Warum sollte es auch wichtig sein, es sei denn, sie hätten sich an diesem Abend nicht nur der Kultur gewidmet, sondern auch einen Mord ausgeheckt. Und falls dem so wäre, hätte er hier einen Komplizen der Schandtat vor sich, der offenbar keineswegs beunruhigt war.

Dalgliesh fragte: «Was passierte, als Sie heimkamen?»

«Nichts. Ich ging in den Aufenthaltsraum. Sie saßen alle vor dem Fernseher, das heißt, sie schalteten ihn gerade ab, als ich hereinkam. Die Zwillinge gingen in die Küche, um Tee zu kochen, und wir tranken ihn in Maureens Zimmer. Die Dakers war noch dabei. Madeleine Goodale blieb mit der Fallon unten. Ich weiß nicht, um wieviel

Uhr sie dann auch nach oben gingen. Ich legte mich gleich schlafen, als ich meine Tasse leer hatte. Ich bin sicher vor zwölf eingeschlafen.»

Das stimmte vielleicht. Aber dieser Mord war sehr einfach zu bewerkstelligen gewesen. Nichts hätte sie daran hindern können zu warten, vielleicht in einer der Badezellen, bis sie hörte, wie die Fallon das Badewasser einließ. Schwester Pardoe wußte, was alle Schülerinnen wußten: sobald die Fallon im Bad war, stand ein Glas mit Whisky und Zitrone auf ihrem Nachttisch. Wie einfach, in ihr Zimmer zu schleichen und etwas in das Glas zu schütten. Aber was? Es war zum Verrücktwerden, im ungewissen zu arbeiten. Unweigerlich griff man in seinen Theorien den Fakten voraus. Solange nicht die Autopsie durchgeführt war und der toxikologische Befund vorlag, konnte er nicht einmal sicher sein, ob er einen Mordfall untersuchte.

Er schlug plötzlich eine andere Richtung ein und kam auf seine frühere Verhörmethode zurück.

«Tut Ihnen der Tod von Schwester Pearce leid?»

Wieder die weit geöffneten Augen, der kleine Schmollmund, während sie überlegte, und die Andeutung, daß das wirklich eine dumme Frage sei.

«Natürlich.» Kleine Pause. «Sie hat mir nie etwas getan.»

«Hat sie einer anderen was getan?»

«Danach sollten Sie lieber die anderen fragen.» Wieder eine Pause. Vielleicht spürte sie, daß sie unvorsichtig dumm und unhöflich gewesen war. «Was hätte die Pearce einem antun können?»

Sie sagte das ohne jeden geringschätzigen Unterton, beinahe gleichgültig, einfach als Feststellung einer Tatsache.

«Irgendwer hat sie umgebracht. Das legt nicht gerade die Vermutung nahe, daß sie harmlos war. Irgendwer muß sie so stark gehaßt haben, sie aus dem Weg haben zu wollen.»

«Sie könnte sich selbst getötet haben. Als sie den Schlauch schluckte, wußte sie genau, was auf sie zukommen würde. Sie hatte Angst. Jeder, der sie beobachtete, konnte das sehen.»

Julia Pardoe war die erste Schülerin, die Schwester Pearces Angst erwähnte. Die einzige andere anwesende Person, die es bemerkt hatte, war die Inspektorin der Schwesternaufsichtsbehörde gewesen, die in ihrer Aussage den besorgten, beinahe leidenden Gesichtsausdruck des Mädchens hervorgehoben hatte. Es war interessant und überraschend, daß Schwester Pardoe so scharfsichtig gewesen sein sollte. Dalgliesh fragte: «Aber glauben Sie wirklich, daß sie selbst ein Ätzmittel in die Lösung gegeben hat?»

Die blauen Augen begegneten seinen. Sie lächelte ihr kleines Lächeln.

«Nein. Die Pearce war immer verängstigt, wenn sie Patientin spielen mußte. Sie haßte es. Sie sagte nie etwas, aber jeder konnte sehen, was sie fühlte. Den Schlauch zu schlucken, muß besonders schlimm für sie gewesen sein. Sie erzählte mir einmal, wie schrecklich ihr der Gedanke an eine Rachenuntersuchung oder -operation sei. Ihr wurden als Kind die Mandeln herausgenommen, und der Arzt – oder es kann auch eine Schwester gewesen sein – ging grob mit ihr um und tat ihr weh. Es war jedenfalls eine scheußliche Erfahrung. Geblieben war diese krankhafte Furcht in bezug auf ihren Hals. Natürlich hätte sie es Oberschwester Gearing erklären können, und eine von uns wäre eingesprungen. Sie hätte die Patientin nicht spielen müssen. Niemand hat sie dazu gezwungen. Aber ich könnte mir denken, die Pearce hielt es für ihre Pflicht, das über sich ergehen zu lassen. In der Pflichterfüllung war sie groß.»

Alle Anwesenden hätten demnach sehen können, wie es Schwester Pearce zumute war. Tatsächlich hatten es aber nur zwei gesehen. Und eine davon war diese anscheinend so gefühllose Frau gewesen.

Dalgliesh war verwirrt, aber eigentlich nicht überrascht, daß Schwester Pearce sich Julia Pardoe anvertraut hatte. Das war ihm schon häufiger begegnet, diese perverse Anziehungskraft, die die Hübschen und Beliebten oft auf die Unscheinbaren und Verschmähten ausübten. Manchmal wurden diese Gefühle sogar erwidert; eine seltsame gegenseitige Faszination, die, wie er vermutete, die Grundlage vieler Freundschaften und Ehen war, die den Außenstehenden unerklärlich schienen. Aber wenn sich Heather Pearce mittels einer rührseligen Geschichte aus ihrer Kindheit um Freundschaft und Sympathie bemüht hatte, war sie nicht sehr erfolgreich gewesen. Julia Pardoe schätzte die Stärke und nicht die Schwäche. Und doch – wer weiß? Die Pearce mochte etwas von ihr bekommen haben. Keine Freundschaft oder Sympathie, nicht einmal Mitleid, aber ein klein wenig Verständnis.

Einer plötzlichen Eingebung folgend sagte er: «Ich glaube, Sie wußten mehr als alle anderen hier über Schwester Pearce, verstanden sie wahrscheinlich besser. Ich glaube nicht an einen Selbstmord, Sie auch nicht. Ich möchte, daß Sie mir alles über sie erzählen, was uns auf ein Motiv bringen könnte.»

Sie antwortete nicht sofort. Bildete er es sich nur ein, oder dachte sie wirklich nach? Dann sagte sie mit ihrer hellen, ausdruckslosen

Stimme: «Ich könnte mir vorstellen, daß sie jemanden erpreßt hat. Sie hat es einmal bei mir versucht.»

«Und wie hat sie das angestellt?»

Sie sah ihn prüfend an, als taxiere sie seine Zuverlässigkeit oder überlege, ob die Geschichte überhaupt wichtig genug sei, berichtet zu werden. Dann verzog sie die Lippen zu einem kleinen erinnernden Lächeln. Sie sagte ruhig: «Mein Freund war vor ungefähr einem Jahr eine Nacht mit mir zusammen. Nicht hier, sondern im eigentlichen Schwesternwohnheim. Ich ließ ihn durch einen der Notausgänge herein. Wir haben es einfach aus Jux gemacht.»

«War es jemand vom John Carpendar?»

«Hm, hm! Ein Krankenpfleger.»

«Und wieso wußte das Heather Pearce?»

«Es war die Nacht vor unserer Vorprüfung – dem ersten staatlichen Examen. Die Pearce bekam vor Prüfungen immer Magenschmerzen. Ich vermute, sie schlich sich durch den Flur aufs Klo und sah, wie ich Nigel einließ. Sie kann auch auf dem Weg in ihr Zimmer gewesen sein und an der Tür gelauscht haben. Vielleicht hat sie uns kichern gehört oder so. Wahrscheinlich hat sie so lange wie möglich gelauscht. Ich möchte wissen, was sie sich dabei dachte. Mit der Pearce hat noch nie jemand schlafen wollen. Deshalb glaube ich, daß es für sie ziemlich aufregend gewesen sein muß, an der Tür einer Mitschülerin zu horchen, die mit einem Mann im Bett lag. Jedenfalls machte sie sich am nächsten Morgen an mich heran und drohte mir, es der Oberin zu melden und mich aus der Schule werfen zu lassen.»

Sie sprach ohne Groll, fast ein wenig amüsiert. Es hatte ihr damals nichts ausgemacht. Es machte ihr heute nichts aus.

Dalgliesh fragte: «Und welchen Preis verlangte sie für ihr Schweigen?»

Er bezweifelte nicht, daß der Preis, wie hoch auch immer, nicht gezahlt worden war.

«Sie sagte, sie sei noch zu keinem Schluß gekommen; sie müsse es sich noch überlegen. Er würde jedenfalls angemessen sein. Sie hätten dabei ihr Gesicht sehen sollen. Es war ganz fleckig und rot wie bei einem wütenden Puter. Ich weiß nicht, wie ich es schaffte, ernst zu bleiben. Ich tat so, als sei ich schrecklich verängstigt und zerknirscht und fragte sie, ob wir abends darüber reden könnten. Damit wollte ich nur Zeit gewinnen, um mich mit Nigel zu treffen. Er wohnte bei seiner verwitweten Mutter außerhalb der Stadt. Sie betet ihn an, und ich wußte, es würde ihr nicht das geringste ausmachen, alle Eide zu schwören, er habe die Nacht zu Hause verbracht. Es würde sie auch nicht stören, daß wir zusammen gewesen sind. Sie glaubt, ihr kostbarer Nigel hat das Recht, sich alles zu nehmen, was er möchte. Aber ich wollte nicht, daß die Pearce redete, bevor wir das arrangiert hatten. Als ich sie an diesem Abend traf, sagte ich ihr, wir würden die ganze Geschichte abstreiten, und Nigel würde ein Alibi beibringen. Sie hatte nicht an seine Mutter gedacht. Und noch etwas hatte sie vergessen. Nigel ist der Neffe von Mr. Courtney-Briggs. Das einzige, was sie mit ihrem Gerede erreicht hätte, wäre gewesen, daß Mr. Courtney-Briggs *sie* rausgeworfen hätte, nicht mich. Die Pearce war ganz schön dumm, wirklich.»

«Sie scheinen das bewundernswert gekonnt und gelassen hinter sich gebracht zu haben. Sie haben demnach nie erfahren, was für eine Strafe Schwester Pearce für Sie vorgesehen hatte?»

«Oh, doch! Ich ließ sie erst einmal reden, bevor ich es ihr sagte. Auf diese Art machte es mehr Spaß. Es ging ihr nicht um eine Strafe, es war eher eine Erpressung. Sie wollte bei uns mitmachen, zu unserer Clique gehören.»

«Zu Ihrer Clique?»

«Ja, das waren Jennifer Blain, Diane Harper und ich. Ich ging damals mit Nigel und Jennifer und Diane mit seinen Freunden. Die Blain haben Sie nicht kennengelernt; sie ist eine der Schülerinnen, die mit Grippe im Bett liegen. Die Pearce wollte, daß wir ihr einen Mann beischafften, so daß wir dann vier Paare gewesen wären.»

«Hat Sie das nicht überrascht? Nach allem, was ich bisher gehört habe, war Heather Pearce nicht gerade der Typ, der sich für Sex interessierte.»

«Jeder interessiert sich für Sex, jeder auf seine Art. Aber die Pearce stellte es natürlich nicht so dar. Sie erklärte, uns dreien sei nicht zu trauen, und wir müßten eine zuverlässige Person dabeihaben, die ein Auge auf uns hätte. Raten Sie mal, wer das sein sollte! Aber ich wußte, was sie in Wirklichkeit wollte: Tom Mannix. Er arbeitete damals in der Kinderklinik. Er war picklig und dazu ein ziemlicher Waschlappen, aber die Pearce konnte ihn gut leiden. Sie gehörten beide zum Christlichen Kreis des Krankenhauses. Tom hatte vor, später Missionar oder so etwas zu werden. Er hätte ganz gut zu der Pearce gepaßt, und ich bin sicher, ich hätte ihn dazu gebracht, ein- oder zweimal mit ihr auszugehen, wenn ich ihn eindringlich genug darum gebeten hätte. Aber das hätte ihr auch nicht viel genützt. Er interessierte sich nicht für die Pearce; er wollte mich. Na ja, Sie wissen ja, wie das ist.»

Dalgliesh wußte es. Das war schließlich die gewöhnlichste, die banalste aller menschlichen Tragödien. Du liebst jemanden. Er liebt dich nicht. Schlimmer noch – seinem eigenen Vorteil zum Hohn und ungeachtet der Zerstörung deines Seelenfriedens liebt er eine andere. Was würden die Dichter und Romanschreiber der halben Welt ohne diese universelle Tragikomödie anfangen? Aber das ließ Julia Pardoe kalt. Wenn in ihrer Stimme nur eine Spur von Mitleid oder wenigstens von Anteilnahme angeklungen hätte, dachte Dalgliesh. Aber Schwester Pearces verzweifeltes Verlangen, ihre Sehnsucht nach Liebe, die sie zu diesem kläglichen Erpressungsversuch getrieben hatte, rief in ihrem Opfer überhaupt nichts hervor, nicht einmal amüsierte Verachtung. Sie dachte auch nicht daran, ihn zu bitten, diese Geschichte für sich zu behalten. Und dann, als hätte sie seine Gedanken erraten, sagte sie ihm, warum:

«Es macht mir nichts aus, daß Sie es jetzt wissen. Warum auch? Schließlich ist die Pearce tot. Die Fallon auch. Ich meine, nach diesen zwei Mordfällen hier im Haus haben die Oberin und das Verwaltungskomitee wichtigere Sorgen, als sich den Kopf darüber zu zerbrechen, daß ich mit Nigel im Bett war. Aber wenn ich an diese Nacht denke! Also wirklich, das war lustig. Das Bett war viel zu schmal und quietschte bedenklich, und Nigel und ich mußten so kichern, daß wir kaum ... Und dann die Vorstellung, daß die Pearce die ganze Zeit am Schlüsselloch hing!»

Und dann lachte sie. Sie lachte schallend vor spontaner und erinnernder Freude, unschuldig und ansteckend. Masterson blickte zu ihr auf, und sein schweres Gesicht verzog sich zu einem breiten nachsichtigen Grinsen. Eine ungewöhnliche Sekunde lang mußten er und Dalgliesh sich zusammenreißen, daß sie nicht auch laut herauslachten.

7

Dalgliesh hatte die kleine Gruppe, die in der Bibliothek wartete, in keiner bestimmten Reihenfolge aufgerufen, und es steckte keine böse Absicht dahinter, daß er Oberschwester Gearing als letzte rief. Aber das lange Warten war ihr nicht gut bekommen. Sie hatte anscheinend im Verlauf des Vormittags Zeit gehabt, sich mit besonderer Sorgfalt ihrem Make-up zu widmen; eine instinktive Vorbereitung zweifellos für jegliches schockierende Ereignis, das der Tag bereithalten mochte. Aber das Make-up hatte sich nicht gut gehalten.

Die Wimperntusche war verlaufen und hatte sich mit dem Lidschatten vermischt, auf der Stirn standen Schweißperlen, und die Kinnfalten zeigten eine Spur von Lippenstift. Vielleicht hatte sie, ohne es zu merken, in ihr Gesicht gefaßt. Jedenfalls konnte sie kaum ihre Hände ruhig halten. Da saß sie, zappelnd vor Nervosität, wickelte ihr Taschentuch um die Finger und kreuzte abwechselnd die Beine. Sie konnte nicht abwarten, bis Dalgliesh zu sprechen anfing, sondern legte sofort mit lautem, hektischem Geschnatter los.

«Sie und Ihr Sergeant wohnen bei den Maycrofts im *Falconer's Arms*, nicht? Ich hoffe, es gefällt Ihnen dort. Sheila kann natürlich eine Nervensäge sein, aber Bob ist in Ordnung, wenn man allein mit ihm zu tun hat.»

Dalgliesh hatte sich sehr wohl gehütet, mit Bob allein zu tun zu bekommen. Er hatte sich für das *Falconer's Arms* entschieden, weil es klein, günstig gelegen und ruhig war und dazu halb leer; man mußte nicht lange da wohnen, um zu begreifen, warum. Oberst Robert Maycroft und Gemahlin ging es mehr darum, mit ihrer vornehmen Herkunft Eindruck bei den Besuchern zu machen, als sich um das Wohl der Gäste zu kümmern, und Dalgliesh hoffte inbrünstig, bis zum Ende der Woche ausgezogen zu sein. In der Zwischenzeit hatte er nicht die Absicht, sich mit Oberschwester Gearing über die Maycrofts zu unterhalten, und brachte sie höflich, aber bestimmt auf wichtigere Themen.

Im Unterschied zu den anderen Verdächtigen hielt sie es für nötig, erst einmal fünf Minuten lang ihr Entsetzen über den Tod der beiden Mädchen zum Ausdruck zu bringen. Es war gar zu schrecklich, tragisch, furchtbar, gräßlich, gemein, unerklärlich, unvergeßlich gewesen.

Die Gefühle, dachte Dalgliesh, waren wenigstens echt, wenn auch ihr Ausdruck verfälscht war. Die Frau war wirklich unglücklich. Er hatte den Verdacht, daß sie außerdem auch Angst hatte.

Er ging mit ihr noch einmal die Ereignisse vom Montag, dem 12. Januar, durch. Sie wußte kaum etwas Neues von Interesse beizutragen, und ihr Bericht stimmte mit dem bereits Gehörten überein. Sie war sehr spät aufgewacht, hatte sich in aller Eile angekleidet und es noch so eben geschafft, um acht Uhr unten im Frühstücksraum zu sein. Dort hatte sie sich an den Tisch ihrer Kolleginnen Brumfett und Rolfe gesetzt. Erst von ihnen hatte sie erfahren, daß Schwester Fallon in der Nacht erkrankt war. Dalgliesh fragte, ob sie sich erinnere, wer von den beiden Oberschwestern ihr die Neuigkeit mitgeteilt hatte.

«Also, das kann ich wirklich nicht mehr genau sagen. Ich glaube, es war Miss Rolfe, aber ich bin mir nicht sicher. Ich war an diesem Morgen aus allen möglichen Gründen ein bißchen aufgeregt. Daß ich verschlafen hatte, machte die Sache auch nicht besser, und ich war natürlich nervös wegen der Inspektion durch die Schwesternaufsichtsbehörde. Ich bin ja keine qualifizierte Tutorin. Ich vertrat nur Oberschwester Manning. Und es ist schon schlimm genug, seine erste Übung abzuhalten, ohne daß die Oberin und die Inspektorin der Schwesternaufsicht, Mr. Courtney-Briggs und Oberschwester Rolfe dabeisitzen und einem auf die Finger sehen. Mir fiel ein, daß ohne die Fallon nur noch sieben Schülerinnen da wären. Na ja, das war mir ganz recht; je weniger, desto besser, sagte ich mir. Ich hoffte nur, daß die Biester mitarbeiten und einigermaßen kluge Antworten geben würden.»

Dalgliesh fragte sie, wer zuerst den Frühstücksraum verlassen hatte.

«Oberschwester Brumfett. Möglichst schnell wieder auf ihre Station, wie immer, denke ich. Dann ging ich. Ich nahm meine Unterlagen und eine Tasse Kaffee mit in den Wintergarten, um noch ein paar Minuten zu lesen. Christine Dakers, Diane Harper und Julia Pardoe saßen auch dort. Die Harper unterhielt sich mit der Pardoe, und die Dakers saß für sich und blätterte in einer Zeitschrift. Ich blieb nicht lange, und sie waren noch da, als ich ging. Ich ging etwa um halb neun nach oben auf mein Zimmer, nahm auf dem Weg meine Post mit, kam dann wieder herunter und ging direkt in den Übungsraum. Das war gegen dreiviertel neun. Die Burts waren schon da und trafen ihre Vorbereitungen. Schwester Goodale kam fast gleichzeitig mit mir, die anderen erschienen etwa zehn vor neun, außer der Pearce, die kam erst in letzter Minute. Die Mädchen standen beieinander, und ich hörte das übliche Durcheinandergerede, bevor wir anfingen, aber ich kann mich an nichts Bestimmtes erinnern. Den Rest kennen Sie.»

Dalgliesh kannte ihn allerdings. Aber obwohl er es für unwahrscheinlich hielt, etwas Neues von Oberschwester Gearing erfahren zu können, ließ er sie noch einmal der Reihe nach die Ereignisse dieser unheilvollen Übung aufzählen. Doch das brachte nichts bisher Unbekanntes an den Tag. Es war alles zu furchtbar, schrecklich, gräßlich, scheußlich, unglaublich gewesen. Sie würde es nie vergessen, solange sie lebte.

Dalgliesh kam dann auf den Tod von Schwester Fallon zu sprechen. Aber hier wartete Schwester Gearing mit einer Überraschung auf. Sie war die erste Verdächtige, die ein Alibi präsentierte – wenigstens hoffte sie, daß es eines sei –, und sie brachte es mit begreiflicher Genugtuung vor. Von acht Uhr bis nach Mitternacht hatte sie einen Freund bei sich auf dem Zimmer gehabt. Sie nannte Dalgliesh mit affektiertem Widerstreben seinen Namen. Es handelte sich um Leonard Morris, den Leiter der Krankenhausapotheke. Sie hatte ihn zum Abendessen eingeladen, hatte ein einfaches Gericht – Spaghetti bolognaise – in der Schwesternküche im dritten Stock zubereitet und es in ihrem Wohnzimmer um acht Uhr, kurz nach seiner Ankunft, aufgetischt. Sie waren die ganzen vier Stunden zusammen gewesen, ausgenommen die paar Minuten, als sie das Abendessen aus der Küche geholt hatte, und noch einmal einige Minuten etwa um Mitternacht, als er auf die Toilette gegangen war, und früher am Abend eine kurze Zeit, als sie ihn zum selben Zweck allein gelassen hatte. Davon abgesehen, hatten sie sich kein einziges Mal aus den Augen gelassen. Sie fügte eifrig hinzu, daß Len – das heißt Mr. Morris – nur zu gern ihre Aussage bestätigen würde. Len würde sich genau an die Zeitangaben erinnern. Als Apotheker sei er präzise und akkurat in Kleinigkeiten. Die einzige Schwierigkeit sei, daß er sich jetzt nicht im Krankenhaus aufhalte. Er hatte kurz vor neun die Apotheke angerufen und mitgeteilt, daß er krank sei. Morgen würde er wieder arbeiten, da war sie sich sicher. Len nahm sich äußerst ungern frei.

Dalgliesh fragte, um wieviel Uhr er das Nightingale-Haus verlassen habe.

«Es kann nicht viel nach Mitternacht gewesen sein. Als meine Uhr schlug, fällt mir ein, sagte Len, es sei nun wirklich Zeit für ihn. Wir gingen ungefähr fünf Minuten später, und zwar über die hintere Treppe, die von der Wohnung der Oberin herunterführt. Ich ließ die Tür offen: Len holte erst sein Fahrrad, wo er es abgestellt hatte, und ich begleitete ihn bis an die nächste Ecke. Eigentlich verlockte die Nacht nicht zu einem Spaziergang, aber wir hatten noch etwas Dienstliches zu besprechen – Len unterrichtet nämlich den zweiten Jahrgang in Arzneimittelkunde –, und ich dachte, ein wenig frische Luft würde mir guttun. Len ließ mich nicht gern allein zurückgehen und kam wieder bis an die Tür mit. Ich schätze, es war ungefähr Viertel nach zwölf, als wir uns endgültig verabschiedeten. Ich kam also durch den Eingang der Oberin herein und schloß hinter mir ab. Ich ging sofort in mein Zimmer, räumte das Geschirr ab und spülte es in der Küche, ging dann ins Bad und war Viertel vor eins im Bett. Ich sah die Fallon den ganzen Abend nicht. Das nächste, was ich weiß, ist, daß Oberschwester Rolfe hereinstürzte und mich mit der

Neuigkeit weckte, daß die Dakers Schwester Fallon tot gefunden hatte.»

«Sie gingen also durch die Wohnung der Oberin hinaus und kehrten auf demselben Weg zurück. Ihre Tür war demnach nicht abgeschlossen?»

«Nein, das war sie nicht. Die Oberin läßt sie gewöhnlich offen, wenn sie wegfährt. Sie weiß, es ist für uns bequemer und weniger öffentlich, ihre Treppe zu benutzen. Schließlich sind wir erwachsene Menschen. Es ist uns nicht ausdrücklich verboten, Bekannte auf unseren Zimmern zu empfangen, aber es ist nicht besonders schön, sie durch den Hauptausgang hinauszulassen, wo jede kleine Schülerin hinter einem herspionieren kann. Das ist furchtbar nett von der Oberin. Ich glaube, sie schließt nicht einmal ihr Wohnzimmer ab, wenn sie nicht im Nightingale-Haus ist. Ich nehme an, damit Oberschwester Brumfett sich dort aufhalten kann, wenn sie Lust hat. Sie ist, falls Sie es noch nicht gehört haben, der Schoßhund der Oberin. Wissen Sie, fast alle Oberinnen haben ihre Hündchen. Mary Taylor hat die Brumfett.»

Dieser bittere, zynische Ton kam so überraschend, daß Masterson unvermittelt von seinem Protokoll aufblickte und Oberschwester Gearing wie einen wenig versprechenden Examenskandidaten anstarrte, der plötzlich unvermutete Fähigkeiten enthüllt. Aber Dalgliesh ging nicht darauf ein. Er fragte: «Benutzte Oberschwester Brumfett letzte Nacht Miss Taylors Wohnung?»

«Um Mitternacht? Die Brumfett bestimmt nicht! Sie geht früh zu Bett, wenn sie nicht mit der Oberin durch die Stadt scharwenzelt. Gewöhnlich trinkt sie ihren letzten Tee kurz nach zehn. Allerdings wurde sie in der vergangenen Nacht geholt. Mr. Courtney-Briggs rief an. Sie mußte sich auf der Privatstation um einen frisch operierten Patienten kümmern. Ich dachte, das hätte sich herumgesprochen. Das war kurz vor zwölf Uhr.»

Dalgliesh fragte, ob Oberschwester Gearing sie gesehen habe.

«Nein, aber mein Freund. Ich meine Len. Er steckte seinen Kopf durch die Tür, um zu prüfen, ob die Luft rein sei und er aufs Klo gehen könne, bevor wir zusammen weggingen, und da sah er die Brumfett, wie sie gerade unten um die Ecke verschwand. Sie war im Mantel und hatte die alte Tasche bei sich, die sie immer herumschleppt. Es war klar, daß sie aus dem Haus ging, und ich dachte mir gleich, daß sie wohl auf ihre Station gerufen worden war. Das passiert der Brumfett ständig. Sehen Sie, es ist zum Teil auch ihr eigener Fehler. Das kommt davon, wenn man zu gewissenhaft ist.»

Das gehörte wahrscheinlich nicht zu Oberschwester Gearings Fehlern, dachte Dalgliesh. Er konnte sich nicht recht vorstellen, daß sie mitten im Winter um Mitternacht durch die Gegend stapfte, wenn irgendein Chirurg, und sei er noch so wichtig, sie überraschend rief. Aber eigentlich tat sie ihm doch eher leid. Sie hatte ihm einen deprimierenden Einblick in den blamablen Mangel an Privatleben und die sich daraus ergebenden kleinen Schliche und Ausflüchte gewährt, mit denen diese in lästiger, enger Nachbarschaft lebenden Menschen versuchten, sich eine Privatsphäre zu schaffen oder in die eines anderen einzudringen. Die Vorstellung, daß ein erwachsener Mann verstohlen um die Ecke lugte, bevor er sich aus der Tür wagte, daß ein erwachsenes Liebespaar heimlich die Treppe hinunterschlich, um nicht gesehen zu werden, war lächerlich und demütigend. Ihm fielen die Worte der Oberin ein. «Wir erfahren hier eben alles; es gibt kein wirkliches Privatleben.» Selbst wann die arme Brumfett ihren Schlaftrunk zu sich nahm und wann sie gewöhnlich zu Bett ging, war allgemein bekannt. Kein Wunder, daß das Nightingale-Haus seine spezielle Sorte von Neurosen erzeugte, kein Wunder, daß Oberschwester Gearing es für nötig hielt, einen Spaziergang mit ihrem Liebhaber im Park des Krankenhauses zu rechtfertigen und den verständlichen Wunsch, das endgültige Gutenachtsagen noch etwas hinauszuschieben, mit dem wenig überzeugenden Geschwätz von wichtigen dienstlichen Gesprächen zu erklären. Er fand das alles zutiefst deprimierend, und es tat ihm nicht leid, als das Gespräch mit ihr beendet war.

8

Dagegen genoß Dalgliesh seine halbe Stunde mit der Haushälterin, Miss Martha Collins. Sie war eine magere Frau, spröde und knorrig wie ein dürrer Zweig. Mit ihrer gegerbten Haut sah sie völlig ausgedörrt aus. Sie schien allmählich, ohne es bemerkt zu haben, in ihren Kleidern zusammengeschrumpft zu sein. Ihre Kittelschürze aus dikker bräunlicher Baumwolle fiel in langen Falten von den schmalen Schultern bis über die Waden und wurde in der Taille von einem blau und rot gestreiften Kindergürtel zusammengerafft. Ihre Strümpfe waren als Ziehharmonika auf die Knöchel gerutscht, und entweder hatte sie eine Vorliebe für Schuhe, die mindestens zwei

Nummern zu groß waren, oder ihre Füße standen in einem merk-
würdigen Mißverhältnis zu ihrer Größe. Sie war sofort erschienen,
als man sie aufgerufen hatte, hatte sich rittlings auf den Stuhl gegenüber von Dalgliesh gepflanzt, die Füße fest auf den Boden gestemmt und ihn mit voreingenommener Feindseligkeit beäugt, als
wolle sie sich ein ganz besonders widerspenstiges Dienstmädchen
vorknöpfen. Während des ganzen Verhörs verzog sie kein einziges
Mal ihr Gesicht zu einem Lächeln. Zugegeben, in der Situation lag
nichts Spaßiges, doch sie schien unfähig, auch nur das knappste Lächeln formaler Höflichkeit zu zeigen. Aber trotz des wenig verhei-
ßungsvollen Auftakts war das Verhör nicht schlecht gelaufen. Dalgliesh fragte sich, ob der säuerliche Ton und das unattraktive Äußere
nicht Teil einer gewollten und bewußten Rolle waren. Vielleicht
hatte sie vor runden vierzig Jahren beschlossen, ein Krankenhauso-
riginal zu werden, ein liebenswerter Romantyrann, der jeden, von
der Oberin bis zum kleinsten Küchenmädchen, mit der gleichen Ge-
ringschätzung behandelte, und hatte diese Rolle so erfolgreich und
befriedigend gefunden, daß sie sie nicht mehr ablegen konnte. Sie
war ewig am Nörgeln, aber sie tat es, ohne böse zu sein, als bloße
Formsache. Er hatte den Verdacht, daß ihre Arbeit ihr in Wirklichkeit Spaß machte und sie nicht so unglücklich und unzufrieden war,
wie sie sich den Anschein gab. Sie hätte es wohl kaum vierzig Jahre
hier ausgehalten, wenn die Stelle tatsächlich so mittelmäßig gewesen wäre, wie sie behauptete.

«Milch! Kommen Sie mir bloß nicht mit der Milch. Die Milch
macht in diesem Haus mehr Ärger als die ganze sonstige Verpfle-
gung, und das will was heißen. Acht Liter verbrauchen wir täglich,
obwohl das halbe Haus die Grippe hat. Fragen Sie nicht, wo das alles
hingeht. Ich übernehme nicht mehr die Verantwortung dafür, und
das habe ich auch der Oberin gesagt. Zwei Flaschen gehen jeden
Morgen als erstes nach oben zu den Oberschwestern, damit sie sich
den ersten Tee selbst kochen können. Zwei Flaschen schicke ich für
die drei zusammen rauf. Man sollte meinen, das wäre genug für jede. Die Oberin geht natürlich extra. Sie kriegt ihren halben Liter,
und ich gönne ihr jeden Tropfen. Aber was für Scherereien man damit hat! Die Schwester, die sie zuerst erwischt, nimmt sich den ganzen Rahm, glaube ich. Nicht gerade rücksichtsvoll, und das habe ich
auch der Oberin gesagt. Sie bekommen sogar Vorzugsmilch. So gut
hat es sonst niemand im Haus. Und nichts als Klagen. Oberschwester Gearing, weil sie ihr zu dünn ist, und Oberschwester Brumfett,
weil sie nicht nur Vorzugsmilch bekommt, und Oberschwester Rolfe

will sie in Viertelliterflaschen, die man überhaupt nicht mehr bekommt, was sie genausogut weiß wie ich. Dann habe ich die Milch für die Schülerinnen, für den Tee oder Kakao oder was für Zeug sie sich abends selbst kochen. Sie sollen es eigentlich aufschreiben, wenn sie eine Flasche aus dem Kühlschrank holen. Jeder gönnt es ihnen, aber das ist halt die Regel. So, und dann gucken Sie mal in das Buch! In neun von zehn Fällen ist ihnen das zuviel. Und dann die leeren Flaschen! Sie sollen sie ausspülen und in die Küche zurückbringen. Das ist wohl nicht zuviel verlangt. Aber was tun sie statt dessen? Sie lassen die Flaschen im ganzen Haus rumliegen, in ihren Zimmern, in den Schränken, im Vorratsraum – natürlich ungespült –, bis es stinkt. Meine Mädchen haben die Nase voll davon, immer hinter den Schülerinnen und ihren leeren Flaschen herzulaufen, und das habe ich auch der Oberin gesagt.

Was soll das heißen, ob ich in der Küche war, als die Zwillinge sich den Liter holten? Das wissen Sie ganz genau. Ich habe es dem anderen Polizisten schon gesagt. Wo sollte ich denn sonst um diese Zeit sein? Ich bin immer spätestens Viertel vor sieben in meiner Küche, und es war schon drei Minuten drüber, als die Zwillinge hereinkamen. Nein, ich habe ihnen die Flasche nicht gegeben. Sie haben sie selbst aus dem Kühlschrank genommen. Es ist nicht mein Amt, die Mädchen hinten und vorne zu bedienen, und das habe ich auch der Oberin gesagt. Aber die Milch war in Ordnung, als ich aus der Küche ging. Sie wurde nicht vor halb sieben gebracht, und ich habe vor dem Frühstück schon genug zu tun, ohne daß ich mir an der Milch zu schaffen mache und Desinfektionsmittel hineinkippe. Außerdem habe ich ein Alibi. Von Viertel vor sieben an war Mrs. Muncie bei mir. Sie ist eine Tageshilfe aus der Stadt, die mich unterstützt, wenn es hier hapert. Sie können sie jederzeit aufsuchen, aber ich glaube, Sie bekommen nicht viel aus ihr heraus. Die arme Seele hat nicht viel Grips. Wenn ich es mir recht überlege, habe ich meine Zweifel, ob sie überhaupt was gemerkt hätte, und wenn ich den ganzen Vormittag lang Milch vergiftet hätte. Jedenfalls war sie mit mir zusammen, wenn das was wert ist. Und ich war mit ihr die ganze Zeit zusammen. Ich renne nicht alle fünf Minuten hinaus aufs Klo oder so, das können Sie mir glauben. So was mache ich alles zur richtigen Zeit.

Das Desinfektionsmittel von der Toilette? Das dachte ich mir, daß Sie danach fragen. Ich bekomme jede Woche aus dem Lager einen großen Eimer geschickt, aus dem fülle ich die Flaschen nach. Eigentlich ist das nicht meine Aufgabe, aber ich lasse das nicht gern von den Mädchen machen. Die sind zu unvorsichtig. Da ginge die Hälfte von dem Zeug daneben. Ich habe die Flasche für das WC unten einen Tag vor dem Tod von Schwester Pearce nachgefüllt. Sie muß also noch fast voll gewesen sein. Ein paar Schülerinnen machen sich die Mühe, ein bißchen davon hinterher in die Kloschüssel zu schütten, aber die meisten tun's nicht. Man sollte meinen, daß Schwesternschülerinnen es mit solchen Kleinigkeiten genauer nehmen würden, aber sie sind kein bißchen anders als die anderen jungen Leute. Das Zeug wird hauptsächlich von den Dienstmädchen verbraucht, wenn sie die Klos putzen. Die Waschräume und Toiletten werden täglich saubergemacht. Da nehme ich es sehr genau. Das WC unten sollte nach dem Mittagessen von Morag Smith geputzt werden, aber Schwester Goodale und Schwester Pardoe merkten, daß die Flasche schon vorher weg war. Ich habe gehört, daß der andere Polizist sie leer im Gebüsch gefunden hat. Ich möchte wissen, wie sie dorthin gekommen ist.

Nein, Sie können Morag Smith nicht sprechen. Hat man Ihnen das nicht gesagt? Ein Glück für sie, daß sie gestern nachmittag weggegangen ist. Der Morag können Sie für die letzte Nacht nicht das geringste anhängen. Nein, ich weiß nicht, ob sie nach Haus gefahren ist. Ich habe sie nicht gefragt. Mir reicht die Verantwortung für die Mädchen, wenn ich sie hier im Nightingale-Haus vor der Nase habe. Ich kümmere mich nicht darum, was sie an ihren freien Tagen machen. Genausowenig wie um manches, was ich höre. Sie kommt höchstwahrscheinlich spät heute nacht zurück, und die Oberin hat die Anweisung gegeben, sie im Wohnheim unterzubringen. Dieses Haus ist jetzt anscheinend zu gefährlich für uns. Aber mich bringt hier keiner weg. Ich weiß zwar nicht, wie ich morgen alles schaffen soll, wenn Morag erst kurz vorm Frühstück auftaucht. Ich kann meine Leute nicht beaufsichtigen, wenn ich sie nicht hier habe, und das habe ich auch der Oberin gesagt. Nicht, daß Morag schwierig wäre. Sie ist genauso stur wie die andern, aber sie ist keine schlechte Kraft, wenn man sie erst einmal auf Trab bringt. Und wenn Ihnen einer erzählen will, daß Morag Smith sich an der Milch vergriffen hat, glauben Sie's bloß nicht. Das Mädchen ist vielleicht ein bißchen beschränkt, aber so verrückt ist sie nicht. Ich will nicht, daß meine Leute ohne Grund angeschwärzt werden.

Und jetzt will ich Ihnen etwas sagen, Herr Detektiv.» Sie reckte ihren mageren Körper vor und fixierte Dalgliesh mit ihren kleinen Augen. Er zwang sich dazu, ihnen ohne zu blinzeln standzuhalten, und sie starrten sich an wie zwei Ringer vor der nächsten Runde.

«Ja, Miss Collins?»

Sie streckte einen dünnen, knotigen Finger vor und stieß ihn heftig an die Brust. Dalgliesh zuckte zurück.

«Keiner hat ein Recht, diese Flasche ohne meine Erlaubnis aus der Toilette zu holen oder sie für einen anderen Zweck als zum Reinigen der Kloschüssel zu benutzen. Keiner!»

Es lag auf der Hand, worin in Miss Collins' Augen die eigentliche Ungeheuerlichkeit des Verbrechens gelegen hatte.

9

Zwanzig Minuten vor eins klopfte Mr. Courtney-Briggs energisch an die Tür, kam herein, ohne die Aufforderung abzuwarten, und sagte kurz angebunden: «Ich kann Ihnen jetzt eine Viertelstunde widmen, Dalgliesh, wenn es genehm ist.»

Sein Ton setzte voraus, daß es genehm sei. Dalgliesh nickte und wies auf einen Stuhl. Der Chirurg warf einen Blick auf Sergeant Masterson, der teilnahmslos dasaß und sein Notizbuch bereithielt, zögerte einen Moment und rückte sich den Stuhl so zurecht, daß er dem Sergeanten den Rücken zukehrte. Dann setzte er sich hin und griff in die Westentasche. Das Zigarettenetui, das er herausholte, war aus feingearbeitetem Gold und so flach, daß es nicht sehr praktisch aussah. Er bot Dalgliesh eine Zigarette an – Masterson allerdings keine – und schien es kaum zu registrieren, als der Kriminalrat ablehnte. Er zündete sich selbst eine an. Die Hände um das Feuerzeug waren groß und kräftig. Es waren nicht die sensiblen Hände, die man bei einem Chirurgen erwartet, sondern starke Tischlerhände, die tadellos gepflegt waren.

Während Dalgliesh sich scheinbar mit seinen Aufzeichnungen befaßte, beobachtete er den Mann. Er war kräftig, aber noch nicht korpulent. Der korrekte Anzug paßte fast zu gut. Er saß auf einem gepflegten, wohlgenährten Körper und verstärkte den Eindruck von verborgener, nur unvollkommen kontrollierter Macht. Mr. Courtney-Briggs konnte immer noch gutaussehend genannt werden. Sein langes, aus der hohen Stirn straff zurückgekämmtes Haar, wies nur eine einzige helle Strähne auf. Dalgliesh fragte sich, ob sie eingefärbt war. Seine Augen waren etwas zu klein für das kräftige, frische Gesicht, aber sie waren schön geschnitten und standen weit auseinander. Sie verrieten nichts.

Wie Dalgliesh wußte, war es hauptsächlich Mr. Courtney-Briggs zuzuschreiben, daß der lokale Polizeichef den Yard hinzugezogen hatte. Aus dem etwas verbitterten Bericht, den Inspektor Bailey bei der Übergabe des Falles gegeben hatte, konnte Dalgliesh schließen, weshalb. Der Chirurg hatte von Anfang an Schwierigkeiten gemacht, und seine Motive, falls sie einer rationellen Erklärung zugänglich waren, ließen interessante Spekulationen zu. Zuerst hatte er steif und fest behauptet, daß Schwester Pearce offensichtlich ermordet worden sei, daß es unvorstellbar sei, jemanden aus dem Krankenhausbereich mit dem Verbrechen in Verbindung zu bringen, und daß die Polizei verpflichtet sei, auf Grund dieser Annahme den Mörder ohne die geringste Verzögerung zu finden und zu verhaften. Als die Untersuchung keine unmittelbaren Ergebnisse brachte, wurde er widerspenstig. Er war gewohnt, Macht auszuüben, und gewiß besaß er einige Macht. Er hatte gute Beziehungen zu hochgestellten Persönlichkeiten in London, die ihm ihr Leben verdankten, und einige von ihnen konnten durchaus Schwierigkeiten machen. Sowohl der örtliche Polizeichef als auch der Yard erhielten Anrufe, teils taktvoll und halb entschuldigend, teils voller unverhüllter Kritik. Als der mit der Untersuchung befaßte Inspektor immer stärker zu der Überzeugung gelangte, Schwester Pearces Tod sei die Folge eines Streiches gewesen, der böse danebengegangen sei, verkündeten Mr. Courtney-Briggs und seine Mitstreiter noch lauter als zuvor, sie sei ermordet worden, und drängten noch stärker darauf, den Fall dem Yard zu übergeben. Und dann war Schwester Fallon tot aufgefunden worden. Es war zu erwarten, daß die örtliche Kriminalpolizei zu verstärkter Aktivität angespornt würde, daß das diffuse Licht über dem ersten Verbrechen nun konzentriert auf den zweiten Todesfall treffen würde. Und in eben diesem Augenblick hatte Mr. Courtney-Briggs beschlossen, den Polizeichef anzurufen und ihm mitzuteilen, es seien keine weiteren Anstrengungen nötig. Denn für ihn stehe fest, daß Schwester Fallon Selbstmord begangen habe, daß der Grund hierfür nur in Gewissensbissen über das schreckliche Resultat des Streiches, der ihre Kollegin tötete, zu suchen sei, und daß es jetzt im Interesse des Krankenhauses liege, den Fall mit möglichst geringem Aufsehen abzuschließen, bevor der Nachschub an Schwesternschülerinnen oder sogar die Zukunft des Krankenhauses gefährdet würde. Der Polizei sind derartige plötzliche Kehrtwendungen nicht fremd, was nicht heißen soll, sie freue sich darüber. Dalgliesh sagte sich allerdings, der hiesige Polizeichef müsse ein beachtliches Maß an Genugtuung verspürt haben, als er beschloß, unter diesen Umständen den Yard herzuholen, um beiden Todesfällen nachzugehen.

In der Woche nach Schwester Pearces Tod hatte Courtney-Briggs sogar Dalgliesh angerufen, der vor drei Jahren sein Patient gewesen war. Es hatte sich um einen unkomplizierten Blinddarm gehandelt, und obwohl Dalglieshs Eitelkeit durch die Kleinheit und Sauberkeit der entstandenen Narbe befriedigt war, meinte er, die Kunstfertigkeit des Chirurgen sei seinerzeit angemessen vergütet worden. Ganz gewiß verspürte er keine Lust, sich für Courtney-Briggs' private Interessen einspannen zu lassen. Der Anruf war peinlich gewesen. Mit Interesse stellte er fest, daß der Chirurg es allem Anschein nach für beide Seiten für ratsam hielt, den Vorfall zu vergessen.

«Ich darf voraussetzen, daß Schwester Fallon Ihrer Ansicht nach Selbstmord begangen hat?»

«Selbstverständlich. Diese Erklärung liegt auf der Hand. Sie wollen doch nicht unterstellen, daß ihr sonst jemand das Zeug in den Whisky geschüttet hat? Warum auch?»

«Bleibt das Problem mit dem fehlenden Behälter, nicht? Das heißt, falls es sich um Gift dreht. Das werden wir erst erfahren, wenn der Autopsiebefund vorliegt.»

«Was für ein Problem? Ich sehe keins. Der Becher war wärmeisoliert und undurchsichtig. Sie könnte das Zeug schon früher als gestern abend hineingegeben haben. Das hätte kein Mensch gemerkt. Oder sie kann ein Pulver in einem Stück Papier bei sich gehabt haben, das sie dann auf der Toilette wegspülte. Der Behälter ist kein Problem. Und es war diesmal kein Ätzmittel. Soviel war mir klar, als ich die Leiche sah.»

«Waren Sie als erster Arzt zur Stelle?»

«Nein. Ich war nicht im Krankenhaus, als sie gefunden wurde. Dr. Snelling war da. Er ist der praktische Arzt, der sich um die Schwestern hier kümmert. Er stellte sofort fest, daß nichts mehr zu machen war. Ich kam herüber, um mir die Leiche anzusehen, sobald ich davon erfuhr. Ich kam kurz vor neun ins Krankenhaus. Da war natürlich die Polizei schon da. Ich meine, die von hier. Ich weiß nicht, warum man sie nicht weiter an dem Fall arbeiten ließ. Ich rief den Polizeichef an und teilte ihm meine Ansicht mit. Übrigens sagte mir Miles Honeyman, daß sie etwa um Mitternacht starb. Ich traf ihn, als er im Weggehen war. Wir haben zusammen studiert.»

«Das habe ich gehört.»

«Sie haben gut daran getan, ihn zuzuziehen. Er wird wohl allgemein als der beste Mann anerkannt.»

Er sprach selbstgefällig – der Erfolgreiche ließ sich herab, den Erfolgreichen anzuerkennen. Seine Kriterien waren nicht sehr tiefgründig, dachte Dalgliesh. Geld, Prestige, öffentliche Anerkennung, Macht. Ja, Courtney-Briggs würde in der Überzeugung, es bezahlen zu können, immer das Beste für sich verlangen.

Dalgliesh sagte: «Sie war schwanger. Wußten Sie das?»

«Honeyman sagte es mir. Nein, ich wußte nichts davon. Das kommt selbst heutzutage vor, wo die Empfängnisverhütung zuverlässig und einfach ist. Aber bei einem Mädchen von ihrer Intelligenz hätte ich erwartet, daß sie die Pille nimmt.»

Dalgliesh fiel der Auftritt in der Bibliothek an diesem Morgen ein, als Mr. Courtney-Briggs auf den Tag genau das Alter des Mädchens angegeben hatte. Er stellte seine nächste Frage:

«Kannten Sie sie gut?»

Der tiefere Sinn war klar, und der Chirurg ließ sich ein wenig Zeit mit der Antwort. Dalgliesh hatte nicht erwartet, daß er aufbrausen oder losschimpfen würde, und er tat auch nichts dergleichen. Dagegen lag gesteigerter Respekt in dem Blick, mit dem er den Fragesteller ansah.

«Eine Zeitlang, ja.» Er machte eine Pause. «Man kann wohl sagen, daß ich sie intim kannte.»

«War sie Ihre Geliebte?»

Courtney-Briggs sah ihn ungerührt an und überlegte. Schließlich sagte er: «Das drückt es ziemlich förmlich aus. Ich habe in den ersten sechs Monaten, die sie hier war, ziemlich regelmäßig mit ihr geschlafen. Haben Sie etwas dagegen?»

«Es steht mir kaum zu, etwas dagegen zu haben, wenn sie einverstanden war. Vermutlich war sie das?»

«Das kann man wohl sagen.»

«Und wann war damit Schluß?»

«Ich dachte, das hätte ich Ihnen gesagt. Es ging bis zum Ende ihres ersten Jahres. Das war vor anderthalb Jahren.»

«Hatten Sie eine Auseinandersetzung?»

«Nein. Sie meinte, sie habe, sagen wir, die Möglichkeiten ausgeschöpft. Manche Frauen lieben die Abwechslung. Ich übrigens auch. Ich hätte mich nicht mit ihr abgegeben, wenn ich sie für den Typ gehalten hätte, der Schwierigkeiten macht. Und verstehen Sie mich nicht falsch. Es ist nicht meine Gewohnheit, mit Schwesternschülerinnen zu schlafen. Ich bin da recht wählerisch.»

«War es schwierig, die Geschichte geheimzuhalten? Es gibt doch kaum ein Privatleben im Krankenhaus.»

«Sie haben romantische Vorstellungen, Herr Kriminalrat. Wir haben nicht in aller Öffentlichkeit geknutscht. Als ich sagte, ich schlief mit ihr, meinte ich genau das. Ich benutze keine beschönigenden Ausdrücke für Sex. Sie kam in meine Wohnung in der Wimpole Street, wenn sie eine Nacht frei hatte, und wir schliefen dort. Ich wohne da allein, mein Haus ist in der Nähe von Selborn. Der Pförtner in der Wimpole Street muß davon gewußt haben, aber er kann den Mund halten. Ein großer Teil der Mieter würde weglaufen, wenn er es nicht könnte. Es war ohne jedes Risiko, vorausgesetzt, sie redete nicht, aber das war nicht ihre Art. Nicht daß es mir besonders viel ausgemacht hätte. Es gibt gewisse Bereiche des persönlichen Verhaltens, da tue ich, wozu ich Lust habe. Sie doch sicher auch.»

«Also war es nicht Ihr Kind?»

«Nein. Ich sehe mich vor. Außerdem war die Geschichte vorbei. Aber auch wenn sie nicht beendet gewesen wäre, hätte ich sie wohl kaum umgebracht. Diese Art der Lösung schafft mehr Schwierigkeiten, als sie abwendet.»

Dalgliesh fragte: «Was hätten Sie unternommen?»

«Das wäre von den Umständen abhängig gewesen. Ich hätte die Sicherheit haben müssen, daß es wirklich mein Kind wäre. Aber dieses spezielle Problem ist nicht ungewöhnlich und nicht unlösbar, wenn die Frau vernünftig ist.»

«Ich habe erfahren, Miss Fallon habe eine Abtreibung geplant. Ist sie deshalb zu Ihnen gekommen?»

«Nein.»

«Sie hätte es vielleicht tun können?»

«Gewiß. Sie hätte. Aber sie hat nicht.»

«Hätten Sie ihr geholfen, wenn sie darum gebeten hätte?»

Der Chirurg sah ihn an.

«Diese Frage liegt kaum in Ihrem Zuständigkeitsbereich, möchte ich meinen.»

Dalgliesh sagte: «Darüber entscheide ich. Das Mädchen war schwanger; sie dachte an eine Abtreibung; sie erzählte einer Freundin, sie wüßte, wer ihr helfen würde. Es wäre natürlich interessant zu wissen, an wen sie dabei dachte.»

«Sie kennen das Gesetz. Ich bin Chirurg und nicht Gynäkologe. Ich halte mich lieber an mein Spezialgebiet und praktiziere es legal.»

«Es gibt auch andere Arten von Hilfe. Man könnte sie zum Beispiel an einen geeigneten Kollegen verweisen oder ihr bei der Bezahlung unter die Arme greifen.»

Für ein Mädchen, das sechzehntausend Pfund zu vererben hatte, war es ziemlich unwahrscheinlich, um Zuschuß für die Abtreibungskosten zu bitten. Doch Miss Goodales Erbschaft war noch nicht bekannt, und Dalgliesh wollte herausbekommen, ob Courtney-Briggs über Schwester Fallons Kapital Bescheid wußte. Aber der Chirurg ließ sich nichts anmerken.

«Nun, sie kam jedenfalls nicht zu mir. Sie mag an mich gedacht haben, aber sie kam nicht. Und wenn sie gekommen wäre, hätte ich ihr nicht geholfen. Ich halte mich daran, für meine eigenen Angelegenheiten die Verantwortung zu übernehmen; aber ich nehme sie anderen Leuten nicht ab. Wenn sie ihre Befriedigung bei einem anderen suchte, konnte sie auch woanders Hilfe suchen. Von mir war sie nicht schwanger. Aber jemand muß es gewesen sein. Der hätte sich doch um sie kümmern können.»

«Wäre das Ihre Antwort gewesen?»

«Ganz sicher. Und mit Recht.»

Aus seiner Stimme klang grausame Genugtuung. Dalgliesh blickte auf und sah, daß sein Gesicht gerötet war. Der Mann hielt seine Gefühle nur mühsam unter Kontrolle. Und Dalgliesh hatte kaum Zweifel, welcher Art diese Gefühle waren. Es war Haß.

Er setzte das Verhör fort.

«Waren Sie letzte Nacht im Krankenhaus?»

«Ja, ich wurde zu einer dringenden Operation gerufen. Einer meiner Patienten erlitt einen Rückfall. Das kam zwar nicht unerwartet, aber es war eine sehr ernste Sache. Die Operation war um Viertel vor zwölf zu Ende. Die Zeit steht im OP-Plan. Dann rief ich im Nightingale-Haus an und bat Oberschwester Brumfett, so nett zu sein und für etwa eine Stunde auf die Station zu kommen. Mein Patient liegt privat. Danach telefonierte ich nach Hause, um zu sagen, daß ich noch käme und nicht hier übernachtete, wie ich es gelegentlich nach späten Operationen tue. Ich verließ das Hauptgebäude kurz nach zwölf. Ich wollte durch die Ausfahrt an der Winchester Road fahren. Ich habe einen eigenen Schlüssel. Aber Sie haben ja wahrscheinlich gemerkt, was für eine stürmische Nacht das war. Ich entdeckte eine Ulme, die quer über der Straße lag. Ich hatte Glück, daß ich gerade noch halten konnte. Ich stieg aus und knotete meinen weißen Seidenschal um einen Ast, um andere zu warnen, die möglicherweise noch in der Nacht diesen Weg nehmen wollten. Das war nicht wahrscheinlich, aber der Baum war tatsächlich eine Gefahr, und es war nicht möglich, ihn in der Dunkelheit beiseite räumen zu lassen. Ich wendete das Auto und fuhr durch den Haupteingang. Beim Hinausfahren machte ich den Pförtner auf den entwurzelten Baum aufmerksam.»

«Haben Sie auf die Zeit geachtet?»

«Nein. Vielleicht der Pförtner. Aber es dürfte so ungefähr Viertel nach zwölf gewesen sein, vielleicht ein bißchen später. Ich verlor etwas Zeit bei dem Baum.»

«Sie mußten doch am Nightingale-Haus vorbeifahren, um zur hinteren Ausfahrt zu kommen. Sie gingen nicht hinein?»

«Ich hatte keine Veranlassung dazu und ging nicht hinein, weder um Schwester Fallon zu vergiften noch aus irgendeinem anderen Grund.»

«Und Sie sahen niemand im Park?»

«Nach Mitternacht und bei diesem Sturm? Nein.»

Dalgliesh brachte das Verhör auf ein anderes Thema.

«Sie sahen natürlich, wie Schwester Pearce starb. Es gab vermutlich von Anfang an keine Möglichkeit, sie zu retten?»

«Ich würde sagen, nein. Ich habe mir alle erdenkliche Mühe gegeben, aber es ist nicht so einfach, wenn man nicht weiß, was man behandeln soll.»

«Aber Sie wußten, daß es sich um Gift drehte?»

«Ziemlich schnell. Aber ich wußte nicht, um was für eines. Allerdings hätte das auch keinen Unterschied gemacht. Sie haben den Obduktionsbericht gelesen. Sie wissen, was das Zeug angerichtet hat.»

Dalgliesh fragte: «Sie waren an dem Morgen, als sie starb, von acht Uhr an im Nightingale-Haus?»

«Sie wissen sehr wohl, daß ich hier war. Ich nehme doch an, Sie haben sich die Mühe gemacht, meine erste Aussage zu lesen. Ich kam kurz nach acht ins Nightingale-Haus. Mein Vertrag lautet auf sechs halbe Tage, und ich bin deshalb Montag, Donnerstag und Freitag den ganzen Tag im Krankenhaus. Aber es ist nicht ungewöhnlich, daß ich außerhalb dieser Zeit zu dringenden Operationen gerufen werde, besonders wenn es sich um Privatpatienten handelt, und ab und zu stehe ich auch am Samstagmorgen im OP, wenn meine Liste zu lang ist. Ich wurde Sonntag nacht kurz vor elf zu einem akuten Blinddarm gerufen – einer meiner Privatpatienten –, und ich fand es bequemer, die Nacht hier im Ärztehaus zu verbringen.»

«Wo liegt das?»

«Das scheußliche neue Gebäude in der Nähe der ambulanten Abteilung. Gefrühstückt wird dort zu einer unmöglichen Zeit – um halb acht.»

«Sie waren ziemlich früh hier. Die Übung sollte erst um neun beginnen.»

«Ich war nicht nur wegen der Übung hier, Herr Kriminalrat. Sie kennen sich nicht besonders gut mit Krankenhäusern aus, was? Der leitende Chirurg kümmert sich normalerweise nicht um die Übungen der Schwesternschülerinnen, es sei denn, er erteilt selbst Unterricht. Ich war am 12. Januar nur anwesend, weil die Dame von der Schwesternaufsicht kommen sollte und ich der stellvertretende Vorsitzende des Ausbildungskomitees bin. Es war eine Aufmerksamkeit gegenüber Miss Beale, sie hier zu begrüßen. Ich kam so früh hierher, weil ich an einigen dienstlichen Berichten arbeiten wollte, die ich nach meiner letzten Unterrichtsstunde in Oberschwester Rolfes Büro gelassen hatte. Ich wollte mich auch vor der Inspektion noch kurz mit der Oberin unterhalten und vor allem rechtzeitig dasein, um Miss Beale in Empfang zu nehmen. Ich ging um 8.35 Uhr hinauf in die Wohnung der Oberin und traf sie noch beim Frühstück an. Und falls Sie meinen, ich hätte das Ätzmittel irgendwann zwischen 8 und 8.35 Uhr in die Milchflasche füllen können, haben Sie völlig recht. Wie es sich allerdings trifft, habe ich es nicht getan.»

Er sah auf die Uhr.

«Und jetzt muß ich zu meinem Mittagessen kommen, falls Sie keine weiteren Fragen haben. Ich habe heute nachmittag noch eine Sprechstunde in der Ambulanz, und die Zeit drängt. Wenn es unbedingt nötig ist, habe ich wahrscheinlich noch ein paar Minuten für Sie Zeit, bevor ich gehe, aber ich hoffe, Sie brauchen mich nicht mehr. Ich habe bereits eine Aussage zum Tod von Schwester Pearce gemacht und habe weder etwas hinzuzufügen noch zu ändern. Ich habe die Fallon gestern nicht gesehen. Ich wußte nicht einmal, daß sie gesundgeschrieben war. Sie war nicht von mir schwanger, und selbst wenn, wäre ich nicht so dumm gewesen, sie umzubringen. Übrigens, was ich Ihnen über unsere frühere Beziehung sagte, war natürlich vertraulich.»

Er warf einen vielsagenden Blick auf Sergeant Masterson.

«Nicht, daß es mir etwas ausmacht, wenn es bekannt wird. Aber schließlich ist das Mädchen tot. Wir können immerhin versuchen, ihren Ruf zu schützen.»

Dalgliesh mochte nicht recht daran glauben, daß Mr. Courtney-Briggs an dem Ruf irgendeiner Person außer an dem seiner eigenen interessiert war. Aber er gab ihm feierlich die diesbezügliche Versicherung. Er sah den Chirurgen ohne Bedauern gehen. Ein egoistischer Schweinehund, der einen geradezu herausforderte, ihn zu provozieren. Aber ein Mörder? Er besaß die Überheblichkeit, die Unverfrorenheit und den Egoismus eines Mörders. Wichtiger noch, er hatte die Gelegenheit gehabt. Und das Motiv? War es ein verschlagener Trick gewesen, so bereitwillig seine Beziehung zu Josephine Fallon einzugestehen? Zugegeben, er hatte sich nicht der Hoffnung hingeben können, daß die Sache geheim bliebe; ein Krankenhaus war nicht gerade die diskreteste Einrichtung. Hatte er aus der Not eine Tugend gemacht, indem er Dalgliesh seine Version der Affäre gab, bevor jenem der unvermeidliche Klatsch zu Ohren käme? Oder war es nur Aufrichtigkeit aus Selbstgefälligkeit gewesen, die sexuelle Eitelkeit eines Mannes, der sicher keine Heldentat verbergen würde, die für seine Anziehungskraft und Männlichkeit sprach?

Als Dalgliesh seine Papiere zusammenpackte, spürte er, daß er hungrig war. Der Tag hatte früh begonnen, und der Vormittag war anstrengend gewesen. Es war für ihn und Masterson Zeit, an das Mittagessen zu denken und Stephen Courtney-Briggs erst einmal zu vergessen.

Tischgespräch

1

Die Oberschwestern, die im Nightingale-Haus wohnten, und die Schülerinnen bekamen nur ihr Frühstück und den Nachmittagstee in der Schule. Zu den Hauptmahlzeiten mittags und abends schlossen sie sich dem übrigen Personal in der Krankenhauskantine an, wo alle außer den Ärzten in institutionalisierter geräuschvoller Nachbarschaft aßen. Das Essen war gleichbleibend nahrhaft, hinreichend schmackhaft zubereitet und so abwechslungsreich, wie es mit der Notwendigkeit zu vereinbaren war, die unterschiedlichen Geschmacksrichtungen von einigen hundert Personen zu befriedigen, ohne ihre religiösen Gefühle und ihre Diätvorschriften zu verletzen und ohne den Verpflegungsetat zu überschreiten. Die Grundsätze, nach denen der Speiseplan zusammengestellt wurde, waren vorgegeben. Leber und Nieren wurden nie an Tagen angeboten, an denen der Urologe operierte, und den Schwestern wurde nie das gleiche Essen vorgesetzt, das sie gerade den Patienten gebracht hatten.

Die Selbstbedienungskantine war gegen den Widerstand sämtlicher Personalgruppen am John-Carpendar-Krankenhaus eingeführt worden. Bis vor acht Jahren hatte es getrennte Speiseräume für die Schwestern und das übrige Pflegepersonal sowie einen für das Verwaltungs- und nichtmedizinische Personal und eine Kantine für die Dienstboten und Handwerker gegeben. Mit dieser Regelung waren alle einverstanden gewesen, da sie die Klassen säuberlich getrennt und außerdem dafür gesorgt hatte, daß jeder in leidlicher Ruhe seine Essenspause verbringen und sich seine Tischgesellschaft aussuchen konnte. Doch jetzt kamen nur noch die Ärzte in den Genuß eines ruhigen und abgeschlossenen Speiseraums. Dieses eifersüchtig verteidigte Privileg war ständigen Angriffen ausgesetzt: von seiten der Rechnungsprüfer des Ministeriums, der Wirtschaftsplaner der Regierung und der Arbeitsstudienexperten, die an Hand ihrer Kostenberechnungsstatistiken leicht die Unwirtschaftlichkeit dieser Regelung beweisen konnten. Aber bis jetzt hatten die Ärzte gewonnen.

Als schlagendstes Argument führten sie an, es sei unbedingt notwendig, ungestört über die Patienten sprechen zu können. Die Behauptung, daß sie nie eine echte Arbeitspause einlegten, nicht einmal zu den Mahlzeiten, wurde mit erheblicher Skepsis aufgenommen, war aber schwer zu widerlegen. Die Notwendigkeit, die Krankengeschichten vertraulich zu behandeln, rührte an die Sphäre der Patient-Arzt-Beziehung, die die Ärzte nur zu gern ausschlachteten. Gegenüber diesem geheimnisumwitterten Verhältnis hatten auch die Leute aus dem Finanzministerium nicht die Macht, sich durchzusetzen. Darüber hinaus konnten sich die Ärzte auf die Oberin berufen. Miss Taylor hatte zu erkennen gegeben, daß sie die Beibehaltung eines gesonderten Speiseraums für das ärztliche Personal für die vernünftigste Lösung hielt. Und Miss Taylors Einfluß auf den Vorsitzenden des Verwaltungskomitees war so offensichtlich und so alt, daß er kaum noch Kritik hervorrief. Sir Marcus Cohen war ein wohlhabender und stattlicher Witwer, und das eigentlich Überraschende war, daß er und die Oberin nicht längst geheiratet hatten. Nach allgemeiner Ansicht konnte es dafür nur zwei Gründe geben: entweder wollte Sir Marcus als bekannter Kopf der jüdischen Gemeinde des Landes keine Glaubensfremde heiraten, oder Miss Taylor wollte sich, da mit ihrem Beruf verheiratet, überhaupt nicht verehelichen.

Aber das Ausmaß von Miss Taylors Einfluß auf den Vorsitzenden und damit auf das Verwaltungskomitee war über jede Spekulation erhaben. Es war bekannt, daß sich namentlich Mr. Courtney-Briggs darüber ärgerte, da dadurch sein eigener Einfluß geschmälert wurde. Was allerdings den Speiseraum der Ärzte betraf, hatte sich die Ansicht der Oberin endgültig durchgesetzt und zu seinen Gunsten ausgewirkt.

Doch wenn auch das übrige Personal die gleiche Luft atmen mußte, war es dennoch nicht zur Vertraulichkeit gezwungen. Der großzügige Raum war in kleinere Bereiche unterteilt worden, die durch Zwischenwände und Pflanzentröge voneinander getrennt waren, und in jeder dieser Nischen war somit die Atmosphäre eines abgeschlossenen Eßzimmers gewährleistet.

Oberschwester Rolfe holte sich an der Theke Scholle und Pommes frites, trug ihr Tablett an den Tisch, den sie seit achten Jahren mit Oberschwester Brumfett und Oberschwester Gearing teilte, und ließ ihren Blick über die Mitbewohner dieser seltsamen Welt schweifen. In der Nische bei der Tür saßen die Laboranten in fleckigen Kitteln und unterhielten sich angeregt und lautstark. Neben ihnen saß der alte Flemming, der Apotheker in der Ambulanz, und drehte mit seinen vom Nikotin verfärbten Fingern sein Brot zu Kügelchen. Den nächsten Tisch belegten vier Sekretärinnen in blauen Arbeitskitteln. Miss Wright, die Chefsekretärin, aß wie immer in verstohlener Eile, um möglichst schnell wieder hinter ihre Schreibmaschine zu kommen. Hinter der angrenzenden Wand saßen an einem Tisch Miss Bunyon, die erste Röntgenassistentin, Mrs. Nethern, Chefin der Sozialarbeiter, und zwei Physiotherapeuten, die ihren Rang gründlich herausstrichen, indem sie gelassene Tüchtigkeit ausstrahlten, völliges Desinteresse am Essen zeigten und einen Tisch gewählt hatten, der so weit wie möglich von dem der jüngeren Angestellten entfernt war.

Und woran dachten sie wohl? Wahrscheinlich an die Fallon. Vom Arzt bis zum Küchenmädchen konnte es nicht einen geben, der nicht inzwischen erfahren hatte, daß eine zweite Schülerin im Nightingale-Haus unter mysteriösen Umständen gestorben war und daß man sich an Scotland Yard gewandt hatte. Jo Fallons Tod war vermutlich an diesem Morgen an den meisten Tischen das Hauptgespräch. Aber das hinderte die Leute nicht daran, ihr Mittagessen zu genießen und mit ihrer Arbeit fortzufahren. Es gab so viel zu tun; es gab so viele andere Probleme; es gab noch so viel anderen Klatsch. Nicht nur, weil das Leben weitergehen mußte; in einem Krankenhaus hatte dieses Klischee eine besondere Bedeutung. Und das Leben ging weiter, gemäß dem zwingenden Gesetz von Geburt und Tod. Vorgemerkte Neuaufnahmen kamen herein; Krankenwagen brachten täglich Notfälle; Operationslisten wurden angeschlagen; die Toten wurden aufgebahrt und die Genesenen entlassen. Der Tod, auch der plötzliche und unerwartete Tod, war diesen jungen munteren Schülerinnen vertrauter als selbst den erfahrensten älteren Kriminalbeamten. Und er konnte nur bis zu einem gewissen Grad schockieren. Man gewöhnte sich entweder während des ersten Jahres an ihn, oder man steckte die Ausbildung zur Krankenschwester auf. Aber Mord? Das war ein Unterschied. Sogar in dieser gewalttätigen Welt behielt ein Mord seine makabre, ursprüngliche Eigenschaft, die Umwelt zu erschüttern. Aber wieviel Leute im Nightingale-Haus glaubten tatsächlich, daß die beiden Mädchen ermordet worden waren? Es gehörte wohl mehr als die Anwesenheit des Wunderknaben von Scotland Yard dazu, um einer derart aus dem Rahmen fallenden Idee Glaubwürdigkeit zu verleihen. Es gab zu viele andere mögliche Erklärungen, und alle waren sie einfacher und glaubhafter als Mord. Dalgliesh mochte glauben, was er wollte; es zu beweisen, stand auf einem anderen Blatt.

Oberschwester Rolfe senkte den Kopf und begann ohne Begeisterung, ihre Scholle zu zerlegen. Sie hatte eigentlich keinen Hunger. Der aufdringliche Essensgeruch, der in der Luft lag, verdarb ihr gründlich den Appetit. Der Lärm im Restaurant drang ihr pausenlos und unausweichlich an die Ohren, ein ununterbrochenes Gemisch aus Mißklängen, aus dem kaum einzelne Töne herauszuhören waren.

Neben ihr saß die Brumfett. Sie hatte ihren Mantel ordentlich über die Stuhllehne gelegt und die unförmige Stofftasche, die sie überall mit sich herumtrug, auf den Boden gestellt. Sie aß gedünsteten Schellfisch und Petersiliensoße mit einer eifrigen Angriffslust, als ärgere sie sich über die Notwendigkeit zu essen und lasse ihren Zorn an dem Menü aus. Oberschwester Brumfett aß nie etwas anderes als gedünsteten Fisch, und Oberschwester Rolfe hatte plötzlich das Gefühl, daß sie es keine Mittagspause länger mit ansehen könnte, wie die Brumfett vor ihrem gedünsteten Fisch saß.

Sie überlegte sich, daß es eigentlich keinen Grund gab, warum sie sich das zumutete. Nichts hielt sie davon ab, sich woanders hinzusetzen, nichts außer dieser Versteinerung des Willens, die den einfachen Vorgang, ihr Tablett die paar Schritte zu einem anderen Tisch zu tragen, unausführbar, umwälzend und unwiderruflich erscheinen ließ. Links von ihr spielte Oberschwester Gearing an ihrem Schmorbraten herum und zerschnitt die Kohlblätter in saubere Quadrate. Wenn sie dann tatsächlich anfing zu essen, schob sie sich die Bissen gewöhnlich hastig wie ein gieriges Schulmädchen ein. Aber immer wieder mußte man sich diese gezierten Vorbereitungen ansehen. Oberschwester Rolfe fragte sich, wie oft sie dem Drang widerstanden hatte, zu sagen: «Um Gottes willen, Miss Gearing, hören Sie doch mit dem Gemansche auf, und essen Sie!» Eines Tages, ganz sicher, würde sie es sagen. Und wieder einmal würde man von einer unbeliebten Schwester in mittleren Jahren behaupten, sie werde «allmählich ziemlich schwierig. Na ja, das sind die Jahre.»

Sie hatte daran gedacht, sich außerhalb des Krankenhauses eine Wohnung zu nehmen. Das war zulässig, und sie konnte es sich leisten. Der Kauf einer Wohnung oder eines kleinen Hauses wäre die beste Kapitalanlage für später. Aber mit ein paar negativen Bemerkungen, die wie Eiskristalle auf ihre Pläne fielen, hatte Julia Pardoe diese Vorstellung zerstört.

«Draußen wohnen! Warum möchtest du das nur? Wir sollen uns wohl nicht mehr so oft treffen.»

«Doch, Julia, das wollen wir. Aber ganz für uns und ohne Risiko, ohne diese Heimlichtuerei. Es soll ein gemütliches, hübsches kleines Haus sein, das dir gefallen wird.»

«Es wäre nicht mehr so bequem. Ich könnte nicht mehr einfach die Treppe nach oben schleichen und dich besuchen, wenn mir danach zumute ist.»

Wenn ihr danach zumute war? Wonach? Oberschwester Rolfe wehrte sich mit aller Kraft gegen die Frage, die sie sich nie zu stellen wagte.

Sie wußte, worin ihre Schwierigkeit lag. Allerdings stand sie da nicht allein. In jeder Beziehung gab es einen Partner, der liebte, und einen, der es zuließ, daß man ihn liebte. Sie stellte lediglich die brutale Organisation des Verlangens fest; von jedem, gemäß seinen Fähigkeiten, für jeden, gemäß seinen Bedürfnissen. War es egoistisch oder anmaßend zu hoffen, daß der nehmende Teil den Wert des Geschenks erkannte? Daß sie ihre Liebe nicht an ein flatterhaftes, treuloses Geschöpf verschwendete, das zugriff, wo immer es sein Vergnügen fand? Sie hatte gesagt: «Du könntest sicher zwei-, dreimal die Woche kommen, vielleicht häufiger. Ich würde mir etwas in der Nähe suchen.»

«Ja, aber ich weiß nicht, wie ich das hinkriegen soll. Ich sehe nicht ein, warum du dir die Arbeit und Mühe mit einem Haus aufhalsen willst. Es geht dir doch hier gut.»

Oberschwester Rolfe dachte: Das ist es ja gerade. Es geht mir hier nicht gut. Diese Umgebung macht mich kaputt. Nicht nur die Dauerpatienten werden zur Institution. Mir geht es genauso. Ich habe für die meisten Menschen, mit denen ich zusammenarbeiten muß, nur Widerwillen und Verachtung übrig. Selbst die Arbeit gibt mir nicht mehr den richtigen Halt. Die Schülerinnen werden mit jedem Jahrgang dümmer und ungebildeter. Ich bin mir nicht einmal mehr sicher, ob meine Arbeit überhaupt einen Sinn hat.

Bei der Theke krachte etwas auf den Boden. Ein Mädchen hatte ein Tablett mit schmutzigem Geschirr fallen lassen. Oberschwester Rolfe hob mechanisch den Kopf und sah, daß der Kriminalrat gerade hereingekommen war und sich mit einem Tablett hinten angestellt hatte. Sie beobachtete den großen Mann, wie er, unbeachtet von den plaudernden Schwestern um ihn herum, langsam zwischen einem Mann im weißen Kittel und einer Hebammenschülerin in der Schlange aufrückte, sich ein Brötchen und Butter nahm und darauf wartete, daß das Mädchen ihm das Hauptgericht ausgab. Sie war überrascht, ihn hier zu sehen. Ihr wäre nie der Gedanke gekommen, daß er allein käme und hier in der Kantine sein Essen zu sich nähme.

Ihre Augen folgten ihm, bis er die Spitze der Schlange erreichte, seine Essensmarke abgab und sich nach einem freien Platz umsah. Er schien sich sehr wohl zu fühlen und die fremde Umgebung kaum wahrzunehmen. Sie dachte, er müsse ein Mann sein, der sich nicht vorstellen konnte, jemals im Nachteil zu sein, ganz gleich, in welcher Gesellschaft er sich befand, weil er in seiner privaten Welt gefestigt war und über jenes Maß an Selbstwertgefühl verfügte, das die Grundlage des Glücks ist. Sie überlegte, was das für eine Welt sein mochte, in der er lebte. Dann sah sie wieder auf ihren Teller, erstaunt über das ungewöhnliche Interesse, das er in ihr weckte. Wahrscheinlich wurde er mit seinem schmalen, kantigen Gesicht, das zugleich arrogant und sensibel war, von den meisten Frauen für schön gehalten. Das wirkte sich bei seinem Beruf vermutlich günstig aus, und als Mann würde er sicher das Beste daraus zu machen wissen. Zweifellos war das einer der Gründe, weshalb er mit diesem Fall betraut worden war.

Wenn der stumpfsinnige Bill Bailey nichts herausfinden konnte, mußte der Wunderknabe vom Yard die Sache in die Hand nehmen. Bei einem Haus voller Frauen und drei alten Jungfern als Verdächtige sah er ohne Zweifel gute Möglichkeiten. Na dann, viel Glück!

Doch sie war nicht die einzige am Tisch, die ihn hatte kommen sehen. Sie spürte eher, als daß sie es sah, wie Oberschwester Gearing sich aufrichtete, und hörte sie einen Augenblick später sagen: «Sieh da! Der schöne Detektiv! Er sollte besser mit uns essen, als sich unter die Gänse zu mischen. Man hätte ihm sagen müssen, wie das hier funktioniert.»

Und jetzt, dachte Oberschwester Rolfe, wirft sie ihm gleich ihren einladenden, billigen Verführungsblick zu, und wir haben ihn die ganze Mittagspause über auf dem Hals. Der Blick wurde geworfen und die Einladung nicht zurückgewiesen. Dalgliesh balancierte lässig und anscheinend völlig ungeniert sein Tablett quer durch die Kantine und steuerte auf ihren Tisch zu. Oberschwester Gearing sagte: «Was haben Sie denn mit Ihrem schönen Sergeanten gemacht? Ich dachte, Polizisten gehen immer wie Nonnen zu zweit.»

«Mein schöner Sergeant studiert die Protokolle und nimmt sein Mittagessen aus belegten Broten und Bier im Büro zu sich, während ich die Früchte des höheren Alters hier bei Ihnen genieße. Ist dieser Stuhl frei?»

Oberschwester Gearing rückte mit ihrem Stuhl näher zu Oberschwester Brumfett und strahlte ihn an: «Jetzt nicht mehr.»

Dalgliesh nahm Platz. Er war sich darüber im klaren, daß er Oberschwester Gearing willkommen war, daß für Oberschwester Rolfe das Gegenteil der Fall war und daß es Oberschwester Brumfett, die sein Auftauchen mit einem knappen Nicken gewürdigt hatte, völlig gleichgültig war, ob er sich zu ihnen setzte oder nicht. Oberschwester Rolfe warf ihm einen ernsten Blick zu und sagte zu Oberschwester Gearing: «Bilden Sie sich bloß nicht ein, daß Mr. Dalgliesh sich wegen Ihrer schönen Augen an unseren Tisch gesetzt hat. Der Kriminalrat will mit dem Rinderbraten Auskünfte schlucken.»

Oberschwester Gearing kicherte: «Völlig zwecklos, meine Liebe, mich zu warnen! Ich könnte nichts für mich behalten, wenn ein wirklich attraktiver Mann darauf aus wäre, etwas aus mir herauszuholen. Es wäre für mich einfach sinnlos, einen Mord zu begehen. Ich habe gar nicht den Verstand dazu. Und ich glaube auch nicht im geringsten, daß jemand – ich meine, daß jemand gemordet hat. Aber reden wir nicht beim Essen von dem gräßlichen Thema. Ich bin schon ausgequetscht worden, nicht wahr, Herr Kriminalrat?»

Dalgliesh legte das Besteck neben den Teller mit dem Schmorbraten. Um nicht wieder aufstehen zu müssen, lehnte er sich mit dem Stuhl zurück und legte das Tablett auf den Stapel, der in seiner Reichweite war. Er sagte: «Man scheint Schwester Fallons Tod hier ziemlich gelassen hinzunehmen.»

Oberschwester Rolfe zuckte mit den Schultern: «Haben Sie erwartet, daß sie schwarze Armbinden tragen, sich nur flüsternd unterhalten und das Essen stehenlassen? Die Arbeit geht weiter. Außerdem werden nur wenige sie persönlich gekannt haben, und die Pearce kannten noch weniger.»

«Und mochten sie anscheinend auch nicht», sagte Dalgliesh.

«Nein, ich glaube, im großen und ganzen mochten sie sie nicht. Sie war zu selbstgerecht, zu religiös.»

«Falls man das religiös nennen kann», sagte Oberschwester Gearing. «Meine Auffassung von Religion war das nicht. *Nil nisi* und so, aber das Mädchen war ein Moralapostel. Sie kümmerte sich anscheinend zehnmal mehr um die Fehler anderer als um ihre eigenen. Deshalb konnten die anderen Mädchen sie nicht leiden. Sie respektieren eine echte religiöse Überzeugung. Wie die meisten Menschen, meine ich. Aber sie mögen es nicht, wenn ihnen nachspioniert wird.»

«Hat sie das getan?» fragte Dalgliesh.

Oberschwester Gearing schien schon fast zu bedauern, was sie gesagt hatte.

«Das ist vielleicht zuviel gesagt. Aber wenn in der Klasse etwas schiefging, konnte man wetten, daß die Pearce alles darüber wußte. Und sie brachte es gewöhnlich fertig, daß es auch nach oben durchdrang. Nur aus den besten Beweggründen natürlich.»

Oberschwester Rolfe sagte sarkastisch: «Sie hatte die unselige Gewohnheit, sich in die Angelegenheiten anderer Leute zu deren Bestem einzumischen. Das sorgt nicht gerade für Beliebtheit.»

Oberschwester Gearing schob ihren Teller beiseite, zog eine Schale mit Pflaumen und Vanillesoße zu sich und begann sorgfältig, als sei es eine chirurgische Operation, die Steine aus den Früchten zu lösen. Sie sagte: «Sie war trotzdem keine schlechte Schwester. Auf die Pearce war Verlaß. Und die Patienten hatten sie anscheinend gern. Vielleicht fanden sie ihre fromme Haltung beruhigend.»

Oberschwester Brumfett sah von ihrem Teller auf und ergriff zum erstenmal das Wort: «Sie sind nicht in der Lage, sich ein Urteil zu erlauben, ob sie eine gute Schwester war. Miss Rolfe genausowenig. Sie sehen die Mädchen nur im Unterricht. Ich sehe sie auf der Station.»

«Ich sehe sie auch auf der Station. Ich bin die klinische Lehrerin, wohlgemerkt. Es ist meine Aufgabe, sie am Krankenbett anzuleiten.»

Oberschwester Brumfett ließ nicht locker.

«Den Unterricht, der auf meiner Station gegeben wird, erteile ich. Das wissen Sie ganz genau. Andere Stationsschwestern können das ja der klinischen Unterrichtsschwester überlassen, wenn sie wollen. Aber auf der Privatstation unterrichte ich. Und ich bleibe lieber bei meiner Methode, wenn ich sehe, was für ausgefallene Ideen Sie den Mädchen anscheinend zum Teil in den Kopf setzen. Übrigens weiß ich zufällig – das heißt, die Pearce erzählte es mir –, daß Sie auf meiner Station waren und eine Lehrübung geleitet haben, als ich am 7. Januar meinen freien Tag hatte. In Zukunft fragen Sie mich bitte, bevor Sie meine Patienten als Unterrichtsobjekte benutzen.»

Oberschwester Gearing wurde rot. Sie versuchte zu lachen, aber ihre Belustigung klang gekünstelt. Sie schaute Oberschwester Rolfe an, als suche sie bei ihr Unterstützung, aber als Oberschwester Rolfe nur auf ihren Teller starrte und nicht reagierte, sagte sie angriffslustig und fast wie ein Kind, das das letzte Wort behalten will, mit scheinbarer Beiläufigkeit: «Irgendein Vorfall hat die Pearce aufgeregt, als sie auf Ihrer Station war.»

Oberschwester Brumfetts scharfe kleine Augen blitzten sie an.

«Auf meiner Station? Nichts hat sie auf meiner Station aufgeregt!»

Der entschiedene Tonfall deutete unmißverständlich an, daß keine Schwester, die diesen Namen zu Recht trug, von irgendeinem Ereignis auf der Privatstation aus der Fassung gebracht werden konnte; aufregende Dinge waren schlicht und einfach verboten, wenn Oberschwester Brumfett im Dienst war.

Oberschwester Gearing zuckte mit den Schultern. «Jedenfalls regte sie sich über etwas auf. Es kann ja etwas gewesen sein, denke ich, was überhaupt nichts mit dem Krankenhaus zu tun hatte, aber man kann sich nicht recht vorstellen, daß die arme Pearce auch ein Leben außerhalb dieser Mauern hatte. Es war der Mittwoch in der Woche, bevor für diese Gruppe die Unterrichtsperiode begann. Ich ging kurz nach fünf Uhr in die Kapelle, um mich um die Blumen zu kümmern – deshalb weiß ich noch, welcher Tag es war –, und sie saß allein drinnen. Sie war nicht auf den Knien und betete auch nicht, sondern saß einfach da. Ich tat also, was zu tun war, und ging hinaus, ohne sie anzusprechen. Die Kapelle steht ja jedem offen zur Besinnung und Erbauung, und wenn eine Schülerin die Stille sucht, habe ich nichts dagegen. Aber als ich nach fast drei Stunden noch einmal in die Kapelle ging, weil ich meine Schere in der Sakristei vergessen hatte, saß sie immer noch da, völlig reglos auf demselben Platz. Na ja, Besinnung ist ja schön und gut, aber vier Stunden sind ein bißchen übertrieben. Ich glaube, das Kind war nicht einmal zum Abendessen gekommen. Sie sah auch ganz blaß aus. Ich ging also auf sie zu und fragte sie, ob sie sich nicht gut fühle und ob ich etwas für sie tun könne. Sie sah mich nicht einmal an, als sie antwortete. Sie sagte: ‹Nein, danke, Oberschwester. Es gab da etwas, das ich mir gründlich überlegen mußte. Ich kam hierher, um Hilfe zu finden, aber nicht von Ihnen.›»

Zum erstenmal beim Essen klang Oberschwester Rolfes Stimme belustigt, als sie sagte: «Giftiges kleines Biest! Das sollte wohl heißen, sie war da, um eine höhere Macht als die klinische Lehrschwester um Rat zu fragen.»

«Das hieß, kümmern Sie sich um Ihren eigenen Kram. Und das tat ich auch.»

Oberschwester Brumfett meinte anscheinend, die Anwesenheit einer Kollegin in einem Gotteshaus bedürfe einer Erklärung: «Miss Gearing hat viel Geschick mit Blumen. Deshalb hat die Oberin sie gebeten, sich um die Kapelle zu kümmern. Sie stellt jeden Mittwoch und Samstag frische Blumen hin. Und sie macht wunderschöne Arrangements für das Essen am jährlichen Schwesterntag.»

Oberschwester Gearing starrte sie einen Augenblick lang an und lachte dann: «Oh, die kleine Mavis hat mehr als ein hübsches Gesicht. Aber vielen Dank für das Kompliment.»

Darauf trat Schweigen ein. Dalgliesh konzentrierte sich auf den Schmorbraten. Er ließ sich von dem Mangel an Gesprächsstoff nicht beirren und machte keine Anstalten, ihnen zu helfen und ein neues Thema anzuschneiden. Aber Oberschwester Gearing schien die Stille in Anwesenheit eines Fremden ungehörig zu finden. Sie sagte fröhlich: «Ich habe den Sitzungsberichten entnommen, daß sich das Verwaltungskomitee unseres Krankenhauses dafür ausgesprochen hat, die Vorschläge des Salmon-Komitees zu verwirklichen. Besser spät als nie. Das heißt wohl, daß die Oberin den gesamten Krankenpflegebereich aller Krankenhäuser in der Gruppe unter sich haben wird. Chief Nursing Officer! Chefin des gesamten Pflegepersonals! Tolle Sache für sie, aber ich frage mich, wie C B das schlucken wird. Wenn es nach ihm ginge, würde man ihre Autorität beschneiden, statt sie zu erweitern. Sie ist ein ziemlich kräftiger Stachel in seinem Fleisch, wie die Dinge liegen.»

Oberschwester Brumfett sagte: «Es wird höchste Zeit, daß endlich etwas für das psychiatrische Krankenhaus und für die alten Menschen getan wird. Aber ich verstehe nicht, warum sie den Titel ändern wollen. Wenn ‹Oberin› gut genug für Florence Nightingale war, ist es auch gut genug für Mary Taylor. Ich glaube nicht, daß sie gesteigerten Wert darauf legt, Chief Nursing Officer genannt zu werden. Das klingt wie ein militärischer Rang. Lächerlich.»

Oberschwester Rolfe zog die mageren Schultern hoch.

«Denken Sie nur nicht, daß ich glücklich über den Salmon-Report bin. Ich frage mich langsam, was aus unserer Arbeit werden soll. Jeder Bericht und jede Empfehlung scheinen uns weiter vom Krankenbett zu entfernen. Wir haben Ernährungswissenschaftler, die für das Essen zuständig sind, Heilgymnastiker, die mit den Kranken üben, auf Kranke spezialisierte Sozialarbeiter, die sich ihre Probleme anhören, Hilfsschwestern, die die Betten machen, Laboranten, die Blut entnehmen, Empfangsdamen, die die Blumen hinstellen und die Verwandten befragen, OP-Spezialisten, die dem Chirurgen die Instrumente reichen. Wenn wir nicht aufpassen, dann verkümmert der Schwesternberuf, dann machen wir nur noch das bißchen, was uns die Spezialisten übriglassen. Und jetzt haben wir den Salmon-Report mit seiner abgestuften und durchorganisierten Verwaltung.

Verwaltung wozu? Es gibt zuviel technisches Kauderwelsch. Fragen doch einmal Sie sich selbst, welche Funktion eine Krankenschwester heute hat. Was versuchen wir genaugenommen den Mädchen beizubringen?»

Oberschwester Brumfett sagte: «Befehle stillschweigend zu befolgen und ihren Vorgesetzten ergeben zu sein. Gehorsam und Treue. Lehren Sie die Schülerinnen das, und Sie bekommen gute Schwestern.»

Sie zerschnitt eine Kartoffel mit solchem Grimm, daß das Messer über den Teller kratzte. Oberschwester Gearing lachte.

«Sie sind zwanzig Jahre hinter der Zeit zurück, liebe Brumfett. Das war für unsere Generation noch in Ordnung, aber diese Kinder fragen sich, ob Anordnungen vernünftig sind, bevor sie ihnen Folge leisten, und was ihre Vorgesetzten getan haben, um ihren Respekt zu verdienen. Das ist im großen und ganzen auch gut so. Wie in aller Welt wollen Sie ein Mädchen für die Krankenpflege begeistern, wenn man sie wie eine Schwachsinnige behandelt? Wir sollten sie ermutigen, eingefahrene Handlungsweisen in Frage zu stellen, und sogar gelegentlich darauf Antworten geben.»

Oberschwester Brumfett sah aus, als würde sie zum Beispiel ganz gern auf Intelligenz verzichten, wenn diese sich auf solche unangenehme Art ausdrückte.

«Intelligenz ist nicht das einzig Wichtige. Alle Welt nimmt das zwar an. Aber genau da liegt das Problem.»

Oberschwester Rolfe sagte: «Geben Sie mir ein intelligentes Mädchen, und ich mache eine gute Schwester aus ihr, ob sie sich dazu berufen fühlt oder nicht. Ich überlasse Ihnen die Dummen. Die mögen Ihrem Ego dienlich sein, aber sie werden nie gute Fachkräfte werden.» Sie schaute Oberschwester Brumfett an, als sie das sagte, und der geringschätzige Unterton war nicht zu überhören. Dalgliesh senkte die Augen und widmete sich mit mehr Interesse, als er wirklich verspüren konnte, der säuberlichen Trennung des Fleischstückes von Knorpeln und Fett.

Oberschwester Brumfett reagierte, wie vorauszusehen: «Fachkraft! Wir sprechen von Krankenschwestern. Eine gute Schwester sieht sich vor allen Dingen als Schwester. Natürlich ist sie eine Fachkraft! Ich dachte, da wären wir uns inzwischen einig. Aber heutzutage wird zuviel über den Status nachgedacht und geredet. Das einzig Wichtige ist, daß unsere Arbeit weiterläuft.»

«Aber was für eine Arbeit denn? Das ist doch die Frage!»

«Für Sie vielleicht. Ich bin mit mir und meiner Arbeit völlig im reinen. Im Augenblick heißt das, daß ich mit einem Kranken in einem äußerst kritischen Zustand fertig werden muß.»

Sie schob ihren Teller beiseite, warf sich mit einem flotten Schwung das Cape um die Schultern, verabschiedete sich mit einem Nicken, das gleichzeitig eine Warnung und auf Wiedersehen bedeutete, und stiefelte aus der Kantine, wobei ihr energischer Watschelgang die Stofftasche an ihrer Seite in heftige Schwingungen versetzte. Oberschwester Gearing sah ihr nach und lachte.

«Arme alte Brum! Wenn man sie so reden hört, hat sie dauernd einen Patienten in kritischem Zustand.»

Oberschwester Rolfe sagte trocken: «Hat sie auch.»

3

Sie beendeten ihr Mittagessen, ohne daß noch viel geredet wurde. Oberschwester Gearing murmelte etwas von einer Unterrichtsstunde auf der HNO und verabschiedete sich ebenfalls. Dalgliesh beschloß, Oberschwester Rolfe zum Nightingale-Haus zu begleiten. Sie verließen gemeinsam die Kantine, und er holte seinen Mantel aus der Garderobe. Dann gingen sie durch einen langen Korridor und die ambulante Abteilung. Sie war offenbar erst vor kurzem eröffnet worden, denn die Möbel und das Drumherum sahen noch sauber und neu aus. Der große Warteraum mit den Kunststofftischen und Sesseln, den Blumenkübeln und hübschen Bildern machte einen freundlichen Eindruck, aber Dalgliesh hatte dennoch keine Lust zu verweilen. Wie die meisten gesunden Menschen hatte er einen Widerwillen gegen Krankenhäuser, der teils auf Angst, teils auf Ekel beruhte, und er empfand diese Atmosphäre geplanter Freundlichkeit und vorgetäuschter Normalität als beängstigend und wenig überzeugend. Der Geruch nach Desinfektionsmitteln, der für Miss Beale das Lebenselixier war, rief in ihm trübsinnige Gedanken an die Vergänglichkeit wach. Er glaubte nicht von sich, daß er Angst vor dem Sterben habe. Er war in seinem Beruf ein-, zweimal nahe daran gewesen, und es hatte ihn nicht über Gebühr in Schrecken versetzt. Aber er hatte quälende Angst vor dem Alter, vor Krankheit und Invalidität. Er fürchtete den Verlust der Unabhängigkeit, die Demütigungen des Alters, die Aufgabe des Eigenlebens, das Leiden, den Ausdruck geduldigen Mitgefühls auf den Gesichtern von Freunden, die wußten, daß ihre Hingabe nicht mehr lange beansprucht würde.

Auf diese Dinge würde er sich rechtzeitig vorbereiten müssen, falls ihn der Tod nicht schnell und unerwartet ereilte. Sicher, er würde sich darauf einstellen. Er war nicht so überheblich, sich vor dem Schicksal anderer Menschen in Sicherheit zu wiegen. Aber vorerst war es ihm lieber, nicht daran erinnert zu werden.

Die Ambulanz lag neben dem Eingang der Unfallklinik, und als sie vorbeigingen, wurde eine Bahre hineingerollt. Der Patient war ein ausgemergelter alter Mann; seine feuchten Lippen spuckten Schleim in eine Schale, und die großen Augen rollten verständnislos in dem totenschädelgleichen Kopf. Dalgliesh spürte, daß Oberschwester Rolfe ihn anschaute. Er sah zu ihr hin und fing gerade noch einen nachdenklichen und, wie er meinte, geringschätzigen Blick auf.

«Sie mögen diesen Ort nicht, nicht wahr?» fragte sie.

«Ich fühle mich hier gewiß nicht sehr wohl.»

«Ich zur Zeit auch nicht, aber vermutlich aus ganz anderen Gründen.»

Sie gingen eine Zeitlang schweigend weiter. Dann fragte Dalgliesh, ob Leonard Morris ebenfalls im Restaurant zu Mittag aß, wenn er im Krankenhaus war.

«Nicht oft. Ich glaube, er bringt sich belegte Brote mit und ißt sie in der Apotheke. Er zieht es wohl vor, allein zu sein.»

«Oder bei Oberschwester Gearing.»

Sie lachte verächtlich.

«Oh, so weit sind Sie schon vorangekommen? Ja, natürlich! Sie hatte ihn ja letzte Nacht zu Besuch, wie ich gehört habe. Entweder waren die Speisen oder die anschließenden Aktivitäten mehr, als der kleine Kerl vertragen konnte. Was für gründliche kleine Spürhunde Polizisten sind! Es muß ein sonderbarer Beruf sein, nach dem Bösen herumzuschnüffeln wie Hunde an Bäumen.»

«Ist das Böse nicht ein etwas hartes Wort für die sexuellen Aktivitäten eines Leonard Morris?»

«Natürlich. Das war nur als Spaß gemeint. Aber Sie sollten sich wegen dieser Geschichte keine Gedanken machen. Das zieht sich schon so lange hin, daß es fast schon ehrbar geworden ist. Es gibt nicht einmal mehr Stoff zum Klatschen her. Sie gehört zu den Frauen, die jemanden im Schlepptau haben müssen, und er braucht eine Person, der er alle Plagen mit seiner Familie und die Gemeinheiten des Ärzteteams anvertrauen kann. Sie nehmen ihn, entgegen seiner Selbsteinschätzung, nicht ganz für voll als gleichberechtigten Fachmann. Er hat übrigens vier Kinder. Ich könnte mir vorstellen, daß nichts sie mehr verwirren würde, als wenn seine Frau sich von ihm scheiden ließe und er und die Gearing damit frei wären zu heiraten. Die Gearing hätte bestimmt gern einen Ehemann, aber ich glaube nicht, daß sie den armen kleinen Morris für diese Rolle vorgesehen hat. Viel eher würde sie ...»

Sie unterbrach sich. Dalgliesh fragte: «Sie meinen, sie hat einen geeigneteren Kandidaten im Sinn?»

«Warum probieren Sie's nicht und fragen sie selbst? Sie steht mit mir nicht auf sehr vertrautem Fuß.»

«Aber Sie tragen die Verantwortung für ihre Arbeit? Die klinische Lehrschwester steht doch unter der Ersten Tutorin?»

«Ich bin für ihre Arbeit verantwortlich, nicht für ihre Moral.»

Sie waren an der entgegengesetzten Tür der Unfallklinik angelangt, und als Oberschwester Rolfe die Hand ausstreckte, um die Tür aufzustoßen, rauschte Mr. Courtney-Briggs herein. Eine Handvoll plaudernder Assistenzärzte in weißen Kitteln und mit Stethoskopen um den Hals folgte ihm. Die beiden links und rechts von ihm hörten dem großen Mann mit respektvoller Aufmerksamkeit zu und nickten zustimmend. In Dalglieshs Augen verfügte Mr. Courtney-Briggs über den Eigendünkel, den Anstrich von Gewöhnlichkeit und das leicht plumpe *savoir-faire*, die er mit einem bestimmten Typ des erfolgreichen Geschäftsmanns verband. Miss Rolfe schien seine Gedanken gelesen zu haben, denn sie sagte: «Wissen Sie, sie sind nicht alle so. Nehmen Sie Mr. Molravey, unseren Augenchirurgen. Er erinnert mich an eine Schlafmaus. Jeden Dienstagmorgen kommt er hereingetrippelt und steht fünf Stunden im Operationssaal, ohne ein überflüssiges Wort zu sagen, zwirbelt seinen Schnurrbart und schnipselt mit seinen mäkeligen kleinen Pfoten an einer Reihe Patientenaugen herum. Dann bedankt er sich förmlich bei allen, bis hinunter zur jüngsten OP-Schwester, streift sich die Handschuhe ab und trippelt davon, um mit seiner Schmetterlingssammlung zu spielen.»

«Wirklich ein bescheidener Mann!»

Sie wandte ihm ihr Gesicht zu, und wieder entdeckte er in ihren Augen dieses unangenehme verächtliche Aufflackern.

«O nein! Durchaus nicht bescheiden! Er führt nur ein anderes Stück auf, das ist alles. Mr. Molravey ist ebenso wie Mr. Courtney-Briggs davon überzeugt, daß er ein hervorragender Chirurg ist. Sie sind beide eitel, was ihren Beruf angeht. Eitelkeit, Mr. Dalgliesh, ist die Gewohnheitssünde eines Chirurgen, bei den Krankenschwestern ist es die Unterwürfigkeit. Ich habe bis heute noch keinen erfolgreichen Chirurgen kennengelernt, der nicht überzeugt ist, nur eine

Stufe tiefer als Gott der Allmächtige zu stehen. Sie sind alle mit Hybris infiziert. – Trifft das denn nicht auch auf Mörder zu?»

«Auf einen bestimmten Typ des Mörders. Vergessen Sie nicht, daß Mord ein höchst individuelles Verbrechen ist.»

«Ich hatte eigentlich angenommen, die Motive und Mittel seien Ihnen in ihrer Gleichförmigkeit vertraut. Aber natürlich sind Sie der Experte.»

Dalgliesh sagte: «Sie haben offenbar wenig Respekt vor Männern, Oberschwester.»

«Ziemlich viel Respekt sogar. Ich mag sie nur zufällig nicht. Aber man muß Respekt vor dem Geschlecht haben, das die Selbstsucht zu solcher Vollendung gebracht hat. Daher nämlich nehmen Sie diese Fähigkeit, sich völlig Ihren eigenen Interessen hinzugeben.»

Dalgliesh sagte ein wenig gehässig, er sei überrascht, daß Miss Rolfe nicht eine männlichere Beschäftigung gewählt habe, da ihr die Unterwürfigkeit ihres Berufs offensichtlich so verhaßt sei. Medizin vielleicht. Sie lachte bitter auf.

«Ich wollte Medizin studieren, aber ich hatte einen Vater, der nichts von gebildeten Frauen hielt. Bedenken Sie, ich bin sechsundvierzig. Als ich zur Schule ging, hatten wir noch keine kostenlosen höheren Schulen. Mein Vater verdiente zu gut, als daß ich einen Freiplatz bekommen hätte, also mußte er zahlen. Er stellte die Zahlungen ein, sobald er es anstandshalber konnte, nämlich als ich sechzehn war.»

Dalgliesh fiel keine passende Bemerkung ein. Ihr Vertrauen überraschte ihn. Er hielt sie kaum für die Frau, die jeden persönlichen Kummer vor einem Freund ausbreitete, und er schmeichelte sich nicht, daß sie ihn sympathisch fand. Sie fand wohl keinen Mann sympathisch. Vermutlich war es ein spontaner, befreiender Ausbruch aufgestauter Bitterkeit, ob aber gegen ihren Vater, Männer im allgemeinen oder die Einschränkungen und die Untertänigkeit ihres Berufs, war schwer zu sagen.

Sie hatten jetzt das Krankenhaus hinter sich gelassen und gingen auf dem schmalen Weg, der zum Nightingale-Haus führte. Keiner von beiden sprach mehr ein Wort, bis sie das Haus erreichten. Schwester Rolfe zog das lange Cape enger um sich und setzte die Kapuze auf, als könne sie sich damit vor mehr als nur dem beißenden Wind schützen. Dalgliesh war in seine eigenen Gedanken versunken. Und so marschierten sie, durch die ganze Breite des Wegs voneinander getrennt, schweigend unter den Bäumen.

4

Im Büro tippte Sergeant Masterson ein Protokoll. Dalgliesh sagte: «Unmittelbar bevor der Kurs hier in der Schule anfing, arbeitete Schwester Pearce unter Oberschwester Brumfett auf der Privatstation. Ich möchte wissen, ob dort etwas von Bedeutung passiert ist. Und ich möchte einen detaillierten Bericht über ihre letzte Woche im Dienst und einen gesonderten Bericht über jede einzelne Stunde ihres letzten Tages. Finden Sie heraus, wer die anderen Schwestern des Teams waren, was sie zu tun und wann sie frei hatten, welchen Eindruck ihre Kolleginnen von ihr hatten. Ich möchte die Namen der Patienten, die auf der Station lagen, als sie dort arbeitete, und was mit ihnen passiert ist. Am besten sprechen Sie mit den anderen Schwestern und gehen von den Pflegeberichten aus. Sie sind gehalten, Buch zu führen und es täglich auf den neuesten Stand zu bringen.»

«Bekomme ich das von der Oberin?»

«Nein. Bitten Sie Oberschwester Brumfett darum. Wir verhandeln direkt mit ihr, und seien Sie um Gottes willen taktvoll. Haben Sie die Protokolle schon fertig?»

«Ja, Sir. Wollen Sie sie gleich lesen?»

«Nein. Sagen Sie mir, was ich sofort wissen sollte. Vermutlich werden wir keinen Verdächtigen im Strafregister finden.»

«Falls jemand eine Vorstrafe hat, ist sie nicht in den Personalakten erwähnt, Sir. Überhaupt sind da nur wenige Auskünfte herauszuholen. Julia Pardoe allerdings ist von der Schule geflogen. Sie scheint die einzige Übeltäterin von allen zu sein.»

«Du meine Güte! Weshalb?»

«Darüber steht nichts in ihrer Akte. Offenbar hat sie etwas mit einem Mathematiklehrer gehabt. Ihre Direktorin hielt es für richtig, das in der Referenz zu erwähnen, die sie der Oberin schickte, als das Mädchen hier anfing. Sie geht nicht auf Einzelheiten ein. Sie schreibt, man habe sich mehr an Julia versündigt, als sie gesündigt habe, und sie hoffe, die Klinik werde ihr die Chance geben, den einzigen Beruf zu erlernen, für den sie jemals Interesse und Eignung gezeigt habe.»

«Ein netter zweischneidiger Kommentar. Deshalb wollten die Londoner Lehrkrankenhäuser sie also nicht annehmen. Ich dachte mir schon, daß Oberschwester Rolfe nicht ganz aufrichtig war, was die Gründe betraf. Noch was von den übrigen? Irgendwelche zurückliegenden Verbindungen untereinander?»

«Die Oberin und Oberschwester Brumfett waren als Schwesternschülerinnen zusammen am Königlichen Krankenhaus oben in Nethercastle, machten ihren Hebammenkurs an der dortigen städtischen Entbindungsanstalt und kamen vor fünfzehn Jahren beide als ausgelernte Schwestern hierher. Mr. Courtney-Briggs war 1946/47 in Kairo, Oberschwester Gearing ebenfalls. Er war Arzt im Majorsrang und sie Krankenpflegerin bei der Armee. Es gibt keinen Hinweis darauf, daß sie sich damals kennenlernten.»

«Falls sie sich von dort kennen, dürfte das kaum in ihren Akten stehen. Wahrscheinlich ist es jedenfalls. Kairo war 1946 ein geselliger Ort. Wenigstens sagten das meine Kameraden aus der Armee. Und Miss Taylor? Die Haube, die sie trägt, sieht auch nach Dienst in der Armee aus.»

«Davon steht jedenfalls nichts in ihren Akten, Sir. Das früheste Papier ist ihr Empfehlungsschreiben von der Schwesternschule, von der sie hierherkam. Sie haben in Nethercastle sehr viel von ihr gehalten.»

«Sie halten auch hier sehr viel von ihr. Haben Sie die Aussage von Courtney-Briggs überprüft?»

«Ja, Sir. Der Pförtner notiert jeden Wagen, der nach Mitternacht den Haupteingang passiert. Mr. Courtney-Briggs fuhr um 0.32 Uhr weg.»

«Später, als wir seinen Angaben entnehmen konnten. Ich brauche seinen genauen Zeitplan. Wann die Operation zu Ende war, muß im OP-Kontrollbuch stehen. Sein Assistenzarzt weiß sicher, wann er wegging – so jemand wie Mr. Courtney-Briggs wird wohl zum Auto begleitet. Dann fahren Sie die Strecke ab und stoppen die Zeit. Der Baum wird inzwischen weggeräumt sein, aber man müßte eigentlich noch erkennen, wo er gelegen hat. Es kann ihn höchstens ein paar Minuten gekostet haben, den Schal anzubringen. Bekommen Sie heraus, was aus dem geworden ist. Er wird kaum eine Lüge auftischen, die so leicht zu widerlegen ist, aber er besitzt genug Arroganz, um sich einzubilden, daß er bei allem, einschließlich Mord, ungeschoren davonkommt.»

«Konstabler Greeson kann das überprüfen, Sir. Das liegt genau in seiner Richtung, Tathergänge zu rekonstruieren.»

«Sagen Sie ihm bitte, er möge seinen Drang nach wahrheitsgetreuer Nachzeichnung in Schranken halten. Es ist nicht nötig, daß er einen weißen Kittel anzieht und in den Operationssaal geht. Die würden ihn auch nicht hereinlassen. Haben Sie schon Nachricht von Sir Miles oder dem Labor?»

«Nein, Sir, aber wir haben Namen und Anschrift des Mannes, mit dem Schwester Fallon jene Woche auf Wight verbrachte. Er arbeitet bei der Post als Nachttelefonist und wohnt in North Kensington. Die Wirtsleute erinnerten sich gleich an die beiden. Die Fallon hat es ihnen leichtgemacht. Sie trug sich unter ihrem richtigen Namen ein, und sie hatten zwei Einzelzimmer.»

«Sie war eine Frau, die Wert auf das Alleinsein legte. Sie wird jedoch kaum schwanger geworden sein, indem sie allein in ihrem Zimmer blieb. Ich werde mir den Mann morgen früh vornehmen, wenn ich Miss Fallons Anwalt aufgesucht habe. Wissen Sie, ob Leonard Morris jetzt im Krankenhaus ist?»

«Noch nicht, Sir. Ich erfuhr in der Apotheke, daß er heute früh telefonisch mitteilte, er fühle sich nicht wohl. Er leidet anscheinend an einem Zwölffingerdarmgeschwür. Sie nehmen an, es macht ihm wieder zu schaffen.»

«Es wird ihm noch schlimmer zusetzen, wenn er nicht bald hier auftaucht und das Verhör hinter sich bringt. Ich möchte ihn nicht durch einen Besuch bei sich zu Hause in Verlegenheit bringen, aber wir können nicht unbegrenzt warten, bis uns Oberschwester Gearings Geschichte bestätigt wird. Beide Morde, falls es sich um solche handelt, hängen von dem Problem der exakten Zeitbestimmung ab. Wir müssen die Schritte jedes einzelnen kennen, wenn möglich, auf die Minute. Die Zeit ist der springende Punkt.»

Masterson sagte: «Genau das ist es, was mich bei der vergifteten Flüssigkeit stutzig macht. Die Karbolsäure kann nur mit ganz besonderer Umsicht in die Milchflasche gefüllt worden sein, vor allem, was das Anbringen des Verschlusses angeht. Außerdem mußte dafür gesorgt werden, daß die Konzentration richtig war und die Flüssigkeit die Farbe und Beschaffenheit von Milch hatte. Das kann niemand in aller Eile fertiggebracht haben.»

«Ich bezweifle nicht, daß es mit großer Sorgfalt und viel Zeit getan wurde. Aber ich glaube, ich weiß, wie es ablief.»

Er erläuterte seine Theorie. Sergeant Masterson war sauer auf sich, weil er das Nächstliegende übersehen hatte. Er sagte: «Natürlich. So muß es gelaufen sein.»

«Muß nicht, Sergeant. So war es wahrscheinlich.»

Aber Sergeant Masterson hatte noch einen Haken entdeckt und äußerte seinen Einwand.

Dalgliesh erwiderte: «Aber das würde nicht auf eine Frau zutreffen. Eine Frau konnte es ganz leicht bewerkstelligen, vor allem eine ganz bestimmte. Für einen Mann wäre es schwieriger gewesen.»

«Sie gehen also davon aus, daß die Milch von einer Frau vergiftet wurde?»

«Es besteht die Wahrscheinlichkeit, daß beide Mädchen von einer Frau ermordet wurden. Aber wohlgemerkt – nur die Wahrscheinlichkeit. Haben Sie schon gehört, ob es Schwester Dakers so gutgeht, daß sie verhört werden kann? Dr. Snelling wollte sie doch heute morgen besuchen.»

«Die Oberin rief vor dem Mittagessen an und sagte, das Mädchen schlafe noch, aber vermutlich sei sie wieder soweit in Ordnung, wenn sie aufwache. Gott weiß, wann das sein wird, sie steht nämlich unter einem Beruhigungsmittel. Soll ich bei ihr reinschauen, wenn ich auf der Privatstation bin?»

«Nein. Ich kümmere mich später selbst um sie. Aber Sie könnten der Geschichte, daß die Fallon am Morgen des 12. Januar im Nightingale-Haus war, nachgehen. Vielleicht hat jemand sie weggehen sehen. Und wo waren ihre Kleider, als sie dort lag? Könnte jemand drangekommen sein und sich als Fallon verkleidet haben? Es ist unwahrscheinlich, aber wir sollten die Möglichkeit nicht außer acht lassen.»

«Darum hat sich Inspektor Bailey schon gekümmert, Sir. Niemand hat die Fallon weggehen sehen, aber sie räumen ein, sie könnte ungesehen die Station verlassen haben. Sie waren alle sehr beschäftigt, und sie hatte ein Einzelzimmer. Wenn es leer gewesen wäre, hätte man sicher gedacht, sie sei zur Toilette gegangen. Ihre Kleider hingen im Schrank in ihrem Zimmer. Jeder, der das Recht hatte, sich auf der Station aufzuhalten, hätte die Kleider herausholen können, natürlich unter der Voraussetzung, daß die Fallon schlief oder gerade nicht im Zimmer war. Aber das hält niemand für wahrscheinlich.»

«Ich auch nicht. Ich glaube zu wissen, warum sie zum Nightingale-Haus ging. Schwester Goodale sagte, die Fallon habe das Ergebnis des Schwangerschaftstests erst zwei Tage, bevor sie krank wurde, erhalten. Möglicherweise hat sie es nicht sofort vernichtet. Wenn dem so ist, dann war dies das einzige Stück, das sie nicht gern einer anderen in die Hände fallen lassen wollte. Jedenfalls war nichts dergleichen bei ihren Papieren. Ich vermute, sie ging zurück und holte es aus dem Zimmer, dann zerriß sie es und spülte es auf der Toilette runter.»

«Hätte sie nicht Schwester Goodale anrufen und bitten können, das Papier zu vernichten?»

«Nicht, ohne Verdacht zu erregen. Sie konnte nicht damit rechnen, sofort die Goodale am Apparat zu haben, und sie hätte sicher keine andere gebeten, der Goodale etwas auszurichten. Es hätte recht merkwürdig ausgesehen, wenn sie darauf bestanden hätte, eine ganz bestimmte Schwester zu sprechen und die Hilfe einer anderen abzulehnen. Aber das ist reine Spekulation. Ist die Durchsuchung des Nightingale-Hauses abgeschlossen?»

«Ja, Sir. Sie haben nichts gefunden. Keine Spur von Gift, keinen Behälter. In den meisten Zimmern gibt es Röhrchen mit Aspirin, und Miss Gearing, Miss Brumfett und Miss Taylor haben einen kleinen Vorrat an Schlaftabletten. Aber die Fallon ist bestimmt nicht an Betäubungs- oder Schlafmitteln gestorben.»

«Nein. Dafür ging es zu schnell. Wir müssen uns eben mit Geduld wappnen, bis wir den Laborbericht haben.»

5

Genau um 14.32 Uhr, im größten und luxuriösesten Zimmer der Privatstation, verlor Oberschwester Brumfett einen Patienten. Das war ihre Ansicht vom Tod. Der Patient war verloren; die Schlacht war vorbei; sie, Oberschwester Brumfett, hatte eine persönliche Niederlage erlitten. Die Tatsache, daß so viele ihrer Schlachten von vornherein zum Scheitern verurteilt waren, daß der Feind, auch wenn er im gegenwärtigen Gefecht zurückgeschlagen wurde, am Ende seines Sieges sicher sein konnte, hatte das Gefühl des Mißerfolgs bei ihr nie abgeschwächt. Die Patienten kamen nicht auf Oberschwester Brumfetts Station, um zu sterben; sie kamen, um gesund zu werden, und durch den unbezwingbaren Willen der Schwester, sie zu ermutigen und zu stärken, ging es ihnen gewöhnlich auch besser, oft zu ihrem eigenen Erstaunen und gelegentlich gegen ihren Wunsch.

Sie hatte kaum erwartet, diese besondere Schlacht zu gewinnen, aber erst als Mr. Courtney-Briggs die Hand hob, um die Bluttransfusion abzubrechen, gestand sie sich die Niederlage ein. Der Patient hatte sich gut geschlagen; ein schwieriger Patient, ein anspruchsvoller Patient, aber ein tapferer Kämpfer. Er war ein wohlhabender Geschäftsmann gewesen, dessen Zukunftspläne sicher nicht den Tod im Alter von zweiundvierzig Jahren eingeschlossen hatten. Sie erinnerte sich an den Ausdruck von wütender Überraschung in seinen Augen, beinahe von Zorn, als ihm klarwurde, daß der Tod etwas war, das weder er noch sein Buchhalter wieder hinkriegen konnten. Oberschwester Brumfett hatte genug von der Witwe bei deren täglichen Besuchen gesehen, um anzunehmen, daß sein Tod nicht zuviel Kummer und große Unannehmlichkeiten für sie bringe. Der Patient war der einzige, der wegen des Fehlschlagens von Mr. Courtney-Briggs' heroischen und kostspieligen Anstrengungen, ihn zu retten, außer sich gewesen wäre, und zum Glück für den Chirurgen war der Patient auch die einzige Person, die nicht in der Lage war, Erklärungen oder Entschuldigungen zu verlangen.

Mr. Courtney-Briggs würde die Witwe aufsuchen, ihr in wohlgesetzten Worten wie gewohnt sein Beileid aussprechen und versichern, daß alles Menschenmögliche getan worden sei. In diesem Fall würde auch die Höhe der Rechnung ein Beweis dafür sein. Sie würde auch die unausbleiblichen Schuldgefühle nicht aufkommen lassen, die ein Trauerfall gewöhnlich hervorruft. Courtney-Briggs war wirklich sehr nett zu den Witwen; und – um ihm Gerechtigkeit widerfahren zu lassen – auch die armen spürten seine tröstliche Hand auf ihren Schultern und hörten seine stereotypen Phrasen des Trostes und Bedauerns.

Sie zog das Laken über das plötzlich ausdruckslose Gesicht. Als sie die toten Augen mit geübten Fingern schloß, spürte sie, daß die Augäpfel unter den runzligen Lidern noch warm waren. Sie fühlte weder Schmerz noch Zorn. Da war nur, wie immer, diese quälende Last des Mißerfolgs, die wie ein Gewicht an den müden Muskeln ihrer Glieder zerrte.

Sie wandten sich gleichzeitig vom Bett ab. Oberschwester Brumfett erschrak, als sie sah, wie abgespannt der Chirurg wirkte. Zum erstenmal schien auch er von Mißerfolg und Alter bedroht. Es war gewiß ungewöhnlich, daß er dabei war und zusah, wie ein Patient starb. Noch seltener kam es vor, daß jemand auf dem Operationstisch starb, wenn auch der hastige Transport auf die Station manchmal etwas unwürdig war. Aber anders als Oberschwester Brumfett mußte Mr. Courtney-Briggs nicht bis zum letzten Atemzug über seinen Patienten wachen. Trotzdem glaubte sie nicht, der Tod gerade dieses Menschen habe ihn deprimiert. Er war ja nicht unerwartet eingetreten. Er brauchte sich keine Vorwürfe zu machen, selbst wenn er eine Neigung zur Selbstkritik gehabt hätte. Sie fühlte, daß ein tiefergehender Kummer an ihm nagte, und fragte sich, ob Schwester Fallons Tod damit zu tun haben könnte. Er hatte etwas von seinem Schwung eingebüßt, dachte sie. Er sah plötzlich um zehn Jahre gealtert aus.

Er ging auf dem Weg zu ihrem Büro vor ihr her. Als sie sich der Stationsküche näherten, hörten sie Stimmen. Die Tür stand offen. Die Schwesternschülerin war dabei, die Gedecke für den Nachmittagstee auf einen Teewagen zu stellen. Sergeant Masterson lehnte an der Spüle und sah ihr mit einer Miene zu, als fühle er sich hier völlig zu Hause. Als die Stationsschwester und Mr. Courtney-Briggs vor der Tür auftauchten, wurde das Mädchen rot, stotterte leise ‹Guten Tag, Sir› und schob mit tolpatschiger Eile den Teewagen an ihnen vorbei auf den Flur. Sergeant Masterson blickte ihr nachsichtig und leutselig nach und ließ dann seinen verständnisvollen Blick auf der Stationsschwester ruhen. Mr. Courtney-Briggs schien er nicht zu bemerken.

«Guten Tag, Oberschwester, könnte ich kurz mit Ihnen reden?»

Oberschwester Brumfett war damit die Initiative genommen, und sie sagte gedämpft: «Bitte in meinem Büro, Sergeant. Dort hätten Sie auf mich warten sollen. Es geht nicht an, daß die Leute auf meiner Station ein und aus gehen, wie es ihnen paßt, und die Polizei ist davon nicht ausgenommen.»

Sergeant Masterson beantwortete diese Rede mit einem frechen, leicht belustigten Blick, als habe sie ihm zu seiner Genugtuung etwas bestätigt. Oberschwester Brumfett eilte mit zusammengepreßten Lippen und kampfbereit in ihr Büro. Zu ihrer Überraschung kam Mr. Courtney-Briggs nach.

Sergeant Masterson sagte: «Ich wüßte gern, Oberschwester, ob ich das Stationstagebuch einsehen könnte, und zwar für die Zeit, in der Schwester Pearce auf dieser Station arbeitete. Besonders interessiert mich ihre letzte Woche hier.»

Mr. Courtney-Briggs mischte sich in barschem Ton ein: «Sind das nicht vertrauliche Aufzeichnungen, Oberschwester? Muß die Polizei nicht erst eine gerichtliche Verfügung beantragen, bevor Sie sie herausgeben müssen?»

«Oh, ich denke nicht, Sir.» In Sergeant Mastersons ruhiger, fast zu respektvoller Stimme schwang ein leiser belustigter Unterton mit, der seinem Gegenüber nicht entging. «Die Aufzeichnungen der Schwestern sind sicher nicht medizinisch im eigentlichen Sinn. Ich möchte lediglich wissen, wer in dem betreffenden Zeitraum hier gepflegt wurde und ob irgend etwas vorfiel, das für den Kriminalrat von Interesse sein könnte. Jemand hat angedeutet, es sei etwas geschehen, was Schwester Pearce aufregte, während sie hier ihren Dienst tat. Sie wechselte von hier direkt in die Schule über, wie Sie wissen.»

Oberschwester Brumfett, hochrot und zitternd vor Zorn, so daß sie überhaupt keine Zeit hatte, an Angst zu denken, fand ihre Stimme wieder: «Nichts ist auf meiner Station passiert. Nicht das geringste! Dummes, boshaftes Geschwätz ist das. Wenn eine Schwester ihre Arbeit ordentlich macht und die Anweisungen befolgt, dann hat sie keinen Grund, sich aufzuregen. Der Kriminalrat ist hier, um einen Mord aufzuklären, und nicht, um sich auf meiner Station einzumischen.»

Mr. Courtney-Briggs unterbrach sie höflich.

«Und selbst wenn sie – ‹aufgeregt› ist wohl das Wort, das Sie gebraucht haben, Sergeant –, selbst wenn sie sich aufgeregt hätte, sehe ich nicht ein, welche Bedeutung das wohl für ihren Tod haben könnte.»

Sergeant Masterson lächelte ihn an, als wolle er ein absichtlich widerspenstiges Kind aufheitern.

«Alles, womit Schwester Pearce in der Woche unmittelbar vor ihrem Tod in Berührung kam, kann wichtig sein, Sir. Deshalb bitte ich um die Aufzeichnungen.»

Als weder die Oberschwester noch der Arzt sich rührten, fuhr er fort: «Es geht nur um die Bestätigung von Aussagen, die wir bereits gehört haben. Ich weiß, was sie in jener Woche auf der Station zu tun hatte. Man sagte mir, sie habe ihre volle Arbeitszeit mit der Pflege eines bestimmten Patienten zugebracht. Eines Mr. Martin Dettinger. ‹Spezialpflege› nennen Sie das wohl. Nach meinen Informationen verließ sie kaum sein Zimmer, wenn sie hier während der letzten Woche ihres Lebens im Dienst war.»

Er hat also die Schülerinnen ausgehorcht, dachte Oberschwester Brumfett. Wie könnte es auch anders sein! Das waren die Methoden der Polizei. Sinnlos, ihnen etwas vorenthalten zu wollen. In alles, selbst in die medizinischen Geheimnisse ihrer Station, die Pflege ihrer Patienten, würde dieser dreiste junge Kerl seine Nase stecken und seinem Chef Bericht erstatten. Es gab in dem Buch nichts, was er nicht durch solche Mittel herauslesen konnte, was er entdecken, aufbauschen, mißdeuten und womit er Unheil anrichten konnte. Sprachlos vor Zorn und nahe daran, die Fassung zu verlieren, hörte sie Mr. Courtney-Briggs' sanfte, ermutigende Stimme: «Dann geben Sie ihm eben das Buch, Oberschwester. Wenn die Polizei unbedingt ihre Zeit vergeuden will, brauchen wir sie nicht noch zu ermutigen, auch unsere zu vergeuden.»

Ohne ein Wort ging Oberschwester Brumfett an ihren Schreibtisch, bückte sich, zog die unterste rechte Schublade heraus und entnahm ihr ein dickes, gebundenes Buch. Schweigend und ohne aufzusehen, reichte sie es Sergeant Masterson. Der Sergeant bedankte sich überschwenglich und wandte sich an Mr. Courtney-Briggs: «Und nun, Sir, möchte ich gern mit Mr. Dettinger sprechen, falls Ihr Patient noch hier ist.»

Mr. Courtney-Briggs gab sich keine Mühe, die Genugtuung in seiner Stimme zu unterdrücken.

«Das dürfte selbst bei Ihrem Scharfsinn ein unlösbares Problem sein, Sergeant. Mr. Martin Dettinger starb an demselben Tag, an dem Schwester Pearce diese Station verließ. Falls ich mich recht entsinne, war sie bei ihm, als er starb. Damit sind also beide vor Ihren Fragen sicher. Und jetzt, wenn Sie so nett wären, uns zu entschuldigen, müssen die Oberschwester und ich wieder an die Arbeit.»

Er hielt die Tür auf, und Oberschwester Brumfett marschierte vor ihm hinaus. Sergeant Masterson stand, das Stationsbuch in der Hand, allein da.

«Verdammter Hund», sagte er laut.

Er blieb noch einen Augenblick stehen und dachte nach. Dann machte er sich auf die Suche nach dem Krankenhausarchiv.

6

Zehn Minuten später war er wieder im Büro. Unter seinem Arm hatte er das Stationstagebuch und einen hellgelben Aktenordner, der den Namen des Krankenhauses und die Registrationsnummer Martin Dettingers trug. Darunter stand in großen schwarzen Buchstaben, daß die Akte nicht dem Patienten ausgehändigt werden dürfe. Er legte das Buch auf den Tisch und reichte Dalgliesh den Ordner.

«Danke. Haben Sie ihn ohne Schwierigkeiten bekommen?»

«Ja, Sir», sagte Masterson. Er hielt es für überflüssig, zu erklären, wie er dazu gekommen war. Der Krankenhausarchivar war nicht im Haus gewesen, und er hatte den diensthabenden Angestellten halb überredet, halb gezwungen, den Ordner herauszurücken. Seine Begründung hatte er selbst nicht geglaubt: Er hatte ihm erzählt, die Regeln über die Vertraulichkeit von Krankengeschichten träfen nicht mehr zu, wenn der Patient tot sei, und der Kriminalrat vom Yard sei berechtigt, alles, was er brauche, ohne Umstände und Verzögerung ausgehändigt zu bekommen.

Sie studierten zusammen die Akte. Dalgliesh sagte: «Martin Dettinger. Alter sechsundvierzig Jahre. Gab seinen Londoner Club als Adresse an. Anglikaner. Geschieden. Nächste Verwandte: Mrs. Louise Dettinger, 23 Saville Mansions, Marylebone. Mutter. Sie sollten die Dame aufsuchen, Masterson. Verabreden Sie sich für morgen abend. Ich brauche Sie tagsüber hier, solange ich in London bin. Und geben Sie sich Mühe mit ihr. Sie muß ihren Sohn ziemlich häufig besucht haben, als er im Krankenhaus lag. Schwester Pearce hat sich ausschließlich um ihn gekümmert. Die beiden Frauen sind sich vermutlich oft begegnet. Irgend etwas Aufregendes brachte die Pearce durcheinander, als sie in der letzten Woche, die sie am Leben war, auf der Privatstation arbeitete, und ich möchte wissen, was das war.»

Er kam wieder auf die Krankengeschichte zurück.

«Eine ganze Menge Papier. Der arme Kerl hat anscheinend viel mit Ärzten zu tun gehabt. Er litt seit zehn Jahren an Kolitis, und davor gab es lange Perioden undiagnostizierten schlechten Befindens. Vielleicht kündigte sich damals schon das Leiden an, dem er jetzt erlag. Er war während seines Militärdienstes dreimal längere Zeit im Krankenhaus, darunter 1947 auch zwei Monate in einem Militärkrankenhaus in Kairo. 1952 wurde er als Invalide aus der Armee entlassen und wanderte nach Südafrika aus. Das scheint ihm nicht besonders gut bekommen zu sein. Hier sind auch Berichte von einem Krankenhaus in Johannesburg. Courtney-Briggs hat sie angefordert; er gibt sich schon große Mühe. Seine eigenen Bemerkungen sind recht umfangreich. Er übernahm den Fall vor ein paar Jahren und behandelte Dettinger anscheinend nicht nur als Chirurg, sondern auch als eine Art Hausarzt. Die Kolitis wurde etwa vor einem Monat akut, und Courtney-Briggs mußte einen Teil des Darmtraktes entfernen. Das war am Freitag, dem 2. Januar. Dettinger überstand die Operation trotz seines damals schon ziemlich schlechten Allgemeinbefindens und machte sogar einige Fortschritte, bis er am Montag, dem 5. Januar, einen Rückfall erlitt. Danach erlangte er nur noch für kurze Augenblicke das Bewußtsein, und er starb am Freitag, dem 9. Januar, um 17.30 Uhr.»

Masterson sagte: «Schwester Pearce war bei ihm, als er starb.»

«Und offenbar pflegte sie ihn fast allein während seiner letzten Woche. Ich bin gespannt, was in dem Pflegebericht steht.»

Doch dieser Bericht war weitaus weniger aufschlußreich als die Krankenakte. Schwester Pearce hatte in ihrer ordentlichen Schulmädchenschrift die Schwankungen von Temperatur, Atmung und Puls ihres Patienten eingetragen, seine unruhigen Phasen und die wenigen Stunden Schlaf, seine medikamentöse Behandlung und seine Diät: ein peinlich genauer Bericht von pflegerischer Fürsorge, an dem nichts auszusetzen war. Darüber hinaus brachte er nichts.

Dalgliesh schlug das Buch zu.

«Am besten bringen Sie's wieder auf die Station und den Krankenbericht in die richtige Abteilung. Was wir daraus entnehmen konnten, wissen wir jetzt. Aber ich habe so ein Gefühl, als habe Martin Dettingers Tod etwas mit diesem Fall zu tun.»

Masterson erwiderte nichts. Wie alle Detektive, die mit Dalgliesh gearbeitet hatten, hatte er einen haushohen Respekt vor den Vorahnungen des Alten. So unbequem, launisch und weithergeholt sie aussehen mochten – sie hatten sich doch zu oft als richtig erwiesen, als daß man sie einfach hätte ignorieren können. Und er hatte nichts gegen einen abendlichen Abstecher nach London einzuwenden. Morgen war Freitag. Dem Stundenplan auf dem Schwarzen Brett in der Halle hatte er entnommen, daß der Unterricht freitags früher zu Ende war. Die Schülerinnen hatten schon kurz nach fünf Uhr frei. Er überlegte, ob Julia Pardoe vielleicht Lust auf einen Ausflug in die Stadt hätte. Warum eigentlich nicht? Dalgliesh würde noch nicht wieder zurück sein, wenn er aufbrechen müßte. Es konnte mit etwas Vorsicht eingefädelt werden. Und da gab es einige Verdächtige, bei denen es ein eindeutiges Vergnügen wäre, sie allein zu verhören.

7

Ungeachtet der gesellschaftlichen Gepflogenheiten und entgegen aller Klugheit, trank Dalgliesh um halb fünf mit Oberschwester Gearing Tee auf ihrem Zimmer. Sie war ihm zufällig in der Halle im Erdgeschoß über den Weg gelaufen, als sie mit den Mädchen nach der letzten Unterrichtsstunde aus dem Arbeitsraum kam. Sie hatte ihn spontan und ohne großes Getue eingeladen. Dalgliesh hatte allerdings registriert, daß die Einladung nicht für Sergeant Masterson galt. Er hätte sie aber auch angenommen, wenn er sie auf stark parfümiertem rosa Briefpapier und von himmelschreienden sexuellen Anspielungen begleitet erhalten hätte. Nach den offiziellen Verhören vom Vormittag wollte er gemütlich in einem Sessel sitzen und einen Schwall von arglosem, ehrlichem, vielleicht ein wenig boshaftem Klatsch zuhören, nach außen hin ruhig, unbeteiligt, sogar mit etwas zynischem Vergnügen. Aber in Wirklichkeit war er hellwach und wartete nur darauf, die richtigen Brocken aufzuschnappen. Er hatte aus dem Tischgespräch beim Mittagessen mehr über die Schwestern des Nightingale-Hauses erfahren als bei den förmlichen Verhören, aber er konnte nicht die ganze Zeit dem Pflegepersonal nachlaufen und Bruchstücke ihres Klatsches wie fallen gelassene Taschentücher auflesen. Er fragte sich, ob Oberschwester Gearing etwas mitzuteilen oder zu fragen habe. So oder so glaubte er nicht, daß eine Stunde in ihrer Gesellschaft Zeitverschwendung sei.

Dalgliesh hatte, abgesehen von der Wohnung der Oberin, noch keinen der Räume im dritten Stock betreten und war von der Größe und dem hübschen Zuschnitt von Schwester Gearings Zimmer überrascht. Nicht einmal im Winter konnte man von hier aus das Krankenhaus sehen, und der Raum strahlte eine solche Ruhe aus, daß man den hektischen Betrieb von Stationen und Abteilungen vergessen konnte. Dalgliesh dachte, es müsse im Sommer besonders schön sein, wenn sich der Blick auf die fernen Hügel nur in den Baumkronen fing. Auch jetzt in der Dämmerung, wo die Vorhänge schon zugezogen waren und die Gasheizung gemütlich zischte, war es einladend und warm. Vermutlich war die Schlafcouch in der Ecke mit ihrem Kretonnebezug und den ordentlich drapierten Kissen vom Verwaltungskomitee des Krankenhauses beschafft worden, ebenso die beiden bequemen Sessel in ähnlichem Bezug und das übrige langweilige, aber funktionelle Mobiliar. Aber Schwester Gearing hatte dem Zimmer eine persönliche Note gegeben. Über die ganze Länge der gegenüberliegenden Wand lief ein Bord, auf dem sie eine Puppensammlung in verschiedenen Nationaltrachten aufgebaut hatte. Auf einem kleineren Brett an einer anderen Wand saß ein Sortiment von Porzellankatzen verschiedener Größen und Rassen. Es gab darunter ein besonders scheußliches Exemplar mit blauen Tupfen, Glotzaugen und einer blauen Stoffschleife; und daran lehnte eine Glückwunschkarte. Sie zeigte ein Rotkehlchenweibchen – das Geschlecht wurde durch eine Spitzenschürze und ein geblümtes Hütchen gekennzeichnet –, das auf einem Zweig saß. Zu seinen Füßen buchstabierte das Männchen mit Würmern ‹Viel Glück›. Dalgliesh wandte hastig seine Augen von dieser Scheußlichkeit ab und fuhr mit seiner unauffälligen Prüfung des Zimmers fort.

Der Tisch vor dem Fenster war vermutlich als Schreibtisch gedacht, aber tatsächlich nahm ungefähr ein halbes Dutzend Fotografien in Silberrahmen den größten Teil der Arbeitsfläche ein. In einer Ecke stand ein Plattenspieler mit einem Plattenständer daneben. An die Wand darüber hatte sie ein Poster mit dem neuesten Popidol geheftet. Außerdem gab es noch jede Menge Kissen in allen Größen und Farben, drei nicht besonders schöne Sitzkissen, ein imitiertes Tigerfell aus braun und weiß gestreiftem Nylon und einen Couchtisch, auf den Oberschwester Gearing das Teegeschirr gestellt hatte. Aber der auffallendste Gegenstand im Zimmer war in Dalglieshs Augen eine große Vase mit geschmackvoll zusammengestellten Winterzweigen und Chrysanthemen auf einem kleinen Seitentisch. Oberschwester Gearing konnte, hieß es, gut mit Blumen umgehen, und dieser Strauß war so einfach in Farbe und Form, daß er einem wohltat. Es war seltsam, dachte er, daß eine Frau mit einem solchen Instinkt und Geschmack für Blumen sich in diesem geschmacklosen, vollgestopften Zimmer wohl fühlen konnte. Es kam ihm in den Sinn, daß sie vielleicht eine weniger einfach konstruierte Persönlichkeit hatte, als man zuerst einmal annahm. Auf den ersten Blick war ihr Wesen leicht zu erkennen. Sie war eine alte Jungfer, unangenehm leidenschaftlich, nicht besonders intelligent oder gebildet, die ihre Frustrationen unter einer unechten Heiterkeit verbarg. Aber fünfundzwanzig Jahre bei der Polizei hatten ihn gelehrt, daß keine Persönlichkeit unkompliziert und ohne innere Widersprüche war. Nur junge oder sehr arrogante Menschen bildeten sich ein, es gebe so etwas wie eine Schablone für das menschliche Wesen.

Hier, bei sich zu Hause, gab sich Oberschwester Gearing nicht so kokett wie in Gesellschaft. Zugegeben, sie rekelte sich auf einem großen Kissen zu seinen Füßen, während sie den Tee eingoß, aber er schloß aus der großen Auswahl an Kissen, die im Zimmer herumlagen, daß das eine bequeme Gewohnheit war und keine verspielte Einladung an ihn, es ihr gleichzutun. Der Tee war ausgezeichnet. Er war frisch aufgebrüht und heiß, und dazu gab es dick mit Butter bestrichene Brötchen mit Sardellenpaste. Zum Glück gab es keine süßen, klebrigen Kuchen, und der Tassenhenkel ließ sich bequem halten, ohne daß man sich die Finger verrenkte oder verbrannte. Sie umsorgte ihn tüchtig, aber unaufdringlich. Oberschwester Gearing, dachte Dalgliesh, gehörte zu den Frauen, die es, wenn sie mit einem Mann allein sind, für ihre Pflicht halten, sich völlig auf seine Bequemlichkeit einzustellen und seinem Selbst zu schmeicheln. Darüber würden weniger hingebungsvolle Frauen in Wut geraten, von einem Mann dürften dagegen keine Einwände zu erwarten sein.

Von der Wärme und Gemütlichkeit ihres Zimmers entspannt und vom Tee angeregt, war Oberschwester Gearing offenbar in Redelaune. Dalgliesh ließ sie dahinplaudern und warf nur ab und zu eine Frage ein. Keiner von beiden erwähnte Leonard Morris. Dalgliesh konnte sich keine Hoffnung auf aufrichtige, vertrauliche Mitteilungen machen, wenn er eine verlegene oder reservierte Stimmung aufkommen ließ.

«Natürlich, was mit der armen Pearce geschah, ist einfach schrecklich, wie auch immer es dazu kam. Und dazu die ganze Gruppe, die dabei zusah! Ich bin überrrascht, daß es ihre Arbeit nicht völlig durcheinanderbrachte, aber die jungen Menschen sind heutzutage ziemlich hart im Nehmen. Und sie war bei ihnen ja auch nicht gerade beliebt. Aber ich kann mir einfach nicht vorstellen, daß eine von ihnen das Ätzmittel in die Flasche geschüttet hat. Sie sind doch schon im dritten Jahr. Sie wissen, daß Karbolsäure tödlich ist, wenn sie in dieser Konzentration in den Magen gelangt. Zum Teufel, sie hatten einen Kurs über Gifte in ihrer vorigen Unterrichtsperiode. Deshalb kann es kein lustiger Streich gewesen sein, der danebenging.»

«Das scheint aber trotzdem die allgemeine Absicht zu sein.»

«Na ja, das ist doch normal oder nicht? Keiner will daran glauben, daß ihr Tod Mord war. Und wenn die Mädchen in ihrem ersten Jahr wären, würde ich es vielleicht auch glauben. Da hätte eine Schülerin – möglicherweise in der Meinung, Lysol sei ein Brechmittel – auf den verrückten Gedanken kommen können, die Übung würde weniger langweilig, wenn die Pearce sich vor der Inspektorin von der Schwesternaufsicht hätte übergeben müssen. Das ist zwar ein eigenartiger Humor, aber die jungen Leute können manchmal ganz schön grausam sein. Doch diese Mädchen müssen gewußt haben, was das Zeug im Magen anrichtet.»

«Und was halten Sie von Schwester Fallons Tod?»

«Oh, Selbstmord, würde ich sagen. Das arme Ding war doch schwanger. Sie machte wahrscheinlich eine schlimme Depression durch und sah keinen Sinn mehr im Leben. Drei vergeudete Ausbildungsjahre und keine Familie, an die sie sich wenden konnte! Ich hielt sie eigentlich nicht für den Typ, der Selbstmord begeht, aber wahrscheinlich war es ein ganz spontaner Entschluß. Dr. Snelling – er kümmert sich um die Gesundheit der Schülerinnen – ist mehrfach kritisiert worden, weil er sie so kurz nach ihrer Grippe wieder am Unterricht teilnehmen ließ. Aber sie wollte nichts ausfallen lassen, und es war ja auch etwas anderes als Stationsdienst. Jetzt ist keine günstige Jahreszeit, jemanden auf Erholungsurlaub zu schicken. In der Schule war sie genausogut aufgehoben wie irgendwoanders. Gegen die Grippe war allerdings nichts zu machen. Sie war danach wahrscheinlich ziemlich niedergeschlagen. Diese Epidemie hat einige böse Nachwirkungen. Wenn sie sich nur einem Menschen anvertraut hätte! Für mich ist es ein schrecklicher Gedanke, daß sie ihrem Leben ein Ende machte, während das Haus voller Leute war, die ihr sicher gern geholfen hätten, wenn sie nur etwas davon gewußt hätten. Ich darf Ihnen doch noch eine Tasse einschenken. Und versuchen Sie das Gebäck. Es ist selbstgemacht. Meine verheiratete Schwester schickt es mir ab und zu.»

Dalgliesh nahm ein Stück davon aus der Dose, die sie ihm hinhielt, und äußerte, daß es auch einige gebe, die meinten, Schwester Fallon habe vielleicht außer der Schwangerschaft noch einen anderen Grund zum Selbstmord gehabt. Vielleicht hatte sie das Ätzmittel in die Flasche geschüttet. Mit Sicherheit war sie zum entscheidenden Zeitpunkt im Nightingale-Haus gesehen worden.

Er brachte diese Vermutung beiläufig vor und wartete gespannt auf ihre Reaktion. Der Gedanke konnte keinesfalls neu für sie sein; jedem im Nightingale-Haus mußte er schon einmal gekommen sein. Aber sie war zu einfältig, um erstaunt zu sein, daß ein gestandener Detektiv einen Fall so offen mit ihr diskutierte, und zu dumm, um sich selbst zu fragen, warum er das tat.

Sie tat die Theorie mit einem verächtlichen Schnaufer ab.

«Doch nicht die Fallon! Das wäre ein dummer Streich gewesen, und sie war durchaus nicht dumm. Ich sagte Ihnen ja, jede Schwesternschülerin im dritten Jahr wußte, daß das Zeug tödlich war. Und wenn Sie andeuten, die Fallon hätte die Pearce umbringen wollen – und warum, um Himmels willen, hätte sie? –, dann behaupte ich, sie wäre die letzte gewesen, die von Gewissensbissen geplagt worden wäre. Wenn die Fallon einen Mord beschlossen hätte, dann hätte sie sich danach nicht mit reuigen Gefühlen herumgeschlagen, geschweige denn, sich aus Gewissensnöten umgebracht. Nein, ihr Tod ist leicht genug zu begreifen. Sie hatte eine nachgrippale Depression, und sie fühlte, daß sie es mit dem Kind nicht schaffen würde.»

«Dann glauben Sie also, beide hätten Selbstmord begangen?»

«Bei der Pearce bin ich mir nicht so sicher. Man müßte schon ganz schön verrückt sein, um sich eine so qualvolle Todesart auszusuchen, und die Pearce kam mir recht normal vor. Aber es wäre eine Erklärung, nicht wahr? Und ich kann mir nicht vorstellen, daß Sie etwas anderes beweisen können, wie lange Sie auch hierbleiben.»

Er glaubte, einen überheblichen, selbstgefälligen Ton in ihrer Stimme zu hören, und sah sie unvermittelt an. Aber das schmale Gesicht drückte nur, wie gewöhnlich, eine vage Unzufriedenheit aus. Sie knabberte mit ihren spitzen, sehr weißen Zähnen an einem

Stück Gebäck. Er konnte das schabende Geräusch hören. Sie sagte: «Wenn eine Erklärung unmöglich ist, muß das Unwahrscheinliche als Wahrheit gelten. Irgendwer hat das einmal gesagt. Chesterton vielleicht? Schwestern bringen sich nicht gegenseitig um. Auch keinen sonst, was das betrifft.»

«Nehmen Sie Schwester Waddingham», sagte Dalgliesh.

«Wer war das?»

«Eine reizlose, unangenehme Frau, die eine Patientin, eine gewisse Miss Baguley, mit Morphin vergiftete. Miss Baguley war schlecht beraten gewesen, denn sie hatte Schwester Waddingham ihr Geld und ihren ganzen Besitz vermacht, um dafür bis an ihr Lebensende im Pflegeheim der letzteren behandelt zu werden. Es war ein schlechtes Geschäft. Schwester Waddingham wurde gehängt.»

Schwester Gearing schüttelte sich in gespieltem Abscheu.

«Mit was für schrecklichen Menschen kommen Sie in Berührung! Jedenfalls war sie sicher keine richtige Schwester. Sie können mir nicht erzählen, daß sie bei der Allgemeinen Schwesternaufsichtsbehörde registriert war.»

«Wenn Sie so fragen, glaube ich es auch nicht. Und ich hatte überhaupt nichts damit zu tun. Das spielte sich 1935 ab.»

«Sehen Sie, da haben Sie's», sagte Schwester Gearing, als habe er ihr damit recht gegeben.

Sie beugte sich vor, um ihm eine zweite Tasse Tee einzugießen. Dann rückte sie sich bequemer auf ihrem Kissen zurecht und lehnte sich an seine Sessellehne, so daß ihr Haar sein Knie berührte. Dalgliesh betrachtete aufmerksam und nachsichtig den schmalen Streifen dunkleren Haares beiderseits des Scheitels, wo die Farbe herausgewachsen war. Von oben, in der Verkürzung gesehen, wirkte ihr Gesicht älter, die Nase spitzer. Er sah die Ansätze von Säcken unter den Augenwimpern und die Verästelung geplatzter Äderchen auf den Backenknochen. Die violetten Fädchen waren nur halb vom Make-up überdeckt. Sie war keine junge Frau mehr; das wußte er. Und noch eine ganze Menge mehr, was er sich aus ihrer Personalakte zusammengesucht hatte. Sie war an einem Krankenhaus im Londoner East End ausgebildet worden, nachdem sie eine Reihe wenig erfolgreicher und nicht sehr einträglicher Stellen in Büros ausprobiert hatte. Ihre Laufbahn als Schwester war wechselvoll gewesen, und ihre Referenzen waren verdächtig nichtssagend. Man hatte zum Beispiel seine Zweifel gehabt, ob es klug wäre, sie für eine Weiterbildung zur klinischen Lehrschwester zu empfehlen. Das legte den Gedanken nahe, daß sie nicht so sehr von ihrem Wunsch zu lehren geleitet worden war, sondern eher von der Hoffnung auf eine leichtere Arbeit als die einer Stationsschwester. Er wußte, daß sie Schwierigkeiten mit dem Klimakterium hatte. Er wußte mehr über sie, als sie ahnte, mehr, als sie ihm zu wissen erlaubt hätte. Aber er wußte noch nicht, ob sie eine Mörderin war. Er war so in Gedanken versunken, daß ihm beinahe ihre nächsten Worte entgangen wären.

«Es ist merkwürdig, daß Sie Gedichte schreiben. Die Fallon hatte Ihren letzten Lyrikband in ihrem Bücherregal, nicht wahr? Oberschwester Rolfe hat es erzählt. Ist es nicht schwierig, die Poesie mit dem Polizistenberuf in Einklang zu bringen?»

«Ich habe es nie für notwendig gehalten, die Dichtung und die Polizei in diesem ökumenischen Sinne aufeinander abzustimmen.»

Sie lachte affektiert.

«Sie wissen sehr wohl, was ich meine. Schließlich ist es doch wirklich ein bißchen ungewöhnlich. Man stellt sich Polizisten nicht als Dichter vor.»

Er wußte natürlich, was sie meinte. Aber er hatte nicht vor, dieses Thema auszudiskutieren. «Polizisten sind Individuen wie die Menschen in jedem anderen Beruf. Sie drei Oberschwestern haben doch auch nicht sehr viel miteinander gemein, oder? Man kann sich kaum verschiedenere Persönlichkeiten denken wie Sie und Miss Brumfett. Ich kann mir nicht vorstellen, mich von Miss Brumfett mit Anchovisbrötchen und selbstgebackenem Gebäck füttern zu lassen.»

Sie reagierte sofort, wie er es erwartet hatte.

«Oh, die Brumfett ist in Ordnung, wenn Sie sie richtig kennenlernen. Natürlich ist sie zwanzig Jahre hinter ihrer Zeit zurück. Wie ich beim Mittagessen sagte, haben die Kinder heute keine Lust mehr, sich den ganzen Quatsch von Gehorsam und Pflicht und Berufung anzuhören. Aber sie ist eine prachtvolle Schwester. Ich möchte kein böses Wort über die Brumfett hören. Ich hatte vor ungefähr vier Jahren eine Blinddarmoperation. Es ging nicht ganz glatt, die Wunde brach wieder auf. Dann bekam ich eine Infektion, die resistent gegen Antibiotika war. Die ganze Sache war verpfuscht. Nicht gerade eine der erfolgreichsten Operationen von Mr. Courtney-Briggs. Jedenfalls war ich am Ende. In einer Nacht hatte ich unerträgliche Schmerzen, konnte nicht schlafen und war absolut sicher, daß ich den Morgen nicht erleben würde. Ich fürchtete mich. Es war die nackte Angst. Da redet man von Todesangst! Ich erfuhr in dieser Nacht, was das ist. Dann kam die Brumfett vorbei. Sie kümmerte sich selbst um mich; sie ließ keine Schülerin an mich heran, wenn sie im Dienst war. Ich sagte zu ihr: ‹Ich werde doch nicht sterben?> Sie sah mich an. Sie sagte nicht, ich solle kein dummes Zeug reden, sie kam mir nicht mit den üblichen tröstlichen Lügen. Sie sagte einfach mit ihrer ruppigen Stimme: ‹Wenn ich es verhindern kann, sterben Sie nicht.› Und augenblicklich hörte die Angst auf. Ich wußte, wenn die Brumfett an meiner Seite kämpfte, würde ich durchkommen. Es klingt ein bißchen albern und sentimental, wenn man es so erzählt, aber genau das war's, was ich dachte. So macht sie es bei allen schwerkranken Patienten. Was ist Vertrauen! Die Brumfett gibt Ihnen das Gefühl, daß sie Sie mit bloßer Willenskraft zurückziehen würde, wenn Sie schon mit einem Bein im Grab ständen und sämtliche Teufel in der Hölle Sie nach der anderen Seite zerrten; was sie in meinem Fall sicher taten. Solche Schwestern zieht man sich heute nicht mehr.»

Dalgliesh gab ein entsprechendes zustimmendes Brummen von sich und machte eine kleine Pause, bevor er die Anspielung auf Mr. Courtney-Briggs aufgriff. Er fragte ganz naiv, ob viele seiner Operationen so völlig danebengingen.

Oberschwester Gearing lachte: «Herr im Himmel! Nein. Courtney-Briggs' Operationen verlaufen gewöhnlich so, wie er es will. Das will nicht heißen, daß sie so verlaufen, wie der Patient es sich wünschen würde, wenn er genauer Bescheid wüßte. CB ist das, was man einen heroischen Chirurgen nennt. Ich meine allerdings eher, den meisten Heldenmut müssen die Patienten aufbringen. Aber er leistet tatsächlich ein ungewöhnlich gutes Stück Arbeit. Er ist einer der letzten großen Allgemeinchirurgen, die wir noch haben. Wissen Sie, so von der Art, es mit allem aufzunehmen, je hoffnungsloser, desto lieber. Meiner Meinung nach ist ein Chirurg so ähnlich wie ein Anwalt. Es ist nicht so viel Ruhm zu gewinnen, wenn man einen raushaut, der offensichtlich unschuldig ist. Je größer die Schuld, desto größer der Ruhm.»

«Was für eine Frau ist Mrs. Courtney-Briggs? Ich nehme an, er ist verheiratet. Tritt sie im Krankenhaus in Erscheinung?»

«Nicht sehr häufig, obwohl sie angeblich Mitglied des Freundeskreises ist. Sie teilte letztes Jahr die Preise aus, als die Prinzessin im letzten Augenblick absagte. Blond, sehr elegant. Jünger als CB, aber langsam merkt man ihr doch an, daß sie älter wird. Warum fragen Sie? Sie werden doch Muriel Courtney-Briggs nicht verdächtigen? Sie war in der Nacht, als Schwester Fallon starb, nicht einmal im Krankenhaus. Sie lag wahrscheinlich gemütlich im warmen Bett in ihrer hübschen kleinen Villa bei Selborne. Und sie hatte mit Sicherheit kein Motiv, die arme Pearce zu ermorden.»

Demnach hatte sie ein Motiv, Schwester Fallon zu beseitigen. Mr. Courtney-Briggs' Verhältnis war wohl mehr aufgefallen, als er gemerkt hatte. Dalgliesh war keineswegs erstaunt, daß Oberschwester Gearing davon wußte. Ihre spitze Nase war wohl darauf geeicht, eine Bettgeschichte zu riechen.

Er sagte: «Ich frage mich, ob sie eifersüchtig war.»

Oberschwester Gearing war sich nicht bewußt, was sie gerade gesagt hatte, und redete munter drauflos.

«Ich glaube, sie wußte nichts. Wie die meisten Ehefrauen. Jedenfalls hätte CB sich niemals von ihr getrennt, um die Fallon zu heiraten. Der nicht! Mrs. CB hat einen schönen Batzen eigenes Geld. Sie ist das einzige Kind von Price von der Baufirma Price und Maxwell – und mit CBs Einkommen und Papas unredlichen Gewinnen stehen sie ganz gut da. Ich glaube kaum, daß Muriel sich groß Gedanken macht, was er tut und treibt, solange er sich ihr gegenüber anständig verhält und Geld hereinkommt. Würde ich auch nicht. Außerdem ist unsere gute Muriel, wenn an dem Gerede etwas dran ist, auch kein Moralapostel.»

«Jemand von hier?» fragte Dalgliesh.

«O nein, nichts in der Richtung. Sie verkehrt in der Londoner Schickeria. Ihr Bild taucht in jeder dritten Klatschspalte auf. Und sie verkehren auch viel mit Theaterleuten. CB hatte einen Bruder, der Schauspieler war. Peter Courtney. Er erhängte sich vor drei Jahren. Sie müssen es damals gelesen haben.»

Dalglieshs Beruf ließ ihm wenig Möglichkeit, ein Stück zu sehen, und die Theaterbesuche gehörten zu den Freuden, die er am meisten vermißte. Er hatte Peter Courtney nur einmal auf der Bühne erlebt, aber in einer Vorstellung, die man nicht so leicht vergaß. Er war ein sehr junger Macbeth gewesen – so feinnervig und nach innen gekehrt wie Hamlet –, der einer viel älteren Frau sexuell hörig war und dessen physischer Mut aus Gewalttätigkeit und Hysterie bestand. Eine perverse, aber fesselnde Deutung, und sie war ziemlich schlüssig gewesen. Als er sich jetzt die Aufführung ins Gedächtnis rief, bildete sich Dalgliesh ein, eine Ähnlichkeit zwischen den Brüdern feststellen zu können, vielleicht auf Grund der Augenstellung. Aber Peter mußte wenigstens zwanzig Jahre jünger sein. Er hätte gern gewußt, was die nach Jahren und Begabung so verschiedenen Männer voneinander gehalten hatten.

Unvermittelt wie nebenbei fragte Dalgliesh: «Wie kamen die Pearce und die Fallon miteinander aus?»

«Gar nicht. Die Fallon verachtete die Pearce. Ich meine nicht, daß sie sie haßte oder ihr hätte schaden wollen. Sie verachtete sie einfach.»

«Gab es dafür einen bestimmten Grund?»

«Die Pearce fühlte sich berufen, die Oberin über die nächtlichen Whiskygläschen der Fallon aufzuklären. Dieses selbstgerechte Biest. Ja, ich weiß, sie ist tot, und ich sollte so etwas nicht sagen. Aber die Pearce konnte wirklich unerträglich selbstgerecht sein. Anscheinend hat sich folgendes abgespielt: Diane Harper – sie ist inzwischen aus der Schule ausgeschieden – war stark erkältet, ungefähr vierzehn Tage, bevor der Blockunterricht begann, und die Fallon mixte ihr einen heißen Whisky mit Zitrone. Die Pearce konnte das Zeug durch den halben Flur riechen und schloß, die Fallon sei dabei, ihre jüngeren Kolleginnen zu diesem teuflischen Getränk zu verführen. Sie tauchte also im Morgenmantel in der Teeküche auf – sie wohnten damals natürlich noch im eigentlichen Schwesternwohnheim –, zog wie ein Racheengel die Luft ein und drohte, die Fallon bei der Oberin anzuzeigen, falls sie nicht hoch und heilig verspreche, das Zeug nie wieder anzurühren. Die Fallon sagte ihr, sie solle sich zum Teufel scheren, und gab ihr noch mit auf den Weg, was sie dort tun sollte. Sie konnte sich schön anschaulich und deftig ausdrücken, wenn sie in Rage war, die Fallon. Schwester Dakers brach in Tränen aus, die Harper verlor die Nerven, und die lautstarke Auseinandersetzung rief die aufsichtführende Schwester herbei. Die Pearce hat es dann tatsächlich der Oberin berichtet, aber kein Mensch weiß, mit welchem Erfolg, außer daß die Fallon von da an ihre Whiskyflasche in ihrem Zimmer aufbewahrte. Aber die ganze Sache sorgte für einige Aufregung im dritten Jahrgang. Die Fallon war bei ihrer Gruppe nie besonders beliebt gewesen. Dafür war sie zu zurückhaltend und zynisch. Aber die Pearce hat sich noch um einiges unbeliebter gemacht.»

«Und hatte Schwester Pearce etwas gegen Schwester Fallon?»

«Ach, das ist schwer zu sagen. Die Pearce schien sich nie darum zu kümmern, was die andern von ihr hielten. Sie war ein merkwürdiges Mädchen, auch ziemlich gefühllos. Sie mochte zum Beispiel etwas gegen die Fallon und die Whiskytrinkerei haben, aber das hinderte sie nicht daran, sich deren Leihkarte für die Bibliothek zu borgen.»

«Und wann war das?»

Dalgliesh beugte sich vor und stellte seine Teetasse auf das Tablett. Seine Stimme klang unbeteiligt und drückte nichts aus. Aber wieder spürte er jene plötzliche Erregung und Vorahnung, jenes intuitive Gefühl, daß etwas Wesentliches gesagt worden war. Es war stärker als eine Ahnung; es war, wie immer, eine Gewißheit. Das konnte ihm mehrmals bei einem Fall widerfahren, wenn er Glück hatte, oder auch überhaupt nicht.

Er konnte es nicht willentlich herbeiführen und fürchtete sich, die Wurzeln zu gründlich zu untersuchen, weil er vermutete, dieses Pflänzchen könne unter der Einwirkung von Logik schnell verdorren.

«Kurz bevor der Blockunterricht begann, glaube ich. Es muß in der Woche gewesen sein, bevor die Pearce starb. Der Donnerstag, denke ich. Jedenfalls waren sie noch nicht ins Nightingale-Haus umgezogen. Die Fallon und die Pearce gingen nach dem Abendessen in der Kantine zusammen hinaus, und ich war mit der Goodale direkt hinter ihnen. Da sagte die Fallon zur Pearce: ‹Hier ist die Leihkarte, die ich dir versprochen habe. Ich gebe sie dir lieber schon heute, weil wir uns morgen früh wohl nicht sehen. Nimm am besten auch den Bibliotheksausweis mit, sonst geben sie dir das Buch vielleicht nicht.› Die Pearce brummte irgend etwas und schnappte sich den Ausweis ziemlich ungnädig, wie es mir vorkam, und damit hatte es sich. Aber das ist doch nicht wichtig, oder?»

«Ich wüßte nicht, weshalb», sagte Dalgliesh.

8

Die nächste Stunde saß er musterhaft still da. Oberschwester Gearing hätte nie erraten, daß ihm jede weitere Minute zuviel war, so höflich hörte er ihrem Redefluß zu, so gemächlich trank er seine dritte und letzte Tasse Tee. Als er ausgetrunken hatte, trug er das Tablett in die kleine Küche am Ende des Korridors, während sie ihm an den Fersen klebte und protestierte. Dann sagte er ‹Danke schön› und ließ sie allein.

Er ging ohne Umweg in das zellenartige Zimmer, in dem sich immer noch alle Besitztümer befanden, die Schwester Pearce im John Carpendar ihr eigen genannt hatte. Er mußte eine Zeitlang an dem schweren Bund in seiner Tasche nach dem richtigen Schlüssel suchen. Das Zimmer war seit ihrem Tod verschlossen. Er knipste das Licht an und ging hinein. Das Bett war abgezogen, und der ganze Raum wirkte aufgeräumt und sauber, als sei auch er für das Begräbnis hergerichtet worden. Die Vorhänge waren zurückgezogen, damit man von außen keinen Unterschied zu den anderen Zimmern sah.

Das Fenster stand offen, aber in der Luft lag ein schwacher Anflug von Desinfektionsmitteln, als ob jemand die Erinnerung an den Tod von Schwester Pearce durch eine rituelle Reinigung habe auslöschen wollen.

Er brauchte sein Gedächtnis nicht aufzufrischen. Die Überbleibsel eben dieses Lebens waren erschütternd dürftig. Er ging noch einmal alles durch, drehte und wendete alles mit vorsichtigen Händen, als könne das Berühren von Stoff und Leder ihm irgendwelche Schlüssel geben. Er war schnell fertig. Nichts war seit seiner ersten Untersuchung geändert worden. Der Schrank, der gleiche wie in Schwester Fallons Zimmer, war eher zu groß für die wenigen, phantasielos geschnittenen Wollkleider in langweiligen Farben. Unter seinen prüfenden Händen schaukelten sie an den gepolsterten Bügeln und verbreiteten einen leichten Geruch nach Waschpulver und Mottenkugeln. Der dicke hellbraune Wintermantel war zwar von guter Qualität, aber alt und abgetragen. Er faßte noch einmal in die Taschen. Er fand nur das Taschentuch, das bei der ersten Durchsuchung dagewesen war, ein zusammengeknülltes Baumwolltuch, das nach schlechtem Atem roch.

Er ging zur Kommode. Auch hier war mehr als genügend Platz gewesen. Die zwei oberen Schubladen waren voll mit Unterwäsche, dicken, weichen Unterhemden und Schlüpfern, die sicher in einem englischen Winter angenehm wärmten, aber alles andere als aufregend oder modisch waren. Die Schubladen waren mit Zeitungen ausgelegt. Er hatte das Papier schon einmal herausgenommen, steckte aber dennoch die Hand darunter und fühlte nichts als die rauhe Oberfläche von nacktem unpoliertem Holz. In den restlichen drei Schubladen lagen Röcke, Pullover und Strickwesten; eine Handtasche aus Leder, säuberlich in Seidenpapier gewickelt; ein Paar gute Schuhe in einem Einkaufsnetz; ein besticktes Taschentuchtäschchen mit einem Dutzend ordentlich zusammengelegter Taschentücher; ein Sortiment von Schals; drei gleiche Paar Nylonstrümpfe, die noch verpackt waren.

Er nahm sich noch einmal den Nachttisch und das kleine Bord darüber vor. Auf dem Tischchen standen eine Nachttischlampe, ein Reisewecker im Lederetui, der vor langer Zeit abgelaufen war, ein Päckchen Papiertaschentücher, von denen eins halb herausgezogen und zerknüllt war, und eine leere Wasserkaraffe. Auch eine in Leder gebundene Bibel und eine Schreibmappe lagen darauf. Dalgliesh schlug die Bibel auf und las wieder auf dem Vorsatzblatt die sauber in Kupfer gestochene Widmung. «Heather Pearce für ihre Dienstbe-

reitschaft und Emsigkeit zugeeignet. Sonntagsschule St. Markus.»
Emsigkeit. Ein altmodisches, abschreckendes Wort, aber ein Wort,
das, wie er fühlte, Schwester Pearce sicher gefallen hatte.

Er klappte die Schreibmappe auf, hatte aber kaum Hoffnung, zu
finden, was er suchte. Nichts war anders als bei seiner ersten Untersuchung. Der angefangene Brief an ihre Großmutter war noch da,
eine langweilige Aufzählung ihrer täglichen Arbeit, unpersönlich
wie ein Berichtsheft, und ein A_4-Umschlag, der am Tag ihres Todes
angekommen war und offenbar von jemand, der ihn geöffnet hatte,
in die Schreibmappe gelegt worden war, weil er nichts damit anzufangen wußte. Es handelte sich um eine Broschüre über die Arbeit
eines Heimes, das während des Krieges Flüchtlinge aus Deutschland
betreut hatte. Sie war anscheinend in der Hoffnung auf eine Spende
verschickt worden.

Auch die Bücher auf dem Wandbrett hatte er schon einmal angesehen. Jetzt wie damals machten ihn die Durchschnittlichkeit der
Auswahl und der kümmerliche Umfang der Bibliothek betroffen.
Ein Preis ihrer Schule für Handarbeit. *Erzählungen nach Shake-
speare.* Dalgliesh hatte sich nie vorstellen können, daß sie von Kindern gelesen wurden, und man konnte dem Buch auch nicht ansehen, ob Schwester Pearce es gelesen hatte. Zwei Reisebücher standen da: *In den Fußtapfen des Heiligen Paulus* und *In den Fußtapfen
des Herrn.* Beide hatte das Mädchen in sauberer Schrift mit ihrem
Namen versehen. Daneben ein bekanntes, aber völlig veraltetes
Lehrbuch für Krankenschwestern. Nach dem Datum auf dem Vorsatzblatt hatte sie es vor vier Jahren gekauft, vermutlich im Hinblick
auf ihre Ausbildung, nur um dann festzustellen, daß seine Ratschläge über das Ansetzen von Blutegeln und die Verwendung von Kli-
stieren nichts mehr nützen. Da gab es ein Exemplar von Palgraves
Golden Treasury, ebenfalls ein Schulpreis, aber diesmal für gutes
Betragen. Auch diesem sah man nicht an, daß es gelesen worden
war. Schließlich noch drei Taschenbücher – Romane einer populären
Schriftstellerin, jedes als ‹Buch zum Film› angepriesen – und eine er-
fundene sentimentale Beschreibung von den Wanderungen eines
entlaufenen Hundes und einer Katze durch Europa, die vor etwa
fünf Jahren, wie Dalgliesh sich erinnerte, ein Bestseller gewesen
war. Sie trug die Widmung «Für Heather mit herzlichen Grüßen
von Tante Edie. Weihnachten 1964». Die Auswahl sagte ihm über
das tote Mädchen nicht mehr, als daß ihre Lektüre genauso beschränkt wie ihr Leben gewesen war. Und nirgends fand er, was er
suchte.

In Schwester Fallons Zimmer warf er keinen Blick mehr. Der Spurensicherer hatte jeden Zentimeter untersucht, und er selbst hätte das Zimmer bis in alle Einzelheiten beschreiben und eine vollständige Aufstellung des Inventars geben können. Wo auch immer die Leihkarte und der Bibliotheksausweis sein mochten: dort waren sie nicht, das konnte er mit Sicherheit sagen. Statt dessen sprang er die breite Treppe zum nächsten Stockwerk hinauf, wo ihm ein Wandtelefon aufgefallen war, als er Schwester Gearings Teetablett in die Küche getragen hatte. Ein Verzeichnis der Hausanschlüsse hing daneben. Er überlegte kurz und rief den Aufenthaltsraum der Schülerinnen an. Maureen Burt war am Apparat. Ja, Schwester Goodale war noch da. Sie kam sofort ans Telefon, und Dalgliesh bat sie, ihn im Zimmer von Schwester Pearce aufzusuchen.

Er hatte kaum die Tür erreicht, als er auch schon die selbstbewußte Gestalt in ihrer Tracht oben an der Treppe sah. Er ließ sie zuerst eintreten, und ihr Blick glitt schweigend über das abgezogene Bett, den stehengebliebenen Wecker und die zugeschlagene Bibel. Auf jedem Gegenstand ließ sie ihre Augen mit verhaltenem Interesse ruhen. Dalgliesh ging zum Fenster. Sie standen sich gegenüber und sahen einander wortlos über das Bett hinweg an. Schließlich brach er das Schweigen.

«Ich habe gehört, daß Schwester Fallon in der Woche, bevor Schwester Pearce starb, ihr eine Bibliothekskarte geliehen hat. Sie verließen gerade mit Schwester Gearing die Kantine. Wissen Sie noch, was da vor sich ging?»

Es lag nicht in Schwester Goodales Art, Erstaunen zu zeigen.

«Ja, ich glaube schon. Schwester Fallon hatte mir morgens gesagt, daß die Pearce in eine Londoner Bibliothek gehen wolle und sie um ihren Bibliotheksausweis und die Leihkarte gebeten habe. Jo Fallon war in der Westminster-Bibliothek eingetragen. Es gibt ein paar Zweigstellen in der City, aber normalerweise wohnen oder arbeiten die Mitglieder in Westminster. Jo Fallon hatte eine Wohnung in London, bevor sie hier in der Schwesternschule anfing, und behielt ihren Ausweis. Die Bibliothek ist hervorragend, viel besser als unsere hier, und es ist schön, daß wir auf diese Art dort Bücher leihen können. Soviel ich weiß, ist Oberschwester Rolfe ebenfalls dort Mitglied. Schwester Fallon brachte den Ausweis und die Leihkarte mit zum Mittagessen und gab beides der Pearce, als wir die Kantine verließen.»

«Sagte Schwester Pearce, wozu sie sie brauchte?»

«Zu mir nicht. Vielleicht zu Schwester Fallon. Ich weiß es nicht.

Wir konnten alle den Ausweis bei ihr borgen. Sie fragte nie, was wir ausleihen wollten.»

«Wie sehen denn diese Leihkarten aus?»

«Es sind schmale hellbraune Plastikstreifen mit dem Stadtwappen. Die Bibliothek gibt gewöhnlich vier an jeden Leser aus, und man gibt jedesmal einen ab, wenn man ein Buch ausleiht. Jo hatte allerdings nur drei. Vielleicht hatte sie den vierten verloren. Außerdem hat man noch den besagten Ausweis. Das ist das übliche Pappkärtchen mit Namen, Adresse und Gültigkeitsdauer. Manchmal wollten sie auch den Ausweis sehen, und Jo hat ihn der Pearce wahrscheinlich deshalb zusammen mit der Leihkarte gegeben.»

«Wissen Sie, wo die zwei anderen sind?»

«Ja, in meinem Zimmer. Ich habe sie mir vor zwei Wochen ausgeliehen, als ich mit meinem Verlobten in die Stadt fuhr, um an einem Gottesdienst in der Abbey teilzunehmen. Ich dachte, wir hätten vielleicht Zeit, in die Filiale in der Great Smith Street zu gehen und nach der neuen Iris Murdoch zu fragen. Dann trafen wir aber nach dem Gottesdienst ein paar Freunde aus Marks theologischem Seminar und kamen überhaupt nicht mehr in die Bibliothek. Ich wollte Jo die Leihkarte zurückgeben, aber ich steckte sie in meine Schreibmappe und dachte nicht mehr daran. Sie erinnerte mich auch nicht. Ich kann sie Ihnen zeigen, wenn es Ihnen weiterhilft.»

«Ich denke wohl. Wissen Sie, ob Heather Pearce Gebrauch von der Leihkarte gemacht hat?»

«Ich nehme es an. Ich sah sie auf den Londoner Bus warten. Wir hatten beide unseren freien Nachmittag, es müßte also der Donnerstag gewesen sein. Ich glaube, sie hatte die Absicht, in die Bibliothek zu gehen.» Sie sah ein wenig verwirrt aus. «Irgendwie bin ich ganz sicher, daß sie ein Buch ausgeliehen hat, ich weiß nur nicht, weshalb.»

«Wirklich nicht? Denken Sie bitte nach.»

Schwester Goodale faltete die Hände vor der steifen weißen Schürze wie zum Gebet und rührte sich nicht. Er ließ ihr Zeit. Sie sah starr geradeaus, dann blickte sie auf das Bett. Sie sagte ruhig: «Jetzt weiß ich es. Ich sah sie in einem Bibliotheksbuch lesen. Das war in der Nacht, als Jo krank wurde, die Nacht, bevor Pearce starb. Ich kam kurz nach halb zwölf hier herein und bat sie, rüber zu Jo zu gehen, während ich die Schwester holte. Sie saß aufrecht in ihrem Bett und las. Sie hatte ihr Haar zu zwei Zöpfen geflochten. Jetzt fällt es mir wieder ein. Es war ein großformatiges Buch mit dunklem Einband, dunkelblau, glaube ich, und hatte unten am Rücken eine in

Gold geprägte Bibliotheksnummer. Es sah alt aus und ziemlich schwer. Ich glaube nicht, daß es ein Roman war. Sie hatte es gegen die Knie gestützt, ich sehe es genau vor mit. Als ich hereinkam, klappte sie es schnell zu und steckte es unter ihr Kopfkissen. Das war zwar komisch, aber ich dachte mir damals nichts dabei. Die Pearce tat immer so schrecklich geheimnisvoll. Außerdem machte ich mir Sorgen wegen Jo. Aber jetzt fällt mir alles wieder ein.»

Sie schwieg wieder eine Zeitlang. Dalgliesh wartete ab. Dann fuhr sie fort: «Ich weiß, was Sie beunruhigt. Wo ist das Buch geblieben? Es war nicht bei ihren Sachen, als Oberschwester Rolfe und ich nach ihrem Tod das Zimmer aufräumten und eine Liste von ihren Habseligkeiten aufstellten. Die Polizei war dabei, und wir haben kein Buch oder dergleichen gefunden. Und was ist mit der Leihkarte passiert? Sie war auch nicht bei Schwester Fallons Sachen.»

Dalgliesh fragte: «Was ist in dieser Nacht genau passiert? Sie sagten, Sie wären kurz nach halb zwölf in Schwester Fallons Zimmer gegangen. Ich dachte, sie hätte sich nie vor Mitternacht schlafen gelegt.»

«In dieser Nacht doch. Ich nehme an, weil sie sich nicht wohl fühlte und hoffte, es würde ihr guttun, sich zeitiger als sonst ins Bett zu legen. Jo sagte kein Wort, daß sie krank war. Das war nicht ihre Art. Und ich ging nicht in ihr Zimmer. Sie kam zu mir. Kurz nach halb zwölf weckte sie mich. Sie sah totenblaß aus. Sie hatte offenbar hohes Fieber und konnte sich kaum auf den Beinen halten. Ich führte sie in ihr Zimmer zurück und brachte sie ins Bett, bat dann die Pearce, bei ihr zu bleiben, und rief Oberschwester Rolfe an. Sie ist für uns verantwortlich, wenn wir im Nightingale-Haus sind. Sie sah sich Jo an, telefonierte dann mit der Privatstation und bestellte einen Krankenwagen. Dann rief sie Oberschwester Brumfett an und ließ sie wissen, was passiert war. Oberschwester Brumfett möchte, auch wenn sie nicht im Dienst ist, wissen, was auf ihrer Station vor sich geht. Sie wäre nicht sehr erbaut gewesen, wenn sie am nächsten Morgen ins Krankenhaus gekommen wäre und Jo dort angetroffen hätte, ohne daß man sie davon in Kenntnis gesetzt hätte. Sie kam ebenfalls herunter in Jos Zimmer, fuhr aber nicht im Krankenwagen mit rüber. Das war ja auch nicht nötig.»

«Wer begleitete sie statt dessen?»

«Ich. Oberschwester Rolfe, Oberschwester Brumfett und die Pearce gingen wieder auf ihre Zimmer.»

Also konnte das Buch kaum in dieser Nacht weggekommen sein, dachte Dalgliesh. Schwester Pearce hätte sicher gemerkt, wenn es verschwunden wäre. Selbst wenn sie keine Lust mehr zum Lesen gehabt hätte, wäre sie kaum mit so einem dicken Buch unter dem Kopfkissen schlafen gegangen. Es lag also nahe, daß es jemand nach ihrem Tod an sich genommen hatte. Eins stand jedenfalls fest. Ein bestimmtes Buch hatte sich in der Nacht vor ihrem Tod in ihrem Besitz befunden, war aber nicht in ihrem Zimmer gewesen, als die Polizei, Miss Rolfe und Schwester Goodale es zum erstenmal nach zehn Uhr am nächsten Morgen durchsuchten. Ob nun das Buch aus der Westminster-Bibliothek stammte oder nicht – es blieb verschwunden, und falls es nicht aus der Bibliothek war, wo waren dann der Ausweis und die Leihkarte abgeblieben? Bei ihren Sachen waren sie nicht. Und wenn sie sie doch nicht gebraucht und der Fallon zurückgegeben haben sollte, warum hatte man sie dann nicht unter deren Sachen gefunden?

Er fragte Schwester Goodale, was sich unmittelbar nach Schwester Pearces Tod abgespielt hatte.

«Die Oberin schickte unsere Gruppe hinauf in ihr Wohnzimmer und bat uns, dort zu warten. Oberschwester Gearing kam ungefähr eine halbe Stunde später dazu, und dann wurde Kaffee gebracht. Wir blieben oben, tranken Kaffee und unterhielten uns oder versuchten zu lesen, bis Inspektor Bailey und die Oberin kamen. Das dürfte um elf Uhr gewesen sein, vielleicht ein bißchen früher.»

«Und waren Sie alle die ganze Zeit zusammen?»

«Nicht immer. Ich ging in die Bibliothek und holte mir etwas zu lesen. Ich blieb etwa drei Minuten weg. Schwester Dakers ging auch einmal hinaus. Ich weiß nicht genau warum, aber ich glaube, sie murmelte etwas von Toilette. Sonst blieben wir alle zusammen, soweit ich mich entsinne. Miss Beale, die Frau von der Schwesternaufsicht, war bei uns.»

Sie machte eine Pause.

«Glauben Sie, das verschwundene Bibliotheksbuch hat etwas mit dem Tod von Schwester Pearce zu tun? Sie halten es für wichtig, nicht wahr?»

«Möglicherweise hat es etwas zu bedeuten. Deshalb möchte ich Sie bitten, nichts von diesem Gespräch zu erzählen.»

«Natürlich nicht, wenn Sie Wert darauf legen.» Sie schwieg einen Augenblick.

«Aber könnte ich nicht versuchen, herauszubekommen, wo das Buch geblieben ist? Ich könnte zum Beispiel die andern ganz beiläufig fragen, ob sie die Leihkarte und den Ausweis hätten. Ich könnte so tun, als brauchte ich sie selbst.»

Dalgliesh lächelte: «Überlassen Sie mir die Ermittlungen. Es ist mir sehr viel lieber, wenn Sie nichts sagen.»

Er sah keine Veranlassung, sie darauf hinzuweisen, daß in einer Mordsache zuviel Wissen gefährlich werden kann. Sie war ein einsichtiges Mädchen. Es würde ihr früh genug von allein einfallen. Da er schwieg, hielt sie das Gespräch für beendet und wandte sich zum Gehen. An der Tür zögerte sie und drehte sich noch einmal um: «Herr Kriminalrat, entschuldigen Sie bitte, wenn ich mich einmische. Ich kann nicht glauben, daß die Pearce ermordet wurde. Aber falls es doch so war, kann das Buch jederzeit von fünf vor neun an, als die Pearce in den Übungsraum ging, entwendet worden sein. Der Mörder wußte, daß sie diesen Raum nicht lebend verlassen würde und daß er – oder sie – es unbemerkt wegnehmen könnte. Falls das Buch nach ihrem Tod weggenommen wurde, hätte es jeder – und aus einem völlig harmlosen Grund – nehmen können. Aber wenn es vor ihrem Tod weggenommen wurde, dann war es ihr Mörder. Das träfe auch zu, wenn das Buch an sich nichts mit den Gründen, aus denen sie ermordet wurde, zu tun gehabt hätte. Und ihre Frage an uns alle wegen einer Sache, die aus ihrem Zimmer verschwunden war, weist darauf hin, daß das Buch vor ihrem Tod wegkam. Und warum sollte der Mörder sich die Mühe machen, es verschwinden zu lassen, wenn es nicht auf irgendeine Weise mit dem Verbrechen zu tun hatte?»

«Genau. Sie sind eine kluge junge Frau.»

Zum erstenmal sah Dalgliesh Schwester Goodale verunsichert. Sie errötete und sah plötzlich hübsch und rosig wie eine junge Braut aus. Dann lächelte sie ihm zu, drehte sich um und ging. Diese Verwandlung faszinierte Dalgliesh. Er dachte bei sich, ihr Pfarrer habe viel Einsicht und Scharfblick bewiesen, als er sich für sie entschied. Was der Kirchengemeinderat von ihrem unbestechlichen Verstand halten würde, stand auf einem anderen Blatt. Er hoffte, er würde sie nicht unter Mordverdacht festnehmen lassen müssen, bevor die Gemeinderäte Gelegenheit gehabt hätten, sich eine Meinung über die Frau ihres Pfarrers zu bilden.

Er folgte ihr auf den Flur. Wie üblich war er düster. Die einzige Beleuchtung bestand aus zwei Glühbirnen hoch oben in einer verschnörkelten Messingtraube. Er war schon an der Treppe, als ein plötzlicher Einfall ihn stehenbleiben und noch einmal zurückgehen ließ. Er knipste seine Taschenlampe an, beugte sich hinunter und ließ das Lichtbündel langsam über den Sand in den zwei Feuereimern gleiten. Der Sand im ersten Eimer war zusammengebacken und grau von Staub; er war offenbar nicht mehr angerührt worden, seit man ihn gefüllt hatte. Doch die Oberfläche des zweiten sah frischer aus. Dalgliesh zog seine dünnen Baumwollhandschuhe an, holte aus einer Schublade in Schwester Pearces Zimmer ein Zeitungsblatt, breitete es auf dem Fußboden aus und kippte langsam den Sand aus. Er fand keine versteckte Lesekarte. Aber eine plattgedrückte Büchse mit Schraubverschluß und schmutzigem Etikett rollte heraus. Dalgliesh wischte die Sandkörner ab und legte einen schwarzen Totenschädel und das Wort GIFT in Großbuchstaben frei. Darunter standen die Worte: «Pflanzenspray. Tödlich für Insekten, unschädlich für Pflanzen. Vorsichtig entsprechend der Anleitung anzuwenden.»

Er brauchte die Anleitung nicht erst zu lesen, um zu erfahren, was er gefunden hatte. Dieses Zeug war nahezu reines Nikotin. Er hielt das Gift, das Schwester Fallon getötet hatte, endlich in der Hand.

Am Ende eines langen Tages

1

Fünf Minuten später hatte Dalgliesh den Chef des gerichtsmedizinischen Labors und Sir Miles Honeyman gesprochen und wandte sich an Sergeant Masterson, der ihm mit mürrischem, abweisendem Gesicht gegenübersaß.

«Langsam wird mir klar, warum unsere Behörde auch zivile Kriminaltechniker ausbilden will. Ich habe den Kollegen von der Spurensicherung angewiesen, sich nur um das Zimmer zu kümmern, weil wir uns den Rest des Hauses vornehmen wollten. Ich hatte vorausgesetzt, daß Polizisten Gebrauch von ihren Augen machen können.»

Sergeant Masterson war um so wütender, als er wußte, daß der Tadel berechtigt war, und bewahrte nur mühsam Haltung. Er vertrug jede Art von Kritik nur schwer; kam sie von Dalgliesh, war es fast unmöglich. Er stand stramm wie ein wachhabender alter Soldat, obwohl er wußte, daß diese Förmlichkeit Dalgliesh mehr reizte als beschwichtigte, und brachte es sogar fertig, seiner Stimme einen gekränkten und gleichzeitig zerknirschten Klang zu geben.

«Greeson ist ein guter Spürhund. Mit ist nicht bekannt, daß er jemals etwas übersehen hat. Greeson kann seine Augen schon richtig gebrauchen.»

«Greesons Augen sind ausgezeichnet. Das Problem ist, daß zwischen seinen Augen und seinem Hirn keine Verbindung besteht. Und damit fängt *Ihre* Verantwortung an. Der Schaden ist angerichtet. Es ist überflüssig, daß wir beide jetzt eine Leichenschau veranstalten. Wir wissen nicht, ob diese Büchse in dem Eimer war oder nicht, als Schwester Fallons Leiche heute morgen entdeckt wurde. Aber wir haben sie wenigstens jetzt. Das Labor hat übrigens die inneren Organe. Sie sind schon dabei, das Zeug durch den Gaschromatographen zu leiten. Jetzt, wo sie wissen, wonach sie suchen, dürfte es schneller gehen. Wir sollten ihnen die Büchse so schnell wie möglich zukommen lassen. Aber erst sehen wir sie uns an.»

Er holte das Pulver für Fingerabdrücke, den Einbläser und ein Mikroskop aus seiner Mappe. Die plattgedrückte kleine Büchse wurde unter seinen Händen rußig. Aber es tauchten keine Spuren auf, nur ein paar verwischte Flecke auf dem verblaßten Etikett.

«Gut», sagte er. «Suchen Sie bitte die drei Oberschwestern, Sergeant. Die werden am ehesten wissen, wo diese Büchse herkommt. Sie wohnen hier. Miss Gearing ist in ihrem Zimmer. Die anderen müssen auch irgendwo stecken. Und wenn Oberschwester Brumfett noch auf ihrer Station ist, muß sie trotzdem kommen. Wer innerhalb der nächsten Stunde stirbt, muß es eben ohne ihren Beistand tun.»

«Wollen Sie jede für sich oder alle zusammen sprechen?»

«So oder so. Das spielt keine Rolle. Schaffen Sie sie nur her. Miss Gearing kann uns wahrscheinlich am ehesten weiterhelfen. Sie versorgt die Blumen.»

Oberschwester Gearing erschien als erste. Sie kam munter herein, ihr Gesicht war von dem nachklingenden Hochgefühl der erfolgreichen Gastgeberin gerötet und drückte die pure Neugier aus. Dann fiel ihr Blick auf die Dose. Die Veränderung war so plötzlich und erschreckend, daß es schon fast komisch wirkte. Sie keuchte «Oh, nein!», schlug sich mit der Hand auf den Mund und fiel totenbleich auf den Stuhl gegenüber von Dalgliesh.

«Wo haben Sie . . .? Mein Gott! Sie wollen mir doch nicht erzählen, die Fallon hat Nikotin genommen?»

«Genommen oder bekommen. Sie erkennen diese Büchse, Oberschwester?»

Ihre Stimme war kaum zu hören.

«Natürlich. Es ist meine . . . ist es nicht die Büchse mit dem Rosenspray? Wo haben Sie die gefunden?»

«Irgendwo hierherum. Wo und wann haben Sie sie zuletzt gesehen?»

«Ich bewahre sie in dem weißen Schrank unter dem Bord im Wintergarten auf, gleich links neben der Tür. Meine ganzen Gartengeräte sind dort. Ich entsinne mich nicht, wann ich sie zum letztenmal gesehen habe.»

Sie war den Tränen nahe; ihre fröhliche Zuversicht hatte sich in nichts aufgelöst.

«Wirklich, es ist einfach zu schrecklich! Es ist entsetzlich! Ich bin völlig am Boden. Wirklich! Aber wie hätte ich ahnen sollen, daß die Fallon wußte, wo das Zeug war, und es nehmen würde? Ich habe ja selbst nicht mehr daran gedacht. Sonst hätte ich nämlich nachgesehen, ob es noch an seinem Platz stand. Gibt es denn bestimmt keine Zweifel mehr? Starb sie sicher an Nikotinvergiftung?»

«Wir haben so lange Zweifel, bis der Bericht der toxikologischen Untersuchung vorliegt. Aber wenn wir es nüchtern betrachten, deutet alles darauf hin, daß dieses Zeug sie getötet hat. Wann haben Sie es gekauft?»

«Ich weiß es wirklich nicht mehr. Irgendwann im letzten Frühsommer, kurz vor der Rosenblüte. Vielleicht erinnert sich eine meiner Kolleginnen. Ich bin für die meisten Pflanzen im Wintergarten verantwortlich. Es ist zwar nie offiziell ausgesprochen worden, aber ich mag Blumen, und sonst kümmert sich niemand darum. Ich tue also, was ich kann. Ich hatte vor, ein kleines Rosenbeet vor der Kantine anzulegen, und dafür brauchte ich das Gift, um die Schädlinge zu vernichten. Ich kaufte es in der Baumschule Bloxham an der Winchester Road. Hier, die Adresse steht auf dem Etikett. Und ich hob es bei den anderen Gärtnersachen auf. Es stand in dem Eckschrank im Wintergarten, bei den Handschuhen und Schnüren und Gießkannen und Pflanzenhölzern.»

«Wissen Sie noch, wann Sie es zum letztenmal gesehen haben?»

«Nicht genau. Aber ich war am letzten Samstagvormittag an dem Schrank, um meine Handschuhe zu holen. Wir hatten am Sonntag einen Sondergottesdienst in unsrer Kapelle, und ich wollte Blumen hinstellen. Ich dachte, ich könnte im Garten vielleicht ein paar hübsche Zweige mit Herbstlaub oder Samenhülsen finden. Ich erinnere mich nicht, die Büchse am Samstag gesehen zu haben, aber ich denke doch, ich hätte es gemerkt, wenn sie tatsächlich gefehlt hätte. Aber sicher bin ich mir nicht. Ich habe sie seit Monaten nicht mehr gebraucht.»

«Wer außer Ihnen wußte, daß sie dort stand?»

«Na ja, eigentlich kommen alle in Frage. Ich meine, der Schrank ist nicht abgeschlossen, und wer Lust dazu hatte, konnte einen Blick hineinwerfen. Wahrscheinlich hätte ich ihn abschließen sollen, aber wer denkt schon daran, daß …Ich meine, wenn sich jemand umbringen will, dann findet er immer eine Möglichkeit. Ich fühle mich schrecklich niedergeschlagen, aber ich werde mich nicht dafür verantwortlich machen lassen. Nein! Das wäre ungerecht! Sie hätte Gott weiß was nehmen können. Nur das nicht!»

«Wer?»

«Die Fallon natürlich. Falls sie sich selbst umgebracht hat. Oh, ich weiß nicht mehr, was ich rede.»

«Wußte Schwester Fallon von dem Nikotin?»

«Nur, wenn sie im Schrank nachgesehen und es gefunden hat. Die einzigen, von denen ich genau weiß, daß sie den Platz kannten, sind Oberschwester Brumfett und Oberschwester Rolfe. Sie saßen nämlich im Wintergarten, als ich die Büchse in den Schrank stellte. Ich hielt sie hoch und sagte, ich hätte genug Gift in der Hand, um die ganze Gesellschaft umzubringen oder so etwas Dummes, und Oberschwester Brumfett meinte, ich sollte sie wegschließen.»

«Aber das haben Sie nicht getan.»

«Nun, ich stellte sie gleich weg in den Schrank. Der hat kein Schloß, es ging also nicht anders. Das Etikett ist ja auch deutlich genug. Jeder sieht auf den ersten Blick, daß Gift darin ist. Und man rechnet ja nicht damit, daß die Leute sich umbringen. Außerdem, warum ausgerechnet Nikotin? Schwestern haben genug Gelegenheit, an Gift heranzukommen. Es ist nicht gerecht, das mir in die Schuhe zu schieben. Schließlich war das Desinfektionsmittel, das die Pearce getötet hat, genauso gefährlich. Kein Mensch hat sich beschwert, daß es in der Toilette stand. Man kann eine Schwesternschule nicht wie eine psychiatrische Klinik führen. Ich werde mir nicht die Schuld geben lassen. Wir setzen voraus, gesunde Menschen hier zu haben und keine mordenden Irren. Ich lasse mir keine Schuldgefühle einreden. Nein, ich nicht!»

«Wenn Sie das Gift nicht an Schwester Fallon ausprobiert haben, gibt es keinen Grund für Sie, sich schuldig zu fühlen. Hat Oberschwester Rolfe etwas gesagt, als Sie mit der Dose hereinkamen?»

«Ich glaube nicht. Sie sah bloß von ihrem Buch auf. Aber ich weiß es wirklich nicht mehr. Ich kann Ihnen nicht einmal sagen, wann es genau war. Es war jedenfalls ein warmer, sonniger Tag. Daran erinnere ich mich. Ich nehme an, es war Ende Mai oder Anfang Juni. Vielleicht erinnert sich Oberschwester Rolfe, ganz sicher Oberschwester Brumfett.»

«Wir können sie noch fragen. In der Zwischenzeit möchte ich mir gern diesen Schrank ansehen.»

Er bat Masterson, die Büchse zu verpacken und ins Labor zu schikken, sagte ihm, Miss Brumfett und Miss Rolfe sollten in den Wintergarten kommen, und verließ mit Oberschwester Gearing das Zimmer. Sie ging vor ihm die Treppe zum Erdgeschoß hinunter und murmelte dabei immer noch empört vor sich hin. Sie betraten den leeren Frühstücksraum. Die Tatsache, daß die Tür zum Wintergarten verschlossen war, rüttelte sie aus ihrer verschreckten und grollenden Stimmung auf.

«Verdammt! Das hatte ich vergessen. Die Oberin meint, wir sollten nach Einbruch der Dunkelheit lieber abschließen, weil das Glas nicht besonders stabil ist. Wissen Sie, daß bei dem Sturm eine Scheibe herausgefallen ist? Sie fürchtet, es könnte jemand hier hereinkommen. Gewöhnlich schließen wir diese Tür erst zu, wenn wir nachts unseren letzten Rundgang machen. Der Schlüssel hängt im Büro von Oberschwester Rolfe. Bleiben Sie hier. Ich bin im Nu wieder da.»

Sie kam sofort zurück und steckte den großen altmodischen Schlüssel ins Schloß. Sie betraten den warmen, moderig riechenden Wintergarten. Oberschwester Gearing tastete nach dem Lichtschalter, und die zwei langen, von der hohen Decke herabhängenden Lichtröhren flackerten unregelmäßig, leuchteten dann grell auf und ließen das Baumdschungel in seiner vollen Üppigkeit sichtbar werden. Der Wintergarten bot einen bemerkenswerten Anblick. Dalgliesh hatte das schon bei seinem ersten Rundgang durch das Haus gedacht, aber jetzt machte ihn das Glitzern auf Glas und Blättern so benommen, daß er erstaunt blinzelte. Um ihn herum rankte, sproßte, kroch und barst das Grün in bedrohlichem Überfluß, während draußen das blassere Spiegelbild in der abendlichen Luft hing und sich reglos und unwirklich in eine grüne Unendlichkeit ausdehnte.

Einige Pflanzen sahen aus, als wären sie schon seit dem Tag, als der Wintergarten erbaut wurde, hier gediehen. Sie strebten als erwachsene Palmen, wenn auch im Miniaturformat, aus verzierten Gefäßen auf und entfalteten unter dem Glas einen Baldachin aus glitzernden Blättern. Andere, exotischere, trieben Büschel von Laub aus ihren narbigen, gezähnten Stengeln oder streckten wie Riesenkakteen schwammige, obszöne Lippen aus, um die feuchte Luft einzusaugen. Dazwischen bewegten sich die zarten Wedel der Farne im Luftzug von der Tür her und streuten einen grünen Schatten. Ringsherum an den Seiten des großen Raumes liefen weiße Wandbretter, auf denen Töpfe mit vertrauteren, bürgerlicheren Pflanzen standen, die von Oberschwester Gearing betreut wurden – rote, rosa und weiße Chrysanthemen und Usambaraveilchen. Der Wintergarten hätte die sanfte Szenerie viktorianischer Häuslichkeit, fächelnder Fächer und geflüsterter Vertraulichkeiten hinter Palmen hervorrufen können. Aber für Dalgliesh war kein Winkel des Nightingale-Hauses frei von der bedrückenden Atmosphäre des Bösen; selbst die Pflanzen schienen ihr Manna aus einer verpesteten Luft zu saugen.

Mavis Gearing ging direkt auf einen niedrigen, vier Fuß breiten Schrank aus weißgestrichenem Holz zu, der unter dem Wandbrett links von der Tür eingebaut war und von einem Vorhang aus Farnwedeln fast verdeckt wurde. Er hatte eine schlecht schließende Tür mit einem kleinen Griff. Ein Schloß fehlte. Zusammen gingen sie in die Hocke, um hineinsehen zu können. Obwohl die Neonröhren über ihnen ein unangenehm grelles Licht warfen, lagen die Ecken des Schranks im Dunkeln, und ihre eigenen Schatten behinderten die Sicht. Dalgliesh knipste seine Taschenlampe an. Ihr Strahl beleuchtete das gewöhnliche Handwerkszeug eines Gärtners. Er machte im Geist eine Bestandsaufnahme: Rollen mit grünem Bast, zwei Gießkännchen, ein kleiner Zerstäuber, Samenpäckchen, ein paar davon angebrochen und wieder zugefaltet, ein kleiner Plastiksack mit Blumenerde und einer mit Dünger, rund zwei Dutzend Blumentöpfe in verschiedenen Größen, ein kleiner Stapel mit Setzschalen, eine Baumschere, ein Pflanzenheber und eine kleine Harke, ein unordentlicher Stapel von Blumenkatalogen, drei Bücher über Pflanzenzucht mit fleckigen, schmutzigen Leineneinbänden, ein Sortiment Blumenvasen und Bündel von verheddertem Draht.

Mavis Gearing deutete auf ein freies Fleckchen in der einen Ecke.

«Da hat das Rosenspray gestanden. Ich hatte es ganz nach hinten geschoben. Es konnte niemanden in Versuchung führen. Man hätte es nicht einmal bemerkt, wenn man die Tür geöffnet hätte. Es war wirklich gut versteckt. Sehen Sie, das ist die Stelle – Sie können noch sehen, wo es gestanden hat.»

Sie versuchte eindringlich, sich zu rechtfertigen. Sie redete, als könne der freie Platz sie von jeder Verantwortung lossprechen. Dann schlug sie einen anderen Ton an und begann mit belegter Stimme zu flehen wie eine schlechte Schauspielerin in einer Verführungsszene.

«Ich weiß, es sieht schlecht aus. Erst leitete ich die Übung, während die Pearce starb. Und jetzt das. Aber ich habe das Zeug nicht angerührt, seit ich es letzten Sommer brauchte. Das kann ich beschwören! Ich weiß, daß manch eine mir nicht glauben wird. Sie werden froh sein – ja, froh – und erleichtert, wenn der Verdacht auf mich und Len fällt. Dann sind sie draußen. Außerdem sind sie eifersüchtig. Sie sind immer eifersüchtig gewesen. Weil ich einen Mann habe und sie nicht. Aber Sie glauben mir, nicht wahr? Sie müssen mir glauben!»

Es war rührend und gleichzeitig demütigend. Sie drückte ihre Schulter an seine, wie sie da aneinandergedrückt in dieser lächerlichen Gebetshaltung knieten. Er spürte ihren Atem an seiner Wange. Ihre rechte Hand kroch mit nervös zuckenden Fingern am Boden auf seine Hand zu.

Dann schlug ihre Stimmung um. Sie hörte Oberschwester Rolfes kühle Stimme an der Tür.

«Der Sergeant sagte mir, Sie wollten mich hier sprechen. Störe ich?»

Dalgliesh fühlte, wie der Druck an seiner Schulter sofort nachließ, und Miss Gearing rappelte sich ungeschickt auf. Er erhob sich langsamer. Weder war ihm die Situation peinlich, noch sah er so aus, aber es tat ihm nicht leid, daß Oberschwester Rolfe gerade in diesem Augenblick gekommen war.

Oberschwester Gearing redete sofort drauflos: «Das Rosenspray. Da ist Nikotin drin. Die Fallon muß es geschluckt haben. Das ist mir so schrecklich, aber wie hätte ich das wissen sollen? Der Kriminalrat hat die Büchse gefunden.»

«Sie haben nicht gesagt, wo», wandte sie sich an Dalgliesh.

«Nein», sagte Dalgliesh. «Habe ich nicht.» Er sagte zu Miss Rolfe: «Wußten Sie, daß das Gift in diesem Schrank aufbewahrt wurde?»

«Ja, ich sah, wie Schwester Gearing es hineinstellte. Irgendwann im letzten Sommer muß das gewesen sein.»

«Sie erwähnten mit gegenüber nichts davon.»

«Ich dachte bis jetzt nicht daran. Mir wäre nie der Gedanke gekommen, die Fallon könnte Nikotin genommen haben. Und vermutlich wissen wir auch noch gar nicht, ob es so war.»

Dalgliesh sagte: «Nein, solange wir den Untersuchungsbericht noch nicht haben.»

«Und selbst dann, Herr Kriminalrat: können Sie sicher sein, daß das Gift aus dieser Büchse stammt? Es wird im Krankenhaus sicher andere Quellen für Nikotin geben. Das könnte eine falsche Spur sein.»

«Natürlich, aber das halte ich für sehr unwahrscheinlich. Doch darüber kann uns das gerichtsmedizinische Labor Aufschlüsse geben. Das Nikotin ist in einem bestimmten Verhältnis mit anderen Stoffen vermischt. Mit der Gaschromatographie läßt sich das einwandfrei feststellen.»

Sie zuckte mit den Schultern: «Gut, dann wird es sich ja klären.»

Mavis Gearing schrie auf: «Was wollen Sie damit sagen? Andere Bezugsquellen? Auf wen wollen Sie hinaus? Nikotin gibt es nicht in der Apotheke, soviel ich weiß. Und Len hatte das Nightingale-Haus sowieso bereits verlassen, als die Fallon starb.»

«Ich habe Leonard Morris nicht beschuldigt. Aber er war nicht weit, als die beiden starben, vergessen Sie das nicht, und er war hier, als Sie das Nikotin in den Schrank stellten. Er zählt genau wie wir zu den Verdächtigen.»

«War Mr. Morris dabei, als Sie das Nikotin kauften?» fragte Dalgliesh.

«Ja, er war tatsächlich dabei. Ich hatte es ganz vergessen, sonst hätte ich es Ihnen gesagt. Wir waren am Nachmittag zusammen ausgewesen, und er kam zum Tee mit hierher.»

Sie drehte sich ärgerlich zu Oberschwester Rolfe um.

«Hören Sie, mit Len hat das überhaupt nichts zu tun! Er kannte die Pearce oder die Fallon so gut wie nicht. Die Pearce hatte nichts gegen Len in der Hand.»

Hilda Rolfe sagte ruhig: «Mir war nicht bekannt, daß die Pearce gegen irgendwen etwas in der Hand hatte. Ich weiß nicht, ob Sie versuchen, Mr. Dalgliesh auf bestimmte Gedanken zu bringen, aber bei mir haben Sie es schon geschafft.»

Oberschwester Gearings Blick drückte das reine Elend aus. Stöhnend warf sie den Kopf von einer Seite zur anderen, als suche sie verzweifelt Schutz und Hilfe. Ihr Gesicht sah in dem grünen Licht des Wintergartens krank und unwirklich aus.

Schwester Rolfe warf einen strengen Blick auf Dalgliesh, dann ging sie, als sei er Luft, auf ihre Kollegin zu und sagte überraschend freundlich: «Hören Sie, es tut mir leid. Natürlich beschuldige ich weder Sie noch Leonard Morris. Aber die Tatsache, daß er hier war, wäre ohnehin irgendwann herausgekommen. Lassen Sie sich von der Polizei nicht nervös machen. So arbeiten sie eben. Ich glaube, der Kriminalrat schert sich einen Dreck darum, ob Sie oder ich oder die Brumfett die zwei Mädchen umgebracht haben. Die Hauptsache ist, er kann überhaupt jemanden überführen. Lassen Sie ihn weitermachen. Beantworten Sie einfach seine Fragen, und behalten Sie die Ruhe. Warum kümmern Sie sich nicht um Ihre Arbeit und lassen die Polizei sich um ihre kümmern?»

Mavis Gearing wimmerte wie ein Kind, das getröstet werden will: «Aber das ist alles so furchtbar!»

«Sicher ist es das! Aber irgendwann wird es ein Ende haben. Und wenn Sie sich in der Zwischenzeit einem Mann anvertrauen müssen, suchen Sie sich einen Anwalt, einen Psychiater oder Pfarrer. Dann gehen Sie wenigstens sicher, sie auf Ihrer Seite zu haben.»

Mavis Gearings verschreckte Augen wanderten zwischen Dalgliesh und Oberschwester Rolfe hin und her. Sie zögerte, als wisse sie nicht, auf wen sie hören solle. Dann rückten die beiden Frauen unmerklich zusammen und sahen Dalgliesh an: Oberschwester Gearing verwirrt und vorwurfsvoll, Oberschwester Rolfe mit dem verkrampften, aber zufriedenen Lächeln einer Frau, die gerade eine schöne kleine Bosheit zustande gebracht hat.

2

In diesem Augenblick hörte Dalgliesh das Geräusch von näher kommenden Schritten. Jemand ging durch den Frühstücksraum. Er drehte sich nach der Tür um, in der Erwartung, Oberschwester Brumfett erscheine endlich zum Verhör. Die Tür zum Wintergarten wurde geöffnet, aber statt ihrer untersetzten Gestalt sah er einen großen barhäuptigen Mann, der einen Regenmantel trug und einen Gazeverband über dem linken Auge hatte. Mit mürrischer Stimme sagte er von der Tür aus: «Was ist denn hier los? Das sieht ja wie ein Leichenschauhaus aus.»

Bevor jemand antworten konnte, war Miss Gearing auf ihn zugestürzt und hatte ihn am Arm gepackt. Dalgliesh registrierte mit Interesse sein Stirnrunzeln und die unwillkürliche Abwehrbewegung.

«Len, was hast du denn da? Bist du verletzt? Du hast mir gar nichts gesagt! Ich dachte, es wäre wegen deinem Magengeschwür. Du hast nicht gesagt, daß du dich am Kopf verletzt hast.»

«Es war auch der Magen. Und der ist dadurch nicht besser geworden.»

Er wandte sich an Dalgliesh: «Sie müssen Kriminalrat Dalgliesh von New Scotland Yard sein. Miss Gearing sagte, Sie wollten mich sprechen. Ich bin auf dem Weg zu meinem Arzt, aber eine halbe Stunde stehe ich Ihnen gern zur Verfügung.»

Doch Oberschwester Gearing ließ sich nicht von ihren Sorgen ablenken.

«Aber du hast überhaupt nichts von einem Unfall erzählt! Wie ist das passiert? Warum hast du nichts am Telefon gesagt?»

«Weil wir von anderen Dingen zu reden hatten und weil ich dich nicht unnötig aufregen wollte.»

Er schüttelte ihren lästigen Arm ab und setzte sich auf einen Korbstuhl. Die zwei Frauen und Dalgliesh setzten sich zu ihm. Keiner sagte etwas. Dalgliesh revidierte sein vorgefaßtes Urteil über Miss Gearings Liebhaber. Eigentlich sah er lächerlich aus, wie er da in seinem billigen Regenmantel mit dem verbundenen Auge und zerkratztem Gesicht dasaß und mit dieser heiseren sarkastischen

Stimme redete. Aber auf eine seltsame Art war er imponierend. Oberschwester Rolfe hatte irgendwie den Eindruck vermittelt, er sei schmächtig, nervös, schwach und leicht einzuschüchtern. Dieser Mann hatte Kraft. Vielleicht war sie nur ein Hinweis auf angestaute nervöse Energie; vielleicht rührte sie auch aus dem quälenden Haß, der das Ergebnis von Mißerfolg und Unbeliebtheit ist. Aber er war mit Sicherheit keine bequeme Persönlichkeit.

Dalgliesh fragte: «Wann erfuhren Sie, daß Josephine Fallon tot ist?»

«Als ich heute morgen kurz nach halb zehn in der Apotheke anrief, um zu sagen, daß ich nicht kommen könne. Mein Assistent sagte es mir. Ich nehme an, da hatte sich die Neuigkeit schon im ganzen Krankenhaus herumgesprochen.»

«Wie reagierten Sie auf die Nachricht?»

«Reagieren? Überhaupt nicht. Ich kannte das Mädchen kaum. Ich war wohl überrascht. Zwei Todesfälle im selben Haus und so dicht aufeinander; na ja, das ist ungewöhnlich, um es vorsichtig auszudrücken. Es ist tatsächlich schockierend. Man könnte sagen, ich war schockiert.»

Er redete wie ein erfolgreicher Politiker, der sich gegenüber einem jungen unerfahrenen Reporter herabläßt, eine gängige Meinung auszudrücken.»

«Aber Sie haben die Todesfälle nicht miteinander in Verbindung gebracht?»

«Nicht sofort. Mein Assistent sagte, daß wieder eine Nightingale – wir nennen die Schülerinnen Nightingales, wenn sie hier im Haus sind – daß wieder eine Nightingale-Schülerin, Jo Fallon, tot aufgefunden wurde. Ich fragte nach den Umständen, und er erzählte etwas von einem Herzanfall nach einer Grippe. Ich dachte, es handle sich um einen natürlichen Tod. Das hat vermutlich jeder zuerst geglaubt.»

«Wann änderten Sie Ihre Meinung?»

«Wohl als Miss Gearing anrief, etwa eine Stunde danach, und mir sagte, Sie seien hier.»

Schwester Gearing hatte demnach bei ihm zu Hause angerufen. Sie mußte ein dringendes Anliegen gehabt haben, ihn zu erreichen, sonst hätte sie das nicht riskiert. Hatte sie ihn vielleicht warnen oder sich mit ihm abstimmen wollen? Während Dalgliesh sich fragte, welchen Vorwand sie Mrs. Morris genannt hatte, antwortete der Apotheker auf die unausgesprochene Frage.

«Miss Gearing ruft mich normalerweise nicht zu Hause an. Sie weiß, daß ich Beruf und Privatleben total auseinanderhalte. Aber sie machte sich natürlich Sorgen um meine Gesundheit, als sie nach dem Frühstück im Labor anrief und hörte, ich sei nicht da. Ich leide an einem Zwölffingerdarmgeschwür.»

«Ihre Frau konnte sie sicher beruhigen.»

Er antwortete ruhig, aber mit einem strengen Seitenblick auf Oberschwester Rolfe, die sich etwas von der Gruppe entfernt hatte: «Meine Frau besucht jeden Freitag mit den Kindern ihre Mutter.»

Was Mavis Gearing zweifellos bekannt war. Sie hatten also doch Gelegenheit gehabt, sich zu besprechen, sich auf eine Geschichte festzulegen. Aber wenn sie sich ein Alibi zurechtgelegt hatten, warum gerade für die Zeit um Mitternacht? Weil sie, aus welchen Gründen auch immer, wußten, daß die Fallon um diese Stunde gestorben war? Oder weil sie aus der Kenntnis ihrer Gewohnheiten schlossen, Mitternacht sei sehr wahrscheinlich die richtige Zeit? Nur der Mörder, und vielleicht nicht einmal er, konnte genau wissen, wann die Fallon gestorben war. Es konnte vor Mitternacht gewesen sein. Es konnte auch erst um zwei Uhr dreißig gewesen sein. Selbst Miles Honeyman mit seiner dreißigjährigen Erfahrung konnte die Todeszeit allein nach den klinischen Symptomen nicht genau feststellen. Die einzige Gewißheit war, daß Schwester Fallon tot war und daß sie unmittelbar, nachdem sie ihren Whisky getrunken hatte, gestorben war. Aber wann genau war das gewesen? Gewöhnlich braute sie sich ihren letzten Drink, sobald sie nach oben in ihr Zimmer gegangen war. Aber niemand gab zu, sie gesehen zu haben, nachdem sie den Aufenthaltsraum der Schwestern verlassen hatte. Es war gut möglich, daß die Fallon noch am Leben gewesen war, als Oberschwester Brumfett und die Zwillinge das Licht durch das Schlüsselloch hatten scheinen sehen. Und falls sie noch am Leben gewesen war, was hatte sie dann zwischen Mitternacht und zwei Uhr gemacht? Dalgliesh hatte sich auf Personen beschränkt, die Zugang zu der Schule hatten. Aber angenommen, die Fallon hätte das Nightingale-Haus in dieser Nacht verlassen, vielleicht, um sich mit jemandem zu treffen. Oder gesetzt den Fall, sie hätte ihren nächtlichen Whisky auf später verschoben, weil sie Besuch erwartete? Der Haupteingang und die Hintertür waren am Morgen verriegelt gewesen, aber die Fallon konnte ihren Gast jederzeit während der Nacht hinausgelassen und die Tür hinter ihm abgeschlossen haben.

Doch Mavis Gearing war immer noch von dem verletzten Kopf und dem zerkratzten Gesicht ihres Liebhabers in Anspruch genommen.

«Was ist dir passiert, Len? Du mußt es mir erzählen. Bist du mit dem Fahrrad gestürzt?»

Oberschwester Rolfe lachte boshaft auf. Leonard Morris bedachte sie mit einem einschüchternden, geringschätzigen Blick und sah dann Oberschwester Gearing an: «Wenn du es unbedingt wissen willst, Mavis, genauso war's. Es passierte, nachdem ich mich letzte Nacht von dir verabschiedet hatte. Eine von den großen Ulmen lag quer über dem Weg, und ich fuhr genau darauf.»

Oberschwester Rolfe sagte zum erstenmal etwas. «Sie haben doch sicher Licht am Fahrrad?»

«Meine Fahrradlampe, Oberschwester, ist vernünftigerweise so eingestellt, daß sie die Straße beleuchtet. Ich sah den Baumstamm. Was ich nicht rechtzeitig sah, war ein weit herausragender Ast. Ich hatte Glück, daß er mich nicht voll ins Auge traf.»

Oberschwester Gearing stieß, wie vorherzusehen, einen Schrekkensschrei aus.

Dalgliesh fragte: «Wann war das?»

«Ich sagte es bereits. Letzte Nacht, nachdem ich das Nightingale-Haus verlassen hatte. Ach so! Sie fragen nach der genauen Zeit? Zufällig kann ich darauf antworten. Ich stürzte durch den Aufprall vom Fahrrad und befürchtete, meine Armbanduhr sei kaputtgegangen. Zum Glück war sie noch ganz. Die Zeiger standen genau auf zwölf Uhr siebzehn.»

«War nichts zur Warnung an den Ast gebunden? Ein weißer Schal?»

«Natürlich nicht, Herr Kriminalrat. Wenn so etwas dagewesen wäre, hätte ich sicher noch bremsen können.»

«Wenn er ziemlich hoch an dem Ast festgebunden war, haben Sie ihn vielleicht übersehen.»

«Da war nichts zu übersehen. Nachdem ich mein Fahrrad aufgehoben und mich ein wenig von dem Schreck erholt hatte, inspizierte ich den Baum gründlich. Zuerst dachte ich, ich könnte ihn wenigstens ein bißchen auf die Seite zerren und einen Teil des Wegs freimachen. Das ging aber unmöglich. Dazu hätte man einen Traktor und Ketten gebraucht. Aber ein Schal hing um zwölf Uhr siebzehn nirgendwo an dem ganzen Baum.»

«Mr. Morris», sagte Dalgliesh, «ich glaube, wir müssen uns jetzt ein wenig unterhalten.»

Doch vor seinem Büro wartete Oberschwester Brumfett auf ihn. Bevor Dalgliesh den Mund aufmachte, sagte sie vorwurfsvoll: «Ich wurde von Ihnen in dieses Zimmer gerufen. Ich bin auf der Stelle gekommen, obwohl ich auf meiner Station eigentlich unabkömmlich bin. Als ich hier war, hörte ich, daß Sie nicht im Büro sind und daß ich bitte schön in den Wintergarten gehen soll. Ich habe nicht die Absicht, Ihnen durch das ganze Nightingale-Haus nachzulaufen. Wenn Sie mit mir reden wollen, kann ich Ihnen jetzt eine halbe Stunde widmen.»

«Miss Brumfett», sagte Dalgliesh, «Sie scheinen mir durch Ihr Benehmen unbedingt den Eindruck vermitteln zu wollen, daß Sie die beiden Mädchen getötet haben. Möglicherweise haben Sie es getan. Ich werde meine Schlüsse ziehen, sobald ich dazu in der Lage bin. Zügeln Sie bitte inzwischen Ihre Lust, gegen die Polizei zu arbeiten, und warten Sie, bis ich Zeit für Sie habe, das heißt, bis mein Gespräch mit Mr. Morris beendet ist. Sie können hier vor meinem Büro warten oder in Ihrem Zimmer, wie es Ihnen am besten paßt. Aber ich brauche Sie in etwa dreißig Minuten, und ich habe ebenfalls keine Lust, das Haus nach Ihnen abzusuchen.»

Er hatte keine Ahnung, wie sie diese Maßregelung hinnehmen würde. Ihre Reaktion war erstaunlich. Die Augen hinter den dicken Gläsern wurden weicher und blinzelten. Ihr Gesicht verzog sich zu einem kurzen Grinsen, und sie nickte zufrieden, als habe sie es endlich geschafft, einem besonders langweiligen Schüler einen Geistesblitz zu entlocken.

«Ich warte hier.» Sie ließ sich auf den Stuhl vor der Tür zum Büro fallen und machte eine Kopfbewegung in Richtung Morris.

«Und ich würde ihn nicht die ganze Zeit reden lassen, sonst kommen Sie mit Ihrer halben Stunde nicht hin.»

3

Aber das Verhör dauerte keine halbe Stunde. Die ersten paar Minuten brauchte Morris, um es sich bequem zu machen. Er zog seinen schäbigen Regenmantel aus, schüttelte ihn ab und strich die Knitterfalten glatt, als ob er im Nightingale-Haus irgendwie verseucht worden wäre, dann faltete er ihn zusammen und legte ihn mit umständlicher Sorgfalt über die Stuhllehne. Dann nahm er Dalgliesh gegenüber Platz und begann als erster zu reden.

«Bombardieren Sie mich bitte nicht mit Fragen, Herr Kriminalrat. Ich lasse mich nicht gern ausfragen. Ich erzähle meine Geschichte lieber auf meine Art. Sie können ganz beruhigt sein: ich werde nichts auslassen. Ich wäre kaum leitender Apotheker eines wichtigen

Krankenhauses geworden, wenn ich keinen Sinn für das Detail und kein Gedächtnis für Tatsachen hätte.»

Dalgliesh sagte nachsichtig: «Könnte ich dann bitte ein paar Tatsachen hören, angefangen bei Ihren Schritten letzte Nacht?»

Morris schien diese vernünftige Frage überhört zu haben und fuhr fort: «Miss Gearing hat mir seit sechs Jahren die Gunst ihrer Freundschaft gewährt. Zweifellos haben gewisse Leute hier, gewisse Frauen, die im Nightingale-Haus wohnen, sich eine eigene Interpretation dieser Freundschaft zurechtgelegt. Damit muß man rechnen. Wenn man eine Gemeinschaft von unverheirateten Frauen in mittleren Jahren in einem Haus zusammenbringt, kann man von vornherein für Geschlechtsneid garantieren.»

«Mr. Morris», unterbrach ihn Dalgliesh freundlich. «Ich bin nicht hier, um Ihr Verhältnis zu Miss Gearing oder Miss Gearings Beziehung zu ihren Kolleginnen zu untersuchen. Wenn diese Beziehungen etwas mit dem Tod der zwei Mädchen zu tun haben, dann berichten Sie mir darüber. Andernfalls wollen wir die Amateurpsychologie aus dem Spiel lassen und zu den echten Fakten kommen.»

«Meine Beziehung zu Miss Gearing gehört insofern hierher, als sie mich in dieses Haus geführt hat, und zwar jeweils zu etwa dem Zeitpunkt, als Schwester Pearce und Schwester Fallon starben.»

«Nun gut. Dann sagen Sie etwas zu diesen beiden Anlässen!»

«Der erste war an dem Morgen, als Schwester Pearce starb. Sie kennen selbstverständlich die Einzelheiten. Natürlich teilte ich meinen Besuch Inspektor Bailey mit, da er an sämtlichen Schwarzen Brettern im Krankenhaus einen Anschlag hatte aushängen lassen, auf dem er nach den Namen von Personen fragte, die das Nightingale-Haus an dem betreffenden Morgen betreten hatten. Ich habe aber nichts dagegen, meine Aussage zu wiederholen. Ich schaute auf dem Weg in die Apotheke hier herein, um Miss Gearing eine Nachricht zu hinterlassen. Tatsächlich handelte es sich um eine Karte, eine dieser Glückwunschkarten, wie sie unter guten Freunden vor wichtigen Ereignissen üblich sind. Ich wußte, daß Miss Gearing die erste Übung des Tages abhalten mußte, noch dazu ihre erste Übung überhaupt an dieser Schule, weil Oberschwester Manning, das ist Miss Rolfes erste Assistentin, an Grippe erkrankt war. Miss Gearing war natürlich aufgeregt, zumal die Inspektorin von der Schwesternaufsicht erwartet wurde. Dummerweise verpaßte ich die letzte Briefkastenleerung am Abend zuvor. Ich wollte ihr aber unbedingt diese Karte zukommen lassen, bevor sie in den Übungsraum ging, und beschloß deshalb, sie selbst in ihren Briefkasten zu stecken. Ich ging etwas früher als sonst zu Hause weg, war kurz nach acht im Nightingale-Haus und ging gleich wieder weiter. Ich sah niemanden. Vermutlich waren die Lehrkräfte und die Schülerinnen beim Frühstück. Ich betrat garantiert nicht den Übungsraum. Ich hatte kein besonderes Interesse daran, die Aufmerksamkeit auf mich zu lenken. Ich steckte die Karte im Umschlag in Miss Gearings Briefkasten und ging weg. Es war eine ganz lustige Karte. Darauf waren zwei Rotkehlchen. Das Männchen schrieb zu Füßen des Weibchens mit Buchstaben aus Würmern die Worte ‹Viel Glück›. Es ist gut möglich, daß Miss Gearing die Karte aufgehoben hat; sie hat eine Vorliebe für solche netten kleinen Sachen. Sie zeigt sie Ihnen bestimmt, wenn Sie sie darum bitten. Das würde meine Geschichte über die Gründe meiner Anwesenheit im Nightingale-Haus bestätigen.»

Dalgliesh sagte mit ernstem Gesicht: «Ich habe die Karte bereits gesehen. Wußten Sie, worum es bei der Übung gehen sollte?»

«Ich wußte, daß es um künstliche Ernährung gehen sollte, aber ich wußte nicht, daß Schwester Fallon in der Nacht erkrankt war, das heißt, ich wußte überhaupt nicht, wer die Rolle der Patientin übernehmen sollte.»

«Haben Sie eigentlich eine Vorstellung, wie das Ätzmittel in die Flüssigkeit gelangte?»

«Wenn Sie mir nur Zeit lassen wollten! Ich wollte es Ihnen gerade sagen. Ich habe keine Ahnung. Die wahrscheinlichste Erklärung ist, daß es ein dummer Streich sein sollte und der Betreffende nicht wußte, daß die Folgen tödlich sein mußten. Das oder ein Unfall. Das hat es schon gegeben. Vor drei Jahren erst kam ein gerade geborener Säugling in der Entbindungsstation eines Krankenhauses – zum Glück nicht bei uns – ums Leben, weil eine Flasche Desinfektionsmittel für Milch gehalten worden war. Ich kann mir allerdings nicht vorstellen, wie es hier zu einem solchen Unfall hätte kommen können, auch nicht, wer im Nightingale-Haus so dumm sein könnte, es lustig zu finden, wenn man ein Ätzmittel in die Milch schüttet.»

Er hielt ein, als wolle er Dalgliesh auffordern, ihn mit einer neuen Frage zu unterbrechen. Der aber sah ihn nur höflich fragend an, und Morris fuhr fort: «Soviel zu Schwester Pearces Tod. Ich kann Ihnen da nicht weiterhelfen. Ganz anders liegen die Dinge bei Schwester Fallon.»

«Hat es etwas mit letzter Nacht zu tun? Sahen Sie etwas?»

«Er antwortete gereizt: «Mit der letzten Nacht hat das gar nichts zu tun, Herr Kriminalrat, Miss Gearing hat Ihnen doch schon alles über die letzte Nacht erzählt. Wir haben keine Seele gesehen. Wir verließen ihr Zimmer unmittelbar nach Mitternacht und gingen durch Miss Taylors Wohnung die Hintertreppe hinunter. Ich holte mein Fahrrad aus dem Gebüsch hinter dem Haus – ich finde, ich brauche nicht jeder gehässigen Frau hierherum meine Besuche auf die Nase zu binden –, und wir gingen zusammen bis zur ersten Biegung des Weges. Dort blieben wir noch ein Weilchen stehen und unterhielten uns, dann begleitete ich Miss Gearing wieder zum Nightingale-Haus und wartete, bis sie durch die Hintertür hineingegangen war. Sie hatte sie offen gelassen. Schließlich radelte ich los und kam, wie ich schon sagte, um zwölf Uhr siebzehn an die umgestürzte Ulme. Falls jemand nach mir den gleichen Weg ging und einen weißen Schal an diesen Ast band, kann ich dazu nur sagen, ich sah ihn nicht. Wenn er mit dem Auto kam, muß er es auf der anderen Seite des Hauses geparkt haben. Ich sah jedenfalls kein Auto.»

Wieder eine Pause. Dalgliesh rührte sich nicht, aber Sergeant Masterson erlaubte sich einen müden, resignierten Seufzer, während er eine Seite seines Notizblocks umblätterte.

«Nein, Herr Kriminalrat, was ich Ihnen erzählen will, fand im letzten Frühjahr statt, als diese Gruppe, einschließlich Schwester Fallon, im zweiten Jahr war. Wie üblich, hielt ich ihnen einen Vortrag über Gifte. Als ich fertig war, packten alle Schülerinnen ihre Bücher zusammen und gingen, nur Schwester Fallon blieb da. Sie kam zum Pult vor und fragte mich nach einem Gift, das rasch und schmerzlos wirkte und das man sich ohne Umstände beschaffen könnte. Ich fand die Frage zwar ungewöhnlich, sah aber kein Grund, warum ich ihr die Antwort verweigern sollte. Ich dachte keine Sekunde, die Frage könne einen persönlichen Bezug haben, und es handelte sich schließlich auch um eine Auskunft, die sie jedem pharmakologischen oder gerichtsmedizinischen Buch der Krankenhausbibliothek hätte entnehmen können.»

Dalgliesh sagte: «Und was antworteten Sie ihr, Mr. Morris?»

«Ich sagte, daß zum Beispiel Nikotin so ein Gift sei und daß man es in Form von gewöhnlichem Rosenspray kaufen könne.»

Wahr oder gelogen? Wer konnte das sagen? Dalgliesh bildete sich ein, normalerweise zu merken, wann ein Verdächtiger log. Aber bei diesem Verdächtigen haute es nicht hin. Und wie sollte man jemals das Gegenteil beweisen, falls Morris bei dieser Geschichte blieb? Und wenn es eine Lüge war, lag der Zweck auf der Hand – um nahezulegen, Schwester Fallon habe Selbstmord begangen. Und der eindeutige Grund dafür wiederum war, um Schwester Gearing zu schützen. Er liebte sie. Dieser ein wenig lächerliche, pedantische

Mann; diese alberne, gefallsüchtige alternde Frau – sie liebten sich. Und warum nicht? Liebe war kein Vorrecht der Jungen und der Attraktiven. Aber sie komplizierte jede Untersuchung. So bemitleidenswert, tragisch oder absurd eine Beziehung scheinen mochte, unwichtig war sie nie. Inspektor Bailey hatte die Geschichte mit der Grußkarte nie ganz geschluckt, wie er den Protokollen zu dem ersten Verbrechen entnommen hatte. Seiner Meinung nach war diese Geste für einen erwachsenen Mann närrisch und kindisch und paßte besonders bei Morris nicht ins Bild. Deshalb hatte er der Sache nicht getraut. Aber Dalgliesh dachte da anders. Sie lag auf einer Linie mit Morris' einsamen, unromantischen Radtouren, um seine Geliebte zu besuchen; mit dem schmählichen Versteck für das Fahrrad im Gebüsch hinter dem Nightingale-Haus; dem langsamen gemeinsamen Spaziergang durch die eisige Januarnacht, um die letzten kostbaren Minuten zu verlängern; der ungeschickten, doch irgendwie würdevollen Verteidigung der Frau, die er liebte. Aber diese letzte Aussage, sei sie wahr oder unwahr, war störend, um es gelinde auszudrükken. Falls er dabei blieb, würde sie jenen, die lieber an einen Selbstmord von Schwester Fallon glaubten, ein gewichtiges Argument liefern. Und er würde dabei bleiben. Er sah Dalgliesh jetzt mit dem festen exaltierten Blick eines angehenden Märtyrers an, der den Augen seines Feindes standhält und seinen Zweifeln trotzt.

Dalgliesh seufzte: «Nun gut», sagte er. «Wir wollen unsre Zeit nicht mit Spekulationen vergeuden. Gehen wir noch einmal die zeitliche Abfolge Ihrer Schritte während der letzten Nacht durch.»

4

Wie versprochen, wartete Oberschwester Brumfett vor dem Büro, als Masterson die Tür für Leonard Morris öffnete. Aber ihre heitere, fügsame Laune von vorhin war verflogen, und sie nahm kampfbereit gegenüber von Dalgliesh Platz. Unter diesem strengen matriarchalischen Blick spürte er etwas von der Unzulänglichkeit, die eine junge Schwesternschülerin empfinden mußte, wenn sie zum erstenmal auf die Privatstation kam; und noch etwas Stärkeres, unangenehm Vertrautes spürte er. Genauso hatte ihn die Leiterin der Volksschule angesehen und in dem achtjährigen Jungen das gleiche Gefühl der Unzulänglichkeit, die gleiche Angst bewirkt. Und eine Sekunde lang mußte er sich zwingen, ihrem Blick zu begegnen.

Zum erstenmal hatte er Gelegenheit, sie aus der Nähe und ohne Begleitung zu betrachten. Es war ein unattraktives Gesicht und dennoch ein Alltagsgesicht. Die kleinen gescheiten Augen starrten ihn durch eine Stahlbrille an, deren Steg fast in der tiefen fleischigen Mulde über der fleckigen Nase verschwand. Ihr eisengraues Haar war kurzgeschnitten und umrahmte in kleinen Wellen die plumpen Hamsterbacken und das eigensinnige Kinn. Das elegante plissierte Häubchen, das bei Mavis Gearing so zart wie ein Baiser aus gesponnener Spitze aussah und das selbst Hilda Rolfes männlichen Gesichtszügen schmeichelte, saß tief in Schwester Brumfetts Stirn wie eine Pastetengarnierung um eine besonders unappetitliche Kruste. Man brauchte nur dieses Symbol ihrer Autorität gegen einen undefinierbaren Filzhut einzutauschen, die Uniform unter einem formlosen beigen Mantel zu verstecken, und schon hätte man den Prototyp einer mittelalterlichen Hausfrau aus der Vorstadt, die mit einer unförmigen Tasche in der Hand durch den Supermarkt stiefelt und nach den Sonderangeboten der Woche Ausschau hält. Und doch saß hier anscheinend die beste Stationsschwester vor ihm, die das John Carpendar je gehabt hatte. Hier saß, und das war noch erstaunlicher, Miss Taylors beste Freundin.

Bevor er mit dem Verhör beginnen konnte, sagte sie: «Schwester Fallon hat Selbstmord begangen. Erst hat sie die Pearce und dann sich selbst umgebracht. Die Fallon hat die Pearce ermordet. Ich weiß zufällig, daß es so war. Warum lassen Sie also die Oberin nicht in Ruhe, damit die Arbeit des Krankenhauses ungestört weiterlaufen kann? Sie können nichts mehr tun, um den beiden zu helfen. Die zwei sind tot.»

In diesem herrischen und beschwörenden Ton klang diese Behauptung wie ein Befehl. Dalglieshs Erwiderung war übertrieben scharf. Zum Teufel mit der Frau! Er würde sich nicht einschüchtern lassen. «Wenn Sie sich so sicher sind, müssen Sie einen Beweis haben. Und alles, was Sie wissen, sollten Sie uns mitteilen. Ich untersuche einen Mord, Oberschwester, und nicht den Diebstahl einer Bettpfanne. Sie sind verpflichtet, kein Beweismittel zurückzuhalten.»

Sie lachte auf. Es klang wie ein scharfer, höhnischer Schrei, wie das Husten eines Tieres.

«Beweismittel! Beweis würden Sie das nicht nennen. Aber ich weiß es!»

«Sprach Schwester Fallon mit Ihnen, während sie auf Ihrer Station lag? Redete sie im Delirium?»

Das war eine reine Vermutung. Sie schnaubte verächtlich.

«Wenn ja, wäre ich nicht verpflichtet, es Ihnen zu sagen. Was ein Patient im Fieber ausplaudert, wird nicht als Klatsch breitgetreten. Zumindest auf meiner Station nicht. Ich habe auch kein Beweismittel. Akzeptieren Sie einfach, was ich sage, und machen Sie nicht soviel Aufhebens. Die Fallon hat die Pearce umgebracht. Warum, meinen Sie, kam sie an jenem Morgen ins Nightingale-Haus, wo sie doch 39,9 Fieber hatte? Warum, meinen Sie, weigerte sie sich, der Polizei den Grund zu nennen? Die Fallon hat die Pearce ermordet. Ihr Männer neigt dazu, alles zu komplizieren. Dabei ist in Wirklichkeit alles so einfach. Die Fallon hat die Pearce umgebracht, und zweifellos hatte sie ihre Gründe.»

«Es gibt keine gültigen Gründe für Mord. Und selbst wenn Schwester Fallon ihre Mitschülerin ermordete, bezweifle ich, daß sie sich selbst umbrachte. Ich bin sicher, Ihre Kolleginnen haben Ihnen von dem Rosenspray erzählt. Denken Sie daran, daß Schwester Fallon nicht mehr im Nightingale-Haus gewesen ist, seit diese Dose mit Nikotin in den Schrank im Wintergarten gestellt wurde. Ihre Gruppe ist seit dem vorigen Frühjahr nicht mehr hiergewesen, und Oberschwester Gearing hat das Rosenspray im Sommer gekauft. Schwester Fallon erkrankte in der Nacht, bevor diese Unterrichtsperiode begann, und kam bis zu dem Abend vor ihrem Tod nicht ins Nightingale-Haus. Wie erklären Sie sich die Tatsache, daß sie wußte, wo das Nikotin aufbewahrt wurde?»

Oberschwester Brumfett blieb erstaunlich gelassen. Einen Augenblick herrschte Schweigen, dann murmelte sie etwas Unverständliches. Dalgliesh wartete. Schließlich wehrte sie ab: «Ich weiß nicht, wie sie da rangekommen ist. Das müssen Sie herausfinden. Irgendwie muß sie es ja beschafft haben.»

«Wußten Sie, wo das Nikotin stand?»

«Nein, ich habe mit Garten und Wintergarten nichts zu tun. Ich kehre dem Krankenhaus in meiner Freizeit am liebsten den Rücken. Ich spiele häufig Golf mit der Oberin, oder wir fahren ins Grüne. Wir verbringen, wenn irgend möglich, unsere Freizeit zusammen.»

Ihre Stimme klang überheblich. Man hörte die Genugtuung heraus. Er fragte sich, was sie damit andeuten wollte. War dieser Hinweis auf die Oberin ihre Art, ihm mitzuteilen, daß sie Mutters Liebling war und mit Achtung behandelt werden mußte?

Er sagte: «Waren Sie an jenem Abend im letzten Sommer, als Miss Gearing mit dem Zeug hereinkam, nicht im Wintergarten?»

«Ich erinnere mich nicht.»

«Sie sollten lieber versuchen, sich zu erinnern, Oberschwester. Es dürfte nicht so schwer sein. Andere Leute erinnern sich sehr wohl daran.»

«Wenn sie sagen, ich war dort, wird es schon so gewesen sein.»

«Miss Gearing sagt, sie habe Ihnen allen die Flasche gezeigt und die witzige Bemerkung gemacht, sie könne mit ein paar Tropfen die ganze Schule vergiften. Darauf hätten Sie gesagt, sie solle nicht so albern sein, sondern dafür sorgen, daß die Dose weggeschlossen würde. Entsinnen Sie sich jetzt?»

«Das sind so die dummen Bemerkungen, die Mavis Gearing von sich gibt, und ich glaube wohl, daß ich ihr riet, vorsichtig zu sein. Es ist ein Jammer, daß sie nicht auf mich hörte.»

«Sie nehmen diese Todesfälle sehr gelassen hin, Oberschwester.»

«Ich nehme jeden Todesfall gelassen hin. Andernfalls könnte ich meinen Beruf nicht ausüben. Der Tod findet in einem Krankenhaus zu jeder Zeit statt. Wahrscheinlich auch in diesem Augenblick auf meiner Station. Heute nachmittag erst ist einer meiner Patienten gestorben.»

In ihrer Stimme lag plötzlich ein leidenschaftlicher Protest. Sie erstarrte, als sei es ein Frevel, daß der grauenerregende Finger jemanden anrühren könne, für den sie verantwortlich war. Dieser jähe Umschlag ihrer Stimmung verwirrte Dalgliesh. Es schien, als umhülle dieser dickliche unattraktive Körper das leidenschaftliche und irrationale Temperament einer Primadonna. Eben noch waren die Augen, klein und unauffällig hinter den dicken Gläsern, den seinen in dumpfem Haß begegnet, hatte dieser eigensinnige schmale Mund ihren Groll ausgespuckt. Und dann plötzlich diese Verwandlung. Sie funkelte ihn an, ihr Gesicht glühte vor Empörung und wurde auf einmal wild und lebendig. Er bekam einen flüchtigen Einblick in diese inbrünstige einmal besitzergreifende Liebe, mit der sie die umgab, die ihrer Obhut anvertraut waren. Das war eine Frau, äußerlich unbedeutend, die ihr Leben mit unumstößlicher Entschlossenheit einem einzigen Ziel gewidmet hatte. Wie weit würde diese Entschlossenheit sie führen, wenn etwas – oder jemand – sich dem, was sie für wertvoller hielt, in den Weg stellte? Sie schien Dalgliesh eine im Grunde unintelligente Frau zu sein. Aber Mord war häufig die letzte Zuflucht der Unintelligenten. Aber waren denn diese Morde trotz ihrer Kompliziertheit das Werk einer klugen Frau? Eine rasch gegriffene Flasche mit Desinfektionsmitteln; eine leicht zugängliche Dose Nikotin. Sprachen nicht beide Todesfälle für einen plötzlichen, unkontrollierten Impuls, für gedankenloses Vertrauen auf die einfachsten Mittel? Sicher gab es in einem Krankenhaus raffiniertere Methoden, um einen Menschen aus dem Weg zu schaffen.

Die scharfen Augen beobachteten ihn wachsam und haßerfüllt. Diese ganze Ausfragerei empörte sie. Es war hoffnungslos, eine solche Zeugin versöhnlich stimmen zu wollen, und er hatte keine Lust, es auf einen Versuch ankommen zu lassen. Er sagte: «Ich möchte Ihre Schritte an dem Morgen, als Schwester Pearce starb, und in der letzten Nacht durchgehen.»

«Über den Morgen, an dem die Pearce starb, habe ich Inspektor Bailey bereits alles berichtet. Ich habe Ihnen meine Aussage geschickt.»

«Ich weiß. Vielen Dank auch. Nun möchte ich Sie aber persönlich dazu hören.»

Sie protestierte nicht weiter, sondern trug ihre einzelnen Schritte vor, als handle es sich um einen Eisenbahnfahrplan.

Ihr Bericht über den Morgen von Heather Pearces Tod stimmte fast aufs I-Tüpfelchen mit der schriftlichen Aussage überein, die sie Inspektor Bailey gegeben hatte. Sie beschrieb nur, was sie selbst getan hatte, stellte keine Theorien auf, äußerte keine Meinungen. Nach diesem ersten vielsagenden Ausbruch war sie anscheinend entschlossen, sich an die Tatsachen zu halten.

Sie war am Montag, dem 12. Januar, um halb sieben aufgewacht und gleich zur Oberin zum ersten Morgentee gegangen, den sie gewohnheitsgemäß in deren Wohnung zu sich nahmen. Sie hatte die Oberin um Viertel nach sieben allein gelassen, hatte dann gebadet und sich angekleidet. Sie hatte sich bis etwa zehn vor acht in ihrem Zimmer aufgehalten, dann ihre Zeitung in der Halle geholt und war zum Frühstück gegangen. Sie hatte niemand auf der Treppe oder in der Halle gesehen. Sie hatte Oberschwester Gearing und Oberschwester Rolfe im Frühstücksraum getroffen, und sie hatten sich wie immer an einen Tisch gesetzt. Sie war nach dem Frühstück als erste hinausgegangen; wann, konnte sie nicht genau angeben, wahrscheinlich aber nicht später als zwanzig nach acht, war noch einmal kurz auf ihr Zimmer im dritten Stock gegangen und hatte sich dann ins Krankenhaus begeben. Gegen neun Uhr war sie auf ihrer Station. Sie hatte von der Inspektion durch die Aufsichtsbehörde gewußt, da die Oberin mit ihr darüber gesprochen hatte. Sie hatte von der Übung gewußt, weil die Einzelheiten des Ausbildungsprogramms am Schwarzen Brett in der Halle aushingen. Sie hatte über Josephine Fallons Krankheit Bescheid gewußt, da Oberschwester Rolfe sie in der Nacht angerufen hatte. Sie hatte allerdings nicht gewußt, daß Schwester Pearce für die Fallon einspringen würde. Sie gab zu, daß sie das durch einen Blick aufs Schwarze Brett hätte feststellen können, aber sie hatte sich diese Mühe nicht gemacht. Sie hatte keinen Grund gehabt, sich darüber Gedanken zu machen. Sich für das allgemeine Ausbildungsprogramm zu interessieren, war eine Sache; nachzuprüfen, wer als Patient agieren sollte, war eine ganz andere.

Sie hatte nicht gewußt, daß Schwester Fallon an jenem Morgen im Nightingale-Haus gewesen war. Wäre das der Fall gewesen, hätte sie dem Mädchen einen strengen Verweis erteilt. Als sie auf die Station gekommen war, hatte Schwester Fallon im Bett gelegen. Niemand hatte ihre Abwesenheit von der Station bemerkt. Anscheinend hatte die diensttuende Schwester angenommen, sie sei im Bad oder auf der Toilette. Es war leichtsinnig von der Schwester, nicht nachgesehen zu haben, aber auf der Station war damals besonders viel zu tun gewesen. Schließlich erwartet man von Patienten nicht, daß sie sich wie Verrückte benehmen, schon gar nicht von Schwesternschülerinnen. Schwester Fallon war vermutlich nur etwa zwanzig Minuten weggewesen. Der Gang durch den kalten Morgen hatte ihr anscheinend nicht geschadet. Sie hatte sich rasch von der Grippe erholt, es hatte keine Komplikationen gegeben. Sie war nicht besonders niedergeschlagen erschienen, solange sie auf der Station war, und falls ihr etwas Sorgen bereitete, hatte sie es Oberschwester Brumfett nicht anvertraut. Nach Oberschwester Brumfetts Meinung war das Mädchen jedenfalls in der richtigen Verfassung gewesen, um entlassen zu werden und sich der Gruppe im Nightingale-Haus wieder anzuschließen.

Dann berichtete sie über ihre Schritte in der letzten Nacht mit derselben einförmigen, tonlosen Stimme. Die Oberin war bei einer internationalen Konferenz in Amsterdam gewesen, deshalb hatte sie den Abend allein vorm Fernseher verbracht. Sie war um zehn Uhr zu Bett gegangen und war um Viertel vor zwölf durch Mr. Courtney-Briggs' Anruf geweckt worden. Sie war die Abkürzung durch den Park zum Krankenhaus gegangen. Sie hatte der diensttuenden Schwesternschülerin geholfen, das Bett für den Patienten zu richten. Sie war bei ihrem Patienten geblieben, bis sie sicher war, daß das Sauerstoffgerät und die Tropfinfusion richtig eingestellt waren und sein Allgemeinbefinden den Umständen entsprechend gut war. Sie war kurz nach zwei Uhr ins Nightingale-Haus zurückgekommen und hatte auf dem Weg nach oben Maureen Burt von der Toilette kommen sehen. Der andere Zwilling war gleich darauf ebenfalls aufgetaucht, und sie hatte sich kurz mit ihnen unterhalten. Sie hatte deren Angebot, ihr einen Kakao zu kochen, abgelehnt und war direkt in ihr Zimmer gegangen. Ja, durch das Schlüsselloch von Schwester Fallons Zimmer war ein Lichtstrahl gefallen. Sie war nicht in Schwester Fallons Zimmer gegangen und konnte deshalb nicht wissen, ob das Mädchen da noch am Leben gewesen war. Sie hatte gut geschlafen und war nach sieben Uhr aufgewacht, als Oberschwester Rolfe mit der Neuigkeit hereingestürzt war, man habe Schwester Fallon tot aufgefunden. Sie hatte Schwester Fallon nicht gesehen, seit sie am Dienstag nach dem Abendessen von ihrer Station entlassen worden war.

Nach ihrem Bericht trat Stille ein. Schließlich fragte Dalgliesh: «Mochten Sie Schwester Pearce? Oder Schwester Fallon?»

«Nein. Ich hatte auch nichts gegen sie. Ich halte nicht viel von persönlichen Beziehungen zu den Schwesternschülerinnen. Zu- oder Abneigung spielen keine Rolle. Sie sind entweder gute Krankenschwestern, oder sie sind es nicht.»

«Und waren sie gute Krankenschwestern?»

«Die Fallon war besser als die Pearce. Sie war intelligenter und hatte mehr Phantasie. Sie war als Kollegin nicht einfach, aber die Patienten mochten sie. Einige hier hielten sie für gleichgültig, aber von Patienten hat man das nie gehört. Die Pearce war zu bemüht. Sie lief herum wie eine junge Florence Nightingale, wenigstens glaubte sie das. Dachte immer nur an den Eindruck, den sie machte. Im Grunde genommen ein törichtes Mädchen. Aber man konnte sich auf sie verlassen. Was sie machte, war korrekt. Was die Fallon machte, war richtig. Dazu braucht man, ebenso wie die Ausbildung, auch den rechten Instinkt. Warten Sie, bis es ans Sterben geht, mein Herr. Dann werden Sie den Unterschied erkennen.»

Josephine Fallon war also nicht nur intelligent gewesen. Sie hatte auch Phantasie gehabt. Er glaubte es gern. Aber daß Oberschwester Brumfett gerade diese Fähigkeiten loben würde, hätte er zuallerletzt erwartet. Er dachte an das Gespräch beim Mittagessen, wie sie auf dem unbedingten Gehorsam, der nichts in Frage stellte, bestanden hatte. Er fragte vorsichtig: «Ich staune, daß Sie Phantasie unter die Tugenden einer Schwesternschülerin einreihen. Ich dachte, Sie schätzten den absoluten Gehorsam am höchsten ein. Es ist schwierig, die Phantasie, die gewiß individualistisch oder gar bilderstürmend ist, mit der Unterwerfung des guten Untergebenen unter die Autorität in Einklang zu bringen. Es tut mir leid, wenn das anmaßend klingt. Ich weiß, dieses Gespräch hat nicht viel mit meiner Aufgabe hier zu tun. Aber ich bin neugierig.»

Es hatte eine ganze Menge mit seiner Aufgabe hier zu tun; seine Neugierde war nicht ohne Bedeutung. Doch das brauchte sie nicht zu wissen. Sie sagte barsch: «Gehorsam gegenüber einer rechtmäßigen Autorität steht an erster Stelle. Sie arbeiten selbst in einer disziplinierten Behörde; ich brauche Ihnen nichts zu erzählen. Erst wenn der Gehorsam automatisch ist, wenn die Disziplin akzeptiert und sogar begrüßt wird, erfährt man die Einsicht und den Mut, sich ohne Unsicherheit außerhalb der Regeln zu bewegen, wenn der Augenblick es erfordert. Phantasie und Intelligenz sind in der Krankenpflege gefährlich, wenn sie nicht auf Disziplin gründen.»

Also war sie doch nicht so einfach oder so völlig angepaßt, wie sie wirkte oder wie sie sich zumindest vor ihren Kolleginnen gab. Und auch sie verfügte über Phantasie. War dies die Brumfett, fragte er sich, die Mary Taylor kannte und schätzte? Und dennoch blieb er überzeugt, daß sein erster Eindruck nicht falsch gewesen war. Im Grunde war sie keine intelligente Frau. Äußerte sie, selbst in diesem Augenblick, die Theorie, vielleicht sogar mit denselben Worten, einer anderen? «Die Einsicht und der Mut, sich außerhalb der Regeln zu bewegen.» Ja, irgendwer im Nightingale-Haus hatte sich außerhalb davon bewegt, irgendwer hatte den Mut aufgebracht. Sie sahen sich an. Er begann sich zu fragen, ob das Nightingale-Haus irgendeine Art von Zauber über ihn geworfen hatte, ob seine bedrohliche Atmosphäre langsam seine Urteilsfähigkeit angriff. Denn hinter den dicken Gläsern glaubte er eine Veränderung der Augen zu sehen, glaubte, den Drang, sich mitzuteilen, Verständnis zu finden; ja, die Bitte um Hilfe zu entdecken. Und dann war die Illusion vorbei. Er sah wieder die gewöhnlichste, am wenigsten entgegenkommende, unkomplizierteste unter allen Verdächtigen vor sich. Und das Verhör war zu Ende.

5

Inzwischen war es nach neun Uhr, aber Dalgliesh und Masterson saßen immer noch zusammen im Büro. Sie hatten noch ein paar Stunden Arbeit vor sich, bevor sie zu ihrem Hotel aufbrechen konnten, mußten Aussagen prüfen und vergleichen, nach Widersprüchen suchen, den morgigen Tag vorplanen. Dalgliesh beschloß, das Masterson zu überlassen. Er wählte die Nummer der Oberin und fragte, ob sie zwanzig Minuten für ihn erübrigen könne. Höflichkeit und Taktik geboten, sie auf dem laufenden zu halten, aber es gab noch einen anderen Grund, sie zu sehen, bevor er das Nightingale-Haus verließ.

Sie hatte die Wohnungstür für ihn offen gelassen, und er ging durch den Flur direkt zum Wohnzimmer, klopfte an und trat ein. Er fand Frieden und Stille und Licht vor. Und Kälte. Das Zimmer war auffallend frostig. Ein kräftiges Feuer brannte im Kamin, aber seine Wärme drang kaum in die gegenüberliegenden Ecken vor. Als er auf sie zuging, sah er, daß sie entsprechend angezogen war. Ihre langen Beine steckten in braunen Samthosen, darüber trug sie einen hochgeschlossenen hellbraunen Kaschmirpullover, dessen Ärmel sie von den zerbrechlichen Handgelenken zurückgestreift hatte. Um den Hals hatte sie einen Seidenschal in kräftigem Grün geschlungen.

Sie nahmen nebeneinander auf dem Sofa Platz. Dalgliesh sah, daß sie gearbeitet hatte. Eine offene Aktentasche lehnte am Bein des Couchtisches, und auf dem Tisch waren Papiere ausgebreitet. Am Kamin stand eine Kaffeekanne, und der angenehme Duft von warmem Holz und Kaffee erfüllte das Zimmer.

Sie bot ihm Kaffee und Whisky an, nichts sonst. Er entschied sich für Kaffee, und sie stand auf und holte eine zweite Tasse. Als sie zurückkam und den Kaffee einschenkte, sagte er: «Sie haben vermutlich inzwischen gehört, daß wir das Gift gefunden haben.»

«Ja. Oberschwester Gearing und Oberschwester Rolfe suchten mich beide nach dem Verhör auf. Das bedeutet wohl, daß es sich um Mord handelt?»

«Allerdings. Falls Schwester Fallon die Dose nicht selbst versteckt hat. Aber das ist unwahrscheinlich. Vorsätzlich ein Geheimnis aus einem Selbstmord zu machen mit dem Ziel, möglichst große Verwirrung zu stiften, wäre die Tat eines Exhibitionisten oder eines Neurotikers. Dieses Mädchen scheint mir keines von beiden gewesen zu sein, aber ich wollte Ihre Ansicht dazu hören.»

«Ich stimme mit Ihnen überein. Schwester Fallon, würde ich sagen, war eine in hohem Maße rationale Person. Falls sie beschlossen hatte, sich das Leben zu nehmen, dann aus Gründen, die ihr im Augenblick richtig erschienen, und ich bin auch ziemlich sicher, sie hätte eine knappe, aber klare Notiz hinterlassen, die diese Gründe erklärt hätte. Viele Menschen bringen sich um, um ihrer Umgebung Unannehmlichkeiten zu bereiten. Aber Schwester Fallon bestimmt nicht.»

«So hätte ich sie auch eingeschätzt, aber ich wollte jemanden fragen, der sie tatsächlich gekannt hat.»

Sie fragte: «Was sagt Schwester Goodale dazu?»

«Sie meint, ihre Freundin habe sich das Leben genommen; aber das war, bevor wir das Nikotin fanden.»

Er sagte nicht, wo, und sie stellte keine Frage. Er hatte auf keinen Fall vor, jemanden im Nightingale-Haus wissen zu lassen, wo die Dose gefunden worden war. Aber eine Person mußte das Versteck kennen und würde mit etwas Glück vielleicht unabsichtlich ihr schuldbewußtes Wissen preisgeben.

Er fuhr fort: «Da ist noch etwas. Miss Gearing sagte mir, sie habe letzte Nacht einen Freund in ihrem Zimmer empfangen; sie sagte, sie habe ihn durch Ihre Tür hinausgelassen. Überrascht Sie das?»

«Nein. Ich lasse die Wohnung offen, wenn ich nicht hier bin, damit die Schwestern die Hintertreppe benutzen können. Das gibt ihnen wenigstens eine Illusion von Privatsphäre.»

«Allerdings auf Kosten Ihrer eigenen.»

«Oh, ich meine, es versteht sich von selbst, daß sie nicht in meine Wohnung kommen. Ich vertraue meinen Kolleginnen. Selbst wenn dem nicht so wäre – hier gibt es nichts, was sie interessieren könnte. Ich verwahre sämtliche amtlichen Papiere in meinem Büro drüben im Krankenhaus.»

Sie hatte natürlich recht. Hier gab es nichts, was außer ihm jemanden hätte interessieren können. Das Wohnzimmer war trotz der individuellen Note beinahe so schlicht wie seine Wohnung hoch über der Themse in Queenhithe. Vielleicht fühlte er sich aus diesem Grund hier so zu Hause. Es gab hier keine Fotografien, die zu Vermutungen anregten; keinen Schreibtisch, der unter einer Last von Krimskrams beinahe zusammenbrach; keine Bilder, die einen persönlichen Geschmack verrieten; keine Einladungen, die auf die Vielfältigkeit oder nur die Existenz eines gesellschaftlichen Lebens hinwiesen. Er ließ sich seine Wohnung nicht entweihen; der Gedanke, andere Leute könnten nach Belieben ein und aus gehen, wäre ihm unerträglich gewesen. Aber hier war die Zurückhaltung eher noch größer; die Unabhängigkeit einer Frau, die so abgeschlossen lebte, daß nicht einmal ihre persönlichen Dinge etwas verrieten.

Er sagte: «Mr. Courtney-Briggs erzählte mir, er sei eine Zeitlang Josephine Fallons Geliebter gewesen während ihres ersten Jahres. War Ihnen das bekannt?»

«Ja. Ich wußte es, genauso, wie ich weiß, daß Mavis Gearings Gast gestern abend mit ziemlicher Sicherheit Leonard Morris war. In einem Krankenhaus breitet sich der Klatsch durch eine Art Osmose aus. Man kann sich oft nicht mehr erinnern, ob einem der neueste Skandal berichtet wurde; man bekommt ihn einfach mit.»

«Und passiert da viel?»

«Mehr vielleicht als in weniger aufregenden Einrichtungen. Ist das so erstaunlich? Männer und Frauen, die täglich zusehen müssen, was der Körper in Todeskampf und Entwürdigung erdulden kann, haben vermutlich nicht allzu große Skrupel, sich mittels ihres Körpers zu trösten.»

Wann und mit wem, fragte er sich, fand sie Trost? In ihrem Beruf? In der Macht, die dieser Beruf ihr zweifellos gab? In der Astronomie, wenn sie in langen Nächten den Wegen der Sterne nachspürte? Bei der Brumfett? Bei Gott! Sicher nicht bei der Brumfett!

Sie sagte: «Wenn Sie meinen, Stephen Courtney-Briggs habe vielleicht getötet, um seinen Ruf zu retten – nein, also das glaube ich nicht. Ich erfuhr von dieser Affäre. Ebenso das halbe Krankenhaus, da habe ich keine Zweifel. Courtney-Briggs ist nicht gerade diskret. Außerdem würde ein solches Motiv nur auf einen Mann passen, der gegenüber der öffentlichen Meinung empfindlich ist.»

«Jeder ist auf die eine oder andere Art gegenüber der öffentlichen Meinung verletzlich.»

«Gewiß. Zweifelsohne ist Stephen Courtney-Briggs genauso fähig zu töten, um persönlichem Unheil oder öffentlicher Verurteilung vorzubeugen, wie jeder von uns. Aber nicht, glaube ich, um zu verhindern, daß die Leute erfahren, eine attraktive junge Frau sei bereitwillig mit ihm ins Bett gegangen; oder daß er trotz seiner Jahre sich seinen sexuellen Genuß nehmen kann, wo er ihn findet.»

War da eine Spur von Verachtung oder sogar von Haß in ihrer Stimme? Einen kurzen Augenblick glaubte er, Oberschwester Rolfe zu hören.

«Und Hilda Rolfes Freundschaft mit Julia Pardoe?»

Sie lächelte ein wenig bitter. «Sie wissen davon?»

«Freundschaft? Ja, ich weiß es, und ich glaube, ich verstehe es. Aber ich bin nicht sicher, ob Sie das verstehen. Die konventionelle Reaktion wäre, wenn diese Geschichte herauskäme, daß Oberschwester Rolfe die Pardoe verdorben habe. Aber wenn diese junge Frau verdorben worden ist, dann habe ich den Verdacht, daß das geschah, bevor sie ans John Carpendar kam. Ich gedenke nicht, mich da einzumischen. Die Geschichte wird sich von selbst erledigen. Julia Pardoe wird in ein paar Monaten ihre Staatsprüfung in der Tasche haben. Ich weiß zufällig, daß sie schon Zukunftspläne hat. Sie wird mit Sicherheit nicht hierbleiben. Ich fürchte, Oberschwester Rolfe sieht einer unglücklichen Zeit entgegen. Aber damit müssen wir fertig werden, wenn es soweit ist.»

Ihre Stimme sagte ihm, daß sie Bescheid wußte, daß sie beobachtete, daß sie die Situation im Griff hatte. Und daß es da nichts weiter zu diskutieren gab.

Er trank schweigend seinen Kaffee aus und stand auf. Für den Augenblick hatte er keine Fragen mehr, und er fühlte, wie er übersensibel auf jede Nuance ihrer Stimme achtete, auf jedes Schweigen, welches bedeuten mochte, daß seine Anwesenheit lästig war. Daß sie kaum begrüßt werden konnte, war ihm klar. Er war es gewohnt, ein Vorbote zu sein – bestenfalls von schlechten Nachrichten, schlimmstenfalls von Katastrophen. Aber er konnte wenigstens vermeiden, ihr seine Gesellschaft länger als notwendig aufzudrängen.

Als sie sich erhob, um ihn zur Tür zu begleiten, machte er eine beiläufige Bemerkung über die Architektur des Hauses und fragte, wie lange es schon im Besitz des Krankenhauses sei. Sie sagte: «Das ist eine tragische und ziemlich schreckliche Geschichte. Das Haus wurde 1880 von einem Thomas Nightingale gebaut, einem Seilfabrikanten, der sich hinaufgearbeitet hatte und ein seiner gesellschaftlichen Stellung entsprechendes Haus haben wollte. Der Name paßt rein zufällig; er hat weder etwas mit Florence noch mit dem Vogel zu tun. Nightingale wohnte hier mit seiner Frau – Kinder hatten sie nicht – bis 1886. Im Januar jenes Jahres fand man die Leiche eines der Hausmädchen, der neunzehnjährigen Nancy Gorringe, die Mrs. Nightingale aus einem Waisenhaus geholt hatte, an einem Baum in der Nähe des Hauses hängen. Als man sie herunterholte, wurde festgestellt, daß sie über mehrere Monate hin systematisch mißhandelt, geschlagen, gequält worden war. Es war bewußter Sadismus gewesen. Mit am schrecklichsten bei diesem Fall war, daß die anderen Hausangestellten eine Ahnung von den Vorgängen gehabt haben müssen, aber nichts dagegen unternahmen. Sie wurden anscheinend gut behandelt, denn sie priesen Nightingale während der Gerichtsverhandlung auf rührende Weise als gerechten und umsichtigen Herrn. Es muß ähnlich gewesen sein wie heute diese Prozesse wegen Kindesmißhandlung: Ein Familienmitglied wird als Opfer ausgesucht, wird vernachlässigt und gequält, und die andern nehmen die Mißhandlungen ruhig hin. Gefallen am Sadismus eines anderen, nehme ich an, oder einfach die verzweifelte Hoffnung, die eigene Haut zu retten. Und dennoch ist es eigenartig. Kein einziger von ihnen stellte sich gegen Nightingale, nicht einmal, als in den Wochen nach dem Prozeß die Erregung hier ihren Höhepunkt erreichte. Er und seine Frau wurden schuldig gesprochen und saßen viele Jahre im Gefängnis. Ich glaube sogar, daß sie dort starben. Jedenfalls kamen sie nicht mehr ins Nightingale-Haus zurück. Es wurde an einen ehemaligen Schuhfabrikanten verkauft, der die letzten zwölf Jahre seines Lebens hier wohnte und es dem John Carpendar vermachte. Es ist immer irgendwie ein Problem für das Krankenhaus gewesen, weil niemand recht wußte, was man damit anfangen sollte. Es ist eigentlich nicht als Schwesternschule geeignet, aber es ist schwer zu sagen, wofür es sich überhaupt eignet. Es geht die Geschichte, man könne um diese Jahreszeit Nancy Gorringes Geist nach Einbruch der Dunkelheit im Park weinen hören. Ich habe ihn nie gehört, und wir versuchen, die Geschichte von den Schülerinnen fernzuhalten. Aber ein glückliches Haus ist es nie gewesen.»

Und jetzt war es noch weniger glücklich als je zuvor, dachte Dalgliesh, als er zurück ins Büro ging. Jetzt mußte man der Geschichte von Haß und Gewalt zwei Morde zuzählen.

Er ließ Masterson allein nach Hause gehen und setzte sich an seinen Schreibtisch, um ein letztes Mal die Aufzeichnungen durchzugehen. Der Sergeant war kaum gegangen, als das Telefon läutete. Es war der Direktor des gerichtsmedizinischen Labors, der ihm mitteilte, die Untersuchungen seien abgeschlossen. Josephine Fallon sei an Nikotinvergiftung gestorben, und das Nikotin stamme aus der Dose mit dem Rosenspray.

6

Zwei Stunden später schloß er endlich den Nebeneingang des Nightingale-Hauses hinter sich und machte sich auf den Weg zum *Falconer's Arms*.

Die schmale Straße wurde von altmodischen Straßenlaternen beleuchtet, aber die Lampen hingen in so großen Abständen und brannten so schwach, daß er meistens im Dunkeln ging. Er begegnete keiner Menschenseele und konnte sich vorstellen, warum die Schülerinnen nach Einbruch der Dunkelheit nicht gern diesen Weg nahmen. Es regnete nicht mehr, aber dafür kam nun ein Wind auf, der die Tropfen von den verflochtenen Ästen der Ulmen schüttelte. Er spürte, wie sie ihm ins Gesicht spritzten und in den Mantelkragen sickerten, und bedauerte jetzt, morgens das Auto nicht mitgenommen zu haben. Die Bäume standen nahe an den Pfad heran. Dazwischen lag nur ein schmaler Streifen klitschigen Grases. Trotz des zunehmenden Windes war die Nacht mild, und ein bleicher Nebel schwamm zwischen den Bäumen und zog seine Spiralen um die Laternen. Der Weg war ungefähr drei Meter breit. Er mußte einmal eine Hauptauffahrt zum Nightingale-Haus gewesen sein; er schlängelte sich in sinnlosen Windungen durch die Gruppen von Ulmen und Birken, als habe der ursprüngliche Besitzer seine Bedeutung auch durch die Länge der Auffahrt steigern wollen.

Seine Gedanken gingen zu Christine Dakers. Er hatte das Mädchen um Viertel vor vier besucht. Die Privatstation war um diese Zeit sehr ruhig gewesen, und falls Oberschwester Brumfett dort gewesen war, hatte sie sich wohlweislich nicht blicken lassen. Die diensttuende Schwester hatte ihn in Empfang genommen und zu Schwester Dakers Zimmer geführt. Das Mädchen hatte aufrecht mit dem Kissen im Rücken dagesessen, rosig und triumphierend wie eine soeben entbundene Mutter, und hatte ihn begrüßt, als warte sie auf seine Glückwünsche und einen Blumenstrauß. Jemand hatte ihr bereits eine Vase mit Narzissen gebracht, und neben dem Teetablett auf dem Schwenktisch standen zwei Chrysanthementöpfe. Auf der Bettdecke lag ein Wust von Zeitschriften.

Sie hatte versucht, unbeteiligt und zerknirscht zu erscheinen, als sie ihre Geschichte erzählte, aber sie war eine schlechte Schauspielerin gewesen. In Wirklichkeit hatte sie gestrahlt vor Freude und Erleichterung. Und warum nicht? Die Oberin hatte sie besucht. Sie hatte gebeichtet und Verzeihung erhalten. Sie war nun von dem süßen Hochgefühl der erteilten Absolution erfüllt. Was den Kern noch eher traf, dachte er, war, daß die beiden Mädchen, die sie hätten bedrohen können, für immer gegangen waren. Diane Harper hatte das Krankenhaus verlassen. Und Heather Pearce war tot.

Und was genau hatte Schwester Dakers eingestanden? Warum diese auffällige Auferstehung ihrer Lebensgeister? Er hätte es gern gewußt. Aber er war kaum klüger aus ihrem Zimmer gekommen, als er hineingegangen war. Doch sie hatte wenigstens, dachte er, Madeleine Goodales Aussage bestätigt, daß sie zusammen in der Bibliothek gelesen hatten. Wenn es kein abgekartetes Spiel war, was ihm wahrscheinlich vorkam, hatten sie sich gegenseitig ein Alibi für die Zeit vor dem Frühstück geliefert. Und nach dem Frühstück hatte sie ihre letzte Tasse Kaffee mit in den Wintergarten genommen und dort den *Schwesternspiegel* gelesen, bis es Zeit war, in den Übungsraum zu gehen. Schwester Pardoe und Schwester Harper waren bei ihr gewesen. Die drei Mädchen hatten gleichzeitig den Wintergarten verlassen, waren kurz im Bad beziehungsweise in der Toilette im zweiten Stock verschwunden und dann direkt in den Übungsraum gegangen. Es war kaum vorstellbar, wie Christine Dakers die Milch vergiftet haben sollte.

Dalgliesh war noch nicht weit vom Haus entfernt, als er mitten im Schritt erstarrt innehielt. Was er da eine winzige Sekunde lang gehört hatte, hatte wie das Weinen einer Frau geklungen. Er stand völlig reglos und strengte alle Sinne an, um dieser verzweifelten fremden Stimme zu lauschen. Eine Zeitlang blieb es völlig ruhig, selbst der Wind schien sich gelegt zu haben. Dann hörte er es wieder, dieses Mal unmißverständlich. Das war nicht der nächtliche Schrei eines Tieres oder das Produkt eines müden, überreizten Hirns. Irgendwo in dem Baumgewirr zu seiner Linken jammerte eine Frau in ihrem Elend.

Er war nicht abergläubisch, aber er verfügte über die Sensibilität des phantasiebegabten Mannes für Atmosphäre. Allein in der Dunkelheit und mit dieser menschlichen Stimme im Ohr, die in höchsten Tönen mit dem wieder auffrischenden Wind heulte, empfand er einen ehrfürchtigen Schauder. Er spürte flüchtig das Entsetzen und die Hilflosigkeit jenes Hausmädchens aus dem 19. Jahrhundert, als berühre es ihn mit einem eisigen Finger. Eine schreckliche Sekunde lang teilte er ihr Elend und ihre Hoffnungslosigkeit. Die Vergangenheit wurde eins mit der Gegenwart. Das Entsetzen war zeitlos. Der letzte verzweifelte Akt spielte hier und jetzt. Doch dann war es vorbei. Das war eine wirkliche Stimme, eine lebendige Frau. Er knipste die Taschenlampe an, verließ den Weg und drang in die tiefe Dunkelheit zwischen den Bäumen ein.

Etwa zwanzig Schritt vom Wegrand entdeckte er eine Holzhütte, ungefähr drei auf drei Meter, deren einziges schwach erleuchtetes Fenster ein helles Viereck auf den Stamm der nächsten Ulme warf. Seine Schritte waren auf dem aufgeweichten Boden unhörbar. Er ging auf die Tür zu und stieß sie auf. Ein warmer kräftiger Geruch nach Holz und Paraffin schlug ihm entgegen. Und noch etwas mehr. Der Geruch nach menschlichem Leben. Eine Sturmlaterne stand auf einer umgedrehten Kiste, und in einem morschen Korbstuhl kauerte eine Frau.

Der Eindruck von einem im Pferch gefangenen Tier drängte sich ihm auf. Sie starrten sich stumm an. Trotz ihres unbändigen Weinens, das bei seinem Eintritt schlagartig aufgehört hatte, waren ihre Augen klar und funkelten ihn drohend an. Dieses Tier war vielleicht verzweifelt, aber es befand sich auf seinem eigenen Boden, und alle seine Sinne waren auf der Hut. Als sie zu sprechen anfing, klang ihre Stimme düster und angriffslustig, aber ohne jede Spur von Neugier oder Angst.

«Wer sind Sie?»

«Ich bin Adam Dalgliesh. Und Sie?»

«Morag Smith.»

«Man hat mir von Ihnen erzählt, Morag. Sie sind wohl heute abend ins Krankenhaus zurückgekommen?»

«Stimmt. Und ich hab von Miss Collins gehört, ich soll mich im Wohnheim melden. Ich hab gefragt, ob ich nicht ins Ärztehaus gehen darf, wenn ich nicht im Nightingale-Haus bleiben kann. Aber nein! Keine Angst! Hab mich mit den Ärzten zu gut verstanden. Also ab ins Wohnheim. Die machen hier mit dir, was sie wollen. Ich hab mit der Oberin reden wollen, aber Oberschwester Brumfett hat gesagt, die soll nicht gestört werden.»

Sie hielt mit ihrem Jammern ein und machte sich am Docht der Laterne zu schaffen. Die Flamme wurde größer. Sie blinzelte ihn an: «Adam Dalgliesh. Komischer Name. Neu hier, was?»

«Ich bin erst seit heute morgen hier. Sicher haben sie Ihnen von Schwester Fallon erzählt. Ich bin Detektiv. Ich will herausbekommen, wie sie und Schwester Pearce starben.»

Zuerst dachte er, die Neuigkeit würde sie aufs neue in Klagen ausbrechen lassen. Sie riß den Mund auf, besann sich aber eines Besseren, stieß einen kleinen Seufzer aus und klappte den Mund wieder zu. Sie sagte mürrisch: «Hab sie nicht umgebracht.»

«Schwester Pearce? Natürlich nicht. Warum sollten Sie!»

«Das hat der andre aber nicht gedacht.»

«Welcher andere?»

«Der Inspektor, der verdammte Inspektor Bill Bailey. Ich hab genau gemerkt, was der sich gedacht hat. Gefragt und gefragt hat er und dabei die ganze Zeit die Augen nicht von mir gelassen. Was haben Sie gemacht von dem Augenblick an, wo Sie aufgestanden sind? Was zum Teufel denkt der sich, was ich da mach! Arbeiten! Das mach ich. Haben Sie Schwester Pearce gern gehabt? War sie jemals unfreundlich zu Ihnen? Hätt ich mal sehn wollen, wenn sie's probiert hätt. Jedenfalls hab ich sie überhaupt nicht gekannt. Ich bin ja über ne Woche nicht im Nightingale-Haus gewesen. Aber ich hab schon gewußt, wo er drauf aus war. Es ist immer dasselbe. Dem blöden kleinen Küchenmädchen die Schuld ganz in die Schuhe schieben.»

Dalgliesh ging in die Hütte hinein und setzte sich auf eine Bank an der Wand. Er würde Morag Smith ohnehin verhören müssen. Er konnte es genausogut jetzt erledigen. Er sagte: «Wissen Sie, ich glaube, Sie haben nicht recht. Inspektor Bailey hatte Sie nicht in Verdacht. Das hat er mir gesagt.»

Sie schnaufte verächtlich.

«Sie können doch nicht alles glauben, was die Polizei erzählt. Zum Henker, hat Ihnen das Ihr Vater nicht beigebracht? Der hat mich bestimmt verdächtigt. Der krumme Hund, der Bailey. Mein Gott, mein Papa, der könnte Ihnen ein paar Geschichten über die Polizei erzählen.»

Zweifellos könnte die Polizei auch eine ganze Menge über Papa erzählen, dachte er, verwarf aber diese Richtung des Gesprächs, weil vermutlich nichts dabei herauskommen würde. Er beeilte sich, seinen Kollegen zu verteidigen.

«Inspektor Bailey ging nur seiner Arbeit nach. Er wollte Sie nicht aufregen. Ich bin auch Polizist, und ich werde Ihnen Fragen stellen müssen. Das muß sein. Ich komme nicht weiter, wenn Sie mir nicht helfen. Falls Schwester Pearce und Schwester Fallon umgebracht wurden, werde ich den Schuldigen finden. Sie waren jung. Schwester Pearce war etwa in Ihrem Alter. Ich nehme an, sie wollten noch nicht sterben.»

Er wußte nicht, wie Morag auf diesen wohlüberlegten Appell an Gerechtigkeit und Gefühl reagieren würde, aber er konnte sehen, wie die scharfen kleinen Augen das Halbdunkel zu durchdringen suchten.

«Ihnen helfen!» Ihre Stimme war voller Hohn. «Machen Sie sich bloß nicht über mich lustig. Ihr braucht doch keine Hilfe. Sie wissen ganz genau, wie die Milch in die Kokosnuß gekommen ist.»

Dalgliesh dachte über diese aufregende Metapher nach und beschloß, sie mangels gegenteiliger Beweise als Kompliment zu nehmen. Er stellte seine Taschenlampe so auf die Bank, daß sie einen hellen Lichtkreis an das Dach warf, rückte ein bißchen näher zur Wand und lehnte seinen Kopf an ein dickes Bund Bast, das an einem Nagel über ihm hing. Er saß erstaunlich bequem. Er fragte beiläufig: «Kommen Sie oft hierher?»

«Nur wenn ich durcheinander bin.» Ihr Ton deutete an, daß dies ein mögliches Ereignis sei, für das jede vernünftige Frau Vorsorge treffen müsse.

«Einsam ist's hier.» Sie fügte angriffslustig hinzu: «Jedenfalls bis jetzt gewesen.»

Dalgliesh hörte den Vorwurf.

«Es tut mir leid. Ich komme nicht mehr her.»

«Oh, Sie machen mir nichts aus. Kommen Sie nur wieder, wenn Sie Lust haben.»

Die Stimme klang zwar ungnädig, aber das Kompliment war unmißverständlich. Eine Weile redete sie nicht, aber die Stimmung war fast kameradschaftlich.

Die massiven Wände der Hütte schlossen sie ein und isolierten sie in einer unnatürlichen Stille vom Ächzen des Windes. Hier drinnen war die Luft kalt, aber muffig. Es roch aufdringlich nach Holz, Paraffin und Erde. Dalgliesh sah sich die Umgebung etwas näher an. Es war nicht ungemütlich. In der Ecke lag ein Strohballen, ein zweiter Korbstuhl, ähnlich dem, in dem sich Morag zusammenrollte, stand da, außerdem eine umgedrehte Kiste mit einer Wachstuchdecke, die als Tisch diente. Darauf entdeckte er in dem düsteren Licht so etwas wie einen Primuskocher. Auf einem Wandbrett standen eine weiße Teekanne aus Email und ein paar Becher. Er dachte sich, der Gärtner habe die Hütte früher als gemütlichen Schlupfwinkel nach der anstrengenden Arbeit und als Geräteschuppen benutzt, vielleicht auch, um sich zwischendurch etwas zu kochen. Im Frühling und Sommer mußte sie in dieser Stille unter den Bäumen, wo man nur die Vögel singen hörte, ein herrliches Versteck sein, stellte Dalgliesh sich vor. Aber jetzt war es mitten im Winter. Er sagte: «Entschuldigen Sie, wenn ich frage, aber wäre es nicht bequemer, im eigenen Zimmer durcheinander zu sein? Und einsamer?»

«Drüben im Nightingale-Haus ist's nicht gemütlich. Und im Wohnheim auch nicht. Mir gefällt's hier. Es riecht wie der Schuppen im Schrebergarten von meinem Vater. Und kein Mensch kommt hier vorbei, wenn's dunkel ist. Die haben alle Angst vor Gespenstern.»

«Sie nicht?»

«Ich glaube nicht an Gespenster.»

Das war die grundlegende Rechtfertigung eines unbeirrbaren Skeptizismus, dachte Dalgliesh. Man glaubte nicht an eine Sache, deshalb existierte sie nicht. Unbehelligt von der Phantasie, konnte man den Lohn der eigenen Gewißheit genießen, selbst wenn es sich nur um den unstreitigen Besitz einer Gartenhütte handelte, wenn man durcheinander war. Er fand das bewundernswert. Er überlegte, ob er nach dem Grund ihres Kummers fragen und vielleicht vorschlagen solle, sich vertrauensvoll an die Oberin zu wenden. Hatte dieses haltlose Weinen wirklich keinen anderen Grund als die so überaus verhaßten Aufmerksamkeiten Bill Baileys? Bailey war ein guter Detektiv, aber er ging nicht besonders zartfühlend mit den

Leuten um. Man konnte es sich einfach nicht leisten, immer so genau abzuwägen. Jeder Detektiv, auch der tüchtigste, hatte schon einmal erfahren, was es bedeutete, wenn man sich unabsichtlich einen Zeugen zum Feind machte. Wenn das erst einmal passiert war, dann konnte man aus ihr – gewöhnlich handelte es sich in diesem Fall um eine Frau – ums Verplatzen nichts mehr herausbekommen, selbst wenn die Antipathie unbewußt war. Erfolg bei einer Morduntersuchung hing weitgehend davon ab, ob man die Zeugen dazu brachte, einem zu helfen, ob man sie zum Reden brachte. Bill Bailey hatte bei Morag Smith einen einmaligen Schiffbruch erlitten. Auch Adam Dalgliesh hatte das schon erlebt.

Er erinnerte sich, was Inspektor Bailey ihm in der knappen Stunde, als er den Fall übergeben hatte, von den beiden Dienstmädchen erzählt hatte.

«Die beiden sind draußen. Die Alte, Miss Martha Collins, ist seit vierzig Jahren am Krankenhaus, und wenn sie Mordgelüste hätte, wären sie schon früher zutage getreten. Sie regt sich hauptsächlich über den Diebstahl des Desinfektionsmittels aus der Toilette auf. Scheint es als persönliche Beleidigung aufzufassen. Ist vermutlich der Ansicht, daß die Toilette in ihre Verantwortung fällt und der Mord nicht. Das junge Mädchen, diese Morag Smith, ist leicht übergeschnappt, wenn Sie mich fragen, und störrisch wie ein Esel. Sie könnte es natürlich getan haben, aber ich kann mir um alles in der Welt nicht vorstellen, warum. Heather Pearce hat, soviel ich weiß, nichts getan, um sie aus dem Gleichgewicht zu bringen. Und sie hatte auf jeden Fall kaum Zeit dazu. Morag war erst einen Tag, bevor die Pearce starb, aus dem Ärztehaus ins Nightingale-Haus umgezogen. Ich habe gehört, daß sie von dieser Veränderung nicht gerade erbaut war, aber das ist ja noch kein Motiv, die Schwesternschülerinnen um die Ecke zu bringen. Außerdem hat das Mädchen keine Angst. Eigensinnig ist sie, aber Angst hat sie gewiß nicht. Wenn sie es getan hat, bezweifle ich, ob Sie es je beweisen können.»

Sie saßen immer noch schweigend zusammen. Er war nicht unbedingt darauf aus, ihren Kummer zu erfahren. Er hatte eher den Verdacht, sie habe nur dem irrationalen Bedürfnis nachgegeben, sich einmal gehörig auszuweinen. Dafür hatte sie das Versteck ausgesucht, und sie hatte ein Recht auf ihre geheimen Gefühle, auch wenn ein Außenstehender in ihre heimliche Behausung eingedrungen war. Er war selbst zu zurückhaltend, um das Gefühlsleben anderer auszuspionieren, wie das so vielen Menschen die tröstliche Illusion teilnehmender Sorge gab. Er machte sich selten solche Sorgen. Die

Menschen hatten ihn immer interessiert, und er war in seinem Beruf so vielen begegnet, daß ihn nichts mehr überraschen konnte. Aber er ließ sich in nichts hineinziehen. Er war nicht erstaunt, daß sie diesen Schuppen liebte, der so nach zu Hause roch.

Ein verworrenes Gemurmel drang in sein Bewußtsein. Sie hatte wieder mit der Aufzählung ihrer Klagen begonnen.

«Hat mich die ganze Zeit angesehen. Und denselben kalten Kaffee immer wieder gefragt. Aufgeblasen hat er sich. Das hat man sehen können, wie der sich selbst gefallen hat.»

Plötzlich sah sie Dalgliesh an.

«Haben Sie Lust?»

Dalgliesh nahm die Frage ganz ernst.

«Nein, ich bin zu alt, um Lust zu haben, wenn ich friere und müde bin. In meinem Alter braucht man die materiellen Annehmlichkeiten des Lebens, wenn man es mit etwas Genuß für den Partner und Glauben an sich selbst machen will.»

Sie warf ihm einen halb ungläubigen, halb mitleidigen Blick zu.

«So alt sind Sie nun auch nicht. Danke fürs Taschentuch.»

Sie schneuzte sich noch einmal kräftig, bevor sie es zurückgab. Dalgliesh stopfte es schnell in seine Hosentasche, obwohl er es am liebsten unauffällig hinter die Bank hätte fallen lassen. Er streckte seine Beine, um aufzustehen, und hörte nur mit halbem Ohr hin.

«Was haben Sie gesagt?» fragte er und gab sich Mühe, nicht lauter zu werden und sich keine Neugier anmerken zu lassen.

Sie antwortete mürrisch.

«Ich hab gesagt, daß er nie herausgekriegt hat, daß ich die Milch getrunken hab, der Blödmann. Ich hab ihm nichts gesagt.»

«War das die Milch, die für die Übung gebraucht wurde? Wann haben Sie die getrunken?»

Er versuchte, beiläufig zu bleiben und kein besonderes Interesse durchblicken zu lassen. Aber er war sich der Stille in der Hütte und der zwei scharfen Augen, die ihn anstarrten, überdeutlich bewußt. War es möglich, daß sie nicht merkte, was sie ihm da erzählte?

«Acht Uhr war's, vielleicht ne Minute davor. Ich bin in den Übungsraum gegangen, ob ich meine Möbelpolitur dort vergessen habe. Und da hat die Milchflasche auf dem Wagen gestanden, und ich hab was getrunken. Bloß 'n bißchen oben weg.»

«Gleich aus der Flasche?»

«Na ja, war ja keine Tasse da. Ich hab Durst gehabt und hab da die Milch gesehen, und da hab ich halt Lust drauf gekriegt. Da hab ich 'n Schluck getrunken.»

Er stellte die entscheidende Frage.

«Sie tranken nur die Sahne oben ab?»

«Die hat keine Sahne gehabt. War ne andre Sorte Milch.»

Sein Herz machte einen Sprung.

«Und was haben Sie dann gemacht?»

«Nichts. Was soll ich denn gemacht haben?»

«Hatten Sie keine Angst, die Schwester könnte merken, daß die Flasche nicht mehr voll war?»

«Die Flasche war ja voll. Ich hab sie mit Leitungswasser aufgefüllt. Ich hab ja sowieso nur ein paar Schluck getrunken.»

«Und die Kappe wieder auf die Flasche gesetzt?»

«Genau. Und ganz vorsichtig, daß sie nichts merken.»

«Und Sie haben es niemandem erzählt?»

«Hat mich auch keiner gefragt. Der Inspektor hat mich gefragt, ob ich im Übungsraum gewesen bin, und ich hab gesagt, ich war nur vor sieben Uhr drin und hab kurz durchgewischt. Dem hätt ich doch nichts erzählt. War ja nicht seine Milch; der hat sie doch nicht bezahlt.»

«Morag, wissen Sie ganz genau, wie spät es war?»

«Acht. Wenigstens auf der Uhr im Übungsraum. Ich hab draufgeguckt, weil ich eigentlich das Frühstück mit ausgeben soll. Die Serviermädchen haben nämlich alle die Grippe gehabt. Da gibt's Leute, die meinen, daß man an drei Stellen gleichzeitig sein kann. Ich bin auf jeden Fall in den Frühstücksraum gegangen, da haben die Schwestern und die Mädchen alle schon mit dem Frühstück angefangen gehabt. Dann hat mich Miss Collins so scharf angeguckt. Wieder mal zu spät, Morag! Also muß es acht gewesen sein. Die Mädchen fangen immer um acht mit dem Frühstück an.»

«Und waren alle da?»

«Klar waren alle da! Hab ich doch gesagt! Die waren alle beim Frühstück.»

Aber er wußte ja, daß alle dagewesen waren. Die fünfundzwanzig Minuten von acht Uhr bis fünf vor halb neun waren die einzige Zeit, in der sämtliche weiblichen Verdächtigen zusammen gewesen waren, unter den Augen von Miss Collins gefrühstückt und sich gegenseitig im Blickfeld gehabt hatten.

Falls Morags Geschichte wahr war, und er zweifelte keine Sekunde daran, dann war die Zahl der Infragekommenden dramatisch zusammengeschrumpft. Es gab nur sechs Personen, die kein festes Alibi für den gesamten Zeitraum zwischen acht Uhr und acht Uhr vierzig, als sich die Klasse zusammenfand, vorzuweisen hatten. Er würde die Aussage natürlich überprüfen, aber er wußte bereits, was er finden würde. Er war darauf geeicht, gerade diese Art von Information sich nach Belieben ins Gedächtnis zu rufen, und die Namen kamen ihm von allein in den Sinn. Oberschwester Rolfe, Oberschwester Gearing, Oberschwester Brumfett, Madeleine Goodale, Leonard Morris und Stephen Courtney-Briggs.

Er zog das Mädchen sanft aus dem Sessel.

«Kommen Sie, Morag, ich begleite Sie zum Wohnheim. Sie sind eine sehr wichtige Zeugin, und ich möchte nicht, daß Sie sich eine Lungenentzündung holen, bevor ich Ihre Aussage aufschreiben kann.»

«Ich will nichts aufschreiben. Ich bin nicht mehr in der Schule.»

«Jemand wird es für Sie aufschreiben. Sie müssen nur Ihre Unterschrift daruntersetzen.»

«Dagegen hab ich nichts. Ich bin nicht dumm. Ich kann wohl meinen Namen schreiben.»

Und er mußte dabeisein, damit sie es auch tat. Er ahnte, daß Sergeant Masterson im Umgang mit Morag nicht erfolgreicher als Inspektor Bailey sein würde. Es war auf jeden Fall sicherer, die Aussage selbst aufzunehmen, auch wenn er dann erst später als geplant nach London fahren könnte.

Aber die Zeit wäre sinnvoll verbracht. Als er sich umdrehte, um die Tür der Hütte fest zuzuziehen – sie hatte kein Schloß –, fühlte er sich wohler als die ganze Zeit, seit er das Nikotin gefunden hatte. Endlich machte er Fortschritte. Alles in allem war es kein allzu schlechter Tag gewesen.

Danse macabre

1

Es war fünf Minuten vor sieben am nächsten Morgen. Masterson und Greeson saßen im Nightingale-Haus bei Miss Collins und Mrs. Muncie in der Küche. Masterson kam es vor wie mitten in der Nacht, dunkel und kalt. Die Küche roch anheimelnd nach frischem Brot, ein ländlicher Geruch, wehmütig und tröstlich zugleich. Aber Miss Collins war nicht das Urbild der drallen, fröhlichen Köchin. Sie beobachtete Greeson mit zusammengekniffenen Lippen, die Arme in die Seite gestemmt, wie er eine volle Milchflasche vorn in das mittlere Fach des Kühlschranks stellte, und sagte: «Welche sollen sie rausholen?»

«Die erste Flasche, die sie erwischen. Haben sie das nicht damals so gemacht?»

«Das haben sie gesagt. Ich hatte Besseres zu tun als dazusitzen und zuzuschauen. Und jetzt habe ich auch was Besseres zu tun.»

«Ist schon recht. Wir passen auf.»

Vier Minuten später kamen die Zwillinge zusammen herein. Keiner sagte etwas. Shirley öffnete die Kühlschranktür, und Maureen nahm die vorderste Flasche heraus. Mit Masterson und Greeson im Schlepptau gingen die Zwillinge über den stillen, widerhallenden Korridor in den Übungsraum. Der Raum war leer, die Vorhänge waren zugezogen. Die zwei Neonröhren warfen ihr grelles Licht auf einen Halbkreis leerer Stühle und auf das schmale, hohe Bett, wo eine groteske Puppe mit rundem Mund und Nasenlöchern wie zwei klaffende schwarze Öffnungen an die Kissen gelehnt war. Die Zwillinge begannen schweigend mit ihren Vorbereitungen. Maureen stellte die Flasche auf den Wagen und schob die Aufhängevorrichtung für die Tropfinfusion neben das Bett. Shirley suchte Instrumente und Schalen aus den verschiedenen Schränken zusammen und baute alles auf dem Wagen auf. Die beiden Polizisten sahen zu. Nach zwanzig Minuten sagte Maureen: «So weit kamen wir vor dem Frühstück. Wir verließen das Zimmer genauso, wie es jetzt aussieht.»

Masterson sagte: «Okay. Dann stellen wir unsere Uhren auf acht Uhr vierzig vor. Da kamen Sie doch zurück. Es hat keinen Sinn, die Zeit hier totzuschlagen. Wir könnten die anderen Schülerinnen jetzt hereinrufen.»

Folgsam stellten die Zwillinge ihre Armbanduhren, während Greeson in der Bibliothek anrief, wo die Mädchen warteten. Sie erschienen sofort, in derselben Reihenfolge wie damals. Zuerst Madeleine Goodale, hinter ihr Julia Pardoe und Christine Dakers, die zusammen hereinkamen. Keine machte Anstalten zu reden. Sie nahmen in dem Halbrund Platz und fröstelten ein wenig, als sei es im Zimmer kalt. Masterson fiel auf, daß sie es vermieden, einen Blick auf die groteske Puppe auf dem Bett zu werfen. Als sie sich gesetzt hatten, sagte Masterson: «So, Schwester. Sie können jetzt mit der Vorführung fortfahren. Machen Sie die Milch warm.»

Maureen sah ihn verwirrt an.

«Die Milch? Aber niemand hat Gelegenheit gehabt, sie ...» Ihre Stimme wurde unhörbar.

Masterson sagte: «Niemand hat Gelegenheit gehabt, sie zu vergiften? Das spielt keine Rolle. Machen Sie nur weiter. Ich möchte, daß Sie haargenau das tun, was Sie an jenem Montag getan haben.»

Sie ließ eine große Kanne am Wasserhahn voll heißes Wasser laufen und stellte die ungeöffnete Flasche hinein, um die Milch kurz anzuwärmen. Als Masterson sie mit einem ungeduldigen Nicken aufforderte fortzufahren, riß sie die Kappe von der Flasche und goß die Flüssigkeit in einen gläsernen Meßbecher. Dann nahm sie ein Thermometer vom Instrumentenwagen und prüfte die Temperatur der Milch. Die Klasse sah fasziniert und mäuschenstill zu. Maureen warf einen Blick auf Masterson. Als der ihr kein Zeichen gab, nahm sie den Speiseröhrenschlauch und führte ihn in den starren Mund der Puppe ein. Ihre Hand war völlig ruhig. Schließlich hob sie einen Glastrichter hoch über den Kopf und hielt inne.

Masterson sagte: «Machen Sie nur weiter, Schwester. Es wird der Puppe nicht schaden, wenn sie ein bißchen feucht wird. Dafür ist sie ja da. Ein paar Schluck warme Milch tun ihrem Bauch nichts.»

Maureen goß die Milch in den Trichter. Jetzt konnte man die Flüssigkeit sehen, und alle Augenpaare hingen an dem gewundenen weißen Rinnsal. Plötzlich zögerte das Mädchen und blieb reglos stehen, mit immer noch erhobenem Arm wie ein Modell in einer linkischen Pose.

«Nun», sagte Masterson. «Ja oder nein?»

Maureen hielt den Meßbecher unter die Nase und reichte ihn

dann wortlos ihrer Zwillingsschwester. Shirley schnupperte und sah Masterson an.

«Das ist keine Milch, nicht? Das ist ein Desinfektionsmittel. Sie wollten ausprobieren, ob wir den Unterschied merken würden!»

Maureen sagte: «Wollen Sie behaupten, daß es das letzte Mal auch ein Desinfektionsmittel war? Daß die Milch vergiftet wurde, bevor wir die Flasche aus dem Kühlschrank holten?»

«Nein, damals war die Milch in Ordnung, als Sie sie aus dem Kühlschrank nahmen. Was machten Sie mit der Flasche, nachdem Sie die Milch in den Meßbecher umgefüllt hatten?»

Shirley sagte: «Ich ging an das Waschbecken in der Ecke und spülte sie aus. Entschuldigen Sie, das habe ich vergessen. Ich hätte es vorher tun sollen.»

«Macht nichts. Holen Sie's jetzt nach.»

Maureen hatte die leere Flasche auf den Tisch neben das Waschbecken gestellt. Der zerknüllte Deckel lag daneben. Shirley nahm ihn in die Hand und blieb stehen. Masterson sagte sehr ruhig: «Nun?»

Das Mädchen warf ihm einen verwirrten Blick zu.

«Irgendwas ist anders, irgendwas stimmt nicht. Es war nicht so.»

«Wirklich nicht? Dann denken Sie nach. Werden Sie nicht nervös. Entspannen Sie sich. Überlegen Sie einfach ganz ruhig.»

Im Übungsraum war es übernatürlich still. Plötzlich drehte sich Shirley nach ihrer Schwester um.

«Jetzt hab ich's, Maureen! Der Verschluß. Das letzte Mal haben wir eine von den homogenisierten Flaschen aus dem Kühlschrank genommen, von denen mit den silbernen Kappen. Aber als wir nach dem Frühstück in den Übungsraum kamen, war es eine andere. Weißt du nicht mehr? Die Kappe war golden. Es war Vorzugsmilch.»

Schwester Goodale sagte leise von ihrem Stuhl aus: «Ja. Mir fällt es auch wieder ein. Ich habe nur eine Flasche mit einem goldenen Verschluß gesehen.»

Maureen sah Masterson fragend an.

«Dann hat also jemand den Deckel vertauscht?»

Bevor er Gelegenheit hatte zu antworten, hörten sie Madeleine Goodales ruhige Stimme.

«Nicht unbedingt den Deckel. Irgendwer hat die ganze Flasche ausgewechselt.»

Masterson gab keine Antwort. Der Alte hatte also recht gehabt! Die Lösung mit dem Desinfektionsmittel war sorgfältig und in aller

Ruhe vorbereitet worden. Dann hatte jemand die todbringende Flasche mit der anderen, aus der Morag Smith getrunken hatte, vertauscht. Und was war aus der ursprünglichen Flasche geworden? Man durfte fast sicher sein, daß sie nach oben in die kleine Küche der Stationsschwestern gebracht worden war. Hatte Oberschwester Gearing sich nicht bei Miss Collins beschwert, die Milch sei verwässert gewesen?

2

Dalgliesh hatte sein Vorhaben beim Yard schnell erledigt und war um elf Uhr in North Kensington.

Millington Square Nr. 49 war ein Haus im italienischen Stil, ziemlich verwahrlost, stellenweise war der Verputz abgeblättert. Es hatte nichts Auffälliges. Von der Art gab es Hunderte von Häusern in diesem Teil Londons. Es war anscheinend in Einzimmerwohnungen aufgeteilt worden, denn an jedem Fenster hing ein anderes Paar Vorhänge oder auch überhaupt nichts, und es strahlte jene anonyme Überbelegung aus, die den ganzen Stadtteil bestimmte. Dalgliesh vermißte Klingeln am Portal und eine ordentliche Tafel mit den Namen der Mieter. Die Eingangstür war offen. Er stieß die Glastür auf, die in die Halle führte, und sogleich überfiel ihn ein abgestandener Geruch nach Küche, Bohnerwachs und ungewaschenen Kleidern. Die Wände in der Halle waren einmal mit einer dicken, rauhen Tapete verkleidet gewesen, die jetzt dunkelbraun überpinselt war und glänzte, als schwitze sie Feuchtigkeit und Fett aus. Boden und Treppe waren mit gemustertem Linoleum ausgelegt, mit Flicken in einem neueren, helleren Muster, wo die Bruchstellen gefährlich gewesen wären, ansonsten aber war es rissig und ramponiert. Die Wände waren mit dem langweiligen Grün gestrichen, das man bei Behörden findet. Nichts rührte sich, aber er spürte die Gegenwart von Leben hinter den verschlossenen numerierten Türen, als er unbehelligt die Treppen hinaufstieg.

Nummer 14 lag im obersten Stock und ging nach hinten hinaus. Als er sich der Tür näherte, hörte er das abgehackte Geklapper einer Schreibmaschine. Er klopfte laut, und das Geräusch hörte auf. Er mußte länger als eine Minute warten, bis sich die Tür einen Spalt öffnete und er sich einem mißtrauischen, unfreundlichen Augenpaar gegenübersah.

«Wer sind Sie? Ich bin beschäftigt. Meine Freunde wissen, daß ich morgens keinen Besuch brauchen kann.»

«Ich bin auch kein Freund. Darf ich reinkommen?»

«Bitte sehr. Aber ich habe nicht viel Zeit für Sie. Und ich glaube, Sie vertun hier Ihre Zeit. Ich werde nirgendwo beitreten; ich habe nicht genug Zeit. Und ich will nichts kaufen, weil ich nicht genug Geld habe. Ich habe jedenfalls alles, was ich brauche.» Dalgliesh zeigte seine Karte.

«Ich kaufe nichts und verkaufe auch nichts, nicht einmal Auskünfte. Deswegen bin ich allerdings hier. Es geht um Josephine Fallon. Ich bin Kriminalbeamter und untersuche ihren Tod. Sie sind also Arnold Dowson?»

Die Tür wurde nun ganz aufgemacht.

«Kommen Sie bitte herein.» Kein Zeichen von Angst, aber vielleicht eine gewisse Vorsicht in den grauen Augen.

Es war ein ungewöhnliches Zimmer, eine kleine Dachstube mit schrägen Wänden und einem Dachfenster, fast ausschließlich mit rohen, unbemalten Holzkisten möbliert, auf denen zum Teil noch der Name des Obst- oder Weinhändlers stand. Sie waren mit Geschick neben- und übereinander gestapelt, ungleichmäßig in Größe und Form, so daß die Wände vom Boden bis unter die Decke wie Bienenwaben mit hellen hölzernen Zellen aussahen. Sie enthielten all die Kleinigkeiten des täglichen Bedarfs. Einige waren vollgestopft mit gebundenen Büchern; in anderen standen orangefarbene Taschenbücher. Eine Kiste umrahmte einen elektrischen Ofen mit zwei Brennstäben, genau das Richtige, um so ein kleines Zimmer zu heizen. In einer anderen Kiste lag ein ordentlicher Stapel sauberer, aber ungebügelter Kleidungsstücke. Dann eine mit blaugestreiften Henkelbechern und anderem Geschirr und eine mit ein paar Fundstükken, Muscheln, einem Porzellanhund, einem kleinen Marmeladetöpfchen und Vogelfedern. Das mit einer Wolldecke zugedeckte Bett stand unter dem Fenster. Eine weitere umgestülpte Kiste diente als Tisch und Schreibtisch. Die beiden einzigen Sitzgelegenheiten waren zwei Klappstühle aus Segeltuch, wie man sie zum Picknick verwendet. Dalgliesh fiel ein Artikel ein, den er einmal in einer bunten Sonntagsbeilage gesehen hatte: Wie richte ich eine Einzimmerwohnung für weniger als fünfzig Pfund ein. Arnold Dowson war wahrscheinlich mit der Hälfte ausgekommen. Aber das Zimmer war nicht unfreundlich. Alles war einfach und praktisch. Für den Geschmack mancher Leute lag vielleicht alles zu offen da. Die peinliche Sauberkeit hatte etwas Zwanghaftes, und die Art, wie jeder Zoll bis zum letzten ausgenutzt war, machte es nicht möglich, das Zimmer wirklich gemütlich zu finden. Es war die Wohnung eines von sich überzeugten, gut organisierten Mannes, der, wie er Dalgliesh gesagt hatte, eben alles besaß, was er für sich brauchte.

Der Bewohner paßte in seine Umgebung. Er sah beinahe übertrieben reinlich aus. Er war noch ziemlich jung, wahrscheinlich nicht viel über zwanzig, dachte Dalgliesh. Sein brauner Pullover war sauber; die beiden Bündchen hatte er exakt um das gleiche Stück umgeschlagen, und am Hals sah man die Kragenkante eines tadellos weißen Hemdes. Seine abgeblichenen, aber fleckenlosen Bluejeans waren gewaschen und sorgfältig gebügelt. In der Mitte jedes Hosenbeins lief eine scharfe Bügelfalte, und die Enden waren aufgeschlagen und säuberlich mit ein paar Stichen festgenäht. Das stand in einem seltsamen Widerspruch zu diesem zwanglosen Kleidungsstück. Er trug Ledersandalen mit Schnallenverschluß, wie man sie gewöhnlich bei Kindern sieht, und keine Socken. Sein Haar war sehr blond und zu einem Helm frisiert, der sein Gesicht wie das eines Pagen aus dem Mittelalter umrahmte. Das Gesicht unter dem gepflegten Pony war kantig und sensibel, die Nase gebogen und vielleicht etwas zu groß, der Mund klein und gut geschnitten, vielleicht ein wenig launisch. Aber das auffälligste an ihm waren die Ohren. Dalgliesh hatte nie zuvor solche kleinen Ohren bei einem Mann gesehen, dazu hatten sie keine Farbe, nicht einmal am Ohrläppchen. Sie waren wie aus Wachs gemacht. Wie er da auf der umgedrehten Apfelsinenkiste saß, die Hände locker zwischen den Knien hängen ließ und Dalgliesh mit wachsamen Augen betrachtete, sah er wie der Mittelpunkt eines surrealistischen Gemäldes aus, klar umrissen und einmalig vor dem vielzelligen Hintergrund.

Dalgliesh zog eine Kiste vor und setzte sich gegenüber von dem Jungen hin. Er sagte: «Sie wußten natürlich, daß sie tot ist?»

«Ja. Ich habe es heute morgen in der Zeitung gelesen.»

«Wußten Sie, daß sie schwanger war?»

Das zumindest bewirkte eine Gefühlsregung. Sein Gesicht verkrampfte sich und wurde blaß. Er warf den Kopf zurück und starrte Dalgliesh einen Augenblick stumm an, bevor er antwortete: «Nein. Das wußte ich nicht. Davon hat sie mir nichts gesagt.»

«Sie war seit fast drei Monaten schwanger. Könnte es Ihr Kind gewesen sein?»

Dowson senkte den Kopf und betrachtete seine Hände.

«Könnte sein. Ich benutzte keine Verhütungsmittel, wenn Sie das meinen. Sie sagte mir, ich brauchte nicht aufzupassen, darauf würde sie schon achten. Schließlich war sie Krankenschwester. Ich dachte, sie wüßte, wie sie sich vorzusehen habe.»

«Das hat sie, glaube ich, nie richtig gewußt. Würden Sie mir nicht besser die ganze Geschichte erzählen?»

«Muß ich das?»

«Nein. Sie müssen gar nichts. Sie können sich erst einen Anwalt nehmen. Sie können jede Menge Umstände und Schwierigkeiten machen und die ganze Sache in Verzug bringen. Aber ist das denn sinnvoll? Niemand legt Ihnen einen Mord zur Last. Aber einer hat sie ermordet. Sie kannten sie und hatten sie wahrscheinlich gern. Eine Zeitlang jedenfalls. Wenn Sie mir helfen wollen, können Sie das am besten dadurch, daß Sie mir alles berichten, was Sie von ihr wissen.»

Dowson erhob sich zögernd. Er bewegte sich plötzlich so langsam und schwerfällig wie ein alter Mann. Er sah sich um, als befände er sich in einem fremden Zimmer. Schließlich sagte er: «Ich koche uns einen Tee.»

Er schlurfte durchs Zimmer zu dem zweiflammigen Gaskocher, den er rechts neben dem armseligen, unbenutzten Kamin installiert hatte, hob den Kessel an, um zu prüfen, ob genügend Wasser darin sei, und zündete das Gas an. Er holte zwei Becher aus einer der Kisten und stellte sie auf eine andere Kiste, die er zwischen sich und Dalgliesh schob. Sie enthielt ein paar Zeitungen, die ordentlich gefaltet waren, als seien sie noch ungelesen. Er breitete eine davon über die Kiste und stellte die blauen Henkelbecher und eine Milchflasche so förmlich hin, als hätten sie vor, Tee aus Crown Derby zu trinken. Er sagte nichts mehr, bis er den Tee aufgebrüht und eingeschenkt hatte. Dann begann er: «Ich war nicht ihr einziger Liebhaber.»

«Sprach sie mit Ihnen über die anderen?»

«Nein, aber ich glaube, einer war Arzt. Vielleicht auch mehrere. Das wäre unter diesen Umständen nicht verwunderlich. Wir unterhielten uns einmal über Sex, und sie sagte, im Bett verrieten sich Wesen und Charakter eines Mannes. Wenn er egoistisch oder unsensibel oder brutal sei, könne er das im Bett nicht verbergen, was auch immer er angezogen darstellen möge. Dann sagte sie, sie habe einmal mit einem Chirurgen geschlafen, und es sei nur zu klar gewesen, daß alle Körper, mit denen er in Berührung gekommen sei, zuerst narkotisiert wurden. Er habe soviel zu tun gehabt, seine eigene Technik zu bewundern, daß er völlig vergessen habe, mit einer Frau im Bett zu liegen, die bei Bewußtsein war. Sie lachte darüber.

Ich glaube, sie hat sich nicht viel daraus gemacht. Sie konnte überhaupt über eine ganze Menge lachen.»

«Aber Sie glauben nicht, daß sie glücklich war?»

Er schien nachzudenken. Dalgliesh dachte: Und antworte um Gottes willen nicht: Wer ist das schon!

«Nein, richtig glücklich nicht. Meistens nicht. Aber sie wußte, wie man das Glück auskosten kann. Das war das Wesentliche.»

«Wie haben Sie sich kennengelernt?»

«Ich versuche mich als Schriftsteller. Ich habe nie etwas anderes gewollt. Ich muß mir meinen Lebensunterhalt verdienen, bis mein erster Roman geschrieben und gedruckt ist, deshalb arbeite ich nachts in der Telefonvermittlung für Auslandsgespräche. Mein Französisch reicht dafür gerade aus. Der Verdienst ist ganz gut. Ich habe nicht viele Freunde, weil ich zuwenig Zeit habe, und ich war nie mit einer Frau im Bett, bis ich Jo kennenlernte. Frauen haben anscheinend nicht viel für mich übrig. Ich traf sie letzten Sommer im St.-James-Park. Sie hatte ihren freien Tag, und ich beobachtete die Enten und sah mich im Park um. Eine Szene in meinem Buch sollte im Juli im St.-James-Park spielen, und deshalb ging ich hin, um mir ein paar Eindrücke zu holen und Notizen zu machen. Sie lag auf dem Rücken im Gras und starrte in den Himmel. Sie war allein. Eine Seite von meinem Notizblock löste sich und flog über ihr Gesicht. Ich wollte sie holen, entschuldigte mich bei ihr, und wir liefen zusammen hinter dem Papierfetzen her.»

Er hielt den Becher in der Hand und starrte auf den Tee, als blicke er wieder über den sommerlichen See.

«Es war ein irrer Tag – sehr heiß, keine Sonne und sehr windig. Der Wind kam in schwülen Böen. Der See sah zäh wie Öl aus.»

Er schwieg einen Augenblick, aber als Dalgliesh nichts sagte, fuhr er fort: «So trafen wir uns und kamen miteinander ins Gespräch, und ich lud sie zu mir zum Tee ein. Ich weiß nicht, was ich mir eigentlich vorgestellt hatte. Nach dem Tee blieben wir zusammen und unterhielten uns. Sie verführte mich. Wochen später erzählte sie mir, sie habe das eigentlich gar nicht gewollt, als sie mit zu mir kam – aber ich weiß nicht. Ich weiß nicht einmal, warum sie mitkam. Vielleicht aus Langeweile.»

«Hatten Sie die Absicht?»

«Das weiß ich auch nicht. Ich weiß, daß ich mit einer Frau schlafen wollte. Ich wollte wissen, wie das ist. Das ist eine Erfahrung, über die man nicht schreiben kann, wenn man sie nicht selbst gemacht hat.»

«Und manchmal nicht einmal dann. Und wie lange fuhr sie fort, Sie mit Stoff zu versorgen?»

Der Junge schien die Ironie nicht zu merken. Er sagte: «Sie kam gewöhnlich alle vierzehn Tage hierher, an ihrem freien Tag. Wir gingen nie zusammen aus, höchstens mal auf ein Bier. Sie brachte meistens etwas zu essen mit und kochte für uns, und dann redeten wir miteinander und gingen ins Bett.»

«Worüber haben Sie sich unterhalten?»

«Ich glaube, meistens habe ich geredet. Sie erzählte nicht viel von sich, nur daß ihre Eltern ums Leben kamen, als sie noch klein war, und daß sie bei einer ältlichen Tante in Cumberland aufgewachsen ist. Die Tante lebt nicht mehr. Ich glaube, Jo hatte keine glückliche Kindheit. Sie hatte schon immer Krankenschwester werden wollen, aber dann bekam sie eine Tb, als sie siebzehn war. Es war nicht sehr schlimm. Sie verbrachte achtzehn Monate in einem Sanatorium in der Schweiz und wurde wieder gesund. Aber die Ärzte rieten ihr vom Schwesternberuf ab. Deshalb hat sie alle möglichen anderen Berufe ausprobiert. Sie hat sich als Schauspielerin versucht, drei Jahre war sie an einem Theater, aber sie war nicht besonders erfolgreich. Dann jobbte sie eine Zeitlang als Bedienung und als Verkäuferin. Dann verlobte sie sich, aber das ging auch in die Brüche. Sie löste die Verlobung.»

«Sagte sie, warum?»

«Nein, außer daß sie etwas über diesen Mann herausbekam, was eine Heirat unmöglich machte.»

«Sagte sie, was das war oder wer der Mann war?»

«Nein, ich fragte auch nicht danach. Aber ich vermute, daß er sexuell vielleicht nicht normal veranlagt war.»

Als er Dalglieshs Gesicht sah, fügte er schnell hinzu: «Ich weiß es wirklich nicht. Sie sprach nie davon. Fast alles, was ich über Jo weiß, erwähnte sie rein zufällig im Gespräch. Sie redete nie lange von sich selbst. Das war nur so ein Gedanke von mir. Es klang irgendwie bitter und hoffnungslos, wenn sie von ihrer Verlobung sprach.»

«Und danach?»

«Na ja, anscheinend besann sie sich wieder auf ihre ursprünglichen Pläne, Krankenschwester zu werden. Sie meinte, mit etwas Glück könne sie die Prüfung schaffen. Sie entschied sich für das John-Carpendar-Krankenhaus, weil sie in der Nähe von London bleiben wollte, aber nicht direkt in der Stadt, und glaubte, an einem kleinen Krankenhaus sei es weniger anstrengend. Sie wollte ihre Gesundheit nicht aufs Spiel setzen, nehme ich an.»

«Erzählte sie Ihnen vom Krankenhaus?»

«Nicht viel. Sie scheint sich dort einigermaßen wohl gefühlt zu haben. Aber sie ersparte mir die näheren Einzelheiten ihrer Runden mit der Bettschüssel.»

«Wissen Sie, ob sie Feinde hatte?»

«Muß sie ja wohl gehabt haben, wenn jemand sie umbrachte, oder nicht? Aber davon erzählte sie mir nichts. Vielleicht wußte sie es selbst nicht.»

«Sagen Ihnen diese Namen etwas?»

Er zählte die Namen von allen Personen auf von den Schülerinnen bis zum Apotheker, die sich in der Nacht, als Josephine Fallon starb, im Nightingale-Haus aufgehalten hatten.

«Ich glaube, sie erwähnte Madeleine Goodale. Sie waren wohl Freundinnen, hatte ich den Eindruck. Und Courtney-Briggs kommt mir bekannt vor. Aber ich kann mich an keinen bestimmten Zusammenhang erinnern.»

«Wann haben Sie sich zum letztenmal getroffen?»

«Vor ungefähr drei Wochen. Sie kam an ihrem freien Abend her und kochte uns ein Essen.»

«Welchen Eindruck machte sie damals?»

«Sie war nervös und wollte unbedingt mit mir schlafen. Ja, und dann, als sie im Gehen war, sagte sie, sie würde mich nicht mehr besuchen. Ein paar Tage später bekam ich einen Brief. Sie schrieb nur, ‹Es war mein voller Ernst. Versuche bitte nicht, die Verbindung aufrechtzuerhalten. Es hat nichts mit Dir zu tun, mach Dir also keine Gedanken. Leb wohl und vielen Dank. Jo.›»

Dalgliesh fragte, ob er den Brief aufgehoben habe.

«Nein. Ich hebe nur wichtige Papiere auf. Ich meine, ich habe keinen Platz hier, um Briefe zu sammeln.»

«Und haben Sie versucht, die Verbindung wiederaufzunehmen?»

«Nein. Sie hatte mich gebeten, das nicht zu tun, und ich sah auch keinen Sinn darin. Ich meine, ich hätte es vielleicht versucht, wenn ich von dem Kind gewußt hätte. Aber da bin ich mir auch nicht sicher. Ich hätte doch nichts tun können. Ich hätte hier kein Kind gebrauchen können. Das sehen Sie ja selbst. Was hätte ich denn tun sollen? Sie hätte mich nicht heiraten wollen, und ich dachte auch nie daran, sie zu heiraten. Ich möchte überhaupt nicht heiraten. Aber ich glaube nicht, daß sie sich wegen des Kindes umgebracht hat. Jo sicher nicht.»

«Also gut. Sie glauben nicht an einen Selbstmord. Und warum nicht?»

«Sie war nicht der Typ.»

«Nun kommen Sie aber! Ein bißchen besser können Sie sich doch ausdrücken.»

Der Junge sagte aggressiv: «Jedenfalls stimmt das. Ich bin bisher zwei Menschen begegnet, die Selbstmord begangen haben. Einer war ein Junge in meiner Klasse. Das war, als wir uns auf die Abschlußprüfung vorbereiteten. Der andere war der Geschäftsführer einer chemischen Reinigung, in der ich arbeitete. Ich fuhr den Lieferwagen. Und in beiden Fällen sagte jeder das Übliche – wie schrecklich das sei und wie unerwartet. Aber ich war eigentlich nicht überrascht. Ich meine, ich hatte etwas in der Richtung nicht direkt erwartet. Ich war nur einfach nicht überrascht. Wenn ich über diese beiden Todesfälle nachdachte, konnte ich mir vorstellen, daß sie es tatsächlich getan hatten.»

«Sie kennen nicht genug Beispiele.»

«Jo hätte sich nicht umgebracht. Warum sollte sie!»

«Ich wüßte ein paar Gründe. Sie hatte soweit noch nicht viel erreicht in ihrem Leben. Sie hatte keine Verwandten, die sich um sie kümmerten, und sehr wenige Freunde. Sie hatte keinen guten Schlaf, sie war eigentlich nicht glücklich. Schließlich hatte sie die Aufnahme in die Schwesternschule geschafft und stand wenige Monate vor der Abschlußprüfung. Und dann merkt sie, daß sie schwanger ist. Sie weiß, daß ihr Freund das Kind nicht haben will, daß es keinen Zweck hat, von ihm Trost und Hilfe zu erwarten.»

Dowson protestierte heftig.

«Sie erwartete von niemand Trost oder Unterstützung! Das will ich Ihnen ja die ganze Zeit erklären! Sie schlief mit mir, weil sie Lust dazu hatte. Ich bin nicht für sie verantwortlich. Ich bin für keinen Menschen verantwortlich. Für keinen! Ich bin nur für mich selbst verantwortlich. Sie wußte, was sie tat. Es war ja nicht so, daß sie ein junges unerfahrenes Mädchen war, das Zärtlichkeit und Schutz brauchte.»

«Wenn Sie der Meinung sind, nur die Jungen und Unschuldigen haben Trost und Schutz nötig, dann denken Sie in Klischees. Und wenn Sie erst einmal in Klischees denken, dann schreiben Sie die schließlich auch.»

Der Junge sagte mürrisch: «Kann sein. Jedenfalls glaube ich, was ich sage.»

Plötzlich stand er auf und ging zu seiner Kistenwand. Als er sich umdrehte, sah Dalgliesh einen großen, glatten Stein in seiner Hand. Er war eiförmig, hellgrau und gesprenkelt wie ein Vogelei und paßte genau in seine hohle Hand. Dowson ließ ihn auf den Tisch fallen, wo er hin und her tanzte, bis er langsam zur Ruhe kam. Der Junge setzte sich wieder hin und beugte sich vor, den Kopf in die Hände gestützt. Gemeinsam betrachteten sie den Stein. Dalgliesh schwieg. Plötzlich sagte Dowson: «Sie hat ihn mir geschenkt. Wir fanden ihn zusammen am Strand von Ventnor auf der Insel Wight. Wir waren im vergangenen Oktober zusammen dort. Aber das wissen Sie natürlich. Dadurch haben Sie mich wohl aufgespürt. Heben Sie ihn mal auf. Er ist erstaunlich schwer.»

Dalgliesh nahm den Stein in die Hand. Er fühlte sich angenehm glatt und kühl an. Ihm gefiel diese von der See geschaffene Vollkommenheit der Form, die harte, unnachgiebige Rundung, die sich dennoch so weich in seine Handfläche einpaßte.

«Ich bin als Kind in den Ferien nie an der See gewesen. Mein Vater starb, als ich noch keine sechs war, und meine Mutter hatte zu wenig Geld. Deshalb hatte ich immer Sehnsucht nach dem Meer. Jo meinte, es sei eine prima Idee, gemeinsam hinzufahren. Es war sehr warm im letzten Oktober. Wissen Sie noch? Wir nahmen die Fähre von Portsmouth, und außer uns war nur noch ein halbes Dutzend Leute darauf. Die Insel war auch schon leer. Wir konnten von Ventnor bis zum Leuchtturm von St. Catherine laufen, ohne einer Menschenseele zu begegnen. Es war warm genug, auch einsam genug, um nackt zu baden. Jo fand diesen Stein. Sie dachte, es wäre ein hübscher Briefbeschwerer. Ich wollte mir mit seinem Gewicht nicht die Hosentasche ausreißen, aber sie nahm ihn mit. Dann, als wir wieder hier waren, gab sie ihn mir als Andenken. Ich wollte, daß sie ihn behielt, aber sie sagte, ich würde den Urlaub viel schneller als sie vergessen. Verstehen Sie? Sie konnte das Glück genießen. Ich weiß nicht, ob ich das kann. Aber Jo wußte, wie man das macht. Wenn man so ist, bringt man sich nicht um. Nicht, wenn man weiß, wie wunderschön das Leben sein kann. Colette wußte das. Sie schrieb über eine ‹unwiderstehlich heftige und geheime Beziehung zur Erde und zu allem, was aus ihren Brüsten strömt›.» Er sah Dalgliesh an.

«Colette war eine französische Schriftstellerin.»

«Ich weiß. Und Sie glauben, Josephine Fallon konnte so fühlen?»

«Ich weiß es genau. Nicht oft. Und es hielt nicht lange vor. Aber wenn sie glücklich war, war sie wunderbar. Wenn man diese Art von Glücklichsein einmal erfahren hat, bringt man sich nicht um. Solange man lebt, bleibt einem die Hoffnung, daß es sich wiederholen kann.

Dalgliesh sagte: «Man löst sich auch von allem Elend. Das könnte einem wichtiger erscheinen. Aber ich meine, Sie haben recht. Ich glaube nicht, daß Josephine Fallon Selbstmord beging. Ich glaube, daß sie ermordet wurde. Deshalb frage ich, ob Sie mir noch etwas mehr erzählen können.»

«Nein. Ich hatte in der Nacht, als sie starb, Dienst in der Telefonzentrale. Ich gebe Ihnen am besten die Adresse. Vermutlich wollen Sie das überprüfen.»

«Aus verschiedenen Gründen ist es höchst unwahrscheinlich, daß es jemand war, der mit den Gegebenheiten des Nightingale-Hauses nicht vertraut war. Aber wir werden es nachprüfen.»

«Bitte, hier ist die Adresse.»

Er riß eine Ecke von der Zeitung ab, die auf dem Tisch lag, zog einen Bleistift aus der Hosentasche und kritzelte die Adresse hin, wobei sein Kopf fast das Papier berührte. Dann faltete er den Fetzen säuberlich zusammen, als handle es sich um eine geheime Botschaft, und schob ihn über den Tisch.

«Nehmen Sie auch den Stein. Ich möchte ihn Ihnen schenken. Nein, nehmen Sie nur. Bitte nehmen Sie ihn mit. Sie denken, ich sei herzlos, ich fühle keine Trauer um sie. Aber das stimmt nicht. Ich will, daß Sie den finden, der sie ermordet hat. Das wird weder ihr noch dem Mann nützen, aber ich möchte, daß Sie es herausbekommen. Und es tut mir sehr leid. Ich kann mir nur einfach nicht zu viele Gefühle leisten. Ich darf mich in nichts zu tief hineinziehen lassen. Sie verstehen?»

Dalgliesh nahm den Stein in die Hand und stand auf.

«Ja», sagte er. «Ich verstehe.»

3

Mr. Henry Urquhart von Messrs. Urquhart, Wimbush und Portway war Josephine Fallons Rechtsanwalt. Dalgliesh war mit ihm für zwölf Uhr fünfundzwanzig verabredet, eine absichtlich unpassend gewählte Zeit, dachte er, mit der ihm der Anwalt zu verstehen geben wollte, wie kostbar jede Minute für ihn sei und daß er der Polizei nicht mehr als die halbe Stunde vor dem Mittagessen zugestehen wollte. Dalgliesh wurde sofort hineingebeten. Er bezweifelte, ob ein Sergeant ebenfalls so prompt empfangen worden wäre. Das war wenigstens ein kleiner Lohn für seine Leidenschaft, sich selbst um alles zu kümmern, anstatt eine Untersuchung von seinem Büro aus mit einem kleinen Heer von Konstablern, Kriminaltechnikern, Fotografen, Fingerabdruckexperten und Wissenschaftlern zu kontrollieren, die zwar seiner Selbstgefälligkeit dienlich waren, ihm aber in Wirklichkeit nur die Hauptfiguren des Verbrechens überließen. Er wußte, daß er in dem Ruf stand, seine Fälle sehr schnell zu lösen, aber er knauserte nie mit seiner Zeit, wenn es um bestimmte Aufgaben ging, die viele seiner Kollegen geeigneter für einen Konstabler hielten. Dafür erfuhr er manchmal Dinge, die einem weniger erfahrenen Fragesteller entgehen würden. Bei Mr. Henry Urquhart erwartete er diesen Glückstreffer kaum. Dieses Gespräch würde wahrscheinlich nicht viel mehr als einen förmlichen und pedantischen Austausch wichtiger Fakten ergeben. Aber sein Besuch in London war notwendig gewesen. Er hatte sowieso einiges beim Yard zu erledigen gehabt, und es war ihm immer ein Vergnügen, zu Fuß und im launenhaften Sonnenlicht eines Wintermorgens diese abgelegenen Winkel der City aufzusuchen.

Messrs. Urquhart, Wimbush und Portway gehörte zu den angesehensten und erfolgreichsten Anwaltsfirmen der City. Dalgliesh hatte das Gefühl, daß nur wenige Klienten von Mr. Urquhart in eine Morduntersuchung verwickelt gewesen sein konnten. Sie hatten vielleicht ab und zu ihre kleinen Schwierigkeiten mit dem Staatsanwalt; sie strengten vielleicht gegen besseren Rat unüberlegte Prozesse an oder beharrten eigensinnig darauf, unkluge Testamente zu hinterlassen; sie brauchten vielleicht die Dienste ihres Anwalts, um sich einen Trick zur Verteidigung auszudenken, wenn es um Alkohol am Steuer ging; es war vielleicht tatsächlich nötig, sie aus allen denkbaren Torheiten und Dummheiten herauszureißen. Aber wenn sie töteten, würde es legal geschehen.

Das Zimmer, in das er geführt wurde, hätte ein exemplarisches Bühnenbild für das Büro eines erfolgreichen Anwalts abgeben können. Ein kräftiges Kohlenfeuer brannte im Kamin. Über dem Sims hing das Porträt des Firmengründers, der anerkennend auf seinen Urenkel herunterblickte. Der Schreibtisch, an dem der Urenkel saß, stammte aus derselben Zeit wie das Gemälde und drückte dieselben Qualitäten aus: Beständigkeit, Eignung für die vorliegenden Aufgaben, massiven Reichtum, der eben noch vor der Protzerei haltmachte. An der anderen Wand hing ein kleines Ölgemälde. Dalgliesh hielt es für einen Jan Steen. Es verkündete der Welt, daß die Firma wußte, was ein gutes Bild war, und daß sie es sich leisten konnte, es hier an die Wand zu hängen.

Mr. Urquhart, groß, asketisch, leicht angegraut an den Schläfen und mit der Miene eines zurückhaltenden Schulmeisters, war eine gute Besetzung für die Rolle des erfolgreichen Anwalts. Er trug einen auffallend gut geschnittenen Anzug, allerdings aus Tweed, als sei ihm bewußt, daß der orthodoxere Nadelstreifen schon an die Karikatur gegrenzt hätte. Er empfing Dalgliesh ohne sichtbare Neugier oder Besorgnis, aber der Kriminalrat bemerkte mit Interesse, daß Miss Fallons Akte bereits vor ihm auf dem Tisch lag. Dalgliesh legte in wenigen Worten dar, worum es ihm ging, und schloß: «Können Sie irgend etwas von ihr erzählen? Bei einer Morduntersuchung ist alles hilfreich, was wir über die Vergangenheit und die Persönlichkeit des Opfers in Erfahrung bringen können.»

«Und Sie sind inzwischen zu der Überzeugung gelangt, daß es sich um Mord handelt?»

«Sie starb an Nikotin, das sie mit ihrem Gutenachtglas Whisky zu sich nahm. Soweit uns bekannt ist, hatte sie keine Ahnung, daß die Büchse mit dem Rosenspray im Schrank im Wintergarten stand, und falls sie es doch gewußt hätte und auf die Idee gekommen wäre, es einzunehmen, kann ich mir schlecht vorstellen, daß sie den Behälter anschließend versteckt hätte.»

«Aha! Und Sie vermuten außerdem, das Gift, das dem ersten Opfer — Heather Pearce war das, nicht? — verabreicht wurde, sei für meine Klientin bestimmt gewesen?»

Mr. Urquhart saß einen Augenblick still, mit gefalteten Händen und leicht gesenktem Kopf, als befrage er sein Unterbewußtsein oder ein höheres Wesen oder den Geist seiner ehemaligen Klientin, bevor er sein Wissen enthüllte. Dalgliesh dachte, die Zeit hätte er sich sparen können. Urquhart war ein Mann, der haargenau wußte, wie weit er gehen konnte, sei es in seinem Beruf, sei es sonstwo. Die Pantomime überzeugte nicht. Und seine Geschichte, mit der er endlich herausrückte, trug nicht dazu bei, die mageren Daten aus Josephine Fallons Vergangenheit mit Leben zu erfüllen. Die Fakten lagen vor. Er konsultierte die Papiere vor sich und referierte deutlich, folgerichtig und ohne Emotionen. Datum und Ort ihrer Geburt; die Umstände des Todes ihrer Eltern; die anschließende Erziehung durch eine ältere Tante, die gemeinsam mit ihm bis zu Miss Fallons Volljährigkeit Treuhänderin gewesen war; Datum und Umstände des Todes jener Tante, die an Gebärmutterkrebs gestorben war; das Geld, das Josephine Fallon zugefallen war, und wie es im einzelnen angelegt worden war; die verschiedenen Stationen des Mädchens nach dem einundzwanzigsten Geburtstag, insoweit sie, wie er sarkastisch bemerkte, sich der Mühe unterzogen hatte, ihn davon in Kenntnis zu setzen.

Dalgliesh sagte: «Sie war schwanger. Wußten Sie das?»

Es war schwer zu sagen, ob diese Neuigkeit den Anwalt verwirrte, obwohl sein Gesicht den gequälten Ausdruck eines Mannes annahm, der sich nie ganz mit der Unordnung in der Welt abfinden konnte.

«Nein. Davon sagte sie nichts. Allerdings hätte ich diese Art von Mitteilung auch nicht von ihr erwartet, es sei denn, sie hätte daran gedacht, eine Adoption in die Wege zu leiten. Ich nehme an, das stand nicht zur Debatte.»

«Sie erzählte ihrer Freundin Madeleine Goodale, sie denke an eine Abtreibung.»

«Ach wirklich! Eine teure und, meiner Meinung nach, trotz der vor kurzem erfolgten Legalisierung zweifelhafte Sache. Ich spreche natürlich vom moralischen, nicht vom rechtlichen Standpunkt aus. Die Legalisierung ...»

Dalgliesh sagte: «Ich weiß über die vor kurzem erfolgte Legalisierung Bescheid. Sonst können Sie mir also nichts erzählen?»

In der Stimme des Anwalts klang ein leiser Tadel an.

«Ich habe Ihnen bereits eine ganze Menge über ihre Herkunft und finanzielle Situation mitgeteilt, soweit meine Kenntnis geht. Ich fürchte, ich kann keine weiteren Informationen jüngeren Datums oder vertraulicher Art beisteuern. Miss Fallon konsultierte mich selten. Tatsächlich hatte sie keine Veranlassung dazu. Das letzte Mal ging es um ihr Testament. Sie sind, glaube ich, bereits mit seinen Bestimmungen vertraut. Miss Madeleine Goodale ist die Alleinerbin. Das Vermögen dürfte sich schätzungsweise auf zwanzigtausend Pfund belaufen.»

«Existierte vorher schon ein Testament?»

Bildete Dalgliesh es sich nur ein, oder war da tatsächlich ein leichtes Anspannen der Gesichtsmuskulatur, ein kaum wahrnehmbares Stirnrunzeln als Antwort auf eine unwillkommene Frage?

«Es gab zwei frühere, aber das zweite wurde nie unterschrieben. Das erste wurde kurz nach Erreichen der Volljährigkeit abgefaßt. Es vermachte alles medizinischen Stiftungen, unter anderem der Krebsforschung. Das zweite wollte sie anläßlich ihrer Eheschließung ausfertigen. Ich habe den Brief hier.»

Er reichte ihn Dalgliesh. Er war aus einer Wohnung in Westminster abgesandt und in einer selbstsicheren geraden und unweiblichen Handschrift geschrieben.

«Sehr geehrter Herr Urquhart, hiermit lasse ich Sie wissen, daß ich mich am 14. März in St. Marylebone standesamtlich trauen lasse. Er heißt Peter Courtney und ist Schauspieler; vielleicht haben Sie von ihm gehört. Ich bitte Sie, ein Testament für mich aufzusetzen, das ich am genannten Datum unterzeichnen werde. Ich möchte alles meinem Mann hinterlassen. Sein voller Name ist übrigens Peter Albert Courtney Briggs. Ohne Bindestrich. Ich nehme an, das müssen Sie wissen, um das Testament abfassen zu können. Wir werden unter seiner jetzigen Adresse wohnen.

Außerdem brauche ich etwas Geld. Könnten Sie wohl Warranders bitten, zweitausend Pfund bis zum Monatsende für mich flüssigzumachen? Vielen Dank. Ich hoffe, Sie und Mr. Surtees sind wohlauf. Mit herzlichem Gruß, Josephine Fallon.»

Ein kühler Brief, dachte Dalgliesh. Keine Erklärungen. Keine Rechtfertigung. Keine Andeutung von Glück oder Hoffnung. Und zu guter Letzt keine Einladung zur Hochzeit.

Henry Urquhart sagte: «Warranders waren ihre Börsenmakler. Sie verkehrte mit ihnen immer durch uns, und wir verwahrten hier alle diesbezüglichen Papiere. Sie wollte lieber, daß wir uns damit befaßten. Sie sagte, sie wolle lieber unbelastet reisen.»

Er wiederholte den Satz und lächelte selbstgefällig, als fände er ihn irgendwie bemerkenswert. Er warf einen Blick auf Dalgliesh, als erwarte er einen Kommentar und fuhr fort: «Surtees ist mein Sekretär. Sie erkundigte sich immer nach ihm.» Er schien diese Tatsache verwirrender zu finden als den Inhalt des Briefes selbst.

Dalgliesh sagte: «Und Peter Courtney erhängte sich anschließend.»

«So ist es. Drei Tage vor der Hochzeit. Er hinterließ eine Nachricht für den Untersuchungsrichter. Sie wurde vor Gericht nicht verlesen, und ich bin dankbar dafür. Sie war recht ausführlich. Courtney schrieb, er habe die Heirat geplant, um sich von gewissen finanziellen und persönlichen Schwierigkeiten zu befreien, sei aber im letzten Augenblick zu der Überzeugung gelangt, er könne das nicht meistern. Er war offenbar ein notorischer Spieler. Ich habe mir sagen lassen, daß unkontrolliertes Spielen tatsächlich eine dem Alkoholismus verwandte Krankheit ist. Ich weiß wenig von den Symptomen, kann mir aber vorstellen, wie tragisch die Folgen sein können, besonders für einen Schauspieler, dessen Einkünfte, selbst wenn sie groß sind, doch nicht regelmäßig fließen. Peter Courtney steckte tief in Schulden und war gänzlich unfähig, sich selbst von einem Zwang zu befreien, der seine Schulden von Tag zu Tag vergrößerte.»

«Und die persönlichen Schwierigkeiten? Ich glaube, er war homosexuell. Es wurde damals allerhand darüber gemunkelt. Wissen Sie, ob das Ihrer Klientin bekannt war?»

«Ich bin nicht im Bilde. Es ist wohl unwahrscheinlich, daß sie nichts davon gewußt haben sollte, da sie sich auf eine Verlobung einließ. Sie mag natürlich so optimistisch oder so unklug gewesen sein, anzunehmen, sie könne zu seiner Heilung beitragen. Ich hätte von der Heirat abgeraten, wenn sie mich um Rat gebeten hätte, aber wie ich schon sagte, fragte sie mich nicht.»

Und kurze Zeit später, dachte Dalgliesh, nach ein paar Monaten nur, hatte sie mit ihrer Ausbildung am John Carpendar begonnen und ging mit Peter Courtneys Bruder ins Bett. Warum? Einsamkeit? Langeweile? Ein verzweifeltes Bedürfnis, zu vergessen? Entgelt für geleistete Dienste? Was für Dienste? Einfache sexuelle Hinneigung, falls körperliche Bedürfnisse je einfach genannt werden konnten, zu einem Mann, der äußerlich eine gröbere Ausgabe des verlorenen Verlobten war? Das Bedürfnis, sich zu vergewissern, daß sie heterosexuelles Verlangen erregen konnte? Courtney-Briggs hatte selbst angedeutet, daß sie die Initiative ergriffen hatte. Und mit Sicherheit war sie es gewesen, die der Affäre ein Ende gesetzt hatte. Der Groll des Chirurgen war unüberhörbar gewesen, der Groll auf eine Frau, die die Verwegenheit besessen hatte, ihn abzuweisen, bevor er beschlossen hatte, sie fallenzulassen.

Während er zum Gehen aufstand, sagte Dalgliesh: «Peter Courtneys Bruder ist leitender Chirurg am John-Carpendar-Krankenhaus. Aber das wußten Sie vielleicht?»

Henry Urquhart zeigte ein verkrampftes Lächeln.

«O ja, ich weiß. Stephen Courtney-Briggs ist mein Klient. Im Unterschied zu seinem Bruder hat er einen Bindestrich für seinen Namen und einen beständigeren Erfolg erreicht.» Beiläufig fügte er hinzu: «Er machte auf der Jacht eines Freundes Ferien im Mittelmeer, als sein Bruder sich das Leben nahm. Er kam umgehend nach Hause. Es war natürlich ein großer Schock und dazu auch ziemlich peinlich.»

Wie hätte es anders sein können, dachte Dalgliesh. Aber der tote Peter war entschieden weniger peinlich als der lebendige Peter. Es hätte Stephen Courtney-Briggs zweifellos gepaßt, einen bekannten Schauspieler in der Familie zu haben, einen jüngeren Bruder, der, ohne auf dem eigenen Gebiet eine Konkurrenz zu sein, seinen Glanz der Patina des Erfolgs hinzugefügt und Courtney-Briggs eine Eintrittskarte in die extravagante, egozentrische Welt der Bühne gegeben hätte. Aber aus dem Haben war ein Soll geworden, der Held Gegenstand von Verachtung oder bestenfalls von Mitleid.

Fünf Minuten später verabschiedete sich Dalgliesh von Urquhart. Als er durch die Halle ging, drehte sich die Telefonistin bei seinen Schritten um, wurde rot und hielt, den Hörer in der Hand, verwirrt inne. Sie war gut eingeübt, aber doch nicht gut genug. Da er sie nicht noch mehr in Verlegenheit bringen wollte, lächelte Dalgliesh ihr freundlich zu und ging schnell hinaus. Er war sicher, daß sie auf Henry Urquharts Anweisung hin Stephen Courtney-Briggs anrufen würde.

4

Saville Mansions war ein Häuserblock mit spätviktorianischen Mietswohnungen nicht weit von der Marylebone Road, solide, wohlhabend, aber weder auffällig noch prunkvoll. Masterson hatte wie erwartet Mühe, eine Parklücke für seinen Wagen zu finden, und es war bereits nach halb acht, als er das Gebäude betrat. Ein reich verziertes schmiedeeisernes Aufzugsgehäuse und ein Empfangspult mit einem uniformierten Portier dahinter beherrschten die Eingangshalle. Masterson hatte nicht die Absicht, sein Vorhaben zu erläutern. Er nickte dem Portier nur beiläufig zu und sprang leichtfüßig die Treppe hinauf. Nummer 23 lag im zweiten Stock. Er drückte auf die Klingel und stellte sich darauf ein, ein Weilchen warten zu müssen.

Aber die Tür ging sofort auf, und er fand sich beinahe in den Armen einer außergewöhnlichen Erscheinung, die wie die Karikatur einer Bühnenhure angemalt war und ein kurzes Abendkleid aus feuerrotem Chiffon trug, das schon bei einer nur halb so alten Frau unpassend gewirkt hätte. Der Ausschnitt war so tief, daß er die Falte zwischen den hoch in die Büstenhalterschalen gepreßten Hängebrüsten ahnte und sehen konnte, wo die Puderpakete in den Rissen der trockenen gelben Haut lagen. Auf die Wimpern hatte sie dick die Tusche gekleistert; das brüchige, unwahrscheinlich blond gefärbte Haar war in glänzigen Schwaden um das angemalte Gesicht frisiert; der karminrote Mund stand vor Schreck offen. Die Überraschung war gegenseitig. Sie starrten sich an, als könnten sie ihren Augen nicht trauen. Der Übergang in ihrem Gesicht von Erleichterung zu Enttäuschung war fast komisch.

Masterson erholte sich als erster und stellte sich vor: «Sie erinnern sich», sagte er, «an meinen Anruf heute früh und unsere Verabredung?»

«Ich kann Sie jetzt nicht empfangen. Ich mache mich gerade für den Abend fertig. Ich dachte, Sie seien mein Tanzpartner. Sie sagten, Sie wollten am frühen Abend kommen.»

Eine schrille, meckernde Stimme, die durch die Enttäuschung noch schärfer wurde. Sie sah aus, als würde sie ihm gleich die Tür vor der Nase zuschlagen. Sicherheitshalber schob er einen Fuß über die Schwelle.

«Ich wurde aus zwingenden Gründen aufgehalten. Es tut mir leid.»

Aus zwingenden Gründen aufgehalten. Das stimmte allerdings. Das verrückte, aber letzten Endes befriedigende Zwischenspiel auf dem Rücksitz des Wagens hatte mehr Zeit gekostet, als er eingeplant hatte. Es hatte auch länger gedauert, ein ausreichend abgelegenes Fleckchen zu finden, selbst an diesem dunklen Winterabend. Von der Guildford Road hatte es nur wenige vielversprechende Abzweigungen ins Grüne mit der Aussicht auf grasbewachsene Böschungen und einsame Feldwege gegeben. Jedesmal, wenn er an einer geeigneten Stelle mit der Geschwindigkeit heruntergegangen war, hatte er ihr leises «Nicht hier!» gehört. Er hatte sie erspäht, als sie gerade auf den Fußgängerüberweg trat, der auf den Eingang zum Bahnhof zuführte. Er hatte abgebremst, aber anstatt ihr ein Zeichen zum Weitergehen zu geben, hatte er sich hinübergelehnt und die Tür geöffnet. Sie hatte nur eine Sekunde gezögert. Dann war sie mit wippendem Mantel über kniehohen Stiefeln herübergekommen und hatte sich ohne ein Wort oder einen Blick auf den Beifahrersitz gesetzt. Er hatte gesagt: «Geht's in die Stadt?»

Sie hatte genickt und heimlichtuerisch gelächelt und dabei die Augen nicht von der Windschutzscheibe abgewandt. So einfach war das alles gewesen. Sie hatten während der ganzen Fahrt kaum ein Dutzend Worte gewechselt. Die zaghaften, dann offeneren Annäherungsversuche, die seiner Meinung nach zum Spiel gehörten, waren nicht erwidert worden. Er hätte genausogut ein Chauffeur sein können, mit dem sie in unwillkommener Nachbarschaft fahren mußte. Schließlich hatte er sich verärgert und gedemütigt zu fragen begonnen, ob er sich womöglich geirrt hätte. Aber dieses konzentrierte Schweigen hatte ihm die Gewißheit gegeben, diese Augen, die manchmal für Minuten mit blauer Intensität beobachtet hatten, wie seine Hände das Steuerrad streichelten oder mit den Gängen hantierten. Sie hatte es jedenfalls gewollt. Sie hatte es genauso wie er gewollt. Aber man konnte kaum von leichtem Spiel sprechen. Eines hatte sie zu seiner Überraschung erzählt. Sie wollte sich in der Stadt mit Hilda Rolfe treffen; sie hatten vor, zeitig zu Abend zu essen und ins Theater zu gehen. Nun gut, dann würden sie eben das Abendessen auslassen oder den ersten Akt verpassen; anscheinend machte ihr weder das eine noch das andere etwas aus.

Aus Spaß und ein klein wenig neugierig hatte er gefragt: «Wie werden Sie Schwester Rolfe die Verspätung erklären? Oder ist es Ihnen egal, erst jetzt aufzukreuzen?»

Sie hatte mit den Schultern gezuckt.

«Ich sage ihr die Wahrheit. Das tut ihr vielleicht gut.» Als sie sah, daß er plötzlich die Stirn runzelte, fügte sie geringschätzig hinzu: «Da machen Sie sich mal keine Gedanken! Sie wird es nicht bei Mr. Dalgliesh petzen. Das ist nicht Hildas Art.»

Masterson hoffte, daß sie recht behalten würde. Das gehörte zu den Dingen, die Dalgliesh nicht verzieh.

«Was wird sie tun?» hatte er gefragt.

«Wie soll ich das wissen? Alles hinschmeißen, könnte ich mir denken; vom John Carpendar weggehen. Sie hat sowieso die Nase voll. Sie bleibt nur meinetwegen.»

Er riß sich von der Erinnerung an diese hohe schonungslose Stimme los und zwang sich, an die Gegenwart zu denken. Er quälte sich ein Lächeln ab für diese so ganz andere Frau, die er vor sich hatte, und sagte in versöhnlichem Ton: «Wissen Sie, der Verkehr ... Ich mußte von Hampshire rüberkommen. Aber ich will Sie nicht lange aufhalten.»

Er zeigte ihr seinen Dienstausweis mit der etwas hinterhältigen Miene, die untrennbar zu dieser Geste gehörte, und drängte sich in die Wohnung. Sie versuchte nicht, ihn aufzuhalten. Aber ihre Augen waren ohne Ausdruck, ihre Gedanken offenbar woanders. Als sie die Tür schloß, klingelte das Telefon. Ohne ein Wort der Entschuldigung ließ sie ihn in der Diele stehen und lief in das Zimmer links. Er hörte, wie ihre Stimme vor Erregung lauter wurde. Sie schien zuerst zu protestieren, dann zu flehen. Danach wurde es still. Er ging leise durch den Flur und spitzte die Ohren. Er meinte, die Wählscheibe klicken zu hören. Dann sprach sie wieder. Er verstand kein Wort. Diesmal war das Gespräch nach wenigen Sekunden beendet. Wieder hörte er die Wählscheibe. Und wieder das Geflenne. Insgesamt wählte sie vier Nummern, bevor sie wieder im Flur erschien.

«Ist etwas nicht in Ordnung?» fragte er. «Kann ich Ihnen behilflich sein?»

Sie hob die Augen und sah ihn einen Augenblick aufmerksam an wie eine Hausfrau, die Qualität und Preis eines Stücks Rindfleisch taxiert. Ihre Antwort schließlich war erstaunlich, ihr Tonfall ließ keinen Widerspruch zu.

«Können Sie tanzen?»

«Ich habe drei Jahre hintereinander die Meisterschaft der Londoner Polizei gewonnen», log er. Die Polizei veranstaltete selbstverständlich keine Tanzmeisterschaften, aber er hielt es nicht für wahrscheinlich, daß sie das merkte, und die Lüge ging ihm wie meist leicht und spontan von den Lippen.

Wieder dieser abschätzende feste Blick.

«Sie brauchen einen Smoking. Ich habe Martins Sachen noch da. Ich will sie verkaufen, aber der Mann ist noch nicht dagewesen. Er versprach, heute nachmittag zu kommen, aber er ließ mich im Stich. Man kann sich heutzutage auf keinen Menschen verlassen. Sie dürften ungefähr die gleiche Größe haben. Er war ziemlich kräftig vor seiner Krankheit.»

Masterson hielt mühsam ein lautes Lachen zurück. Er sagte ernst: «Ich möchte Ihnen gern helfen, wenn Sie Schwierigkeiten haben. Aber ich bin Polizist. Ich bin hier, um Ihnen ein paar Fragen zu stellen, nicht um eine Nacht zu durchtanzen.»

«Es handelt sich nicht um die ganze Nacht. Der Ball ist um halb zwölf zu Ende. Es geht um die Delaroux-Medaille im Ballsaal des Athenäums in der Nähe vom *Strand*. Wir könnten uns dort unterhalten.»

«Hier ginge es leichter.»

Ihr grämliches Gesicht wurde hartnäckig. «Ich möchte mich nicht hier unterhalten.»

Sie redete mit der dickköpfigen Ausdauer eines quengeligen Kindes. Dann wurde ihre Stimme hart, und sie stellte das Ultimatum.

«Entweder auf dem Ball oder überhaupt nicht.»

Sie sahen einander schweigend an. Masterson dachte nach. Die Idee war natürlich grotesk, aber wenn er nicht nachgab, würde er heute abend nichts aus ihr herausbekommen. Dalgliesh hatte ihn zu einem Verhör nach London geschickt, und sein Stolz ließ es nicht zu, mit leeren Händen zum Nightingale-Haus zurückzufahren. Aber würde sein Stolz ihm erlauben, für den Rest des Abends diesem angepinselten Gespenst öffentlich Gesellschaft zu leisten? Mit dem Tanzen gab es keine Probleme. Das war eine der Fähigkeiten, wenn auch nicht die wichtigste, die Sylvia ihm beigebracht hatte. Sie war eine aufreizende Blondine gewesen, zehn Jahre älter als er, mit einem langweiligen Bankdirektor verheiratet. Es war geradezu ein Muß für sie gewesen, ihm Hörner aufzusetzen. Sylvia war verrückt aufs Tanzen gewesen, und sie waren zusammen durch eine Reihe von Wettbewerben um Bronze-, Silber- und Goldmedaillen getanzt, bis der Gatte unangenehm lästig geworden war, Sylvia von Scheidung zu reden begonnen hatte und Masterson klugerweise klargeworden war, daß die Beziehung ihre Nützlichkeit überdauert hatte, um nicht zu sagen, seine Fähigkeit zu häuslichen Pflichtübungen, und daß der Polizeidienst eine annehmbare Karriere für einen ehrgeizigen Mann bot, der einen Vorwand für eine Zeit relativer Geradlinigkeit suchte. Inzwischen hatte sich sein Geschmack für Frauen und Tanzen geändert, und für beides hatte er weniger Zeit. Doch Sylvia hatte ihre Vorteile gehabt. Wie man auf der Polizeischule erfuhr, war bei diesem Beruf keine Fähigkeit umsonst erworben.

Nein, das Tanzen würde keine Schwierigkeiten bereiten. Ob sie eine ebensolche Könnerin war, stand auf einem anderen Blatt. Der Abend würde vermutlich ein Fiasko werden, und ob er mitginge oder nicht, irgendwann würde sie vermutlich doch auspacken. Aber wann? Dalgliesh war für flinkes Arbeiten. Hier handelte es sich um einen jener Fälle, bei denen die Zahl der Verdächtigen sich auf einen kleinen, geschlossenen Kreis beschränkte, und normalerweise rechnete er nicht damit, sich länger als eine Woche mit einem solchen Fall zu befassen. Er würde seinem Untergebenen nicht eben danken für einen vertanen Abend. Und dazu müßte die Zeit im Auto irgendwie begründet werden. Es wäre nicht ratsam, mit leeren Händen zurückzukommen. Und zum Teufel noch mal! Es gäbe eine tolle Geschichte für die Jungs ab. Und wenn der Abend wirklich unmöglich wurde, konnte er sie immer noch sitzenlassen. Jedenfalls würde er für den Fall, daß er sich schnell aus dem Staub machen müßte, seine eigenen Kleider im Auto mitnehmen.

«Einverstanden», sagte er. «Aber es muß sich für mich lohnen.»
«Das wird's.»

Martin Dettingers Smoking paßte besser, als er gedacht hatte. Es war ein eigenartiges Gefühl, dieses Ritual, sich mit den Kleidern eines anderen Mannes herauszuputzen. Er durchsuchte unbewußt die Taschen, als könnten auch sie einen Schlüssel enthalten. Aber er fand nichts. Die Schuhe waren zu klein, und er versuchte nicht, seine Füße hineinzuzwängen. Zum Glück trug er schwarze Schuhe mit Ledersohlen. Sie waren zu schwer zum Tanzen und paßten nicht zum Smoking, aber sie mußten dafür gut genug sein. Er packte seinen Anzug in eine Pappschachtel, die Mrs. Dettinger ihm widerwillig gab, und sie brachen auf.

Er wußte, daß er kaum einen Parkplatz in der Nähe des Athenäums finden würde, und fuhr deshalb über die Themse und parkte in der Nähe der County Hall. Dann gingen sie zu Fuß zur Waterloo Station und nahmen ein Taxi. Bis jetzt war der Abend nicht gar so schlimm. Sie hatte sich in einen fülligen altmodischen Pelzmantel geworfen, der scharf und penetrant roch, als wäre er mit einer Katze in Berührung gekommen, aber immerhin verhüllte er ihre Figur. Auf der ganzen Fahrt wechselten sie kein Wort.

Der Ball hatte schon begonnen, als sie kurz nach acht Uhr ankamen, und der große Saal war brechend voll. Sie drängelten sich durch das Gewühl zu einem der wenigen noch freien Tische unter der Empore. Masterson bemerkte, daß die Herren sich eine rote Nelke angesteckt hatten; die Damen trugen weiße. Um ihn herum wurden nach allen Seiten Küßchen verteilt, wurden Schultern und Arme betätschelt. Ein Herr kam auf Mrs. Dettinger zugetrippelt, begrüßte sie mit meckernder Stimme und machte ihr nichtssagende Komplimente.

«Sie sehen phantastisch aus, Mrs. D. Tut mir leid, daß Tony krank ist. Aber ich freue mich, daß Sie einen Partner gefunden haben.»

Er musterte Masterson neugierig. Mrs. Dettinger erwiderte diese Begrüßung mit einem plumpen Nicken und einem befriedigten Seitenblick. Sie machte keine Anstalten, Masterson vorzustellen.

Sie ließen die beiden ersten Tänze aus, und Masterson sah sich im Ballsaal um. Die ganze Atmosphäre war langweilig konventionell. Eine dicke Wolke von Luftballons hing unter der Decke. Zweifellos sollte sie zu irgendeinem orgiastischen Höhepunkt der Festivität herunterschweben. Die Musiker trugen rote Jacketts mit goldenen Epauletten und hatten den finsteren resignierten Gesichtsausdruck von Männern, die das alles schon mehr als einmal gesehen haben. Masterson freute sich auf einen Abend als zynischer Außenstehender, auf die Befriedigung, diese Narren zu beobachten, auf das hinterhältige Vergnügen des heimlichen Ekels. Ihm fiel die Beschreibung eines französischen Diplomaten von den Engländern ein, wenn sie tanzten «avec les visages si tristes, les derrières si gais». Hier waren die Hinterteile absolut seriös, aber die Gesichter waren zu Grimassen angeregten Entzückens erstarrt, so unnatürlich, daß er sich fragte, ob die Tanzschule mit den korrekten Schritten auch den bewährten Gesichtsausdruck lehrte. Am Rande der Tanzfläche sahen die Frauen ängstlich aus, wobei die Skala von leichter Besorgnis bis zu fast panischer Angst reichte. Sie waren bei weitem in der Überzahl, und einige tanzten miteinander. Die Mehrzahl war in mittleren Jahren oder darüber, der Stil ihrer Kleider war einheitlich altmodisch mit engen, ausgeschnittenen Oberteilen und weiten paillettenbesetzten Röcken.

Der dritte Tanz war ein Quickstep. Sie sagte unvermittelt: «Den tanzen wir.» Widerspruchslos führte er sie auf die Tanzfläche und umfaßte mit dem linken Arm fest ihren steifen Körper. Er machte sich auf einen langen und erschöpfenden Abend gefaßt. Wenn dieses alte Reff irgend etwas Brauchbares zu erzählen hatte – und der Chef schien das zu glauben –, dann würde sie es, bei Gott, erzählen, und wenn er sie über diesen verdammten Tanzboden jagen müßte, bis sie umfiele. Der Gedanke machte ihm Spaß, und er malte ihn sich weiter aus. Er konnte sie sich vorstellen, wie sie, aus den Fugen geraten wie eine von ihren Schnüren gelöste Marionette, die zerbrechlichen Beine von sich streckte und sich mit den Armen in die letzte Erschöpfung wedelte. Es sei denn, er fiele als erster um. Jene halbe Stunde mit Julia Pardoe war nicht die allerbeste Vorbereitung auf einen Abend auf dem Tanzboden gewesen. Aber die alte Hexe hatte noch genügend Lebensgeister in sich. Er fühlte und schmeckte die Schweißtropfen, die seine Mundwinkel kitzelten. Sie dagegen atmete kaum rascher, und ihre Hände waren kühl und trocken. Das Gesicht nahe dem seinen war angespannt, die Augen starrten glasig, die Unterlippe hing herunter. Es kam ihm vor wie ein Tanz mit einem aufgezogenen Sack voll Knochen.

Die Musik steigerte sich zu voller Lautstärke und brach ab. Der Dirigent schwang sich herum und blitzte sein unechtes Lächeln in den Saal. Die Musiker entspannten sich und ließen sich zu einem knappen Lächeln herab. Das Kaleidoskop aus Farbe zerschmolz in der Mitte der Tanzfläche, zerfloß dann in neue Muster, als die Tänzer sich voneinander lösten und zu ihren Tischen drängten. Ein Kellner wartete auf Bestellungen. Masterson winkte ihn an den Tisch.

«Was wollen Sie?»

Er klang so ungnädig wie ein Geizkragen, der eine Runde ausgeben muß. Sie verlangte einen Gin tonic, und als er gebracht wurde, nahm sie ihn ohne Dank und ohne sichtbare Befriedigung. Er entschied sich für einen doppelten Whisky. Es sollte der erste von vielen sein. Sie breitete den flammenroten Rock um den Stuhl aus und begann, den Saal mit diesem ihm allmählich so wohlbekannten, widerlich intensiven Blick zu begutachten. Er hätte genausogut nicht hier zu sitzen brauchen. Aufpassen, sagte er sich, nicht ungeduldig werden. Sie will dich hier haben. Sei's drum.

«Erzählen Sie mir von Ihrem Sohn», sagte er leise, bemüht, seine Stimme normal und uninteressiert klingen zu lassen.

«Nicht jetzt. Ein andermal. Das hat keine Eile.»

Beinahe hätte er sie vor Ärger angeschrien. Meinte sie wirklich, er habe die Absicht, sie ein zweites Mal zu sehen? Erwartete sie etwa, er werde für das halbe Versprechen auf ein paar kleine Auskünfte bis in alle Ewigkeit mit ihr tanzen? Er malte sich aus, wie sie mit grotesken Bocksprüngen durch die Jahre hüpften, unfreiwillige Beteiligte einer surrealistischen Scharade. Er stellte sein Glas ab.

«Ein anderes Mal wird es nicht geben. Nicht, wenn Sie mir nicht helfen können. Der Kriminalrat ist nicht gerade dafür, öffentliche Gelder auszugeben, ohne etwas in Erfahrung zu bringen. Ich muß ihm über jede einzelne Minute Rechenschaft ablegen.»

Er legte die richtigen Nuancen von Groll und Selbstgefälligkeit in seine Stimme. Zum erstenmal, seit sie sich an den Tisch gsetzt hatten, blickte sie ihn an.

«Vielleicht gibt es etwas in Erfahrung zu bringen. Ich habe nie das Gegenteil behauptet. Wie steht es mit den Getränken?»

«Den Getränken?» Er war einen Augenblick in Verlegenheit.

«Wer zahlt die Getränke?»

«Ach so, die gehen gewöhnlich auf Spesen. Aber wenn ich mit Freunden ausgehe, wie heute abend zum Beispiel, zahle ich selbstverständlich selbst.»

Das Lügen fiel ihm leicht. Das war eines seiner Talente, das ihm, wie er meinte, am besten in seinem Beruf zugute kam.

Sie nickte befriedigt. Aber sie redete nicht. Er überlegte, ob er es noch einmal versuchen sollte, aber da legte die Band mit einem Cha-cha-cha los. Ohne ein Wort stand sie auf und sah ihn an. Sie gingen wieder auf die Tanzfläche.

Auf den Cha-cha-cha folgte ein Mambo, auf den Mambo ein Walzer, auf den Walzer ein langsamer Foxtrott. Und er hatte immer noch nichts gehört. Danach war ein neuer Programmpunkt an der Reihe. Die Beleuchtung wurde plötzlich zu einem Schummerlicht heruntergedreht, und ein geschniegelter Mann, der von Kopf bis Fuß glänzte, als habe er in Haaröl gebadet, tauchte am Mikrophon auf und stellte es auf seine Höhe ein. In seiner Begleitung war eine träge Blondine, die ihr Haar zu einer kunstvollen Frisur aufgebaut hatte, die schon seit fünf Jahren aus der Mode war. Der Scheinwerfer strahlte sie an. Sie schlenkerte mit der rechten Hand nachlässig ein Chiffontuch und überblickte mit anmaßender Miene die sich leerende Tanzfläche. Eine erwartungsvolle Stille breitete sich im Saal aus. Der Mann sah auf das Blatt in seiner Hand.

«Und jetzt, meine Damen und Herren, ist der Augenblick da, auf den wir alle gewartet haben. Die Schautänze. Unsere Medaillengewinner des Jahres führen zu unserer Freude die Tänze vor, mit denen sie ihre Preise gewonnen haben. Wir beginnen mit der Gewinnerin der Silbermedaille, mit Mrs. Dettinger. Sie tanzt» – er blickte auf sein Papier – «sie tanzt den Tango.»

Er beschrieb mit seiner molligen Hand einen Kreis um die Tanzfläche. Die Band spielte einen mißtönenden Tusch. Mrs. Dettinger erhob sich und zerrte Masterson hinter sich her. Ihre Klaue lag wie ein Schraubstock um sein Handgelenk. Der Scheinwerfer schwenkte herum und strahlte sie an. Ein paar Leute klatschten. Der geschniegelte Mann fuhr fort:

«Mrs. Dettinger tanzt mit – dürften wir den Namen Ihres neuen Partners erfahren, Mrs. Dettinger?» Masterson rief laut:

«Mr. Edward Heath.»

Der geschniegelte Mann stutzte und entschied dann, es für bare Münze zu nehmen. Mit falscher Begeisterung in der Stimme verkündete er:

«Mrs. Dettinger, Gewinnerin der Silbermedaille, tanzt den Tango mit Mr. Edward Heath.»

Die Becken klirrten, und erneut kam Beifall auf. Masterson führte seine Partnerin mit übertriebener Höflichkeit auf die Tanzfläche. Er spürte den Alkohol und war froh dafür. Er würde sich amüsieren. Er drückte seine Hand auf ihr Kreuz und gab seinem Gesicht einen Ausdruck wollüstiger Erwartung. Damit erntete er auch gleich Gekicher vom nächstgelegenen Tisch. Sie runzelte die Stirn, und er beobachtete, wie ihr eine unschöne Röte ins Gesicht stieg. Er stellte vergnügt fest, daß sie äußerst nervös war, daß diese klägliche Scharade ihr tatsächlich viel bedeutete. Für diesen Augenblick hatte sie sich so sorgfältig gekleidet und ihr Gesicht so auffällig geschminkt. Der Delaroux-Preistanz. Der Schautango. Und dann hatte ihr Partner sie sitzenlassen. Hatte wahrscheinlich den Mut verloren, der arme Einfaltspinsel. Aber dann hatte das Schicksal ihr einen Ersatzmann ins Haus geschickt, der gut aussah und tanzen konnte. Das mußte ihr wie ein Wunder vorgekommen sein. Für diese Minute war er in den Saal des Athenäums gelockt worden und hatte Stunde um Stunde bis zur Erschöpfung tanzen müssen. Der Gedanke war erheiternd. Bei

Gott, jetzt hatte er sie in der Hand. Das sollte ihr großer Augenblick sein. Er wollte dafür sorgen, daß sie ihn nicht so bald vergäße.

Der langsame Rhythmus begann. Er ärgerte sich, daß es dieselbe Melodie war, die sie fast den ganzen Abend zu diesem Tanz gespielt hatten. Er summte ihr die Worte ins Ohr. Sie flüsterte: «Wir sollen den Delaroux-Tango tanzen.»

«Wir tanzen den Charles-Masterson-Tango, Schätzchen.»

Er nahm sie fest in den Griff und schob sie aggressiv in einer ge-spreizten Parodie auf den Tango über das Parkett, warf sie so heftig herum, daß ihr gelacktes Haar beinahe den Boden aufkehrte und er ihre Knochen knacken hörte, und hielt sie in dieser Pose, während er der Gesellschaft am nächsten Tisch überrascht und voller Genugtu-ung zulächelte. Das Gekicher wurde lauter, hielt länger an. Als er sie wieder hochriß und auf den nächsten Einsatz wartete, zischte sie: «Was wollen Sie wissen?»

«Er erkannte jemanden, nicht wahr? Ihr Sohn. Als er im John-Carpendar-Krankenhaus lag. Er sah jemanden, den er kannte!»

«Werden Sie sich anständig benehmen und ordentlich tanzen?»

«Vielleicht.»

Sie wiegten sich wieder in einem konventionellen Tango. Er spür-te, wie sie sich in seinen Armen etwas entspannte, aber er lockerte seinen festen Griff nicht.

«Es war eine der Stationsschwestern. Er hatte sie schon einmal ge-sehen.»

«Welche Schwester?»

«Das weiß ich nicht. Das sagte er mir nicht.»

«Was sagte er Ihnen dann?»

«Nach dem Tanz.»

«Sagen Sie es auf der Stelle, wenn Sie nicht auf dem Parkett lan-den wollen. Wo hatte er sie schon gesehen?»

«In Deutschland. Sie saß auf der Anklagebank. In einem Prozeß gegen Kriegsverbrecher. Sie wurde freigesprochen, aber jeder wuß-te, daß sie schuldig war.»

«Und wo in Deutschland?»

Er sprach mit gepreßter Stimme, durch Lippen, die er zu dem ein-fältigen Lächeln eines berufsmäßigen Tanzpartners verzogen hatte.

«Felsenheim. Felsenheim hieß der Ort.»

«Sagen Sie das noch einmal. Sagen Sie den Namen noch einmal!»

«Felsenheim.»

Der Name sagte ihm nichts, aber er war sicher, er würde ihn be-halten. Mit etwas Glück würde er die Einzelheiten später erfahren, aber die wichtigsten Fakten mußte er jetzt aus ihr herausholen, solange er sie in der Gewalt hatte. Natürlich mußte nichts daran sein. Vielleicht war nichts davon wahr. Und falls doch, war es vielleicht überhaupt nicht wichtig. Aber wegen dieser Auskünfte war er hergeschickt worden. Er fühlte sich zuversichtlich und gut gelaunt. Er war sogar nahe daran, den Tanz zu genießen. Er hielt es für angebracht, etwas Aufsehenerregendes zu bieten, und führte sie in eine komplizierte Figur, die mit einer Fortschreitenden Kette begann und mit einer Geschlossenen Promenade endete, die sie diagonal durch den ganzen Saal brachte. Sie war einwandfrei ausgeführt, und der einsetzende Applaus kam laut und anhaltend. Er fragte: «Wie hieß sie?»

«Irmgard Grobel. Sie war damals natürlich noch ein junges Ding. Deshalb sei sie freigesprochen worden, sagte Martin. Er zweifelte keinen Augenblick an ihrer Schuld.»

«Entsinnen Sie sich genau, daß er Ihnen nicht sagte, welche Schwester es war?»

«Ganz sicher. Er war schwer krank. Er hatte mir von dem Prozeß erzählt, als er aus Deutschland kam, deshalb wußte ich sofort Bescheid. Aber er war im Krankenhaus fast die ganze Zeit bewußtlos. Und wenn er bei Besinnung war, phantasierte er meistens.»

Er könnte sich also geirrt haben, dachte Masterson. Die Geschichte klang reichlich unwahrscheinlich. Und es mußte doch sehr schwierig sein, ein Gesicht nach mehr als fünfundzwanzig Jahren wiederzuerkennen; es sei denn, er hätte eben dieses spezielle Gesicht während des ganzen Prozesses mit faszinierter Spannung beobachtet. Es mußte auf den jungen und vermutlich sensiblen Mann einen starken Eindruck gemacht haben. Stark genug vielleicht, um im Delirium wieder lebendig zu werden und ihm vorzugaukeln, eines der Gesichter, die sich in jenen wenigen bewußten und klaren Augenblicken über ihn gebeugt hatten, sei das Gesicht von Irmgard Grobel gewesen. Aber angenommen, nur einmal angenommen, er hätte recht gehabt. Wenn er es seiner Mutter erzählt hatte, mochte er es ebensogut seiner Privatpflegerin gesagt oder im Delirium ausgeplaudert haben. Und welchen Gebrauch hatte Heather Pearce von ihrem Wissen gemacht?

Er flüsterte ihr zärtlich ins Ohr: «Wem haben Sie das noch erzählt?»

«Keiner Seele. Ich habe es keinem Menschen gesagt. Warum sollte ich?»

Noch ein Wiegeschritt. Und eine Drehung. Sehr hübsch. Stärkerer Beifall. Er drückte sie fester an sich und gab seiner Stimme einen heiseren, drohenden Klang unter dem maskenhaften Lächeln.

«Wem sonst? Sie müssen es jemandem erzählt haben.»

«Warum sollte ich denn?»

«Weil Sie eine Frau sind.»

Die Antwort saß. Der störrische, eigensinnige Ausdruck auf ihrem Gesicht wurde weicher. Sie sah kurz zu ihm auf, dann klapperte sie mit ihren spärlichen, von Wimperntusche schweren Lidern. Die Karikatur eines Flirts. Du liebe Güte, dachte er, jetzt wird sie auch noch kokett.

«Nun ja . . . vielleicht habe ich es einer einzigen Person erzählt.»

«Da bin ich verdammt sicher. Ich will wissen, wem.»

Wieder der demütige Blick, das süße Schmollmündchen. Sie hatte beschlossen, an diesem tyrannischen Mann Gefallen zu finden. Aus irgendeinem Grund – vielleicht der Gin, vielleicht die Euphorie des Tanzens – war ihr Widerstand zusammengebrochen. Von jetzt an würde es wie am Schnürchen laufen.

«Ich sprach davon mit Mr. Courtney-Briggs, Martins Chirurgen. Ich hielt es einfach für richtig.»

«Wann?»

«Letzten Mittwoch. Mittwoch in der vergangenen Woche, meine ich. In seiner Praxis in der Wimpole Street. Er hatte an dem Freitag, an dem Martin starb, gerade das Krankenhaus verlassen, deshalb konnte ich ihn damals nicht sprechen. Er ist nur montags, donnerstags und freitags dort.»

«Bat er Sie, ihn aufzusuchen?»

«Aber nein! Die Schwester, die die Stationsschwester vertrat, sagte, er würde sich gern mit mir unterhalten, falls ich das Gefühl hätte, es würde mir guttun, und ich könne jederzeit in der Wimpole Street anrufen und einen Termin ausmachen. Ich unternahm damals nichts. Wozu auch! Martin war tot. Aber dann kam seine Rechnung. Nicht besonders nett, dachte ich, kaum daß Martin unter der Erde war. Zweihundert Pfund! Ich fand das ungeheuerlich. Schließlich hat er Martin ja nicht helfen können. Also sagte ich mir, ich sehe mal in der Wimpole Street vorbei und erwähne, was ich weiß. Das war nicht in Ordnung, daß das Krankenhaus so eine Frau beschäftigt. Eine Mörderin! Und dann so viel Geld zu verlangen. Dann kam ja noch die andere Rechnung, die vom Krankenhaus, für die Pflege. Aber die blieb einiges unter Mr. Courtney-Briggs' zweihundert Pfund.»

Die Sätze kamen abgehackt. Sie sprach sie nahe an seinem Ohr, wenn sich die Gelegenheit bot. Sie hatte genug Kraft, gleichzeitig zu tanzen und zu reden. Masterson dagegen spürte die Anstrengung. Noch eine Fortschreitende Kette, die wieder mit einer Geschlossenen Promenade endete. Sie machte keinen falschen Schritt. Das alte Mädchen war gelehrig gewesen, nur Charme und Elan hatten sie ihr nicht beigebracht.

«Sie sind also zu ihm marschiert, um ihm zu erzählen, was Sie wußten, und ihm nahezulegen, auf einen Teil seines Honorars zu verzichten?»

«Er glaubte mir nicht. Er sagte, Martin sei im Delirium gewesen und habe sich geirrt. Er könne sich für alle Stationsschwestern verbürgen. Aber er ging fünfzig Pfund von seiner Rechnung runter.»

Sie sagte das mit Genugtuung. Masterson war verblüfft. Auch wenn Courtney-Briggs die Geschichte geglaubt hatte, gab es keinen Grund, warum er eine nicht unbeträchtliche Summe von der Rechnung abziehen sollte. Er war für die Auswahl und Anstellung des Pflegepersonals nicht verantwortlich. Er hatte nichts zu befürchten. Masterson fragte sich, ob er die Geschichte geglaubt hatte. Er hatte jedenfalls nicht davon gesprochen, weder mit dem Vorsitzenden des Verwaltungskomitees noch mit der Oberin. Vielleicht stimmte es, daß er persönlich für alle Schwestern einstehen konnte, und die fünfzig Pfund Ermäßigung waren nur eine Geste gewesen, um sich eine lästige Frau vom Hals zu schaffen. Aber Courtney-Briggs war Masterson nicht wie ein Mann vorgekommen, der sich erpressen ließe oder auch nur auf einen einzigen Penny verzichtete, den zu verlangen er für sein gutes Recht hielt.

In diesem Augenblick brach die Musik ab. Masterson lächelte Mrs. Dettinger liebevoll an und führte sie an ihren Tisch. Der Beifall hielt an, bis sie ihren Platz erreicht hatten, und hörte abrupt auf, als der geschniegelte Mann den nächsten Tanz ankündigte. Masterson sah sich nach dem Kellner um und winkte ihn herbei. «Ich muß sagen», wandte er sich an seine Partnerin, «das war gar nicht so schlecht, wie? Wenn Sie für den Rest des Abends weiter so brav sind, bringe ich Sie vielleicht sogar nach Hause.»

Er brachte sie wirklich nach Hause. Sie brachen zeitig auf, aber es war dann doch nach Mitternacht, bis er die Wohnung in der Baker Street verließ. Inzwischen war er sicher, daß er alles, was sie wußte, aus ihr herausgeholt hatte. Zu Hause war sie rührselig geworden, eine Folge, meinte er, des Triumphs und des Gins. Mit letzterem hatte er sie weiterhin versorgt, nicht mit so viel, daß sie unkontrollierbar betrunken gewesen wäre, aber in ausreichender Quantität, damit sie redselig und gefügig blieb. Aber die Rückfahrt war ein Alptraum gewesen und nicht gerade dadurch erträglicher geworden, daß der Taxifahrer sie auf der Fahrt vom Ballsaal zu ihrem Parkplatz bei der County Hall halb amüsiert, halb geringschätzig fixiert hatte, auch nicht durch die verächtliche Herablassung des Portiers, der ihnen die Tür der Saville Mansions öffnete. In der Wohnung hatte er ihr geschmeichelt, hatte sie getröstet und bei Kräften gehalten, indem er in der unglaublich verwahrlosten Küche – der Küche einer alten Schlampe, dachte er, froh für diesen weiteren Grund, sie zu verachten – einen schwarzen Kaffee gekocht und mit dem Versprechen gereicht hatte, sie selbstverständlich nicht zu verlassen, sie am kommenden Samstag wieder zu besuchen, ihr ständiger Tanzpartner zu bleiben. Bis Mitternacht hatt er alles herausbekommen, was er über Martin Dettingers Leben und seinen Aufenthalt im John-Carpender-Krankenhaus wissen wollte. Über das Krankenhaus wußte sie nicht viel zu berichten. Sie hatte ihn während dieser einen Woche nicht täglich besucht. Wozu hätte das auch gut sein sollen? Sie hätte nichts für ihn tun können. Er war bis auf ganz kurze Unterbrechungen bewußtlos gewesen, und wenn er aufgewacht war, hatte er sie nicht wirklich erkannt. Bis auf jenes eine Mal, natürlich. Sie hatte auf ein tröstliches oder dankbares Wort gehofft, aber das einzige, was sie zu hören bekommen hatte, war dieses sonderbare Lachen und das Gerede von Irmgard Grobel. Er hatte ihr diese Geschichte schon vor Jahren erzählt. Sie wollte sie einfach nicht mehr hören. Ein Junge sollte an seine Mutter denken, wenn er im Sterben lag. Es war wahnsinnig anstrengend gewesen, einfach dazusitzen und zuzusehen. Sie war eine sensible Frau. Krankenhäuser brachten sie aus der Fassung. Der verstorbene Mr. Dettinger hatte nie verstanden, wie sensibel sie war.

Anscheinend gab es ziemlich viel, was der verstorbene Mr. Dettinger nicht verstanden hatte, darunter die sexuellen Bedürfnisse seiner Frau. Masterson hörte der Geschichte ihrer Ehe ohne Interesse zu. Es war die übliche Geschichte von einer unbefriedigten Frau, einem unter dem Pantoffel stehenden Mann und einem sensiblen, unglücklichen Kind. Masterson empfand kein Mitleid. Er interessierte sich nicht besonders für seine Mitmenschen. Er teilte sie in zwei große Gruppen ein, in brave Bürger und in Schurken, und der ununterbrochene Krieg, den er gegen letztere führte, erfüllte, wie ihm bewußt war, irgendein unausgesprochenes Bedürfnis seiner eigenen Person. Aber er interessierte sich für Tatsachen. Er wußte, daß jeder, der am Ort eines Verbrechens auftauchte, entweder ein

Beweisstück hinterließ oder eines entfernte. Dieses Beweisstück zu finden, war die Aufgabe des Detektivs. Er wußte, daß Fingerabdrükke, soweit bekannt, noch nie gelogen hatten, daß Menschen das hingegen häufig taten, irrational, ob unschuldig oder schuldig. Er wußte, daß Tatsachen vor Gericht einfach da waren und Menschen einen im Stich ließen. Er wußte, daß die Beweggründe nicht voraussagbar waren, obwohl er ehrlich genug war, seine eigenen Motive manchmal zu erkennen. In eben dem Augenblick, als er in Julia Pardoe eindrang, hatte ihn der Gedanke durchzuckt, daß diese Handlung, mit ihrem Zorn und ihrer Verzückung, irgendwie gegen Dalgliesh gerichtet war. Aber es kam ihm nicht in den Sinn, nach dem Warum zu fragen. Das wäre ihm als nutzlose Spekulation erschienen. Er fragte sich auch nicht, ob es für das Mädchen vielleicht ebenso ein Akt der Bosheit und privaten Rache gewesen war.

«Man sollte meinen, ein Junge, der im Sterben liegt, möchte seine Mutter bei sich haben. Es war furchtbar, dazusitzen und dieses schreckliche Keuchen zu hören, zuerst leise, dann entsetzlich laut. Natürlich hatte er ein Privatzimmer. Deshalb konnte das Krankenhaus eine Rechnung schicken. Er war nicht pflichtversichert. Aber die anderen Patienten müssen die Geräusche auf der ganzen Station gehört haben.»

«Cheyne-Stokes-Atmung», sagte Masterson. «Die kommt vor dem Todesröcheln.»

«Sie hätten irgend etwas dagegen tun müssen. Es brachte mich völlig durcheinander. Seine Privatschwester hätte etwas dagegen tun müssen. Die unscheinbare. Vermutlich tat sie ihre Pflicht, aber sie dachte nicht ein einziges Mal an mich. Schließlich muß man Rücksicht auf die Lebenden nehmen. Für Martin konnten sie sowieso nichts mehr tun.»

«Das war Schwester Pearce. Die, die gestorben ist.»

«Ja, ich erinnere mich, Sie sagten es. Sie ist also auch tot. Ich höre nur noch vom Tod. Überall um mich herum. Wie nannten Sie dieses Atmen?»

«Cheyne-Stokes. Es bedeutet, daß der Tod bald eintritt.»

«Sie hätten irgend etwas dagegen tun müssen. Keuchte sie auch so vor ihrem Tod?»

«Nein, sie schrie. Jemand hatte ihr ein Ätzmittel eingeflößt, das ihr den Magen ausbrannte.»

«Ich will davon nichts hören! Ich will nichts mehr davon hören! Unterhalten wir uns über den Ball. Sie kommen doch nächsten Samstag wieder?»

Und so war es weitergegangen. Es war ermüdend und anstrengend gewesen und am Ende beinahe beängstigend. Das Triumphgefühl, bekommen zu haben, was er wollte, war vor Mitternacht geschwunden, und er empfand nur noch Haß und Ekel. Während er ihrem Geplapper zuhörte, spielte er in Gedanken mit dem Verbrechen. Es war so leicht nachzuempfinden, wie so etwas ablief. Ein Schürhaken in Reichweite. Das lächerliche Gesicht zu Brei schlagen. Hieb auf Hieb auf Hieb. Die Knochen zersplittern. Ein Schwall von Blut. Ein Orgasmus von Haß. Während dieser Film vor ihm ablief, fand er es schwer, gleichmäßig zu atmen. Er griff zärtlich nach ihrer Hand.

«Ja», sagte er. «Ja, ich komme wieder. Ja. Ja.»

Das Fleisch fühlte sich jetzt trocken und heiß an. Sie hätte Fieber haben können. Der Nagellack war rissig. Auf dem Handrücken traten die Adern wie violette Schnüre hervor. Er fuhr mit einem Finger zart über die braunen Altersflecken.

Kurz nach Mitternacht ging ihre Stimme in Lallen über, ihr Kopf sank auf die Brust, und er sah, daß sie eingeschlafen war. Er wartete ein wenig ab, machte dann seine Hand los und ging auf Zehenspitzen ins Schlafzimmer. Er brauchte nur ein paar Minuten, um sich umzuziehen. Dann ging er so leise wie möglich ins Bad und wusch sein Gesicht und die Hand, mit der er ihre berührt hatte, wusch sie immer und immer wieder. Schließlich verließ er die Wohnung, zog die Tür leise hinter sich zu, als habe er Angst, sie könne aufwachen, und trat hinaus in die Nacht.

5

Eine Viertelstunde später fuhr Masterson an der Wohnung vorbei, in der Miss Beale und Miss Burrows in ihren Morgenröcken gemütlich vor dem verlöschenden Feuer saßen und ihre letzte Tasse Kakao tranken. Sie hörten sein Auto als ein kurzes An- und Abschwellen in dem spärlichen Verkehrsfluß und unterbrachen ihren Plausch, um mit ziellosem Interesse zu rätseln, was die Leute wohl nach Mitternacht noch draußen zu suchen hätten. Es entsprach ganz und gar nicht ihrer Gewohnheit, um diese späte Stunde noch aufzusein, aber der nächste Tag war Samstag, und sie konnten ihrer Leidenschaft für nächtliche Gespräche in der tröstlichen Gewißheit frönen, am Morgen länger schlafen zu dürfen.

Sie hatten den Besuch besprochen, den Kriminalrat Dalgliesh ihnen am Nachmittag abgestattet hatte. Es war wirklich ein Erfolg gewesen, wie sie sich gegenseitig versicherten, fast ein Vergnügen. Er hatte die Teestunde anscheinend genossen. Da hatte er gesessen, gemütlich in ihrem bequemsten Sessel, und sie hatten sich zu dritt unterhalten, als sei er so harmlos und so altbekannt wie der Gemeindepfarrer.

Er hatte zu Miss Beale gesagt: «Ich möchte den Tod von Schwester Pearce durch Ihre Augen sehen. Berichten Sie mir bitte davon. Sagen Sie mir alles, was Sie von dem Augenblick an, als Sie durch das Krankenhaustor fuhren, sahen und fühlten.»

Und Miss Beale hatte erzählt, hatte sich verschämt an dieser halben Stunde, die sie im Mittelpunkt des Interesses stand, und an der offensichtlichen Anerkennung gefreut, daß sie so gründlich beobachtet hatte und alles so klar beschreiben konnte. Er war ein guter Zuhörer, räumten beide ein. Nun, das gehörte zu seinem Beruf. Er konnte die Leute geschickt zum Reden bringen. Selbst Angela, die fast die ganze Zeit nur zugehört und geschwiegen hatte, konnte sich nicht erklären, was sie dazu bewogen hatte, ihre Begegnung mit Oberschwester Rolfe in der Westminsterbibliothek zu erwähnen. Und seine Augen hatten geflackert vor Interesse, einem Interesse, das der Enttäuschung Platz machte, als sie den Tag nannte.

Die Freundinnen waren sich einig. Sie konnten sich nicht geirrt haben. Er war enttäuscht gewesen. Oberschwester Rolfe war am falschen Tag in der Bibliothek gesehen worden.

6

Es war nach elf Uhr, als Dalgliesh den Schlüssel in seiner Schreibtischschublade umdrehte, das Büro hinter sich abschloß und das Nightingale-Haus durch den Nebeneingang verließ, um in das *Falconer's Arms* zu gehen. Wo der Weg abbog und schmäler wurde, bevor er sich in den Schatten der Bäume verlor, drehte sich der Kriminalrat noch einmal nach dem unheimlichen Gebäude um, das riesig und düster vor ihm lag und seine vier Türme schwarz in den Nachthimmel reckte. Das Haus lag, bis auf ein einziges erleuchtetes Fenster, in völliger Dunkelheit. Er brauchte eine Weile, bis er es identifiziert hatte. Mary Taylor war also in ihrem Schlafzimmer, schlief aber noch nicht. Es war nur ein schwacher Schein, wahrscheinlich von einer Nachttischlampe, und während er noch hinsah, wurde auch dieses letzte Fenster dunkel.

Er ging in Richtung Winchester Road weiter. Die Bäume rückten hier nahe an den Weg heran. Ihre schwarzen Äste schlossen sich über ihm und schoben sich vor das schwache Licht der nächsten Lampe. Ungefähr fünfzig Meter marschierte er in völliger Dunkelheit mit raschen, auf dem Teppich aus Laub fast lautlosen Schritten. Er befand sich in jenem Zustand physischer Ermattung, in dem Geist und Körper voneinander gelöst scheinen, in dem der an die Wirklichkeit gewöhnte Körper sich fast unbewußt durch die vertraute, faßbare Welt bewegt, während der befreite Geist sich in den ungreifbaren Raum aufschwingt, wo Phantasie und Wirklichkeit gleichermaßen verschwommen sind. Dalgliesh wunderte sich, daß er so müde war. Seine Aufgabe hier war nicht anstrengender als jede beliebige andere. Natürlich machte er Überstunden, aber ein Sechzehnstundentag war normal, wenn er einen Fall bearbeitete. Und diese ungewöhnliche Müdigkeit war keine Erschöpfung aus Frustration oder Mißerfolg.

Der Fall würde sich morgen früh entscheiden. In der Nacht würde Masterson mit einem weiteren Mosaiksteinchen zurückkommen, das das Bild komplett machte. In spätestens zwei Tagen läge das Nightingale-Haus hinter ihm. In zwei Tagen würde er zum letztenmal jenes goldne und weiße Zimmer im Südwestturm gesehen haben.

Er bewegte sich wie ein Automat und hörte zu spät den gedämpften Schritt hinter sich. Instinktiv warf er sich herum, um seinen Gegner zu sehen, und spürte den Schlag von seiner linken Schläfe auf die Schulter abgleiten. Er fühlte keinen Schmerz, nur ein Knakken, als sei der ganze Schädel zersplittert, ein taubes Gefühl im linken Arm, und nach einer Sekunde, die wie eine Ewigkeit schien, die fast tröstliche Wärme von Blut. Er stöhnte auf und brach zusammen. Aber er war noch bei Bewußtsein. Obwohl ihn das Blut blind machte und er gegen eine Übelkeit ankämpfen mußte, versuchte er aufzustehen, tastete mit beiden Händen den Boden ab, wollte sich zwingen, auf die Beine zu kommen und zu kämpfen. Aber seine Füße scharrten fruchtlos in der aufgeweichten Erde, und in seinen Armen war keine Kraft. Der stickige Geruch von feuchtem Erdreich legte sich schwer und beißend wie ein Betäubungsmittel auf die Nase. Er lag da, mühte sich hilflos ab, machte mit der kleinsten Bewegung den Schmerz nur schlimmer und wartete in wütender Ohnmacht auf den letzten vernichtenden Schlag.

Doch es geschah nichts. Sein Widerstand erlahmte, und er verlor das Bewußtsein. Ein paar Sekunden später wurde er von einer Hand, die ihn sanft an der Schulter schüttelte, wieder in die Wirklichkeit zurückgeholt. Jemand beugte sich über ihn. Er hörte die Stimme einer Frau.

«Ich bin's. Was ist passiert? Was übern Kopf gekriegt?»

Es war Morag Smith. Er versuchte zu antworten, ihr zu sagen, möglichst schnell zu verschwinden. Sie beide wären einem entschlossenen Mörder nicht gewachsen. Aber sein Mund war unfähig, Worte zu bilden. Er hörte ganz in der Nähe einen Mann stöhnen, dann merkte er bitter, daß die Stimme seine eigene war. Er schien keine Kontrolle über sie zu haben. Er spürte Hände, die seinen Kopf abtasteten. Dann schreckte sie zurück wie ein Kind.

«Ii! Sie sind ja ganz voll Blut!»

Wieder versuchte er zu sprechen. Sie beugte sich tiefer über ihn. Er sah die dunklen Haarsträhnen und das weiße Gesicht vor sich schweben. Er bemühte sich aufzustehen, und diesmal schaffte er es, auf die Knie zu kommen.

«Haben Sie ihn gesehen?»

«Nicht genau – hat mich kommen gehört. Aufs Nightingale-Haus zu isser abgehauen. Verdammt, Sie sind ja ganz blutverschmiert. Hier, stützen Sie sich.»

«Nein. Gehen Sie besser Hilfe holen. Er kommt vielleicht zurück.»

«Der nicht. Jedenfalls bleiben wir besser zusammen. Ich will nicht allein gehen. Gespenster machen nichts, aber so ein verfluchter Mörder is was andres. Kommen Sie, ich geb Ihnen die Hand.»

Er fühlte die spitzen Knochen ihrer mageren Schultern, aber der schmale Körper schien erstaunlich zäh, und sie hielt sein Gewicht gut aus. Er kam auf die Füße und stand schwankend da.

Er fragte: «Mann oder Frau?»

«Hab ich nicht gesehen. Kann beides gewesen sein. Denken Sie nicht dran. Meinen Sie, Sie schaffen's bis zum Nightingale-Haus? Das ist das nächste.»

Dalgliesh fühlte sich schon viel besser, als er wieder auf den Beinen stand. Er konnte kaum den Weg erkennen, aber machte ein paar tastende Schritte vorwärts und stützte sich dabei auf ihre Schultern.

«Es wird wohl gehen. Die Hintertür ist am nächsten. Es kann nicht weiter als fünfzig Schritt sein. Klingeln Sie bei der Oberin. Ich weiß, daß sie zu Hause ist.»

Zusammen schlurften sie langsam über den Weg und verwischten dabei, wie Dalgliesh schmerzlich bewußt war, alle Fußspuren, die er sonst vielleicht am nächsten Morgen hätte finden können. Allerdings hätten diese glitschigen Blätter ohnehin nicht viel erkennen lassen. Er fragte sich, was mit der Waffe passiert war. Aber das Rätselraten war sinnlos. Er konnte nichts tun, bevor es hell wurde. Er fühlte eine Welle von Zuneigung und Dankbarkeit für diese robuste kleine Person, deren zerbrechlicher Arm kaum spürbar wie der eines Kindes um seine Hüfte lag. Sie mußten ein seltsames Bild abgeben, ging ihm durch den Kopf. Er sagte: «Vermutlich haben Sie mir das Leben gerettet, Morag. Er rannte weg, weil er Sie gehört hat.»

Er, oder war es eine Sie gewesen? Wenn Morag doch nur rechtzeitig dagewesen wäre, um zu erkennen, ob es sich um einen Mann oder eine Frau gehandelt hatte. Er konnte ihre Erwiderung kaum verstehen.

«Reden Sie keinen Blödsinn.»

Er hörte, ohne überrascht zu sein, daß sie weinte. Sie versuchte nicht, ihr Schluchzen zu unterdrücken oder zu dämpfen, und es hielt sie nicht im Gehen auf. Vielleicht war Weinen für Morag genauso natürlich wie Laufen. Er gab sich keine Mühe, sie zu trösten, außer daß er ein wenig ihre Schultern drückte. Sie faßte das als Bitte auf, ihn stärker zu stützen, und legte ihren Arm fester um seine Hüfte, lehnte sich an ihn und half ihm weiter. Und so schleppte das ungleiche Paar sich durch den Schatten der Bäume.

7

Das Licht im Übungsraum war grell, zu grell. Es drang sogar durch seine verklebten Augenlider, und er bewegte seinen Kopf ruhelos hin und her, um dem stechenden Schmerz auszuweichen. Dann hielten kühle Hände seinen Kopf ruhig. Mary Taylors Hände. Er hörte sie zu sich sprechen, sagen, daß Mr. Courtney-Briggs im Krankenhaus sei. Sie habe ihn rufen lassen. Dann lösten dieselben Hände seine Krawatte, knöpften sein Hemd auf, zogen seine Arme geschickt aus den Jackettärmeln.

«Was ist passiert?»

Es war Courtney-Briggs' harte, männliche Stimme. Der Chirurg war also da. Was hatte er im Krankenhaus gemacht? Wieder eine unaufschiebbare Operation? Courtney-Briggs' Patienten schienen eine sonderbare Veranlagung zu Rückfällen zu haben. Was für ein Alibi hatte er wohl für die letzte halbe Stunde? Dalgliesh sagte: Jemand hat mir aufgelauert. Ich muß feststellen, wer sich im Nightingale-Haus befindet.»

Er spürte einen festen Griff um seinen Arm. Courtney-Briggs drückte ihn auf den Stuhl zurück. Zwei schwankende graue Kugeln schwebten vor ihm. Wieder ihre Stimme.

«Nicht jetzt. Sie können kaum stehen. Einer von uns wird das erledigen.»

«Gehen Sie sofort.»

«Gleich. Wir haben alle Türen abgeschlossen. Wir merken, wenn irgendwer zurückkommt. Verlassen Sie sich auf uns. Entspannen Sie sich erst einmal.»

Wie vernünftig. Verlassen Sie sich auf uns. Entspannen Sie sich. Er umklammerte die metallenen Armlehnen des Stuhls, suchte Halt an der Wirklichkeit.

«Ich möchte es selbst überprüfen.»

Vom Blut halb blind, ahnte er ihre besorgten Blicke mehr, als daß er sie sah. Er wußte, daß er sich wie ein launisches Kind anhörte, das trotzig gegen die unerbittliche Ruhe der Erwachsenen ankämpft. Wütend über seine Machtlosigkeit versuchte er, vom Stuhl hochzukommen. Aber der Boden entfernte sich beängstigend von ihm, kam dann durch einen Wirbel schreiender Farben auf ihn zu. Es ging nicht. Er konnte nicht stehen.

«Meine Augen», sagte er.

Courtney-Briggs' Stimme, zum Verrücktwerden vernünftig: «Einen Augenblick. Ich muß mir Ihren Kopf ansehen.»

«Aber ich will sehen!»

Seine Blindheit machte ihn rasend. Machten sie das absichtlich? Er hob eine Hand und begann, an den zusammengebackenen Augenlidern zu kratzen. Er hörte sie miteinander sprechen, mit leiser Stimme in dem undeutlichen Idiom ihres Handwerks, von dem er, der Patient, ausgeschlossen war. Er bemerkte neue Geräusche, das Zischen eines Sterilisierapparates, das Klirren des Bestecks, das Zuklappen eines Metalldeckels. Dann wurde der Geruch nach Desinfektionsmittel schärfer. Jetzt reinigte sie seine Augen. Ein köstlich kühler Wattebausch wurde über beide Lider gewischt. Er schlug sie blinzelnd auf und sah nun deutlicher den Schimmer ihres Morgenmantels und den langen Zopf, der über ihre linke Schulter fiel. Er sagte zu ihr: «Ich muß wissen, wer im Nightingale-Haus ist. Können Sie das bitte sofort überprüfen?»

Wortlos und ohne Courtney-Briggs anzusehen, huschte sie aus dem Raum. Sobald die Tür sich hinter ihr geschlossen hatte, sagte Dalgliesh: «Sie haben mir nicht gesagt, daß Ihr Bruder damals mit Josephine Fallon verlobt war.»

«Sie haben nicht danach gefragt.»

Die Stimme des Chirurgen klang ruhig, gleichgültig, es war die Antwort eines Mannes, der seine Gedanken ganz auf sein Tun konzentriert. Dalgliesh hörte eine Schere klappern und spürte ein kurzes Kältegefühl, als der Stahl seine Kopfhaut berührte. Der Chirurg schnitt ihm das Haar im Bereich der Wunde ab.

«Es muß Ihnen klar gewesen sein, daß ich mich dafür interessierte.»

«Aber ja! Natürlich interessierten Sie sich dafür. Ihre Gattung hat ein unbegrenztes Aufnahmevermögen für die Angelegenheiten anderer Leute. Ich beschränkte mich jedoch darauf, Ihre Neugier nur soweit zu befriedigen, als sie den Tod der beiden Mädchen betraf. Sie können sich nicht beklagen, ich habe nichts von Bedeutung für mich behalten. Peters Tod ist hier nicht wichtig – eine rein persönliche Tragödie.»

Weniger eine persönliche Tragödie, dachte Dalgliesh, als ein öffentliches Ärgernis. Peter Courtney hatte gegen das oberste Prinzip seines Bruders verstoßen, gegen die Notwendigkeit, Erfolg zu haben. Dalgliesh sagte: «Er erhängte sich.»

«Sie haben recht, er erhängte sich. Kein sehr würdevoller oder angenehmer Abgang, aber der arme Junge verfügte nicht über meine Möglichkeiten. An dem Tag, an dem man mir meine letzte Diagnose stellt, werde ich geeignetere Mittel zur Hand haben, als mir das Ende eines Stricks um den Hals zu legen.»

Sein Egoismus war umwerfend, dachte Dalgliesh. Sogar der Tod seines Bruders mußte in Beziehung zu ihm gesehen werden. Er stand selbstgefällig sicher im Mittelpunkt seiner privaten Welt, während andere Menschen – Bruder, Frau, Patient – sich um diese zentrale Sonne drehten, dank ihrer Wärme und ihres Lichts existierten und ihrer Anziehungskraft gehorchten. Aber sahen sich nicht die meisten Menschen so? War Mary Taylor weniger in sich selbst vertieft? Und er selbst? Leisteten sie und er ihrem unentbehrlichen Egoismus nur auf subtilere Weise Vorschub?

Der Chirurg ging an seinen schwarzen Besteckkasten und nahm ein Metallband mit einem daraufsitzenden Spiegel heraus, das er sich um den Kopf legte. Er kam mit dem Augenspiegel in der Hand wieder zu Dalgliesh und setzte sich seinem Patienten gegenüber auf einen Stuhl. Sie saßen Auge in Auge da. Ihre Köpfe berührten sich fast. Dalgliesh spürte das Metall des Spiegels an seinem rechten Auge. Courtney-Briggs kommandierte: «Sehen Sie geradeaus.»

Dalgliesh starrte gehorsam auf den Lichtpunkt. Er sagte: «Sie verließen das Hauptgebäude des Krankenhauses etwa um Mitternacht. Sie sprachen mit dem Pförtner an der Haupteinfahrt um null Uhr zweiunddreißig. Wo waren Sie in der Zwischenzeit?»

«Das wissen Sie doch bereits. Diese umgestürzte Ulme blockierte den Weg. Ich sah mich ein paar Minuten dort um und sorgte dafür, daß dort niemand verunglücken würde.»

«Genau das ist aber einem Mann passiert. Das war um null Uhr siebzehn. Zu dieser Zeit war kein warnender weißer Schal um einen Ast gebunden.»

Der Augenspiegel rückte vor das andere Auge. Der Chirurg atmete völlig gleichmäßig.

«Er irrte sich.»

«Er behauptet, nein.»

«Und daraus schließen Sie, ich sei später als null Uhr siebzehn bei dem umgestürzten Baum gewesen. Da ich mir kein Alibi ausdachte, sah ich nicht alle zwei Minuten auf die Uhr.»

«Aber Sie unterstellen nicht, es habe Sie mehr als siebzehn Minuten gekostet, um vom Hauptgebäude zu diesem bestimmten Platz zu fahren.»

«Ach, wissen Sie, ich könnte schon einen Grund für eine Verzögerung finden. Ich könnte behaupten, daß ich, um in Ihrem kläglichen Polizistenjargon zu bleiben, einem natürlichen Drang gehorchen mußte und aus dem Auto ausstieg, um unter den Bäumen zu meditieren.»

«Und war es so?»

«Vielleicht. Wenn ich mit Ihrem Kopf fertig bin, werde ich darüber nachdenken. Sie werden entschuldigen, wenn ich mich jetzt auf meine Arbeit konzentriere.»

Die Oberin war leise zurückgekommen. Sie bezog wie ein Meßdiener, der auf Weisungen wartet, neben Courtney-Briggs Stellung. Ihr Gesicht war sehr blaß. Ohne auf eine Erklärung zu warten, reichte der Chirurg ihr den Augenspiegel. Sie sagte: «Alle, die im Nightingale-Haus sein sollten, sind auf ihren Zimmern.»

Courtney-Briggs tastete Dalglieshs linke Schulter ab und rief mit jedem Druck der kräftigen prüfenden Finger einen stechenden Schmerz hervor. Er sagte: «Das Schlüsselbein ist anscheinend in Ordnung. Schlimm gequetscht, aber nicht gebrochen. Es muß eine sehr große Frau gewesen sein, die Sie angegriffen hat. Sie sind ja selbst über einsachtzig.»

«Wenn es eine Frau war. Sie kann natürlich auch eine lange Waffe gehabt haben, vielleicht einen Golfschläger.»

«Ein Golfschläger. Oberin, Sie haben doch Golfschläger. Wo haben Sie die stehen?»

Sie antwortete zögernd: «Im Flur, unten an meiner Treppe. Ich stelle den Sack meistens gleich neben der Tür ab.»

«Dann sollten Sie sofort nachsehen.»

Sie ging hinaus, und sie warteten schweigend. Nach weniger als zwei Minuten war sie wieder da und sagte zu Dalgliesh: «Ein Schläger fehlt.»

Diese Neuigkeit schien Courtney-Briggs aufzumuntern. Er sagte ziemlich aufgeräumt: «Na, da haben Sie ja Ihre Waffe! Aber es hat wenig Sinn, heute nacht noch danach zu suchen. Sie wird irgendwo im Gelände liegen. Ihre Leute können sie morgen suchen und das Nötige veranlassen, auf Fingerabdrücke prüfen, auf Blut und Haar untersuchen, die üblichen Spielchen. Sie sind jedenfalls nicht in der Lage, sich jetzt noch darum zu kümmern. Wir müssen die Wunde nähen. Ich lasse Sie in den OP in der Ambulanz bringen. Sie brauchen eine Narkose.»

«Ich will keine Narkose.»

«Dann betäube ich nur lokal. Das sind dann nur ein paar Spritzen rings um die Wunde. Wir können das hier machen, Oberin.»

«Ich will überhaupt keine Betäubung. Nähen Sie es einfach zu.»

Courtney-Briggs erklärte geduldig, als habe er ein Kind vor sich: «Die Wunde ist sehr tief und muß genäht werden. Es wird äußerst schmerzhaft sein, wenn Sie eine Betäubung ablehnen.»

«Ich sage doch, ich will keine. Ich will auch keine prophylaktische Penicillin- oder Tetanusspritze. Ich will es nur genäht haben.»

Er merkte, wie sie einander ansahen. Er wußte, daß er sich eigensinnig und unvernünftig verhielt, aber es war ihm egal. Warum konnten sie nicht endlich anfangen? Schließlich sagte Courtney-Briggs auf eine komisch förmliche Weise: «Wenn Sie lieber einen anderen Chirurgen ...»

«Nein, ich will nur, daß Sie endlich anfangen.»

Einen Augenblick schwiegen alle, dann sagte der Chirurg: «Nun gut. Ich mache es, so schnell ich kann.»

Er spürte, daß Mary Taylor sich hinter seinen Stuhl gestellt hatte. Sie zog seinen Kopf an ihre Brust und hielt ihn mit ihren kühlen, festen Händen. Er schloß die Augen wie ein Kind. Die Nadel fühlte sich riesig an, ein Eisenstab, der gleichzeitig eisig kalt und glühend heiß war und immer wieder in seinen Schädel eindrang. Er hatte wahnsinnige Schmerzen, die er nur ertragen konnte, weil er wütend war und eigensinnig entschlossen, keine Schwäche zu zeigen. Er zuckte nicht mit der Wimper. Aber es machte ihn rasend, daß unwillkürlich Tränen unter seinen Augenlidern hervorquollen.

Nach einer Ewigkeit wurde ihm bewußt, daß es vorbei war. Er hörte sich sagen: «Danke. Und jetzt möchte ich in mein Büro gehen. Ich habe Sergeant Masterson angewiesen, hierherzukommen, wenn er mich nicht im Hotel antrifft. Er kann mich dann nach Hause fahren.»

Mary Taylor legte den Verband an. Sie sprach nichts dabei. Courtney-Briggs sagte: «Mir wäre es lieber, wenn Sie sofort zu Bett gingen. Wir können Ihnen im Ärztehaus ein Bett richten lassen. Ich werde morgen früh als erstes zusehen, daß Sie geröntgt werden. Dann möchte ich Sie noch einmal bei mir sehen.»

«Morgen früh können Sie mit mir machen, was Sie wollen. Jetzt möchte ich nichts, als allein gelassen werden.»

Er stand auf. Sie nahm seinen Arm in die Hand und stützte ihn. Aber er mußte unwillkürlich eine Bewegung gemacht haben, denn sie ließ seinen Arm los. Er fühlte sich erstaunlich leicht auf den Beinen. Es war seltsam, daß ein so unwirklicher Körper das Gewicht eines so schweren Kopfes aushielt. Er griff mit der Hand nach oben und fühlte die rauhe Bandage. Sie schien unglaublich weit von seinem Kopf entfernt zu sein. Dann ging er, mit sorgsam geradeaus gerichteten Augen, ungehindert durch das Zimmer auf die Tür zu. Als er sie öffnete, hörte er Courtney-Briggs' Stimme.

«Sie wollen sicher wissen, wo ich mich aufhielt, als Sie überfallen wurden. Ich war in meinem Zimmer im Ärztehaus. Ich bleibe heute nacht hier, weil ich morgen früh ein paar Operationen vor mir habe. Ich kann Ihnen leider kein Alibi beibringen. Ich kann nur hoffen, Ihnen ist klar, daß ich, um jemanden aus dem Weg zu räumen, feinere Methoden zur Verfügung habe als einen Golfschläger.»

Dalgliesh antwortete nicht. Ohne sich umzudrehen und ohne ein weiteres Wort ließ er sie allein und schloß die Tür des Übungsraums leise hinter sich. Die Treppe sah gefährlich aus, und zuerst fürchtete er, er würde es nicht schaffen. Doch packte er entschlossen das Treppengeländer, ging mit kleinen vorsichtigen Schritten in sein Büro und setzte sich hinter den Schreibtisch, um auf Masterson zu warten.

1

Gegen zwei Uhr früh ließ der Pförtner Masterson durch die Haupteinfahrt des Krankenhauses ein. Der Wind blies immer kräftiger, als
er durch das Spalier der sich biegenden Bäume den gewundenen
Weg zum Nightingale-Haus fuhr. Das Haus lag düster vor ihm. Nur
das Fenster, hinter dem Dalgliesh noch arbeitete, war erleuchtet.
Masterson sah mißmutig hinüber. Es hatte ihn geärgert und etwas
beunruhigt, als er entdeckte, daß Dalgliesh noch im Nightingale-
Haus war. Er rechnete damit, gleich über das Ergebnis seiner Aktivitäten berichten zu müssen. Diese Aussicht war nicht unangenehm,
weil der Erfolg ihm den Rücken stärkte, aber der Tag war lang gewesen. Er hoffte, es würde nicht eine jener Rund-um-die-Uhr-Sitzun-
gen des Kriminalrats werden.

Masterson betrat das Haus durch den Nebeneingang und drehte
hinter sich den Schlüssel zweimal um. Die Stille des hohen, weiten
Flurs empfing ihn unheimlich und unheilträchtig. Das Haus schien
den Atem anzuhalten. Er hatte wieder diesen unangenehmen, fast
bedrohlichen Geruch in der Nase, diese fremde, doch inzwischen
vertraute Mischung aus Desinfektionsmitteln und Bohnerwachs.
Als fürchte er, das schlafende, halb leere Haus zu stören, schaltete er
kein Licht an, sondern fand den Weg über den Flur mit dem Strahl
seiner Taschenlampe. Die weiß schimmernden Anschläge am
Schwarzen Brett erinnerten ihn an die Trauerkarten in der Vorhalle
irgendeiner ausländischen Kathedrale. Aus deiner Barmherzigkeit
bitte für Josephine Fallon. Unbewußt ging er auf Zehenspitzen die
Treppe hinauf, als fürchte er, die Tote zu wecken.

Im Büro im ersten Stock saß Dalgliesh an seinem Schreibtisch vor
der aufgeschlagenen Akte. Masterson blieb stocksteif in der Tür stehen und versuchte, seine Überraschung zu verbergen. Das Gesicht
des Kriminalrats war verzerrt und grau unter dem großen Turban
aus weißem Verbandsstoff. Er saß kerzengerade, die Unterarme
ruhten auf dem Tisch, die Handflächen lagen leicht nach außen ge-

kehrt zu beiden Seiten des Blattes. Die Pose war vertraut. Masterson sinnierte, nicht zum erstenmal, daß der Kriminalrat auffallend schöne Hände hatte und dazu wußte, wie er sie vorteilhaft zur Geltung bringen konnte. Er war schon lange zu dem Schluß gekommen, daß Dalgliesh einer der eingebildetsten Menschen war, die er kannte. Sein wirklicher Hochmut war zu sorgsam gehütet, um allgemein erkannt zu werden, aber Masterson genoß es, ihn bei einer der kleineren Eitelkeiten zu ertappen. Dalgliesh blickte auf, ohne eine Miene zu verziehen.

«Ich erwartete Sie schon vor zwei Stunden, Sergeant. Was haben Sie getrieben?»

«Mit unüblichen Mitteln Auskünfte eingeholt, Sir.»

«Sie sehen aus, als seien die unüblichen Mittel auf Sie angewandt worden.»

Masterson verkniff sich die auf der Hand liegende Retourkutsche. Wenn der Alte um seine Verletzung ein Geheimnis machen wollte, würde er ihm nicht die Freude machen, Neugier zu zeigen.

«Ich habe bis gegen Mitternacht getanzt, Sir.»

«In Ihrem Alter dürfte einen das nicht so arg mitnehmen. Erzählen Sie von der Dame. Sie scheint Eindruck auf Sie gemacht zu haben. Der Abend war angenehm?»

Masterson hätte mit gutem Recht antworten können, der Abend sei die Hölle gewesen. Er gab sich mit einer Darstellung dessen zufrieden, was er in Erfahrung gebracht hatte. Den Schautango ließ er klugerweise unter den Tisch fallen. Sein Instinkt sagte ihm, Dalgliesh würde das vielleicht weder lustig noch vernünftig finden. Davon abgesehen, gab er einen genauen Bericht des Abends. Er versuchte, bei den Tatsachen zu bleiben und Gefühle aus dem Spiel zu lassen, merkte aber, daß die Wiedergabe ihm teilweise Spaß machte. Seine Schilderung von Mrs. Dettinger war präzise, doch sarkastisch. Schließlich gab er sich kaum noch Mühe, seine Verachtung und seinen Ekel zu verbergen. Er glaubte, daß er es ganz ordentlich brachte.

Dalgliesh hörte schweigend zu. Sein bandagierter Kopf war immer noch über die Akte gebeugt, und Masterson konnte nicht erraten, was er dachte. Am Ende des Vortrags sah Dalgliesh auf: «Macht Ihnen Ihre Arbeit Spaß?»

«Ja, Sir, meistens.»

«Diese Antwort habe ich erwartet.»

«Sollte die Frage ein Tadel sein, Sir?»

Masterson war sich darüber im klaren, daß er sich auf gefährli-

263

chen Boden begab, aber er konnte sich diesen ersten zaghaften Schritt nicht verkneifen.

Dalgliesh gab keine Antwort auf die Frage. Statt dessen sagte er: «Ich halte es für ausgeschlossen, Detektiv zu sein und immer nett und freundlich zu bleiben. Sollten Sie aber jemals meinen, daß Grausamkeit als solche Vergnügen bereitet, dann ist es vermutlich höchste Zeit, den Beruf zu wechseln.»

Masterson wurde rot und schwieg. Das ausgerechnet von Dalgliesh! Dalgliesh, der sich so wenig um das Privatleben seiner Untergebenen kümmerte, als sei er sich nicht bewußt, daß sie überhaupt eines hatten; dessen sarkastischer Witz so vernichtend sein konnte wie der Knüppel eines anderen. Und wie freundlich war denn er? Wie viele seiner denkwürdigen Erfolge hatte er mit Freundlichkeit erreicht? Natürlich würde er nie rücksichtslos handeln. Er war zu hochmütig, zu wählerisch, zu kontrolliert, in Wirklichkeit viel zuwenig menschlich für etwas so Verständliches wie eine gewöhnliche kleine Rücksichtslosigkeit. Auf das Böse reagierte er mit einem Kräuseln der Nase, er stampfte nicht mit dem Fuß auf. Aber Freundlichkeit! Das kann er einem andern erzählen, dachte Masterson.

Dalgliesh redete weiter, als habe er nichts Besonderes gesagt.

«Wir müssen uns Mrs. Dettinger natürlich noch einmal vornehmen. Und wir brauchen eine ordentliche Aussage. Hatten Sie das Gefühl, daß sie die Wahrheit sagte?»

«Schwer zu sagen. Ich wüßte eigentlich nicht, warum sie lügen sollte. Aber sie ist eine sonderbare Frau, und sie war von meinem Auftritt zuerst nicht gerade begeistert. Es könnte ihr möglicherweise eine boshafte Befriedigung verschaffen, uns auf die falsche Spur zu hetzen. Sie könnte zum Beispiel den Namen Grobel mit einem anderen Angeklagten in Verbindung gebracht haben.»

«So daß die Person, die ihr Sohn auf der Station erkannte, eine beliebige andere Angeklagte im Felsenheimprozeß gewesen sein könnte, eine von denen, die noch leben und nicht verurteilt wurden. Was hat ihr Sohn ihr wörtlich gesagt?»

«Da liegt die Schwierigkeit, Sir. Anscheinend hat er ihr gegenüber angedeutet, daß diese Deutsche, Irmgard Grobel, am John Carpendar angestellt ist, aber sie kann sich nicht genau an seine Worte erinnern. Sie meint, er habe gesagt: ‹Das ist ein komisches Krankenhaus, Ma, die Grobel arbeitet hier, die ist eine von den Schwestern.›»

Dalgliesh sagte: «Das weist darauf hin, daß nicht die Schwester gemeint war, die ihn tatsächlich pflegte, sonst hätte er sich vermutlich anders ausgedrückt. Natürlich nicht, wenn er fast ständig bewußtlos war und Oberschwester Brumfett vorher nicht gesehen oder bemerkt hatte, daß ihr die Station unterstand. Er war sicher nicht in der Lage, die Feinheiten der Krankenhaushierarchie zu erkennen. Nach seiner Krankengeschichte delirierte er fast ohne Unterbrechung oder war bewußtlos, was sein Zeugnis auch fragwürdig hätte erscheinen lassen, wenn er nicht unpassenderweise gestorben wäre. Auf jeden Fall scheint seine Mutter die Geschichte anfangs nicht besonders ernstgenommen zu haben. Hat sie im Krankenhaus irgendeine Andeutung gemacht? Vielleicht gegenüber Schwester Pearce?»

«Sie sagt, nein. Ich glaube, ihre Hauptsorge war damals, die Habseligkeiten ihres Sohnes und den Totenschein abzuholen und sich die Versicherung auszahlen zu lassen.»

«Verbittert, Sergeant?»

«Na ja, sie zahlt an die zweitausend Pfund im Jahr für Tanzstunden, und ihr Kapital neigte sich dem Ende zu. Bei Delaroux legt man Wert auf Vorauszahlung. Sie breitete ihre finanziellen Verhältnisse in aller Ausführlichkeit vor mir aus, als ich sie nach Hause fuhr. Mrs. Dettinger wollte keine Schwierigkeiten machen. Als sie dann aber Mr. Courtney-Briggs' Rechnung erhielt, kam ihr die Idee, sie könnte mit der Geschichte ihres Sohnes vielleicht etwas herunterhandeln. Und sie schaffte es. Fünfzig Scheinchen.»

«Was bedeutet, daß Mr. Courtney-Briggs ein größeres Herz hat, als wir annahmen, oder dachte, diese Auskunft sei das Geld wert. Hat er es sofort überwiesen?»

«Sie sagt, nein. Sie suchte ihn zuerst am Mittwoch, dem 21. Januar, in seiner Praxis in der Wimpole Street auf. Bei dieser Gelegenheit erreichte sie nichts, deshalb rief sie ihn letzten Samstagmorgen an. Seine Sekretärin sagte ihr, Mr. Courtney-Briggs sei im Ausland. Sie hatte vor, am Montag noch einmal anzurufen, doch mit der ersten Post kam der Scheck über fünfzig Pfund. Es lag kein Brief dabei, keine Erklärung, nur sein Kontrollabschnitt. Aber sie wußte Bescheid.»

«Er war also letzten Samstag im Ausland. Wo, ist die Frage. In Deutschland? Jedenfalls sollten wir dem nachgehen.»

Masterson sagte: «Das klingt alles so an den Haaren herbeigezogen, Sir. Und es paßt eigentlich nicht ins Bild.»

«Nein. Wir sind uns ziemlich sicher, wer die beiden Mädchen umgebracht hat. Die Fakten deuten folgerichtig auf eine Person hin. Und diese neue Erkenntnis paßt tatsächlich nicht in das Bild. Es ist verwirrend, wenn man auf der Suche nach einem fehlenden Stück des Puzzlespiels Schmutz aufrührt und hinterher merkt, daß er zu einem anderen Stück gehört.»

«Sie halten es also nicht für wichtig, Sir? Ich wäre nicht sehr erbaut, wenn meine abendlichen Anstrengungen mit Mrs. Dettinger umsonst gewesen wären.»

«Oh, es ist wichtig. Es ist sogar außerordentlich wichtig. Und wir haben eine Bestätigung gefunden. Wir haben herausbekommen, was es mit dem geliehenen Buch auf sich hatte. Die Westminster-City-Bibliothek war sehr entgegenkommend. Miss Pearce ging an ihrem freien Tag, am Donnerstag, dem 8. Januar, nachmittags in die Zweigstelle Marylebone und fragte nach einem Buch über die deutschen Kriegsverbrecherprozesse. Sie sagte, sie interessiere sich besonders für einen Prozeß in Felsenheim im November 1945. Sie fanden dazu nichts in ihrem Katalog, wollten es aber in anderen Londoner Bibliotheken versuchen und schlugen ihr vor, in ein, zwei Tagen wieder vorbeizukommen oder telefonisch anzufragen. Sie rief am Samstagmorgen an. Sie teilten ihr mit, sie hätten ein Buch gefunden, das unter anderen auch den Felsenheimer Prozeß behandelte, und sie ging noch am selben Tag hin. Jedesmal gab sie ihren Namen mit Josephine Fallon an und legte deren Ausweis und den blauen Leihschein vor. Normalerweise notieren sie natürlich nicht den Namen und die Adresse. In diesem Fall taten sie es, weil das Buch aus einer anderen Bibliothek besorgt werden mußte.»

«Und wurde es zurückgegeben, Sir?»

«Ja, aber nicht namentlich, und sie können nicht genau sagen, wann. Wahrscheinlich an dem Mittwoch nach dem Tod der Pearce. Jemand legte es auf den Wagen für Fachliteratur. Als die Angestellte die eben zurückgebrachten Bücher auf den Wagen legen wollte, fand sie es und brachte es an den Rückgabeschalter. Dort wurde es als zurückgegeben gebucht und auf die Seite gelegt, um wieder in die betreffende Bibliothek geschickt zu werden. Niemand hat gesehen, wer es zurückbrachte. Die Bibliothek hat sehr viel Betrieb, und die Leute können beliebig ein und aus gehen. Nicht jeder hat ein Buch am Schalter abzugeben oder abzuholen. Auf jeden Fall ist es ganz einfach, ein Buch in einem Korb oder einer Tasche mitzubringen und es zwischen die anderen auf dem Wagen zu stecken. Die Angestellte, die es schließlich entdeckte, hatte fast den ganzen Vor- und Nachmittag Schalterdienst, und eine jüngere Kollegin packte die Bücher auf den Wagen und brachte sie ins Magazin. Das Mädchen war mit seiner Arbeit nicht nachgekommen, und sie wollte ihr deshalb helfen. Sie bemerkte das Buch sofort. Das war ungefähr um vier Uhr dreißig. Aber es hätte natürlich auch schon viel früher hingelegt werden können.»

«Und die Fingerabdrücke?»

«Die bringen uns nicht weiter. Ein paar verschmierte Stellen. Es war durch die Hände einiger Bibliotheksangestellter und Gott weiß wie vieler Entleiher gegangen. Warum auch nicht? Sie konnten schließlich nicht wissen, daß es Beweisstück in einer Morduntersuchung war. Aber es ist eine interessante Sache. Sehen Sie es sich selbst einmal an.»

Er zog eine Schreibtischschublade auf und holte ein dickes, in dunkelblaues Leinen gebundenes Buch mit einer auf dem Rücken eingeprägten Katalognummer heraus. Masterson nahm es und legte es vor sich auf den Tisch. Er setzte sich zurecht und schlug es vorsichtig auf. Es war eine Darstellung verschiedener Kriegsverbrecherprozesse, die in Deutschland 1945 und in den folgenden Jahren stattgefunden hatten. Sie waren offensichtlich gründlich dokumentiert und nüchtern behandelt. Der Verfasser war ein Kronanwalt, der damals ein Mitarbeiter des Chefs des Militärpolizeiwesens gewesen war. Es enthielt nur wenige Abbildungen, von denen zwei den Prozeß in Felsenheim betrafen. Eines zeigte eine Gesamtansicht des Gerichtssaals, auf dem der Arzt auf der Anklagebank nur undeutlich zu erkennen war, das andere war eine Fotografie des Lagerkommandanten. Dalgliesh sagte: «Martin Dettinger wird nur nebenbei erwähnt. Er diente im Krieg bei der leichten Infanterie – King's Wiltshire – und wurde im November 1945 zum Mitglied eines Militärgerichtshofs in Westdeutschland bestellt, der gegen vier Männer und eine Frau, denen Kriegsverbrechen zur Last gelegt wurden, ermitteln sollte. Diese Gerichte wurden auf Grund einer Verfügung vom Juni 1945 errichtet, und dieses bestimmte bestand aus einem Präsidenten, der Brigadegeneral der Grenadiergarde war, vier Offizieren des Heeres, darunter Dettinger, und einem Kriegsgerichtsrat, der von dem Chef der Militärpolizei ernannt wurde. Wie ich bereits sagte, sollten sie über vier Personen verhandeln, die man beschuldigte – Sie finden die Anklage auf Seite 127 –, ‹gemeinsam und in Verfolgung eines gemeinsamen Zieles für und im Namen des damaligen Deutschen Reiches gehandelt und am oder um den 3. September 1944 vorsätzlich, bewußt und ungesetzlich der Ermordung von 31 Menschen polnischer und russischer Nationalität Vorschub und Beihilfe geleistet und daran teilgenommen zu haben›.»

Masterson staunte kein bißchen, daß Dalgliesh die Anklage im Wortlaut zitieren konnte. Die Fähigkeit, auswendig lernen und Fakten exakt und zutreffend wiedergeben zu können, gehörte zu den Tricks eines Chefs. Dalgliesh beherrschte es besser als die meisten, und wenn er sein Können vorzeigen wollte, schickte es sich kaum für seinen Sergeanten, ihn dabei zu unterbrechen. Er sagte nichts. Er bemerkte, daß der Kriminalrat einen großen, eiförmigen grauen Stein aufgehoben hatte und ihn langsam auf der Hand hin und her rollen ließ. Vermutlich war sein Blick im Park daraufgefallen, und er hatte ihn mitgenommen, um ihn als Briefbeschwerer zu benutzen. Ganz sicher hatte er am Morgen noch nicht auf dem Schreibtisch gelegen. Die müde, überanstrengte Stimme fuhr fort.

«Diese einunddreißig Männer, Frauen und Kinder waren Juden, zur Zwangsarbeit in Deutschland. Sie sollen an Tuberkulose erkrankt gewesen sein. Sie wurden in eine Anstalt in Westdeutschland gebracht, die ursprünglich für Geisteskranke bestimmt gewesen war, in der aber seit dem Sommer 1944 nicht mehr geheilt, sondern getötet wurde. Es existieren keine Anhaltspunkte, wie viele Geisteskranke deutscher Nationalität dort umgebracht wurden. Das Personal war auf Geheimhaltung vereidigt worden, aber in der Umgebung der Anstalt liefen Gerüchte um über das, was hinter den Mauern vor sich ging. Am 3. September kam ein Transport von Polen und Russen in der Anstalt an. Man hatte ihnen gesagt, sie sollten wegen ihrer Tuberkulose behandelt werden. In der Nacht wurden ihnen tödliche Injektionen gegeben – den Männern, Frauen und Kindern –, und bis zum Morgen waren sie tot und begraben. Wegen dieses Verbrechens, nicht wegen der Morde an den Deutschen, standen die vier Angeklagten vor Gericht. Einer war der Chefarzt Max Klein, einer ein junger Apotheker, Ernst Gumbmann, einer der Oberpfleger, Adolf Straub, und dann eine junge ungelernte Schwester, achtzehn Jahre alt, mit Namen Irmgard Grobel. Der Chefarzt und der Oberpfleger wurden für schuldig befunden. Der Arzt wurde zum Tode verurteilt, der Oberpfleger zu dreiundzwanzig Jahren Gefängnis. Der Apotheker und die Frau wurden freigesprochen. Sie finden die Begründung auf Seite 140. Am besten lesen Sie sie vor.»

Erstaunt, aber ohne Kommentar nahm Masterson das Buch und schlug die Seite 140 auf. Er begann zu lesen. Seine Stimme klang unnatürlich laut.

«Dieses Gericht ermittelt gegen die Beklagte Irmgard Grobel nicht wegen ihrer Beteiligung am Tod von deutschen Staatsangehörigen. Wir wissen heute, was in der Anstalt in Steinhoff vor sich ging. Wir wissen ebenfalls, daß es gemäß dem von Adolf Hitler proklamierten deutschen Recht geschah. In Übereinstimmung mit den Weisungen der obersten Autorität wurden viele tausend geisteskranke Deutsche von 1940 an auf völlig gesetzeskonformem Weg umgebracht. Vom moralischen Standpunkt aus kann man dieses Tun beurteilen, wie man mag. Die Frage kann nicht sein, ob das Personal in Steinhoff es für falsch oder für barmherzig hielt. Die Frage ist, ob sie es für gesetzlich hielten. Es wurde von Zeugen bestätigt, daß ein solches Gesetz existierte. Irmgard Grobel handelte, soweit sie mit dem Tod dieser Menschen zu tun hatte, im Rahmen dieses Gesetzes.

Aber wir befassen uns nicht mit den Geisteskranken. Im Juli 1944 wurde eben dieses Gesetz auf die unheilbar an Tuberkulose erkrankten Fremdarbeiter ausgedehnt. Man könnte darüber diskutieren, ob die Angeklagte keine Zweifel an der Legalität dieser Tötungen hatte, nachdem sie gesehen hatte, daß deutsche Staatsangehörige im Interesse des Staates von ihrem Elend befreit worden waren. Aber das ist kein Streitpunkt für mich. Wir sind nicht in der Lage, die Gedanken der Angeklagten zu beurteilen. Sie war in die einzigen Tötungen, mit denen sich dieses Gericht zu befassen hat, nicht verwickelt. Der Transport mit den Russen und Polen kam am 3. September 1944 um achtzehn Uhr dreißig in Steinhoff an. An diesem Tag kam Irmgard Grobel aus dem Urlaub zurück. Das Gericht hat gehört, daß sie um neunzehn Uhr dreißig den Schwesterntrakt betrat und sich umkleidete. Ihr Dienst begann um neun Uhr. Zwischen ihrer Ankunft in der Anstalt und dem Betreten des Schwesterndienstzimmers in Block E sprach sie nur mit zwei anderen Schwestern, den Zeugen Willig und Rohde. Beide Frauen haben bezeugt, daß sie gegenüber Fräulein Grobel nichts von der Ankunft des Transports erwähnten. Fräulein Grobel betritt also das Dienstzimmer. Sie hat eine beschwerliche Reise hinter sich und ist müde und fühlt sich krank. Sie überlegt noch, ob sie um Befreiung vom Dienst ersuchen soll oder nicht. In diesem Augenblick läutet das Telefon. Doktor Klein ist am anderen Ende. Das Gericht hat Zeugen dieses Gesprächs gehört. Klein bittet Fräulein Grobel nachzusehen, wieviel Evipan und Phenol vorrätig ist. Das Evipan wurde in Kartons mit je 25 Injektionen geliefert. Eine Injektion bestand aus einer Kapsel Evipan in Pulverform und einem Behältnis mit sterilem Wasser. Das Evipan und das Phenol wurden zusammen mit anderen gefährlichen Drogen im Dienstzimmer der Schwestern aufbewahrt. Fräulein Grobel überprüft die Vorräte und meldet Klein, daß zwei Kartons Evipan und rund 150 cm^3 flüssiges Phenol vorrätig sind. Klein trägt ihr auf, alles verfügbare Evipan und Phenol bereitzustellen und Oberpfleger Straub zu übergeben, der es abholen kommt. Außerdem soll sie ihm ein Dutzend 10-cm³-Injektionsspritzen und eine Anzahl starker Nadeln aushändigen. Die Angeklagte behauptete, er habe kein einziges Mal den Zweck erwähnt, zu dem er diese Dinge brauchte, und Sie haben von dem Angeklagten Straub gehört, daß er sie ebenfalls nicht aufklärte.

Irmgard Grobel blieb im Dienstzimmer, bis sie um einundzwanzig Uhr zwanzig in ihr Zimmer getragen wurde. Das Gericht hat gehört, daß Schwester Rohde verspätet zum Dienst erschien und sie ohnmächtig am Boden liegend antraf. Sie war darauf fünf Tage wegen Brechreiz und Fieber ans Bett gefesselt. Sie sah nicht, wie die Russen und Polen Block E betraten, sie sah nicht, wie ihre Leichen in den frühen Morgenstunden des 4. September hinausgetragen wurden. Als sie wieder zum Dienst erschien, waren die Toten begraben.

Herr Präsident, dieses Gericht hat die Zeugen gehört, die Irmgard Grobels liebenswürdiges Wesen, ihre Freundlichkeit gegenüber kranken Kindern, ihre Begabung als Schwester bestätigt haben. Ich möchte dem Gericht vor Augen führen, daß sie jung ist, beinahe selbst noch ein Kind. Aber ich plädiere nicht auf Grund ihrer Jugend, auch nicht ihres Geschlechts, für Freispruch, sondern weil sie – als einzige der Angeklagten – erwiesenermaßen unschuldig ist in diesem Anklagepunkt. Sie hatte mit dem Tod dieser 31 Russen und Polen nichts zu tun. Sie wußte nicht einmal von deren Existenz. Die Verteidigung hat dem nichts hinzuzufügen.»

Dalglieshs bittere Stimme brach das Schweigen.

«Sie sehen, Sergeant, die übliche teutonische Berufung auf die Legalität. Sie erledigten das Morden ganz schön schnell, nicht wahr? Um halb sieben angekommen und um neun die Spritzen. Und warum Evipan? Sie konnten nur sicher sein, daß der Tod sofort einträte, wenn sie eine starke Dosis injizierten. Ich glaube nicht, daß weniger als 20 cm³ sofort zum Tod führen. Nicht, daß sie das gestört hätte. Was die Grobel gerettet hat, war ihr Urlaub bis spät an diesem Abend. Die Verteidigung behauptete, sie habe nie erfahren, daß diese ausländischen Gefangenen eingeliefert worden waren, daß niemand vor dem Morgen des 4. September davon wußte. Der gleiche Einwand führte zum Freispruch des Apothekers. So gesehen waren beide unschuldig, falls man dieses Wort auf irgendeinen, der in Steinhoff gearbeitet hat, anwenden kann.»

Masterson schwieg. Das lag alles so lange zurück. Die Grobel war ein junges Mädchen gewesen. Zehn Jahre jünger, als er jetzt war. Der Krieg war alte Geschichte. Er spielte in seinem Leben keine größere Rolle als die Rosenkriege, eher eine noch geringere, da er nicht einmal diesen leicht romantischen und ritterlichen Anstrich der Geschichte hatte, die ihm als Junge beigebracht worden war. Er hatte keine bestimmten Gefühle in bezug auf die Deutschen oder irgendein anderes Volk, abgesehen von einigen wenigen, die er kulturell und intellektuell niedriger einstufte. Zu denen zählte er die Deutschen nicht. Deutschland verband er mit sauberen Hotels und guten Straßen, Rippchen zum Wein der Gegend in einer gemütlichen Weinstube, dem Rhein, der sich wie ein Silberband unter ihm schlängelte, dem ausgezeichneten Campingplatz bei Koblenz. Und falls einer der Angeklagten des Felsenheimprozesses noch am Leben wäre, hätte er inzwischen längst die mittleren Jahre erreicht. Irmgard Grobel wäre jetzt dreiundvierzig. Es waren uralte Geschichten. Nur, weil sie in diesen Fall hineinspielten, waren sie wichtig. Er sagte: «Das ist alles so lange her. Ist ein Geheimnis wie dieses wert, daß man mordet, um es zu wahren? Wer kümmert sich denn heute noch darum? Besagt die offizielle Politik nicht, zu vergeben und zu vergessen?»

«Die Stärke von uns Engländern ist, unseren Feinden zu vergeben; das entbindet uns von der Verpflichtung, unsere Freunde zu lieben. Sehen Sie sich dieses Buch an, Masterson. Fällt Ihnen etwas auf?»

Masterson ließ die Seiten auseinanderfallen, schüttelte sie leicht, hob das Buch in Augenhöhe und untersuchte den Einband. Dann legte er es wieder auf den Tisch und drückte die mittleren Seiten auseinander. Im Falz steckten ein paar Sandkörner.

Dalgliesh sagte: «Wir haben eine Probe zur Analyse ins Labor geschickt, aber ich bin mir über das Resultat schon ziemlich im klaren. Der Sand stammt mit großer Wahrscheinlichkeit aus einem Feuereimer im Nightingale-Haus.»

«Da war es demnach versteckt, bis er oder sie es in die Bibliothek zurückbringen konnte. Ein und dieselbe Person versteckte das Buch und die Dose Rosenspray. Es hängt alles sehr hübsch zusammen, Sir.»

«Ein wenig zu hübsch, nicht wahr?» sagte Dalgliesh.

Aber Sergeant Masterson war etwas anderes eingefallen. «Diese Broschüre, die wir im Zimmer der Pearce fanden! Handelte sie nicht von der Arbeit eines Heims in Suffolk für Opfer des Faschismus? Angenommen, die Pearce hat sie sich kommen lassen. Ist das ein weiterer Grund für ein Verbrechen?»

«Ich denke, ja. Wir setzen uns mit dieser Stelle morgen in Verbindung und versuchen herauszubekommen, was sie denen versprochen hat. Und wir unterhalten uns noch einmal mit Courtney-Briggs. Er hielt sich etwa um die Zeit, als Schwester Fallon starb, im Nightingale-Haus auf. Wenn wir erfahren, wen er aufsuchte und warum, sind wir der Lösung dieses Falles nahe. Aber das muß alles bis morgen warten.»

Masterson unterdrückte ein Gähnen. Er sagte: «Wir haben schon seit fast drei Stunden morgen, Sir.»

2

Falls der Nachtportier des *Falconer's Arms* überrascht war, die Gäste erst in den frühen Morgenstunden zurückkommen zu sehen, noch dazu den einen schwer angeschlagen mit einem auffälligen Verband um den Kopf, hatte er genug Übung, sich nichts anmerken zu lassen. Seine Frage, ob er etwas für die Herren tun könne, war rein mechanisch – und Mastersons Antwort nicht eben höflich. Sie stiegen die drei Treppen zu ihren Zimmern hinauf, weil der altmodische Aufzug unberechenbar und laut war. Dalgliesh wollte dem Sergeanten gegenüber um keinen Preis seine Schwäche zeigen und nahm Stufe um Stufe, ohne sich am Geländer festzuhalten. Er wußte, wie töricht diese Eitelkeit war, und als er endlich in seinem Zimmer war, mußte er dafür büßen. Er war so ermattet, daß er sich erst einen Moment gegen die verschlossene Tür lehnen mußte, bevor er schwankend den kurzen Weg zum Waschbecken schaffte. Er hielt sich am Wasserhahn fest und legte die Stirn auf die Unterarme. Sein Magen krampfte sich zusammen, er würgte schmerzhaft, aber ohne Erfolg. Ohne den Kopf zu heben, drehte er den rechten Hahn auf. Ein Schwall eiskalten Wassers schoß heraus. Er spülte sein Gesicht ab und trank ein paar gierige Schlucke aus den hohlen Händen. Sofort fühlte er sich besser.

Er schlief unruhig. Es war nicht einfach, den verpackten Kopf einigermaßen bequem auf das Kissen zu legen, und der Blutverlust schien zu bewirken, daß sein Geist unnatürlich aktiv und klar war und sich gegen den Schlaf wehrte. Wenn er einnickte, dann nur, um zu träumen. Er ging mit Mavis Gearing auf dem Krankenhausgelände spazieren. Sie sprang wie ein junges Mädchen unter den Bäumen herum, schwenkte ihre Gartenschere und rief neckisch: «Es ist wunderbar, was man für tolle Sachen selbst in dieser toten Jahreszeit finden kann.»

Er fand es ganz in Ordnung, daß sie von den abgestorbenen Zweigen voll aufgeblühte rote Rosen schnitt und daß keiner von beiden eine Bemerkung über die Leiche von Mary Taylor machte, die mit einem Henkerstrick um den weißen Hals an einem Ast hing.

Gegen Morgen wurde sein Schlaf tiefer. Trotzdem war er, als das Telefon schrill und anhaltend läutete, sofort hellwach. Das leuchtende Zifferblatt seines Reiseweckers zeigte 5.49 Uhr. Er hob mühsam den Kopf vom Kissen und tastete nach dem Hörer. Er erkannte die Stimme sofort. Aber diese Stimme hätte er auch von der jeder anderen Frau auf der Welt unterscheiden können.

«Mr. Dalgliesh? Hier ist Mary Taylor. Es tut mir leid, Sie aufzuwecken, aber ich dachte, es wäre Ihnen lieber, wenn ich anrufe. Wir haben ein Feuer hier. Nicht gefährlich, nur im Park. Es scheint von einer unbenutzten Gartenhütte in der Nähe des Nightingale-Hauses ausgegangen zu sein. Das Haus ist nicht in Gefahr, aber das Feuer hat sich schnell zwischen den Bäumen ausgebreitet.»

Er staunte über sich selbst, wie klar er denken konnte. Seine Wunde schmerzte nicht mehr. Er fühlte sich buchstäblich leicht im Kopf und mußte erst nach dem rauhen Material des Verbands tasten, um sich zu vergewissern, daß es noch da sei. Er sagte: «Morag Smith. Was ist mit ihr? Sie verkroch sich gelegentlich in dieser Hütte.»

«Ich weiß. Sie erzählte es mir gestern abend, als Sie sie hierher brachten. Ich habe ihr für heute nacht ein Bett bei uns gegeben. Morag ist in Sicherheit. Da habe ich zuallererst nachgesehen.»

«Und die andern im Haus?»

Am anderen Ende der Leitung war es still. Dann kam ihre Stimme etwas schärfer: «Das überprüfe ich jetzt. Es wäre mir nie in den Sinn ...»

«Natürlich nicht. Warum auch? Ich komme gleich rüber.»

«Muß das unbedingt sein? Mr. Courtney-Briggs bestand darauf, daß Sie sich erst einmal ausruhen. Die Feuerwehr hat den Brand unter Kontrolle. Sie dachten zuerst, das Nightingale-Haus sei in Gefahr, aber sie haben ein paar Bäume in unmittelbarer Nähe des Hauses gefällt. In einer halben Stunde dürfte das Feuer gelöscht sein. Können Sie nicht warten, bis es hell ist?»

«Ich komme sofort», erwiderte er.

Masterson lag flach auf dem Rücken. Er schlief wie betäubt, sein schweres Gesicht sah leer aus, und der Mund stand halb offen. Dalgliesh brauchte fast eine Minute, um ihn aufzuwecken. Er hätte ihn lieber in seinem Tiefschlaf liegen lassen, aber er hielt es in seinem augenblicklichen geschwächten Zustand nicht für ratsam, sich hinter das Steuer zu setzen. Masterson war schließlich zu sich gekommen und hörte den Anweisungen des Kriminalrats kommentarlos zu. Dann schlüpfte er unter vorwurfsvollem Schweigen in seine Kleider. Er war klug genug, Dglieshs Entschluß, zum Nightingale-Haus zu fahren, nicht in Frage zu stellen. Aber sein mürrisches Gesicht zeigte deutlich, daß er den Ausflug für überflüssig hielt, und er sprach während der kurzen Fahrt zum Krankenhaus kein Wort.

Lange bevor sie beim Krankenhaus waren, sahen sie das Feuer als roten Schein am nächtlichen Himmel, und als sie durch das offene Tor an der Winchester Road fuhren, hörten sie das stakkatohafte Knacken der brennenden Bäume und rochen den kräftigen Duft des schwelenden Holzes, der schwer und süß in der kalten Luft hing. Die düstere Stimmung glitt an Masterson ab. Er atmete den Duft geräuschvoll und genießerisch ein und sagte mit fröhlicher Offenheit: «Ich mag diesen Geruch, Sir. Vermutlich weil er mich an meine Kindheit erinnert. Sommerlager bei den Pfadfindern. Unter einer Wolldecke am Feuer kauern und zusehen, wie die Funken in die Nacht sprühen. Dufte Sache, wenn man dreizehn ist. Und Spähtruppführer zu sein, bedeutet wahrscheinlich mehr Macht und Ehre, als man in seinem ganzen Leben wieder erlebt. Sie verstehen, Sir.»

Dalgliesh verstand nicht. Seine einsame Kindheit war bar solcher Gemeinschaftserlebnisse gewesen. Aber es war ein interessanter und seltsam rührender Einblick in Mastersons Wesen. Spähtruppführer bei den Pfadfindern! Gut, warum nicht? Mit einem anderen Hintergrund oder nur einer anderen Laune des Schicksals hätte er der Anführer einer Bande werden können, wären der ihm eigene Ehrgeiz und seine Skrupellosigkeit in weniger gewöhnliche Bahnen geleitet worden.

Masterson stellte den Wagen in sicherer Entfernung unter den Bäumen ab, und sie gingen auf das Feuer zu. Als sei es abgesprochen gewesen, blieben sie gleichzeitig im schützenden Schatten stehen und sahen dem Geschehen schweigend zu. Niemand schien sie zu bemerken, und niemand kam auf sie zu. Die Feuerwehrmänner waren beschäftigt. Es gab nur ein Gerät. Den Schlauch hatten sie anscheinend im Nightingale-Haus angeschlossen. Das Feuer war inzwischen unter Kontrolle, aber es sah immer noch eindrucksvoll aus. Der Schuppen war gänzlich verschwunden, und nur noch ein Kreis schwarzer Erde zeigte, wo er gestanden hatte. Die Bäume drumherum waren geschwärzte Galgen, verkrüppelt und verzerrt, als hätten sie sich gegen den Flammentod zur Wehr gesetzt. Am Rande brannten noch ein paar Schößlinge lichterloh, knisterten und zischten unter dem Wasserstrahl aus dem Feuerwehrschlauch. Eine einzelne Flamme züngelte hoch und flackerte in dem kräftigen Wind, hüpfte von Baumspitze zu Baumspitze und brannte dort oben wie eine klare, strahlende Kerze, bis ein gezielter Wasserstrahl sie löschte. Vor ihren Augen fing plötzlich eine Tanne Feuer und zerbarst in einem Funkenregen von goldnen Nadeln. Dalgliesh hörte ein leises begeistertes ‹Ah!› und sah, daß die kleine Gruppe von Schülerinnen, die in ihren schwarzen Umhängen von weitem zugesehen hatten, näher an das Feuer vorgerückt war.

Ein kurzer Schein fiel auf ihre Gesichter, und er glaubte, Madeleine Goodale und Julia Pardoe zu erkennen. Dann sah er die unverkennbare hohe Gestalt der Oberin auf sie zugehen. Sie sagte etwas zu ihnen, und das Grüppchen machte kehrt und zog sich widerstrebend zurück. In diesem Augenblick entdeckte sie Dalgliesh. Sie blieb wie angewurzelt stehen. In ihrem langen schwarzen Umhang stand sie vor einem einzelnen brennenden Bäumchen wie ein Opfer am Marterpfahl. Die tanzenden Flammen hinter ihr gossen einen rötlichen Schein über ihre blasse Haut. Dann kam sie langsam auf ihn zu. Er sah jetzt, daß ihr Gesicht sehr weiß war. Sie sagte: «Sie hatten recht. Sie war nicht in ihrem Zimmer. Sie hat einen Brief für mich hinterlassen.»

Dalgliesh erwiderte nichts. Seine Gedanken waren so klar, daß sie sich unabhängig von seinem Willen zu bewegen schienen, daß sie nicht nur alle Schlüssel zu dem Verbrechen kannten, sondern es gleichsam von einer großen Höhe aus betrachteten. Eine schattenlose Landschaft weitete sich unter ihm, greifbar, vertraut und unzweideutig. Er wußte jetzt alles. Nicht nur, wie die beiden Mädchen ermordet worden waren; nicht nur, wann und warum; nicht nur, von wem. Er wußte um die eigentliche Wahrheit des ganzen Verbrechens, denn es war ein einziges Verbrechen. Vielleicht würde er es nie beweisen können; aber er wußte alles.

Eine halbe Stunde später war das Feuer gelöscht. Die Schläuche krochen und polterten über die geschwärzte Erde, als sie aufgewunden wurden, und wirbelten dabei ätzend riechende Aschewölkchen auf. Die letzten Zuschauer hatten sich verzogen, und die Mißklänge von Feuer und Wind waren einem untermalenden Zischen gewichen, das nur von den Befehlen des Feuerwehrhauptmanns und den undeutlichen Stimmen seiner Männer gestört wurde. Selbst der Wind war etwas abgeflaut und wehte sanft und mild, von der rauchenden Erde erwärmt, über Dalglieshs Gesicht. Überall hing der

Geruch von verkohltem Holz. Die Scheinwerfer des Löschautos strahlten den qualmenden Kreis an, wo die Hütte gestanden hatte. Eingerahmt von Masterson und Mary Taylor, ging Dalgliesh darauf zu. Er spürte die Hitze unangenehm durch die Schuhsohlen. Es war nicht mehr viel zu sehen: ein bizarr gebogenes Stück Metall, das vielleicht einmal zu einem Ofen gehört hatte; ein verkohlter Teekessel – ein Fußtritt würde ihn zur Unkenntlichkeit zerbröckeln lassen. Und noch etwas lag da, eine Gestalt, der Umriß einer Gestalt nur, die aber selbst in der Entweihung des Todes noch erschreckend menschlich aussah. Sie blieben stehen und blickten schweigend auf den Boden. Es dauerte ein paar Minuten, die noch kenntlichen Einzelheiten zu identifizieren: den Beckenring, der, vom Muskel- und Fleischpolster entblößt, lächerlich klein schien; die nach oben gekehrte Hirnschale, harmlos wie ein Trinkgefäß; den Flecken, wo das Gehirn geborsten war.

Dalgliesh sagte: «Lassen Sie das hier absperren und sorgen Sie dafür, daß es bewacht wird. Und rufen Sie Sir Miles Honeyman an.»

Masterson sagte: «Mit der Identifizierung wird er ganz schön was zu tun haben, Sir.»

«Ja», erwiderte Dalgliesh, «wenn wir nicht schon wüßten, wer es war.»

3

Sie gingen in stummem Einverständnis, ohne ein einziges Wort zu wechseln, durch das stille Haus zur Wohnung der Oberin. Kein Mensch war zu sehen. Als sie das Wohnzimmer betraten, schlug die Standuhr auf dem Kaminsims halb sieben. Es war noch völlig dunkel, und im Gegensatz zu der vom Feuer erhitzten Luft draußen war es im Zimmer bitter kalt. Die Vorhänge waren zurückgezogen, und ein Fensterflügel stand offen. Die Oberin ging schnell hinüber und schloß ihn, zog die Vorhänge mit einem raschen, entschlossenen Schwung zu, drehte sich nach Dalgliesh um und sah ihn fest und mitfühlend an, als sähe sie ihn zum erstenmal.

«Sie sehen furchtbar müde und verfroren aus. Setzen Sie sich doch hier ans Feuer.»

Er ging durchs Zimmer und lehnte sich an den Kamin, weil er Angst hatte, er würde nie mehr aufstehen können, wenn er sich erst einmal gesetzt hätte. Aber der Sims fühlte sich unsicher an, der Marmor schlüpfrig wie Eis. Er ließ sich in einen Sessel fallen und sah zu, wie sie auf der Matte vor dem Kamin kniete und ein paar Stück Anmachholz auf die vom letzten Abend noch warme Asche legte. Das Holz flackerte auf. Sie schüttete noch ein paar Kohlen darauf und hielt ihre Hände über die Flamme. Dann griff sie, ohne ihre Stellung zu verändern, in die Manteltasche und reichte ihm einen Brief.

Ein hellblauer Umschlag, nicht zugeklebt, mit einer runden, kindlichen Handschrift adressiert: «An alle, die es angeht.» Er nahm den Brief heraus. Billiges blaues Papier, nichts Besonderes, unliniiert, aber mit so geraden Linien beschrieben, daß sie ein Linienblatt untergelegt haben mußte.

«Ich habe Heather Pearce und Josephine Fallon getötet. Sie hatten etwas über meine Vergangenheit herausbekommen, etwas, das sie nichts anging, und drohten mich zu erpressen. Als Oberschwester Gearing anrief und mir sagte, Schwester Fallon sei erkrankt, wußte ich, daß Schwester Pearce an ihrer Stelle als Patientin einspringen würde. Ich holte die Flasche mit dem Desinfektionsmittel sehr früh am Morgen und füllte sie in eine leere Milchflasche in der Teeküche um. Ich setzte sorgfältig die Kappe darauf und nahm die Flasche in meiner Stofftasche mit zum Frühstück. Ich mußte nach dem Frühstück nur noch rasch in den Übungsraum gehen und die Flasche mit dem Gift mit der Milchflasche auf dem Wagen vertauschen. Wenn jemand dagewesen wäre, hätte ich eine Ausrede gewußt und es ein anderes Mal und auf andere Art versucht. Aber der Raum war leer. Ich nahm die Milchflasche mit nach oben in die Küche und warf die leere Flasche mit dem Desinfektionsmittel aus einem Toilettenfenster.

Ich war im Wintergarten, als Oberschwester Gearing das Rosenspray brachte, und es fiel mir wieder ein, als ich plante, Schwester Fallon zu töten. Ich wußte, wo der Schlüssel zum Wintergarten hing. Ich trug Handschuhe, um keine Fingerabdrücke zu hinterlassen. Es war ein leichtes, das Gift in den Whiskybecher zu schütten, während Schwester Fallon im Bad war und der Drink auf dem Nachttisch abkühlte. Sie wich nie von ihren nächtlichen Gewohnheiten ab. Ich hatte vor, die Dose zunächst zu behalten und später in der Nacht auf ihren Nachttisch zu stellen, damit es den Anschein hätte, sie habe Selbstmord begangen. Ich wußte, wie wichtig es wäre, ihre Fingerabdrücke auf der Dose zu haben, aber ich sah darin keine Schwierigkeit. Ich mußte meine Pläne ändern, weil Mr. Courtney-Briggs mich kurz vor zwölf anrief und auf die Station holte. Ich konnte die Dose nicht mit mir herumtragen, weil ich auf der Station meine Tasche nicht ständig bei mir haben konnte, und ich dachte, es wäre zu gewagt, sie in meinem Zimmer zu lassen. Deshalb versteckte ich sie in dem Feuereimer gegenüber von Schwester Fallons Zimmer. Ich wollte sie später holen und auf ihren Nachttisch stellen. Aber als ich ins Nightingale-Haus zurückkam, erwies sich auch das als unmöglich. Als ich oben an der Treppe stand, kamen die Zwillinge aus ihren Zimmern. Es fiel Licht durch Schwester Fallons Schlüsselloch, und sie beschlossen, ihr einen Kakao hineinzubringen. Ich war darauf gefaßt, daß die Leiche noch in der Nacht entdeckt würde. Aber ich konnte nichts tun, als nach oben zu gehen und mich schlafen zu legen. Ich lag in meinem Bett und wartete jede Minute darauf, daß Alarm geschlagen würde. Ich fragte mich, ob die Zwillinge ihre Absicht geändert hatten oder ob Schwester Fallon eingeschlafen war, bevor sie ihren Whisky getrunken hatte. Aber ich wagte nicht, hinunterzugehen und nachzusehen. Wenn ich die Möglichkeit gehabt hätte, die Dose mit dem Nikotin an Schwester Fallons Bett zu stellen, wäre kein Mensch auf die Idee gekommen, sie sei ermordet worden, und ich hätte zwei vollkommene Verbrechen begangen.

Dem ist nichts mehr hinzuzufügen, außer daß niemand wußte, was ich damit erreichen wollte, und daß keiner mir half.

Ethel Brumfett.»

Mary Taylor sagte: «Es ist tatsächlich ihre Handschrift. Ich fand den Brief auf dem Kaminsims, als ich mit Ihnen telefoniert hatte und nachsehen wollte, ob alle im Haus wären. Aber ist es denn die Wahrheit?»

«O ja, es ist die Wahrheit. Sie tötete beide. Nur die Mörderin hatte wissen können, wo die Dose mit dem Nikotin versteckt war. Es war klar, daß der zweite Todesfall nach Selbstmord aussehen sollte. Warum stand dann die Dose nicht auf dem Nachttisch? Das konnte nur bedeuten, daß der Mörder bei der Ausführung seines Plans unterbrochen wurde. Oberschwester Brumfett war die einzige Person im Nightingale-Haus, die in der Nacht ins Krankenhaus gerufen wurde. Nach ihrer Rückkehr wurde sie daran gehindert, in Schwester Fallons Zimmer zu gehen. Aber sie war von Anfang an die Verdächtige Nummer eins. Die Flasche mit dem Gift mußte in aller Ruhe und von jemand, der Zugang zu Milchflaschen und Desinfektionsmitteln hatte, präpariert worden sein, und dieser Jemand mußte die tödliche Flasche unauffällig mit sich herumtragen können. Oberschwester Brumfett machte keinen Schritt ohne diese große Stofftasche. Es war Pech für sie, daß sie zufällig eine Flasche mit einem Deckel in der falschen Farbe erwischte. Ich frage mich, ob sie es überhaupt merkte. Und selbst wenn, hätte sie keine Zeit mehr gehabt, diesen Fehler zu korrigieren. Ihr ganzer Plan beruhte auf einer Vertauschung, die nur eine Sekunde in Anspruch nehmen würde. Sie mußte sich darauf verlassen, daß es niemandem auffallen würde. Und in der Tat, es blieb unbemerkt. Aber es gibt noch einen Punkt, in dem sie sich von allen anderen Verdächtigen unterschied. Sie war die einzige, die in beiden Fällen zum Zeitpunkt des Todes nicht im Haus war. Sie konnte der Fallon nichts antun, als sie auf ihrer Station lag. Das wäre ein Ding der Unmöglichkeit gewesen. Und sie zog es vor, bei beiden Morden nicht zuzusehen. Jemand müßte schon ein psychopathischer Mörder oder aber ein Profi sein, um freiwillig seinem Opfer beim Sterben zuzusehen.»

Sie sagte: «Wir wissen, daß Heather Pearce eine potentielle Erpresserin war. Ich möchte bloß wissen, was für ein klägliches Ereignis sie in dem langweiligen Vorleben der armen Brumfett ausgegraben hat, um sich daran hochzuziehen.»

«Ich denke doch, Sie wissen das genausogut wie ich. Heather Pearce hatte die Geschichte mit Felsenheim herausbekommen.»

Sie schien zu erstarren. Sie kauerte zu seinen Füßen neben dem Sessel. Er konnte ihr Gesicht nicht sehen. Nach einer Weile wandte sie sich um und blickte ihn an.

«Sie war doch unschuldig. Die Brumfett paßte sich an, sie war autoritätsgläubig, hatte gelernt, kritiklosen Gehorsam für die erste Schwesternpflicht zu halten. Aber sie brachte keine Patienten um. Das Urteil des Richters in Felsenheim war gerecht. Und selbst wenn es das nicht gewesen wäre, es war das Urteil eines ordentlichen Gerichtshofes. Sie war offiziell unschuldig.»

Dalgliesh sagte: «Ich bin nicht hier, um das Urteil von Felsenheim in Frage zu stellen.»

Anscheinend hatte sie überhaupt nicht hingehört, denn sie fuhr eifrig fort, als wolle sie ihn zwingen, ihr zu glauben.

«Sie erzählte mir davon, als wir zusammen auf der Schwesternschule in Nethercastle waren. Sie verbrachte den größten Teil ihrer Kindheit in Deutschland, aber ihre Großmutter war Engländerin. Nach dem Urteil wurde sie natürlich auf freien Fuß gesetzt und heiratete schließlich 1946 einen englischen Sergeanten, Ernest Brumfett. Sie hatte etwas Geld, und es handelte sich nur um eine Vernunftehe, eine Möglichkeit, aus Deutschland herauszukommen und nach England zu gehen. Ihre Großmutter war inzwischen gestorben, aber sie hatte dennoch Bindungen an dieses Land. Sie kam als Schwesternhelferin nach Nethercastle, stellte sich aber so gut an, daß es nach achtzehn Monaten kein Problem war, von der Oberin die Aufnahme in die Schwesternschule zu erreichen. Das Krankenhaus war eine gute Wahl gewesen. Es war nicht sehr wahrscheinlich, daß sie dort gründliche Nachforschungen über die Vergangenheit einer Person anstellen würden, besonders nicht bei einer Frau, die sich bereits bewährt hatte. Das Krankenhaus ist ein großer viktorianischer Komplex, immer voll belegt, mit chronischem Personalmangel. Die Brumfett und ich schlossen unsere Ausbildung zusammen ab, gingen zusammen an das dortige Entbindungsheim, um die ergänzende Hebammenausbildung zu bekommen, kamen dann zusammen hierher in den Süden an das John Carpendar. Ich kenne Ethel Brumfett seit fast zwanzig Jahren. Ich habe gesehen, wie sie immer wieder für alles, was in der Anstalt in Steinhoff geschah, bezahlt hat. Sie war damals jung. Wir können nicht feststellen, was ihr in jenen Jahren in Deutschland widerfuhr. Wir wissen nur, was sie als Erwachsene für dieses Krankenhaus und für die Patienten geleistet hat. Die Vergangenheit ist nicht mehr wichtig.»

Dalgliesh sagte: «Bis schließlich das eintrat, was sie im Unterbewußtsein immer befürchtet haben mußte. Bis jemand aus dieser Vergangenheit sie erkannte.»

Sie sagte: «Dann hätten sich all diese Jahre voller Arbeit und Einsatz in nichts aufgelöst. Ich kann verstehen, daß es ihr notwendig erschien, Schwester Pearce umzubringen. Aber warum auch Schwester Fallon?»

«Aus vier Gründen. Schwester Pearce suchte zunächst einen Beweis für Martin Dettingers Geschichte, bevor sie Schwester Brumfett darauf ansprach. Die beste Möglichkeit schien ihr zu sein, in den Gerichtsprotokollen nachzulesen. Deshalb bat sie Schwester Fallon um die Leihkarte. Sie ging am Donnerstag in die Westminster-Bibliothek und noch einmal am Samstag, wo das Buch inzwischen für sie bereitlag. Sie muß es Oberschwester Brumfett gezeigt haben, muß ihr gesagt haben, woher sie die Leihkarte hatte. Früher oder später hätte Schwester Fallon die Karte zurückverlangt. Es war unbedingt notwendig zu verhindern, daß jemals der Titel des Buches oder der Zweck, zu dem Schwester Pearce es gebraucht hatte, herauskäme. Das ist einer von mehreren Fakten, die Oberschwester Brumfett in ihrem Geständnis ausgelassen hat. Nachdem sie die Flasche mit dem Gift und die Milchflasche vertauscht hatte, ging sie nach oben, holte das Buch aus Schwester Pearces Zimmer und verbarg es in einem Feuereimer, bis sie Gelegenheit hatte, es unbemerkt in die Bibliothek zurückzubringen. Sie wußte nur zu gut, daß die Pearce den Übungsraum nicht lebend verlassen würde. Es war typisch für sie, später dasselbe Versteck für die Dose Nikotin zu wählen. Sie war keine einfallsreiche Frau.

Aber das Problem mit dem entliehenen Buch war nicht der Hauptgrund, Schwester Fallon zu ermorden. Es gab noch drei andere. Sie wollte die möglichen Motive durcheinanderbringen. Es sollte so aussehen, als habe die Fallon das Opfer sein sollen. Wenn die Fallon auch starb, blieb die Möglichkeit bestehen, daß die Pearce aus Versehen getötet worden war. Schwester Fallon wäre am Tag der Inspektion als Patientin an der Reihe gewesen. Sie hätte man sich eher als Opfer vorstellen können. Sie war schwanger; das allein hätte schon ein Motiv ergeben können. Oberschwester Brumfett hatte sie im Krankenhaus versorgt und dürfte von der Schwangerschaft gewußt oder sie zumindest vermutet haben. Ich glaube, es gab nicht viele Symptome, die Oberschwester Brumfett bei ihren Patienten übersehen hätte. Dann bestand auch noch die Möglichkeit, Schwester Fallon für den Mord an der Pearce verantwortlich zu machen, hatte sie doch zugegeben, am Morgen der Tat im Nightingale-Haus gewesen zu sein und sich geweigert, dafür einen plausiblen Grund zu nennen. Sie hätte das Gift in die Flasche füllen können, wäre später vielleicht von Gewissensbissen geplagt worden und hätte sich deshalb das Leben genommen. Diese Deutung hätte sehr hübsch beide Rätsel gelöst. Eine verlockende Theorie vom Standpunkt des Krankenhauses aus, und ziemlich viele haben sie denn auch geschluckt.»

«Und der letzte Grund? Sie sprachen von vier. Sie wollte Nachforschungen nach der Leihkarte verhindern; sie wollte den Schluß nahelegen, Schwester Fallon sei das Ziel des ersten Anschlags gewesen; wahlweise dazu wollte sie die Fallon mit dem Tod der Pearce in Verbindung bringen. Und das vierte Motiv?»

«Sie wollte Sie schützen. Das hat sie immer gewollt. Bei dem ersten Mord war es nicht leicht. Sie waren im Nightingale-Haus, Sie hatten ebenso wie alle anderen Gelegenheit, sich an der Flasche zu schaffen zu machen. Aber wenigstens den Tod von Schwester Fallon plante sie so, daß Sie ein Alibi hatten. Sie waren in Amsterdam. Sie konnten unmöglich das zweite Opfer getötet haben. Warum sollten Sie also mit dem ersten belastet werden? Von Anfang an bin ich bei dieser Untersuchung davon ausgegangen, daß die beiden Morde in Zusammenhang stehen. Es wäre ein allzu großer Zufall gewesen, wenn es im selben Haus gleichzeitig zwei Mörder gegeben hätte. Und deshalb schieden Sie aus dem Kreis der Verdächtigen aus.»

«Aber wieso sollte mich jemand verdächtigen, mit den Morden zu tun zu haben?»

«Weil die Motive, die wir Ethel Brumfett zugeschrieben haben, keinen Sinn ergeben. Denken Sie einmal nach. Ein todkranker Mann erlangte vorübergehend das Bewußtsein und sah ein Gesicht, das sich über ihn beugte. Er öffnete die Augen und erkannte durch seine Qualen und sein Delirium eine Frau. Oberschwester Brumfett? Würden Sie Ethel Brumfetts Gesicht nach fünfundzwanzig Jahren wiedererkennen? Es gibt in einer Million nur eine Frau, die ein so schönes und so besonderes Gesicht hat, daß man sich selbst bei einem flüchtigen Blick nach fünfundzwanzig Jahren noch erinnert. Ihr Gesicht. Sie, nicht Oberschwester Brumfett, waren Irmgard Grobel.»

Sie sagte leise: «Irmgard Grobel ist tot.»

Er sprach weiter, als habe sie nichts gesagt.

«Es überrascht nicht, daß Schwester Pearce niemals den Namen Grobel mit Ihnen in Verbindung gebracht hat. Sie sind die Oberin und als solche durch eine fast religiöse Ehrfurcht vor dem Makel menschlicher Schwächen, ganz zu schweigen von menschlicher Sünde, geschützt. Und dazu kamen die Worte Martin Dettingers. Er sagte, es sei eine der Schwestern gewesen. Ich kann mir denken, warum er diesen Fehler machte. Sie besuchen einmal täglich jede Station des Krankenhauses und sprechen mit fast allen Patienten. Das Gesicht, das er über sich gebeugt sah, war nicht nur eindeutig das Gesicht von Irmgard Grobel. Er sah eine Frau in einer Uniform, die für ihn die Schwesterntracht war, die kurze Pelerine und die breite dreieckige Haube der Schwestern in der Heereskrankenpflege. Für seinen benebelten Kopf war das die Uniform einer Schwester. Das würde jedem so gehen, der einmal in einem Armeekrankenhaus gelegen hat, und bei ihm waren es viele Monate.»

Sie sagte noch einmal leise: «Irmgard Grobel ist tot.»

«Er erzählte also Schwester Pearce in etwa dasselbe, was er seiner Mutter gesagt hatte. Mrs. Dettinger fand das zunächst nicht besonders interessant. Warum auch? Bis sie die Rechnung erhielt und dachte, sie könne mit ihrem Wissen vielleicht ein paar Pfund herunterhandeln. Wäre Mr. Courtney-Briggs nicht so geldgierig gewesen, hätte sie, wie ich meine, die Sache auf sich beruhen lassen. Aber sie tat es nicht, und Mr. Courtney-Briggs erhielt eine interessante Teilinformation, die er immerhin für so wichtig hielt, daß er einige Zeit und Mühe darauf verwandte, ihre Richtigkeit zu überprüfen. Wir können erraten, was in Heather Pearce vorging. Sie muß ungefähr das gleiche Gefühl der Macht und den gleichen Triumph verspürt haben wie damals, als sie sah, wie Schwester Dakers sich bückte und die Pfundnoten aufhob, die ihr vor die Füße geflattert waren. Nur hatte sie diesmal eine viel wichtigere und interessantere Person in ihrer Macht als eine Mitschülerin. Aber sie wußte, daß sie noch einen zusätzlichen Beweis brauchte. Zumindest mußte sie sich vergewissern, ob Dettinger, der ja im Sterben lag, nicht halluziniert oder sich einfach getäuscht hatte. Also ging sie an jenem Donnerstag in die Westminster-Bibliothek und fragte nach einem Buch über den Prozeß in Felsenheim. Es mußte für sie aus einer anderen Filiale besorgt werden, und sie holte es am Samstag ab. Sie hat wohl in diesem Buch genug gefunden, um sich zu überzeugen, daß Martin Dettinger wußte, wovon er sprach. Ich nehme an, sie redete am Samstag abend mit Oberschwester Brumfett, und die Schwester stellte nichts in Abrede. Ich frage mich nur, welchen Preis die Pearce verlangte. Sie forderte nicht das Übliche oder Verständliche für ihr Schweigen. Nein, Geldzahlungen an sie hätte sie verwerflich gefunden. Die Pearce übte gerne Macht aus, aber noch mehr genoß sie es, in Rechtschaffenheit und Moral zu schwelgen. Es muß am Sonntag morgen gewesen sein, daß sie an das Sekretariat der Liga zur Unterstützung der Opfer des Faschismus schrieb. Oberschwester Brumfett hätte zahlen müssen, aber das Geld wäre in regelmäßigen Abständen der Liga zugeflossen. Die Pearce war groß darin, für ein Verbrechen die passende Bestrafung zu finden.»

Diesmal sagte sie nichts. Sie hatte die Hände lose gefaltet im Schoß liegen und blickte ausdruckslos in irgendeine unergründliche Vergangenheit. Er sagte freundlich: «Es kann natürlich alles überprüft werden. Von ihrem Körper ist nicht viel übriggeblieben, aber das macht nichts, da wir ja Ihr Gesicht haben. Wir werden die Verhandlungsprotokolle und Fotografien und Ihren Trauschein mit Sergeant Taylor erhalten.»

Sie sprach so leise, daß er sich vorbeugen mußte, um sie zu verstehen.

«Er machte seine Augen ganz weit auf und sah mich an. Er sagte nichts. Etwas Wildes, Verzweifeltes lag in seinem Blick. Ich dachte, er finge an zu phantasieren oder habe vielleicht Angst. Ich glaube, er wußte in diesem Augenblick, daß er sterben würde. Ich sagte ein paar Worte zu ihm, und er schloß die Augen wieder. Ich erkannte ihn nicht. Wie hätte ich auch können?

Ich bin nicht dieselbe Person wie dieses Kind in Steinhoff. Ich will damit nicht sagen, ich denke an Steinhoff, als sei es einer anderen widerfahren. Es widerfuhr tatsächlich einer anderen. Ich kann mich nicht einmal in diesem Augenblick erinnern, was sich in diesem Gerichtshof in Felsenheim tatsächlich abspielte; ich entsinne mich an kein einziges Gesicht.»

Aber sie hatte es loswerden müssen. Das mußte ein Teil dieser Verwandlung in eine andere Person, der Verdrängung des Namens Steinhoff aus ihren Gedanken gewesen sein. Also hatte sie es Ethel Brumfett erzählt. Beide waren sie junge Schwesternschülerinnen in Nethercastle gewesen, und Dalgliesh vermutete, die Brumfett habe so etwas wie Güte, Zuverlässigkeit, Ergebenheit für sie verkörpert. Warum sonst ausgerechnet die Brumfett? Warum um alle Welt hätte sie sie sonst zu ihrer Vertrauten machen sollen? Er mußte diese Worte laut gesagt haben, denn sie sagte eifrig, als sei es wichtig, daß er sie verstehe: «Ich sagte es ihr, weil sie so gewöhnlich war. Ihre Gewöhnlichkeit strahlte so etwas wie Sicherheit aus. Ich fühlte, daß alles Geschehene letzten Endes nicht so schrecklich sein konnte, wenn die Brumfett mir zuhören und glauben und mich dennoch mögen würde. Das können Sie wohl nicht verstehen.»

Doch er verstand. In der Grundschule hatte er einen Mitschüler gehabt, der so ähnlich gewesen war, so gewöhnlich, so zuverlässig, daß er eine Art Talisman gegen Tod und Unheil war. Dalgliesh erinnerte sich an diesen Jungen. Komisch, seit mehr als dreißig Jahren hatte er nicht mehr an ihn gedacht. Sproat Minor mit seinem runden, freundlichen, bebrillten Gesicht, seiner gewöhnlichen bürgerlichen Familie, seinem unauffälligen Lebenslauf, seiner gesegneten Durchschnittlichkeit. Sproat Minor, vor den Schrecknissen der Welt geschützt durch Mittelmäßigkeit und Unempfindlichkeit. Das Leben konnte doch nicht ganz so beängstigend sein, solange es einen Sproat Minor gab. Dalgliesh hätte gern gewußt, was aus ihm geworden war.

Er sagte: «Und Oberschwester Brumfett ging von da an mit Ihnen durch dick und dünn. Als Sie hierherkamen, folgte sie Ihnen. Dieser Drang, sich mitzuteilen, der Wunsch, wenigstens eine Freundin zu haben, die alles über Sie wußte, brachte Sie in ihre Gewalt. Brumfett, die Beschützerin, die Ratgeberin, die Vertraute. Theaterbesuche mit der Brumfett, morgendliche Golfpartien mit der Brumfett, Ferien mit der Brumfett, Ausflüge mit der Brumfett, die erste Tasse Tee am Morgen und der letzte Drink am Abend mit der Brumfett. Ihre Anhänglichkeit muß echt gewesen sein. Schließlich war sie bereit, für Sie zu morden. Aber es war dennoch Erpressung. Ein gewöhnlicher Erpresser, der nur ein regelmäßiges steuerfreies Einkommen verlangt, wäre der unerträglichen Anhänglichkeit einer Brumfett zehnmal vorzuziehen gewesen.»

Sie sagte traurig: «Es ist wahr. Es ist alles wahr. Wie können Sie das nur wissen?»

«Weil sie im Grunde eine dumme, stumpfsinnige Frau war, und das sind Sie nicht.»

Er hätte hinzufügen können: «Weil ich mich selbst kenne.»

Sie widersprach laut und heftig.

«Und wer bin denn ich, Dummheit und Stumpfsinn zu verachten? Was für ein Recht hatte ich, mich als etwas Besonderes zu fühlen? O nein, sie war nicht klug! Sie konnte nicht einmal für mich morden, ohne alles zu verpfuschen. Sie war nicht klug genug, um Adam Dalgliesh zu täuschen, aber seit wann ist das ein Kriterium für Intelligenz? Haben Sie sie jemals bei ihrer Arbeit beobachtet? Sie bei einem sterbenden Patienten oder einem kranken Kind gesehen? Haben Sie dieser dummen und stumpfsinnigen Frau, deren Anhänglichkeit und Gesellschaft ich anscheinend verachten sollte, jemals zugesehen, wie sie rund um die Uhr arbeitete, um ein Menschenleben zu retten?»

«Ich habe die Leiche eines ihrer Opfer gesehen und den Autopsiebericht über das andere gelesen. Was ihre Freundlichkeit gegenüber Kindern betrifft, muß ich mich an Ihre Worte halten.»

«Das waren nicht ihre Opfer. Das waren meine.»

«O nein», sagte er. «Im Nightingale-Haus geht nur ein Opfer auf Ihre Rechnung, und das war Ethel Brumfett.»

Sie erhob sich mit einer einzigen raschen Bewegung und sah ihn an, jene unwahrscheinlich grünen, jene rätselhaften und beharrlichen Augen starrten in seine. Ein Winkel in seinem Kopf wußte, daß es bestimmte Worte gab, die er jetzt eigentlich aussprechen sollte. Wo waren sie nur, diese allzu vertrauten Sätze der gesetzlich vorgeschriebenen Warnung, das in Fleisch und Blut übergegangene Geschwätz, das im Augenblick der Konfrontation fast von selbst über die Lippen kam? Sie waren, eine sinnlose Belanglosigkeit, in einen abgelegenen Winkel seines Gehirns entwischt. Ihm war bewußt, daß er krank war, immer noch vom Blutverlust geschwächt, und daß er Schluß machen sollte, daß er Masterson die Untersuchung übergeben und zu Bett gehen sollte. Er, der pedantischste Detektiv, hatte bereits gesprochen, als sei keine der Regeln formuliert worden, als sehe er sich einem persönlichen Feind gegenüber. Aber er mußte weitermachen. Selbst wenn er es nie würde beweisen können – er mußte hören, daß sie zugab, was er als die Wahrheit erkannt hatte. Als sei es die natürlichste Frage der Welt, sagte er leise:

«War sie tot, als Sie sie ins Feuer stießen?»

4

In diesem Augenblick läutete es an der Flurtür. Wortlos warf sie ihren Umhang über die Schultern und ging hinaus. Dalgliesh hörte leise Stimmen im Flur, dann kam Stephen Courtney-Briggs hinter ihr ins Wohnzimmer. Dalgliesh sah auf die Uhr. Die Zeiger standen auf 7.24 Uhr. Der Arbeitstag hatte schon fast begonnen.

Courtney-Briggs war bereits zur Arbeit angekleidet. Er ließ weder Überraschung über Dalglieshs Anwesenheit noch besondere Sorge wegen seiner augenfälligen Schwäche erkennen. Er redete unbefangen mit ihnen.

«Gerade habe ich gehört, daß es heute nacht hier gebrannt hat. Ich habe keine Feuerwehr gehört.»

Mary Taylors Gesicht war so weiß, daß Dalgliesh dachte, sie sei nahe daran, ohnmächtig zu werden. Sie sagte ruhig: «Sie fuhren ohne Sirenen durch die Einfahrt an der Winchester Road, um die Patienten nicht zu wecken.»

«Und was hat es mit dem Gerücht auf sich, man habe in der Asche der Gartenhütte eine verkohlte Leiche gefunden? Was für eine Leiche?»

Dalgliesh sagte: «Oberschwester Brumfett. Sie hinterließ einen Brief, in dem sie die Morde an Schwester Pearce und Schwester Fallon gesteht.»

«Die Brumfett hat sie umgebracht! Die Brumfett!»

Courtney-Briggs sah Dalgliesh feindselig an. Sein Gesicht drückte Verwirrung und Zweifel aus.

«Schrieb sie, warum? War die Frau verrückt?»

Mary Taylor sagte: «Oberschwester Brumfett war nicht verrückt. Zweifellos glaubte sie, ein Motiv zu haben.»

«Aber wie soll meine Station heute laufen? Ich fange um neun Uhr an zu operieren. Das wissen Sie doch, Oberin. Und ich habe eine lange Liste. Die beiden Schwestern fehlen wegen Grippe. Ich kann Patienten in kritischem Zustand doch nicht in den Händen von Schülerinnen im ersten oder zweiten Jahr lassen.»

Die Oberin sagte ruhig: «Ich kümmere mich sofort darum. Die Tagesschwestern werden inzwischen aufgestanden sein. Es wird sich nicht leicht Ersatz finden lassen, aber notfalls können wir eine aus der Schule abzweigen.»

Sie wandte sich an Dalgliesh: «Ich telefoniere lieber von einem anderen Zimmer aus. Aber machen Sie sich keine Sorgen. Ich bin mir über die Bedeutung unseres Gesprächs im klaren. Ich komme zurück und führe es zu Ende.»

Die zwei Männer sahen ihr nach, als sie hinausging und die Tür leise hinter sich schloß. Jetzt erst schien Courtney-Briggs Dalgliesh wahrzunehmen. Er sagte in barschem Ton: «Vergessen Sie nicht, in die Röntgenabteilung zu gehen und Ihren Kopf durchleuchten zu lassen. Von Rechts wegen müßten Sie im Bett liegen. Ich sehe mir die Wunde an, wenn ich meine Operationen hinter mir habe.» Es klang, als spräche er von einer unangenehmen Hausaufgabe, für die er unter Umständen Zeit finden würde.

Dalgliesh fragte: «Wen wollten Sie in der Nacht, in der Josephine Fallon ermordet wurde, im Nightingale-Haus besuchen?»

«Das sagte ich bereits. Niemanden. Ich habe das Nightingale-Haus überhaupt nicht betreten.»

«Es gibt in Ihrer Aussage eine Lücke von zehn Minuten, zehn Minuten, in denen die Hintertür, die zur Wohnung der Oberin führt, nicht abgeschlossen war. Oberschwester Gearing hatte ihren Freund über die Hintertreppe hinausgelassen und ging mit ihm im Park spazieren. Deshalb dachten Sie, die Oberin sei zu Hause, obwohl Sie kein Licht sahen, und stiegen die Treppe zu ihrer Wohnung hinauf. Sie müssen eine Zeitlang oben geblieben sein. Und warum? Aus Neugier? Oder suchten Sie etwas?»

«Warum hätte ich die Oberin aufsuchen sollen? Sie war nicht da. Mary Taylor war in dieser Nacht in Amsterdam.»

«Aber das wußten Sie doch damals nicht. Miss Taylor nahm gewöhnlich nicht an internationalen Konferenzen teil. Aus Gründen, die wir uns denken können, lag ihr nicht daran, einen zu großen Personenkreis mit ihrem Gesicht vertraut zu machen. Diese Abneigung, öffentlichen Verpflichtungen nachzukommen, deutete man bei einer so tüchtigen und intelligenten Frau als einen angenehm bescheidenen Zug. Sie wurde erst am Dienstag abend gebeten, den Vorsitzenden des Bezirkskomitees für die Schwesternausbildung in Amsterdam zu vertreten. Sie operieren montags, donnerstags und freitags. Dann mußten Sie Mittwoch nacht außer der Reihe einen Privatpatienten operieren. Ich kann mir nicht vorstellen, daß Ihre

OP-Mannschaft, die alle Hände voll zu tun hatte, daran dachte zu erwähnen, daß die Oberin nicht im Krankenhaus sei. Warum auch?» Er schwieg.

Courtney-Briggs sagte: «Und warum soll ich geplant haben, der Oberin um Mitternacht einen Besuch abzustatten? Nehmen Sie etwa an, ich wäre ein willkommener Gast gewesen? Sie unterstellen doch nicht, sie habe mich erwartet?»

«Sie wollten Irmgard Grobel aufsuchen.»

Einen Augenblick lang war es vollkommen still im Zimmer. Dann sagte Courtney-Briggs: «Woher wissen Sie von Irmgard Grobel?»

«Von derselben Person, die es Ihnen erzählte, von Mrs. Dettinger.»

Wiederum Stille. Schließlich sagte er mit der störrischen Entschiedenheit eines Mannes, der weiß, daß man ihm nicht glauben wird: «Irmgard Grobel ist tot.»

«Wirklich?» fragte Dalgliesh. «Dachten Sie nicht, sie in der Wohnung der Oberin zu finden? War dies nicht Ihre erste Gelegenheit, sie mit Ihrem neuen Wissen zu konfrontieren? Und Sie müssen sich darauf gefreut haben. Es ist immer wohltuend, Macht ausüben zu können, nicht wahr?»

Courtney-Briggs sagte darauf ruhig: «Das müssen Sie ja selber wissen.»

Sie sahen einander schweigend an. Dalgliesh fragte: «Was hatten Sie vor?»

«Nichts. Ich stellte keine Verbindung zwischen dem Tod der beiden Mädchen und der Grobel her. Und wenn ich einen Zusammenhang gesehen hätte, hätte ich wahrscheinlich nicht davon gesprochen. Dieses Krankenhaus braucht Mary Taylor. Soweit es mich angeht, existiert keine Irmgard Grobel. Sie war einmal angeklagt und wurde freigesprochen. Das genügte mir. Ich bin Chirurg. Ich bin kein Moraltheologe. Ich hätte ihr Geheimnis gewahrt.»

Ganz gewiß, dachte Dalgliesh. Wäre die Wahrheit erst einmal bekannt, hätte die Geschichte ihren Wert für ihn verloren. Das war eine ganz besondere, eine äußerst wichtige Information, die ihn etwas gekostet hatte. Er würde seinen Nutzen aus ihr zu ziehen wissen. Sie lieferte ihm Mary Taylor für alle Zeiten aus. Die Oberin, die ihm so häufig und aufreizend widersprach; deren Macht ständig zunahm; die vor ihrer Ernennung zur Leiterin der Krankenpflegedienste aller Krankenhäuser des Bezirks stand; die den Vorsitzenden des Verwaltungskomitees gegen ihn beeinflußte. Sir Marcus Cohen. Wieviel Einfluß würde sie bei diesem gläubigen Juden behalten, wenn er von der Anstalt in Steinhoff erführe? Es war in Mode gekommen, diese Dinge zu vergessen. Aber würde Sir Marcus Cohen vergessen?

Er dachte an Mary Taylors Worte. Es gibt verschiedene Arten der Erpressung. Heather Pearce und Ethel Brumfett hatten das gewußt. Und vielleicht war die Erpressung, die keine finanziellen Forderungen stellte, sondern das geheime Wissen unter dem Mantel von Großzügigkeit, Freundlichkeit, Mitwisserschaft oder moralischer Überheblichkeit auskostete, die raffinierteste und reizvollste. Oberschwester Brumfett hatte denn auch nicht viel verlangt: nur ein Zimmer nahe ihrem Idol, das Prestige, als Freundin der Oberin zu gelten, eine Gefährtin für ihre freien Stunden. Die arme dumme Pearce hatte nur ein paar Shilling die Woche und ein, zwei Bibelverse gefordert. Doch wie mußten sie ihre Macht genossen haben. Und wie ungeheuer befriedigend hätte Courtney-Briggs erst seine empfunden. Kein Wunder, daß er entschlossen gewesen war, das Geheimnis für sich zu behalten, kein Wunder, daß es ihm nicht gepaßt hatte, als der Yard begann, sich mit dem Nightingale-Haus zu befassen.

Dalgliesh sagte: «Wir können beweisen, daß Sie am letzten Freitagabend nach Deutschland flogen. Und ich glaube, ich kann erraten, warum. Auf diesem Weg erhielten Sie Ihre Auskünfte schneller und sicherer, als wenn Sie das Kriegsgericht belästigt hätten. Wahrscheinlich sahen Sie die alten Zeitungen und das Gerichtsprotokoll durch. So wäre ich vorgegangen. Und sicher haben Sie nützliche Beziehungen. Aber wir können leicht herausfinden, wohin Sie gingen und was Sie unternahmen. So einfach kann man nämlich nicht inkognito aus- und einreisen.»

Courtney-Briggs sagte: «Ich gebe zu, daß ich es wußte. Ich gebe ebenfalls zu, daß ich in der Nacht, in der Schwester Fallon starb, ins Nightingale-Haus kam, um Mary Taylor aufzusuchen. Aber ich habe nichts Gesetzwidriges getan, nichts, was mich in eine zwielichtige Lage bringen könnte.»

«Das glaube ich Ihnen!»

«Auch wenn ich früher geredet hätte, wäre es zu spät gewesen, um das Leben von Schwester Pearce zu retten. Sie war bereits tot, als Mrs. Dettinger mich aufsuchte. Ich habe mir nichts vorzuwerfen.»

Er begann sich zu verteidigen – so ungeschickt wie ein Schuljunge. Da hörten sie leise Schritte und drehten sich um. Mary Taylor war zurückgekommen. Sie wandte sich an den Chirurgen.

«Ich kann Ihnen die zwei Burts geben. Ich fürchte, damit platzt diese Unterrichtsgruppe, aber ich wüßte keine andere Lösung. Sie werden wieder auf ihre Stationen zurückkehren müssen.»

Courtney-Briggs sagte mürrisch: «Die beiden sind in Ordnung. Zwei kluge Mädchen. Aber wie wäre es mit einer Stationsschwester?»

«Ich dachte, Oberschwester Rolfe könnte vorübergehend einspringen. Aber ich fürchte, das ist nicht mehr möglich. Sie verläßt das John Carpendar.»

«Was! Aber das geht doch nicht!»

«Ich wüßte nicht, wie ich sie davon abhalten könnte. Aber vermutlich wird man mir auch gar keine Gelegenheit geben, es zu versuchen.»

«Aber warum geht sie weg? Was ist denn passiert?»

«Darüber will sie nicht reden. Ich nehme an, daß irgend etwas im Zusammenhang mit der Untersuchung sie so aufgeregt hat.»

Courtney-Briggs stürzte sich fast auf Dalgliesh.

«Da haben Sie's! Mr. Dalgliesh, mir ist klar, daß Sie nur Ihre Arbeit tun, daß Sie hierhergeschickt wurden, um die beiden Todesfälle aufzuklären. Aber kommt es Ihnen denn niemals in den Sinn, daß Ihre Einmischung alles nur noch schlimmer macht?»

«Gewiß», sagte Dalgliesh. «Und in Ihrem Beruf? Kommt es Ihnen jemals in den Sinn?»

5

Sie begleitete Courtney-Briggs an die Flurtür. Sie hielten sich nicht auf. Sie war sofort wieder da, ging energisch auf den Kamin zu, ließ den Umhang von den Schultern gleiten und legte ihn ordentlich über die Sofalehne. Dann kniete sie sich hin, nahm eine Messingzange und machte sich am Feuer zu schaffen. Sorgfältig schichtete sie die Kohlen übereinander, und die Flammen züngelten nach den glänzenden Brocken. Ohne zu Dalgliesh aufzusehen, sagte sie: «Unser Gespräch wurde unterbrochen, Herr Kriminalrat. Sie beschuldigten mich des Mordes. Ich stand schon einmal unter dieser Anklage, aber das Gericht in Felsenheim konnte wenigstens Beweise beibringen. Was für Beweismittel haben Sie?»

«Keine.»

«Noch werden Sie je welche finden.»

In ihrer Stimme lag weder Zorn noch Selbstgefälligkeit, aber eine Intensität, eine stille Entschlossenheit, die nichts mit Schuldlosigkeit

zu tun hatte. Dalgliesh sah hinunter auf den vom Feuerschein über-
gossenen Kopf und sagte: «Aber Sie haben es nicht geleugnet. Sie
haben mich noch nicht belogen, und ich nehme nicht an, daß Sie es
jetzt noch versuchen werden. Warum sollte sie sich auf diese Art
umgebracht haben. Sie liebte ihre Gemütlichkeit. Warum also so ein
ungemütlicher Tod? Selbstmorde sind das selten, es sei denn, es
handle sich um Psychopathen, denen das gleichgültig ist. Sie hatte
Zugang zu allen möglichen Schmerztabletten. Warum nahm sie
nicht so etwas? Warum sollte sie sich in einen dunklen, kalten Gar-
tenschuppen verkriechen, um sich in einsamem Todeskampf zu opfern? Wo nicht einmal die Genugtuung, ein Publikum zu haben, ihr
Mut machen konnte?»

«Es gab solche Fälle.»

«In diesem Land nicht viele.»

«Vielleicht war sie eine Psychopathin.»

«So wird man es natürlich auslegen.»

«Ihr mag klar gewesen sein, wie wichtig es wäre, keinen identifi-
zierbaren Körper zu hinterlassen, wenn sie Sie überzeugen wollte,
daß es sich um die Grobel handelte. Warum sollten Sie sich weiter
mit diesem Fall abgeben, wenn Sie ein schriftliches Geständnis und
einen Haufen verkohlter Knochen gefunden hätten? Ihr Selbstmord,
um mich zu decken, wäre sinnlos gewesen, wenn Sie mühelos ihre
wahre Identität hätten feststellen können.»

«Eine kluge und weitsichtige Frau könnte so argumentieren. Sie
war weder das eine noch das andere. Aber auf Sie trifft beides zu. Es
muß Ihnen einen Versuch wert gewesen sein. Und selbst wenn wir
nie etwas über Irmgard Grobel und Felsenheim herausgefunden hätten, war es wichtig geworden, die Brumfett loszuwerden. Wie Sie
selbst sagten, konnte sie nicht einmal töten, ohne alles zu verpfuschen. Sie hatte bereits einmal in Panik gehandelt, als sie versuchte,
mich umzubringen. Sie hätte leicht ein zweites Mal in Panik geraten
können. Sie war Ihnen jahrelang eine Last gewesen; nun war sie Ihnen auch noch eine lästige Verpflichtung geworden. Sie hatten sie
nicht gebeten, für Sie zu morden. Mit den Drohungen der Pearce
wären Sie fertiggeworden, wenn Oberschwester Brumfett nicht den
Kopf verloren hätte, sondern diese Sache mit Ihnen besprochen hätte. Aber sie mußte ihre Anhänglichkeit in der aufsehenerregendsten
Art und Weise demonstrieren, die ihr einfiel. Sie mordete, um Sie
zu schützen. Und diese beiden Morde ketteten Sie für den Rest Ihres
Lebens zusammen. Wie hätten Sie jemals frei sein und sich sicher
fühlen können, solange die Brumfett am Leben war?»

«Werden Sie mir auch noch erzählen, wie ich es tat?»

Sie hätten, dachte Dalgliesh, zwei Kollegen sein können, die gemeinsam einen Fall besprachen. Trotz seines geschwächten Zustands war ihm bewußt, daß sich dieses seltsame Gespräch bedenklich außerhalb des Gewohnten bewegte, daß die zu seinen Füßen kniende Frau ein Gegner war, daß diese Intelligenz, die sich gegen ihn richtete, ungebrochen war. Sie hatte keine Hoffnung mehr, ihren Ruf zu retten, aber sie kämpfte um ihre Freiheit, vielleicht sogar um ihr Leben. Er sagte: «Ich kann Ihnen erzählen, wie ich es getan hätte. Es war nicht schwierig. Ihr Zimmer liegt direkt neben Ihrer Wohnung. Ich nehme an, sie bat um dieses Zimmer, und nichts, was Ethel Brumfett wünschte, durfte ihr vorenthalten werden. Weil sie über die Anstalt in Steinhoff Bescheid wußte? Weil sie Sie in der Hand hatte? Oder nur, weil sie Ihnen die Last ihrer Anhänglichkeit aufgeladen hatte und Sie nicht skrupellos genug waren, sich von ihr loszureißen? Also schlief sie in Ihrer Nähe.

Ich weiß nicht, auf welche Art sie starb. Vielleicht eine Tablette, eine Spritze, irgend etwas, das Sie ihr unter dem Vorwand gaben, es würde ihr zu ein wenig Schlaf verhelfen. Sie hatte – auf Ihre Bitte – bereits das Geständnis niedergeschrieben. Ich frage mich, wie Sie sie wohl dazu gebracht haben. Ich glaube nicht, daß sie auch nur eine Sekunde dachte, es könne benutzt werden. Ich stelle mir vor, Sie sagten ihr, es sei für den Fall, daß Ihnen oder ihr etwas zustieße, gut, etwas Schriftliches zu haben. Und es sei notwendig, irgendwann einmal einen Bericht zu haben, was tatsächlich geschehen sei, einen Beweis, um Sie zu schützen. Sie schrieb also diesen klaren Brief, vermutlich nach Ihrem Diktat. Er ist so offen und unmißverständlich, daß er, wie ich meine, wenig mit Oberschwester Brumfett zu tun hat. Sie stirbt also. Sie müssen die Leiche nur zwei Schritte schleppen, dann sind Sie hinter Ihrer Tür in Sicherheit. Trotzdem ist das der risikoreichste Teil Ihres Plans. Angenommen, Oberschwester Gearing oder Oberschwester Rolfe tauchten auf? Also lehnen Sie Oberschwester Brumfetts Tür und Ihre Flurtür an und lauschen eine Weile, ob auf dem Flur die Luft rein ist. Dann nehmen Sie die Leiche auf Ihre Schulter und schleppen sie rasch in Ihre Wohnung. Sie legen die Tote auf das Bett, gehen noch einmal zurück, um ihre Zimmertür zuzumachen, dann schließen Sie Ihre Wohnungstür ab. Sie war eine mollige, dabei aber kleine Frau. Sie sind groß und kräftig und daran gewöhnt, hilflose Patienten zu heben. Dieser Teil war nicht so schwer.

Doch jetzt müssen Sie sie in Ihr Auto schaffen. Sie haben einen bequemen Zugang zur Garage von der Diele im Erdgeschoß, und Sie haben Ihre private Treppe. Wenn die Außen- und Innentür verschlossen sind, können Sie in Ruhe arbeiten, ohne eine Störung befürchten zu müssen. Sie legen die Leiche auf den Rücksitz Ihres Wagens und decken sie mit einer Reisedecke zu. Dann fahren Sie rückwärts zwischen den Bäumen hindurch so nahe wie möglich an die Gartenhütte heran. Sie lassen den Motor laufen. Es ist besonders wichtig, schnell loszufahren und in der Wohnung zu sein, bevor das Feuer entdeckt wird. Dieser Teil des Plans ist etwas riskant, aber der Weg zur Winchester Road wird bei Dunkelheit selten benutzt. Dafür sorgt der Geist von Nancy Gorringe. Es wäre unangenehm, aber keine Katastrophe, wenn Sie gesehen würden. Schließlich sind Sie die Oberin, und nichts kann Sie daran hindern, eine nächtliche Ausfahrt zu machen. Sollte jemand vorbeikommen, würden Sie weiterfahren und eine andere Stelle oder einen späteren Zeitpunkt wählen. Aber es geht niemand vorbei. Das Auto steht tief unter den Bäumen, die Scheinwerfer sind ausgeschaltet. Sie tragen die Leiche in die Hütte. Dann machen Sie den gleichen Weg noch einmal mit einem Kanister Benzin. Und jetzt müssen Sie nur noch die Leiche, die Möbelstücke und die Holzstapel mit dem Benzin übergießen und ein brennendes Streichholz durch die offene Tür werfen.

Es dauert nur einen Augenblick, in das Auto zu springen und auf dem kürzesten Weg in die Garage zu fahren. Wenn sich ihr Tor hinter Ihnen schließt, haben Sie es geschafft. Sicher wissen Sie, daß das Feuer schnell um sich greifen wird und gleich danach entdeckt werden kann. Aber bis dahin sind Sie wieder in Ihrer Wohnung und bereit, den Anruf entgegenzunehmen, daß die Feuerwehr auf dem Weg ist, bereit, mich anzurufen. Und Ethel Brumfetts Brief, den sie Ihnen, vielleicht in der Meinung, er würde nie gebraucht werden, zur Aufbewahrung überlassen hat, lag für mich bereit.»

Sie fragte leise: «Und wie werden Sie das beweisen?»

«Wahrscheinlich nie. Aber ich weiß, daß es so ablief.»

Sie sagte: «Aber Sie werden versuchen, es zu beweisen, nicht wahr? Ein Mißerfolg wäre schließlich auch unerträglich für Adam Dalgliesh. Sie werden versuchen, es zu beweisen, ganz gleich, was es Sie oder andere kosten wird. Und Sie haben ja auch eine Chance. Sie werden natürlich kaum auf Reifenspuren unter den Bäumen hoffen können. Das Feuer, die Räder des Löschwagens, die Fußspuren der Feuerwehrmänner werden alle Spuren verwischt haben. Aber Sie werden sicher mein Auto gründlich untersuchen, besonders die Reisedecke. Vergessen Sie die Decke nicht, Herr Kriminalrat. Vielleicht finden Sie ein paar Stoffasern oder sogar Haare darauf. Das wäre allerdings nicht überraschend. Miss Brumfett fuhr oft mit mir. Tatsächlich gehört ihr die Decke sogar; sie dürfte voller Haare sein. Aber wie steht es mit Hinweisen in meiner Wohnung? Wenn ich ihre Leiche die enge Hintertreppe hinuntergetragen habe, haben ihre Schuhe sicher Schrammen an der Wand hinterlassen. Es sei denn, die Mörderin der Brumfett wäre geistesgegenwärtig genug gewesen, ihrem Opfer die Schuhe auszuziehen und sie sich vielleicht mit verknoteten Schnürsenkeln um den Hals zu hängen. Sie konnten nicht hier oben stehenbleiben. Vielleicht zählen Sie ihre Schuhe nach. Irgend jemand im Nightingale-Haus kann Ihnen sicher sagen, wieviel Paar sie besessen hat. Wir haben hier so wenige Geheimnisse voreinander. Und keine Frau würde barfuß durch den Wald ihrem Tod entgegengehen.

Und andere Spuren in der Wohnung? Wenn ich sie umgebracht hätte, müßte da nicht eine Spritze oder ein Tablettenröhrchen zu finden sein, irgend etwas, das darauf hinweist, wie ich es getan habe? Ihr Arzneischränkchen und mein eigenes enthalten beide einen kleinen Vorrat an Aspirin und Schlaftabletten. Angenommen, ich hätte ihr davon etwas gegeben? Oder sie einfach nur betäubt und erwürgt? Jede Methode wäre gut gewesen, vorausgesetzt, sie hinterließe keine Spuren. Wie wollen Sie mit einiger Sicherheit beweisen, wie sie starb, wenn alles, was Sie für eine Autopsie haben, ein paar verkohlte Knochen sind? Und Sie haben ihren Hinweis auf Selbstmord, einen Brief in ihrer Handschrift, der Fakten enthält, die nur der Mörder der Pearce und der Fallon wissen konnte. Wovon auch immer Sie überzeugt sein mögen, Herr Kriminalrat – wollen Sie mir etwa erzählen, dem Untersuchungsrichter würde es nicht genügen, daß Ethel Brumfetts Brief als Geständnis gedacht gewesen sei, bevor sie in den Flammen den Tod suchte?»

Dalgliesh spürte, daß er sich nicht mehr länger auf den Beinen würde halten können. In seinem geschwächten Zustand mußte er nun auch noch gegen Übelkeit ankämpfen. Seine Hand, die an dem Kaminsims Halt suchte, war kälter als der Marmor und schlüpfrig vor Schweiß, und der Marmor fühlte sich weich und nachgiebig wie Kitt an. Seine Wunde begann schmerzhaft zu klopfen, und der dumpfe Kopfschmerz, der bis jetzt nicht viel mehr als ein verschwommenes Unbehagen gewesen war, wurde stärker und konzentrierte sich als schmerzendes Stechen hinter seinem linken Auge. Ihr in diesem Augenblick ohnmächtig vor die Füße zu fallen, wäre eine nicht wieder gutzumachende Demütigung gewesen. Er streckte tastend seinen Arm aus und fand eine Lehne. Dann ließ er sich langsam in den Sessel sinken. Ihre Stimme schien von weither zu kommen, aber er konnte wenigstens ihre Worte verstehen und wußte, daß er seine Stimme noch in der Gewalt hatte.

Sie sagte: «Angenommen, ich erzählte Ihnen, ich könnte Stephen Courtney-Briggs so weit bringen, daß außer uns dreien niemals jemand etwas über Felsenheim erführe? Wären Sie in diesem Fall bereit, meine Vergangenheit aus Ihrem Bericht herauszuhalten, so daß die beiden Mädchen wenigstens nicht ganz umsonst den Tod gefunden hätten? Für dieses Krankenhaus ist es wichtig, daß ich ihm als Oberin erhalten bleibe. Ich bitte Sie nicht um Gnade. Um mich mache ich mir keine Sorgen. Sie werden niemals beweisen, daß ich Ethel Brumfett ermordet habe. Werden Sie sich nicht möglicherweise lächerlich machen, wenn Sie es versuchen? Wäre es nicht mutiger und vernünftiger zu vergessen, daß dieses Gespräch jemals stattgefunden hat, Oberschwester Brumfetts Geständnis als die Wahrheit, die es ist, zu akzeptieren und den Fall abzuschließen?»

Er sagte: «Das ist nicht möglich. Ihre Vergangenheit ist ein Teil der Beweisführung. Ich kann weder Zeugnisse unterschlagen noch wichtige Tatsachen in meinem Bericht auslassen, weil sie mir nicht angenehm sind. Wenn ich das jemals täte, müßte ich meinen Beruf an den Nagel hängen. Nicht nur diesen speziellen Fall, sondern meinen Beruf. Und zwar für immer.»

«Und das können Sie natürlich nicht tun. Was wäre ein Mann wie Sie ohne seinen Beruf, ohne gerade diesen bestimmten Beruf? Verletzlich wie wir alle. Sie müßten vielleicht sogar anfangen, wie ein Mensch zu leben und zu fühlen.»

«Auf diese Art können Sie mich nicht rühren. Warum erniedrigen Sie sich, indem Sie es versuchen? Es gibt Vorschriften, Befehle und einen Eid. Ohne sie könnte niemand sicher seiner Arbeit als Polizist nachgehen. Ohne sie wäre Ethel Brumfett nicht sicher, wären Sie nicht sicher, wäre eine Irmgard Grobel nicht sicher.»

«Und deshalb werden Sie mir nicht helfen?»

«Nicht ganz. Ich ziehe es vor, Ihnen nicht zu helfen.»

Sie sagte traurig: «Sie sind jedenfalls ehrlich. Und Sie haben überhaupt keine Zweifel?»

«Doch, natürlich. Ich bin nicht so arrogant. Zweifel gibt es immer.» Ja, er hatte Zweifel. Aber es waren Zweifel intellektueller und philosophischer Natur, die ihn nicht beunruhigten, sich nicht festsetzten. Es war viele Jahre her, daß sie ihn nachts wachgehalten hatten.

«Aber es gibt Vorschriften, nicht wahr? Und Befehle. Sogar einen Eid. Sie sind ein willkommener Schutzschild, hinter dem man sich verbergen kann, wenn die Zweifel lästig werden. Ich weiß. Ich suchte selbst einmal hinter ihnen Schutz. Sie und ich sind letzten Endes gar nicht so verschieden, Adam Dalgliesh.»

Sie nahm ihren Umhang von der Sessellehne und warf ihn über die Schulter. Sie kam auf ihn zu und blieb lächelnd vor ihm stehen. Dann sah sie, wie geschwächt er war, reichte ihm beide Hände und half ihm auf die Beine. Sie sahen einander in die Augen. Da läutete es an der Flurtür, und fast gleichzeitig schnarrte das Telefon aufdringlich. Für beide hatte der Tag begonnen.

Sommerlicher Epilog

1

Es war kurz nach neun Uhr, als das Telefongespräch durchgestellt wurde. Dalgliesh verließ den Yard und ging über die Victoria Street. Der morgendliche Dunstschleier kündigte einen weiteren heißen Augusttag an. Er fand die Adresse ohne Schwierigkeiten. Es war ein großes rotes Backsteingebäude zwischen der Victoria Street und der Horseferry Road, nicht direkt schmutzig, aber bedrückend öde, ein langgestreckter Kasten, dessen Vorderfront ziemlich kleine, gleichmäßig verteilte Fenster aufwies. Da es keinen Aufzug gab, stieg er, ohne jemandem zu begegnen, die drei linoleumbelegten Treppen zum obersten Stock hinauf.

Der Flur roch nach abgestandenem Schweiß. Vor der Wohnung machte eine unvorstellbar dicke ältere Frau in geblümter Schürze dem anwesenden Konstabler mit näselnder, weinerlicher Stimme Vorhaltungen. Als Dalgliesh auftauchte, wandte sie sich ihm zu und überschüttete ihn mit einer Flut von Protesten und Beschuldigungen. Was würde Mr. Goldstein sagen? Sie durfte eigentlich keine Untermieter haben. Sie hatte es aus purer Freundlichkeit für die Dame getan. Und dann das. Die Menschen nahmen einfach keine Rücksicht.

Er ließ sie stehen und ging wortlos in das Zimmer. Es roch muffig und nach Möbelpolitur und war vollgestopft mit den schweren Prestigesymbolen einer vergangenen Zeit. Das Fenster stand offen, der Spitzenvorhang war zurückgezogen, aber man bekam kaum Luft. Der Polizeiarzt und der Konstabler schienen den ganzen Sauerstoff verbraucht zu haben.

Eine Leiche mehr zu besichtigen; nur – diese hier fiel nicht in seine Verantwortung. Er mußte nur, gleichsam um eine Erinnerung aufzufrischen, einen flüchtigen Blick auf den erstarrenden Körper auf dem Bett werfen. Mit kühlem Interesse registrierte er den linken Arm, der locker über die Bettkante hing, die langen gekrümmten Finger und die subkutane Spritze, die noch im Unterarm steckte –

ein metallenes Insekt, das seinen Stachel tief in das weiche Fleisch gestoßen hatte. Der Tod hatte sie nicht ihrer Persönlichkeit beraubt, noch nicht jedenfalls. Das würde schnell genug kommen, mit all den grotesken Demütigungen des Verfalls.

Der Polizeiarzt, hemdsärmelig und schwitzend, rechtfertigte sich, als mache er sich Sorgen, er habe vielleicht etwas Falsches getan. Als Dalgliesh sich vom Bett abwandte, wurde ihm erst bewußt, daß der Arzt mit ihm sprach: «Und da New Scotland Yard ganz in der Nähe liegt und der zweite Brief an Sie persönlich gerichtet ist...» Verunsichert unterbrach er sich.

«Sie spritzte sich Evipan. Der erste Brief ist ganz eindeutig. Es handelt sich eindeutig um Selbstmord. Deshalb wollte der Konstabler Sie nicht anrufen. Er hielt es nicht für nötig, Sie zu bemühen. Es gibt tatsächlich nichts von Interesse hier in diesem Zimmer.»

Dalgliesh sagte: «Ich bin froh, daß Sie angerufen haben. Und es macht mir nicht die geringste Mühe.»

Zwei weiße Umschläge lagen da, einer zugeklebt und an ihn adressiert; der andere offen mit der Aufschrift «An alle, die es angeht.» Er fragte sich, ob sie gelächelt hatte, als sie diesen Satz schrieb. Vor den Augen des Polizeiarztes und des Konstablers öffnete Dalgliesh den an ihn gerichteten Brief. Er war mit schwarzer Tinte in einer steilen Schrift von einer völlig ruhigen Hand geschrieben. Mit einer Art Schrecken wurde ihm bewußt, daß er zum erstenmal ihre Handschrift sah.

«Man wird Ihnen nicht glauben, aber Sie hatten recht. Ich habe Ethel Brumfett ermordet. Ich habe zum erstenmal in meinem Leben getötet; es scheint mir wichtig, daß Sie das erfahren. Ich injizierte ihr Evipan, das gleiche, was ich nachher tun werde. Sie dachte, ich gäbe ihr ein Beruhigungsmittel. Die arme vertrauensselige Brumfett! Sie hätte von meiner Hand jederzeit auch Nikotin genommen, und es wäre ihr genauso recht gewesen.

Ich dachte, es sei möglich, mein Leben sinnvoll zu gestalten. Es ist mir nicht geglückt, und mein Charakter erlaubt mir nicht, mit einem Mißerfolg zu leben. Ich bedaure nicht, was ich tat. Es war das beste für das Krankenhaus, das beste für sie, das beste für mich. Es war nicht zu erwarten, daß ich mich davon abhalten ließe, weil Adam Dalgliesh seinen Beruf als die Verkörperung des moralischen Gesetzes sieht.»

Sie hatte nicht recht, dachte er. Man hatte an seinen Ansichten nicht gezweifelt, man hatte nur, was verständlich genug war, verlangt, daß er Beweise fände. Er hatte keinen gefunden, weder damals noch später, obwohl er den Fall verfolgt hatte, als handelte es sich um eine persönliche Rache, als haßte er sie und sich selbst. Und sie hatte nichts zugegeben; in keinem einzigen Augenblick war sie in Gefahr gewesen, sich zu verraten.

In der wiederaufgenommenen Untersuchung über Heather Pearce und in der Untersuchung über Josephine Fallon und Ethel Brumfett war so gut wie nichts offengeblieben. Vielleicht hatte der Untersuchungsrichter das Gefühl gehabt, es habe genug an Gerüchten und Vermutungen gegeben. Er hatte keinen Versuch gemacht, Fragen der Geschworenen an die Zeugen zu verhindern oder auch nur in das Verfahren einzugreifen. Die Geschichte der Irmgard Grobel und der Anstalt in Steinhoff war herausgekommen, und Sir Marcus Cohen, der mit Dalgliesh in der letzten Reihe gesessen hatte, hatte mit vor Schmerz erstarrtem Gesicht zugehört. Nach der Untersuchung war Mary Taylor durch den Saal auf ihn zugegangen, hatte ihm ihr Kündigungsschreiben überreicht und war ohne ein Wort weggegangen. Sie hatte das Krankenhaus noch am selben Tag verlassen. Und das war, was das John Carpendar betraf, das Ende gewesen. Weiter war nichts mehr an den Tag gekommen. Mary Taylor war freigesprochen worden; frei, dieses Zimmer zu finden, diesen Tod.

Dalgliesh ging hinüber zum Kamin. In dem kleinen, aus häßlichen grünen Steinen gemauerten Feuerplatz lagen ein staubiges Gebläse und ein Gefäß mit getrockneten Blättern. Sorgfältig räumte er beides beiseite. Ihm war bewußt, daß der Polizeiarzt und der Konstabler ihn mit ausdruckslosen Gesichtern beobachteten. Was dachten sie, was er vorhabe? Beweismittel zu verbrennen? Warum sollten sie sich Gedanken machen? Sie hatten ihr Stück Papier, das registriert, als Beweisstück vorgelegt, abgeheftet und der Vergessenheit überlassen würde. Das hier ging nur ihn an.

Er hielt den Brief unter den Rauchabzug, zündete ein Streichholz an und hielt es an eine Ecke. Aber der Kamin hatte keinen Zug, und das Papier war zäh. Er mußte es festhalten und hin und her bewegen, bis die Flammen seine Fingerspitzen erreichten. Dann erst löste sich das geschwärzte Papier von seiner Hand, verschwand in der Dunkelheit des Schornsteins und wurde in den Sommerhimmel emporgetragen.

Zehn Minuten später am selben Tag fuhr Miss Beale durch den Haupteingang des John-Carpendar-Krankenhauses und hielt vor dem Pförtnerhäuschen. Ein unbekanntes Gesicht begrüßte sie, ein neuer, noch ziemlich junger Pförtner, hemdsärmelig in seiner Sommeruniform.

«Die Inspektorin von der Schwesternaufsicht? Guten Morgen, Miss. Dieser Eingang liegt leider etwas ungünstig zu der neuen Schwesternschule. Wir haben zur Zeit nur ein provisorisches Gebäude, Miss, auf dem freien Gelände, wo das Feuer war. Es liegt ganz nah bei der alten Schule. Wenn Sie gleich hier abbiegen . . .»

«Schon gut, danke», sagte Miss Beale. «Ich kenne den Weg.»

Vor dem Eingang der Unfallabteilung stand ein Krankenwagen. Als Miss Beale langsam vorbeifuhr, kam Schwester Dakers – mit dem Spitzenhäubchen und blauen Gürtel der fertigen Krankenschwester – aus dem Haus, sprach kurz mit den Wärtern und überwachte den Transport des Kranken. Sie schien in Miss Beales Augen gewachsen zu sein und Autorität gewonnen zu haben. An dieser selbstsicheren Gestalt war keine Spur mehr von der verschreckten Schwesternschülerin. Also hatte sich Schwester Dakers bewährt. Das war auch zu erwarten gewesen. Vermutlich arbeiteten auch die beiden Burts, ebenso erwachsen geworden, irgendwo im Krankenhaus. Doch es hatte sich manches verändert. Schwester Goodale hatte geheiratet; Miss Beale hatte die Anzeige in der überregionalen Presse gesehen. Und Hilda Rolfe arbeitete, wie Angela berichtet hatte, irgendwo in Afrika als Schwester. Heute würde sie einer neuen Ersten Tutorin und einer neuen Oberin begegnen. Miss Beale dachte kurz an Mary Taylor. Vermutlich hatte sie irgendwo ihr gutes Auskommen, wenn auch nicht in der Krankenpflege. Die Mary Taylors dieser Welt würden sich nicht unterkriegen lassen.

Sie fuhr den vertrauten Weg zwischen versengten sommerlichen Wiesen, Blumenbeeten und verblühten Rosen und bog in den grünen Tunnel der Bäume ein. Die Luft stand still und war warm, auf dem schmalen Weg zeichneten die ersten Sonnenstrahlen des Tages ein helles Muster. Und hier war die letzte Biegung, an die sie sich erinnerte. Das Nightingale-Haus, oder was davon geblieben war, lag vor ihr.

Wie damals hielt sie das Auto an und staunte. Das Haus sah aus, als sei es von einer Riesenaxt ungeschickt in zwei Teile gespalten worden, wie ein mutwillig verstümmeltes Lebewesen, das in seiner

Schmach und Nacktheit jedem Blick ausgesetzt war. Eine halb zerhackte Treppe ohne Geländer ragte ins Nichts; auf dem zweiten Treppenabsatz hing eine zierliche Lampe an einem Leitungsdraht vor der zersprungenen Täfelung; die Bogenfenster im Erdgeschoß sahen ohne Glas wie elegante Arkaden aus behauenem Stein aus, die den Blick auf verblichene Tapeten freigaben, auf denen hellere Flecken erkennen ließen, wo früher Bilder und Spiegel gehangen hatten. Aus den noch übriggebliebenen Decken wuchsen nackte Drähte wie Borsten einer Bürste heraus. An einem Baum vor dem Haus lehnte eine bunte Sammlung von Kamineinfassungen und Stücke geschnitzter Wandtäfelung, die offenbar aufgehoben werden sollten. Auf dem noch vorhandenen Teil der rückwärtigen Mauer hob sich die Gestalt eines Mannes vom Himmel ab, der scheinbar planlos auf die Ziegelsteine einschlug. Sie fielen einer nach dem andern auf den Schutthaufen im Innern des Hauses und wirbelten kleine Staubwolken auf.

Vor dem Haus bediente ein anderer Arbeiter, nackt bis zur Taille und braungebrannt, einen Traktor mit einem Kran, von dem eine Kette mit einer großen Eisenkugel hing. Miss Beales Hände umklammerten das Steuerrad, wie um sich gegen einen in ihr aufsteigenden instinktiven Protest zu stemmen, als sie zusah, wie die Kugel vorschwang und gegen die Überreste der vorderen Mauer prallte. Dann neigte sich die Wand sacht und fiel unter dem Gepolter von herabstürzenden Steinen und Mörtel nach innen. Eine riesige gelbe Staubwolke stieg auf, durch die sich die einsame Gestalt auf der Rückwand wie ein dämonischer Aufseher verschwommen abhob.

Miss Beale wartete noch einen Augenblick, dann ließ sie langsam die Kupplung kommen und steuerte ihren Wagen nach rechts, wo sie die niedrigen, funktionalen, glatten Linien der neuen provisorischen Schule durch die Bäume schimmern sah. Hier war Normalität, Gesundheit, eine Welt, die sie kannte und anerkannte. Dieses verdächtig an Bedauern grenzende Gefühl, das sie verspürt hatte, als sie der gewaltsamen Zerstörung des Nightingale-Hauses zusah, war tatsächlich lachhaft. Sie kämpfte entschlossen dagegen an. Es war ein schauerliches Haus gewesen, ein unheilvolles Haus. Es hätte schon fünfzig Jahre früher abgerissen werden sollen. Und es war nie auch nur im entferntesten für eine Schwesternschule geeignet gewesen.

Ein unverhofftes Geständnis

Kriminalroman

Deutsch von
Sibylle Hunzinger

Erstes Buch

Die Leiche ohne Hände lag auf dem Boden eines kleinen Dinghis, das gerade noch in Sichtweite der Küste von Suffolk dahintrieb. Es war der Körper eines Mannes in den mittleren Jahren, ein schmucker kleiner Leichnam mit einem dunklen Nadelstreifenanzug als Leichenhemd, der im Tod genauso elegant an dem schmalen Körper saß wie im Leben. Die handgearbeiteten Schuhe waren noch blank, abgesehen von ein paar Kratzern auf den Kappen, die seidene Krawatte saß straff unter dem vorstehenden Adamsapfel. Er hatte sich mit sorgfältiger Konventionalität für die Stadt gekleidet, der unglückliche Reisende, nicht für dieses einsame Meer und auch nicht für diesen Tod.

Es war ein früher Nachmittag Mitte Oktober, und die glasigen Augen starrten nach oben in einen ungewöhnlich blauen Himmel, über den der leichte Südwestwind ein paar vereinzelte Wolkenfetzen trieb. Die hölzerne Schale ohne Mast und Dollen hüpfte sanft auf den Wellen der Nordsee, so daß der Kopf wie in unruhigem Schlaf hin und her rollte. Das Gesicht war schon im Leben unbedeutend gewesen, und der Tod hatte ihm lediglich eine mitleiderregende Ausdruckslosigkeit verliehen. Das spärliche blonde Haar begrenzte eine hohe, höckerige Stirn, die Nase war so schmal, daß es so aussah, als könne der weiße Knochen jeden Moment die Haut durchschneiden; der schmale, dünnlippige Mund hatte sich geöffnet und ließ zwei vorstehende Vorderzähne sehen, die dem Gesicht das hochmütige Aussehen eines toten Hasen gaben.

Die Beine, noch in der Todesstarre, waren links und rechts vom Kielkasten eingezwängt, und die Unterarme waren so hingelegt worden, daß sie auf der Ruderbank ruhten. Beide Hände waren an den Gelenken abgetrennt worden. Es war nicht viel Blut dabei geflossen. Auf jedem Unterarm hatte ein dünnes Rinnsal von Blut ein schwarzes Netz zwischen den steifen blonden Haaren gewoben, und auf der Ruderbank waren ein paar Flecken, als hätte man sie als Hackblock benutzt. Aber das war auch alles; sonst war kein Blut am Körper oder an den Wänden des Dinghis.

Die rechte Hand war sauber abgetrennt, und das runde Ende der Speiche schimmerte weißlich; bei der linken Hand aber hatte man gepfuscht, und aus dem zurückweichenden Fleisch traten nadelscharfe, gezackte Knochensplitter hervor. Die Jackenärmel und die Manschetten des Oberhemds waren hochgezogen worden für das Schlächtergeschäft, und zwei goldene Manschettenknöpfe mit Monogramm baumelten in der Luft und funkelten, während sie sich langsam in den Strahlen der Herbstsonne drehten.

Das Dinghi, dessen Anstrich verblaßt war und abblätterte, trieb wie ein verlassenes Spielzeug auf dem fast leeren Meeresspiegel. Am Horizont bewegte sich die vielgliedrige Silhouette eines Küstenschiffs die Yarmouth Lanes hinunter; sonst war nichts zu sehen. Gegen zwei Uhr stürzte ein schwarzer Punkt, der einen gefiederten Schweif hinter sich herzog, am Himmel landwärts, und die Luft wurde von Düsenlärm erschüttert. Dann verebbte das Geräusch, und wieder war nichts zu hören als die saugenden Laute des Wassers an der Bootswand und hin und wieder der Schrei einer Möwe.

Plötzlich begann das Dinghi heftig zu schaukeln, wurde dann wieder ruhiger und drehte sich langsam um sich selber. Als spürte es den starken Sog der landwärts ziehenden Strömung, begann es nun, sich zielgerichteter zu bewegen. Eine Möwe, die auf den Bug herabgeglitten war und dort unbeweglich wie eine Galionsfigur gesessen hatte, erhob sich mit wilden Schreien in die Luft und kreiste über dem Leichnam. Und während das Wasser den Bug umspielte, trug das kleine Boot seine grausige Fracht langsam und unaufhaltsam zur Küste.

Kurz vor zwei Uhr am Nachmittag desselben Tages parkte Inspektor Adam Dalgliesh seinen Cooper Bristol am Rasenstreifen vor der Kirche von Blythburgh und trat anschließend durch die Tür der nördlichen Seitenkapelle in die kühle Silberhelle eines der schönsten Kircheninnenräume von Suffolk. Er war auf dem Weg nach Monksmere Head, unmittelbar südlich von Dunwich, um bei einer unverheirateten Tante, seiner einzigen noch lebenden Verwandten, einen zehntägigen Herbsturlaub zu verbringen, und dies war die letzte Unterbrechung auf seiner Reise. Er war, noch ehe London erwachte, aus seiner Wohnung in der Stadt aufgebrochen, hatte sich, statt den direkten Weg über Ipswich nach Monksmere zu nehmen, in Chelmsford nördlich gehalten und in Sudbury die Grenze nach Suffolk überquert. Er hatte in Long Melford gefrühstückt, hatte dann westlich den Weg durch Lavenham genommen und war langsam, und wie es ihm gerade in den Sinn kam, durch das Grün und Gold dieser noch ganz unverschandelten und unverschönerten Grafschaft gefahren. Seine Stimmung hätte vollkommen dem Tag entsprochen, wäre da nicht dieses ihn ständig quälende Problem gewesen. Er hatte mit voller Absicht eine persönliche Entscheidung bis zu diesem Urlaub hinausgeschoben. Bevor er nach London zurückfuhr, mußte er endlich Klarheit darüber haben, ob er Deborah Riscoe bitten sollte, ihn zu heiraten.

Absurderweise wäre ihm die Entscheidung leichtergefallen, hätte er nicht so genau gewußt, wie ihre Antwort ausfallen würde. Das bürdete ihm die ganze Verantwortung für die Entscheidung auf, ob man den gegenwärtigen annehmlichen Status quo aufgeben sollte (annehmlich auf jeden Fall für ihn, und man konnte doch wohl behaupten, daß Deborah jetzt glücklicher war als vor einem Jahr) zugunsten einer Bindung, die sie beide, wie er vermutete, für unauflöslich halten würden, ganz gleich, was dabei herauskam. Wenige Ehepaare sind so unglücklich wie diejenigen, die zu stolz sind, sich ihr Unglück einzugestehen. Er kannte einige der Gefahrenpunkte. Er wußte, daß sie seinem Beruf mit Vorbehalt und Ablehnung gegenüberstand. Das war nicht überraschend und an und für sich belanglos. Er hatte sich diesen Beruf gewählt, ohne nach irgend jemandes Zustimmung oder Beifall zu fragen. Aber es war eine wenig ermutigende Aussicht, sich für jede Überstunde, für jeden unvorhergesehenen Fall möglicherweise erst mit einem Anruf entschuldigen zu müssen. Während er unter der herrlichen gewölbten Kassettendecke auf und ab ging und den typisch anglikanischen Geruch von Bohnerwachs, Blumen und feuchten alten Gesangbüchern roch, streifte ihn der Gedanke, daß er fast im gleichen Moment am Ziel seiner Wünsche angekommen war, da er zu ahnen begann, daß er auf ihre Erfüllung schon verzichtet hatte. Das ist eine zu weitverbreitete Erfahrung, um in einem intelligenten Menschen länger anhaltende Enttäuschung hervorzurufen, aber immerhin vermag sie zu irritieren. Es war nicht der Verlust seiner Freiheit, was ihn schreckte; die Menschen, die darüber am meisten lamentieren, sind für gewöhnlich am unfreiesten. Sehr viel schwerer erträglich war der Gedanke, seine Privatsphäre aufgeben zu müssen. Und auch mit dem Verlust der körperlichen Privatsphäre war es schwer sich abzufinden. Während er mit den Fingern die Schnitzerei des Chorpults aus dem 15. Jahrhundert betastete, versuchte er sich auszumalen, wie das Leben in der Wohnung in Queenhithe aussehen würde, wenn Deborah immer da wäre – nicht mehr die ungeduldig erwartete Besucherin, sondern Teil seines Lebens, seine amtlich verbriefte nächste gesetzliche Verwandte.

Es war ein denkbar ungünstiger Zeitpunkt im Yard gewesen, mit persönlichen Problemen belastet zu sein. Man hatte vor kurzem eine größere Umstrukturierung vorgenommen, die zu den unvermeidlichen Störungen sowohl in den persönlichen Loyalitäten als auch im Arbeitsablauf und, wie zu erwarten, zu einem gehörigen Quantum an Gerüchten und Mißmut führte. Und von einer Arbeitsentlastung konnte keine Rede sein. Die meisten ranghöheren Beamten arbeiteten bereits vierzehn Stunden am Tag. Sein letzter Fall war, obwohl er ihn erfolgreich abgeschlossen hatte, besonders enervierend gewesen. Ein Kind war ermordet worden, und die Ermittlungen waren auf eine Menschenjagd der Art hinausgelaufen, wie sie ihm am meisten zuwider war und wie sie seinem Wesen am wenigsten entsprach – eine stumpfsinnige, zähe Suche nach Indizien, ausgeführt im Scheinwerferlicht der Öffentlichkeit und behindert durch die Angst und Hysterie aller von den Ermittlungen Betroffenen. Die Eltern des Kindes hatten sich, nach jedem Trost und jedem Hoffnungsschimmer schnappend, an ihn geklammert wie Ertrinkende, und er konnte die Last ihres Leids und ihres Schuldbewußtseins noch immer fast körperlich spüren. Das war nichts Neues für ihn. Man hatte von ihm erwartet, daß er zugleich Tröster und Beichtvater, Richter und Rächer war. Er hatte an ihrem Schmerz keinen persönlichen Anteil genommen und hatte aus diesem Detachement wie immer seine Kraft geschöpft, so, wie manche seiner Kollegen im gleichen Fall die ihre aus der Wut und Verbissenheit ihres Engagements bezogen hätten. Aber die Anstrengungen des Falls steckten ihm noch immer in den Knochen, und es würde schon etwas mehr als die Herbstwinde von Suffolk nötig sein, um bestimmte Gedanken aus seinem Kopf zu vertreiben. Keine vernünftige Frau hätte erwarten können, daß er ihr mitten in den Ermittlungen einen Heiratsantrag macht, und auch Deborah hatte das nicht getan. Daß er Zeit und Kraft gefunden hatte, wenige Tage vor der Festnahme seinen zweiten Gedichtband fertigzustellen, war eine Sache, die keiner von ihnen beiden erwähnt hatte. Er war entsetzt, als er sich eingestehen mußte, daß sogar die Ausübung eines minderen Talents zum Alibi für Selbstsucht und Trägheit gemacht werden konnte. Er war in letzter Zeit ein bißchen mit sich zerfallen gewesen, und es war vielleicht optimistisch zu hoffen, daß dieser Urlaub darin eine Änderung bewirken könnte.

Eine halbe Stunde später schloß er leise die Kirchentür hinter sich und machte sich auf, die letzten paar Kilometer nach Monksmere zurückzulegen. Er hatte seiner Tante geschrieben, daß er voraussichtlich um halb drei bei ihr ankommen würde, und mit ein wenig Glück würde er fast pünktlich sein. Wenn seine Tante, wie gewohnt, um halb drei aus dem Haus trat, würde sie seinen Cooper Bristol gerade in die Landspitze einfahren sehen. Er dachte mit Zuneigung an ihre hohe eckige wartende Gestalt. Es gab nicht viel Außergewöhnliches in ihrer Lebensgeschichte, und das meiste davon hatte er sich entweder zusammengereimt oder als kleiner Junge aus unbedachten Äußerungen seiner Mutter aufgeschnappt, oder es hatte ganz einfach zu den selbstverständlichen

Tatsachen seiner Kindheit gehört. Ihr Verlobter war 1918, genau ein halbes Jahr vor dem Waffenstillstand, gefallen, als sie noch ein junges Mädchen war. Ihre Mutter war eine zarte, verwöhnte Schönheit, die denkbar schlechteste Frau für einen gelehrten Landgeistlichen, wie sie selber häufig zugab, offenbar in der Annahme, daß diese Aufrichtigkeit schon im voraus den nächsten Ausbruch von Selbstsucht und Überspanntheit sowohl rechtfertigen als auch entschuldigen würde. Es mißfiel ihr, andere Menschen leiden zu sehen, weil sie dadurch vorübergehend interessanter waren als sie selbst, und sie beschloß, den Tod des jungen Captain Maskell sehr schwerzunehmen. Wie sehr ihre sensible, verschlossene und ziemlich schwierige Tochter auch litt, es mußte deutlich zu sehen sein, daß die Mutter noch mehr litt; und drei Wochen, nachdem sie das Telegramm bekommen hatten, starb sie an einer Grippe. Es war zweifelhaft, ob es in ihrer Absicht gelegen hatte, so weit zu gehen, aber sie wäre mit dem Ergebnis bestimmt zufrieden gewesen. Ihr verstörter Mann vergaß über Nacht den ganzen Ärger und Kummer seiner Ehe und erinnerte sich nur an die Fröhlichkeit und die Schönheit seiner Frau. Es war natürlich undenkbar, daß er wieder heiraten würde, und er tat es auch nicht. Jane Dalgliesh, an deren eigenen Verlust zu denken jetzt niemand die Zeit hatte, nahm den Platz ihrer Mutter als Hausfrau im Pfarrhaus ein und blieb bei ihrem Vater bis zu seiner Pensionierung 1945 und seinem Tod zehn Jahre später. Sie war eine überaus intelligente Frau, und wenn sie den jährlichen Kreislauf der Hauswirtschaft und die Arbeit in der Pfarrgemeinde — voraussehbar und unabwendlich wie das liturgische Jahr — unbefriedigend fand, so verlor sie jedenfalls keinen Ton darüber. Ihr Vater war von der äußersten Wichtigkeit seines Berufs so überzeugt, daß ihm gar nicht in den Sinn kam, irgend jemandes Talente könnten in seinen Diensten vergeudet sein. Jane Dalgliesh, von den Gemeindemitgliedern geachtet, aber nie geliebt, tat, was zu tun war, und tröstete sich mit dem Studium von Vögeln. Nach dem Tod ihres Vaters brachten ihr die Arbeiten, die sie veröffentlichte, einige Anerkennung; und mit der Zeit wurde sie mit ihrem «kleinen Hobby», wie die Gemeinde es herablassend bezeichnete, zu einem der meistbeachteten Amateurornithologen. Vor etwas mehr als fünf Jahren hatte sie ihr Haus in Lincolnshire verkauft und Pentlands, ein massives Landhaus am Rand von Monksmere Head, erworben. Und hier besuchte Dalgliesh sie mindestens zweimal im Jahr.

Es waren keine reinen Pflichtbesuche, obwohl er sich bis zu einem gewissen Grad für seine Tante verantwortlich gefühlt hätte, wenn ihre Selbstgenügsamkeit nicht so offenkundig gewesen wäre, daß es manchmal schon fast wie eine Zudringlichkeit erschien, Zuneigung zu äußern. Aber diese Zuneigung bestand, und das wußten sie beide. Er freute sich schon auf das Wohlgefühl, sie zu sehen, auf das ungetrübte Vergnügen von Ferien in Monksmere.

In dem großen Kamin würde ein Feuer aus Treibholzscheiten brennen und mit seinem Duft das ganze Haus erfüllen; davor der hochlehnige Sessel, der früher in dem Pfarrhaus, wo er geboren war, im Arbeitszimmer seines Vaters gestanden hatte und dessen Leder nach Kindheit roch. Ein sparsam möbliertes Zimmer mit Blick auf Meer und Himmel erwartete ihn, dazu ein schmales, aber bequemes Bett, dessen Laken der schwache Geruch von Holzrauch und Lavendel anhaftete, sowie Unmengen heißes Wasser und eine Badewanne, die lang genug war, daß ein Mann von einem Meter fünfundachtzig sich bequem darin ausstrecken konnte. Seine Tante war selbst einen Meter achtzig groß und fand ein fast männliches Gefallen an den unverzichtbaren Annehmlichkeiten des Lebens. Aber zuerst würde es Tee am Kamin geben und heißen Toast und selbsteingemachtes Fleisch. Und das Beste von allem: es gab keine Leichen und keine Gespräche darüber. Er vermutete, daß Jane Dalgliesh es seltsam fand, daß ein intelligenter Mensch sich dafür entschied, seinen Lebensunterhalt mit der Ergreifung von Mördern zu verdienen, und sie war nicht die Frau, die Interesse heuchelte, wo sie keines empfand. Sie stellte keinerlei Forderungen, nicht einmal die nach Zuneigung, und war deshalb die einzige Frau auf der Welt, mit der er sich in einem Zustand absoluter Harmonie befand. Er wußte genau, was ihm diese Ferien bieten würden. Sie würden schweigend den festen, feuchten Sandstreifen zwischen dem Meer und den kiesbedeckten Erhebungen des Strands entlangwandern. Er würde ihre Zeichenutensilien

tragen, sie würde mit großen Schritten, die Hände in die Jackentaschen vergraben, ein wenig vorausgehen, um Ausschau zu halten, wo sich Steinschmätzer, von den Steinen kaum zu unterscheiden, auf dem Kies niedergelassen hatten, oder um den Flug von
Seeschwalben oder Regenpfeifern zu verfolgen. Die ganze Zeit
über würde es ruhig und friedlich und völlig unanstrengend zugehen, und nach Ablauf von zehn Tagen würde er erholt nach London zurückkehren.

Er fuhr jetzt durch den Wald von Dunwich, wo die Straße zu
beiden Seiten von Schwarztannenschonungen gesäumt wurde. Er
meinte, jetzt das Meer riechen zu können, und der salzige Geruch,
den der Wind ihm zutrug, war durchdringender als der bittere
Duft der Bäume. Sein Herz hüpfte vor Freude. Er fühlte sich wie
ein Kind, das nach Hause kommt. Und nun endete der Wald, ein
Drahtzaun zog eine scharfe Trennungslinie zwischen dem düsteren Dunkelgrün der Tannen und den Aquarellfarben der Felder
und Hecken. Dann blieben auch die hinter ihm zurück, und er fuhr
durch eine Heidelandschaft voll Stechginster und Erika auf Dunwich zu. Als er das Dorf erreichte und nach rechts den Hügel hin-
auffuhr, der an die Umfassungsmauer eines verfallenen Franziska-
nerklosters grenzte, ertönte das Heulen einer Autohupe, und ein
Jaguar schoß mit hoher Geschwindigkeit an ihm vorbei. Er hatte
kaum Zeit, einen dunklen Kopf und eine grüßend erhobene Hand
wahrzunehmen, da war der Wagen, mit einem Hupen zum Abschied, auch schon wieder verschwunden. Aha, der Theaterkritiker Oliver Latham war übers Wochenende in seinem Landhaus.
Das konnte Dalgliesh kaum stören, denn Latham kam nicht nach
Suffolk, um Gesellschaft zu suchen. Wie sein nächster Nachbar
Justin Bryce benutzte er sein Landhaus dazu, um sich von London
und wohl auch von anderen Menschen zurückzuziehen, obwohl
er nicht so oft in Monksmere war wie Bryce. Dalgliesh hatte ihn
ein- oder zweimal gesehen, dabei war ihm eine Unruhe und Gespanntheit an ihm aufgefallen, die er bei sich selbst in gewissem
Maße wiedererkannte. Latham hatte eine Vorliebe für rasante
Wagen und eine rasante Fahrweise, und Dalgliesh vermutete, daß
es die Fahrten zwischen London und Monksmere waren, bei denen er sich entspannte. Es war schwer, sich vorzustellen, warum er

sonst hierherkam. Er kam nicht oft, brachte nie seine Frauenbekanntschaften mit, hatte kein Interesse an der Einrichtung des Hauses und benutzte es hauptsächlich als Ausgangspunkt für seine wilden Fahrten, die so halsbrecherisch und unkontrolliert waren, daß sie wie eine Art Dampfablassen wirkten.

Als Haus Rosemary an der Kurve vor ihm auftauchte, fuhr Dalgliesh schneller. Er hatte wenig Hoffnung, unbemerkt vorbeizukommen, aber zumindest konnte er ein solches Tempo vorlegen, daß kein Mensch von ihm erwarten konnte, daß er anhielt. Im Vorbeipreschen hatte er gerade noch Zeit, aus den Augenwinkeln ein Gesicht an einem der Fenster im oberen Stock wahrzunehmen. Na ja, das war zu erwarten gewesen. Celia Calthrop betrachtete sich als Wortführerin der kleinen Gemeinschaft von Monksmere und hatte gewisse Pflichten und Privilegien für sich reklamiert. Wenn ihre Nachbarn so schlecht beraten waren, sie über ihr Kommen und Gehen und das ihrer Besucher nicht zu informieren, dann war sie eben gern bereit, einige Umstände in Kauf zu nehmen, um sich selbst auf dem laufenden zu halten. Sie hatte ein feines Ohr für näherkommende Autos, und die Lage ihres Hauses, genau an der Stelle, wo der holprige Weg von der Landspitze auf die Straße nach Dunwich stieß, gab ihr reichlich Gelegenheit, die Dinge im Auge zu behalten.

Miss Calthrop hatte Brodies Scheune, von ihr in Haus Rosemary umbenannt, vor zwölf Jahren gekauft. Sie hatte es billig bekommen; und mittels sanftem, doch beharrlichem Druck auf die Handwerker des Ortes, war es ihr gelungen, das nette, wenn auch verkommene Massivhaus ebenso billig zu dem Wohnideal umzubauen, von dem ihre Leserinnen träumten. In Frauenzeitschriften figurierte es oft als «Celia Calthrops reizender Landsitz in Suffolk, wo sie inmitten des ländlichen Friedens die entzückenden Liebesromane schreibt, die unsere Leserinnen so begeistern». Innen war Haus Rosemary auf seine kitschige und überkandidelte Weise sehr gemütlich; außen hatte es alles, wovon seine Besitzerin meinte, daß es zu einem echten Landhaus gehört – ein Strohdach (leider ziemlich kostspielig, was Versicherung und Instandhaltung betraf), ein Kräutergärtchen (das allerdings ziemlich schlimm aussah, Miss Calthrop hatte keine glückliche Hand mit Kräutern), einen kleinen künstlich angelegten Teich (der im Sommer einen üblen Geruch verbreitete) und einen Taubenschlag (aber die Tauben weigerten sich hartnäckig, ihn zu benutzen). Es gab auch einen gepflegten Rasen, auf den der «kleine Schriftstellerkreis» – ein Ausdruck, den Celia geprägt hatte – im Sommer zum Tee eingeladen wurde. Zuerst war Jane Dalgliesh von diesen Einladungen ausgeschlossen gewesen, nicht weil sie keinen Anspruch erhob, als Schriftstellerin zu gelten, sondern weil sie eine alleinstehende alte Jungfer und darum auf Miss Calthrops Wertskala ein gesellschaftlicher und sexueller Versager war, der nur eine herablassende Freundlichkeit verdiente. Dann entdeckte Miss Calthrop, daß ihre Nachbarin für eine bemerkenswerte Frau gehalten wurde, und zwar von Leuten, die sehr wohl imstande waren, das zu beurteilen, und daß die Männer, die gegen jede Anstandsregel in Pentlands zu Gast waren und die man dabei antreffen konnte, wie sie in fröhlicher Gemeinsamkeit mit ihrer Gastgeberin am Strand entlangstapften, oft selber bemerkenswert waren. Eine weitere Entdeckung war noch überraschender. Jane Dalgliesh speiste mit R. B. Sinclair in Haus Priory. Nicht alle, die Sinclairs drei große Romane bewunderten, von denen der letzte vor über dreißig Jahren entstanden war, wußten, daß er noch lebte. Und nur selten wurde jemand bei ihm zum Essen eingeladen. Miss Calthrop war nicht die Frau, die eigensinnig an einem Irrtum festhielt, und so wurde Miss Dalgliesh über Nacht zur «lieben Jane». Diese fuhr ihrerseits fort, ihre Nachbarin «Miss Calthrop» zu nennen, und die neuerwachte Freundschaft fiel ihr ebensowenig auf, wie ihr vorher die Geringschätzigkeit aufgefallen war. Dalgliesh wußte nie genau, was sie wirklich von Celia hielt. Sie sprach kaum über ihre Nachbarn, und die Frauen waren zu selten zusammen, als daß er es hätte beurteilen können.

Der holprige Weg, der über Monksmere Head nach Pentlands führte, war kaum fünfzig Meter von Haus Rosemary entfernt. Er war gewöhnlich durch ein schweres Holzgatter versperrt, das aber heute offen stand und tief in die hohe Brombeer- und Holunderhecke einschnitt. Der Wagen holperte langsam über die Schlaglöcher, zwischen den gemähten Wiesen dahin, die bald in Grasland und schließlich in Farnkraut übergingen. Er fuhr an dem massiven

Doppelhaus vorbei, das Latham und Justin Bryce gehörte, aber von beiden war nichts zu sehen, obwohl Lathams Jaguar vor der Haustür stand und ein dünnes Rauchwölkchen aus Bryces Schornstein stieg. Jetzt führte der Weg in Windungen bergan, und plötzlich lag die ganze Landspitze offen vor ihm, erstreckte sich purpurn und golden bis hin zur Steilküste und zum schimmernden Meer. Oben angekommen, hielt Dalgliesh an, um sich umzusehen und zu lauschen. Der Herbst war ihm nie die liebste Jahreszeit gewesen, aber in diesem Augenblick, als der Motor schwieg, hätte er den sanften Frieden nicht eintauschen mögen gegen die kräftigeren Eindrücke des Frühlings. Die Heide begann allmählich zu verblassen, aber der Ginster war im zweiten Flor genauso üppig und golden wie in seiner ersten Blütenpracht im Mai. Dahinter lag purpurn, azuren und braungestreift das Meer, und nach Süden hin fügte die dunstüberhangene Marsch des Vogelschutzgebiets ihre sanfteren Grün- und Blautöne dem Bild hinzu. Die Luft roch nach Heidekraut und Holzfeuer, den unvermeidlichen, erinnerungsträchtigen Gerüchen des Herbstes. Es war kaum glaublich, dachte Dalgliesh, daß man auf ein Schlachtfeld blickte, wo das Land seit nahezu neunhundert Jahren seinen aussichtslosen Kampf gegen das Meer führte; kaum vorzustellen, daß unter der trügerischen Ruhe des leicht gekräuselten Wassers die neun versunkenen Kirchen des alten Dunwich lagen. Jetzt standen nur noch ein paar Gebäude auf der Landspitze und nicht alle davon waren alt. Im Norden konnte Dalgliesh gerade noch die niedrigen Mauern von Haus Seton erkennen, kaum mehr als ein Auswuchs am Rande der Steilkante, das der Kriminalschriftsteller Maurice Seton passend zu seinem eigenbrötlerischen Leben gebaut hatte. Einen guten halben Kilometer nach Süden hin erhoben sich die hohen viereckigen Mauern von Haus Priory wie eine letzte Bastion gegen das Meer, und ganz am Ende des Vogelschutzgebiets schien Haus Pentlands am Rand des Nichts zu hängen. Während er den Blick über die Landspitze schweifen ließ, kam auf dem Weg im äußersten Norden ein Einspänner in Sicht und zockelte fröhlich über den Ginster auf Haus Priory zu. Dalgliesh sah eine gedrungene kleine Gestalt, die zusammengekauert auf dem Kutschbock saß, die Peitsche, zierlich wie eine Gerte, aufrecht an der Seite. Das mußte R. B. Sin-

15

clairs Haushälterin sein, die ihre Einkäufe nach Hause brachte. Etwas zauberhaft Heimatliches lag in der Erscheinung dieses lustigen kleinen Gefährts, und Dalgliesh beobachtete es mit Vergnügen, bis es im Schutz der Bäume verschwand, hinter denen Haus Priory halb verborgen lag. In diesem Augenblick erschien seine Tante vor ihrem Haus und blickte über die Landspitze. Dalgliesh sah auf die Armbanduhr. Es war drei Minuten nach halb drei. Er trat die Kupplung durch, und der Cooper Bristol holperte langsam den Weg entlang auf sie zu.

3

Oliver Latham beobachtete, unwillkürlich ins Dunkel des Zimmers im oberen Stock zurücktretend, wie der Wagen gemächlich die Landspitze hinaufschaukelte und brach in lautes Lachen aus. Dann verstummte er plötzlich, durch das explosionsartige Geräusch zum Schweigen gebracht, das sein Lachen in der Stille des Hauses verursacht hatte. Aber das war zuviel! Scotland Yards Wunderknabe, dem noch der Geruch seines jüngsten blutigen Zeitvertreibs anhaftete, war prompt auf sein Stichwort hin gekommen. Der Wagen blieb jetzt auf dem Kamm der Landspitze stehen. Es wäre schön gewesen, wenn der verfluchte Cooper Bristol endlich seinen Geist aufgegeben hätte. Aber nein, es sah so aus, als hätte Dalgliesh nur gehalten, um die Aussicht zu bewundern. Der arme Narr genoß wahrscheinlich schon im voraus das Vergnügen, sich vierzehn Tage in Pentlands verwöhnen zu lassen. Na, auf den wartete eine Überraschung. Es war nur die Frage, ob es von ihm, Latham, klug war, dazubleiben und sich den Spaß anzusehen. Warum nicht? Er mußte erst am Donnerstag in einer Woche zur Premiere im Court Theatre wieder in der Stadt sein, und außerdem würde es komisch aussehen, wenn er jetzt, so kurz nach seiner Ankunft, schon wieder zurückraste. Außerdem war er neugierig. Er war am Mittwoch nach Monksmere gefahren, in der Erwartung sich zu langweilen. Aber jetzt versprach es mit ein bißchen Glück ein recht spannender Urlaub zu werden.

Alice Kerrison lenkte den Einspänner hinter die Baumreihe, die Haus Priory gegen den nördlichen Teil der Landspitze abschirmte, sprang vom Sitz und führte die Stute durch den breiten verfallenen Torweg zu den Stallungen aus dem 16. Jahrhundert. Während sie mit Ausspannen beschäftigt war, wobei sie vor Anstrengung ein wenig stöhnte, ließ sie in ihrem aufs Praktische gerichteten Sinn die morgendliche Arbeit noch einmal mit Befriedigung an sich vorüberziehen und freute sich auf die kleinen häuslichen Annehmlichkeiten, die sie noch vor sich hatte. Zuerst würden sie zusammen Tee trinken, stark und sehr süß, wie Mr. Sinclair ihn liebte, und dabei vor dem großen Feuer in der Diele sitzen. Selbst an einem warmen Herbsttag liebte Mr. Sinclair sein Feuer. Und dann, bevor die Dämmerung hereinbrach und die Nebel stiegen, würden sie zusammen ihren täglichen Gang über die Landspitze machen. Und es würde kein zielloser Spaziergang sein. Da war noch etwas zu begraben. Es war doch immer angenehm, wenn man eine konkrete Aufgabe hatte, und Mr. Sinclair mochte so klug daherreden, wie er wollte, menschliche Körperteile, wie unvollständig sie auch sein mochten, blieben doch immer menschliche Körperteile und hatten Anspruch auf Respekt. Außerdem wurde es höchste Zeit, daß sie aus dem Haus kamen.

5

Es war fast halb neun, und Dalgliesh saß mit seiner Tante in einträchtigem Schweigen im Wohnzimmer vorm Feuer. Der Raum, der fast das ganze Erdgeschoß von Pentlands einnahm, hatte Steinmauern, auf denen ein niedriges, von enormen Eichenbalken gestütztes Dach ruhte, und einen Fußboden aus quadratischen roten Ziegelsteinen. Vor dem offenen Kamin, in dem ein Holzfeuer knackte und fauchte, lag ein ordentlich aufgeschichteter Stapel Treibholz zum Trocknen. Der Geruch des Feuers zog wie Räucherwerk durchs Haus; und das endlose Branden des Meeres ließ die

Luft erbeben. Es fiel Dalgliesh schwer, in diesem gleichförmigen, einschläfernden Frieden wachzubleiben. Ihm hatten schon immer Kontraste gefallen, sowohl in der Kunst wie in der Natur, und in Pentlands stellte sich, wenn es erst einmal Nacht geworden war, der lustvolle Kontrast mühelos von selber ein. Im Haus war es hell und warm, da war die ganze Behaglichkeit häuslicher Zivilisation; draußen, unter den tiefhängenden Wolken, war es dunkel, einsam, geheimnisvoll. Er stellte sich die Küste, etwa dreißig Meter unter ihnen, vor, wo das Meer seinen Spitzensaum über den kühlen festen Strand breitete; und im Süden das Vogelschutzgebiet von Monksmere, lautlos unter dem nächtlichen Himmel, wo sich im reglosen Wasser kaum das Schilf bewegte.

Während er die Beine zum Feuer streckte und den Kopf an der hohen Sessellehne in eine bequemere Lage rückte, sah zu seiner Tante hinüber. Sie saß wie immer sehr aufrecht da, und trotzdem wirkte diese Haltung ganz entspannt. Sie strickte an einem Paar hellroter Wollsocken, von denen Dalgliesh nicht hoffte, daß sie für ihn bestimmt waren. Er hielt es für unwahrscheinlich. Seine Tante neigte nicht zu derartig familiären Liebesbeweisen. Das Feuer warf einen roten Schein auf ihr Gesicht, das lang, braun und scharfgeschnitten war wie das einer Aztekin; die Augen waren von den Lidern verdeckt, die Nase war lang und gerade über einem ausdrucksvollen Mund. Ihr Haar war jetzt eisengrau und im Nacken zu einem großen Knoten geschlungen. Es war ein Gesicht, das er von Kindheit an kannte. Nie war ihm an ihr eine Veränderung aufgefallen. Oben in ihrem Zimmer gab es, achtlos in eine Ecke des Spiegels gesteckt, eine verblaßte Fotografie von ihr und ihrem toten Verlobten aus dem Jahr 1916. Dalgliesh mußte jetzt daran denken: an den jungen Mann mit den Breeches und der verbeulten Schirmmütze, der ihm früher immer ein bißchen lächerlich vorgekommen war, der aber heute für ihn das Glück und Leid einer längst vergangenen Zeit verkörperte; an das Mädchen, das einen Fingerbreit größer war als er und sich ihm mit jugendlich unbeholfener Anmut zuneigte, das offene Haar von einem Band zusammengehalten, die Füße in spitzen Schuhen, die unter dem schmalen langen Rock hervorlugten. Jane Dalgliesh hatte ihm nie von ihrer Jugend erzählt, und er hatte sie nie danach gefragt. Sie war die selbstgenügsamste, unsentimentalste Frau, die er kannte. Dalgliesh fragte sich, wie Deborah wohl mit ihr auskommen würde, was die beiden Frauen voneinander halten würden. Es war schwierig, sich Deborah in einer anderen Umgebung als London vorzustellen. Seit dem Tod ihrer Mutter fuhr sie kaum noch nach Hause, und aus Gründen, die sie beide nur zu gut verstanden, war er nie mehr mit ihr nach Martingale gefahren. Er konnte sie sich heute nur noch vor dem Hintergrund seiner Stadtwohnung, irgendwelcher Restaurants, Theaterfoyers und ihrer Lieblingskneipen vorstellen. Er hatte sich daran gewöhnt, sein Leben auf verschiedenen Ebenen zu führen. Deborah hatte keinen Anteil an seinem Beruf und gehörte bis jetzt auch noch nicht zu Pentlands. Wenn er sie aber heiratete, würde es unvermeidbar sein, daß sie an beidem bis zu einem gewissen Grad teilhatte. Irgendwie war ihm klar, daß er sich in diesen kurzen Ferien entscheiden mußte, ob er das wirklich wollte.

Jane Dalgliesh sagte:

«Möchtest du ein bißchen Musik hören? Ich habe eine neue Platte von Mahler.»

Dalgliesh war nicht musikalisch, aber er wußte, daß seine Tante eine große Musikliebhaberin war, und es gehörte mittlerweile zu einem Ferienaufenthalt in Pentlands mit dazu, daß sie sich gemeinsam ihre Schallplatten anhörten. Ihr Wissen und ihre Begeisterung waren ansteckend; er begann allmählich Entdeckungen zu machen. Und in seiner augenblicklichen Stimmung war er sogar bereit, es mit Mahler zu versuchen.

In dem Augenblick hörten sie den Wagen.

«O Gott», sagte er. «Wer ist das? Hoffentlich nicht Celia Calthrop.» Miss Calthrop war groß darin, ungebeten bei anderen Leuten hereinzuschneien, wenn sie nicht energisch daran gehindert wurde, denn sie war ständig dabei, dem Einzelgängertum von Monksmere die anheimelnden Gepflogenheiten kleinstädtischer Geselligkeit aufzunötigen. Besonders gern stellte sie sich immer dann ein, wenn Dalgliesh zu Besuch war. Ein gutaussehender, unverheirateter Mann war Freiwild in ihren Augen. Und wenn sie ihn nicht für sich selber haben wollte, irgend jemand würde ihn schon wollen – sie haßte es, etwas umkommen zu lassen. Bei einem seiner Besuche hatte sie tatsächlich eine Cocktailparty für ihn gegeben. Damals hatte es ihm sogar gefallen, und er war fasziniert gewesen von der Absurdität dieser Veranstaltung. Die kleine Schar aus Monksmere hatte in Celias rosa-weißem Salon belegte Brote vertilgt, billigen Sherry getrunken und Konversation gemacht, als träfe man sich zum erstenmal, während draußen ein Sturm über die Landspitze heulte und in der Diele Südwester und Sturmlaternen bereitgestellt wurden. Da hatte es wirklich Kontraste gegeben. Aber man sollte daraus keine Gewohnheit machen.

Jane Dalgliesh sagte:

«Das hört sich an wie Miss Calthrops Morris. Vielleicht kommt sie mit ihrer Nichte vorbei. Elizabeth ist aus Cambridge gekommen, um sich von einem Drüsenfieber zu erholen. Ich glaube, sie ist seit gestern da.»

«Dann gehört sie aber ins Bett. Das klingt so, als wären es mehr als zwei. Ist das nicht die quäkende Stimme von Justin Bryce?»

Tatsächlich. Als Miss Dalgliesh die Tür aufmachte, sahen sie durch die Flurfenster die beiden Scheinwerfer des Autos und ein Durcheinander schwarzer Silhouetten, die sich allmählich wieder in bekannte Gestalten verwandelten. Es sah fast so aus, als wollte ganz Monksmere seine Tante besuchen. Sogar Sylvia Kedge, Maurice Setons verkrüppelte Sekretärin, war dabei und bewegte sich auf ihren Krücken langsam auf den Lichtschein zu, der durch die offene Tür nach draußen fiel. Miss Calthrop ging langsam neben ihr her, wie um sie zu stützen. Hinter ihnen Justin Bryce, der noch immer irgend etwas Unzusammenhängendes in die Nacht hinausquäkte. Neben ihm tauchte die große Gestalt von Oliver Latham auf. Als letzte von allen kam, widerwillig und verdrossen, Elizabeth Marley, die Schultern gekrümmt, die Hände tief in die Jackentaschen vergraben. Sie schlenderte den Weg entlang und blickte dabei nach rechts und links in die Dunkelheit, als wolle sie sich von der restlichen Gesellschaft distanzieren. Bryce rief aus:

«Guten Abend, Miss Dalgliesh. Guten Abend, Adam. Bitte, machen Sie mich nicht verantwortlich für diese Invasion. Das war einzig und allein Celias Idee. Wir sind gekommen, meine Lieben, um uns einen fachmännischen Rat zu holen. Wir alle, außer Oliver. Den haben wir unterwegs getroffen, und er ist nur gekommen, um sich ein bißchen Kaffee zu leihen. Jedenfalls sagt er das.»

Latham sagte ruhig:

«Ich habe vergessen, mir Kaffee zu kaufen, als ich gestern in der Stadt weggefahren bin. Deshalb habe ich beschlossen, zu dem einzigen Nachbarn zu gehen, von dem ich annehmen konnte, daß er einen anständigen Kaffee im Hause hat und der mir nicht sofort mit einer Standpauke über meine schludrige Haushaltsführung aufwarten würde. Wenn ich allerdings gewußt hätte, daß hier eine Party im Gange ist, hätte ich bis morgen gewartet.»

Aber er zeigte keinerlei Neigung zu gehen.

Sie kamen herein, blinzelten im Licht und brachten einen Schwall kalter Luft mit nach drinnen, die den weißen Holzrauch in Schwaden durchs Zimmer trieb. Celia Calthrop ging schnurstracks zu Dalglieshs Sessel und setzte sich dort in Positur, als wolle sie eine abendliche Huldigung entgegennehmen. Ihre eleganten Beine und Füße, sorgfältig ins rechte Licht gerückt, standen in krassem Gegensatz zu dem plumpen, kräftig geschnürten Körper mit dem hohen Busen und den schwabbligen, fleckigen Armen. Dalgliesh schätzte, daß sie Ende Vierzig war, aber sie sah älter aus. Sie war wie immer stark, aber sehr gekonnt geschminkt. Der kleine füchsische Mund war dunkelrot, auf den Lidern über den tiefliegenden, schrägstehenden Augen, die dem Gesicht einen Ausdruck falscher Intellektualität verliehen, der auf Pressefotos noch besonders hervorgehoben wurde, lagen blaue Lidschatten, und an den Wimpern klebte dick die Wimperntusche. Sie nahm den Chiffonschal vom Kopf und enthüllte die neueste Leistung ihres Friseurs, wobei durch das Haar, das so fein war wie Babyflaum, auf fast obszöne Weise die glatte rosige Kopfhaut hindurchschimmerte.

Dalgliesh hatte ihre Nichte bis dahin erst zweimal gesehen, und als er ihr jetzt die Hand gab, dachte er, daß Cambridge sie nicht verändert hatte. Sie war noch immer das derbe, verdrossene Mädchen, an das er sich erinnerte. Das Gesicht war nicht unintelligent und hätte sogar ganz anziehend sein können, wenn es nur einen Funken Temperament verraten hätte.

Mit dem Frieden im Zimmer war es nun vorbei. Dalgliesh dachte, daß es erstaunlich war, wieviel Lärm sieben Leute machen konnten. Es gab die übliche Prozedur, mit der Sylvia Kedge auf ihrem Stuhl zurechtgerückt wurde – unter der strengen Aufsicht von Miss Calthrop, die aber selber nicht mit Hand anlegte. Man hätte das Mädchen ungewöhnlich, vielleicht sogar schön nennen können, wenn da nicht die häßlich verkrümmten, in Schienen steckenden Beine, die muskulösen Schultern und die von den Krücken deformierten, männlich wirkenden Hände gewesen wären. Das Gesicht war lang und bräunlich wie das einer Zigeunerin und von glatten schwarzen Haaren umrahmt, die von einem Mittelscheitel aus auf die Schultern herabfielen. Es war ein Gesicht, in dem sich durchaus Festigkeit und Charakter hätte widerspiegeln können, wenn sie ihm nicht den Ausdruck mitleidheischender Unterwürfigkeit gegeben hätte, eine Leidensmiene, die ein stilles und klagloses Sich-Fügen signalisierte, das nur schlecht zu ihrer hohen Stirn passen wollte. Die großen schwarzen Augen hatten Übung darin, Mitleid zu erregen. Sie verstärkte jetzt die allgemeine Unruhe, indem sie versicherte, sie sitze ganz bequem, obwohl das offensichtlich nicht der Fall war, während sie zugleich mit flehentlicher Sanftheit, die einem Befehl gleichkam, darum bat, daß ihre Krücken in Reichweite gestellt würden, auch wenn das bedeutete, daß sie unsicher gegen ihre Knie gelehnt werden mußten; so rief sie den Anwesenden ganz allgemein die unbehagliche Tatsache ins Bewußtsein, daß sie sich unverdienter Gesundheit erfreuten. Dalgliesh hatte sich dieses Schauspiel schon bei früheren Gelegenheiten angesehen, aber heute abend hatte er das Gefühl, daß sie nicht mit ganzem Herzen dabei war, daß es fast mechanisch ablief. Zum erstenmal sah das Mädchen wirklich krank und gequält aus. Ihre Augen waren leblos wie Steine, und von den Nasenflügeln zogen sich tiefe Falten zu den Mundwinkeln. Sie sah aus, als brauchte sie dringend Schlaf, und als er ihr ein Glas Sherry reichte, sah er, daß ihre Hand zitterte. In einem Anflug aufrichtigen Mitgefühls legte er seine Finger um ihre und hielt das Glas fest, bis es aufhörte zu schwanken und sie trinken konnte. Er lächelte sie an und fragte freundlich:

«Na, wo fehlt's denn? Kann ich Ihnen irgendwie helfen?»

Aber Celia Calthrop betrachtete sich als Wortführerin.

«Es ist sehr häßlich von uns, daß wir alle hierherkommen und Sie und Jane an Ihrem ersten gemeinsamen Abend stören. Ich weiß das. Aber wir machen uns große Sorgen. Zumindest Sylvia und ich. Wir sind zutiefst beunruhigt.»

«Wohingegen ich für meinen Teil», sagte Justin Bryce, «weniger beunruhigt bin als gespannt, um nicht zu sagen hoffnungsvoll. Maurice Seton ist verschwunden. Ich fürchte ja, daß es nur ein Publicity-Gag für sein neues Buch ist und daß wir ihn nur zu bald wieder hier unter uns sehen werden. Aber beschäftigen wir uns nicht mit dieser traurigen Aussicht.»

Er sah allerdings alles andere als traurig aus, wie er da, einer bösartigen Schildkröte gleich, auf seinem Hocker vor dem Kamin saß und den langen Hals dem Feuer entgegenreckte. Er hatte in seiner Jugend einen eindrucksvollen Kopf gehabt mit hohen Bakkenknochen, einem großen ausdrucksvollen Mund und riesigen, leuchtenden grauen Augen unter den schweren Lidern. Aber inzwischen war er fünfzig und auf dem besten Wege, eine Witzfigur zu werden. Obwohl seine Augen sogar noch größer wirkten, waren sie weniger strahlend und tränten ständig, als kämpfte er unaufhörlich gegen einen starken Wind. Das dünne Haar war fahl und strohig geworden. Die Knochen traten unter der Haut hervor und ließen den Kopf wie einen Totenschädel erscheinen. Nur die Hände waren unverändert. Er streckte sie jetzt zum Feuer – glatt, zart und weiß wie Mädchenhände. Er lächelte Dalgliesh an:

«Vermißt, aber wahrscheinlich am Leben und außer Gefahr. Ein Kriminalromanschriftsteller mittleren Alters. Nervös veranlagt. Schmächtig. Schmale Nase. Vorstehende Zähne. Schütteres Haar. Hervortretender Adamsapfel. Der ehrliche Finder darf ihn behalten ... Und nun sind wir gekommen, um uns von Ihnen einen Rat zu holen, mein lieber Junge. Wo Sie sich doch gerade wieder einen neuen Triumph an Ihre Fahne heften können, wie ich höre. Sollen wir warten, bis Maurice wieder auftaucht, und so tun, als hätten wir gar nicht bemerkt, daß er verlorengegangen war? Oder sollen wir sein Spielchen mitspielen und die Polizei bitten, uns bei der Suche nach ihm zu helfen? Schließlich wäre es doch nur freundlich, ein bißchen mitzumachen, wenn es ein Werbegag ist. Der arme Maurice kann in dieser Hinsicht jede Unterstützung brauchen, die er kriegen kann.»

«Das ist keine Sache zum Witzereißen, Justin.» Miss Calthrop war sehr ernst. «Ich halte es für ausgeschlossen, daß es ein Werbegag ist. Sonst wäre ich nicht hierhergekommen und hätte Adam zu einer Zeit gestört, wo er einen ruhigen, friedlichen Urlaub dringend nötig hat, um sich von diesem aufreibenden Fall zu erholen. Unheimlich tüchtig von Ihnen, Adam, daß Sie ihn geschnappt haben, bevor er es nochmals tun konnte. Der ganze Fall macht mich krank, physisch krank! Und was wird nun mit ihm? Man steckt ihn ein paar Jahre auf Staatskosten ins Gefängnis und läßt ihn dann wieder raus, damit er ein anderes Kind umbringen kann. Sind wir denn alle verrückt in diesem Land? Ich verstehe nicht, warum man ihn nicht in Gnaden aufhängt und damit die ganze Sache zum Abschluß bringt.»

Dalgliesh war froh, daß sein Gesicht im Halbdunkel war. Er rief sich den Augenblick der Verhaftung wieder ins Gedächtnis. Pooley war so klein gewesen – klein, häßlich und übelriechend vor Angst. Seine Frau hatte ihn ein Jahr vorher verlassen, und der ungeschickte Flicken, der auf dem Ellbogen des billigen Jacketts Falten warf, war offensichtlich sein eigenes Werk. Dalgliesh hatte sich dabei ertappt, wie sein Blick von diesem Flicken festgehalten wurde, als sei er die Garantie dafür, daß Pooley trotz allem ein menschliches Wesen war. Na, die Bestie war jetzt hinter Gittern, und Presse und Öffentlichkeit hatten spontan die Arbeit der Polizei im allgemeinen sowie die von Inspektor Dalgliesh im besonderen in höchsten Tönen gelobt. Ein Psychotherapeut würde ihm sicher erklären können, warum er Schuldgefühle hatte. Das war für ihn nichts Neues, und er würde auf seine Weise damit fertig werden. Im übrigen, dachte er abschließend, hatte ihm das selten über längere Zeit Unbehagen bereitet und ihn noch nie dazu bewegen können, den Beruf zu wechseln. Aber der Teufel sollte ihn holen, wenn er mit Celia Calthrop über Pooley sprechen würde.

Vom anderen Ende des Raumes sah er den Blick seiner Tante auf sich gerichtet. Sie sagte ruhig:

«Und was genau soll mein Neffe jetzt Ihrer Meinung nach tun, Miss Calthrop? Sollte man nicht die hiesige Polizei verständigen, wenn Maurice Seton verschwunden ist?»

«Ja, soll man das tun? Genau das ist es ja, worüber wir uns den Kopf zerbrechen!» Miss Calthrop stürzte ihren Amontillado hinunter, als ob es Kochsherry wäre, und hielt automatisch ihr Glas hin, um es wieder füllen zu lassen.

«Möglicherweise ist Maurice mit einer ganz bestimmten Absicht untergetaucht, vielleicht will er Material für sein nächstes Buch sammeln. Er hat so eine Andeutung gemacht, daß es diesmal etwas ganz anderes werden soll – ein Bruch mit seinen üblichen klassischen Detektivromanen. Er hat ein so ausgeprägtes handwerkliches Gewissen, daß er über nichts schreibt, was er nicht aus eigener Erfahrung kennt. Das wissen wir ja alle. Erinnern Sie sich nur daran, wie er drei Monate bei dem Wanderzirkus verbrachte, ehe er ‹Der Mord auf dem Drahtseil› schrieb. Das läßt natürlich auf eine etwas schwache Phantasie schließen. Meine Romane beschränken sich nie auf meine eigenen Erlebnisse.»

Justin Bryce sagte:

«Ich bin erleichtert, das zu hören, meine liebe Celia, wenn ich daran denke, was Ihre letzte Heldin alles durchgemacht hat.»

Dalgliesh fragte, wann Seton das letzte Mal gesehen worden war. Ehe Miss Calthrop antworten konnte, ergriff Sylvia Kedge das Wort. Der Sherry und das Kaminfeuer hatten ihre Wangen leicht gerötet, und sie hatte sich jetzt ganz in der Gewalt. Sie richtete ihre Rede, ohne ein einziges Mal abzusetzen, direkt an Dalgliesh.

«Mr. Seton ist am Montagmorgen nach London gefahren und wollte in seinem Club wohnen. Das ist der Cadaver Club am Tavistock Square. Er verbringt im Oktober immer ein oder zwei Wochen dort. Er ist im Herbst lieber in London und sammelt in der Clubbibliothek gern Material für seine Bücher. Er hat einen kleinen Koffer und seine Reiseschreibmaschine mitgenommen. Er ist von Halesworth aus mit dem Zug gefahren. Er hat mir gesagt, daß er ein neues Buch anfangen will, etwas ganz anderes, als er es bisher geschrieben hat, und ich hatte den Eindruck, daß er ziemlich aufgeregt war, auch wenn er nie mit mir darüber sprach. Er meinte, daß alle davon überrascht sein würden. Er richtete es so ein, daß ich während seiner Abwesenheit nur vormittags bei ihm im Haus zu tun hatte, und sagte mir, daß er mich gegen zehn anrufen würde, wenn er irgendwelche Nachrichten für mich hätte. Das ist die übliche Vereinbarung, wenn er im Club arbeitet. Er tippt das Manuskript in doppeltem Zeilenabstand, schickt es mir ratenweise zu, und ich schreibe es ins Reine. Anschließend überarbeitet er das ganze Buch noch mal, und dann tippe ich das Manuskript für den Verlag. Natürlich sind die einzelnen Stücke nicht immer zusammenhängend. Wenn er in London ist, arbeitet er mit Vorliebe an den Szenen, die in der Stadt spielen – ich weiß nie, was ich als nächstes bekomme. Naja, er hat mich am Dienstagmorgen angerufen, um mir zu sagen, daß er hofft, mir bis spätestens Mittwochabend ein paar Seiten abzuschicken, und um mich zu bitten, ein paar kleinere Flickarbeiten für ihn zu machen. Er klang ganz normal, so als ginge es ihm gut.»

Miss Calthrop konnte nicht länger an sich halten.

«Es ist wirklich sehr ungezogen von Maurice, Sie für Arbeiten wie Sockenstopfen und Silberputzen zu mißbrauchen. Sie sind ausgebildete Stenotypistin, und das ist ein schrecklicher Mißbrauch qualifizierter Arbeitskraft. Ich habe weiß Gott genug Zeug auf Tonband, das darauf wartet, von Ihnen geschrieben zu werden. Nun, das ist wieder etwas anderes. Aber meine Ansicht ist ja allgemein bekannt.»

Das war sie allerdings. Und man hätte sich ihr sicherlich bereitwilliger angeschlossen, wäre man nicht der Meinung gewesen, daß die Entrüstung der guten Celia hauptsächlich eigennützigen Motiven entsprang. Wenn es ans Ausbeuten ging, erwartete sie, daß man ihr den Vortritt ließ.

Das junge Mädchen beachtete den Einwurf nicht. Die dunklen Augen waren noch immer auf Dalgliesh gerichtet. Er fragte sie freundlich:

«Und wann haben Sie wieder von Mr. Seton gehört?»

«Gar nicht, Mr. Dalgliesh. Am Mittwoch, als ich in Haus Seton gearbeitet habe, kam kein Anruf, aber darüber habe ich mir natürlich keine Gedanken gemacht. Es kam vor, daß er tagelang nicht anrief. Heute vormittag war ich schon früh wieder dort, um ein paar Sachen fertigzubügeln, da rief Mr. Plant an. Er ist Hausmeister im Cadaver Club, und seine Frau ist dort Köchin. Er sagte, sie seien sehr beunruhigt, denn Mr. Seton sei am Dienstag vor dem Abendessen ausgegangen und nicht in den Club zurückgekommen. Sein Bett sei unbenutzt gewesen, aber seine Kleider und die Schreibmaschine seien noch da. Mr. Plant wollte zunächst noch keinen Aufruhr machen. Er dachte, daß Mr. Seton vielleicht aus irgendeinem Grund, der mit seiner Arbeit zu tun habe, weggeblieben sei – als aber noch eine zweite Nacht verging, ohne daß er etwas von ihm hörte, fing er an, sich Sorgen zu machen. Deshalb hielt er es für besser, zu Hause anzurufen. Ich wußte nicht, was ich tun sollte. Ich konnte mich mit Mr. Setons Stiefbruder nicht in Verbindung setzen, weil er kürzlich umgezogen ist und wir seine neue Adresse nicht haben. Und sonst hat er keine Angehörigen mehr. Verstehen Sie, ich war mir nicht sicher, ob Mr. Seton wollte, daß ich etwas unternehme. Ich schlug Mr. Plant vor, noch ein bißchen zu warten, und wir machten aus, daß wir uns sofort gegenseitig anrufen würden, wenn es irgend etwas Neues gäbe. Und gegen Mittag bekam ich dann mit der Post das Manuskript.»

«Hier haben wir es», verkündete Miss Calthrop. «Und den Umschlag.» Sie zog es mit großer Geste aus ihrer geräumigen Handtasche und reichte es Dalgliesh. Der Umschlag war ein gewöhnlicher brauner Geschäftsumschlag im DIN-A5-Format, mit Schreibmaschine an Mr. Maurice Seton, Esq., Haus Seton, Monksmere, Suffolk adressiert. Darin steckten drei DIN-A5-Blätter in doppeltem Zeilenabstand mit laienhafter Maschinenschrift bedeckt. Miss Kedge sagte tonlos:

«Er adressierte die Manuskripte immer an sich selbst. Aber das hier ist nicht von ihm. Das hat er nicht geschrieben, und das hat er auch nicht getippt.»

«Woher wollen Sie das so genau wissen?»

Es war eine ziemlich überflüssige Frage. Nur wenige Dinge sind schwerer zu manipulieren als Schreibmaschinenschrift, und Sylvia hatte gewiß schon genügend Manuskripte von Maurice Seton abgeschrieben, um seinen Stil zu kennen. Aber ehe sie Gelegenheit hatte zu antworten, sagte Miss Calthrop:

«Ich glaube, es wird das beste sein, wenn ich einfach ein Stück daraus vorlese.»

Die anderen warteten, bis sie eine riesige straßbesetzte Brille aus ihrer Tasche geholt, sie auf ihrer Nase zurechtgerückt und in ihrem Sessel eine bequemere Haltung eingenommen hatte. Gleich würde hier die erste öffentliche Lesung eines Werks von Maurice Seton stattfinden, dachte Dalgliesh. Er wäre sicher befriedigt gewesen über die gespannte Aufmerksamkeit seiner Zuhörer und wahrscheinlich auch über Miss Calthrops Darbietungsweise. Celia, mit dem Werk ihres Zunftgenossen konfrontiert und ihrer Zuhörerschaft sicher, war bereit, ihr Bestes zu geben.

«Carruthers schob den Perlenvorhang zur Seite und trat in den Nachtclub. Einen Augenblick blieb er, hochgewachsen und elegant wie immer in ein gut geschnittenes Dinnerjackett gekleidet, reglos in der Tür stehen und ließ seine kühlen, ironischen Augen mit einem verächtlichen Ausdruck über die dichtbesetzten Tische, das schmuddelige, pseudospanische Interieur und die schäbige Klientel schweifen. Das also war die Kommandozentrale der wohl gefährlichsten Bande Europas! Hinter dieser Spelunke, die sich in nichts von hundert anderen in Soho unterschied, verbarg sich der Kopf, der fähig war, einige der mächtigsten Verbrecherbanden der westlichen Welt zu steuern. Es schien ihm unglaublich. Aber andererseits war dieses ganze phantastische Abenteuer unglaublich. Er setzte sich an einen Tisch neben der Tür, um sich umzusehen und zu warten. Als der Ober zu ihm kam, bestellte er gebackene Scampi, grünen Salat und eine Flasche Chianti. Der Mann, ein schmieriger kleiner Zypriote, nahm die Bestellung ohne ein Wort entgegen. Wußten sie, daß er da war, fragte sich Carruthers. Und wenn sie es wußten, wie lange würde es dauern, bis sie sich blicken ließen?

Am hinteren Ende des Clubs war eine kleine Bühne, auf der nur ein Wandschirm und ein roter Stuhl standen. Plötzlich wurde das Licht abgedunkelt, und der Klavierspieler begann eine langsame, laszive Melodie zu spielen. Hinter dem Wandschirm kam eine Frau hervor. Sie war blond und schön, kein junges Mädchen mehr, sondern eine reife, vollbusige Frau von einer Anmut und Arroganz, die, wie Carruthers dachte, auf weißrussisches Blut hindeuteten. Sie ging mit lasziven Bewegungen auf den Stuhl zu und begann dabei ganz langsam, den Reißverschluß ihres Abendkleids herunterzuziehen. Es fiel um ihre Knie zu Boden. Darunter trug sie nichts als einen schwarzen Büstenhalter und ein Schrittband. Sie saß jetzt mit dem Rücken zum Publikum und drehte die Hände nach hinten, um den Büstenhalter aufzuhaken. Sofort erhob sich an den vollbesetzten Tischen ein heiseres Murmeln: ‹Rosie! Rosie! Los, Rosie! Weiter! Weiter!›»

Miss Calthrop hörte auf zu lesen. Es herrschte tiefes Schweigen. Die meisten ihrer Zuhörer waren offenbar verblüfft. Dann rief Bryce aus:

«Na, lesen Sie doch weiter, Celia! Hören Sie doch nicht ausgerechnet in dem Moment auf, wo es wirklich spannend wird. Stürzt sich Rosie auf den ehrenwerten Martin Carruthers und vergewaltigt ihn? Dafür ist er schon seit Jahren reif. Oder gibt man sich da falschen Hoffnungen hin?»

Miss Calthrop sagte:

«Es ist nicht nötig, daß wir weiterlesen. Wir haben den Beweis, den wir brauchen.»

Sylvia Kedge wandte sich wieder an Dalgliesh.

«Mr. Seton würde nie eine seiner Figuren Rosie nennen, Mr. Dalgliesh. Das war der Name seiner Mutter. Er hat mir einmal gesagt, daß er ihn nie in einem seiner Bücher benutzen würde. Und das hat er auch nicht getan.»

«Schon gar nicht für ein Straßenmädchen aus Soho», unterbrach Miss Calthrop. «Er hat mir öfter von seiner Mutter erzählt. Er hat sie angebetet. Richtiggehend angebetet. Es hat ihm fast das Herz gebrochen, als sie starb und sein Vater wieder heiratete.»

Die ganze Trauer unerfüllter Mutterschaft durchbebte Miss Calthrops Stimme. Plötzlich sagte Oliver Latham:

«Lassen Sie mich mal sehen.»

Celia reichte ihm das Manuskript, und alle beobachteten ihn, als er es überflog. Dann gab er es ohne ein Wort zurück.

«Was ist?» fragte Miss Calthrop.

«Nichts. Ich wollte es mir nur einmal ansehen. Ich kenne Setons Handschrift, aber ich weiß nicht, wie er tippt. Sie sagen ja, daß er das hier nicht getippt hat.»

«Ich bin fest davon überzeugt», sagte Miss Kedge. «Obwohl ich nicht genau weiß warum. Es sieht einfach nicht so aus, als ob es von ihm stammt. Aber es ist auf seiner Maschine geschrieben worden.»

«Und der Stil?» fragte Dalgliesh. Die Gesellschaft überlegte. Schließlich sagte Bryce:

«Man kann eigentlich nicht sagen, daß das typisch Seton wäre. Schließlich konnte der Mann schreiben, wenn er wollte. Das hier wirkt doch fast gekünstelt, nicht? Man hat den Eindruck, daß jemand sich bemüht hat, einen schlechten Stil zu schreiben.»

Elizabeth Marley hatte bis jetzt geschwiegen und wie ein mißmutiges Kind, das sich gezwungenermaßen in der Gesellschaft langweiliger Erwachsener befindet, allein in einer Ecke gesessen. Plötzlich sagte sie ungeduldig:

«Wenn es ein Schwindel ist, war es ganz offensichtlich beabsichtigt, daß wir dahinterkommen. Justin hat recht. Der Stil ist völlig überkandidelt. Und es ist einfach unmöglich, daß der Betreffende zufällig diesen Namen gewählt hat, der Verdacht erregt. Warum ausgerechnet Rosie? Wenn ihr mich fragt, versucht Maurice nur, euch aufs Glatteis zu locken, und ihr seid alle darauf hereingefallen. Ihr werdet das alles in seinem neuen Buch wiederfinden, wenn es erscheint. Ihr wißt doch, wie gern er Experimente macht.»

«Es könnte wirklich einer von Maurices kindischen Einfällen sein», sagte Latham. «Ich habe keine Lust, mich für eines seiner albernen Experimente herzugeben. Ich würde vorschlagen, daß wir die ganze Sache vergessen. Er wird schon wieder auftauchen, wenn er es für richtig hält.»

«Ja, Maurice ist schon immer ziemlich eigenbrötlerisch und verschlossen gewesen», stimmte Miss Calthrop zu. «Besonders was seine Arbeit angeht. Und da ist noch etwas. Ich habe ihm in der Vergangenheit da und dort einen kleinen Tip geben können. Er hat sie eindeutig benutzt. Aber danach kein Wort mehr zu mir. Natürlich habe ich nicht erwartet, daß er sich in aller Form bedankt. Ich bin nur zu glücklich, wenn ich einem Kollegen helfen kann. Aber es ist schon ein bißchen irritierend, wenn ein Buch erscheint, wo man im Plot einen oder zwei von seinen eigenen

Einfällen wiederfindet und von Maurice noch nicht mal ein Dankeschön.»

«Wahrscheinlich hat er inzwischen ganz vergessen, daß es nicht seine Einfälle waren», erklärte Latham mit einer Art freundlicher Herablassung.

«Er hat nie etwas vergessen, Oliver. Maurice hatte ein sehr gutes Gedächtnis. Und er arbeitete ganz systematisch. Wenn ich einmal eine Anregung fallen ließ, tat er immer so, als sei er nicht besonders interessiert daran und brummte, daß er gelegentlich versuchen würde, ob er sie irgendwo unterbringen könnte. Ich konnte ihm aber an den Augen ablesen, daß er sich förmlich darauf gestürzt hat und nur darauf wartete, nach Hause zu kommen und sie in sein Zettelkästchen zu stecken. Nicht daß mich das ernsthaft gestört hätte. Ich finde nur, er könnte sich ab und zu für die Hilfe bedanken. Etwa vor einem Monat habe ich wieder mit ihm über eine Idee gesprochen, und ich gehe jede Wette mit euch ein, daß sie in seinem nächsten Buch auftaucht.»

Niemand nahm das Angebot an. Bryce sagte:

«Sie haben vollkommen recht in bezug auf ihn, Celia. Unsereiner hat ihm auch hin und wieder unter die Arme gegriffen. Der Himmel weiß, warum, aber es wäre doch schade gewesen, eine schöne Idee für eine neue Mordmethode verkommen zu lassen, wo der arme Seton so offensichtlich am Ende seiner Mittel angelangt war. Aber außer diesem beutegierigen Glitzern in seinen Augen – nicht ein einziges Zeichen des Dankes, meine Lieben. Jetzt helfe ich ihm natürlich nicht mehr, wie Sie alle verstehen werden. Nicht nach dem, was er mit Arabella gemacht hat.»

Miss Calthrop sagte:

«Ach, die Idee, über die ich mit ihm gesprochen habe, war eigentlich kein Einfall für eine neue Mordmethode. Es war nur eine Situation. Ich dachte, es könnte ein wirkungsvolles Anfangskapitel daraus werden. Ich habe Maurice immer wieder gesagt, daß es einem gelingen muß, seine Leser vom ersten Augenblick an zu fesseln. Ich stellte mir eine Leiche mit abgehackten Händen vor, die in einem Dinghi aufs Meer hinaustreibt.»

Es war jetzt so totenstill im Zimmer, daß sich, als sie zu schlagen begann, alle Augen auf die Stutzuhr richteten, als verkünde sie eine Hinrichtung. Dalgliesh sah Latham an. Er saß wie erstarrt auf seinem Stuhl und hielt den Stiel seines Glases so fest umklammert, daß Dalgliesh schon fast erwartete, es würde zerbrechen. Es war unmöglich zu erraten, was hinter dieser bleichen, starren Maske vor sich ging. Plötzlich brach Bryce in sein schrilles nervöses Lachen aus, und die Spannung löste sich. Man konnte die kleinen Seufzer der Erleichterung förmlich hören.

«Was haben Sie für eine unglaublich morbide Phantasie, Celia! Das würde man ja nie für möglich halten. Derartige Anwandlungen sollten Sie aber etwas kontrollieren, meine Liebe, sonst werden Sie noch aus dem Verband für schöngeistige Literatur ausgeschlossen.»

Latham sprach jetzt, seine Stimme war beherrscht und sachlich. Er sagte:

«Das alles hilft uns bei unserem augenblicklichen Problem nicht weiter. Habe ich recht verstanden, daß wir in bezug auf Setons Verschwinden nichts weiter unternehmen wollen? Eliza hat wahrscheinlich recht, und es ist nichts weiter als ein dummer Einfall von Maurice. Je schneller wir Mr. Dalgliesh deshalb in Ruhe seinen Urlaub genießen lassen, desto besser.»

Er stand gerade auf, um zu gehen, als sei er die ganze Sache plötzlich leid, da wurde laut und gebieterisch an die Haustür geklopft. Jane Dalgliesh blickte zu ihrem Neffen hinüber und hob fragend eine Augenbraue. Dann stand sie schweigend auf und ging durch die Veranda hinaus, um aufzumachen. Die Gesellschaft verstummte und hörte ungeniert zu. Ein Besucher nach Einbruch der Dämmerung war selten in ihrer gemeinsamen Abgeschiedenheit. Wenn es erst einmal dunkel geworden war, pflegten sie sich nur untereinander zu besuchen, und aus langjähriger Erfahrung ahnten sie immer schon, wessen Schritt sich der Haustür näherte. Aber dieses laute Klopfen hatte nicht vertraut geklungen. Von der Veranda her hörte man leises, unzusammenhängendes Gemurmel. Dann erschien Miss Dalgliesh wieder in der Tür, zwei Männer im Regenmantel im Halbdunkel hinter sich. Sie sagte:

«Das ist Kriminalinspektor Reckless und Wachtmeister Courtney von der hiesigen Kriminalpolizei. Sie suchen Digby Seton. Sein Dinghi ist in Cod Head gestrandet.»

Justin Bryce sagte:

«Das ist aber komisch. Gestern nachmittag um fünf lag es noch wie immer unten am Ende von Tanner's Lane auf dem Strand.»

Offenbar wurde ihnen allen gleichzeitig klar, wie seltsam es war, daß ein Kriminalinspektor und ein Wachtmeister nach Einbruch der Dunkelheit wegen eines verlorengegangenen Segelboots zu ihnen kamen, aber Latham sagte, noch ehe die anderen die Frage stellen konnten:

«Was ist passiert, Inspektor?»

Jane Dalgliesh antwortete an seiner Stelle:

«Ich fürchte etwas ganz Schreckliches. Maurice Setons Leiche war in dem Boot.»

«Maurices Leiche! Maurice? Aber das ist doch lächerlich!» Miss Calthrops scharfe, zurechtweisende Stimme erhob sich zu einem vergeblichen Protest.

«Das kann unmöglich Maurice sein. Er fährt nie mit dem Boot hinaus. Er macht sich nichts aus Segeln.»

Der Inspektor trat ins Licht und sprach zum erstenmal.

«Er war nicht segeln, Madam. Mr. Seton lag tot auf dem Schiffsboden. Tot und mit abgehackten Händen.»

6

Celia Calthrop wiederholte zum zehntenmal, als gefiele sie sich in ihrer Hartnäckigkeit:

«Ich sage es Ihnen doch die ganze Zeit! Ich habe niemandem außer Maurice etwas von dem Plot erzählt. Warum sollte ich? Und es ist zwecklos, immer weiter auf der Frage nach dem Datum herumzureiten. Es ist ungefähr ein halbes Jahr her – vielleicht auch länger. Ich kann mich nicht mehr genau erinnern. Aber wir machten einen Spaziergang am Strand entlang nach Walberswick, und da dachte ich plötzlich, es wäre ein guter Anfang für einen Kriminalroman, wenn man beschreiben würde, wie eine Leiche ohne Hände in einem Boot aufs Meer hinaustreibt. Deshalb habe ich es Maurice vorgeschlagen. Ich bin ganz sicher, daß ich bis zum heutigen Abend mit niemand anderem darüber gesprochen habe. Es ist natürlich möglich, daß Maurice es getan hat.»

Elizabeth Marley platzte gereizt heraus:

«Das hat er ganz offensichtlich getan. Es ist kaum anzunehmen, daß er sich der Wirklichkeitstreue zuliebe selber die Hände abgehackt hat. Und es wäre ein zu großer Zufall, wenn man glauben wollte, daß der Mörder denselben Einfall gehabt hat wie du. Aber ich verstehe nicht, wieso du so sicher sein kannst, daß du mit niemand anderem darüber gesprochen hast. Ich glaube, du hast mir mal davon erzählt, als wir uns darüber unterhielten, wie schleppend Maurice immer seine Handlung in Gang bringt.»

Es sah nicht so aus, als ob sie ihr glaubten. Justin Bryce sagte leise, aber doch nicht so leise, daß die anderen ihn nicht hätten hören können:

«Die gute Eliza! Immer so loyal.» Oliver lachte, und es trat ein kurzes verlegenes Schweigen ein, das von Sylvia Kedges heiserer, angriffslustiger Stimme unterbrochen wurde.

«Er hat mir nie etwas davon erzählt.»

«Nein, meine Liebe», erwiderte Miss Calthrop süß. «Aber andererseits gab es ziemlich viele Dinge, über die Mr. Seton nicht mit Ihnen gesprochen hat. Man erzählt seinem Dienstmädchen nicht alles. Und als das, meine Liebe, hat er Sie betrachtet. Ihr Stolz hätte es Ihnen verbieten sollen, sich von ihm als Hausbesen benutzen zu lassen. Männer mögen lieber ein bißchen Esprit, verstehen Sie.»

Es war eine Bosheit, für die es keinen Grund gab, und Dalgliesh spürte die allgemeine überraschte Verlegenheit. Aber niemand sagte etwas. Er schämte sich fast, Sylvia anzusehen, aber sie hatte den Kopf gesenkt, als nehme sie demütig einen verdienten Tadel entgegen; die beiden Haarsträhnen waren nach vorne gefallen und verdeckten ihr Gesicht. Er konnte in der plötzlichen Stille das leise Keuchen ihres Atems hören und wünschte, er hätte Mitleid mit ihr haben können. Celia Calthrop war gewiß unerträglich; aber Sylvia Kedge hatte etwas an sich, das zur Unfreundlichkeit herausforderte. Er fragte sich, was hinter dieser konkreten grausamen Regung stecken mochte.

Es war jetzt fast eine Stunde her, seit Inspektor Reckless und sein Wachtmeister gekommen waren, eine Stunde, in welcher der Inspektor kaum, die übrige Gesellschaft dagegen – mit Ausnahme von Dalgliesh und seiner Tante – eine Menge geredet hatte. Nicht alles davon war klug gewesen. Reckless hatte sich gleich nach seiner Ankunft auf einem Stuhl an der Wand niedergelassen und saß dort regungslos wie ein Gerichtsdiener. Die dunklen Augen glänzten aufmerksam im Schein des Feuers. Er hatte trotz der Wärme im Zimmer seinen Regenmantel anbehalten, dessen Stoff, ein schmuddeliger Gabardine, viel zu leicht für die schwere Armatur von Metallknöpfen, -schnallen und -spangen wirkte. Auf dem Schoß hielt er mit den Händen sorgsam ein Paar gewaltige Handschuhe und einen weichen Filzhut umfangen, als fürchte er, daß man ihm beides entreißen wollte. Er wirkte wie ein Eindringling; der subalterne Beamte, dessen Anwesenheit nur geduldet war, der kleine Mann, der es nicht riskieren würde, im Dienst etwas zu trinken. Und das, dachte Dalgliesh, war genau die Wirkung, die er hervorrufen wollte. Wie alle erfolgreichen Kriminalbeamten besaß er die Fähigkeit, sich nach Belieben zurückzunehmen, so daß selbst seine körperliche Gegenwart so unverfänglich und alltäglich wurde wie ein Möbelstück. Natürlich kam ihm seine äußere Erscheinung dabei zu Hilfe. Er war klein – sicher hatte er nur gerade eben die für einen Polizeibeamten vorgeschriebene Größe –, und das bleiche, bekümmerte Gesicht war so unauffällig und durchschnittlich wie irgendeines der zahllosen Gesichter, die man samstags nachmittags auf dem Fußballplatz sieht. Auch die Stimme war uninteressant, farblos und gab keine Auskunft über den Menschen. Die weit auseinanderstehenden, tiefliegenden Augen unter den hervorstehenden Brauen pflegten ausdruckslos von Gesicht zu Gesicht zu wandern, während die Leute redeten, was die Anwesenden möglicherweise beunruhigend gefunden hätten, wenn sie sich die Mühe gemacht hätten, darauf zu achten. Wachtmeister Courtney saß neben ihm in der Haltung eines Menschen, dem man befohlen hatte, gerade zu sitzen, Augen und Ohren offen zu halten und nichts zu sagen.

Dalgliesh sah durchs Zimmer zu seiner Tante hinüber, die in ihrem Sessel saß. Sie hatte stillvergnügt ihr Strickzeug wieder zur Hand genommen und schien ungerührt von dem, was vor sich ging. Sie hatte bei einer deutschen Erzieherin stricken gelernt und hielt die Nadeln nach kontinentaler Manier aufrecht; Celia Calthrop war offenbar wie hypnotisiert von den funkelnden Nadelspitzen und starrte sie von ihrem Platz aus an, als wäre sie zugleich angezogen und abgestoßen von der ungewöhnlichen Fertigkeit ihrer Gastgeberin. Sie fühlte sich weniger behaglich, kreuzte die Füße und stellte sie wieder nebeneinander und drehte den Kopf vom Feuer weg, als wäre ihr die Hitze unerträglich. Es wurde wirklich heiß im Wohnzimmer. Alle Besucher außer Reckless schienen das zu bemerken. Oliver Latham ging mit schweißnasser Stirn auf und ab, sein ununterbrochener Energieaufwand schien die Temperatur im Raum noch zu erhöhen. Plötzlich drehte er sich zu Reckless um:

«Wann ist er gestorben?» fragte er. «Na los, geben Sie uns zur Abwechslung mal ein paar Fakten. Wann ist Seton gestorben?»

«Genau werden wir das erst wissen, wenn wir den Obduktionsbefund haben, Sir.»

«Mit anderen Worten, Sie wollen es uns nicht sagen. Dann lassen Sie es mich anders ausdrücken. Für welche Zeitspanne erwarten Sie ein Alibi von uns?»

Celia Calthrop ließ einen kleinen Protestschrei hören, wandte sich dann aber, so gespannt auf seine Antwort wie die anderen, Reckless zu.

«Ich möchte von Ihnen allen Auskunft über die Zeitspanne von Dienstagabend um halb acht — als Mr. Seton zuletzt gesehen wurde, wenn ich nicht irre — bis Mittwoch um Mitternacht.»

Latham sagte:

«Wäre das nicht ein bißchen sehr spät? Er muß doch lange vor Mitternacht in seinem Boot gelegen haben ... Also, dann will ich mal anfangen, ja? Ich war am Dienstag in der Premiere der New Theatre Guild und anschließend auf der Premierenfeier. Ich war kurz nach eins in meiner Wohnung und habe den Rest der Nacht nicht alleine verbracht. Ich kann Ihnen im Augenblick nicht sagen, wer bei mir war, aber ich denke, daß ich Ihnen morgen den Namen nennen kann. Wir sind spät aufgestanden, haben im Ivy geluncht und haben uns getrennt, als ich meinen Wagen aus der Garage geholt habe, um hierherzufahren. Ich bin gestern abend kurz nach halb acht hier in meinem Haus gewesen und bin, abgesehen von einem kurzen Spaziergang am Strand vor dem Schlafengehen, nicht mehr weggegangen. Heute bin ich hier in der Gegend herumgefahren und habe Einkäufe gemacht. Nach dem Essen habe ich gemerkt, daß ich vergessen hatte, Kaffee zu kaufen, und bin zu der Nachbarin gegangen, von der ich annehmen konnte, daß sie eine trinkbare Kaffeemischung im Hause hat und die mir nicht gleich mit einer Standpauke über die schludrige Haushaltsführung von Männern aufwarten würde. Um die Sache für Sie zu vereinfachen, möchte ich hervorheben, daß ich für die Todeszeit offensichtlich ein Alibi habe – vorausgesetzt, daß er am Dienstag gestorben ist –, aber nicht für die Zeit, als er auf seine letzte Reise geschickt wurde, vorausgesetzt, daß das gestern abend war.»

Auf Miss Calthrops Gesicht spiegelte sich während des ersten Teils seiner Rede ein rascher Wechsel von Gefühlen – Neugier, Mißfallen, Lüsternheit und eine leise Traurigkeit, als ob sie herausfinden wollte, was ihr am besten stünde. Sie entschied sich für die leise Traurigkeit, eine brave Frau, die einmal mehr über die Schwachheit der Männer bekümmert ist.

Inspektor Reckless sagte ruhig:

«Ich werde Sie nach dem Namen der Dame fragen müssen, Sir.»

«Dann werden Sie vergebens fragen, wenigstens so lange, bis ich Gelegenheit hatte, mit ihr zu sprechen. Immerhin reizend von Ihnen anzunehmen, daß es eine Frau war. Kommen Sie, seien Sie vernünftig, Inspektor! Wenn ich irgend etwas mit Setons Tod zu tun hätte, hätte ich inzwischen ein hieb- und stichfestes Alibi. Und wenn ich jetzt dabei wäre, mir eins zu erfinden, dann sicher keins, in dem eine Frau eine Rolle spielt. Abgesehen von dem recht unwahrscheinlichen Fall, daß es uns gelingen sollte, Sie zu einer unangebrachten Ritterlichkeit zu verleiten, könnten wir Sie kaum lange hinters Licht führen. Niemand kann an alle Einzelheiten denken. Sie brauchten nur zu fragen, worüber wir uns unterhalten haben, wer die Vorhänge aufgezogen hat, auf welcher Seite des Betts ich geschlafen habe, wie viele Zudecken wir hatten, was wir gefrühstückt haben. Es ist mir überhaupt ein Rätsel, daß jemand versucht, ein Alibi zu erfinden. Man braucht einen besseren Kopf für Details, als ich für mich in Anspruch nehmen kann.»

«Also, Sie scheinen ja aus der Sache heraus zu sein, Oliver», rief

Miss Calthrop streng. «Schließlich geht es um Mord. Keine vernünftige Frau würde da Schwierigkeiten machen.»

Latham lachte.

«Aber sie ist nicht vernünftig, meine liebe Celia. Sie ist Schauspielerin. Nicht daß ich mit Schwierigkeiten rechne. Einen nützlichen Rat hat mir mein Vater gegeben: Geh nie mit einer Frau ins Bett, wenn es einem von euch beiden peinlich ist, die Sache am nächsten Morgen zuzugeben. Es wirkt sich ein bißchen hemmend auf das Liebesleben aus, aber den praktischen Nutzen können Sie jetzt ja sehen.»

Dalgliesh bezweifelte, daß Latham es wirklich so hemmend fand. In seinen Kreisen machte es kaum jemandem etwas aus, wenn eine Liaison publik wurde, solange sie zum Renommee beitrug, und Oliver Latham, reich, gutaussehend, gewandt und angeblich schwer zu erobern, stand hoch im Kurs. Bryce sagte säuerlich:

«Na, Sie brauchen sich ja keine Sorgen zu machen, wenn Seton – wie es den Anschein hat – am Dienstagabend gestorben ist. Es sei denn, der Inspektor ist so unfreundlich anzunehmen, daß Ihre Bettgenossin Ihnen auf jeden Fall ein Alibi verschafft hätte.»

«Oh, ich kann fast alles von ihr haben, wenn ich sie freundlich darum bitte», sagte Latham leichthin. «Aber das wäre sicher nicht ungefährlich. Es ist eine Frage der Darbietungsweise. Solange sie die selbstlose kleine Lügnerin spielt, die ihren Ruf riskiert, um den Geliebten vorm Gefängnis zu bewahren, würde mir nichts passieren. Aber angenommen, sie beschließt, ihre Rolle zu wechseln. Es ist wahrscheinlich genausogut, daß ich sie nur darum bitten muß, die Wahrheit zu sagen.»

Celia Calthrop, des allgemeinen Interesses an Lathams Liebesleben offenbar müde, unterbrach ihn ungeduldig:

«Ich glaube kaum, daß ich Ihnen alles, was ich in der fraglichen Zeit gemacht habe, unbedingt schildern muß. Ich war mit dem armen Maurice sehr befreundet; ich war vielleicht der einzige wirkliche Freund, den er überhaupt hatte. Aber ich will es Ihnen gerne erzählen, und ich glaube, daß ich dadurch gleich noch jemanden mitentlasten kann. Jede Information ist wichtig, nicht wahr? Ich war die meiste Zeit zu Hause. Am Dienstagnachmittag allerdings habe ich Sylvia nach Norwich gefahren, und wir haben uns dort beide die Haare waschen und legen lassen. ‹Estelle› ist in der Nähe von Maddermarket. Für Sylvia ist es eine hübsche kleine Abwechslung, und ich halte es für wichtig, daß man sich nicht vernachlässigt, nur weil man auf dem Lande lebt. Wir haben in Norwich noch einen späten Tee getrunken, und ich habe Sylvia gegen halb neun nach Hause gebracht; anschließend bin ich auch nach Hause gefahren. Gestern morgen habe ich gearbeitet – ich diktiere auf Tonband –, und gestern nachmittag bin ich nach Ipswich gefahren, um ein paar Einkäufe zu machen und eine Freundin, Lady Briggs in Well Walk, zu besuchen. Ich bin unangemeldet bei ihr vorbeigegangen. Sie war tatsächlich nicht zu Hause, aber das Mädchen wird sich an mich erinnern. Auf der Heimfahrt habe ich mich leider ein bißchen verfahren und bin erst gegen zehn zu Hause gewesen. Inzwischen war meine Nichte aus Cambridge gekommen, und für den Rest der Nacht ist sie natürlich meine Zeugin. Heute mittag, kurz vor dem Lunch, hat Sylvia mich angerufen und mir von dem Manuskript erzählt und daß Maurice verschwunden ist. Ich hatte keine Ahnung, was man da am besten tun sollte, aber als ich Inspektor Dalgliesh heute abend vorbeifahren sah, habe ich Mr. Bryce angerufen und vorgeschlagen, daß wir alle hierherkommen und ihn um Rat fragen. Mittlerweile hatte ich schon so eine schreckliche Vorahnung, daß irgend etwas nicht stimmt; und wie recht ich hatte!»

Justin Bryce sprach als nächster. Dalgliesh war fasziniert von der Bereitwilligkeit, mit der die Verdächtigen Auskünfte gaben, um die man sie offiziell noch gar nicht gebeten hatte. Sie schnurrten ihr Alibi herunter mit der Eloquenz von neuerweckten Seelen bei einer Zeltmission. Morgen würden sie zweifellos für dieses Entgegenkommen mit dem üblichen psychischen Kater bezahlen. Aber es war kaum seine Aufgabe, sie zu warnen. Er empfand einen beträchtlich gestiegenen Respekt für Inspektor Reckless; der Mann wußte zumindest, wann man stillhalten und zuhören mußte.

Bryce sagte:

«Ich war auch bis gestern in meiner Stadtwohnung in Bloomsbury, aber wenn Seton Dienstagnacht gestorben ist, bin ich völlig aus dem Schneider, meine Lieben. Ich mußte in dieser Nacht zweimal meinen Arzt anrufen. Es ist mir wirklich schrecklich schlecht gegangen. Einer von meinen Asthmaanfällen; Sie wissen, wie sehr ich darunter zu leiden habe, Celia. Mein Arzt, Lionel Forbes-Denby, kann es Ihnen bestätigen. Das erste Mal habe ich ihn kurz vor Mitternacht angerufen und ihn gebeten, sofort zu kommen. Natürlich wollte er nicht. Er hat mir gesagt, ich solle zwei von meinen blauen Kapseln nehmen und noch mal anrufen, wenn sie innerhalb von einer Stunde nicht gewirkt hätten. Es war wirklich ungezogen von ihm. Ich sagte ihm, daß ich das Gefühl hätte, ich müßte sterben. Deshalb ist meine Art Asthma so gefährlich. Man kann wirklich daran sterben, wenn man dieses Gefühl hat.»

«Aber doch bestimmt nicht, wenn Forbes-Denby es für unmöglich hält.»

«Das ist alles schön und gut, Oliver, aber er kann sich irren.»

«Er war doch auch Maurices Arzt, nicht?» fragte Miss Calthrop. «Maurice hat auf ihn geschworen. Er mußte sich mit seinem Herzen sehr in acht nehmen, und er hat immer gesagt, daß Forbes-Denby ihn am Leben hält.»

«Also, er hätte in der Dienstagnacht zu mir kommen müssen», sagte Bryce gekränkt. «Ich habe ihn um halb vier wieder angerufen, und er ist um sechs gekommen, aber da hatte ich das Schlimmste schon überstanden. Immerhin ist das ein Alibi.»

«Nicht unbedingt, Justin», sagte Latham. «Wir haben keinen Beweis dafür, daß Sie aus Ihrer Wohnung telefoniert haben.»

«Natürlich habe ich aus meiner Wohnung telefoniert! Das habe ich Ihnen doch gesagt! Ich stand praktisch an der Schwelle des Todes. Außerdem, was würde ich machen, wenn ich falschen Alarm gegeben hätte und statt dessen in London herumgelaufen wäre, um Maurice zu ermorden, und Dr. Forbes-Denby wäre zu mir gekommen? Dann würde er mich doch nie im Leben weiterbehandeln!» Latham lachte:

«Mein lieber Justin! Wenn Forbes-Denby sagt, er kommt nicht, dann kommt er auch nicht. Und das wissen Sie ganz genau.»

Bryce stimmte traurig zu; er schien die Zerstörung seines Alibis mit bemerkenswertem Gleichmut hinzunehmen. Dalgliesh hatte von Forbes-Denby gehört. Er war ein Modearzt aus dem West End, der zugleich ein guter Mediziner war. Er und seine Patienten teilten einen gemeinsamen Glauben an Forbes-Denbys therapeutische Unfehlbarkeit, und es ging das Gerücht, daß kaum einer von ihnen ohne seine Erlaubnis essen, trinken, heiraten, Kinder kriegen, das Land verlassen oder sterben würde; sie brüsteten sich mit seinen Eigenheiten, erzählten mit Gusto von seiner jüngsten Grobheit und ernteten gesellschaftliche Erfolge mit den neuesten Forbes-Denbyschen Vandalismen – sei es, daß er ihre Wundermittel aus dem Fenster geworfen oder seine Köchin an die Luft gesetzt hatte. Dalgliesh war froh, daß es Reckless oder seinen Trabanten zufallen würde, diesen unliebenswürdigen Sonderling zu bitten, medizinische Auskünfte über das Opfer und einem der Verdächtigen ein Alibi zu geben.

Plötzlich brach es mit einer solchen Heftigkeit aus Justin heraus, daß alle sich nach ihm umdrehten und ihn anstarrten:

«Ich habe ihn nicht umgebracht, aber verlangt nicht von mir, daß mir sein Tod leid tut. Nicht nach dem, was er mit Arabella gemacht hat.»

Celia Calthrop warf Dalgliesh den resignierten, um Entschuldigung bittenden Blick einer Mutter zu, deren Kind nicht ganz ungerechtfertigt dabei ist, den anderen auf die Nerven zu fallen. Sie murmelte vertraulich:

«Arabella. Seine Siamkatze. Mr. Bryce glaubt, daß Maurice das Tier getötet hat.»

«Man glaubt es nicht, Celia. Man weiß es.» Er wandte sich an Reckless.

«Ich habe vor drei Monaten seinen Hund überfahren. Es war ein reiner Unglücksfall. Ich mag Tiere, ich mag sie wirklich, das kann ich Ihnen versichern! Auch Towser, der, wie Sie zugeben müssen, Celia, der scheußlichste, ungezogenste und häßlichste Köter der Welt war. Es war ein schreckliches Erlebnis! Er ist mir genau vor die Räder gelaufen. Seton war ganz vernarrt in ihn. Er hat mich praktisch beschuldigt, daß ich den Hund mit Absicht überfahren hätte. Und dann, vier Tage später, hat er Arabella getötet. So ein Mensch ist das gewesen! Wundert es Sie da, daß jemand kurzen Prozeß mit ihm gemacht hat?»

Miss Calthrop, Miss Dalgliesh und Latham sprachen alle auf einmal und machten damit ihre guten Absichten zunichte.

«Lieber Justin, es gibt wirklich nicht den geringsten Beweis dafür ...»

«Mr. Bryce, niemand wird glauben, daß Arabella etwas damit zu tun hat.»

«Lieber Gott, Justin, warum wärmen Sie diese alten ...»

Reckless schaltete sich ruhig ein:

«Und wann sind Sie nach Monksmere gekommen, Sir?»

«Am Mittwochnachmittag um kurz vor vier. Und ich hatte auch nicht Setons Leiche bei mir im Auto. Zu meinem Glück hatte ich ab Ipswich Ärger mit dem Getriebe und mußte den Wagen kurz vor Saxmundham in Baines' Garage stehen lassen. Ich bin mit dem Taxi gekommen. Der junge Baines hat mich hergefahren. Falls Sie also den Wagen auf Blutspuren und Fingerabdrücke untersuchen wollen, er steht bei Baines. Und viel Glück bei der Suche.»

Latham sagte:

«Warum zum Teufel plagen wir uns überhaupt mit der ganzen Angelegenheit herum? Was ist mit seinem nächsten Angehörigen? Was ist mit dem Stiefbruder des lieben Maurice? Sollte die Polizei nicht versuchen, ihn zu finden? Schließlich ist er der Erbe. Er ist derjenige, der hier Erklärungen abgeben müßte.»

Elizabeth Marley sagte ruhig:

«Digby war gestern abend in Haus Seton. Ich habe ihn hingefahren.»

Es war erst das zweite Mal seit der Ankunft des Inspektors, daß sie etwas gesagt hatte, und Dalgliesh merkte, daß sie auch jetzt nicht aufs Reden erpicht war. Aber niemand, der auf eine Sensation hoffte, hätte sich eine ergiebigere Antwort wünschen können. Es trat ein verblüfftes Schweigen ein, das von Miss Calthrops scharfer, inquisitorischer Stimme unterbrochen wurde:

«Was meinst du damit: du hast ihn dort hingefahren?»

Das war eine Frage, die kommen mußte, dachte Dalgliesh. Das junge Mädchen zuckte die Achseln:

«Das, was ich gesagt habe. Ich habe Digby Seton gestern abend nach Hause gefahren. Er hat mich von Ipswich aus angerufen, bevor er in den Anschlußzug gestiegen ist, und hat mich gebeten, ihn um halb neun in Saxmundham vom Bahnhof abzuholen. Er wußte, daß Maurice nicht zu Hause war, und wollte vermutlich das Geld fürs Taxi sparen. Auf jeden Fall bin ich hingefahren. Ich habe den Minicooper genommen.»

«Du hast mir kein Wort davon erzählt, als ich nach Hause kam», sagte Miss Calthrop anklagend. Die übrigen Anwesenden rückten in Erwartung einer bevorstehenden familiären Auseinandersetzung unbehaglich auf ihren Sitzen hin und her. Nur die dunkle Gestalt an der Wand schien vollkommen ungerührt.

«Ich dachte nicht, daß dich das weiter interessieren würde. Außerdem warst du doch erst ziemlich spät wieder da, nicht?»

«Aber was ist mit heute abend? Du hast die ganze Zeit nichts davon gesagt.»

«Warum sollte ich? Wenn Digby sich hinterher noch irgendwo anders hin verdrücken wollte, geht mich das nichts an. Außerdem war das, bevor wir wußten, daß Maurice Seton tot ist.»

«Also, Sie haben Digby auf seine Bitte hin um halb neun vom Bahnhof abgeholt?» fragte Latham, als sei er um die Eindeutigkeit des Protokolls besorgt.

«Ja. Und nicht nur das, mein lieber Oliver, er war sogar im Zug, als er in den Bahnhof einfuhr. Er hat sich nicht im Wartesaal oder draußen vorm Bahnhof herumgedrückt. Ich habe mir eine Bahnsteigkarte gekauft und habe ihn aus dem Zug steigen sehen; und ich war bei ihm, als er seine Fahrkarte abgegeben hat. Übrigens eine Fahrkarte, die in London gelöst war; er hat sich noch über den Preis beschwert. Im übrigen wird sich der Beamte an der Sperre an ihn erinnern. Es sind außer ihm nur fünf, sechs Leute ausgestiegen.»

«Und vermutlich hat er keine Leiche bei sich gehabt?» fragte Latham.

«Es sei denn, er hatte sie in einer Reisetasche von neunzig mal sechzig Zentimetern.»

«Und Sie haben ihn direkt nach Hause gefahren?»

«Natürlich. Das war schließlich der Sinn der ganzen Aktion. Sax ist nach acht Uhr abends kaum ein Ort zum Schwofen, und Digby ist nicht mein bester Saufkumpan. Ich habe Ihnen doch gesagt, ich habe ihm nur die Ausgabe fürs Taxi erspart.»

«Kommen Sie, erzählen Sie weiter, Eliza», ermunterte Bryce sie. «Sie haben Digby nach Haus Seton gefahren. Und dann?»

«Nichts. Als er an der Haustür war, bin ich weitergefahren. Es war still im Haus, und es brannte kein Licht. Natürlich nicht. Jeder weiß, daß Maurice Mitte Oktober immer in London ist. Digby hat mich noch zu einem Drink eingeladen, aber ich sagte ihm, daß ich müde wäre und nach Hause wollte, und daß Tante Celia wahrscheinlich inzwischen zu Hause wäre und auf mich warten würde. Wir haben uns gute Nacht gesagt, und Digby schloß sich mit seinem Schlüssel die Tür auf.»

«Dann hatte er also einen Schlüssel?» warf Reckless ein. «Standen er und sein Bruder so miteinander?»

«Ich weiß nicht, wie sie miteinander standen, ich weiß nur, daß Digby einen Schlüssel hat.»

Reckless wandte sich an Sylvia Kedge.

«Wußten Sie etwas davon? Daß Mr. Digby Seton freien Zutritt zum Haus hatte?»

«Mr. Maurice Seton hat seinem Bruder vor etwa zwei Jahren einen Schlüssel gegeben. Er hat immer mal wieder davon gesprochen, daß er ihn zurückfordern wollte, aber Mr. Digby hat so selten davon Gebrauch gemacht, wenn sein Bruder nicht zu Hause war, daß er wahrscheinlich der Meinung war, er könnte ihn ruhig behalten.»

«Warum – nur interessehalber – wollte er ihn zurückhaben?» fragte Bryce. Miss Calthrop hielt das offenbar für eine Frage, auf die man von Sylvia keine Antwort erwarten dürfe. Mit einem Gesichtsausdruck und einer Stimme, die deutlich bekundeten ‹nicht vor dem Personal›, erwiderte sie:

«Maurice hat diesen Schlüssel tatsächlich ein einziges Mal mir gegenüber erwähnt und gesagt, daß er ihn eigentlich zurückfordern sollte. Es konnte keine Rede davon sein, daß er Digby mißtraute. Er war nur etwas besorgt, daß er in einem dieser Nachtclubs, die Digby so schätzt, verlorengehen oder gestohlen werden könnte.»

«Na ja, anscheinend hat er ihn nicht zurückbekommen», sagte Latham. «Digby hat ihn gestern abend gegen neun benutzt, um ins Haus zu kommen. Und seitdem hat ihn niemand mehr gesehen. Sind Sie sicher, daß niemand im Haus war, Eliza?»

«Nicht unbedingt. Ich bin ja nicht drin gewesen. Aber ich habe niemanden gehört, und es brannte auch kein Licht.»

«Ich bin heute morgen um halb zehn dort gewesen», sagte Sylvia Kedge. «Die Tür war wie immer verschlossen, und das Haus war leer. Die Betten waren alle unberührt. Mr. Digby hatte sich noch nicht einmal etwas zu trinken genommen.»

Damit war klar, daß tatsächlich etwas Unvorhergesehenes und Einschneidendes geschehen sein mußte. Es gab wohl kaum eine kritische Situation, für die sich Digby nicht auf seine spezielle Weise gestärkt hätte.

Aber Celia ergriff das Wort.

«Danach kann man nicht gehen. Digby hat immer eine Taschenflasche bei sich. Das war eine von seinen kleinen Marotten, über die sich Maurice immer so geärgert hat. Aber wo in aller Welt kann er hingegangen sein?»

«Er hat nichts zu Ihnen gesagt, daß er wieder weggehen wollte?» Latham wandte sich an Eliza Marley. «Was machte er denn für einen Eindruck?»

«Nein, er hat nichts gesagt; ich habe keinen besonderen Blick für Digbys Stimmungen, aber er kam mir vor wie immer.»

«Das ist doch lächerlich!» rief Miss Calthrop. «Digby würde bestimmt nicht gleich, nachdem er gekommen ist, wieder weggehen. Und wo soll ein Mensch hier schon hingehen? Bist du sicher, daß er dir nicht erzählt hat, was er vorhatte?»

Elizabeth Marley sagte:

«Vielleicht ist er wieder weggerufen worden.»

Die Stimme ihrer Tante hatte einen scharfen Klang.

«Weggerufen! Es wußte doch niemand, daß er da war! Von wem denn weggerufen?»

«Ich weiß es nicht. Ich erwähne es nur als eine Möglichkeit. Als ich zum Auto zurückging, hörte ich das Telefon klingeln.»

«Sind Sie sicher?» fragte Latham.

«Warum fragt ihr mich dauernd, ob ich sicher bin? Ihr wißt doch, wie es dort oben auf der Landspitze ist; wie still, wie einsam und unheimlich; wie weit nachts die Geräusche tragen. Ich sage Ihnen, ich habe das Telefon klingeln hören!»

Sie schwiegen. Sie hatte natürlich recht. Sie wußten, wie es nachts auf der Landspitze war. Und dieselbe Stille, dieselbe Einsamkeit und Unheimlichkeit wartete draußen auf sie. Celia Calthrop fröstelte trotz der Hitze im Zimmer. Aber die Hitze wurde tatsächlich unerträglich.

Bryce kauerte auf einem niedrigen Hocker vor dem Feuer und nährte es, einem dämonischen Heizer gleich, wie unter Zwang aus dem Holzkorb. Die großen Flammenzungen loderten und zischten um die Treibholzscheite; die Steinwände des Wohnraums sahen aus, als schwitzten sie Blut. Dalgliesh ging zu einem der Fenster und kämpfte mit den Riegeln. Als er das Fenster hochschob, wehte die frische, kühle Luft über ihn hinweg, bewegte die Vorleger auf dem Boden und trug das Branden des Meers wie ein dumpfes Donnern herein. Während er sich wieder umdrehte, hörte er Reckless' langweilige, ausdruckslose Stimme:

«Ich schlage vor, daß jemand Miss Kedge nach Hause bringt. Sie sieht krank aus. Ich möchte heute abend nicht mehr mit ihr sprechen.»

Die Betroffene machte ein Gesicht, als ob sie protestieren wollte, aber Elizabeth Marley schnitt jeden Widerspruch mit den Worten ab:

«Ich nehme sie mit. Ich möchte auch nach Hause. Ich sollte mich eigentlich selbst noch erholen, und das war nicht unbedingt ein erholsamer Abend, nicht wahr? Wo ist Ihr Mantel?»

Eine gelinde Hektik setzte ein. Jeder schien erleichtert darüber, etwas tun zu können, und es gab viel Wirbel um Sylvias Mantel, ihre Krücken und ihr allgemeines Wohlbefinden. Miss Calthrop händigte Elizabeth den Autoschlüssel aus und meinte gnädig, daß sie – natürlich von Oliver und Justin begleitet – zu Fuß nach Hause kommen würde. Sylvia Kedge, umgeben von einer Leibgarde von Helfern, schickte sich an, zur Tür zu hinken.

Und da klingelte das Telefon. Die kleine Gesellschaft erstarrte zu einem lebenden Bild ängstlicher Gespanntheit. Das schnarrende Geräusch, zugleich so alltäglich und so unheilvoll, bannte sie in Schweigen. Miss Dalgliesh war an den Apparat gegangen und hatte den Hörer abgenommen, als Reckless rasch aufstand und ihn ihr ohne ein Wort der Entschuldigung aus der Hand nahm.

Sie konnten aus dem Gespräch, das von Reckless knapp und einsilbig geführt wurde, wenig entnehmen. Anscheinend sprach er mit einem Polizeirevier. Er hörte die meiste Zeit schweigend zu und stieß nur hin und wieder ein Grunzen aus. Er beendete das Gespräch:

«Gut. Ich danke Ihnen. Ich gehe morgen früh als erstes zu ihm nach Haus Seton. Gute Nacht.» Er legte den Hörer auf die Gabel und wandte sich den Wartenden zu, die sich nicht die Mühe machten, ihre Unruhe zu verbergen. Dalgliesh erwartete schon halb, daß er sie enttäuschen würde, aber statt dessen sagte er:

«Wir haben Mr. Digby Seton gefunden. Er hat beim Polizeirevier von Lowestoft angerufen, daß man ihn gestern abend ins Krankenhaus gebracht hat, nachdem er seinen Wagen auf der Lowestofter Street in den Graben gefahren hatte. Er wird morgen früh wieder entlassen.»

Miss Calthrops Mund hatte sich bereits zu der unvermeidlichen Frage geöffnet, als er hinzusetzte:

«Er hat berichtet, daß ihn gestern abend um kurz nach neun jemand angerufen und ihm gesagt hätte, daß er sofort zum Polizeirevier von Lowestoft kommen solle, um die Leiche seines Bruders zu identifizieren. Der Anrufer hatte ihm mitgeteilt, daß die Leiche von Mr. Maurice Seton mit abgehackten Händen in einem Dinghi gestrandet sei.»

Latham sagte ungläubig:

«Aber das ist doch unmöglich! Ich denke, Sie haben gesagt, daß die Leiche erst heute am frühen Abend gefunden wurde?»

«So war es auch, Sir. Niemand hat gestern abend im Polizeirevier von Lowestoft angerufen. Niemand wußte, was mit Mr. Maurice Seton geschehen war, bevor seine Leiche heute abend an Land getrieben wurde. Niemand, außer einer Person natürlich.»

Er sah sie der Reihe nach an, die melancholischen Augen wanderten forschend von Gesicht zu Gesicht. Niemand sprach oder rührte sich. Es war, als seien sie alle in diesem Augenblick der Zeit gebannt und warteten hilflos auf eine unvermeidliche Katastrophe. Es war ein Augenblick, für den es keine Worte zu geben schien; er schrie förmlich nach einem dramatischen Höhepunkt. Und Sylvia Kedge, als wollte sie zuvorkommend ihr Möglichstes tun, entglitt mit einem Stöhnen Elizabeths stützendem Arm und fiel zu Boden.

7

Reckless sagte:

«Er ist am Dienstag um Mitternacht gestorben, plus oder minus eine Stunde. Das ist meine Schätzung nach dem Grad der Todesstarre und seinem ganzen Aussehen. Es sollte mich wundern, wenn der Obduktionsbefund das nicht bestätigen würde. Die Hände sind erst einige Zeit, nachdem der Tod eingetreten war, abgehackt worden. Viel Blut ist dabei nicht geflossen, aber es sah aus, als ob die Bank im Dinghi als Hackblock benutzt worden wäre. Angenommen, Mr. Bryce hat die Wahrheit gesagt, und das Dinghi lag am Mittwochnachmittag um fünf noch am Strand, dann kann es frühestens eine Stunde später, nach dem Wechsel der Gezeiten, aufs Meer hinausgestoßen worden sein. Die Schlächterei muß nach Anbruch der Dunkelheit stattgefunden haben. Aber da war er schon gut achtzehn Stunden, vielleicht sogar noch länger, tot. Ich weiß nicht, wo und wie er gestorben ist. Aber das werde ich herausfinden.»

Die drei Polizeibeamten waren zusammen im Wohnzimmer. Jane Dalgliesh hatte sie unter dem Vorwand, Kaffee kochen zu wollen, allein gelassen; Dalgliesh konnte von der Küche her das leise Klirren hören, das ihre Handgriffe begleitete. Die anderen waren vor mehr als zehn Minuten gegangen. Es hatte wenig Zeit und Mühe gekostet, Sylvia Kedge wieder zu sich zu bringen, und nachdem sie und Liz Marley einmal aufgebrochen waren, hatte es eine allgemeine lebhafte Übereinkunft gegeben, daß man den aufregenden Teil des Abends nun zum Abschluß bringen sollte. Die Besucher sahen plötzlich ganz aufgelöst aus vor Müdigkeit. Als Reckless, der aus ihrer Erschöpfung anscheinend Kraft und Belebung gewann, sie jetzt über eine mögliche Waffe befragte, stieß er auf müdes Unverständnis. Niemand schien sich daran erinnern zu können, ob er oder sie ein Hackmesser, ein Beil oder eine Axt besaß, wo diese Werkzeuge aufbewahrt wurden oder wann sie zuletzt benutzt worden waren. Niemand außer Jane Dalgliesh. Und selbst Miss Dalglieshs ruhiges Eingeständnis, daß ihr vor einigen Monaten ein Hackbeil aus dem Holzschuppen weggekommen sei, erregte nur geringes Interesse. Die Anwesenden hatten für einen

Abend genug Mord gehabt. Sie wollten nach Hause, wie überdrehte Kinder nach einem Fest.

Reckless sprach erst über den Fall, als Miss Dalgliesh auch hinausgegangen war. Damit hatte man rechnen können, aber Dalgliesh stellte irritiert fest, wie sehr ihn die unausgesprochene Bedeutung, die darin lag, störte. Reckless war vermutlich weder dumm noch grob unhöflich. Er würde keine Ermahnungen aussprechen. Er würde Dalgliesh nicht gegen sich aufbringen, indem er ausdrücklich eine Verschwiegenheit und eine Unterordnung von ihm verlangte, die er, wie sie beide wußten, als selbstverständlich voraussetzen konnte. Aber das hier war sein Fall. Er war dafür zuständig. Es war seine Sache, frei darüber zu entscheiden, wen er und wie weit er den Betreffenden ins Vertrauen ziehen wollte. Die Situation war neu für Dalgliesh, und er wußte nicht recht, ob sie ihm gefiel.

Es war noch immer sehr drückend im Zimmer. Das Feuer erstarb jetzt zu einem weißen Aschenhäufchen, aber die Hitze, zwischen den Steinwänden eingeschlossen, schlug wie von einem Ofen gegen die Gesichter, und die Luft roch verbraucht. Der Inspektor schien davon unbeeindruckt. Er sagte:

«Diese Leute, die heute abend hier waren, Mr. Dalgliesh – erzählen Sie mir von ihnen. Betrachten sie sich alle als Schriftsteller?»

«Ich glaube, daß Oliver Latham sich als Theaterkritiker betrachten würde. Miss Calthrop schätzt es, als romantische Erzählerin bezeichnet zu werden, was immer das heißen mag. Als was Justin Bryce sich betrachtet, weiß ich nicht. Er ist Herausgeber einer literarischen und politischen Monatsschrift, die sein Großvater gegründet hat.»

Reckless sagte überraschenderweise:

«Ich weiß. Die *Monthly Critical Review*. Die hat sich mein Vater immer gekauft. Das war zu einer Zeit, als der Sixpence noch etwas wert war für die arbeitende Bevölkerung. Und für einen Sixpence bekam man von der *Monthly Critical* eine kräftige, herzerwärmende Sprache. Heutzutage ist sie fast so rot wie die *Financial Times*; Ratschläge, wie man sein Geld anlegen kann; Rezensionen von Büchern, die kein Mensch lesen will; billige Triumphe für

Intellektuelle. Seinen Lebensunterhalt kann er damit nicht verdienen.»

Dalgliesh erwiderte, es sei bekannt, daß Bryce, weit entfernt davon, seinen Lebensunterhalt damit zu verdienen, die *Review* aus seinem Privatvermögen subventioniere.

Reckless sagte:

«Er gehört offenbar zu den Menschen, denen es gleichgültig ist, ob die Leute sie für schwul halten. Ist er das, Mr. Dalgliesh?»

Es war keine belanglose Frage. Nichts im Charakter eines Verdächtigen ist belanglos bei Ermittlungen in einem Mordfall, und die Sache wurde als Mord behandelt. Aber Dalgliesh war unverständlicherweise irritiert. Er antwortete:

«Ich weiß es nicht. Vielleicht ist er ein bißchen ambivalent.»

«Ist er verheiratet?»

«Soweit ich weiß, nein. Aber wir sind doch sicher noch nicht an dem Punkt angekommen, wo jeder Junggeselle über vierzig automatisch verdächtig ist.»

Reckless gab keine Antwort. Miss Dalgliesh war mit einem gefüllten Tablett zurückgekommen, und er nahm mit förmlichem Dank eine Tasse Kaffee, obwohl es nicht so aussah, als ob er welchen wollte. Als sie wieder hinausgegangen war, begann er geräuschvoll zu schlürfen; seine dunklen Augen waren über den Tassenrand hinweg auf ein Aquarell von Jane Dalgliesh mit fliegenden Säbelschnäblern gerichtet, das an der gegenüberliegenden Wand hing. Er sagte: «Eine tückische Bande, die Schwulen. Im ganzen nicht gewalttätig, aber tückisch. Und das war ein tückisches Verbrechen. Diese Sekretärin, diese Verkrüppelte, woher kommt die, Mr. Dalgliesh?»

Dalgliesh kam sich vor wie ein Examenskandidat in der mündlichen Prüfung. Er sagte ruhig:

«Sylvia Kedge ist Waise und lebt allein in einem Haus in Tanner's Lane. Sie gilt als außerordentlich tüchtige Stenotypistin. Sie hat hauptsächlich für Maurice Seton gearbeitet, schreibt aber auch ziemlich viel für Miss Calthrop und Bryce. Ich weiß kaum etwas über sie – und auch nicht über die andern.»

«Im Moment reicht mir das, was Sie wissen, Mr. Dalgliesh. Und Miss Marley?»

«Auch eine Waise. Ihre Tante hat sie großgezogen. Sie studiert zur Zeit in Cambridge.»

«Und all diese Leute sind mit Ihrer Tante befreundet?»

Dalgliesh zögerte. Freundschaft war ein Wort, das seine Tante nicht so leicht gebrauchte, und er bezweifelte, daß sie wirklich mehr als einen Menschen in Monksmere als Freund bezeichnen würde. Aber man verleugnet seine Bekannten nicht gern, wenn sie unter Mordverdacht stehen. Indem er der Versuchung widerstand, zu antworten, daß sie einander genau, aber nicht gut kannten, sagte er vorsichtig: «Das sollten Sie besser meine Tante fragen. Aber sie kennen sich alle. Schließlich sind sie eine kleine, abgeschiedene Gemeinschaft. Es gelingt ihnen, miteinander auszukommen.»

Reckless sagte:

«Wenn sie nicht gerade gegenseitig ihre Haustiere umbringen.»

Dalgliesh sagte nichts darauf. Reckless fügte hinzu:

«Sie waren nicht besonders außer Fassung, oder? Nachdem sie Schriftsteller sind, hätte man doch angenommen, daß einer von ihnen einen flotten kleinen Nachruf zustande bringt.»

«Miss Kedge hat es sehr mitgenommen», meinte Dalgliesh.

«Das war keine Trauer. Das war ein Schock. Ein Schock im klinischen Sinn. Wenn es ihr bis morgen nicht besser geht, sollte man einen Arzt zu ihr schicken.»

Er hatte natürlich recht, dachte Dalgliesh. Es war ein Schock gewesen. Und das war an sich interessant. Gewiß, die Neuigkeiten des Abends waren ziemlich schockierend gewesen, aber hätten sie jemanden, für den es keine Neuigkeiten waren, wirklich so schockiert? An der Ohnmacht zum Schluß war nichts gespielt gewesen; und sie ließ kaum auf ein schuldhaftes Wissen schließen.

Plötzlich stand Reckless auf, sah die leere Tasse an, als wisse er nicht recht, wie sie in seine Hand gekommen war, und stellte sie sehr behutsam auf das Tablett zurück. Wachtmeister Courtney tat es ihm nach kurzem Zögern nach. Es sah so aus, als ob die beiden endlich gehen wollten. Aber vorher mußte Reckless noch etwas erfahren. Da es sich um eine ganz einfache Information handelte, die sich als bedeutsam, aber genausogut auch als belanglos erweisen mochte, war Dalgliesh irritiert darüber, wie sehr es ihm widerstrebte, sie auszusprechen. Er sagte sich, daß die nächsten Tage schwierig genug werden würden, ohne daß er sich von Reckless zu einer Stimmung krankhafter Selbsterforschung verleiten ließ. Er sagte bestimmt:

«Es gibt da etwas im Zusammenhang mit dem gefälschten Manuskript, das Sie erfahren sollten. Möglicherweise irre ich mich – es gibt nicht viele Anhaltspunkte –, aber ich glaube, ich erkenne den Nachtclub aus der Beschreibung. Es klingt, als wäre es der Cortez Club in Soho – L. J. Lukers Etablissement. Sie erinnern sich wahrscheinlich an den Fall. Es war 1959. Luker hatte seinen Partner erschossen, war zum Tode verurteilt, aber anschließend wieder auf freien Fuß gesetzt worden, nachdem ein Berufungsgericht das Urteil aufgehoben hatte.»

Reckles sagte langsam:

«Ich erinnere mich an Luker. Das war doch Mr. Justice Brothwicks Fall, nicht? Es ist nützlich, den Cortez Club zu kennen, wenn man die Absicht hat, jemandem einen Mord anzuhängen. Und Luker eignet sich ganz vorzüglich dazu.»

Er ging zur Tür. Sein Wachtmeister folgte ihm wie ein Schatten. Reckless drehte sich noch einmal um.

«Ich sehe schon, daß es von großem Vorteil sein wird, Sie hier zu haben, Mr. Dalgliesh.»

Es klang wie eine Beleidigung.

8

Der Gegensatz zwischen der Helligkeit des Wohnzimmers und der kühlen Dunkelheit der Herbstnacht hätte nicht krasser sein können. Es war, als käme man in ein finsteres Loch. Als die Tür von Pentlands sich hinter ihnen schloß, erlebte Celia Calthrop einen Augenblick blinder Panik. Die Nacht bedrängte sie von allen Seiten. Beim Atmen empfand sie die Dunkelheit wie ein lastendes Gewicht. Die Luft schien verdickt vor Finsternis, eine Masse, durch die sie sich hindurchkämpfen mußte. Es gab keine Richtung und keine Entfernung mehr. In dieser schwarzen, numinosen

Leere tönte das dumpfe, schwermütige Branden des Meers von überallher, so daß sie sich bedroht und festgenagelt fühlte wie ein verirrter Wanderer an einer einsamen Küste. Als Latham den Strahl der Taschenlampe auf den schmalen Weg richtete, wirkte der Boden unwirklich und sehr weit weg wie die Oberfläche des Mondes. Es war unmöglich, daß menschliche Füße mit diesem fernen, immateriellen Untergrund in Berührung kommen konnten. Sie stolperte und hätte das Gleichgewicht verloren, hätte Latham nicht sofort mit überraschender Festigkeit ihren Arm ergriffen.

Sie gingen jetzt zusammen auf dem Pfad, der ins Landesinnere führte. Celia, die nicht erwartet hatte, zu Fuß nach Hause zu gehen, trug leichte, hochhackige Schuhe, mit denen sie abwechselnd auf glatten Kieselsteinen ausrutschte oder in weichen Sandflecken versank, so daß sie, von Latham am Arm gehalten, vorwärts taumelte wie ein unbeholfenes, widerspenstiges Kind. Aber ihre Angst war vorüber. Ihre Augen gewöhnten sich allmählich an die Dunkelheit, und mit jedem stolpernden Schritt vorwärts wurde das Brüllen des Meers schwächer. Aber sie empfand es als eine Erleichterung, als Justin Bryce mit normaler, unveränderter Stimme zu sprechen begann:

«Asthma ist ein seltsames Leiden! Das war ein Abend mit Schockwirkung – man ist zum erstenmal mit Mord in Berührung gekommen –, und trotzdem fühlt man sich recht gut. Und vergangenen Dienstag hatte man ohne erstichtlichen Grund den schrecklichsten Anfall. Natürlich könnte man die Nachwirkungen später noch zu spüren bekommen.»

«Das könnte man sicher», stimmte Latham sarkastisch zu. «Vor allem, wenn Forbes-Denby einem das Alibi für Dienstagnacht nicht bestätigt.»

«Oh, aber das wird er tun, Oliver! Und man kann sich des Eindrucks nicht erwehren, daß seine Aussage sehr viel mehr Gewicht hat als alles, was Ihre Bettgenossin sagen kann.»

Celia Calthrop, der die Nähe der beiden, ihr normales Verhalten, Sicherheit gab, sagte rasch:

«Es ist so beruhigend, daß Adam Dalgliesh zufällig hier ist. Schließlich *kennt* er uns. Ich meine, auf freundschaftlicher Basis.

Und da er selber Schriftsteller ist, paßt er für mein Gefühl zu uns in Monksmere.»

Latham brach in lautes Lachen aus.

«Wenn Sie Adam Dalgliesh beruhigend finden, beneide ich Sie um Ihre Fähigkeit zur Selbsttäuschung. Verraten Sie uns doch einmal, wie Sie ihn sehen, Celia! Als Gentlemanschnüffler, der nebenbei zum Vergnügen Verbrechen aufklärt, und die Verdächtigen dabei mit erlesener Höflichkeit behandelt? Eine Art professioneller Carruthers direkt aus einem von Setons düsteren Wälzern? Meine liebe Celia, Dalgliesh würde uns alle an Reckless verkaufen, wenn er der Ansicht wäre, daß sein Ansehen dadurch auch nur um ein Iota gewinnen kann. Er ist der gefährlichste Mensch, den ich kenne.»

Er lachte wieder, und sie spürte, wie er ihren Arm fester packte und sie weiterzog wie eine Gefangene. Trotzdem konnte sie sich nicht entschließen, sich loszumachen. Der Boden war noch immer uneben, obwohl der Weg hier breiter war. Stolpernd und rutschend, mit Schrammen an den Füßen und schmerzenden Knöcheln, hätte sie ohne seinen eisernen Griff keine Aussicht gehabt, mit ihnen Schritt zu halten. Und sie hätte es nicht ertragen, alleine zu bleiben. Bryces Stimme drang an ihr Ohr.

«Sehen Sie, Oliver hat recht, Celia. Dalgliesh ist Kriminalbeamter von Beruf und wahrscheinlich einer der intelligentesten im Land. Ich verstehe nicht, was seine beiden Gedichtbände, so sehr ich sie bewundere, daran ändern sollten.»

«Reckless ist allerdings auch nicht dumm.» Latham schien noch immer amüsiert. «Ist Ihnen aufgefallen, daß er selber kaum etwas gesagt, uns aber dazu ermuntert hat, mit unserem kindischen, selbstgefälligen Geschwätz nur weiterzumachen? Wahrscheinlich hat er von uns in fünf Minuten mehr erfahren, als andere Verdächtige ihm in einem stundenlangen richtigen Verhör erzählen würden. Wann werden wir endlich lernen, den Mund zu halten!»

«Da wir nichts zu verbergen haben, halte ich das für unerheblich», sagte Celia Calthrop. Oliver war wirklich außerordentlich provozierend heute abend! Man hätte fast denken können, daß er ein bißchen betrunken war. Justin Bryce sagte:

«Oh, Celia! Jeder hat etwas vor der Polizei zu verbergen. Deshalb hat man ja so ein gespaltenes Verhältnis zu ihr. Warten Sie nur ab, bis Dalgliesh Sie fragt, warum Sie von Seton immer in der Vergangenheitsform gesprochen haben, noch bevor wir wußten, daß man seine Leiche gefunden hat. Das haben Sie nämlich getan. Das ist sogar mir aufgefallen, und deshalb hat Dalgliesh es bestimmt auch bemerkt. Ich frage mich, ob er es für seine Pflicht hält, es Reckless zu erzählen.»

Aber Celia war zu resolut, um sich von Bryce Angst einjagen zu lassen. Sie sagte gereizt: «Seien Sie nicht albern, Justin. Ich glaube Ihnen nicht. Und selbst wenn ich es getan habe, dann wahrscheinlich darum, weil ich von Maurice als Schriftsteller gesprochen habe. Und man spürt tatsächlich irgendwie, daß der arme Maurice als Schriftsteller schon seit geraumer Zeit am Ende ist.»

«Lieber Gott, ja!» sagte Latham. «Fix und fertig. Erledigt. Ausgeschrieben. Maurice Seton hat in seinem Leben nur ein einziges Stück Prosa geschrieben, das sitzt, aber das kam ihm direkt aus dem Herzen. Und aus dem Kopf. Es hatte genau die Wirkung, die er beabsichtigte. Jedes Wort bewußt gewählt, um zu verletzen, und das ganze – absolut tödlich.»

«Meinen Sie sein Stück?» fragte Celia. «Ich dachte, Sie fanden es schlecht. Maurice hat mir immer gesagt, daß Sie es mit Ihrer Kritik erledigt hätten.»

«Liebste Celia, wenn ich mit meiner Kritik ein Stück erledigen könnte, wäre mit der Hälfte aller Stücke, die zur Zeit in London laufen, nach der Premiere Feierabend gewesen.» Er zog sie mit neuem Schwung vorwärts, und für einen Augenblick blieb Justin Bryce hinter ihnen zurück. Er beeilte sich, sie einzuholen, und rief atemlos:

«Maurice muß Dienstagnacht umgebracht worden sein. Und seine Leiche ist am späten Mittwochabend aufs Meer hinausgestoßen worden. Wie hat der Mörder nun die Leiche nach Monksmere gekriegt? Sie sind am Mittwoch von London hierhergefahren, Oliver. Sie hatten sie nicht zufällig im Kofferraum von Ihrem Jaguar?»

«Nein, mein Lieber», sagte Latham leichthin. «Ich bin sehr eigen mit dem, was ich in den Kofferraum von meinem Jaguar lege.»

Celia sagte befriedigt:

«Also, ich bin aus der Sache heraus. Sylvia kann mir bis Dienstagabend spät ein Alibi geben, und das ist offenbar die kritische Zeit. Ich gebe zu, daß ich am Mittwochabend allein unterwegs war, aber Reckless wird mich wohl kaum verdächtigen, die Leiche verstümmelt zu haben. Und dabei fällt mir etwas ein. Es gibt eine Person, die noch nicht einmal den Versuch macht, für Dienstag oder Mittwoch ein Alibi vorzubringen, Jane Dalgliesh. Und das beste dabei ist – es war ihr Hackbeil!»

Latham sagte:

«Warum in aller Welt sollte Miss Dalgliesh Seton umbringen wollen?»

«Warum sollte es einer von uns wollen?» erwiderte Celia. «Und ich behaupte ja auch nicht, daß sie es getan hat. Ich weise nur darauf hin, daß es anscheinend ihr Hackbeil war.»

Bryce sagte munter:

«Ich wollte es einmal. Ich meine, Seton umbringen. Nachdem ich Arabella gefunden hatte, hätte ich ihn ohne weiteres ermorden können. Aber ich habe es nicht getan. Trotzdem kann ich über seinen Tod nicht traurig sein. Ich frage mich, ob ich nach der Voruntersuchung seine Leiche besichtigen soll. Vielleicht nimmt mir der Schock darüber diese Gefühllosigkeit, die ich für sehr ungesund halte.»

Aber Latham dachte noch über das verlorengegangene Hackbeil nach. Er sagte grimmig:

«Jeder könnte es weggenommen haben! Jeder! Wir gehen doch beieinander ein und aus, wie es uns gerade einfällt. Niemand schließt hier etwas ab. Dazu bestand nie ein Grund. Und wir wissen noch nicht einmal, ob es als Tatwerkzeug benutzt worden ist.»

«Bedenken Sie das und beruhigen Sie sich, meine Lieben», sagte Bryce. «Solange wir die Todesursache nicht kennen, können wir noch nicht einmal sicher sein, daß Maurice ermordet worden ist.»

9

An der Tür von Haus Rosemary trennten sie sich von ihr, und sie sah zu, wie sie in der Dunkelheit verschwanden. Justins schrille Stimme und Olivers Lachen schallten noch zu ihr zurück, nachdem ihre Gestalten schon längst mit den dunkleren Schatten der Hecken und Bäume verschmolzen waren. Es brannte kein Licht im Haus, und das Wohnzimmer war leer. Also war Elizabeth zu Bett gegangen. Sie mußte von Haus Tanner schnell nach Hause gefahren sein. Ihre Tante wußte nicht recht, ob sie froh oder traurig sein sollte. Sie hatte plötzlich das Bedürfnis nach Gesellschaft, fühlte sich aber Fragen und Debatten nicht gewachsen. Es gab eine Menge zu besprechen, aber nicht heute abend. Sie war zu müde. Sie knipste die Tischlampe an und stocherte, auf dem Kaminvorleger kniend, erfolglos in den Holz- und Aschenresten des erloschenen Feuers. Dann stand sie unsicher wieder auf, wobei sie vor Anstrengung stöhnte wie eine alte Frau, und ließ sich in einen der Sessel sinken. Ihr gegenüber türmte sich mit dicken Polstern das gleiche Ungetüm von Sessel auf – leer und quälend. Hier hatte Maurice gesessen an jenem Oktobernachmittag vor sechs Jahren. Es war der Tag der Voruntersuchung gewesen; ein Tag kalter und plötzlich aufkommender Sturmböen. Es hatte ein schönes Feuer gebrannt an jenem Abend. Sie hatte ihn erwartet und hatte dafür gesorgt, daß beides, sie und das Zimmer, bereit war. Der Feuerschein und das gedämpfte Licht der einen Lampe warf einen genau berechneten Glanz auf das schimmernde Mahagoni und legte weiche Schatten über die zarten Rosa- und Blautöne der Polster und des Teppichs. Das Tablett mit den Getränken stand griffbereit. Nichts war dem Zufall überlassen geblieben. Und sie hatte ihn so ungeduldig erwartet wie ein junges Mädchen seine erste Verabredung. Sie hatte ein blaugraues Wollkleid getragen. Sie hatte wirklich sehr schlank, sehr jung darin ausgesehen. Es hing noch immer bei ihr im Schrank. Sie hatte es nie wieder anziehen mögen. Und er hatte ihr gegenübergesessen, schwarz und steif in seiner vorschriftsmäßigen Trauerkleidung, eine lächerliche kleine Schneiderpuppe mit schwarzer Krawatte und Armbinde und im Kummer erstarrtem Gesicht. Aber damals hatte sie nicht begriffen, daß es Kummer war. Wie konnte sie auch? Es war undenkbar, daß er um diese oberflächliche, egoistische, hemmungslose Nymphomanin trauerte. Natürlich, da war der Schock gewesen, als er erfuhr, daß Dorothy tot war, daß sie sich ertränkt hatte; das Grauen beim Identifizieren ihrer Leiche; die Tortur der Voruntersuchung; die Begegnung mit den Galerien weißer, anklagender Gesichter. Er wußte genau, was sie sagten: daß er seine Frau in den Tod getrieben habe. Kein Wunder, daß er geschockt und elend aussah. Aber Trauer? Es wäre ihr nie in den Sinn gekommen, daß er um Dorothy trauern könnte. Sie hatte als selbstverständlich angenommen, daß er insgeheim ein Gefühl der Erleichterung empfand. Erleichterung darüber, daß die langen Jahre der Qual und der Selbstbeherrschung endlich vorüber waren, daß er wieder anfangen konnte zu leben. Und sie würde dasein, um ihm zu helfen, so wie sie ihm mit ihrem Rat und ihrer Zuneigung geholfen hatte, als Dorothy noch lebte. Er war Schriftsteller, Künstler. Er war auf Zuneigung und Verständnis angewiesen. Vom heutigen Abend an brauchte er nie mehr alleine zu sein.

Hatte sie ihn geliebt, fragte sie sich. Es war schwierig, sich daran zu erinnern. Vielleicht nicht. Vielleicht hatte sie nie das empfunden, was sie sich unter Liebe vorstellte. Aber sie war dieser ersehnten, undefinierbaren, oft ausgemalten Überwältigung so nahe gekommen, wie sie überhaupt konnte. Sie hatte in fast vierzig Romanen eine Fiktion davon beschrieben; die Realität selber aber war ihr fremd geblieben.

Sie rief sich, vor dem erloschenen Feuer sitzend, den Augenblick ins Gedächtnis zurück, als sie die Wahrheit erfuhr, und ihre Wangen brannten bei der Erinnerung daran. Er hatte plötzlich angefangen zu weinen – hilflos wie ein Kind. In dem Moment waren alle Tricks vergessen. Es blieb nur das Mitleid. Sie hatte sich neben ihn gekniet, seinen Kopf mit den Armen umfangen und dabei Worte des Trostes und der Liebe geflüstert. Und da geschah es. Sein ganzer Körper wurde steif und wich vor ihr zurück. Er blickte sie mit angehaltenem Atem an, und sie sah sein Gesicht. Es war alles darin zu lesen. Mitleid, Verlegenheit, eine Spur Angst und – am schwersten von allem zu ertragen – physische Abneigung. In einem bitteren Moment völliger Klarheit hatte sie sich mit seinen

Augen gesehen. Er hatte um dieses schlanke, fröhliche, schöne Geschöpf getrauert; und eine häßliche ältere Frau hatte diesen Augenblick benutzt, um sich ihm in die Arme zu werfen. Natürlich hatte er seine Fassung wiedergewonnen. Es fiel kein Wort. Selbst das schreckliche Schluchzen hatte mitten in einem Atemzug aufgehört wie bei einem Kind, dem man ein Bonbon hinhält. Sie dachte bitter, daß nichts besser gegen Trauer half als eigene Bedrängnis. Irgendwie war sie unbeholfen, mit brennendem Gesicht, in ihren Sessel zurückgetaumelt. Er war gerade noch so lange geblieben, wie es die Höflichkeit erforderte. Sie hatte ihm einen Drink gereicht, sich die sentimentalen Erinnerungen an seine Frau angehört – lieber Gott, hatte der arme Trottel denn so rasch vergessen? – und für seine Urlaubspläne im Ausland, «wo ich versuchen will zu vergessen», Interesse geheuchelt. Es dauerte ein halbes Jahr, bis er es für ungefährlich hielt, Haus Rosemary wieder allein zu besuchen, und sogar noch länger, bis er langsam und zögernd begriff, daß sie immer verfügbar war, wenn er sich in Begleitung einer Frau in der Öffentlichkeit zeigen wollte. Kurz bevor er seine Reise antrat, hatte er ihr geschrieben, daß er sie in seinem Testament bedacht hätte, «aus Dankbarkeit für Ihr Mitgefühl und Ihr Verständnis beim Tode meiner lieben Frau». Sie hatte sehr gut verstanden. Es war die Art plumper, gefühlloser Geste, die er für eine angemessene Entschuldigung hielt. Aber ihre Reaktion darauf war nicht Ärger gewesen oder ein Gefühl der Demütigung; sie hatte sich nur gefragt, wieviel es sein würde. Sie hatte sich das seit damals immer öfter gefragt; und jetzt hatte diese Frage eine erregende Aktualität bekommen. Es konnten einfach nur 100 Pfund sein oder so. Es konnten aber auch Tausende sein. Es konnte sogar ein Vermögen sein. Schließlich hatte Dorothy als reiche Frau gegolten, und Maurice hatte sonst niemanden, dem er das Geld hinterlassen konnte. Er hatte mit seinem Stiefbruder nie viel anfangen können, und in letzter Zeit hatten sie sich sogar noch mehr auseinandergelebt. Außerdem – war er es ihr nicht schuldig?

Ein Lichtstreifen fiel vom Flur her über den Teppich. Elizabeth Marley kam auf nackten Füßen schweigend herein, ihr roter Morgenrock schimmerte in dem Dämmerlicht. Sie streckte sich steif im Sessel ihrer Tante gegenüber aus, die Füße zu dem verlöschenden Feuer hin, das Gesicht im Schatten. Sie sagte:

«Ich dachte mir doch, ich hätte dich hereinkommen hören. Kann ich dir etwas bringen? Heiße Milch? Kakao?»

Der Ton war unliebenswürdig, verlegen, aber das Angebot kam unerwartet, und Miss Calthrop war gerührt.

«Nein, danke, mein Kind. Geh nur wieder ins Bett. Du wirst dich erkälten. Ich werde selbst etwas zu trinken machen und bringe dir deins nach oben.»

Das junge Mädchen rührte sich nicht. Miss Calthrop rückte erneut dem Kamin zu Leibe. Diesmal zischte eine Flammenzunge um die Kohlen, und sie spürte die erste willkommene Wärme an Gesicht und Händen. Sie fragte:

«Hast du Sylvia gut nach Hause gebracht? Wie fühlte sie sich denn?»

«Nicht besonders. Aber andererseits tut sie das ja nie.»

Ihre Tante sagte:

«Ich habe mich hinterher gefragt, ob wir nicht hätten darauf bestehen müssen, daß sie hierbleibt. Sie sah wirklich sehr elend aus, nicht so, als könne man sie beruhigt alleine lassen.»

Elizabeth zuckte die Achseln. «Ich habe ihr gesagt, daß bei uns ein Bett leersteht, bis das neue Au-pair-Mädchen kommt, und daß sie es gerne benutzen kann. Sie wollte nicht. Als ich sie gedrängt habe, wurde sie gereizt, deshalb habe ich es gelassen. Schließlich ist sie dreißig Jahre alt. Sie ist kein Kind mehr. Ich konnte sie ja nicht zwingen hierzubleiben.»

«Nein, natürlich nicht.» Celia Calthrop dachte, daß ihre Nichte Sylvia wohl kaum gern im Haus gehabt hätte. Es war ihr schon aufgefallen, daß Frauen Sylvia meist weniger mochten als Männer, und Elizabeth machte aus ihrer Abneigung keinen Hehl. Die Stimme aus dem Sessel fragte:

«Was gab es denn noch, nachdem wir gegangen waren?»

«Nicht viel. Jane Dalgliesh glaubt anscheinend, daß er mit ihrem Hackbeil umgebracht worden sein könnte. Offenbar ist es ihr vor etwa vier Wochen abhandengekommen.»

«Hat Inspektor Reckless euch gesagt, daß er auf diese Weise umgebracht worden ist?»

«Nein. Aber sicher …»

«Dann weiß man noch nicht, wie er gestorben ist. Er kann mindestens auf ein Dutzend verschiedene Arten umgebracht worden sein, und die Hände kann man ihm auch noch nach dem Tod abgehackt haben. Das nehme ich sogar an. Ich stelle mir das nicht so einfach vor, wenn das Opfer noch lebt und bei Bewußtsein ist. Inspektor Reckless muß wissen, ob es so gewesen ist. Dann wäre zum Beispiel nicht viel Blut geflossen. Und ich glaube, daß er auch ohne Obduktionsbefund die Todeszeit ziemlich genau kennt.»

Ihre Tante sagte:

«Er ist doch sicher am Dienstagabend gestorben. Es muß ihm am Dienstag irgend etwas passiert sein. Maurice wäre nie so aus dem Club weggegangen und hätte die Nacht woanders verbracht, ohne jemandem etwas davon zu sagen. Er ist am Dienstagabend gestorben, als Sylvia und ich im Kino waren.»

Sie sprach mit verbohrtem Eigensinn. Sie wollte, daß es so war, also mußte es so sein. Maurice war am Dienstagabend gestorben, und an ihrem Alibi gab es nichts zu rütteln. Sie fügte hinzu:

«Es ist Pech für Justin und Oliver, daß sie an dem Abend in London waren. Natürlich haben sie auch ein sogenanntes Alibi. Aber es ist trotzdem nicht gut.»

Das junge Mädchen sagte ruhig:

«Ich war am Dienstagabend auch in London.» Und ehe ihre Tante etwas sagen konnte, setzte sie rasch hinzu:

«Schon gut, ich weiß, was du sagen willst. Ich hätte eigentlich im Krankenbett in Cambridge sein müssen. Na schön, ich durfte eher aufstehen, als ich dir gesagt habe. Ich bin am Dienstagmorgen mit dem ersten Schnellzug nach Liverpool Street gefahren. Ich war dort mit jemandem zum Mittagessen verabredet. Niemand, den du kennst. Jemand aus Cambridge. Er studiert jetzt an einer anderen Universität. Jedenfalls ist er nicht gekommen. Natürlich habe ich eine Nachricht von ihm vorgefunden, sehr höflich, sehr bedauernd. Es war nur dumm, daß wir uns in einem Lokal verabredet hatten, wo man uns kannte. Ich war nicht gerade erbaut, als ich dem Oberkellner am Gesicht ansah, daß ich ihm leid tat. Nicht, daß es mich wirklich geärgert hat. Die Sache ist unwichtig. Aber ich wollte nicht, daß sich Oliver und Justin über meine Angelegenheiten das Maul zerreißen. Ich sehe auch nicht ein, warum ich es Reckless erzählen sollte. Der soll ruhig selber dahinterkommen.»

Celia dachte:

«Aber mir hast du es erzählt!» Sie empfand ein so heftiges Glücksgefühl, daß sie froh war, daß sie im Dunkeln saßen. Es war das erste Mal überhaupt, daß das junge Mädchen ihr wirklich Vertrauen entgegenbrachte. Und das Glück darüber machte sie aufgeschlossen. Sie sagte, indem sie dem ersten Drang zu trösten oder Fragen zu stellen, widerstand:

«Ich weiß nicht, mein Kind, ob es vernünftig von dir war, den ganzen Tag in der Stadt zu verbringen. Du bist noch nicht wieder richtig gesund. Immerhin hat es dir ja offenbar nichts geschadet. Was hast du denn nach dem Essen gemacht?»

«Oh, am Nachmittag habe ich in der Bibliothek gearbeitet. Dann bin ich in ein Aktualitätenkino gegangen. Danach war es dann schon relativ spät, deshalb habe ich mir überlegt, daß ich besser über Nacht bleibe. Ich habe im Lyons House in der Coventry Street etwas gegessen und mir anschließend im Hotel Walter Scott in Bloomsbury ein Zimmer genommen. Den größten Teil des Abends habe ich damit verbracht, einfach so in London herumzulaufen. Kurz vor elf, glaube ich, habe ich mir den Schlüssel geholt und bin in mein Zimmer gegangen.»

Miss Calthrop fiel ihr eifrig ins Wort:

«Dann kann der Hotelportier für dich aussagen. Und vielleicht erinnert sich auch noch jemand im Lyons an dich. Ich glaube, du hattest vollkommen recht, vorläufig noch nichts davon zu sagen. Das ist ganz allein deine Angelegenheit. Wir werden jetzt erst einmal abwarten, bis wir wissen, wann er gestorben ist. Dann können wir uns die ganze Sache noch einmal überlegen.»

Es fiel ihr schwer, den glücklichen Unterton in ihrer Stimme zu unterdrücken. So hatte sie es sich immer gewünscht. Sie sprachen miteinander, machten Pläne miteinander. Sie wurde, wenn auch noch so indirekt und widerwillig, ins Vertrauen gezogen und um Rat gefragt. Wie merkwürdig, daß ausgerechnet Maurices Tod sie beide zusammenbringen sollte. Sie schwatzte weiter:

«Ich bin froh, daß du dich über die Sache mit der Verabredung nicht weiter ärgerst. Die jungen Männer von heute haben keine

Manieren. Wenn er dich nicht bis spätestens einen Tag vorher anrufen konnte, hätte er eigentlich kommen müssen. Aber du weißt jetzt zumindest, woran du bist.»

Das junge Mädchen erhob sich aus dem Sessel und ging ohne ein Wort zur Tür. Ihre Tante rief ihr nach:

«Ich hole uns beiden etwas zu trinken und bringe es nach oben in dein Zimmer. Geh schon voraus und leg dich ins Bett. Ich komme sofort.»

«Nein, danke, ich möchte nichts.»

«Aber du hast doch gesagt, daß du etwas Warmes trinken willst. Das solltest du tun. Laß mich dir ein bißchen Kakao machen. Oder vielleicht einfach nur heiße Milch.»

«Ich habe gesagt, ich möchte nichts. Und ich gehe jetzt schlafen. Ich möchte meine Ruhe haben.»

«Aber Eliza ...»

Die Tür fiel ins Schloß. Sie konnte nichts mehr hören. Nicht einmal leise Schritte auf der Treppe. Da war nur noch das Zischen des Feuers und draußen die Stille, die Einsamkeit der Nacht.

10

Dalgliesh erwachte am nächsten Morgen vom Schrillen des Telefons. Seine Tante mußte gleich an den Apparat gegangen sein, denn das Läuten hörte fast sofort auf, und er versank wieder in den seligen Dämmerzustand zwischen Schlafen und Wachen, der einer guten Nacht folgt. Es mußte etwas mehr als eine halbe Stunde vergangen sein, als das Telefon wieder läutete. Und dieses Mal kam es ihm lauter und durchdringender vor. Er machte die Augen weit auf und sah, vom Fenster umrahmt, ein Rechteck durchsichtigen blauen Lichts, das nur von einem hauchfeinen Strich in Himmel und Meer geteilt wurde. Es versprach wieder ein wunderschöner Herbsttag zu werden. Es war schon ein wunderschöner Herbsttag. Er sah mit Erstaunen auf seiner Uhr, daß es Viertel nach zehn war. Er zog sich Morgenrock und Hausschuhe an und kam gerade rechtzeitig die Treppe herunter, um seine Tante noch am Telefon sprechen zu hören.

«Sobald er wach ist, werde ich es ihm sagen, Inspektor. Ist es dringend? Nein, aber eigentlich ist er ja im Urlaub … Er kommt sicher gerne, sobald er gefrühstückt hat. Auf Wiedersehen.»

Dalgliesh beugte sich vor und legte seine Wange einen Augenblick an ihre Wange. Sie fühlte sich, wie gewöhnlich, so weich und so fest an wie ein Lederhandschuh.

«War das Reckless?»

«Ja. Er sagt, er wäre in Setons Haus und würde sich freuen, wenn du heute morgen auch hinkommen könntest.»

«In welcher Eigenschaft hat er aber nicht gesagt, was? Soll ich selber arbeiten oder soll ich ihn nur bei seiner Arbeit bewundern? Oder bin ich am Ende verdächtig?»

«Verdächtig bin ich, Adam. Es war mit ziemlicher Sicherheit mein Hackbeil.»

«Oh, das hat man durchaus nicht übersehen. Trotzdem, glaube ich, rangierst du als Verdächtige noch hinter den meisten deiner Nachbarn. Und mit absoluter Sicherheit hinter Digby Seton. Wir Polizisten sind im Grunde schlichte Gemüter. Wir wollen gerne ein Motiv erkennen, bevor wir jemanden verhaften. Und kein Motiv erfreut unser Herz so sehr wie die Aussicht auf Profit. Digby wird seinen Stiefbruder doch wohl beerben?»

«Das nimmt man allgemein an. Ein oder zwei Eier, Adam?»

«Bitte zwei. Aber ich kümmere mich schon darum. Bleib du hier und erzähl mir. Hat das Telefon nicht zweimal geläutet? Wer hat vorhin angerufen?»

Seine Tante erklärte ihm, daß R. B. Sinclair angerufen hatte, um sie beide für Sonntagabend zum Essen einzuladen. Sie hatte versprochen zurückzurufen. Dalgliesh, der sich mit liebevoller Aufmerksamkeit seinen Spiegeleiern widmete, war verblüfft. Aber er äußerte, außer der Bereitschaft mitzugehen, nichts weiter dazu. Das war etwas Neues. Seine Tante wurde wahrscheinlich häufiger nach Haus Priory eingeladen, aber nie, wenn er in Pentlands war. Es war schließlich bekannt, daß R. B. Sinclair weder selbst Besuche machte noch Besucher bei sich empfing. Dalglieshs Tante war die einzige Ausnahme. Aber der Grund für diese Neuerung war nicht schwer zu erraten. Sinclair wollte mit dem Menschen über den Mord sprechen, von dem man eine sachkundige Meinung erwarten konnte. Es war beruhigend, festzustellen – wenn auch ein wenig desillusionierend –, daß der große alte Mann gegen ganz gewöhnliche Neugier nicht gefeit war. Gewaltsamer Tod übte selbst auf diesen Weltflüchtigen, der die menschliche Komödie aus Überzeugung nicht mitspielte, seine makabre Anziehung aus. Aber natürlich würde Dalgliesh der Einladung folgen. Die Versuchung war zu groß, um ihr zu widerstehen. Er lebte jetzt lange genug, um zu wissen, daß wenige Erlebnisse so ernüchternd sein können wie die Begegnung mit berühmten Leuten. Aber bei R. B. Sinclair würde jeder Schriftsteller dieses Risiko gern eingehen.

Dalgliesh machte sich nach dem Frühstück in aller Ruhe fertig, zog ein Tweedjackett über den Pullover und blieb einen Augenblick an der Haustür stehen, wo ihn eine Sammlung von Spazierstöcken – von ehemaligen Besuchern als Unterpfand für eine glückliche Wiederkehr zurückgelassen – in Versuchung führte, der Rolle des entschlossenen Urlaubers noch ein letztes Attribut hinzuzufügen. Er entschied sich für einen derben Knotenstock, wog ihn abschätzend in der Hand und stellte ihn dann wieder zurück. Es bestand kein Grund, die Sache zu übertreiben. Er rief seiner Tante einen Abschiedsgruß zu und machte sich auf den Weg über die Landspitze. Am schnellsten wäre er mit dem Auto dort gewesen, wenn er an der Kreuzung rechts abgebogen, einen knappen halben Kilometer Richtung Southwold gefahren und dann den schmalen, aber recht ebenen Feldweg genommen hätte, der über die Landspitze direkt zum Haus führte. Dalgliesh entschloß sich aber, zu Fuß zu gehen. Schließlich war er im Urlaub, und der Inspektor hatte bei seinem Anruf nichts davon gesagt, daß es eile. Reckless tat ihm leid. Nichts ist so ärgerlich und so verwirrend für einen Kriminalbeamten wie irgendeine Unklarheit über seinen Kompetenzbereich. Tatsächlich gab es eine solche auch nicht. Reckless war allein für die Ermittlungen zuständig, und beide wußten sie das. Selbst wenn der Polizeidirektor beschloß, den Yard um Hilfe zu bitten, war es höchst unwahrscheinlich, daß man Dalgliesh mit dem Fall betraute. Er war persönlich zu sehr in die Sache verwickelt. Aber Reckless würde kaum Vergnügen daran finden, seine Ermittlungen unter den Augen eines Kriminalinspektors durchzuführen, noch dazu eines Kriminalinspektors von Dalglieshs Ruf. Na schön, das war Reckless' Pech, dachte Dalgliesh, aber noch größeres Pech für ihn selbst. Damit konnte er die Hoffnung auf einen einfachen, ungestörten Urlaub begraben, diese glückliche Woche stillen Friedens, in der sich seine Nerven von selbst beruhigen und seine Privatprobleme von selbst lösen sollten. Wahrscheinlich war dieser Plan von Anfang an ein Luftschloß gewesen, aus seiner Müdigkeit und dem Bedürfnis nach Tapetenwechsel entstanden. Trotzdem war es irritierend, dieses Luftschloß so schnell in sich zusammenfallen zu sehen. Er hatte genausowenig Lust, sich in den Fall einzumischen, wie Reckless Lust hatte, ihn um seine Hilfe zu bitten. Natürlich waren diskrete Telefonate mit dem Yard geführt worden. Alle Beteiligten würden es für selbstverständlich halten, daß Dalgliesh dem Inspektor mit seiner genaueren Kenntnis von Monksmere und dem, was er über die betreffenden Personen wußte, zur Verfügung stehen würde. Das war nicht mehr, als jeder Bürger der Polizei schuldete. Aber wenn Reckless glaubte, daß Dalgliesh darauf erpicht war, noch massiver in die Sache einzugreifen, mußte man ihm diese Illusion schleunigst nehmen.

Es war unmöglich, sich an der Schönheit des Tages nicht zu freuen, und im Gehen verschwand ein Großteil von Dalglieshs Gereiztheit. Die ganze Landspitze war in die goldene Wärme der Herbstsonne getaucht. Der leichte Wind war frisch, aber nicht kalt. Der sandige Weg war fest unter seinen Füßen, teils geradeaus zwischen Ginster- und Heidesträuchern, teils in Windungen unter dichten Brombeerhecken und verkümmerten Weißdornbüschen verlaufend, die eine Reihe kleiner Höhlen bildeten, in die das Licht nicht durchdrang und wo der Weg sich zu einem schmalen Sandstreifen verengte. Die meiste Zeit konnte Dalgliesh das Meer sehen, nur als er an den grauen Mauern von Haus Priory vorüberging, war ihm der Ausblick für kurze Zeit versperrt. Es stand wie eine Festung gegen das Meer, nicht mehr als hundert Meter von der Felsenkante entfernt, nach Süden hin von einer hohen Steinmauer und nach Norden zu von einer Tannenreihe begrenzt. Nachts hatte das Anwesen etwas Unheimliches und Abweisendes, wodurch seine natürliche Abgeschiedenheit noch unterstrichen wurde. Dalgliesh dachte, daß Sinclair, wenn er das Bedürfnis nach Einsamkeit hatte, kaum einen besseren Ort hätte finden können. Er fragte sich, wie lange es dauern würde, bis Reckless mit seinen Fragen in diese Abgeschiedenheit eindrang. Er würde vermutlich bald dahinterkommen, daß von Sinclairs Grundstück aus eine Privattreppe zum Strand hinunterführte. Wenn man voraussetzte, daß die Leiche zum Boot gebracht und nicht das Boot eine beträchtliche Strecke die Küste entlang zur Leiche gerudert worden war, dann mußte sie auf einem von drei vorhandenen Wegen zum Strand hinuntergeschafft worden sein. Einen anderen Zugang gab es nicht. Ein Weg, und vielleicht der einleuchtendste, war die Tanner's Lane, die an Sylvia Kedges Haus vorüberführte. Da das Dinghi am Ende der Tanner's Lane auf dem Strand gelegen hatte, wäre das der direkteste Weg gewesen. Der zweite war der steile, sandige Hügel, der von Pentlands zur Küste hinabführte. Er hatte es schon bei Tag in sich. In der Nacht war er selbst für jemanden, der sich hier auskannte und keine schwere Last zu tragen hatte, gefährlich. Dalgliesh konnte sich nicht vorstellen, daß der Mörder dieses Risiko eingegangen war. Auch wenn seine Tante das Auto auf die Entfernung hin nicht gehört hätte, wäre ihr aufgefallen, daß jemand am Haus vorbeiging. Ein Mensch, der alleine lebte und noch dazu an einem so abgelegenen Ort, hatte ein feines Ohr für die ungewöhnlichen Geräusche der Nacht. Es gab keine Frau, die weniger neugierig war als seine Tante, der die Gewohnheiten der Vögel immer viel größeres Interesse abgewonnen hatten als die der Menschen. Aber selbst sie würde nicht unbeteiligt zusehen, wie eine Leiche an ihrer Tür vorbeigetragen wurde. Hinzu kam noch die Schwierigkeit, daß die Leiche einen guten halben Kilometer am Strand entlang zu der Stelle getragen werden mußte, wo die Sheldrake lag. Natürlich hätte der Mörder den Körper halb vergraben im Sand zurücklassen können, während er das Dinghi holte. Aber das hätte die Risiken nur unnötig erhöht, und es wäre unmöglich gewesen, alle Sandspuren von der Leiche zu entfernen. Viel einfacher noch, man hätte Riemen und Dollen gebraucht. Er fragte sich, ob Reckless danach gesucht hatte.

Den dritten Zugang zum Strand hatte man von Sinclairs Treppe aus. Sie war nur gute fünfzig Meter von der Tanner's Lane entfernt und führte in eine kleine versteckte Bucht, wo das Meer die Felsen, die hier am höchsten waren, zu einer sanften Höhlung ausgewaschen hatte. Dies war die einzige Stelle am Strand, wo sich der Mörder – sofern es sich um Mord handelte – die Leiche vornehmen konnte, ohne befürchten zu müssen, daß er von Norden oder von Süden her beobachtet wurde. Die Gefahr entdeckt zu werden, bestand nur, wenn der unwahrscheinliche Fall eintrat, daß irgend jemand aus der Umgebung einen Abendspaziergang am Strand machen sollte; und an dieser Stelle würde nach Einbruch der Dunkelheit kein Einheimischer alleine spazierengehen.

Haus Priory lag jetzt hinter Dalgliesh, und er langte bei dem lichten Buchengehölz an, das bis an die Tanner's Lane heranreichte. Das welke Laub raschelte unter seinen Füßen, und durch das Gitterwerk der kahlen Äste war ein blauer Schimmer zu sehen, der ebensogut Himmel wie Meer sein konnte. Plötzlich war das Gehölz zu Ende. Dalgliesh stieg über den Zauntritt und bog in die schmale Straße ein. Unmittelbar vor ihm lag das niedrige rote Backsteinhaus, in dem Sylvia Kedge seit dem Tod ihrer Mutter allein wohnte. Es war ein häßliches Bauwerk, so primitiv quadratisch wie ein Puppenhaus, die vier Fensterchen dicht mit Gardinen verhängt. Das Gartentor und die Haustür waren verbreitert worden, vermutlich, damit die junge Frau mit ihrem Rollstuhl besser durchkam, aber die Proportionen des Hauses hatte diese Veränderung nicht verbessert. Es war nicht der geringste Versuch unternommen worden, es auf irgendeine Weise zu verschönern. Der winzige Vorgarten war ein dunkler, von einem Kiesweg in zwei Hälften geteilter Fleck; Fensterrahmen und Türen waren dick in einem langweiligen, behördenbraunen Farbton gestrichen. Dalgliesh dachte, daß es hier schon seit Menschengedenken ein Haus Tanner gegeben haben mußte, jedes ein Stück weiter die Straße hoch gebaut als das andere, bis auch das letzte wieder von einer Sturmflut weggefegt wurde. Nun stand dieser plumpe rote Kasten aus dem zwanzigsten Jahrhundert trutzig hier, um seinen Kampf gegen das Meer aufzunehmen. Dalgliesh stieß, einem plötzlichen Impuls folgend, die Gartenpforte auf und ging den Weg zum Haus hinauf. Plötzlich drang ein Geräusch an sein Ohr. Es war noch jemand anderer dabei, Erkundungen anzustellen. Um die Hausecke herum tauchte die Gestalt von Elizabeth Marley auf. Sie warf ihm ohne jede Verlegenheit einen kühlen Blick zu und sagte: «Ach, Sie sind es! Ich dachte mir doch, ich hätte hier jemanden herumschnüffeln hören. Was wollen Sie denn?»

«Nichts. Ich schnüffle von Natur aus. Während Sie wahrscheinlich Miss Kedge suchen.»

«Sylvia ist nicht da. Ich dachte, sie wäre in ihrer kleinen Dunkelkammer, aber da ist sie nicht. Ich soll ihr etwas von meiner Tante ausrichten. Angeblich möchte sie wissen, ob es Sylvia wieder besser geht nach dem Schock von gestern abend. In Wirklichkeit will sie aber, daß Sylvia zu ihr zum Diktat kommt, bevor Oliver Latham oder Justin sie sich schnappen. Es wird ein großes Gerangel geben um La Kedge, und ich bin überzeugt, sie wird das weidlich ausnutzen. Der Gedanke behagt ihnen allen, für einen Shilling pro Seite inklusive Durchschlägen jederzeit eine Privatsekretärin zur Verfügung zu haben.»

«Ist das alles, was Seton ihr bezahlt hat? Wieso ist sie dann bei ihm geblieben?»

«Sie war ihm sehr ergeben oder hat zumindest so getan. Sie hatte wohl ihre Gründe, zu bleiben. Schließlich wäre es für sie nicht so einfach gewesen, in der Stadt eine Wohnung zu finden. Man darf mit Spannung erwarten, was er ihr in seinem Testament vermacht hat. Auf jeden Fall hat ihr die Rolle der treuen, überarbeiteten kleinen Gehilfin sehr gefallen, die so gern in Tantchens Dienste getreten wäre, wenn sie damit nicht den armen Maurice Seton im Stich gelassen hätte. Meine Tante hat das natürlich nie durchschaut. Aber andererseits ist sie ja auch nicht besonders intelligent.»

«Während Sie uns alle fein säuberlich in bestimmte Schubladen eingeordnet haben. Glauben Sie etwa, daß jemand Maurice Seton umgebracht hat, um seine Sekretärin zu kriegen?»

Sie wandte sich ihm heftig zu, das grobe Gesicht flammend vor Wut.

«Es ist mir piepegal, wer ihn umgebracht hat und aus welchem Grund! Ich weiß nur, daß es nicht Digby Seton war. Ich habe ihn am Mittwochabend vom Zug abgeholt. Und wenn Sie wissen wollen, wo er am Dienstagabend war, kann ich es Ihnen sagen. Er hat es mir auf der Herfahrt erzählt. Er war von elf Uhr an im Polizeirevier West Central eingesperrt. Sie haben ihn betrunken aufgegriffen, und er ist am Mittwochmorgen dem Polizeirichter vorgeführt worden. Folglich ist er zu seinem Glück von Dienstagabend um elf bis fast zum Mittwochmittag in Polizeigewahrsam gewesen. Versuchen Sie mal, dieses Alibi zu erschüttern, Inspektor!»

Dalgliesh wies freundlich darauf hin, daß es Reckless' Aufgabe war, Alibis zu erschüttern, und nicht seine. Elizabeth zuckte die Achseln, vergrub die Fäuste in den Jackentaschen und stieß mit dem Fuß die Gartenpforte von Haus Tanner zu. Sie ging mit Dalgliesh die Straße hinunter. Plötzlich sagte sie:

«Ich glaube, daß die Leiche auf dieser Straße zum Strand gebracht worden ist. Der Mörder hätte die Leiche allerdings die letzten hundert Meter tragen müssen. Die Straße ist viel zu schmal für ein Auto und sogar für ein Motorrad. Er hätte sie im Auto bis zu Coles' Wiese bringen und das Auto dort neben der Straße parken können. Es waren ein paar Beamte in Zivil dort, die nach Reifenspuren suchten, als ich vorbeikam. Sie werden nicht viel Freude haben. Jemand hat gestern abend das Tor offengelassen, und heute morgen war die ganze Straße voller Schafe.»

Das war, wie Dalgliesh wußte, nichts Ungewöhnliches. Ben Coles, der östlich von der Straße nach Dunwich ein paar unergiebige Äcker bebaute, hielt seine Zäune und Gatter nicht in allerbestem Zustand, und seine Schafe waren mit der blinden Sturheit ihrer Gattung öfter auf der Tanner's Lane als auf ihrer Wiese zu finden. Zur Urlaubszeit verwandelte sich die Straße in ein Schlachtfeld, eine laut blökende Schafherde und hupfreudige Autotouristen gerieten miteinander ins Gemenge bei dem wütenden Versuch, sich gegenseitig von dem schmalen Parkstreifen zu verdrängen. Aber vielleicht war das offene Tor gestern abend jemandem sehr zupaß gekommen; vielleicht waren Coles' Schafe mit ihrer fröhlichen Flucht einer alten örtlichen Tradition gefolgt. Es war allgemein bekannt, daß die Herden in früheren Zeiten, als noch geschmuggelt wurde, nachts durchs Westleton-Moor getrieben wurden, so daß alle Hufspuren der Pferde verwischt waren, wenn sich die Zollbeamten am nächsten Morgen auf die Suche machten.

Sie gingen zusammen weiter, bis sie an den Zauntritt kamen, über den man zum nördlichen Teil von Monksmere Head gelangte. Dalgliesh blieb stehen, um sich zu verabschieden, als das junge Mädchen plötzlich hervorstieß:

«Sie halten mich wahrscheinlich für ein undankbares Biest. Natürlich gibt sie mir auch noch Taschengeld. 400 Pfund im Jahr zusätzlich zu meinem Wechsel. Aber ich nehme an, das wissen Sie – wie offenbar die meisten hier.»

Es bedurfte keiner Frage, wen sie meinte. Dalgliesh hätte erwidern können, daß Celia Calthrop nicht die Frau war, die im Verborgenen Gutes tat. Aber er war erstaunt über die Höhe der Summe. Miss Calthrop machte keinen Hehl daraus, daß sie kein Privatvermögen hatte – «Ich Arme, ich muß von meiner Hände Arbeit leben. Alles, was ich einnehme, ist schwer verdient» –, trotzdem glaubte niemand, daß es ihr an Geld mangelte. Ihre Bücher verkauften sich ausgezeichnet, und sie arbeitete hart, sogar unglaublich hart, auch wenn Latham und Bryce der Meinung waren, daß sich die gute Celia nur bequem neben dem eingeschalteten Tonbandgerät zurückzulehnen brauche, damit der Strom ihrer fragwürdigen Erfindungsgabe mühelos und höchst ergiebig zu fließen beginne. Es war nicht schwer, etwas Unfreundliches über ihre Bücher zu sagen. Aber wenn man sich Zuneigung kaufen wollte – und schon daß sie widerwillig ertragen wurde, kostete sie ein Studium in Cambridge plus vierhundert Pfund im Jahr –, dann mußte man wohl rührig sein. Alle halbe Jahre ein Roman; eine Kolumne wöchentlich in *Heim und Herd*; Fernsehauftritte, so oft ihre Agentin sie in diesen unsäglich langweiligen Podiumsdiskussionen unterbringen konnte; Kurzgeschichten unter verschiedenen Pseudonymen in Frauenzeitschriften, freundliche Teilnahme an Wohltätigkeitsbasaren, wo Publicity umsonst zu haben war, wenn man auch seinen Tee selbst bezahlen mußte. Er empfand einen Anflug von Mitleid für Celia. Ihre Selbstgefälligkeit und Wichtigtuerei, die für Latham und Bryce ein solcher Quell verächtlicher Belustigung waren, erschienen ihm plötzlich nur noch als bedauernswerte Selbsttäuschung eines ebenso einsamen wie unsicheren Lebens. Er fragte sich, ob sie sich wirklich etwas aus Maurice Seton gemacht hatte. Und er fragte sich auch, ob er sie wohl in seinem Testament bedacht hatte.

Elizabeth Marley schien es nicht eilig zu haben, ihn sich selbst zu überlassen, und es war schwierig, sich dieser resoluten Hartnäckigkeit zu entziehen. Er war es gewöhnt, daß man sich ihm anvertraute. Das gehörte schließlich zu seinem Beruf. Aber jetzt war er nicht im Dienst, und er wußte sehr gut,˙daß diejenigen, die am vertrauensseligsten waren, es auch am schnellsten bereuten. Außerdem hatte er keine Lust, mit ihrer Nichte über Celia Calthrop zu sprechen. Er hoffte, daß das junge Mädchen nicht den ganzen Weg nach Haus Seton mit ihm gehen wollte. Als er sie ansah, wußte er, wo zumindest ein Teil des stattlichen Taschengeldes, das sie von ihrer Tante bekam, geblieben war. Die pelzgefütterte Jacke war aus echtem Leder. Der Faltenrock aus leichtem Tweed sah aus, als sei er für sie maßgeschneidert worden. Die Schuhe waren fest und trotzdem elegant. Es fiel ihm etwas ein, das Oliver Latham einmal gesagt hatte, er wußte nur nicht mehr, wann und warum: «Elizabeth Marley hat eine Leidenschaft fürs Geld. Das ist ein sympathischer Zug in unserer Zeit, wo jeder so tut, als sei sein Geist auf Höheres gerichtet.»

Sie lehnte sich gegen den Zauntritt und versperrte ihm so den Weg.

«Natürlich hat sie mich nach Cambridge gebracht. Das schafft man nicht ohne Geld oder Protektion bei Leuten von mäßiger Intelligenz so wie ich. Bei den Spitzenleuten ist es kein Problem. Um die reißt sich jeder. Für alle andern ist es eine Frage der richtigen Schule und der richtigen Namen in den Bewerbungsunterlagen. Selbst das hat meine Tante hingekriegt. Sie hat eine ausgesprochene Begabung, andere Leute zu benutzen. Es stört sie überhaupt nicht, ihnen auf geradezu penetrante Weise auf die Nerven zu fallen, was es natürlich einfacher macht.»

«Warum haben Sie eine solche Abneigung gegen sie?» fragte Dalgliesh.

«Oh, das hat keine persönlichen Gründe. Obwohl uns ja nicht sehr viel miteinander verbindet. Es ist ihre Arbeit. Die Romane sind schon schlimm genug. Gott sei Dank haben wir nicht denselben Namen. Die Leute in Cambridge sind ziemlich tolerant. Selbst wenn sie eine Hehlerin wäre und sich als Puffmutter tarnte, würde sich kein Mensch in Cambridge darum kümmern. Und ich auch nicht. Aber diese Kolumne! Die ist geradezu entwürdigend! Die ist noch schlimmer als ihre Bücher. Sie kennen ja diesen Mist.» Sie sprach mit affektierter Fistelstimme. «Geben Sie ihm nur nicht nach, mein Kind. Männer wollen immer nur das eine.»

Dalgliesh dachte, daß Männer das – wie er von sich selber wußte – in der Tat meistens wollten, hütete sich aber, es zu sagen. Er fühlte sich plötzlich alt, gelangweilt und gereizt. Er hatte keine Gesellschaft verlangt und konnte sich, wenn er in seiner Einsamkeit unbedingt gestört werden mußte, eine angenehmere Begleitung vorstellen als dieses törichte, unzufriedene Mädchen. Der Rest ihrer Klagen drang kaum noch an sein Ohr. Sie hatte die Stimme gesenkt, und der auffrischende Wind trug ihre Worte davon. Trotzdem hörte er sie abschließend murmeln: «Das ist doch durch und durch unmoralisch im wahrsten Sinne des Wortes. Jungfräulichkeit als sorgfältig gehüteter Köder für den geeigneten Mann. Und das in der heutigen Zeit!»

«Mir gefällt dieser Standpunkt auch nicht besonders», sagte Dalgliesh. «Aber andererseits würde mich Ihre Tante, da ich ein Mann bin, sicher für voreingenommen erklären. Er ist zumindest realistisch. Und Sie können Miss Calthrop kaum einen Vorwurf daraus machen, daß sie jede Woche von neuem darauf hinweist, nachdem sie so viele Zuschriften von Leserinnen bekommt, die sich wünschen, ihren Rat früher beherzigt zu haben.»

Das junge Mädchen zuckte die Achseln. «Natürlich muß sie eine konservative Meinung vertreten. Dieses Schundblatt würde sie nicht weiter beschäftigen, wenn sie den Mut hätte, ehrlich zu sein. Nicht daß ich ihr zutraue, daß sie dazu überhaupt in der Lage ist. Außerdem kann sie auf diese Kolumne nicht verzichten. Sie hat kein Geld, außer dem, was sie verdient, und die Romane werden sich nicht ewig verkaufen.» Dalgliesh entging der ängstliche Unterton in ihrer Stimme nicht. Er sagte grob:

«Darüber würde ich mir keine Sorgen machen. Ihre Bücher werden auch in Zukunft gehen. Sie schreibt über Sex. Die Verpackung mag Ihnen vielleicht mißfallen, aber der Inhalt wird immer gefragt sein. Ich denke, daß Ihnen Ihre 400 Pfund für die nächsten drei Jahre sicher sind.»

Einen Augenblick dachte er, sie würde ihm ins Gesicht schlagen. Dann brach sie zu seiner Überraschung in lautes Lachen aus und gab den Weg zum Zauntritt frei.

«Das geschieht mir recht! Warum nehme ich mich selbst so wichtig. Tut mir leid, daß ich Sie gelangweilt habe. Sie wollen wahrscheinlich nach Haus Seton.» Dalgliesh bejahte und fragte, ob er Sylvia Kedge, wenn er sie dort anträfe, etwas ausrichten solle.

«Sylvia nicht. Warum sollten Sie für Tantchen den Boten spielen. Nein, aber Digby. Sagen Sie ihm nur, daß er bei uns essen kann, wenn er will, bis er sich selber versorgt hat. Heute gibt es nur kaltes Fleisch und Salat, so daß er nicht viel versäumt, wenn er es nicht schafft. Aber vermutlich ist es ihm nicht recht, wenn er auf Sylvia angewiesen ist. Die beiden können sich nämlich nicht riechen. Und machen Sie sich keine falschen Vorstellungen, Inspektor. Ich fahre Digby vielleicht nach Hause und verköstige ihn auch mal ein oder zwei Tage. Aber das ist auch alles. Ich interessiere mich nicht für Homos.»

«Nein», sagte Dalgliesh, «das hatte ich auch nicht angenommen.»

Sie errötete aus irgendeinem unerfindlichen Grund. Sie drehte sich um, als Dalgliesh nur aus einer gewissen Neugier heraus fragte:

«Eine Sache beschäftigt mich. Als Digby Seton mit Ihnen telefonierte, um Sie zu bitten, ihn in Saxmundham abzuholen, woher wußte er da, daß Sie nicht in Cambridge waren?» Sie wandte sich wieder zu ihm um und begegnete seinem Blick ohne eine Spur von Verlegenheit oder Angst. Die Frage schien sie noch nicht einmal zu stören. Statt dessen lachte sie zu seiner Überraschung.

«Ich habe mir schon überlegt, wie lange es wohl dauern wird, bis mich jemand danach fragt. Ich hätte mir denken können, daß Sie es tun werden. Die Antwort ist ganz einfach. Ich habe Digby durch reinen Zufall am Dienstagmorgen in London getroffen. Genauer gesagt im U-Bahnhof Piccadilly. Ich habe an dem Tag in

London übernachtet, und zwar allein. Also habe ich wahrscheinlich kein Alibi ... Werden Sie das Inspektor Reckless erzählen?
Natürlich werden Sie das.»

«Nein», erwiderte Dalgliesh. «Aber Sie!»

11

Maurice Seton hatte Glück gehabt mit seinem Architekten, und
sein Haus war ein typisches Beispiel für eine gute, der Landschaft
angepaßte Bauweise: Es schien aus dem Boden gewachsen zu sein.
Auf dem höchsten Punkt von Monksmere Head, von wo aus der
Blick in nördlicher Richtung über Sole Bay und in südlicher über
Moor und Vogelschutzgebiet bis hin nach Sizewell Gap schweifte,
stiegen die grauen Steinmauern wie eine Festung aus dem Heide-
boden auf. Es war ein schlichtes, ansprechendes Gebäude, einge-
schossig und L-förmig und nur etwa fünfzig Meter von der Steilküste entfernt. Wahrscheinlich würden diese geschmackvollen
Mauern und ebenso die von Sinclairs trutziger Bastion eines Tages
ein Opfer der Nordsee werden, aber im Augenblick schien noch
keine Gefahr zu bestehen. Die Felsen waren hier so hoch und massiv, daß einige Aussicht auf Dauer bestand. Die lange Seite des L
lag in südöstlicher Richtung und bestand fast ganz aus Doppelfen-
stern, die sich auf eine gefliese Terrasse öffneten. Hier hatte Seton
an der Planung mitgewirkt. Dalgliesh hielt es für unwahrscheinlich, daß der Architekt den Einfall gehabt hatte, die beiden
schmucken Kübel am Ende der Terrasse aufzustellen, in denen ein
paar Sträucher verkümmerten, die Zweige zerzaust von den kalten Winden der Küste Suffolks; oder daß er die protzige Holztafel
hatte anbringen lassen, die zwischen zwei niedrigen Pfosten baumelte und auf der in geschnitzten Frakturlettern die Worte «Haus
Seton» zu lesen waren.

Dalgliesh hätte auch ohne das vor der Terrasse parkende Auto
gewußt, daß Reckless da war. Er konnte niemanden sehen, wußte
aber, daß er beobachtet wurde, während er auf das Haus zuging.
Die hohen Fenster schienen voller Augen. Die Schiebetür stand

einen Spalt breit offen. Dalgliesh schob sie zurück und trat ins Wohnzimmer.

Es war, als käme man in eine Bühnendekoration. Jeder Winkel des langen, schmalen Zimmers war, wie vom Schein greller Bogenlampen, in ein helles Licht getaucht. Es war eine zeitgenössische Dekoration. Von der hinteren Mitte führte eine offene Treppe zur oberen Wohnebene. Auch die Möbel, modern, zweckmäßig und teuer aussehend, trugen zur Atmosphäre des Flüchtigen und Unwirklichen bei. Fast die gesamte Fensterfront wurde von Setons Schreibtisch eingenommen, einem raffiniert ausgeklügelten Möbelstück mit einem Sortiment von Schubladen, Schrankfächern und Bücherregalen links und rechts von der Arbeitsplatte. Wahrscheinlich war es nach Angaben seines Besitzers angefertigt worden, ein praktisches Statussymbol in heller, polierter Eiche. An den blaßgrauen Wänden hingen, lieblos gerahmt, die Drucke zweier bekannter Monets.

Die vier Anwesenden, die sich umwandten und mit ernsten Gesichtern zusahen, wie Dalgliesh durch die Schiebetür hereinkam, standen so regungslos und so sorgsam über den Raum verteilt da wie Schauspieler, die, in Erwartung, daß der Vorhang sich öffnet, ihre Pose eingenommen haben. Digby Seton lag auf einer schräg in der Zimmermitte stehenden Couch. Er trug einen lilafarbenen, kunstseidenen Morgenrock über einem roten Schlafanzug und hätte wohl wie der jugendliche Liebhaber ausgesehen, wäre nicht die weiße Bandage gewesen, die eng wie eine Kappe um seinen Kopf lag und ihm bis zu den Augenbrauen reichte. Die moderne Art des Verbands ist effektiv, aber nicht unbedingt kleidsam. Dalgliesh fragte sich, ob Seton Fieber hatte. Man hätte ihn kaum aus dem Krankenhaus entlassen, solange er nicht vernehmungsfähig war, und Reckless, der weder dumm noch unerfahren war, hatte sicher mit dem behandelnden Arzt telefoniert, um sich zu versichern, daß Seton vernehmungsfähig war. Aber seine Augen glänzten unnatürlich, und zwei rote Flecken brannten auf den Wangen, so daß er aussah wie ein zu grell geschminkter Zirkusclown, ein bizarrer Blickfang vor dem Hintergrund der grauen Couch. Inspektor Reckless saß, Wachtmeister Courtney neben sich, am Schreibtisch. Jetzt, im hellen Morgenlicht, sah Dalgliesh das Gesicht des jungen Mannes zum erstenmal deutlich und war überrascht von seiner sympathischen Erscheinung. Er war der offene, ehrliche Typ, der von den Plakatwänden herunter die Vorzüge anpreist, die eine Banklaufbahn für einen ehrgeizigen und strebsamen jungen Mann zu bieten hat. Na schön, Wachtmeister Courtney hatte sich für die Polizei entschieden. In seiner augenblicklichen Stimmung fand Dalgliesh das eher bedauerlich.

Der vierte Mitspieler hatte eine Rolle mehr im Hintergrund. Durch die offene Tür, die ins Eßzimmer führte, hatte Dalgliesh Sylvia Kedge flüchtig wahrgenommen. Sie saß in ihrem Rollstuhl am Tisch. Vor ihr stand ein Tablett mit Silber, und sie war damit beschäftigt, eine Gabel zu putzen, wobei sie ihre Arbeit mit dem gleichen Mangel an Begeisterung erledigte wie ein drittklassiger Schauspieler, der die Hoffnung aufgegeben hat, die Aufmerksamkeit des Publikums zu erringen. Sie blickte kurz zu Dalgliesh auf, und er war entsetzt über den trostlosen Ausdruck auf ihrem maskenhaften Gesicht. Sie sah sehr elend aus. Dann beugte sie sich wieder über ihre Arbeit. Digby Seton schwang die Beine von der Couch, ging entschlossen zur Eßzimmertür und stieß sie mit seinem bestrumpften Fuß sachte zu. Die beiden Polizeibeamten verhielten sich stumm.

Seton sagte:

«Tut mir leid, etcetera. Ich möchte nicht unhöflich sein, aber sie macht mich nervös. Himmel noch mal, ich habe gesagt, ich zahle ihr die 300 Pfund, die Maurice ihr vermacht hat! Gott sei Dank, daß Sie da sind, Dalgliesh. Übernehmen Sie jetzt den Fall?»

Es hätte kaum schlimmer beginnen können. Dalgliesh sagte:

«Nein. Die Sache hat nichts mit dem Yard zu tun. Inspektor Reckless hat Ihnen bestimmt schon gesagt, daß er die Ermittlungen leitet.»

Er hatte das Gefühl, daß Reckless diese boshafte Bemerkung verdiente.

Seton wandte ein:

«Aber ich dachte, bei komplizierten Mordfällen würde der Yard immer eingeschaltet.»

«Wie kommen Sie darauf, daß es sich hier um Mord handelt?» fragte Reckless. Er sichtete gemächlich einige Papiere aus dem

Schreibtisch und drehte sich beim Sprechen nicht zu Seton um. Seine Stimme klang ruhig, leidenschaftslos, fast uninteressiert.

«Ja, ist es vielleicht kein Mord? Das müssen Sie mir sagen. Sie sind die Experten. Aber mir ist nicht ganz klar, wie Maurice sich selber die Hände abgehackt haben soll. Eine vielleicht, aber nicht beide. Wenn das kein Mord ist, was ist es dann? Und schließlich haben Sie doch jemanden von Scotland Yard hier, Himmel noch mal.»

«Aber jemanden, der im Urlaub ist, bitte vergessen Sie das nicht», sagte Dalgliesh. «Ich bin genau in derselben Situation wie Sie.»

«Das wären Sie wohl gerne.» Seton kauerte sich hin und angelte unter der Couch nach seinen Schuhen. «Nur daß Ihnen mein Bruder Maurice nicht 200000 Pfund vermacht hat. Lieber Gott, das ist doch Wahnsinn! Das ist doch nicht zu fassen. Irgendein Schwein begleicht eine alte Rechnung, und ich erbe ein Vermögen! Wo zum Teufel hatte Maurice diese Unsummen überhaupt her?»

«Allem Anschein nach zum Teil von seiner Mutter, zum Teil aus dem Nachlaß seiner verstorbenen Frau», erwiderte Reckless. Er war mit den Papieren fertig und ging jetzt systematisch wie ein Wissenschaftler, der eine bestimmte Belegstelle sucht, einen kleinen Zettelkasten durch.

Seton lachte verächtlich.

«Hat Ihnen Pettigrew das gesagt? Pettigrew! Was sagen Sie dazu, Dalgliesh! Typisch für Maurice, daß er einen Anwalt hat, der Pettigrew heißt. Was konnte der arme Teufel auch anderes werden mit so einem Namen. Pettigrew! Von Geburt an dazu verdammt, ein biederer Provinzanwalt zu werden. Man sieht ihn doch förmlich vor sich. Steif, trocken, so um die sechzig, dicke Uhrkette und Nadelstreifen. Lieber Gott, ich hoffe, daß er überhaupt eine Ahnung hat, wie man ein rechtsgültiges Testament aufsetzt.»

«Darüber brauchen Sie sich kaum Sorgen zu machen», sagte Dalgliesh. Tatsächlich kannte er Pettigrew, der auch der Anwalt seiner Tante war. Es war eine alteingesessene Kanzlei, aber der augenblickliche Inhaber, der sie von seinem Großvater geerbt hatte, war ein fähiger und alerter Mann in den Dreißigern, den die

Nähe zum Meer und seine Segelleidenschaft mit der Eintönigkeit einer Landpraxis versöhnt hatten. Er sagte:

«Wahrscheinlich haben Sie eine Kopie des Testaments gefunden?»

«Ja, hier.» Reckless reichte ihm ein einzelnes, steifes Blatt Papier, und Dalgliesh überflog es. Das Testament war kurz. Nachdem er verfügt hatte, daß seine Leiche der Pathologie überstellt und anschließend verbrannt werden sollte, vermachte Maurice Seton Celia Calthrop 2000 Pfund, «aus Dankbarkeit für ihr Mitgefühl und ihr Verständnis beim Tode meiner lieben Frau», und Sylvia Kedge 300 Pfund, «vorausgesetzt, daß sie zum Zeitpunkt meines Todes zehn Jahre bei mir gearbeitet hat». Das restliche Vermögen ging an Digby Kenneth Seton, treuhänderisch, bis er verheiratet war, und danach zu seiner freien Verfügung. Falls er vor seinem Stiefbruder oder unverheiratet starb, ging das gesamte Vermögen an Celia Calthrop. Seton sagte:

«Arme alte Kedge. Wegen zwei Monaten ist sie ihre 300 Pfund los. Kein Wunder, daß sie elend aussieht! Ehrlich gesagt, ich hatte keine Ahnung von dem Testament. Ich wußte nur, daß ich sehr wahrscheinlich Maurices Erbe sein würde. Das hat er mir mal mehr oder weniger angedeutet. Er hatte ja auch sonst niemanden, dem er das Geld hinterlassen konnte. Wir haben uns nie besonders gut verstanden, aber wir hatten schließlich denselben Vater, und Maurice hatte eine große Hochachtung für den alten Herrn. Aber 200 000 Pfund! Dorothy muß ihm eine ganz schöne Stange Geld hinterlassen haben. Komische Sache, wenn man bedenkt, daß ihre Ehe ziemlich kaputt war, als sie starb.»

«Dann hatte Mrs. Maurice Seton sonst keine Angehörigen mehr?»

«Nicht daß ich wüßte. Mein Glück, nicht? Als sie sich damals umbrachte, war mal von einer Schwester die Rede, die man verständigen müßte. Oder war es ein Bruder? Ehrlich gestanden, ich weiß es nicht mehr genau. Wie auch immer, es ist niemand aufgetaucht, und Maurice war im Testament als Alleinerbe eingesetzt. Ihr Vater war ein Grundstücksspekulant, und Dorothy hat nach seinem Tode ganz hübsch was geerbt. Und das hat alles Maurice bekommen. Aber 200 000 Pfund!»

«Vielleicht hat Ihr Bruder mit seinen Büchern ganz gut verdient», meinte Reckless. Er war mit dem Zettelkasten fertig, saß aber noch am Schreibtisch und schrieb, scheinbar nur oberflächlich an Setons Reaktionen interessiert, etwas in sein Notizbuch. Aber Dalgliesh, selber ein Profi, wußte, daß die Vernehmung haargenau nach Plan verlief.

«Oh, das glaube ich nicht! Maurice hat immer gesagt, daß er vom Schreiben nicht leben könnte. Das hat ihn ziemlich erbittert. Er sagte immer, wir leben im Zeitalter der ‹Waschpulver-Literatur›. Wenn ein Schriftsteller keinen Gimmick hätte, würde sich kein Mensch für ihn interessieren. Bestseller würden von der Werbung gemacht, ein guter Stil wäre ein ausgesprochenes Handicap, und die öffentlichen Bibliotheken ruinierten den Absatz. Ich würde sagen, daß er recht hatte. Ich weiß nicht, wieso ihn das überhaupt störte, wenn er 200 000 Pfund besaß. Abgesehen davon natürlich, daß er mit Leib und Seele Schriftsteller war. Das hat vermutlich sein Selbstbewußtsein gehoben. Ich habe nie verstanden, warum er die Schriftstellerei so ernst genommen hat, aber andererseits hat er nie verstanden, warum ich unbedingt meinen eigenen Nachtclub haben wollte. Und jetzt kann ich ihn mir leisten. Eine ganze Kette sogar, wenn alles so läuft, wie ich es mir vorstelle. Sie sind beide zur Premiere eingeladen. Und Sie können von mir aus das ganze Polizeirevier mitbringen. Sie brauchen nicht heimlich auf Spesen herumzuschnüffeln, ob die Show zu freizügig ist. Und Sie brauchen keine weiblichen Beamten als Touristinnen aus der Provinz verkleidet vorbeizuschicken. Sie kriegen die besten Tische. Alles auf Kosten des Hauses. Wissen Sie, Dalgliesh, der ‹Goldfasan› wäre auch ein Erfolg geworden, wenn ich das nötige Kapital zur Verfügung gehabt hätte. Na ja, jetzt habe ich es ja.»

«Nicht, solange Sie unverheiratet sind», erwiderte Dalgliesh unfreundlicherweise. Er hatte die Namen der Treuhänder in Setons Testament gesehen und konnte sich nicht vorstellen, daß einer dieser vorsichtigen und konservativen Herren das ihm anvertraute Geld herausrücken würde, um damit einen zweiten «Goldfasan» zu finanzieren. Er fragte, warum Maurice Seton so viel daran gelegen habe, daß Digby sich verheiratete.

«Maurice hat mir immer wieder gesagt, daß ich ein normales,

bürgerliches Leben führen soll. Er wollte unbedingt, daß unser Familienname erhalten bleibt. Er hatte selber keine Kinder – jedenfalls keine, von denen ich wüßte – und hatte wohl nach dem Fiasko mit Dorothy auch keine Lust, noch mal zu heiraten. Außerdem war sein Herz nicht ganz in Ordnung. Und er hatte wohl auch Angst, daß ich mich mit einem Mann zusammentun könnte. Er wollte nicht, daß sein Geld mit einem süßen Kerlchen durchgebracht wird. Der arme alte Maurice! Ich glaube nicht, daß er einen Transvestiten erkannt hätte, wenn er einem begegnet wäre. Er dachte einfach, ganz London und vor allem die Nachtlokale im West End wären voll davon.»

«Das ist ja unglaublich!» sagte Dalgliesh trocken. Seton schien die Ironie nicht zu bemerken. Er sagte besorgt:

«Hören Sie, aber Sie glauben mir doch die Sache mit dem Anruf, nicht? Der Mörder hat mich angerufen, als ich am Mittwochabend hier ankam, und hat mich unter einem Vorwand nach Lowestoft geschickt. Seine Absicht war, mich aus dem Haus zu locken und dadurch sicherzugehen, daß ich für die Todeszeit kein Alibi habe. Jedenfalls glaube ich das. Es wäre sonst nicht zu verstehen. Das bringt mich natürlich ganz schön in die Klemme. Lieber Gott, ich wünschte, Liz wäre mit reingekommen. Ich weiß nicht, wie ich beweisen soll, daß Maurice nicht im Haus war, als ich hierherkam, oder daß ich am späten Abend – praktischerweise auch gleich mit einem Küchenmesser bewaffnet – nicht mit ihm am Strand spazierengegangen bin. Haben Sie übrigens die Waffe gefunden?»

Der Inspektor verneinte es kurz und sagte:

«Es würde mir helfen, Mr. Seton, wenn Sie sich an den Telefonanruf noch genauer erinnern könnten.»

«Ja, das kann ich aber nicht.» Seton klang plötzlich verdrossen. Er setzte mürrisch hinzu: «Sie fragen mich immer wieder, und ich sage es Ihnen immer wieder! Ich kann mich nicht erinnern. Verdammt noch mal, ich habe mir danach ganz schön den Schädel angeschlagen. Es würde mich auch nicht wundern, wenn Sie mir sagen würden, daß ich mir die ganze Sache nur eingebildet habe. Andererseits kann das nicht sein, weil ich dann den Wagen nicht aus der Garage geholt hätte. Ich war hundemüde und wäre bestimmt nicht nur so zum Spaß nach Lowestoft gefahren. Es hat jemand angerufen, das weiß ich genau. Aber ich kann mich an den Klang der Stimme nicht mehr erinnern. Ich bin mir noch nicht mal sicher, ob es ein Mann war oder eine Frau.»

«Und was hat man Ihnen gesagt?»

«Das habe ich Ihnen doch erzählt, Inspektor! Die Stimme sagte, daß sie vom Polizeirevier Lowestoft aus anriefe und daß Maurices Leiche mit abgehackten Händen in meinem Dinghi dort an Land getrieben –»

«Abgehackt oder abgeschnitten?»

«Mein Gott, das weiß ich nicht! Ich glaube, abgehackt. Auf jeden Fall sollte ich sofort nach Lowestoft kommen und die Leiche identifizieren. Also habe ich mich auf den Weg gemacht. Ich wußte, wo Maurice seine Autoschlüssel aufbewahrt, und glücklicherweise war auch noch genug Sprit im Tank. Oder unglücklicherweise. Ich habe mir fast den Schädel eingerannt. Sie werden wahrscheinlich sagen, daß es meine Schuld war. Gut, ich gebe zu, daß ich unterwegs ein oder zwei Schluck aus meiner Taschenflasche genommen habe. Aber ist das ein Wunder? Und ich war todmüde, bevor ich losfuhr. Ich habe Dienstagnacht miserabel geschlafen, man kann das West Central nicht gerade ein Hotel nennen. Und dann noch die lange Zugfahrt.»

«Und trotzdem sind Sie sofort nach Lowestoft gefahren, ohne vorher noch mal nachzusehen?»

«Doch, ich habe nachgesehen! Als ich an die Straße kam, fiel mir ein, daß ich noch mal nachsehen könnte, ob die Sheldrake wirklich nicht mehr da ist. Also bin ich in die Tanner's Lane hineingefahren, so weit es geht, und bin das letzte Stück zum Strand zu Fuß gegangen. Das Boot war weg. Das hat mir genügt. Sie denken wahrscheinlich, ich hätte die Polizeistation in Lowestoft noch mal anrufen sollen, aber der Gedanke, daß der Anruf Schwindel sein könnte, ist mir erst unterwegs gekommen, und da war es das Einfachste, nachzusehen, ob das Boot noch da ist. Ich würde sagen ...»

«Ja?» fragte Reckless ruhig.

«Wer auch immer angerufen hat, er muß gewußt haben, daß ich hier war. Und Liz Marley kann es nicht gewesen sein, weil sie gerade erst weggefahren war, als das Telefon klingelte. Aber wie könnte sonst jemand davon gewußt haben?»

«Vielleicht hat jemand Sie ankommen sehen», meinte Reckless. «Und wahrscheinlich haben Sie doch Licht gemacht, als Sie hineingingen. Das konnte man meilenweit sehen.»

«Allerdings habe ich das. Und zwar die reinste Festbeleuchtung. Mir ist es im Dunkeln hier immer unheimlich. Trotzdem ist es merkwürdig.»

Es war tatsächlich merkwürdig, dachte Dalgliesh. Aber möglicherweise war die Erklärung des Inspektors richtig. Ganz Monksmere Head konnte das hellerleuchtete Haus sehen. Und als die Lichter ausgingen, wußte jemand, daß Digby Seton unterwegs war. Aber warum hatte man ihn weggelockt? Wollte jemand noch etwas in Haus Seton erledigen? Etwas suchen? Oder eine Spur verwischen? War die Leiche in Haus Seton versteckt gewesen? Aber wie konnte das sein, wenn Digby Seton in bezug auf das Boot die Wahrheit sagte?

Plötzlich sagte Digby:

«Was muß ich denn als nächstes tun für die Abtretung der Leiche an die Pathologie? Maurice hat mir nie etwas davon gesagt, daß er so viel für die Medizin übrig hat. Aber wenn er es unbedingt so wollte ...»

Er blickte fragend von Dalgliesh zu Reckless. Der Inspektor sagte:

«Darüber würde ich mir jetzt noch keine Gedanken machen, Sir. Ihr Bruder hat alle nötigen Unterlagen bei seinen Papieren. Trotzdem müssen wir das noch ein wenig aufschieben.»

Seton sagte: «Ja, das denke ich mir. Aber ich möchte nicht ... Ich meine, wenn er es unbedingt wollte ...»

Er brach unsicher ab. Die Aufregung war zum größten Teil von ihm gewichen, und er sah plötzlich sehr müde aus. Dalgliesh und Reckless warfen einander einen Blick zu, der denselben Gedanken zum Ausdruck brachte; daß es an Maurices Leiche nicht mehr viel zu erforschen geben würde, nachdem Walter Sydenham seine Arbeit beendet hatte – der tüchtige und gründliche Dr. Sydenham, der in seinem gerichtsmedizinischen Lehrbuch keinen Zweifel daran ließ, daß er es für richtig hielt, in jedem Fall den ersten Schnitt gleich von der Kehle bis zum Schambein zu machen. Vielleicht konnte man Setons Gliedmaßen hinterher noch im anatomischen Präparierkurs verwenden, obwohl das sicher nicht in seiner Absicht gelegen hatte. Aber sein Rumpf würde der medizinischen Wissenschaft bereits seinen vollen Tribut gezollt haben.

Reckless machte Anstalten zu gehen. Er sagte Seton, daß er bei der Voruntersuchung in fünf Tagen als Zeuge erscheinen müßte, eine Ankündigung, die nicht gerade begeistert aufgenommen wurde, und begann mit der Genugtuung und Zufriedenheit eines Versicherungsagenten, der einen erfolgreichen Vormittag hinter sich hat, seine Papiere zusammenzupacken. Digby sah ihm mit der ängstlichen, leicht verlegenen Haltung eines kleinen Jungen zu, der die Gegenwart Erwachsener zwar lästig findet, sich aber nicht sicher ist, ob er möchte, daß sie weggehen. Reckless machte den Riemen seiner Aktentasche zu und fragte beiläufig:

«Finden Sie es nicht merkwürdig, Mr. Seton, daß Ihr Stiefbruder Sie zu seinem Erben gemacht hat? Sie hatten doch kein besonders gutes Verhältnis zueinander.»

«Aber ich habe es Ihnen doch gesagt!» protestierte Seton jammernd. «Es gab sonst niemanden. Außerdem hatten wir ein ganz freundschaftliches Verhältnis zueinander. Ich meine, ich habe mich jedenfalls darum bemüht. Man konnte auch ganz gut mit ihm auskommen, wenn man seine gräßlichen Bücher lobte und wenn man ein bißchen auf ihn einging. Mir liegt daran, wenn möglich, mit anderen Menschen in Frieden zu leben. Ich bin kein Freund von Zank und Streit. Ich hätte es wahrscheinlich in seiner Gesellschaft nicht lange ausgehalten, aber andererseits war ich ja auch nicht sehr oft hier. Ich habe Ihnen ja gesagt, daß ich ihn seit dem Bank Holiday im August nicht gesehen habe. Außerdem fühlte er sich einsam. Ich war der einzige Angehörige, den er noch hatte, und ihm war der Gedanke lieb, daß es da noch irgendeine verwandtschaftliche Beziehung gab.»

Reckless sagte:

«Also haben Sie ihn seines Geldes wegen toleriert. Und er hat Sie toleriert, weil er Angst davor hatte, sonst ganz allein zu sein.»

«Tja, so ist das nun mal», sagte Seton unverfroren. «Das ist das Leben. Wir wollen alle etwas voneinander. Gibt es jemanden, der Sie nur um Ihrer selbst willen liebt, Inspektor?»

Reckless stand auf und ging durch die offene Schiebetür hinaus.

Der Wind wurde frischer, aber die Sonne schien noch immer warm und golden. Auf dem grünblauen Meer bewegten sich ein paar weiße Segel so regellos wie Papierschnipsel, die der Wind vor sich hertreibt. Reckless setzte sich auf eine der Treppenstufen, die von der Terrasse zu einem schmalen Rasenstreifen und zur Felskante führten. Dalgliesh, der das dumme Gefühl hatte, daß er nicht gut stehen bleiben könne, weil er Reckless dadurch in eine unvorteilhafte Lage brächte, setzte sich neben ihn. Er verspürte eine unerwartete Kälte an Händen und Oberschenkeln, eine Erinnerung daran, daß die Herbstsonne nur noch geringe Kraft hatte. Der Inspektor sagte:

«Hier gibt es keinen Zugang zum Strand hinunter. Man würde doch annehmen, daß Seton seinen eigenen Zugang haben wollte. Es ist eine ziemliche Ecke bis zur Tanner's Lane.»

«Die Felsen sind recht hoch hier, und das Gestein ist nicht besonders massiv. Es dürfte riskant sein, hier eine Treppe zu bauen», meinte Dalgliesh.

«Möglich. Er muß ein komischer Kauz gewesen sein. Ein Systematiker und Pedant. Dieser Zettelkasten zum Beispiel. Er hat sich die Einfälle für seine Geschichten aus Zeitungen, Zeitschriften und bei anderen Leuten geholt. Oder er hat sie sich selber ausgedacht. Aber das ist alles fein säuberlich hier festgehalten und wartet darauf, daß es irgendwann mal verwendet wird.»

«Und Miss Calthrops Idee?»

«Die ist nicht da. Das bedeutet allerdings nicht sehr viel. Sylvia Kedge hat mir gesagt, daß das Haus praktisch immer offenstand, wenn Seton da war. Anscheinend schließt hier niemand sein Haus ab. Jeder hätte hereinkommen und sich das Kärtchen holen können. Außerdem hätte es jeder lesen können. Offenbar gehen sie beieinander ein und aus, wie es ihnen gerade einfällt. Das liegt wohl an der Einsamkeit. Vorausgesetzt natürlich, daß Seton sich die Idee auf einem Kärtchen notiert hat.»

«Oder daß Miss Calthrop ihm überhaupt davon erzählt hat», sagte Dalgliesh. Reckless sah ihn an.

«Der Gedanke ist Ihnen also auch schon gekommen. Was hatten Sie denn für einen Eindruck von Digby Seton?»

«Denselben wie vorher. Es bedarf schon einiger Willensanstrengung, einen Menschen zu verstehen, dessen leidenschaftlicher Ehrgeiz darin besteht, sein eigenes Nachtlokal zu führen. Aber andererseits findet er es wahrscheinlich genauso schwer verständlich, warum wir Polizisten sein wollen. Ich glaube nicht, daß unser Digby den Mut oder die Intelligenz hat, diesen speziellen Mord zu planen. Im Grunde ist er dumm.»

«Er war fast die ganze Nacht von Dienstag auf Mittwoch im Kittchen. Ich habe im West Central angerufen, und es stimmt. Obendrein war er betrunken. Und das hat er auch nicht gespielt.»

«Sehr praktisch für ihn.»

«Es ist immer praktisch, ein Alibi zu haben, Mr. Dalgliesh. Aber es gibt Alibis, bei denen es Zeitverschwendung wäre, wenn man versuchen wollte, sie zu erschüttern. Und das hier ist so eins. Außerdem weiß er nicht mal, daß die Mordwaffe kein Messer war, es sei denn, er hätte uns eben was vorgemacht. Und er glaubt, daß Seton am Mittwochabend gestorben ist. Maurice konnte nicht lebend hier im Haus gewesen sein, als Digby und Miss Marley am Mittwoch hierherkamen. Das heißt nicht, daß seine Leiche nicht hier war. Aber ich kann mir Digby nicht in der Rolle des Schlächters vorstellen, und ich kann mir auch nicht vorstellen, warum er es hätte tun sollen. Selbst wenn er die Leiche gefunden hätte und in Panik geraten wäre, ist er eher der Typ, der erst mal zur Flasche gegriffen und dann nach London zurückgeptescht wäre, statt so eine raffinierte Schau abzuziehen. Und er war auf dem Weg nach Lowestoft und nicht nach London, als er verunglückte. Außerdem weiß ich nicht, wie er etwas von Miss Calthrops aparter Eingangsszene für einen Kriminalroman hätte wissen sollen.»

«Es sei denn, daß Eliza Marley ihm auf dem Weg hierher davon erzählt hat.»

«Warum sollte sie Digby Seton davon erzählen? Das ist nicht unbedingt ein passendes Gesprächsthema für eine Heimfahrt. Aber gut. Nehmen wir an, daß sie tatsächlich davon wußte und daß sie es Digby erzählt hat oder daß er auf irgendeine andere Weise davon erfahren hatte. Er kommt hierher und findet die Leiche seines Bruders. Also beschließt er auf der Stelle, ein echtes Rätsel zu schaffen, indem er Maurice die Hände abhackt und die Leiche anschließend aufs Meer hinausstößt. Warum? Und womit hat er ihm die Hände abgehackt? Sie wissen, ich habe die Leiche gesehen, und ich könnte schwören, die Hände sind abgehackt worden, nicht abgeschnitten, auch nicht abgesägt, sondern abgehackt. Damit wäre das Küchenmesser aus dem Rennen! Setons Hackbeil liegt noch im Anrichteraum. Und das Hackbeil Ihrer Tante – falls es das Werkzeug war – ist vor drei Monaten gestohlen worden.»

«Also scheidet Digby Seton aus. Was ist mit den anderen?»

«Wir hatten bis jetzt nur Zeit für eine Vorsondierung. Das eigentliche Verhör findet heute nachmittag statt. Aber so, wie es aussieht, haben sie alle für die Todeszeit ein mehr oder weniger gutes Alibi. Alle, außer Miss Dalgliesh. Aber wenn man, wie sie, alleine lebt, ist das nicht weiter verwunderlich.»

Die langweilige, eintönige Stimme klang unverändert. Die dunklen Augen blickten noch immer aufs Meer hinaus. Aber Dalgliesh ließ sich nicht täuschen. Das also war der Grund, warum man ihn nach Haus Seton bestellt, warum der Inspektor ihn mit einem so unerwarteten Vertrauen überschüttet hatte. Er wußte, wie es sich für Reckless darstellen mußte. Da war eine ältere, unverheiratete Frau, die ein einsames und zurückgezogenes Leben führte. Sie hatte weder für die Todeszeit noch für den Mittwochabend, als die Leiche aufs Meer hinausgestoßen wurde, ein Alibi. Sie hatte einen fast privaten Zugang zum Strand. Sie wußte, wo die Sheldrake lag. Sie war gut einen Meter achtzig groß, eine kräftige, agile Frau vom Lande, die anstrengende Märsche liebte und der Dunkelheit nichts ausmachte.

Zugegeben, sie hatte kein augenfälliges Motiv. Aber was hieß das schon? Dalgliesh wußte genau, daß das Motiv – im Gegensatz zu dem, was er seiner Tante am Morgen gesagt hatte – eine untergeordnete Rolle spielte. Wenn sich ein Kriminalbeamter folgerichtig auf das «Wo», «Wann» und «Wie» konzentrierte, enthüllte sich ihm das «Warum» in seiner ganzen Erbärmlichkeit unweigerlich von selbst. Dalglieshs alter Chef pflegte zu sagen, daß die vier Hauptantriebskräfte des Menschen – Liebe, Haß, Wollust, Habgier – bereits alle Mordmotive enthielten. Oberflächlich gesehen stimmte das wohl. Aber Motive waren so vielschichtig und so komplex wie die menschliche Persönlichkeit. Er zweifelte nicht daran, daß der entsetzlich routinierte Verstand des Inspektors bereits eifrig damit beschäftigt war, sich frühere Fälle in Erinnerung zu rufen, wo aus Mißtrauen, Einsamkeit oder irrationaler Abneigung urplötzlich Gewalt und Tod erwachsen waren.

Auf einmal wurde Dalgliesh von einer so heftigen Wut gepackt, daß sein Sprech-, ja selbst sein Denkvermögen einige Sekunden lang wie gelähmt war. Sie durchfuhr ihn wie eine Welle körperlicher Übelkeit und bewirkte, daß er kreidebleich wurde und vor Selbstekel zitterte. Halberstickt von dieser Wut blieb er glücklicherweise vor den allertörichtesten Äußerungen, vor sarkastischen Bemerkungen, lautstarker Empörung oder dem vergeblichen Einwand bewahrt, daß seine Tante ihre Aussage natürlich nur in Gegenwart ihres Anwalts machen würde. Sie brauchte keinen Anwalt. Sie hatte ihn. Aber, lieber Gott, was würde das für ein Urlaub werden!

Man hörte das Quietschen von Rädern. Sylvia Kedge bewegte ihren Rollstuhl durch die Terrassentür ins Freie und manövrierte ihn mit ein paar raschen Bewegungen dorthin, wo die beiden saßen. Sie sagte nichts, sondern starrte unverwandt den Weg hinab zur Straße hin. Die Augen der Männer folgten ihrem Blick. Ein lustig spielzeugförmiges Postauto kariolte über die Landspitze auf das Haus zu.

«Das ist die Post», sagte sie.

Dalgliesh bemerkte, daß ihre Hände die Armlehnen des Rollstuhls so fest umklammerten, daß die Knöchel weiß hervortraten. Als das Postauto vor der Terrasse hielt, sah er sie sich erheben und wie von plötzlicher Starre ergriffen auf halber Höhe innehalten. Und als das Motorengeräusch verstummte, konnte er ihren schweren Atem hören.

Der Postbote schlug die Autotür zu und kam mit einem fröhlichen Gruß auf sie zu. Die junge Frau zeigte keine Reaktion, und er warf einen raschen, unsicheren Blick von ihrem starren Gesicht zu den reglosen Gestalten der beiden Männer hin. Dann händigte er Reckless die Post aus. Es war ein einzelner, brauner Geschäftsumschlag im DIN-A5-Format, auf dem in Maschinenschrift die Adresse stand.

«Hier ist wieder so einer, Sir», sagte er. «Denselben habe ich ihr gestern schon gebracht.» Er nickte mit dem Kopf zu Miss Kedge hin und verdrückte sich, als noch immer keine Reaktion kam, mit einem verlegen gemurmelten «Guten Morgen» wieder zu seinem Postauto.

Reckless sagte zu Dalgliesh:

«Adressiert an Maurice Seton, Esq. Der Brief ist am Mittwochabend oder am Donnerstag früh in Ipswich aufgegeben worden. Der Poststempel ist von gestern mittag.»

Er hielt den Umschlag vorsichtig an einer Ecke, als fürchte er, noch mehr Fingerabdrücke darauf zu hinterlassen. Er riß ihn mit dem rechten Daumen auf. Der Umschlag enthielt ein einzelnes DIN-A5-Blatt, in doppeltem Abstand mit Schreibmaschinenschrift beschrieben. Reckless begann laut vorzulesen:

«Die Leiche ohne Hände lag auf dem Boden eines kleinen Dinghis, das gerade noch in Sichtweite der Küste von Suffolk dahintrieb. Es war der Körper eines Mannes in den mittleren Jahren, ein schmucker Leichnam mit einem dunklen Nadelstreifenanzug als Leichenhemd, der im Tod genauso elegant an dem schmalen Körper saß wie im Leben ...»

Plötzlich streckte Sylvia Kedge die Hand aus.

«Lassen Sie mich mal sehen.»

Reckless zögerte einen Augenblick, dann hielt er ihr das Blatt vor die Augen.

«Das ist von ihm», sagte sie heiser. «Das ist von ihm. Und das hat er auch getippt.»

«Möglich», sagte Reckless. «Aber er kann es nicht mehr abgeschickt haben. Selbst wenn der Brief am Mittwochabend spät in den Kasten geworfen worden ist, kann er es nicht mehr getan haben. Da war er nämlich schon tot.»

Sie schrie auf:

«Das hat er getippt! Ich sage Ihnen doch, ich kenne seine Manuskripte. Das hat er getippt! Und er hatte überhaupt keine Hände mehr!»

Sie wurde von einem hysterischen Lachen geschüttelt. Es hallte wie ein gellendes Echo über die Landspitze und schreckte einen Schwarm Seemöwen auf, der unter schrillen Warnrufen wie eine weiße Wolke von der Felskante herunterwirbelte.

Reckless betrachtete ihren versteiften Körper und den krei-

schenden Mund mit nachdenklicher Unbeteiligtheit und machte
keinerlei Anstalten, sie zu beruhigen oder wieder zur Vernunft zu
bringen. Plötzlich erschien, kreidebleich unter seinem lächerlichen
Verband, Digby Seton in der Terrassentür.

«Was zum Teufel ...»

Reckless sah ihn an, ohne eine Miene zu verziehen, und sagte
mit seiner ausdruckslosen Stimme:

«Wir haben gerade eine Nachricht von Ihrem Bruder bekommen, Mr. Seton. Na, ist das nicht schön?»

12

Es dauerte eine Weile, bis sie Miss Kedge beruhigt hatten. Dalgliesh zweifelte nicht daran, daß der hysterische Anfall echt gewesen war; das hatte sie nicht gespielt. Sylvia Kedge schien als einzige
von der ganzen kleinen Gesellschaft aus Monksmere über Setons
Tod wirklich traurig und geschockt zu sein. Und sicher war dieser
Schock echt genug. Sie hatte ausgesehen und sich benommen wie
eine Frau, die sich am Rande der Selbstbeherrschung befindet und
hatte diese Selbstbeherrschung am Ende verloren. Aber sie machte
sichtliche Anstrengungen, sich zusammenzunehmen, und war
schließlich soweit wiederhergestellt, daß Courtney sie nach Haus
Tanner zurückbegleiten konnte. Er war dem leidvollen Ausdruck
auf ihrem angespannten Gesicht und ihren flehenden Blicken völlig erlegen und schob den Rollstuhl die Straße entlang wie eine
Mutter, die ihr zartes Neugeborenes den Blicken einer Welt dar-
bietet, mit deren Feindseligkeit man rechnen kann. Dalgliesh war
erleichtert, als er Sylvia aufbrechen sah. Er hatte entdeckt, daß er
sie nicht mochte und schämte sich dieses Gefühls um so mehr, als
er wußte, daß es eigentlich häßlich und durch nichts zu rechtfertigen war. Die meisten ihrer Nachbarn benutzten Sylvia Kedge, um
sich auf billige Weise in ein wohlfeiles Mitleid zu stürzen, während
sie sorgfältig darauf achteten, daß sie auf ihre Kosten kamen. Wie
so viele Behinderte wurde sie zugleich bemuttert und ausgenutzt.
Dalgliesh fragte sich, was sie wohl von ihnen allen hielt. Er

wünschte, er hätte mehr Mitleid mit ihr haben können, aber es fiel ihm schwer, ohne eine gewisse Verachtung mitanzusehen, wie sie ihre Behinderung einsetzte. Aber andererseits, welche Waffen hatte sie sonst? Indem er den jungen Wachtmeister für seine rasche Kapitulation und sich selbst für seinen Mangel an Gefühl verachtete, brach er zum Mittagessen nach Pentlands auf. Er nahm zurück den Weg über die Straße. Das dauerte länger und war uninteressanter, aber er ging ungern zweimal dieselbe Route. Unterwegs mußte er an Bryces Haus vorbei. Als er es erreicht hatte, wurde im obersten Stockwerk ein Fenster geöffnet, und der Besitzer steckte hurtig seinen langen Hals heraus und rief ihm zu:

«Kommen Sie herein, Adam, alter Junge. Ich habe nach Ihnen Ausschau gehalten. Ich weiß, Sie haben für Ihren drögen kleinen Freund herumspioniert, aber daraus mache ich Ihnen keinen Vorwurf. Lassen Sie den Schnüffler nur vor der Tür und nehmen Sie sich zu trinken, was Sie mögen. Ich bin im Nu unten.» Dalgliesh zögerte einen Augenblick und stieß dann die Haustür auf. Der kleine Wohnraum war wie immer sehr unordentlich, ein Arsenal von Krimskrams, das in Bryces Londoner Wohnung nicht mehr gepaßt hatte. Indem er sich entschied, mit seinem Drink zu warten, rief Dalgliesh die Treppe hinauf:

«Er ist nicht mein dröger kleiner Freund. Er ist ein außerordentlich tüchtiger Polizeibeamter.»

«Oh, zweifellos!» Bryces Stimme klang gedämpft. Anscheinend zog er sich gerade ein Kleidungsstück über den Kopf. «Tüchtig genug, mich einzulochen, wenn ich nicht aufpasse. Ich bin vor ungefähr sechs Wochen wegen überhöhter Geschwindigkeit angehalten worden, und der betreffende Polizeibeamte – ein fetter Grobian mit einer Art Basiliskenblick – war ausgesprochen unhöflich. Daraufhin habe ich an den Polizeidirektor geschrieben. Das war natürlich eine riskante Sache. Das ist mir inzwischen klar. Die haben mich jetzt auf dem Kieker. Mein Name steht irgendwo auf einer kleinen Liste, darauf können Sie Gift nehmen.»

Er war inzwischen ins Zimmer gekommen, und Dalgliesh sah mit Erstaunen, daß er tatsächlich beunruhigt war. Indem er irgend etwas Beruhigendes murmelte, nahm er einen Sherry von ihm – Bryces Getränke waren immer ausgezeichnet – und ließ sich auf der neuesten Errungenschaft, einem reizenden viktorianischen Stuhl, nieder.

«Na, Adam, spucken Sie's aus, wie man so sagt. Was hat Reckless herausgefunden?»

«Ich bin nicht sein Vertrauter. Aber es ist wieder ein Stück Manuskript gekommen. Noch besser diesmal. Die Beschreibung einer Leiche ohne Hände in einem Boot und offenbar von Seton selber getippt.»

Dalgliesh sah keinen Grund, warum Bryce diese Information vorenthalten bleiben sollte. Es war ziemlich unwahrscheinlich, daß Sylvia Kedge die Sache für sich behalten würde.

«Und wann ist der Brief aufgegeben worden?»

«Gestern vormittag in Ipswich.»

Bryces Entsetzen machte sich in einem Aufheulen Luft.

«O nein! Nicht in Ipswich. Man war am Donnerstag in Ipswich. Man ist öfter dort. Zum Einkaufen, verstehen Sie. Man hat kein Alibi.»

«Da sind Sie wahrscheinlich nicht der einzige», bemerkte Dalgliesh tröstend. «Miss Calthrop war mit dem Wagen unterwegs. Und Latham. Und ich übrigens auch. Sogar diese Frau von Haus Priory war mit der Kutsche unterwegs. Ich habe sie gesehen, als ich über die Landspitze fuhr.»

«Wahrscheinlich Alice Kerrison, Sinclairs Haushälterin. Sie war sicher nur in Southwold und hat dort eingekauft.»

«Am Donnerstagnachmittag? Sind da nicht die Läden schon ab Mittag zu?»

«O lieber Adam, das ist doch egal. Vielleicht ist sie auch nur spazierengefahren. Sie würde kaum mit der Kutsche bis nach Ipswich fahren, nur um dort einen Brief in den Kasten zu werfen, der sie belasten würde. Allerdings hat sie Seton gehaßt. Sie war Haushälterin in Haus Seton, bevor seine Frau starb. Sinclair hat sie bei sich eingestellt, nachdem Dorothy sich umgebracht hatte, und seitdem ist sie dort. Es war eine höchst ungewöhnliche Geschichte. Alice ist bis nach der Voruntersuchung bei Seton geblieben, dann hat sie, ohne ein Wort, ihre Sachen gepackt, ist nach Haus Priory gegangen und hat Sinclair gefragt, ob er sie brauchen kann. Anscheinend war Sinclair zu der Erkenntnis gekommen, daß sein

Drang nach Eigenständigkeit nicht bis zum Geschirrwaschen reicht, und er hat sie bei sich eingestellt. Soweit ich weiß, hat es keiner von beiden bereut.»

«Erzählen Sie mir etwas von Dorothy Seton», bat Dalgliesh.

«Oh, sie war reizend, Adam! Ich habe hier irgendwo ein Foto von ihr, das muß ich Ihnen unbedingt zeigen. Natürlich war sie schrecklich neurotisch, aber sie war wirklich schön. Manisch-depressiv ist wohl der Fachausdruck dafür. Im einen Moment himmelhoch jauchzend und im nächsten zu Tode betrübt, und zwar so, daß man selber ganz traurig wurde. Für mich war das natürlich ganz schlecht. Ich habe genug damit zu tun, mit meiner eigenen Neurose klarzukommen, ich kann auf die Neurosen anderer Leute verzichten. Ich glaube, sie hat Seton das Leben zur Hölle gemacht. Man hätte ihn fast bedauern können, wenn das mit der armen Arabella nicht passiert wäre.»

«Wie ist sie denn gestorben?» fragte Dalgliesh.

«Das war eine ganz entsetzliche Geschichte! Seton hat sie in meiner Küche oben am Fleischerhaken im Balken aufgehängt. Ich werde den Anblick nie vergessen, wie das süße Pelztierchen, langgezogen wie ein totes Kaninchen, da herunterhing. Sie war noch warm, als ich sie abgeschnitten habe. Kommen Sie, ich zeige es Ihnen.»

Dalgliesh fühlte sich schon halb mit in die Küche gezogen, als er begriff, daß Bryce von seiner Katze sprach. Es gelang ihm, ein nervöses Lachen zu unterdrücken, während er Bryce folgte. Der Mann zitterte vor Wut, umklammerte Dalglieshs Unterarm mit unerwarteter Kraft und gestikulierte in ohnmächtigem Zorn zu dem Haken hinauf, als wäre er an Setons Schuld beteiligt. Es schien keine unmittelbare Chance zu bestehen, etwas über Dorothy Setons Tod zu erfahren, jetzt, wo Arabellas Ende so lebendig heraufbeschworen worden war. Dalgliesh hatte Mitleid mit Bryce. Seine Liebe zu Katzen war ebenso groß, wenn auch weniger lautstark. Falls Seton wirklich aus Rachsucht und Gehässigkeit ein schönes Tier mutwillig getötet hatte, fiel es schwer, um ihn zu trauern. Mehr noch, ein solcher Mensch mußte sich einige Feinde geschaffen haben.

Dalgliesh fragte, wer Arabella gefunden hatte.

«Sylvia Kedge. Sie war gekommen, weil ich ihr diktieren wollte, und ich hatte mich auf dem Weg von London verspätet. Ich kam ungefähr fünf Minuten später. Sie hatte Celia angerufen, daß sie kommen und Arabella abschneiden sollte. Sie selbst kam an das tote Tier nicht heran. Natürlich waren sie beide schrecklich aufgeregt. Sylvia war es richtiggehend schlecht. Wir mußten den Rollstuhl in die Küche schieben, und sie hat da alles vollgespuckt. Auf meine Empfindungen will ich gar nicht näher eingehen. Aber ich dachte, das wüßten Sie alles. Ich hatte Miss Dalgliesh gebeten, Ihnen zu schreiben. Ich hatte gehofft, Sie könnten herkommen und beweisen, daß Seton es getan hat. Auf dem hiesigen Polizeirevier hat man mir keine großen Hoffnungen gemacht. Überlegen Sie mal, wenn es ein Mensch gewesen wäre, was man dann für ein Theater gemacht hätte! Genau wie bei Seton. Es ist so lächerlich. Ich gehöre nicht zu diesen sentimentalen Leuten, die der Ansicht sind, daß Menschen den Vorrang haben vor jeder anderen Form des Lebens. Es gibt sowieso zu viele von uns, und die meisten verstehen es weder, selber glücklich zu sein, noch andere glücklich zu machen. Und wie sind wir häßlich. Häßlich! Sie haben Arabella gekannt, Adam. Ist sie nicht ein wunderschönes Geschöpf gewesen? Glauben Sie nicht, daß es ein Privileg war, sie zu beobachten? Sie war ein Lebenselixier.»

Dalgliesh, der bei Bryces Ausdrucksweise zusammengezuckt war, äußerte die gebührenden Schmeicheleien über Arabella, die tatsächlich eine schöne Katze und sich dessen nach allen Anzeichen auch bewußt gewesen war. Seine Tante hatte ihm in einem ihrer vierzehntägigen Briefe von dem Vorfall berichtet, hatte aber verständlicherweise nichts von Bryces Bitte erwähnt, daß er kommen und die Sache untersuchen solle. Dalgliesh unterdrückte die Bemerkung, daß man keinen einzigen stichhaltigen Beweis gegen Seton hatte. Es hatte eine Menge Ärger, Ressentiments und Verdächtigungen gegeben, doch das Problem war mit erstaunlich wenig vernünftigem Denken angegangen worden. Aber er hatte keine Lust, es jetzt zu lösen. Er brachte Bryce dazu, wieder mit ins Wohnzimmer zurückzugehen, und fragte noch einmal, wie Dorothy Seton gestorben sei.

«Dorothy? Sie war mit Alice Kerrison zu einem Herbsturlaub

nach Le Touquet gefahren. Da war das Verhältnis zwischen ihr und Seton schon ziemlich schlecht. Sie konnte ohne Alice gar nicht mehr sein, und Seton glaubte wohl, daß es gut wäre, wenn sie jemanden bei sich hätte, der ein bißchen auf sie aufpaßt. Als sie eine Woche weg waren, wurde es Seton klar, daß er ein Zusammenleben mit ihr nicht länger ertragen konnte, und er schrieb ihr, daß er sich scheiden lassen wolle. Niemand weiß, was im einzelnen in dem Brief stand, aber Alice Kerrison war bei Dorothy, als sie ihn aufmachte, und sie sagte bei der Voruntersuchung, daß Mrs. Seton furchtbar aufgeregt gewesen sei und gesagt habe, sie müßten sofort nach Hause fahren. Seton hatte vom Cadaver Club aus geschrieben, und es war niemand im Haus, als sie zurückkamen. Alice sagte, daß Dorothy einen ausgeglichenen, völlig ruhigen Eindruck gemacht habe und tatsächlich viel fröhlicher gewesen sei als sonst. Sie, Alice, habe angefangen, für sie beide das Abendessen zu machen, und Dorothy habe kurze Zeit am Schreibtisch gesessen und etwas geschrieben. Danach habe sie gesagt, daß sie einen Spaziergang am Strand machen wolle, um den Mond über dem Meer zu sehen. Sie ging die Tanner's Lane hinunter, zog ihre Kleider aus, legte sie ordentlich auf einen Haufen, tat einen Stein obendrauf und ging ins Wasser. Eine Woche später hat man ihre Leiche gefunden. Sie hinterließ ein Briefchen unter dem Stein, in dem sie schrieb, ihr sei klar geworden, daß sie zu nichts nütze sei, weder für sich noch für andere, und daß sie beschlossen habe, sich umzubringen. Es war ein vollkommen klarer, vollkommen eindeutiger Brief. Ich kann mich noch erinnern, wie ich damals dachte, daß die meisten Selbstmörder davon reden, daß sie mit allem Schluß machen wollen. Dorothy hat nur geschrieben, daß sie beschlossen habe, sich umzubringen.»

«Was ist aus dem Brief geworden, den Seton ihr geschrieben hat?»

«Der ist nie gefunden worden. Bei Dorothys Sachen war er nicht, und Alice hat nicht gesehen, daß sie ihn vernichtet hat. Aber Seton hat ganz offen darüber gesprochen. Er bedauerte es, aber er konnte nicht anders handeln. Es war unmöglich geworden, so weiterzumachen. Welche Wirkung das Zusammenleben mit Dorothy auf ihn gehabt hat, ist mir erst richtig klargeworden, als ich zwei Jahre später sein Theaterstück sah. Es handelte von der Ehe mit einer Neurotikerin, aber in dem Stück ist es der Mann, der sich umbringt. Na ja, kein Wunder. Seton hat sich in der Hauptrolle selbst darstellen wollen. Natürlich nicht im wörtlichen Sinn. Obwohl er die Rolle auch auf der Bühne hätte spielen können. Viel schlechter als der arme Barry hätte er auch nicht sein können. Nicht, daß ich den Schauspielern einen Vorwurf mache. Es war ein hundsmiserables Stück, Adam! Und trotzdem war es mit entsetzlicher Aufrichtigkeit und Pein geschrieben.»

«Waren Sie dort?» fragte Dalgliesh.

«Vorne in der dritten Reihe, und ich habe mich vor Verlegenheit gekrümmt. Seton saß in der Loge. Er hatte Celia bei sich, und man muß sagen, er konnte sich mit ihr sehen lassen. Sie war bis zum Nabel dekolletiert und wie ein Christbaum mit unechtem Schmuck behängt. Meinen Sie, Seton wollte, daß die Leute sie für seine Geliebte halten? Ich habe das Gefühl, unser Maurice wollte gern als Draufgänger dastehen. Lieber Gott, sie sahen aus wie die königlichen Hoheiten eines Zwergstaates im Exil. Seton hatte sogar einen Orden angelegt. Eine Ehrenmedaille der Bürgerwehr oder etwas in der Preislage. Ich war mit Paul Markham dort; er ist ein so empfindsamer junger Mann. Am Ende des ersten Akts standen ihm die Tränen in den Augen. Zugegeben, es ist einem guten Drittel der Zuschauer ähnlich ergangen, aber ich habe den Verdacht, daß ihnen die Tränen vor Lachen in den Augen standen. Wir sind in der ersten Pause gegangen und haben den Rest des Abends bei Moloneys verbracht. Ich kann eine ganze Menge Qualen ertragen, vorausgesetzt, daß es nicht meine eigenen sind, aber bei einer öffentlichen Hinrichtung hört für mich der Spaß auf. Celia hat, höflich wie sie ist, bis zum Schluß ausgehalten. Sie haben sogar hinterher noch im Ivy gefeiert. Wenn ich an diesen Abend zurückdenke – o Arabella, wie sehr bist du gerächt.»

«Und dann hat Latham in seiner Kritik so richtig vom Leder gezogen, was? Meinen Sie, daß er ein persönliches Interesse daran hatte, das Stück kaputtzumachen?»

«O nein, das glaube ich nicht.» Die großen Augen waren unschuldig wie Kinderaugen auf ihn gerichtet, aber Adam hatte einen gehörigen Respekt vor der Intelligenz, die sich dahinter verbarg.

«Oliver kann schlechte Stücke oder schlechte Schauspieler nicht ausstehen, und wenn dann noch beides zusammenkommt, macht ihn das vollends rasend. Also, wenn man Oliver tot und mit abgehackten Händen gefunden hätte, würde einen das nicht wundern. Die Hälfte all dieser Analphabetinnen, die in London herumschwirren und sich Schauspielerinnen nennen, dabei aber noch nicht mal das Zeug zu einem anständigen Fotomodell haben, hätte das ohne weiteres tun können, vorausgesetzt, daß sie den Grips dazu im Kopf hätten.»

«Aber Latham hat Dorothy Seton gekannt, nicht wahr?»

«O Adam! Sie sind aber wirklich hartnäckig! Nicht sehr feinfühlig, mein Lieber. Ja, er hat sie gekannt. Sie war groß darin, unangemeldet hereinzuschneien. Manchmal betrunken, manchmal nüchtern und immer gleich lästig.»

«Haben sie und Latham etwas miteinander gehabt?» fragte Dalgliesh ohne Umschweife. Wie er erwartet hatte, war Bryce weder überrascht noch schockiert über die Frage. Wie alle notorischen Klatschmäuler hatte er ein grundlegendes Interesse an anderen Menschen. Und dies war eine der ersten Fragen, die er sich in bezug auf jeden Mann und jede Frau aus seinem Bekanntenkreis stellte, die einander anziehend fanden.

«Celia behauptet es, aber andererseits tut sie das immer. Ich meine, die Gute kann sich zwischen einem heterosexuellen Mann und einer hübschen Frau keine andere Beziehung vorstellen. Und wo Latham im Spiel ist, hat sie vermutlich sogar recht damit. Man kann Dorothy kaum einen Vorwurf daraus machen, bei dem langweiligen Dasein in diesem Glashaus mit Seton, aus dem es kein Entrinnen gab. Ich habe ihr das Recht zugestanden, sich mit jedem Mann zu trösten, solange ich es nicht war.»

«Aber Sie glauben nicht, daß Latham besonders viel an ihr gelegen hat?»

«Ich weiß es nicht. Ich möchte es nicht unbedingt annehmen. Der arme Oliver kann sich selber nicht leiden. Er macht Jagd auf eine Frau, und wenn sie sich in ihn verliebt hat, verachtet er sie für ihren Mangel an Scharfblick. Die armen Dinger sind bei ihm einfach zum Scheitern verurteilt. Es muß schrecklich anstrengend sein, wenn man sich selber so wenig leiden kann. Also, ich bin da glücklich dran. Ich finde mich faszinierend.»

Die Faszination begann Dalgliesh zu ermüden. Er stand auf und sagte mit einem Blick auf seine Uhr, es sei Viertel vor eins und er werde zum Mittagessen erwartet.

«Oh, aber Sie müssen das Foto von Dorothy noch sehen. Ich muß es hier irgendwo haben. Dann können Sie sich ein Bild davon machen, wie hübsch sie war.»

Er zog die Schreibtischschublade auf und kramte in dem Papierwust herum. Dalgliesh dachte, daß es ein ziemlich hoffnungsloses Unterfangen war. Aber es mußte eine gewisse Ordnung in dem Chaos herrschen, denn in weniger als einer Minute hatte Bryce das Gesuchte gefunden. Er brachte Dalgliesh das Foto.

«Sylvia Kedge hat die Aufnahme gemacht, als wir im Juli irgendwann mal am Strand gepicknickt haben. Sie ist eine recht geübte Amateurfotografin.»

Das Foto war jedenfalls alles andere als professionell. Es zeigte die Teilnehmer des Picknicks um die Sheldrake gruppiert. Sie waren alle da, Maurice und Digby Seton, Celia Calthrop und ein Kind mit einem verdrossenen Gesichtsausdruck, in dem man Liz Marley erkannte, Oliver Latham und Bryce selber. Dorothy Seton stand im Badeanzug gegen den Rumpf des Dinghis gelehnt und lachte in die Kamera. Es war ein ziemlich scharfes Foto, trotzdem verriet es Dalgliesh nur, daß sie eine schöne Figur hatte und wußte, wie man sie am besten zur Geltung bringt. Das Gesicht war das einer hübschen Frau, aber nicht mehr. Bryce blickte über Dalglieshs Schulter auf die Fotografie hinunter. Wie in plötzlichem Innewerden dieses neuerlichen Beweises von der Trügerischkeit von Zeit und Erinnerung sagte er traurig: «Komisch ... Es vermittelt einem eigentlich gar keinen Eindruck von ihr ... Ich dachte, es wäre besser ...»

Bryce begleitete ihn zur Haustür. Als Dalgliesh hinausging, kam ein Kombiwagen die Straße hochgeschaukelt und hielt mit einem Ruck vorm Gartentor. Heraus sprang eine untersetzte schwarzhaarige Frau mit säulenförmigen Beinen über den weißen Söckchen und den Schulmädchensandalen. Sie wurde von Bryce mit spitzen Freudenschreien begrüßt.

«Mrs. Bain-Porter! Sie haben sie doch nicht etwa mitgebracht! Tatsächlich, Sie haben sie mitgebracht! Wie ungeheuer goldig von Ihnen!»

Mrs. Bain-Porter hatte die sonore Stimme weiblicher Angehöriger der Oberklasse, die geschult war darin, die Domestiken in Angst und Schrecken zu versetzen oder bei wütendem Sturm über jedes Hockeyfeld zu dringen. Ihre Worte dröhnten unmißverständlich in Dalglieshs Ohren.

«Als ich gestern Ihren Brief bekam, dachte ich mir, ich versuch's mal. Ich habe Ihnen die drei Besten aus dem Wurf mitgebracht. Ich finde, es ist soviel angenehmer, wenn man sie bei sich zu Hause aussuchen kann. Angenehmer auch für Sie.»

Der hintere Teil des Wagens wurde jetzt aufgemacht, und Mrs. Bain-Porter hob unter Mithilfe von Bryce drei Katzenkörbe heraus, aus denen sofort – als schriller Diskant zu Mrs. Bain-Porters Baß und Bryces fröhlichem Zwitschern – ein aufgeregtes Miauen erscholl. Die vielstimmige Gesellschaft verschwand durch die Haustür. Dalgliesh ging in nachdenklicher Stimmung zum Mittagessen nach Hause. Es war eine dieser Kleinigkeiten, die alles oder nichts bedeuten konnten. Aber wenn Mrs. Bain-Porter am Donnerstag einen Brief von Julian Bryce bekommen hatte, war er spätestens am Mittwoch aufgegeben worden. Folglich hatte Bryce sich am Mittwoch entweder entschlossen, es trotz Setons Hang, Katzen zu töten, einfach darauf ankommen zu lassen, oder aber er hatte gewußt, daß es nichts mehr zu fürchten gab.

13

Am Freitagnachmittag fanden sich die Verdächtigen zu Fuß oder mit dem Auto bei dem kleinen Gasthaus am Rand von Dunwich ein, das Reckless zu seinem Stützpunkt gemacht hatte, und gaben dort ihre Aussagen zu Protokoll. Sie hatten den Green Man immer als ihre Kneipe betrachtet – tatsächlich gingen sie davon aus, daß George Prike das Gasthaus hauptsächlich zu ihrem Nutz und Frommen betrieb – und kritisierten die Wahl des Inspektors als

Zeichen einer krassen Fühllosigkeit und einer generellen Mißachtung des Wohlbefindens anderer. Celia Calthrop zeigte sich am pikiertesten, obwohl sie den Green Man seltener besuchte als die anderen und verurteilte Georges Unbedachtheit aufs schärfste, daß er sich törichterweise zu einer so ärgerlichen Sache hatte breitschlagen lassen. Sie konnte beim besten Willen nicht sagen, ob sie ihren Sherry auch in Zukunft von George beziehen würde, wo sie jeder Schluck, den sie davon nahm, an Inspektor Reckless erinnern würde; und wo ein Besuch im Barraum unerträglich seelische Erschütterungen auslösen würde. Latham und Bryce teilten ihre Ansicht über den Inspektor. Ihr erster Eindruck von ihm war nicht günstig gewesen, und als sie später noch einmal darüber nachdachten, kamen sie zu dem Ergebnis, daß sie ihn nicht mochten. Vielleicht hatte sie, wie Bryce meinte, eine allzu enge Bekanntschaft mit Setons Inspektor Briggs für die Wirklichkeit verdorben. Briggs, von Ehrenwert Martin in übertrieben falscher Kameraderie gelegentlich Briggsy genannt, besaß eine Bescheidenheit, die sie an Inspektor Reckless nicht entdecken konnten. Trotz seiner Stellung im Yard war er glücklich, neben Carruthers die zweite Geige zu spielen, und hatte es sich, weit entfernt davon, Ehrenwert Martins Einmischung in seine Fälle als störend zu empfinden, zur Regel gemacht, ihn hinzuzuziehen, wenn seine spezielle Sachkenntnis benötigt wurde. Als Wein- und Frauenkenner, der sich zudem in Wappenkunde, beim Landadel, mit exotischen Giften und in der elisabethanischen Minderdichtung auskannte, war sein Urteil unschätzbar. Wie Bryce hervorhob, vertrieb Inspektor Briggs die Leute nicht aus ihrer Lieblingskneipe und starrte sie auch nicht aus mürrischen dunklen Augen unaufhörlich an, als höre er nur halb auf das, was sie sagten, und glaube es ihnen ohnehin nicht. Und er ließ auch nicht erkennen, daß sich für ihn ein Schriftsteller durch nichts von den gewöhnlichen Sterblichen unterschied, es sei denn durch die Gabe, ein ausgeklügelteres Alibi zu erfinden. Wenn Verdächtige sich einem Verhör seitens Inspektor Briggs unterziehen mußten – was selten genug vorkam –, fand es in der Behaglichkeit ihrer eigenen vier Wände unter Aufsicht willfähriger Polizeibeamter und in Gegenwart von Carruthers statt, der auf angenehmste Weise dafür sorgte, daß Briggs seine Grenzen wahrte.

Sie achteten peinlich darauf, nicht zusammen beim Gasthaus anzukommen; auf die unbefangene Offenheit vom Donnerstagabend war eine gewisse Vorsicht gefolgt. Bis Freitagnachmittag hatte man Zeit zum Nachdenken gehabt, und Setons Tod wurde nun nicht mehr als ein seltsamer Abstecher der Literatur ins Leben angesehen, sondern als ein höchst verwirrendes Faktum. Man gestand sich einige unangenehme Wahrheiten ein. Seton war zwar zuletzt in London lebend gesehen worden, aber seine verstümmelte Leiche war von Monksmere Beach aus aufs Meer hinausgestoßen worden. Man brauchte keine Landkarten und mußte auch keine komplizierten Berechnungen an Hand von Windstärke, Strömungsverlauf und Strömungsgeschwindigkeit anstellen, um das jedermann deutlich zu machen. Es war durchaus möglich, daß er bei seiner naiven Suche nach einem literarischen Stoff in London in Schwierigkeiten geraten war, aber das gefälschte Manuskript, die abgetrennten Hände und der Anruf in Haus Seton wiesen doch mehr in die Richtung Monksmere. Celia Calthrop vertrat am entschiedensten die Theorie von einer Londoner Gangsterbande, aber auch sie konnte keine plausible Erklärung dafür geben, woher die Verbrecher wissen sollten, wo die Sheldrake lag, oder warum sie sich entschlossen hatten, die Leiche nach Suffolk zurückzubringen. Die Behauptung, «natürlich um den Verdacht auf uns zu lenken», warf nach Meinung aller mehr Fragen auf, als sie beantwortete.

Nachdem die Aussagen zu Protokoll gegeben waren, wurde eine gewisse Anzahl von Telefongesprächen geführt. Vorsichtig, als fürchteten sie ein bißchen, die Leitungen seien angezapft, tauschten sie die Stückchen von Tatsachen, Gerüchten und Vermutungen aus, die wahrscheinlich zusammengenommen die gesamte Information ausmachten. Aus Furcht davor, was sie dabei zu hören bekommen oder, schlimmer noch, unfreiwillig preisgeben könnten, vermieden sie es für den Augenblick, einander zu sehen. Gleichwohl waren sie begierig darauf, etwas zu erfahren.

Telefonanrufe nach Pentlands wurden mit schöner Regelmäßigkeit von der höflichen und eisigen Jane Dalgliesh beantwortet. Niemand mochte sich die Blöße geben, direkt nach Adam zu fragen, außer Celia Calthrop, deren Versuch aber so kläglich scheiterte, daß sie sich damit tröstete, Adam hätte wahrscheinlich doch nichts zu sagen gehabt. Aber sie sprachen miteinander und gaben, in dem Bedürfnis, sich jemandem anzuvertrauen, und in dem Hunger nach Neuigkeiten, allmählich ihre Vorsicht auf. Die bröckchenweisen Informationen, die zumeist noch im Erzählakt selbst kaum merklich entstellt wurden und zum Teil mehr auf Hoffnung als auf Tatsachen gründeten, ergaben ein unvollständiges, bizarres Bild. Niemand hatte seine Geschichte verändert, und die verschiedenen Alibis für Dienstagabend, die mit so bereitwilliger Offenheit vorgetragen worden waren, hatten einer ersten Überprüfung standgehalten. Wie man hörte, hatte Lathams Besucherin seine Angaben ohne weiteres bestätigt, aber da Reckless völlig unzugänglich war und Latham ein ritterliches Stillschweigen bewahrte, würde die allgemeine Neugier auf den Namen wohl kaum befriedigt werden. Die Nachricht, daß Elizabeth Marley zugegeben hatte, die Nacht vom Dienstag auf Mittwoch in London verbracht zu haben, hatte zu lustvoll ausgekosteten Spekulationen geführt, die dadurch weitere Nahrung erhielten, daß Celia unaufhörlich und wenig überzeugend erklärte, daß ihre Nichte unbedingt die Londoner Stadtbibliothek besuchen mußte. Wie Bryce zu Latham sagte, hätte man das verstehen können, wenn das arme Mädchen an irgendeiner kleinen Universität gewesen wäre, aber in Cambridge gab es doch einige Bücher, wie er sich von früher erinnerte. Die Autos von Bryce und Latham waren von der Polizei untersucht worden, doch hatten ihre Besitzer nur einen so schwachen Einwand gegen diese Prozedur erhoben, daß man sich darin einig war, daß sie nichts zu fürchten hatten. Wie berichtet wurde, war Dr. Forbes-Denby während Bryces Anwesenheit im Green Man erfreulicherweise am Telefon recht barsch zu Inspektor Reckless gewesen und hatte sich nicht davon abbringen lassen, Bryces Anruf als eine strikte Vertrauenssache zwischen sich und seinem Patienten zu betrachten. Schließlich hatte er aber, als Bryce schon fast hysterisch darauf drang, bejaht, daß es einen solchen Anruf gegeben hatte. Celias Geschichte, daß Seton den Einfall einer auf dem Meer dahintreibenden Leiche von ihr hatte, wurde von einem alten Fischer aus Warwick bestätigt, der in den Green Man kam und sagte, daß er sich daran erinnern könne, wie Mr. Seton ihn vor einigen Monaten gefragt hätte, wo eine Leiche an Land getrieben würde, wenn man sie in Monksmere Beach aufs Meer hinausstieße. Da niemand die Wahrheit von Celias Aussage bezweifelt hatte, wurde das ohne sonderliches Interesse aufgenommen. Angesichts ihres einhelligen Wunsches, die Theorie von einer Londoner Verbrecherbande bestätigt zu finden, war es deprimierend, daß niemand außer Bryce am Mittwochabend einen Fremden in Monksmere gesehen hatte. Er war um kurz nach sieben in seinen Schuppen gegangen, um Holz zu holen, als von der Hauptstraße her ein Motorradfahrer entlanggedonnert kam und unmittelbar vor seinem Haus wendete. Justin haßte Motorräder, und der Lärm war ganz unerträglich gewesen. Er hatte laut geschimpft, und der Bursche war dann aus Rache ein paar Minuten vor dem Haus hin und her gefahren, wobei er nach Bryces Angaben unanständige Bewegungen gemacht hatte. Schließlich war er mit einem abschiednehmenden Hupen davongerast. Man wußte nicht, was Reckless von der Sache hielt, obwohl er Bryce immerhin um eine genaue Beschreibung des Motorradfahrers bat und sie sicher zu Protokoll genommen hätte, wenn Bryce in der Lage gewesen wäre, ihm eine solche Beschreibung zu geben. Aber der Mann hatte einen schwarzen Lederanzug, einen Helm und eine Brille getragen, und Bryce konnte nur sagen, daß er offenbar noch jung war und ganz abscheuliche Manieren hatte. Doch Celia Calthrop war überzeugt davon, daß er zu der Bande gehörte. Was hatte er sonst in Monksmere gewollt?

Bis zum Samstagmittag hatten sich die Gerüchte kräftig vermehrt. Digby hatte 100 000, 200 000, eine halbe Million Pfund geerbt; die Obduktion hatte sich verzögert, weil Dr. Sydenham die Todesursache nicht feststellen konnte; der Tod war durch Ertrinken, Erwürgen, Ersticken, durch Gift, durch innere Blutungen eingetreten; Forbes-Denby hatte Reckless gesagt, daß Seton es gut noch weitere zwanzig Jahre hätte machen können; man mußte jeden Moment damit rechnen, daß Setons Herz versagte; Adam Dalgliesh und der Inspektor sprachen so gut wie nicht mehr miteinander; Reckless hätte Jane Dalgliesh verhaftet, wenn es ihm gelungen wäre, ein Motiv zu finden; Sylvia Kedge war schrecklich halsstarrig und weigerte sich, die Erbschaft von

300 Pfund anzunehmen, die Digby ihr ausbezahlen wollte; Reckless hatte am Freitagabend spät in Haus Priory angerufen, und er und seine Männer waren mit Taschenlampen auf dem Felsenweg gesehen worden; die Voruntersuchung sollte am Mittwoch um 14 Uhr 30 stattfinden. Nur in diesem Punkt war man sich einig. Die Voruntersuchung war tatsächlich für den kommenden Mittwoch anberaumt worden. Digby Seton und Sylvia Kedge hatten eine Vorladung erhalten. Diejenigen, denen es freistand, zu kommen, waren unschlüssig, ob ihre Anwesenheit zusätzliche Fragen aufwerfen oder die Verdachtsmomente eher abschwächen würde, oder ob sie als gebührende Achtungsbezeigung für den Toten einfach geboten war.

Am Samstagmorgen wurde allgemein bekanntgegeben, daß Inspektor Reckless Freitagnacht mit dem Wagen nach London gefahren war und nicht vor Sonntagmorgen zurück erwartet wurde. Wahrscheinlich wollte er die Londoner Alibis überprüfen und Nachforschungen im Cadaver Club anstellen. Man war nicht überrascht, daß er so schnell zurück erwartet wurde. Es war klar, daß er nur zu gut wußte, wo sein eigentliches Aufgabengebiet lag. Aber selbst diese vorübergehende Abwesenheit war eine Erleichterung. Es war, als hätte sich eine Wolke über Monksmere Head verzogen. Diese finstere, schweigsame, anklagende Gestalt hatte ihr Treiben anderswohin verlegt, und seit er weg war, fühlte man sich freier. Hinter ihm blieb eine allgemeine Unruhe, die sich in Aktivität entlud. Selbst Jane Dalgliesh und ihren Neffen, die unter Reckless am wenigsten zu leiden hatten, sah man mit Rucksack, Fernglas und Malutensilien beladen den Strand entlang in Richtung Sizewell wandern. Es war klar, daß sie nicht vor Einbruch der Dunkelheit zurück sein würden. Kurz danach fuhr Latham weg; der Jaguar fuhr mit hundertzwanzig an Haus Rosemary vorbei, und Celia stellte säuerlich fest, daß Oliver wieder dabei war, einen seiner Versuche zu unternehmen, sich das Genick zu brechen. Sie und Eliza hatten eigentlich vorgehabt, Sylvia Kedge auf einen Ausflug nach Aldeburgh mitzunehmen, aber Eliza hatte es sich, kurz bevor sie losfahren wollten, anders überlegt und war allein zu einem Spaziergang nach Walberswick aufgebrochen. Niemand wußte, was Digby Seton vorhatte, aber ein Anruf Miss Calthrops in Haus Seton, bei dem sie ihn zur Teilnahme am Picknick zu überreden hoffte, blieb unbeantwortet. Bryce erzählte jedem, daß er zu einer Haushaltsauflösung etwas außerhalb von Saxmundham fuhr, wo er sich einiges Porzellan aus dem 17. Jahrhundert zu ersteigern hoffte. Bis um halb zehn war auch er über alle Berge, und Monksmere blieb den paar Herbsturlaubern überlassen, die allein oder zu zweit über Tag kamen und ihre Autos in der Tanner's Lane parkten, sowie den vereinzelten Spaziergängern aus Dunwich oder Walberswick, die über die Dünen zum Vogelschutzgebiet stapften.

Reckless mußte am Samstagabend spät nach Monksmere zurückgekommen sein. Bei Anbruch der Dämmerung stand sein Wagen schon vor dem Green Man, und um kurz nach neun hatte Wachtmeister Courtney die meisten der Verdächtigen angerufen und sie aufgefordert, in das Gasthaus zu kommen. Die Aufforderung war in überaus höflicher Form vorgebracht worden, trotzdem gab sich niemand der Illusion hin, daß es ihm freistand, ob er kommen wollte oder nicht. Sie ließen sich Zeit mit ihrem Erscheinen, und wieder fand eine schweigende Übereinkunft statt, daß sie nicht zusammen kamen. Sylvia Kedge wurde, wie die anderen Male auch, von Wachtmeister Courtney im Polizeiauto geholt. Es machte den Eindruck, als ob Sylvia sich im ganzen recht gut unterhielt.

Im Gasthaus erwartete Maurice Setons Reiseschreibmaschine die Vorgeladenen. Sie stand unförmig und glänzend auf einem kleinen Eichentisch im Barraum. Die Aufmerksamkeit der Fingerabdrucksexperten und der Schreibmaschinenfachleute schien ihr noch zusätzlichen Glanz verliehen zu haben. Sie sah zugleich alltäglich und furchterregend, harmlos und gefährlich aus. Sie war vielleicht der Gegenstand aus Setons Besitz, zu dem er das intimste Verhältnis gehabt hatte. Es war unmöglich, beim Betrachten des schimmernden Tastenfelds nicht mit Abscheu an die blutigen Stümpfe zu denken und sich zu fragen, was mit den abgetrennten Händen geschehen war. Sie wußten sofort, warum die Schreibmaschine da stand. Sie sollten zwei Texte abtippen; die Schilderung von Carruthers Besuch im Nachtclub und die Beschreibung der Leiche ohne Hände, die aufs Meer hinaustreibt.

Wachtmeister Courtney, der die Veranstaltung leitete, kam sich wie ein Verhaltensforscher vor, und die unterschiedlichen Reaktionen seiner Verdächtigen boten ihm dankbares Material. Es dauerte eine Weile, bis Sylvia Kedge sich zurechtgesetzt hatte; nachdem sie aber einmal angefangen hatte, tanzten die kräftigen, männlich-knochigen Finger über die Tasten und hatten in unglaublich kurzer Zeit zwei tadellos saubere Abschriften fertig. Es ist immer befriedigend mitanzusehen, wenn jemand sein Metier beherrscht, und Wachtmeister Courtney reagierte mit respektvollem Schweigen auf Miss Kedges Glanzleistung. Miss Dalgliesh, die zwanzig Minuten später ins Gasthaus kam, erwies sich als unerwartet geschickt. Sie hatte sich das Maschineschreiben anhand eines Buches selber beigebracht und früher die Predigten ihres Vaters und das Kirchenblatt getippt. Sie benutzte vorschriftsmäßig alle fünf Finger, schrieb aber relativ langsam und hielt dabei – anders als Miss Kedge – den Blick unverwandt auf die Tasten gerichtet. Miss Calthrop wandte kurz ein, indem sie die Schreibmaschine anstarrte, als ob sie vorher noch nie eine gesehen hätte, daß sie nicht tippen könne – alle ihre Arbeiten wurden auf Band diktiert –, und wollte nicht einsehen, warum sie ihre Zeit damit verschwenden sollte, es zu versuchen. Schließlich bewegte man sie dazu anzufangen, und nach einer halbstündigen Bemühung hatte sie zwei fürchterlich getippte Seiten zustandegebracht, die sie Wachtmeister Courtney mit der Haltung einer erlösten Märtyrerin hinstreckte. Courtney, der Miss Calthrops lange Fingernägel betrachtete, wunderte sich nur, daß es ihr überhaupt gelungen war, die Tasten herunterzudrücken. Bryce arbeitete erstaunlich schnell und sauber, nachdem er sich dazu durchgerungen hatte, die Schreibmaschine zu benutzen, obwohl er es für nötig hielt, sich in fortwährenden Sottisen über den Stil der Prosa zu ergehen. Latham war fast so geübt wie Miss Kedge und ratterte die Texte in teilnahmslosem Schweigen herunter. Miss Marley sagte kurz, daß sie nicht tippen könne, hatte aber nichts dagegen, es zu versuchen. Sie lehnte Courtneys Hilfe ab, verbrachte fünf Minuten damit, das Tastenfeld und den Wagen zu untersuchen, und machte sich dann an die mühevolle Arbeit, die beiden Passagen Wort für Wort abzuschreiben. Das Resultat war ganz beachtlich, und Wachtmeister

Courtney fand Miss Marley im stillen eine gelehrige Person, im Gegensatz zum Urteil ihrer Tante: «Das hätte sie besser gekonnt, wenn sie sich Mühe gegeben hätte.» Mit Digby Seton war es völlig aussichtslos, aber selbst Courtney glaubte nicht, daß er Theater spielte. Schließlich wurde ihm, zur Erleichterung aller, erlaubt aufzuhören. Wie vorauszusehen war, hatte keine der Abschriften, Digbys kümmerliches Elaborat eingeschlossen, irgendeine Ähnlichkeit mit den Originalen. Es hätte Wachtmeister Courtney, der glaubte, daß Maurice Seton den zweiten, wahrscheinlich aber auch den ersten Text getippt hatte, überrascht, wenn es anders gewesen wäre. Aber das endgültige Urteil darüber lag nicht bei ihm. Die Kopien würden jetzt an einen Experten geschickt und auf subtilere Ähnlichkeiten untersucht werden. Er erzählte seinen Verdächtigen nichts davon; aber andererseits war er dazu auch nicht verpflichtet. Sie hatten ihren Maurice Seton schließlich nicht umsonst gelesen.

Bevor sie das Gasthaus verließen, nahm man ihre Fingerabdrücke. Miss Calthrop war schockiert, als sie an die Reihe kam. Sie begann jetzt zu bereuen, daß sie, um unnötige Ausgaben zu vermeiden, vorher nicht mit ihrem Anwalt gesprochen hatte. Aber Wachtmeister Courtney redete ihr so gut zu, hatte so viel Verständnis für ihre Gefühle, war so an ihrer Mithilfe interessiert und war in jeder Beziehung so anders als dieser ungehobelte Inspektor, daß sie sich schließlich zum Beigeben entschloß. «Blöde alte Kuh», dachte der Wachtmeister, während er ihr die dicken Finger führte. «Wenn die andern nur halb soviel Theater machen, kann ich von Glück sagen, wenn ich fertig bin, bis der Alte zurückkommt.»

Aber die andern machten gar kein Theater. Digby Seton kommentierte die Prozedur mit seinen lahmen Späßen, wobei er seine Nervosität hinter einem übertriebenen Interesse an dem technischen Ablauf zu verbergen suchte. Eliza Marley fügte sich mürrisch, und Jane Dalgliesh schien mit ihren Gedanken anderswo zu sein. Bryce mißfiel die Sache am meisten. Für ihn lag etwas Ominöses und Unwiderrufliches darin, sich von einem Symbol zu trennen, das er als so einzigartig zu ihm selbst gehörig empfand. Er verstand, warum die Naturvölker so sorgsam darauf achteten, daß ihren Feinden auch nicht das Bruchteil eines Haares in die

Hände fiel. Während er mit einer Grimasse des Widerwillens die Finger auf das Farbkissen drückte, spürte er, daß er diese Unschuld verloren hatte.

Oliver Latham stach mit den Fingern in das Farbkissen, als ob es Reckless' Augen wären. Als er aufblickte, sah er, daß der Inspektor schweigend hereingekommen war und ihn beobachtete. Wachtmeister Courtney erhob sich. Reckless sagte:

«Guten Abend, Sir. Das ist eine reine Formalität.»

«Oh, danke. Ich weiß Bescheid. Der Wachtmeister hat mir schon seine übliche Beruhigungspille verabreicht. Ich habe mich schon gefragt, wo Sie stecken. Hoffentlich hat Ihnen die Vernehmung der ‹Dame meines Herzens› – wie Sie sie sicher nennen würden – Spaß gemacht. Und der Portier? Ich hoffe, daß Duncombe Ihnen behilflich war?»

«Danke, Sir, sie waren alle sehr hilfsbereit.»

«Oh, davon bin ich überzeugt. Sie haben sich ganz bestimmt prächtig amüsiert. Es ist zur Zeit nicht viel los in London. Ich liefere ihnen sicher den besten Stoff zum Klatschen seit Wochen. Und da wir alle so entgegenkommend sind, wie wär's mit ein bißchen Entgegenkommen von Ihrer Seite? Ich nehme an, es spricht nichts dagegen, daß ich erfahre, wie Seton zu Tode gekommen ist?»

«Oh, ganz und gar nicht, Sir – zu gegebener Zeit. Aber wir haben den Obduktionsbefund noch nicht.»

«Ihr Freund ist ein bißchen langsam, nicht?»

«Im Gegenteil, Sir. Dr. Sydenham arbeitet sehr schnell. Aber es müssen noch ein paar Tests gemacht werden. Der Fall ist nicht eindeutig.»

«Diese Bemerkung möchte ich als Untertreibung des Jahres bezeichnen.»

Latham holte sein Taschentuch aus der Tasche und wischte sich sorgfältig seine bereits sauberen Finger ab. Der Inspektor sagte, indem er ihm zusah, ruhig:

«Wenn Sie so ungeduldig sind, Mr. Latham, warum erkundigen Sie sich dann nicht mal bei einigen Ihrer Freunde? Sie wissen genausogut wie ich, daß es jemand in Monksmere gibt, der Ihnen genau erzählen könnte, wie Maurice Seton gestorben ist.»

14

Seit dem Tod seines Stiefbruders hatte Digby Seton sich darauf
verlegt, zum Essen nach Haus Rosemary zu kommen, und seine
Nachbarn belustigten sich unfehlbar darüber, *wie* oft man den
Vauxhall am Rasen vor dem Haus parken sähe. Sie räumten ein,
daß man von Celia nicht erwarten durfte, daß sie die Gesellschaft
eines sehr reichen jungen Mannes ablehnte, während seine Motive
weniger leicht zu durchschauen waren. Niemand glaubte, daß es
Elizas Reize waren, die ihn anzogen, oder daß er in ihrer tristen
Unscheinbarkeit ein Mittel sah, an Maurices Vermögen heranzukommen. Alles in allem war man der Meinung, daß er Celias Essen, obwohl es ziemlich unaufregend war, vermutlich dem Um-
stand, zweimal am Tag nach Southwold zu fahren, oder der Mühe,
sich selbst etwas zu kochen, vorzog, und daß er froh darüber war,
Sylvia Kedge aus dem Weg gehen zu können. Seit der Mord passiert war, tauchte sie mit der Hartnäckigkeit eines Klageweibes,
das auf seine Bezahlung wartet, in Haus Seton auf. Die fanatische
Aufmerksamkeit, die sie Maurices Arbeit gewidmet hatte, schien
sie jetzt auf sein Haus zu übertragen, sie räumte auf, rieb die Möbel blank, machte sauber, zählte die Wäsche und schleppte sich
mit dem Staubtuch in der Hand auf Krücken durchs Haus, als
erwarte sie, dessen verstorbenen Besitzer jeden Augenblick erscheinen und mit den Fingern über die Fensterbänke fahren zu
sehen. Wie Digby zu Eliza Marley sagte, machte ihn das nervös. Er
hatte Haus Seton, das er trotz seiner modernen Luftigkeit seltsam
bedrückend und unheimlich fand, nie gemocht. Und jetzt, wo sich
die brennenden schwarzen Augen aus jeder Ecke, von jedem
Schrank her auf ihn richten konnten, fühlte er sich wie in einer von
diesen düsteren griechischen Tragödien, wo die Erinnyen schon
draußen auf ihr Stichwort lauern.

Diese Bemerkung hatte Elizas Interesse erregt, da sie darauf hin-
deutete, daß Digby möglicherweise klüger und sensibler war, als
man allgemein annahm. Ohne physisch im mindesten von ihm
angezogen zu sein, begann sie ihn interessant, ja sogar ein wenig
faszinierend zu finden. Es war erstaunlich, was der Besitz von
zweihunderttausend Pfund für einen Mann tun konnte. Schon

vermochte sie die feine Aura des Erfolgs, die Sicherheit und Selbstzufriedenheit zu entdecken, die der Besitz von Macht oder Geld immer verleiht. Sie war nach dem Drüsenfieber müde und deprimiert. Und in dieser Stimmung, wo ihr der Arbeitsantrieb fehlte und sie von Langeweile geplagt wurde, war fast jede Gesellschaft besser als gar keine. Obgleich sie für den opportunistischen Gesinnungswechsel ihrer Tante, der aus Maurices schwierigem Bruder über Nacht einen schlechthin bezaubernden jungen Mann gemacht hatte, nur Verachtung empfand, gestand sie sich jetzt gleichwohl ein, daß eventuell mehr in Digby steckte, als auf den ersten Blick zu vermuten war. Aber nicht *viel* mehr.

Er hatte Miss Calthrops Einladung zum Abendessen am Sonntagabend ausgeschlagen, erschien aber kurz nach neun in Haus Rosemary und hatte ganz offensichtlich keine Eile, wieder zu gehen. Es war jetzt fast elf, und er war immer noch da, drehte sich auf dem Klavierhocker hin und her, zwischendurch immer wieder Bruchstücke eigener und fremder Melodien spielend. Eliza kauerte in ihrem Sessel am Kamin, sah und hörte ihm zu und hatte es nicht eilig, daß er ging. Er spielte nicht schlecht. Natürlich war er nicht wirklich begabt, aber wenn er sich Mühe gab, was selten geschah, war er ganz gut. Sie konnte sich daran erinnern, daß Maurice einmal davon gesprochen hatte, daß er Digby zum Pianisten ausbilden lassen wollte. Der arme Maurice. Das war zu einer Zeit gewesen, als er sich verzweifelt einzureden versuchte, daß sein einziger noch lebender Verwandter irgendwelche Fähigkeiten besaß, die eine Verwandtschaft mit ihm erträglich machten. Auch als Digby noch zur Schule ging, trompetete Maurice seine bescheidenen Erfolge herum – zum Beispiel als er die Boxmeisterschaft gewonnen hatte –, als ob er große Leistungen vollbracht hätte. Es war undenkbar, daß Maurice Setons Stiefbruder gänzlich unbegabt war. Und das war er auch nicht. Er hatte die Sheldrake ohne fremde Hilfe nach eigenem Entwurf selbst gebaut und hatte sie fachmännisch gesegelt, wenn seine Begeisterung auch nur ein paar Jahre gedauert hatte. Aber diese Art sportlicher Kunstfertigkeit, die in gewisser Weise gar nicht zu Digby paßte, konnte einen intellektuellen Snob wie Maurice kaum beeindrucken. Schließlich und endlich hatte er natürlich aufgehört, sich etwas vorzumachen, genau wie Celia den Gedanken aufgegeben hatte, daß ihre Nichte hübsch war und daß sie als Frau Erfolg haben würde. Eliza blickte zu dem Farbfoto von sich hinüber, das von Celias lächerlichen und demütigenden Ambitionen zeugte. Es war gemacht worden, als sie elf Jahre alt war, drei Jahre nach dem Tod ihrer Eltern. Die schwarzen Haare waren albern gelockt und von Schleifen zusammengehalten, das weiße Organdykleid mit der rosa Schärpe sah geradezu peinlich aus an einem so plumpen und häßlichen Kind. Nein, ihre Tante hatte diese Illusion rasch aufgegeben. Aber andererseits war natürlich bald eine neue an ihre Stelle getreten – wenn die gute Eliza nicht hübsch sein konnte, mußte sie eben klug sein. Jetzt hieß es: «Wissen Sie, meine Nichte ist hochintelligent. Sie studiert in Cambridge.» Arme Tante Celia! Es war kleinlich, ihr diese intellektuelle Ersatzbefriedigung nicht zu gönnen. Schließlich bezahlte sie mit klingender Münze dafür. Aber für Digby Seton empfand Eliza so etwas wie Mitgefühl. Bis zu einem gewissen Grad hatten sie beide unter dem Druck einer anderen Persönlichkeit gelitten, man hatte sich auf beide um solcher Eigenschaften willen eingelassen, die sie nie haben würden, beide waren sie als Fehlkäufe abqualifiziert worden.

Sie fragte ihn plötzlich, einem Impuls nachgebend:

«Was glauben Sie, wer von uns Ihren Bruder umgebracht hat?»

Er intonierte unsauber und mißtönend laut eine Nummer aus einer neueren Londoner Show. Er mußte den Lärm, den er machte, fast überschreien:

«Das müssen Sie mir sagen. Sie sind doch diejenige, die als so intelligent gilt.»

«Ich bin nicht so intelligent, wie meine Tante mich hinstellt, aber intelligent genug, um mich zu fragen, warum Sie ausgerechnet mich angerufen haben, um sich in Saxmundham abholen zu lassen. Wir waren doch nie so besonders dick miteinander.»

«Vielleicht war ich der Meinung, daß wir das endlich ändern sollten. Wie auch immer, nehmen wir mal an, ich wollte umsonst nach Monksmere kommen, wen hätte ich da anrufen sollen?»

«Na gut. Und nehmen wir mal an, Sie wollten ein Alibi für die Dauer der Zugfahrt.»

«Ich hatte ein Alibi. Der Fahrkartenschaffner hatte mich wiedererkannt; außerdem hatte ich im Zug ein interessantes Gespräch mit einem alten Herrn über die schlechten Manieren der heutigen Jugend. Ich kann ohne Ihre Hilfe beweisen, daß ich in diesem Zug war, meine Liebe.»

«Aber können Sie auch beweisen, wo Sie eingestiegen sind?»

«In Liverpool Street. Es war ziemlich voll, deshalb glaube ich nicht, daß ich jemand aufgefallen bin; aber das soll Reckless erst einmal versuchen mir zu beweisen. Warum sind Sie denn auf einmal so mißtrauisch?»

«Das bin ich im Grunde gar nicht. Ich kann mir nämlich nicht vorstellen, wie Sie es gemacht haben sollen.»

«Besten Dank. Die Polizisten vom Polizeirevier West Central auch nicht.»

Das junge Mädchen überlief ein Schauer, und sie sagte mit unvermittelter Heftigkeit: «Die Hände – schrecklich, jemand so etwas anzutun. Schrecklich! Finden Sie nicht auch? Besonders einem Schriftsteller. Schrecklich und bezeichnend. Ich glaube nicht, daß Sie ihn so sehr gehaßt haben.»

Er ließ die Hände von den Tasten gleiten und drehte sich mit Schwung zu ihr herum.

«Ich habe ihn überhaupt nicht gehaßt. Himmel noch mal, Eliza! Sehe ich aus wie ein Mörder?»

«Woher soll ich das wissen? Sie sind der einzige, der ein Motiv hat: Das Vermögen von 200 000 Pfund.»

«Nicht, solange ich keine Frau habe. Hätten Sie nicht Lust, sich um diesen Job zu bewerben?»

«Nein, danke. Ich mag Männer, die etwa den gleichen Intelligenzquotienten haben wie ich. Wir würden nicht zusammenpassen. Was Sie für Ihren Club brauchen, ist eine Superblondine mit Atombusen, einem goldigen Herzen und einer Rechenmaschine als Kopf.»

«O nein!» sagte er ernst. «Ich weiß, was ich für den Club haben will. Und jetzt, wo ich das Geld habe, kann ich es mir auch leisten. Ich will Klasse.»

Die Tür zum Wohnzimmer öffnete sich, Miss Calthrop steckte den Kopf herein und warf ihnen einen unbestimmt fragenden Blick zu. Sie sagte zu Eliza:

«Anscheinend habe ich eins von meinen neuen Tonbändern verlegt. Du hast es nicht zufällig gesehen?»

Die einzige Reaktion ihrer Nichte bestand in einem desinteressierten Achselzucken, Digby jedoch sprang auf und spähte suchend im Zimmer umher, als erwarte er, daß die Spule auf dem Klavier Gestalt annehme oder unter den Kissen hervorgeschossen komme. Während sie seinen ergebnislosen Faxen zusah, dachte Eliza:

«So, so, jetzt sind wir also ganz Kavalier. Sonst hat er sich mit Tante Celia nie besondere Umstände gemacht. Was zum Teufel mag da wohl dahinterstecken?»

Natürlich blieb die Suche erfolglos, und Digby wandte sich Miss Calthrop mit einem liebenswürdigen, um Verzeihung bittenden Lächeln zu.

«Tut mir leid. Es ist anscheinend nicht hier.»

Celia, die mit schlecht verborgener Ungeduld gewartet hatte, dankte ihm und ging zurück an die Arbeit. Sobald sich die Tür hinter ihr geschlossen hatte, sagte Digby:

«Sie trägt es mit ziemlicher Fassung, nicht?»

«Was?»

«Maurices Testament. Schließlich, wenn es mich nicht gäbe, wäre sie jetzt eine reiche Frau.»

Glaubte der Idiot wirklich, daß sie das nicht wußten, daß ihnen dieser simple Zusammenhang entgangen war? Sie sah zu ihm hin und bemerkte in seiner selbstgefälligen, amüsierten Miene einen Anflug heimlicher Genugtuung. Plötzlich kam ihr der Gedanke, daß er irgend etwas über Maurices Tod wissen mußte, daß dieses heimliche Lächeln mehr bedeutete als eine momentane Genugtuung über ihre Enttäuschung und das Glück, das er selber gehabt hatte. Es lag ihr auf der Zunge, ihn zu warnen. Wenn er wirklich etwas entdeckt hatte, war er in Gefahr. Er war genau der Dummkopf, der durch einen Zufall auf einen Teil der Wahrheit stößt und nicht klug genug ist, den Mund zu halten. Aber sie überlegte es sich anders, gereizt über die heimliche Genugtuung in seinem Blick. Wahrscheinlich war es nur Einbildung. Wahrscheinlich hatte er keine Ahnung. Und wenn nun doch? Na schön, Digby Seton mußte selber sehen, wo er blieb, mußte sein Risiko auf sich nehmen wie sie alle.

15

Im Speisesaal von Haus Priory war man mit dem Abendessen fast fertig. Es hatte Dalgliesh geschmeckt. Er wußte nicht genau, was er erwartet hatte. Es hätte ein Essen mit sechs Gängen auf Sèvres-Porzellan serviert sein können oder ein deftiges Kotelett vom Holzteller mit anschließendem gemeinschaftlichen Abwaschen. Keines von beiden hätte ihn überrascht. Tatsächlich hatte es einen schmackhaften Hühnertopf mit Kräutern gegeben, gefolgt von Salat und Käse. Der rote Bordeaux war billig und ein wenig herb gewesen, aber es hatte reichlich davon gegeben, und Dalgliesh, der kein Weinsnob war, hatte sich nie der Meinung angeschlossen, daß die einzig angemessene Alternative zu gutem Wein gar kein Wein war. Jetzt saß er zufrieden, fast glücklich, in einem sanften Dämmer des Wohlbehagens da und ließ seine Blicke in dem riesigen Raum umherschweifen, in dem sie, klein wie Puppen, zu viert um den schlichten Eichentisch saßen.

Es war deutlich zu erkennen, daß dieses Haus ursprünglich zu einem Kloster gehört hatte. Dieser Raum mußte das Refektorium gewesen sein. Er war eine riesige Ausgabe des Wohnraums von Pentlands, aber hier wölbten sich die vom Alter geschwärzten Eichenbalken wie große Bäume zum Dach hinauf und tauchten, mehr als fünf Meter über dem schwachen Kerzenschimmer, der den Eßtisch erhellte, in eine schwarze Leere. Der Kamin war genau der gleiche wie in Pentlands, nur ins Monumentale vergrößert, so daß er schon fast einer Höhle glich, in der die großen Holzscheite wie Kohle verglommen. Die sechs zum Meer hin gelegenen Rundbogenfenster waren jetzt durch Läden verschlossen, aber Dalgliesh konnte das Murmeln des Meers hören und von Zeit zu Zeit ein leises Ächzen, das ein Auffrischen des Winds verriet.

Alice Kerrison saß Sinclair gegenüber, eine dralle, ruhige, gelassene Frau, die sich ihrer Stellung im Haus sicher war und, soweit Dalgliesh sehen konnte, hauptsächlich darum bemüht war, daß Sinclair sich überfraß. Als sie einander vorgestellt wurden, hatte er spontan das Gefühl gehabt, ihr schon einmal begegnet zu sein, sie sogar gut gekannt zu haben. Dann wurde ihm fast schlagartig klar, warum. Hier hatte er leibhaftig die Mrs. Noah aus der Arche

Noah seiner Kindertage vor sich. Dasselbe glatte Haar, schwarz und eng am Kopf anliegend wie gemalt, das von einem Mittelscheitel aus zu einem festen kleinen Knoten im Nacken zurückgekämmt war; dieselbe rundliche, untersetzte, fast taillenlose Gestalt und das runde, rotbackige Gesicht, an das er sich so gut erinnerte, mit den beiden strahlenden Augen darin. Auch ihre Kleidung war ihm vertraut. Sie trug ein einfaches schwarzes Kleid mit langen Ärmeln, das an Hals und Manschetten einen schmalen Spitzenbesatz hatte. Das Ganze erinnerte ebensosehr an die sonntägliche Ruhe früher im Pfarrhaus seines Vaters wie der Klang von Kirchenglocken oder der morgendliche Geruch frischer wollener Unterwäsche.

Er sah zu ihr hinüber, während sie den Kaffee einschenkte, und fragte sich, wie sie wohl zu Sinclair stand. Es war schwer zu erraten. Sie behandelte ihn nicht wie ein Genie, und er behandelte sie nicht wie einen Dienstboten. Offensichtlich machte es ihr Freude, für ihn zu sorgen, aber es lag etwas Nüchternes, fast Respektloses in der Art, wie sie ihn ruhig tolerierte. Manchmal, wenn sie gemeinsam das Essen auftrugen, wie es offenbar ihre Gewohnheit war, und sich ein wenig unsicher über den Wein berieten, wirkten sie vertraut und heimlichtuerisch wie Verschwörer. Er fragte sich, was sie an jenem Morgen vor sechs Jahren dazu bewogen hatte, ihre Sachen zu packen und Maurice zu verlassen, um zu Sinclair zu gehen. Es kam ihm der Gedanke, daß Alice Kerrison wahrscheinlich mehr über Seton und sein Verhältnis zu seiner Frau wußte als sonst jemand auf der Welt. Er fragte sich, was sie noch wußte.

Er ließ seinen Blick zu Sinclair schweifen, der mit dem Rücken zum Feuer saß. Der Schriftsteller wirkte kleiner als man nach seinen Fotos gedacht hätte, aber die breiten Schultern und die langen Affenarme ließen noch immer eine große Kraft erkennen. Das Gesicht war vom Alter vergröbert, so daß die Züge undeutlich und verwischt waren wie auf einem schlechten Foto. Die Haut hing in schweren Falten herunter. Die müden Augen waren unter den borstigen Brauen so tief eingesunken, daß sie kaum zu sehen waren, doch unverkennbar waren die stolze Kopfhaltung und der mächtige weiße Haarhelm, der jetzt wie ein brennender

Dornbusch leuchtete und damit die ganze Erscheinung noch mehr dem Bilde eines alttestamentlichen Jehova anglich. Wie alt mochte er sein, fragte Dalgliesh sich. Der letzte seiner drei großen Romane war vor über dreißig Jahren erschienen, und damals war er in den mittleren Jahren gewesen. Drei Bücher waren ein schmales Fundament für einen so fest gegründeten Ruhm. Celia Calthrop, verärgert darüber, daß sie ihn nicht dazu bewegen konnte, an einem Monksmere-Literaturfestival mitzuwirken, sich einen ihrer Romane widmen zu lassen oder sie auch nur zum Tee einzuladen, betonte mit Vorliebe, daß er überschätzt sei, und daß zu einem literarisch bedeutsamen Werk nicht nur Qualität, sondern auch Quantität gehöre. Dalgliesh dachte manchmal, daß das nicht ganz falsch sei. Aber man kehrte immer wieder mit einem Gefühl des Staunens zu den Romanen zurück. Sie standen wie monolithische Blöcke an einem Gestade, wo im Gezeitenwechsel der Mode so manche literarische Reputation in sich zusammengefallen war wie eine Sandburg. Haus Priory würde eines Tages im Meer versinken, Sinclairs Ruhm jedoch würde bestehen bleiben.

Dalgliesh war weder so naiv anzunehmen, daß ein großer Schriftsteller auch ein guter Causeur sein müsse, noch war er so anmaßend zu erwarten, daß Sinclair ihn unterhalten würde. Aber sein Gastgeber war während des Essens durchaus nicht schweigsam gewesen. Er hatte sachverständig und mit Anerkennung über Dalglieshs zwei Gedichtbände gesprochen, und das nicht, wie sein Gast spürte, um ihm damit eine Freude zu machen. Er war spontan und direkt wie ein Kind. Sobald ein Gegenstand aufhörte, ihn zu interessieren, wechselte er das Thema. Das Gespräch drehte sich hauptsächlich um Bücher, obwohl ihn seine eigenen offenbar nicht mehr interessierten, und seine Lieblingsunterhaltungslektüre waren anscheinend Kriminalromane. Mit allem, was in der Welt vor sich ging, hatte er nichts mehr im Sinn. «Die Menschen werden entweder lernen müssen, einander zu lieben, mein lieber Dalgliesh, in der ganz pragmatischen und unsentimentalen Bedeutung des Wortes, oder sie werden einander zerstören. Auf beides habe ich keinen Einfluß mehr.» Und trotzdem hatte Dalgliesh nicht den Eindruck, daß Sinclair enttäuscht oder zynisch war. Er hatte sich von der Welt zurückgezogen, aber weder aus Haß noch aus Verzweiflung; er hatte einfach aufgehört, sich für sie zu interessieren.

Er sprach jetzt mit Jane Dalgliesh, und sie unterhielten sich darüber, ob der Säbelschnäbler wohl in diesem Jahr am Ort nisten würde. Beide widmeten sich diesem Gegenstand mit ernsterer Aufmerksamkeit als allen anderen Gesprächsthemen vorher. Dalgliesh sah über den Tisch hinweg zu seiner Tante hinüber. Sie trug eine kirschrote, hochgeschlossene Kaschmirbluse, bei der die Ärmel bis fast zum Ellbogen hinauf geknöpft waren. Es war ein zweckmäßiges Kleidungsstück, wenn man an der kalten Ostküste zum Abendessen ausging, und sie hatte es, solange Dalgliesh sich erinnern konnte, bei derlei Anlässen fast immer getragen. Aber jetzt war die Bluse unvermutet wieder modern geworden, und die persönliche, ungezwungene Eleganz seiner Tante erhielt einen Hauch von modischem Schick, den er an ihr nicht kannte. Sie hatte die Wange in die linke Hand gestützt. An den langen braunen Fingern steckten die schweren Ringe aus dem Familienschmuck, die sie nur abends trug. Die Rubine und Brillanten funkelten im Kerzenlicht. Sie sprachen jetzt über einen Totenschädel, den Sinclair vor kurzem bei sich am Strand gefunden hatte. Die im Meer versunkenen Friedhöfe gaben in der Regel ihre Gebeine wieder heraus, und Spaziergänger, die am Strand entlanggingen, konnten damit rechnen, gelegentlich einen Oberschenkelknochen oder ein Schulterblatt zu finden – Knochen, die das Meer gebleicht und das Alter porös gemacht hatte. Aber einen ganzen Totenschädel fand man schon seltener. Sinclair erörterte mit einigem Sachverstand sein mögliches Alter. Doch bis jetzt war die andere, jüngere Leiche unerwähnt geblieben. Vielleicht, dachte Dalgliesh, hatte er sich über das Motiv für diese Einladung zum Abendessen getäuscht. Vielleicht interessierte Sinclair der Mord an Seton gar nicht. Aber es war schwer zu glauben, daß es lediglich eine plötzliche Laune gewesen war, Jane Dalglieshs Neffen kennenzulernen. Plötzlich wandte sich sein Gastgeber an ihn und sagte mit seiner langsamen, dröhnenden Stimme:

«Sie werden wahrscheinlich von vielen Leuten gefragt, warum Sie ausgerechnet Kriminalbeamter geworden sind.»

Dalgliesh antwortete ruhig:

«Es sind nur wenige darunter, denen ich gerne eine Antwort darauf gebe ... Es ist ein Beruf, der mir Spaß macht; zu dem ich einigermaßen tauge; der es mir erlaubt, meiner Neugier in bezug auf andere Menschen nachzugeben und bei dem ich mich – jedenfalls die meiste Zeit – nicht langweile.»

«Ah, ja! Langeweile. Der Zustand, den ein Schriftsteller am wenigsten ertragen kann. Aber kommt da nicht noch mehr hinzu? Sichert Ihnen die Tatsache, daß Sie Polizist sind, nicht Ihre Ungestörtheit? Sie haben von berufswegen die Entschuldigung, sich nicht involvieren zu lassen. Polizeibeamte leben isoliert von anderen Menschen. Wir behandeln sie wie Pfarrer, mit scheinbarer Kameraderie, aber grundlegendem Mißtrauen. Wir fühlen uns unbehaglich in ihrer Gegenwart. Ich glaube, Sie sind ein Mensch, der seine Ungestörtheit sehr schätzt.»

«Dann sind wir gleich», meinte Dalgliesh. «Ich habe meinen Beruf, und Sie haben Haus Priory.» Sinclair sagte:

«Es hat mich heute nachmittag nicht geschützt. Wir hatten Besuch von Ihrem Kollegen Inspektor Stanley Gerald Reckless. Erzählen Sie Mr. Dalgliesh davon, Alice.»

Dalgliesh war es leid, darauf hinzuweisen, daß er für Reckless nicht verantwortlich war, trotzdem war er neugierig zu erfahren, wie Sinclair hinter den vollen Namen des Inspektors gekommen war. Wahrscheinlich, indem er ihn einfach danach gefragt hatte.

Alice Kerrison sagte:

«Reckless. Das ist kein Name, wie er hier in Suffolk üblich ist. Er machte den Eindruck eines Kranken auf mich. Wahrscheinlich ein Magengeschwür. Vielleicht vom Ärger und von zuviel Arbeit ...»

Mit dem Magengeschwür konnte sie recht haben, dachte Dalgliesh, indem er sich an die blasse Gesichtsfarbe, den gepeinigten Augenausdruck, die tiefen Falten zwischen Nase und Mund erinnerte. Er hörte die ruhige Stimme fortfahren:

«Er kam hierher, um zu fragen, ob wir Mr. Seton umgebracht haben.»

«Aber doch sicher mit etwas mehr Takt?» meinte Dalgliesh. Sinclair sagte:

«Er war so taktvoll, wie er es vermochte. Aber nichtsdestoweniger war dies der Zweck seines Besuchs. Ich habe ihm erklärt, daß ich Seton noch nicht einmal gekannt habe, obwohl ich einmal versucht hatte, eines seiner Bücher zu lesen. Aber er ist nie hier gewesen. Nur weil ich selber nicht mehr schreiben kann, bin ich noch lange nicht verpflichtet, mich mit Leuten abzugeben, die es selber nie gekonnt haben. Glücklicherweise können Alice und ich einander für Dienstag- und Mittwochabend ein Alibi geben, welches, wie wir gehört haben, die fraglichen Zeiten sind. Ich habe dem Inspektor gesagt, daß keiner von uns beiden das Haus verlassen hat. Ich bin nicht überzeugt, daß er mir restlos geglaubt hat. Übrigens hat er mich gefragt, Jane, ob wir uns Ihr Hackbeil ausgeliehen hätten. Ich habe aus dieser Frage geschlossen, daß Sie dem Täter unwissentlich die Waffe geliefert haben. Wir haben dem Inspektor unsere beiden Hackbeile gezeigt, beide in ausgezeichnetem Zustand, wie ich zu meiner Freude sagen darf, und er konnte sich davon überzeugen, daß niemand sie benutzt hatte, um dem armen Maurice Seton damit die Hände abzuhacken.»

Alice Kerrison sagte plötzlich:

«Er war ein böser Mensch, und es ist besser, daß er tot ist. Aber das ist keine Rechtfertigung für einen Mord.»

«In welcher Beziehung war er böse?» fragte Dalgliesh.

Es wäre gar nicht nötig gewesen, diese Frage zu stellen. Er hätte es in jedem Fall zu hören bekommen, ob er nun wollte oder nicht. Er spürte Sinclairs amüsierten und neugierigen Blick auf seinem Gesicht. Das war also einer der Gründe für die Einladung gewesen. Sinclair hoffte nicht nur, etwas zu erfahren. Er hatte auch etwas mitzuteilen. Alice Kerrison saß kerzengerade da, ihr Gesicht war vor innerer Erregung fleckig, und sie hatte die Hände unter dem Tisch ineinander verkrampft. Sie warf Dalgliesh den fassungslosen, halb bittenden Blick eines verstörten Kindes zu und murmelte:

«Dieser Brief, den er ihr geschrieben hat. Es war ein schlimmer Brief, Mr. Dalgliesh. Er ist so sicher für ihren Tod verantwortlich, als hätte er sie selber ins Meer getrieben und ihr den Kopf unter Wasser gehalten.»

«Dann haben Sie den Brief gelesen?»

«Nicht ganz. Sie hat ihn mir fast unbewußt hingehalten und hat ihn mir wieder weggenommen, als sie sich etwas gefaßt hatte. Es war ein Brief, wie ihn keine Frau einer anderen Frau zu lesen geben würde. Es standen Dinge darin, die ich keiner Menschenseele je erzählen könnte. Dinge, die ich lieber vergessen möchte. Er wollte, daß sie stirbt. Es war Mord.»

Dalgliesh fragte:

«Sind Sie sicher, daß er den Brief geschrieben hat?»

«Es war seine Schrift, Mr. Dalgliesh. Auf allen fünf Seiten. Er hat nur ihren Namen mit Schreibmaschine oben hingeschrieben. Ich würde Mr. Setons Handschrift nicht verwechseln.» Natürlich nicht, dachte Dalgliesh. Und seine Frau würde sie erst recht nicht verwechseln. Dann hatte Seton seine Frau absichtlich zum Selbstmord getrieben. Wenn das stimmte, war es die gleiche rücksichtslose Grausamkeit wie bei der Tötung von Bryces Katze, lediglich in gesteigerter Form. Aber irgendwie stimmte an dem Bild von dem berechnenden Sadisten etwas nicht. Dalgliesh war Seton nur zweimal begegnet, aber er war ihm nicht wie ein Ungeheuer vorgekommen. War es wirklich möglich, daß dieser pedantische, nervöse und von sich selbst eingenommene kleine Mann mit seiner lächerlich überschätzten Begabung derart von Haß erfüllt gewesen war? Oder war diese Skepsis nur die Arroganz eines Kriminalbeamten, der sich einzubilden begann, ein Diagnostiker des Bösen zu sein? Selbst wenn man dem kleinen Crippen das Fehlen von Beweisen zugute hielt, gab es doch Präzedenzfälle, aus denen hervorging, daß sich nervöse, schwächliche Männer höchst resolut gezeigt hatten, als es darum ging, sich ihrer Frau zu entledigen. Wie sollte er nach zwei kurzen Begegnungen den wahren Seton so gut kennen, wie Alice Kerrison ihn gekannt haben mußte. Und dann gab es da den Brief als Beweis; einen Brief, den Seton, dessen gesamte in Haus Seton sorgfältig aufbewahrte Korrespondenz mit der Maschine geschrieben war, sich die Mühe gemacht hatte, mit der Hand zu schreiben.

Er wollte gerade fragen, was Dorothy Seton mit dem Brief gemacht hatte, als das Telefon klingelte. Es war ein unerwartet schrilles Geräusch in der Stille des riesigen, von Kerzenlicht erleuchteten Raums. Dalgliesh, der zusammengefahren war, wurde plötzlich bewußt, daß er unsinnigerweise angenommen hatte, es gäbe in Haus Priory keine Elektrizität. Er sah sich nach dem Apparat um. Das Klingeln schien aus einem Bücherregal in einem dunklen Winkel am anderen Ende des Raums zu kommen. Weder Sinclair noch Alice Kerrison machten Anstalten hinzugehen. Sinclair sagte:

«Da hat sich jemand verwählt. Wir werden nie angerufen. Wir haben das Telefon nur für den Notfall, aber die Nummer steht nicht im Telefonbuch.» Er sah wohlgefällig zu dem Apparat hinüber, als erfülle ihn das Bewußtsein seines tatsächlichen Funktionierens mit Befriedigung. Dalgliesh erhob sich. «Entschuldigen Sie», sagte er. «Aber es könnte für mich sein.» Er tastete nach dem Telefon und umfaßte die glatte Kühle zwischen dem Krimskrams, der auf dem oberen Bücherregal herumlag. Das unangenehme Geräusch verstummte. Er glaubte fast, daß die Anwesenden in der Stille, die im Raum herrschte, Inspektor Reckless sprechen hören konnten.

«Mr. Dalgliesh? Ich rufe aus Pentlands an. Es ist etwas geschehen, das Sie meiner Meinung nach erfahren sollten. Wäre es Ihnen wohl möglich, jetzt gleich hierherzukommen?»

Dann, als Dalgliesh zögerte, fügte er hinzu:

«Ich habe den Obduktionsbefund bekommen. Ich glaube, daß er Sie interessieren wird.»

Er stellte es hin wie eine Vergünstigung, dachte Dalgliesh. Aber er mußte natürlich hingehen. Trotz des höflichen, leidenschaftslosen Tons, in dem die Bitte vorgetragen wurde, war zwischen beiden keine Täuschung möglich. Wenn sie zusammen an einem Fall gearbeitet hätten, wäre es Inspektor Dalgliesh von Scotland Yard gewesen, der Reckless zu sich beordert hätte, nicht umgekehrt. Aber sie arbeiteten nicht zusammen an einem Fall. Und wenn Reckless einen Verdächtigen vernehmen wollte – oder auch den Neffen eines Verdächtigen – lag es in seinem Ermessen, die Zeit und den Ort zu bestimmen. Trotzdem war es interessant zu erfahren, was er in Pentlands machte. Miss Dalgliesh hatte das Haus nicht abgeschlossen, als sie nach Haus Priory aufgebrochen waren. Wenige Leute in Monksmere machten sich die Mühe, ihr Haus abzuschließen, und die Tatsache, daß ein Nachbar möglicherweise ermordet worden war, hatte seine Tante nicht dazu bewogen, ihre Gewohnheiten zu ändern. Aber eine solche Formlosigkeit paßte nicht zu Reckless.

Dalgliesh entschuldigte sich bei seinem Gastgeber, der das ohne Anzeichen des Bedauern hinnahm, und hatte das Gefühl, daß Sinclair, an keine anderen Besucher als seine Tante gewöhnt, ganz froh darüber war, die Gesellschaft wieder auf die vertraute Dreisamkeit reduziert zu sehen. Er hatte, aus einem Grund, den nur er allein kannte, gewollt, daß Dalgliesh Alice Kerrisons Geschichte hörte. Jetzt, wo sie erzählt war, konnte er seinen Gast zufrieden und mit einiger Erleichterung ziehen lassen. Er erinnerte Dalgliesh nur daran, beim Gehen seine Taschenlampe mitzunehmen, und wies ihn darauf hin, daß er nicht zurückzukommen brauche, um seine Tante abzuholen, da er und Alice sie nach Hause bringen würden. Jane Dalgliesh schien diese Vereinbarung recht zu sein. Dalgliesh hatte das Gefühl, daß es Takt von ihr war. Reckless hatte nur ihn sehen wollen, und seine Tante hatte keine Lust, die Rolle des ungebetenen Gasts zu spielen, und sei es auch in ihrem eigenen Haus.

Er lehnte es ab, sich zur Tür begleiten zu lassen, und trat in eine so undurchdringliche Finsternis, daß seine Augen zuerst nur die undeutliche Helle des Wegs zu seinen Füßen erkennen konnten. Dann kam der Mond hinter den Wolken hervor, und die Nacht wurde sichtbar, ein Wesen aus Formen und Schatten, von Geheimnissen schwer und von den Geräuschen des Meers durchdrungen. Dalgliesh dachte, daß man in London, zerrissen von Lichtergefunkel und menschlicher Unrast wie es war, nur selten Gelegenheit hatte, die Nacht zu erleben. Hier war sie fast greifbar gegenwärtig, so daß sich in seinen Adern eine atavistische Furcht vor der Dunkelheit und dem Unbekannten zu regen begann. Selbst die Bewohner von Suffolk, denen die Nacht nichts Unvertrautes war, konnten diese schmalen Felsenwege kaum ohne ein Gefühl der Beklommenheit gehen. Es war leicht zu verstehen, wie die Lokalsagen entstanden waren: daß manchmal, an einem Herbstabend der gedämpfte Hufschlag von Pferden zu hören war, wenn Schmuggler ihre Fässer und Ballen von Sizewell Gap ins Moor brachten, um sie dort zu verstecken, oder sie über das öde Heideland von Westleton ins Landesinnere schafften; und daß an einem solchen Herbstabend auch das schwache Glockenläuten längst versunkener Kirchen zu hören war – die Glocken von St. Leonard, St. John, St. Peter und Allerheiligen, die ihren Klagegesang für die Seelen der Toten anstimmten. Und jetzt waren vielleicht schon neue Sagen entstanden, die die Einheimischen an den Herbstabenden in ihre Häuser bannten. Die Oktobersagen. Eine um eine nackte Frau, die bleich im Mondlicht durch die Wellen in den Tod ging; eine andere um einen Toten ohne Hände, der mit der Strömung aufs Meer hinaustrieb.

Aus einer Laune heraus entschied Dalgliesh sich dafür, am Küstenrand entlang nach Hause zu gehen. Es dauerte fünfzehn Minuten länger, aber es würde Reckless, der es sich in Pentlands bequem gemacht hatte, nichts schaden, eine Viertelstunde länger auf ihn zu warten. Er fand den Weg mit Hilfe seiner Taschenlampe und folgte der kleinen Lichtpfütze, die sich geisterhaft vor ihm her bewegte. Er warf einen Blick zurück auf das Haus. Es war jetzt eine schwarze, formlose Masse gegen den Nachthimmel und wirkte fast ausgestorben, wären nicht die dünnen Lichtstrahlen zwischen den Fensterläden des Speisesaals und das einzelne runde Fenster im oberen Stock gewesen, das wie ein Zyklopenauge leuchtete. Das Licht ging aus, während er hinaufsah. Irgend jemand, wahrscheinlich Alice Kerrison, war nach oben gegangen.

Er näherte sich jetzt der Felskante. Das Dröhnen der Brandung drang deutlicher an sein Ohr, und irgendwo schrie gellend ein Seevogel. Er dachte, daß es vielleicht noch stürmisch wurde, obwohl bis jetzt nur ein frischer Wind wehte. Aber hier, auf dieser ungeschützten Landspitze, schienen Meer, Land und Himmel ständig einer leichten Turbulenz ausgesetzt zu sein. Der Weg wurde allmählich überwachsener. Die nächsten zwanzig Meter waren ein mühsames Sich-Durchkämpfen durch Stechginster und Brombeergestrüpp, deren dornige Zweige an seinen Hosenbeinen hängenblieben. Er kam allmählich zu der Überzeugung, daß es vernünftiger gewesen wäre, einen Weg mehr im Landesinneren zu nehmen. Die Genugtuung darüber, daß er Reckless warten ließ, kam ihm jetzt albern und kindisch vor, und sie war es sicher nicht wert, daß er sich ihretwegen eine tadellose Hose ruinierte. Wenn Setons Leiche durch dieses Dorngestrüpp getragen worden wäre, hätte das hier irgendwelche Spuren hinterlassen. Reckless hatte die Gegend bestimmt sorgfältig untersucht; Dalgliesh fragte sich, ob er etwas gefunden hatte, und, wenn ja, was. Und da war ja nicht nur der Weg über den Felsen. Danach kamen noch an die vierzig lärmige Holzstufen zum Strand hinunter, die bewältigt werden mußten. Sinclair war trotz seines Alters ein kräftiger Mann, und Alice Kerrison war eine gesunde Landfrau; aber Seton wäre, so klein er war, doch eine zu schwere Last gewesen. Es wäre ein mühseliges, fast unmögliches Unterfangen gewesen.

Plötzlich tauchte vor seinen Augen ein weißes Gebilde links vom Weg auf. Es war einer der wenigen Grabsteine, die es auf diesem Felsenstück noch gab. Die meisten waren längst verfallen oder im Meer versunken, um der übrigen Menschheit schließlich ihren Tribut an Gebeinen zu zollen, den die Flut an Land spülte. Aber dieser hier stand noch da, und Dalgliesh ging, einem Impuls folgend, hin, um ihn sich anzusehen. Der Grabstein war größer, als er gedacht hatte, und die Buchstaben waren sorgfältig herausgemeißelt. Er hockte sich hin und richtete die Taschenlampe auf die Inschrift:

Zur Erinnerung an
Henry Willm. Scrivener,
der von einer Schmugglerbande
vom Pferd geschossen wurde,
als er diese Gegend bereiste.
24. Sept. 1786

Der Kugeln Schärfe
Hat mein Herz durchbohrt,
Für ein Gebet bleibt keine Zeit,
Denn ich muß fort.
Wandrer halt ein –
Auch du kennst nicht den Tag,
An dem dein Schöpfer
Dir begegnen mag!

Armer Henry Scrivener! Welches böse Geschick, fragte sich Dalgliesh, hatte ihn dazu bewogen, auf diesem einsamen Weg nach

Dunwich zu reisen. Er mußte ein ziemlich wohlhabender Mann gewesen sein. Es war ein schöner Stein. Er fragte sich, wie viele Jahre es dauern würde, bis nun auch Scrivener und sein Grabstein mitsamt der frommen Ermahnung hinweggespült und der Vergessenheit anheimfallen würde. Er rappelte sich wieder auf die Füße, als plötzlich, beim Rudern mit den Armen, das Licht der Taschenlampe direkt auf das Grab fiel. Der Rasen war wieder an die alte Stelle gelegt, die dornigen Brombeerzweige wieder zu einem dichten Baldachin ineinandergeschlungen worden, aber das Grab war zweifellos nicht mehr unberührt. Er kniete sich wieder hin und schob mit den behandschuhten Händen die Erde zur Seite. Sie war locker und bröckelig. Andere Hände als seine waren vor ihm hier gewesen. Innerhalb weniger Sekunden grub er einen Oberschenkelknochen, ein zerbrochenes Schulterblatt und schließlich einen Schädel aus. Henry Scrivener hatte im Tode Gesellschaft bekommen. Dalgliesh erriet sofort, was geschehen war. Auf diese Weise entledigten sich Sinclair und Alice Kerrison der Gebeine, die sie am Strand gefunden hatten. Alle waren sehr alt, alle waren vom Meer gebleicht. Irgend jemand, und er vermutete, daß es Alice war, hatte sie wieder in geweihter Erde begraben wollen.

Er dachte noch über diesen neuen Einblick in die Gepflogenheiten des seltsamen Paars von Haus Priory nach und drehte dabei den Totenschädel in den Händen, als er das leise Tappen näher kommender Schritte vernahm. Es folgte ein Rascheln, als ob Zweige auseinandergebogen würden, und plötzlich stand eine schwarze, den Nachthimmel verdunkelnde Gestalt über ihm. Er hörte Oliver Lathams unernste, ironische Stimme:

«Na, immer noch beim Inspizieren, Inspektor? Sie sehen aus, wenn Sie mir die Bemerkung gestatten, wie ein noch nicht bühnenreifer Erster Totengräber aus dem ‹Hamlet›. Was sind Sie für ein Arbeitstier! Aber den armen Henry Scrivener können Sie doch sicher in Frieden ruhen lassen. Ich würde meinen, daß es ein bißchen spät ist, jetzt mit der Untersuchung dieses Mordfalls zu beginnen. Außerdem, sind Sie nicht gerade dabei, Hausfriedensbruch zu begehen?»

«Das trifft doch wohl eher für Sie zu», sagte Dalgliesh ruhig.

Latham lachte:

«Aha, dann waren Sie also bei R. B. Sinclair eingeladen. Ich hoffe, Sie haben diese Ehre zu schätzen gewußt. Und was hatte unser Apostel der allesumfassenden Liebe über Setons so sonderbar unerquickliches Ende zu sagen?»

«Nicht viel.»

Dalgliesh grub ein Loch in die lockere Erde und begann, den Totenschädel zuzudecken. Er strich die Erde über der blassen Stirn glatt und ließ sie in die Augenhöhlen und in die Lücken zwischen den Zähnen rinnen. Er sagte, ohne aufzublicken:

«Ich wußte nicht, daß Sie ein Freund von nächtlichen Spaziergängen sind.»

«Das ist eine Gewohnheit, die ich erst kürzlich angenommen habe. Sie ist überaus lohnend. Man bekommt so interessante Dinge zu sehen.»

Er sah Dalgliesh zu, bis das Begräbnis beendet und der Rasen an die alte Stelle zurückgelegt worden war. Dann wandte er sich wortlos zum Gehen. Dalgliesh rief ihm ruhig nach:

«Hat Dorothy Seton Ihnen kurz vor ihrem Tod einen Brief geschickt?»

Die schwarze Gestalt blieb wie angewurzelt stehen und drehte sich dann langsam um. Latham fragte sachlich:

«Geht Sie das irgend etwas an?» Und, als Dalgliesh zögerte, fügte er hinzu:

«Warum fragen Sie dann?»

Er drehte sich ohne ein weiteres Wort wieder um und verschwand in der Dunkelheit.

16

Das Licht über der Haustür brannte, aber der Wohnraum war fast dunkel. Inspektor Reckless saß allein vor dem verlöschenden Feuer und wirkte ein wenig wie ein Besucher, der, im Zweifel darüber, ob seine Anwesenheit willkommen ist, den Hausherrn dadurch versöhnlich stimmen möchte, daß er sparsam mit dem Licht umgeht. Als Dalgliesh hereinkam, stand er auf und machte eine kleine Tischlampe an. Die beiden Männer sahen einander in dem weichen, schwachen Licht an.

«Ganz allein, Mr. Dalgliesh? War sicher nicht ganz einfach für Sie, sich loszueisen.»

Die Stimme des Inspektors war ohne jeden Ausdruck. Man konnte dieser tonlosen Feststellung unmöglich anhören, ob sie kritisch oder fragend gemeint war.

«Jedenfalls habe ich es geschafft. Ich habe den Felsenweg genommen. Woher wußten Sie, wo Sie mich erreichen konnten?»

«Als ich herkam und niemand da war, habe ich mir gedacht, daß Sie und Miss Dalgliesh irgendwo in der Nachbarschaft zum Abendessen eingeladen sind. Ich habe es zuerst da probiert, wo es mir am wahrscheinlichsten erschien. Es hat sich einiges ereignet, was ich heute abend mit Ihnen besprechen möchte, und ich wollte es nicht gern am Telefon tun.»

«Na, dann schießen Sie mal los. Aber wie wäre es mit etwas zu trinken?»

Es gelang Dalgliesh nicht, einen fröhlich-aufmunternden Unterton in seiner Stimme zu unterdrücken. Es behagte ihm nicht, daß er sich selbst wie der Tutor in einem Internat vorkam, der einen vielversprechenden, aber nervösen Examenskandidaten bei Laune hält. Und dabei war Reckless völlig ungezwungen. Die dunklen Augen sahen ihn ohne die geringste Verlegenheit oder Unterwürfigkeit an. «Du lieber Himmel, was ist los mit mir», dachte Dalgliesh. «Warum fühle ich mich in Gegenwart dieses Mannes so gezwungen?»

«Nein, danke, Mr. Dalgliesh, ich möchte nichts trinken. Ich dachte, der Bericht des Pathologen, den ich heute am frühen Abend bekommen habe, würde Sie interessieren. Dr. Sydenham und er müssen sich die ganze letzte Nacht um die Ohren geschlagen haben. Wollen Sie raten, woran Seton gestorben ist?»

«Nein», dachte Dalgliesh, «das will ich nicht. Das ist dein Fall, und ich wünschte bei Gott, du würdest mit der Lösung vorankommen. Ich bin nicht in der Stimmung zum Rätselraten.» Er sagte:

«Ist er erstickt?»

«Er ist eines ganz natürlichen Todes gestorben, Mr. Dalgliesh. An einem Herzanfall.»

«Was?»

«Es besteht überhaupt kein Zweifel. Er litt an einer leichten Angina pectoris, die durch einen Schaden an der linken Herzkammer kompliziert wurde. Beides zusammen ergab ein ziemlich schwaches Herz, und das hat ihn im Stich gelassen. Er ist nicht erstickt, er wurde nicht vergiftet, und es gibt auch keine Anzeichen von äußerer Gewaltanwendung mit Ausnahme der abgetrennten Hände. Er ist nicht verblutet, und er ist nicht ertrunken. Er ist drei Stunden, nachdem er die letzte Mahlzeit zu sich genommen hatte, gestorben. An einem Herzanfall.»

«Und diese letzte Mahlzeit bestand worin? Als ob ich das überhaupt fragen müßte!»

«Sie bestand in gebackenen Scampi mit Sauce tartare, grünem Salat mit Kräutersauce, Bauernbrot und Butter, Roquefortkäse und Crackern; und heruntergespült hat er das Ganze mit Chiantiwein.»

«Es sollte mich wundern, wenn er das in Monksmere gegessen hätte», sagte Dalgliesh. «Es ist typisches Essen für Londoner Restaurants. Übrigens, was ist mit den Händen?»

«Die sind ihm einige Stunden nach seinem Tod abgehackt worden. Dr. Sydenham vermutet, daß es am Mittwochabend geschehen ist, und das wäre ja auch ganz logisch, Mr. Dalgliesh. Die Bank im Dinghi wurde als Hackblock benutzt. Viel Blut konnte nicht dabei fließen, aber falls der Betreffende sich damit beschmierte, war genug Meerwasser da, um es wieder abzuwaschen. Eine scheußliche Sache, eine gemeine Sache, und ich werde denjenigen finden, der es getan hat, aber das heißt nicht, daß es ein Mord war. Seton ist eines natürlichen Todes gestorben.»

«Ein wirklich großer Schrecken hätte ihn doch wohl umgebracht.»

«Aber wie groß? Sie wissen, wie es mit diesen Herzkranken ist. Einer von meinen Jungs hat mit diesem Dr. Forbes-Denby gesprochen, und der sagt, daß Seton bei einiger Vorsicht noch Jahre hätte leben können. Und vorsichtig war er. Keine unnötige Anstrengung, keine Flugreisen, leichte Kost, ein sorgenfreies Leben. Es sind schon Leute mit einem schlechteren Herzen steinalt geworden. Ich hatte so eine Tante. Sie ist zweimal ausgebombt worden

128

und hat es überlebt. Man könnte sich nie darauf verlassen, so jemanden dadurch umzubringen, daß man ihm einen großen Schrecken einjagt. Herzkranke überleben die unglaublichsten Aufregungen.»

«Und sterben an einer leichten Verdauungsstörung. Ich weiß. Das, was er da zuletzt gegessen hat, war ja nicht unbedingt das Geeignete für einen Herzkranken, aber man kann doch nicht ernstlich davon ausgehen, daß jemand mit ihm essen gegangen ist und ihn zu dieser Mahlzeit verführt hat, um dadurch eine tödliche Verdauungsstörung heraufzubeschwören.»

«Es ist niemand mit ihm essen gegangen, Mr. Dalgliesh. Er hat dort gegessen, wo Sie vermutet haben. Im Cortez Club in Soho, in Lukers Etablissement. Er ist vom Cadaver Club aus direkt dort hingegangen, und er war alleine, als er ankam.»

«Und ist er alleine geblieben?»

«Nein. Es gibt da eine Empfangsdame, eine Blondine namens Lily Coombs. Sie ist so etwas wie Lukers rechte Hand. Sie hat ein Auge auf die Mädchen und auf die Getränke und hält die schwierigen Gäste bei Laune. Sie müßten sie eigentlich kennen, wenn sie neunundfünfzig, als Luker Martin erschoß, schon mit ihm zusammen war. Ihre Geschichte lautet folgendermaßen: Seton hätte sie an seinen Tisch gerufen und gesagt, daß ihm ein Freund ihren Namen genannt hätte. Er wollte etwas über die Drogenszene erfahren und hätte gehört, daß sie ihm dabei helfen könnte.» Dalgliesh sagte:

«Lil ist nicht unbedingt ein Unschuldslamm, aber soweit ich weiß, hat sie nie etwas mit Rauschgifthandel zu tun gehabt. Und Luker auch nicht – jedenfalls bis jetzt. Seton hat ihr den Namen seines Freundes wohl nicht genannt?»

«Sie sagt, daß sie ihn gefragt hat, daß er ihn aber nicht nennen wollte. Jedenfalls sah sie eine Gelegenheit, ein paar Scheine zu verdienen, und sie haben den Club um 21 Uhr 30 zusammen verlassen. Seton hat zu ihr gesagt, daß sie nicht in seinen Club gehen und sich dort unterhalten könnten, weil Frauen dort keinen Zutritt hätten. Es stimmt, sie haben wirklich keinen Zutritt. Deshalb sind sie etwa vierzig Minuten lang im Taxi im Hyde Park und im Westend herumgefahren. Er hat ihr für ihre Auskunft 10 Pfund bezahlt – was für ein Märchen sie ihm aufgetischt hat, weiß ich nicht –, ist an der U-Bahnstation Paddington ausgestiegen und hat sie alleine im Taxi zum Cortez zurückfahren lassen. Sie war um 22 Uhr 30 wieder da und ist in Gesellschaft von etwa dreißig Gästen bis um ein Uhr früh dort geblieben.»

«Aber warum sind sie überhaupt weggegangen? Hätte sie ihm das Märchen nicht an seinem Tisch erzählen können?»

«Sie sagte, daß er unbedingt weg wollte. Der Ober hat bestätigt, daß er nervös und gereizt war. Luker mag es nicht, wenn sie sich zu lange mit einem Gast beschäftigt.»

«So, wie ich Luker kenne, mußte es ihm ja noch verdächtiger vorkommen, wenn sie vierzig Minuten aus dem Club verschwindet und im Hyde Park spazierenfährt. Aber das hört sich ja alles ganz honorig an. Lil muß sich seit damals verändert haben. Halten Sie Ihre Geschichte für glaubhaft?»

Reckless sagte:

«Ich übe meinen Beruf auf dem Lande aus, Mr. Dalgliesh. Für mich ist es keine ausgemachte Sache, daß jedes leichte Mädchen in Soho eine Lügnerin ist. Ich glaube, daß sie die Wahrheit gesagt hat, wenn auch nicht die ganze Wahrheit. Außerdem haben wir den Taxifahrer ausfindig gemacht. Er hat bestätigt, daß er sie um 21 Uhr 30 am Club abgeholt und Seton etwa vierzig Minuten später vor dem Eingang vom U-Bahnhof Paddington abgesetzt hat. Er sagte, daß sie sich während der ganzen Fahrt anscheinend ernsthaft unterhalten haben, und daß der Herr ab und zu etwas in ein Notizbuch geschrieben hat. Wenn er das wirklich getan hat, würde mich interessieren, was damit geschehen ist. Als ich den Toten sah, hatte er kein Notizbuch bei sich.»

Dalgliesh sagte:

«Das war ja rasche Arbeit. Also ist der Zeitpunkt, an dem er zum letztenmal lebend gesehen wurde, auf zehn nach zehn vorgerückt. Und knapp zwei Stunden später ist er gestorben.»

«Keines gewaltsamen Todes, Mr. Dalgliesh.»

«Ich glaube, daß er sterben sollte.»

«Vielleicht. Aber ich streite nicht gegen die Tatsachen. Seton ist am vergangenen Dienstag um Mitternacht gestorben, weil er ein schwaches Herz hatte und es aufgehört hat zu schlagen. Das hat mir Dr. Sydenham gesagt, und ich werde keine öffentlichen Gelder damit verschwenden, daß ich versuche, ihm das Gegenteil zu beweisen. Jetzt erzählen Sie mir, daß irgend jemand diesen Herzanfall herbeigeführt hat. Ich sage nicht, daß das unmöglich ist. Ich sage, daß wir dafür bis jetzt keinen Beweis haben. Ich möchte mich bei der ganzen Sache nicht vorzeitig festlegen. Es gibt eine Menge, was wir noch nicht wissen.»

Dalgliesh fand diese Bemerkung ziemlich untertrieben. Das meiste von dem, was Reckless noch nicht wußte, waren beinahe ebenso wichtige Dinge wie die Todesursache. Dalgliesh hatte eine ganze Liste offener Fragen im Kopf. Warum hatte Seton sich am U-Bahnhof Paddington absetzen lassen? Wen wollte er unterwegs treffen, falls er überhaupt jemanden treffen wollte? Wo war er gestorben? Wo war die Leiche von Dienstagnacht an gewesen? Wer hatte sie nach Monksmere gebracht und warum? Wenn es tatsächlich vorsätzlicher Mord gewesen war, wie war es dem Mörder so überzeugend gelungen, es wie einen natürlichen Tod aussehen zu lassen? Und das führte zu einer Frage, die Dalgliesh am interessantesten fand. Warum hatte der Mörder den Toten nach vollbrachter Tat nicht irgendwo in London am Straßenrand liegenlassen, wo man ihn später als einen älteren, unbedeutenden Krimischriftsteller identifiziert hätte, der in irgendeiner unbekannten Angelegenheit in London unterwegs war und dabei von einem Herzanfall überrascht wurde. Warum wurde die Leiche nach Monksmere zurückgebracht und dann dieses alberne Theater mit ihr angestellt, das doch unweigerlich Verdacht erregen und die gesamte Polizei von Suffolk aufscheuchen mußte?

Reckless sagte, als könne er Dalglieshs Gedanken lesen:

«Wir haben keinen Beweis dafür, daß Setons Tod und die Verstümmelung der Leiche in unmittelbarem Zusammenhang stehen. Er ist eines natürlichen Todes gestorben. Früher oder später werden wir herausfinden, wo. Dann werden wir etwas über die Person erfahren, die für den anschließenden Unfug verantwortlich ist; für die Verstümmelung; für das gefälschte Telefongespräch mit Digby Seton – falls es überhaupt geführt worden ist; für die beiden Manuskripte, die an Miss Kedge geschickt worden sind – falls sie überhaupt geschickt worden sind. Da ist ein Witzbold in unserer

Mannschaft, und sein Humor gefällt mir nicht; aber ich glaube nicht, daß er ein Mörder ist.»

«Dann halten Sie also das Ganze für einen besonders ausgefallenen Schabernack? Aber warum sollte jemand so etwas tun?»

«Aus Bosheit, Mr. Dalgliesh. Aus Bosheit gegenüber dem Toten oder gegenüber den Lebenden. Um andere Menschen in Verdacht zu bringen. Um ihnen Schwierigkeiten zu bereiten. Zum Beispiel Miss Calthrop. Sie bestreitet nicht, daß die Leiche ohne Hände in einem Dinghi ihre Idee gewesen ist. Oder Digby Seton. Er ist derjenige, der durch den Tod seines Stiefbruders am meisten gewinnt. Oder auch Miss Dalgliesh. Schließlich ist es ihr Hackbeil gewesen.»

Dalgliesh sagte:

«Das ist eine reine Vermutung. Das Hackbeil ist verschwunden, das ist alles, was wir wissen. Es gibt überhaupt keinen Beweis dafür, daß es als Tatwerkzeug benutzt worden ist.»

«Diesen Beweis haben wir jetzt. Es ist nämlich wieder da. Machen Sie das Licht an, Mr. Dalgliesh, und überzeugen Sie sich selbst.»

Das Hackbeil war tatsächlich wieder da. Am hinteren Ende des Zimmers stand ein kleiner Sofatisch aus dem 18. Jahrhundert, ein reizendes, zierliches Möbelstück, das, wie Dalgliesh sich aus seiner Kindheit erinnerte, einstmals im Zimmer seiner Großmutter gestanden hatte. Das Hackbeil war mitten hineingetrieben worden. Es hatte das glänzende Holz fast in zwei Hälften gespalten. In dem hellen Licht der Deckenbeleuchtung, das jetzt den Raum überflutete, konnte Dalgliesh die braunen Blutflecken auf dem Blatt deutlich sehen. Das Hackbeil würde natürlich zur Untersuchung weggeschickt werden. Nichts würde dem Zufall überlassen bleiben. Aber er hatte keinen Zweifel daran, daß es Maurice Setons Blut war.

Reckless sagte:

«Ich bin hierher gekommen, um Sie über den Obduktionsbefund zu informieren. Ich dachte, er würde Sie vielleicht interessieren. Die Tür stand halb offen, als ich ankam, deshalb bin ich eingetreten und habe nach Ihnen gerufen. Dann habe ich das Hackbeil gesehen. Unter diesen Umständen, dachte ich, könnte ich mir die Freiheit nehmen, hier auf Sie zu warten.»

Ob er über den Erfolg seiner kleinen Inszenierung befriedigt war, gab er nicht zu erkennen. Dalgliesh hätte ihm einen solchen Sinn für dramatische Effekte gar nicht zugetraut. Es war alles recht geschickt eingefädelt gewesen, das ruhige Gespräch im Halbdunkel, das plötzliche Aufflammen des Lichts, der Schock darüber, etwas Schönes und Unersetzliches mutwillig und boshaft zerstört zu sehen. Dalgliesh hätte gerne gefragt, ob Reckless ihn seine Neuigkeiten auf dieselbe spektakuläre Art eröffnet hätte, wenn seine Tante dabeigewesen wäre. Aber warum nicht? Reckless wußte sehr gut, daß Jane Dalgliesh das Hackbeil in den Tisch geschlagen haben konnte, bevor sie und Dalgliesh nach Haus Priory aufbrachen. Eine Frau, die einem Toten die Hände abhakken konnte, um sich ein kleines Privatvergnügen zu verschaffen, würde wohl kaum davor zurückschrecken, zum gleichen Zweck einen Sofatisch zu opfern. Der kleine Abstecher des Inspektors ins dramatische Fach hatte Methode gehabt. Er hatte darauf spekuliert, in den Augen seines Verdächtigen das untrügliche Aufblitzen von Überraschung und Entsetzen ausbleiben zu sehen. Nun, Dalglieshs Reaktion hatte ihm keine großen Aufschlüsse gegeben. Plötzlich faßte Dalgliesh, den kalte Wut erfüllte, einen Entschluß. Er sagte, sobald er seine Stimme wieder in der Gewalt hatte:

«Ich werde morgen nach London fahren. Ich wäre Ihnen dankbar, wenn Sie hier auf das Haus ein Auge hätten. Ich glaube nicht, daß ich länger weg sein werde als eine Nacht.»

Reckless sagte:

«Ich werde auf alle in Monksmere ein Auge haben, Mr. Dalgliesh. Ich werde Ihnen einige Fragen stellen müssen. Um wieviel Uhr sind Sie und Ihre Tante heute abend weggegangen?»

«Gegen dreiviertel sieben.»

«Und sie sind zusammen weggegangen?»

«Ja. Wenn Sie mich jetzt fragen, ob meine Tante noch mal allein zurückgelaufen ist, um sich ein frisches Taschentuch zu holen, lautet die Antwort nein. Und das Hackbeil, nur um das klarzustellen, war, als wir weggingen, auch noch nicht da, wo es jetzt ist.»

Reckless sagte, ohne sich provozieren zu lassen, ruhig:

«Und ich bin um kurz vor neun hier gewesen. Demnach hatte

der Betreffende fast zwei Stunden Zeit. Haben Sie irgend jemandem etwas von der Einladung zum Abendessen erzählt, Mr. Dalgliesh?»

«Nein, und ich bin sicher, meine Tante auch nicht. Aber das hat eigentlich nichts zu sagen. Man weiß in Monksmere immer, ob jemand zu Hause ist oder nicht, je nachdem, ob Licht brennt oder nicht.»

«Und jeder läßt auch noch passenderweise seine Haustür offenstehen. Da wird's einem ja so richtig leicht gemacht. Und wenn in diesem Fall alles nach Schema weiterläuft, dann haben jetzt entweder alle ein Alibi oder gar keiner.» Er ging zu dem Sofatisch hinüber und zog, indem er ein riesiges weißes Taschentuch aus der Tasche holte und es um den Stiel des Hackbeils wickelte, die Schneide aus dem Tisch. Er ging mit dem Hackbeil bis zur Tür. Dann drehte er sich um und sah Dalgliesh an:

«Er ist um Mitternacht gestorben, Mr. Dalgliesh. Um Mitternacht. Da war Digby Seton seit mehr als einer Stunde in Polizeigewahrsam; da amüsierte sich Oliver Latham mit zwei Rittern und drei Damen des britischen Empire sowie der halben Londoner Kultursociety auf einer Premierenfeier; da lag, nach bisher gesicherter Erkenntnis, Miss Marley wohlbehalten in ihrem Hotelbett; und da rang Justin Bryce mit seinem ersten Asthmaanfall. Mindestens zwei von ihnen haben ein bombensicheres Alibi, und die anderen zwei machen keinen sonderlich beunruhigten Eindruck ... Ach, übrigens, das habe ich ja ganz vergessen Ihnen zu sagen. Es hat jemand für Sie angerufen, während ich hier gewartet habe. Ein Mr. Max Gurney. Sie sollen ihn möglichst bald zurückrufen. Er sagte, Sie hätten die Nummer.»

Dalgliesh war überrascht. Max Gurney war von all seinen Freunden derjenige, der ihn als letzter im Urlaub angerufen hätte. Aber das eigentlich Interessante: Gurney war Hauptgesellschafter des Verlags, der Maurice Setons Bücher verlegte. Er fragte sich, ob Reckless das wußte. Anscheinend nicht, da er nichts weiter dazu sagte. Der Inspektor hatte enorm schnell gearbeitet, und nur wenige Leute, die etwas mit Seton zu tun gehabt hatten, waren nicht vernommen worden. Aber entweder hatte er es nicht geschafft, sich mit Setons Verleger zu treffen, oder er war zu dem Schluß gekommen, daß es nichts bringen würde.

Reckless wandte sich nun endgültig zum Gehen:

«Gute Nacht, Mr. Dalgliesh ... Bitte, sagen Sie Ihrer Tante, daß mir die Sache mit dem Tisch leid tut ... Wenn Ihre Annahme stimmt, daß es sich um Mord handelt, dann wissen wir jetzt etwas über den Mörder, nicht wahr? Er liest zuviel Kriminalromane.»

Damit war er verschwunden. Sobald sich das Motorengeräusch seines Wagens in der Ferne verloren hatte, rief Dalgliesh Max Gurney an. Gurney mußte auf seinen Anruf gewartet haben, denn er war sofort am Apparat.

«Adam? Schön, daß du mich gleich zurückrufst. Man wollte mir im Yard nicht sagen, wo du steckst, aber ich habe mir gedacht, daß du vielleicht in Suffolk bist. Wann kommst du wieder nach London? Könnten wir uns dann gleich treffen?»

Dalgliesh sagte, daß er am nächsten Tag in London sei. Er konnte die Erleichterung in Maxens Stimme hören.

«Können wir zusammen zu Mittag essen? Oh, wunderbar. Sagen wir um eins? Hast du irgendeinen Wunsch in bezug auf das Lokal?»

«Warst du nicht mal Mitglied im Cadaver Club, Max?»

«Das bin ich immer noch, möchtest du gerne dort essen? Die Plants kochen wirklich vorzüglich. Also, sagen wir um eins im Cadaver Club? Paßt dir das auch wirklich?»

Dalgliesh sagte, daß ihm das ausgezeichnet passe.

17

In der Tanner's Lane, im parterre gelegenen Wohnzimmer des Puppenhauses, hörte Sylvia Kedge das Ächzen des aufkommenden Winds und fürchtete sich. Sie hatte stürmische Nächte schon immer gehaßt und ebenso den Gegensatz zwischen dem Aufruhr, der draußen tobte, und der tiefen Ruhe im Haus, das klamm im Schatten des Felsen geduckt lag. Selbst bei starkem Wind war die Luft drinnen drückend und unbewegt, als ob das Haus eine eigene Ausdünstung hervorbrächte, der keine Macht von außen etwas anzuhaben vermochte. Nur selten rüttelte der Sturm an den Fenstern und brachte die Türen und Balken zum Knarren. Und auch bei starkem Wind bewegten sich die Zweige der Holunderbüsche, die sich gegen die hinteren Fenster drängten, nur träge, als fehlte ihnen die Kraft, gegen die Fenster zu klopfen. Ihre Mutter, in animalischer Behaglichkeit in den Sessel vorm Kamin gekauert, pflegte dann immer zu sagen:

«Die Leute können reden, was sie wollen. Wir haben es sehr gemütlich hier drin. Ich möchte in einer solchen Nacht nicht in Pentlands oder Haus Seton sein.» – «Die Leute können reden, was sie wollen.» Das war die Lieblingswendung ihrer Mutter gewesen. Immer vorgebracht mit der Streitbarkeit der leidgeprüften Witwe, die sich in permanentem Unfrieden mit der Welt befindet. Ihre Mutter hatte an einem zwanghaften Bedürfnis nach Gemütlichkeit, Heimeligkeit und Sicherheit gelitten. Die gesamte Natur war für sie eine subtile Beleidigung, und der Frieden von Haus Tanner ermöglichte es ihr, mehr als nur die Gewalt des Winds aus ihren Gedanken zu verbannen. Sylvia dagegen wäre es am liebsten gewesen, wenn kalte Regengüsse, heftig wie auf See, gegen die Türen und Fenster geprasselt wären. Denn dann hätte sie doch wenigstens die Gewißheit gehabt, daß eine Außenwelt existierte und sie ein Teil darin war. Es wäre soviel weniger quälend gewesen als diese unnatürliche Ruhe, dieses Gefühl eines so vollständigen Isoliertseins, daß selbst die Natur sie der Beachtung nicht für wert zu halten schien.

Doch heute abend verspürte sie eine größere Angst, etwas, das tiefer ging als das Unbehagen über ihre Einsamkeit und Isolation. Sie fürchtete sich davor, ermordet zu werden. Zunächst war es nur ein Kokettieren mit der Angst gewesen, ein genau kalkuliertes Sich-Einlassen auf diesen halb wohligen Schauder, den das Gefühl einer drohenden Gefahr auszulösen vermag. Aber ihre Phantasie hatte sich erschreckenderweise unvermittelt verselbständigt. Aus eingebildeter Angst war echte Angst geworden. Sie war allein im Haus und wehrlos. Und sie fürchtete sich entsetzlich. Sie stellte sich die Gasse draußen vor, den aufgeweichten sandigen Weg, die hohen schwarzen Hecken auf beiden Seiten. Wenn der Mörder heute abend kam, hatte sie keine Chance, sein Kommen zu hören. Der Inspektor hatte sie oft genug gefragt, und ihre Antwort war immer dieselbe gewesen. Es war möglich, daß ein Mann, wenn er behutsam auftrat, ungesehen und ungehört an Haus Tanner vorbeikam. Aber ein Mann, der eine Leiche schleppte? Sich das vorzustellen, war schwieriger, trotzdem hielt sie es für möglich. Wenn sie schlief, schlief sie fest, bei geschlossenen Fenstern und mit zugezogenen Vorhängen. Aber heute abend würde er keine Leiche tragen. Er würde zu ihr kommen und allein sein. Vielleicht würde er ein Beil bei sich haben oder ein Messer, oder er würde ein Stück Schnur durch die Hände gleiten lassen. Sie versuchte, sich sein Gesicht vorzustellen. Es würde ein Gesicht sein, das sie kannte; es hatte nicht der beharrlichen Fragen des Inspektors bedurft, um sie davon zu überzeugen, daß es jemand aus Monksmere gewesen war, der Maurice Seton getötet hatte. Doch heute abend würde sich sein Gesicht in eine Maske verwandelt haben, bleich und angespannt – das Gesicht eines beutegierigen Wesens, das sich leichtfüßig an sein Opfer heranpirscht. Vielleicht war er jetzt schon am Gartentor und fragte sich, die Hand auf das Holz gelegt, ob er das leise Knarren beim Öffnen riskieren sollte. Denn er würde sicher wissen, daß die Pforte knarrte. Jeder in Monksmere mußte das wissen. Aber warum sollte er sich darüber Gedanken machen? Es war niemand in der Nähe, der sie hören konnte, wenn sie schrie. Und er würde wissen, daß sie nicht weglaufen konnte.

Sie blickte sich verzweifelt im Wohnzimmer um, sah auf die schweren dunklen Möbel, die ihre Mutter mit in die Ehe gebracht hatte. Sowohl der große verzierte Bücherschrank als auch der Eckschrank wären ein schützendes Bollwerk vor der Tür gewesen, hätte sie sie nur bewegen können. Sie rappelte sich mühsam von der schmalen Liege hoch, griff nach ihren Krücken und humpelte in die Küche. Die Glasscheibe des Küchenschranks spiegelte ihr Gesicht wider, einen bleichen Mond mit Augen wie schwarze Seen, das Haar schwer und feucht wie das einer Ertrunkenen. Das Gesicht einer Hexe. Sie dachte: «Vor dreihundert Jahren hätte man mich bei lebendigem Leibe verbrannt. Jetzt hat man noch nicht mal mehr Angst vor mir.» Und sie fragte sich, was schlimmer war, gefürchtet oder bemitleidet zu werden. Sie zog die Schublade des Küchenschranks auf, holte ein paar Gabeln und Löffel heraus und legte sie nebeneinander auf den äußersten Rand des Fensterbretts.

Sie konnte in der Stille ihren Atem gegen die Scheibe schlagen hören. Dann stellte sie, nach kurzem Überlegen, noch ein paar Gläser dazu. Wenn er versuchen sollte, durchs Küchenfenster einzusteigen, würde sie durch das Klirren des herabfallenden Silbers und der zerbrochenen Gläser wenigstens gewarnt sein. Jetzt sah sie sich in der Küche nach einer Waffe um. Das Tranchiermesser? Zu unhandlich und nicht unbedingt scharf genug. Vielleicht die Küchenschere? Sie öffnete die Schneiden und versuchte, die Schere auseinanderzureißen, aber die Niete saß, selbst für ihre kräftigen Hände, zu fest. Dann fiel ihr das kaputte Messer ein, das sie zum Gemüseputzen benutzte. Die spitz zulaufende Klinge war nur etwa sieben Zentimeter lang, aber sie war hart und scharf und der kurze Griff leicht zu umfassen. Sie wetzte die Klinge an der Steinkante der Küchenspüle und prüfte sie mit den Fingern. Es war besser als nichts. Mit dieser Waffe ausgerüstet fühlte sie sich wohler. Sie überzeugte sich noch einmal, daß die Haustür verriegelt war, und stellte ein paar kleine gläserne Zierstücke aus dem Eckschrank auf die Fensterbank im Wohnzimmer. Dann setzte sie sich, ohne die Beinschienen abzunehmen, kerzengerade auf die Liege, das Messer in der Hand und einen schweren gläsernen Briefbeschwerer auf dem Kissen neben sich. Und dort saß sie und wartete darauf, daß die Angst nachließ. Das Herz pochte ihr im Leib, während sie angestrengt lauschte, ob durch das ferne Ächzen des Winds nicht das Knarren der Gartenpforte oder das Klirren zersplitternden Glases zu hören war.

Zweites Buch

I

Am nächsten Morgen frühstückte Dalgliesh zeitig und allein und brach dann, nach einem kurzen Telefongespräch mit Reckless, bei dem er sich nach Digby Setons Londoner Adresse und dem Namen des Hotels erkundigte, in dem Elizabeth Marley übernachtet hatte, unverzüglich auf. Er erklärte nicht, warum er beides wissen wollte, und Reckless fragte ihn nicht danach, sondern gab ihm die gewünschte Auskunft, ohne mehr hinzuzufügen, als daß er Mr. Dalgliesh eine angenehme und erfolgreiche Reise wünsche. Ob sie das eine oder andere werde, sei gleichermaßen zweifelhaft, meinte Dalgliesh, aber er danke dem Inspektor für seine Hilfsbereitschaft. Keiner von beiden machte sich die Mühe, die Ironie in seiner Stimme zu verbergen. Ihre gegenseitige Abneigung schien förmlich in der Leitung zu knistern.

Es war ein wenig rücksichtslos, Justin Bryce so früh am Morgen aufzusuchen, aber Dalgliesh wollte sich das Foto von der Strandparty ausleihen. Es war zwar mehrere Jahre alt, aber die Setons, Oliver Latham und Bryce selber waren gut genug darauf zu erkennen, um es zur Identifizierung zu verwenden.

Sein Klopfen brachte einen schlaftrunkenen Bryce an die Haustür. Die frühe Morgenstunde schien ihn ebensosehr seiner Sinne wie seiner Sprache beraubt zu haben, denn es dauerte eine Weile, bis er begriff, was Dalgliesh wollte, und das Foto herbeiholte. Erst da kamen ihm Zweifel, ob es richtig war, es herzugeben. Als Dalgliesh sich wieder auf den Weg machte, kam er hinter ihm her gehastet und sagte in weinerlich-besorgtem Ton: «Sie verraten doch Oliver nichts davon, daß ich es Ihnen gegeben habe, Adam? Er ist bestimmt auf der Zinne, wenn er erfährt, daß man mit der Polizei zusammenarbeitet. Tut mir leid, aber Oliver ist ein bißchen mißtrauisch Ihnen gegenüber. Man muß dringend um Diskretion bitten.»

Dalgliesh murmelte etwas Beruhigendes und ermunterte ihn, wieder ins Bett zu gehen, aber er kannte Justins Launen zu gut, um ihn weiter ernstzunehmen. Sobald Bryce gefrühstückt und genug Kraft für die Unbilden des Tages gesammelt hatte, würde er mit an Sicherheit grenzender Wahrscheinlichkeit Celia Calthrop anrufen, und sie würden sich gemeinsam in ausführlichen Spekulationen darüber ergehen, was Adam Dalgliesh jetzt vorhaben mochte. Bis zum Mittag würde ganz Monksmere inklusive Oliver Latham wissen, daß er nach London gefahren war und das Foto mitgenommen hatte.

Es war eine recht gemütliche Fahrt, und gegen halb zwölf näherte er sich der Stadt. Er hatte nicht erwartet, London so bald wiederzusehen. Es war wie das vorzeitige Ende eines bereits verdorbenen Urlaubs. In der halb tröstlichen Hoffnung, daß es vielleicht doch noch anders werden könnte, widerstand er der Versuchung, noch rasch in seine Wohnung zu gehen, und fuhr direkt zum Westend weiter. Kurz vor zwölf hatte er den Cooper Bristol in der Lexington Street geparkt und ging zu Fuß nach Bloomsbury und zum Cadaver Club weiter.

Der Cadaver Club ist insofern eine typisch englische Einrichtung, als zwar jeder von seinem Nutzen überzeugt ist, aber niemand genau sagen kann, worin dieser Nutzen eigentlich besteht. Er wurde 1892 von einem Rechtsanwalt als Treffpunkt für Männer gegründet, die sich für Mord interessieren, und nach seinem Tod vererbte der Gründer dem Club sein schönes Haus am Tavistock Square. Der Club ist ausschließlich Männern vorbehalten; Frauen sind weder als Mitglieder noch als Gäste zugelassen. Unter den Mitgliedern findet man eine erkleckliche Zahl von Krimiautoren — mehr nach dem Ansehen ihrer Verleger als nach der Höhe ihrer Auflagen ausgewählt —, ein oder zwei Polizeibeamte im Ruhestand, ein Dutzend praktizierender Anwälte, drei pensionierte Richter sowie einen Großteil der bekannteren Amateurkriminologen und Gerichtsreporter. Daneben gibt es noch diejenigen Mitglieder, deren Qualifikation darin besteht, daß sie pünktlich ihre Beiträge bezahlen und sich intelligent über die mögliche Schuld von William Wallace oder die feineren Argumente in der Verteidigung der Madeline Smith unterhalten können. Der Ausschluß von

Frauen hat zur Folge, daß einige der besten Krimiautoren nicht vertreten sind, aber das kümmert niemanden; das Komitee steht auf dem Standpunkt, daß ihre Anwesenheit kaum ein Ausgleich für den Aufwand wäre, den der nachträgliche Einbau von Damentoiletten bedeuten würde. An den sanitären Einrichtungen ist im Cadaver Club tatsächlich seit dem Jahr 1900, als der Club nach Tavistock Square umzog, so gut wie nichts verändert worden, aber es ist ein Märchen, daß die Bäder noch aus dem Besitz von George Joseph Smith stammen. Doch die sanitären Anlagen sind nicht das einzig Altmodische an diesem Club; gerade seine Exklusivität wird mit dem Vorurteil gerechtfertigt, daß Mord kein geeignetes Thema sei, über das man sich in der Gegenwart von Frauen unterhalten könne. Und der Mord wiederum tritt im Cadaver Club nur als kultivierter Archaismus in Erscheinung, wie ihn die Zeit und die Macht der Gesetze längst in den Bereich des Irrealen verbannt haben, in einer Gestalt, die nicht das gerinste mit den schmutzigen und kläglichen Verbrechen zu tun hat, mit denen sich Dalgliesh die meiste Zeit in seinem Berufsleben herumzuschlagen hatte. Mord erweckt hier die Vorstellung von einem viktorianischen Hausmädchen, korrekt in Häubchen und Schürze, das durch die Schlafzimmertür beobachtet, wie Adelaide Bartlett die Medizin für ihren Mann bereitet; von einer schlanken Hand, die aus einem Souterrain in Edinburgh heraus jemandem eine Tasse Kakao mit einer Prise Arsen anbietet; von Dr. Lamson, der auf der letzten Teegesellschaft seines reichen Schwagers Gebäck herumreicht; oder von Lizzie Borden, die mit der Axt in der Hand in der sommerlichen Hitze von Massachusetts durch das stille Haus in Fall River schleicht.

Jeder Club hat seine speziellen Pluspunkte. Im Fall des Cadaver Clubs waren das die Plants. Wenn die Mitglieder sich manchmal fragen: «Was soll werden, wenn die Plants von uns gehen?» hat das den gleichen Unterton, als würden sie sich fragen: «Was soll werden, wenn ein Atomkrieg ausbricht?» Beide Fragen haben ihre Berechtigung, aber nur morbide Gemüter widmen ihnen längere Aufmerksamkeit. Mr. Plant hat – man möchte fast glauben zum Wohle des Clubs – fünf tüchtige, vor Gesundheit strotzende Töchter gezeugt. Die drei ältesten, Rose, Marigold und Violet, sind verheiratet und kommen zum Helfen in den Club. Die zwei jüngsten, Heather und Primrose, arbeiten im Speisesaal als Serviererinnen. Plant selbst ist Butler und Hausfaktotum, und seine Frau gilt allgemein als eine der besten Köchinnen Londons. Die Plants sind es, die dem Club die Atmosphäre eines privaten Stadthauses verleihen, wo die Behaglichkeit der Familie in den Händen treuer, tüchtiger und diskreter Hausangestellter liegt. Diejenigen Mitglieder, die sich dieser Annehmlichkeit schon früher im Leben erfreuen konnten, geben sich der angenehmen Illusion hin, in ihre Jugend zurückversetzt zu sein, während den anderen allmählich dämmert, was sie versäumt haben. Selbst die Marotten der Plants sind eigenartig genug, um ihre Träger interessant zu machen, ohne dabei ihrer Tüchtigkeit Abbruch zu tun – und es gibt wenige Bedienstete in einem Club, von denen man das sagen kann.

Dalgliesh hatte, obwohl er selbst nicht Mitglied des Clubs war, gelegentlich dort gegessen, und Plant kannte ihn. Überdies hatte Dalgliesh, auf Grund der sonderbaren Alchimie, die in diesen Dingen waltet, glücklicherweise Gnade vor seinen Augen gefunden. Plant sträubte sich nicht im mindesten, ihn herumzuführen und seine Fragen zu beantworten; und Dalgliesh mußte auf seinen gegenwärtigen Amateurstatus nicht weiter hinweisen. Es wurde nur wenig gesprochen, trotzdem herrschte vollkommene Übereinstimmung zwischen den beiden Männern. Plant führte Dalgliesh in das kleine, nach vorn hin gelegene Zimmer im Erdgeschoß, das Seton immer bewohnt hatte, und wartete an der Tür, während Dalgliesh das Zimmer untersuchte. Dalgliesh war daran gewöhnt, daß man ihm bei der Arbeit zusah, sonst hätte ihn die ungerührte Aufmerksamkeit des Mannes vielleicht irritiert. Plant war eine imposante Erscheinung. Er war 1,87 Meter groß, breitschultrig und hatte ein bleiches, wächsernes Gesicht, über dessen linke Wange schräg eine dünne Narbe verlief. Dieses Mal, Folge eines unrühmlichen Sturzes vom Fahrrad auf ein Eisengitter in seiner Jugend, sah einem Schmiß so bemerkenswert ähnlich, daß Plant nicht widerstehen konnte, diese Wirkung noch dadurch zu erhöhen, daß er einen Kneifer und, wie der böse General in einem Antinazifilm, einen Weißwandhaarschnitt trug. Seine Dienstkleidung, ein dunkelblauer Anzug mit einem Miniaturtotenschädel auf jedem Re-

vers, paßte zu seinem Äußeren. Diese Albernheit, die der Begrün-
der des Clubs 1896 eingeführt hatte, war, wie Plant selber, durch
Zeit und Gewohnheit inzwischen sanktioniert worden. Tatsächlich waren Clubmitglieder immer ein wenig verlegen, wenn ihre
Gäste sich über Plants ungewöhnliche Erscheinung mokierten.

Es gab wenig zu sehen in dem Zimmer. Die dünnen Diolengardi-
nen waren zum Schutz gegen das graue Licht des Oktobernach-
mittags zugezogen. Die Kommode und der Schrank waren leer.
Der kleine Schreibtisch aus heller Eiche vor dem Fenster enthielt
nichts weiter als einen unbenutzten Tintenlöscher und einen Stapel Clubbriefpapier. Das frischbezogene Bett wartete auf seinen
nächsten Benutzer. Plant sagte:

«Die Beamten von der Kriminalpolizei in Suffolk haben seine
Schreibmaschine und die Kleider mitgenommen, Sir. Sie haben
auch nach irgendwelchen Papieren gesucht, aber er hatte nichts
Nennenswertes hier. Nur ein Päckchen braune Geschäftsum-
schläge, einen DIN-A5-Block und ein oder zwei Blatt unbenutztes
Kohlepapier. Er war ein sehr ordentlicher Herr, Sir.»

«Er war regelmäßig jeden Oktober da, nicht?»

«Die letzten zwei Wochen im Monat, Sir. Jedes Jahr. Und er hat
immer dieses Zimmer bewohnt. Im Erdgeschoß haben wir nur dieses eine Schlafzimmer, und er konnte wegen seines schlechten Herzens keine Treppen steigen. Natürlich hätte er den Fahrstuhl benutzen können, aber er sagte, daß er ein grundlegendes Mißtrauen
gegen Fahrstühle hätte. Deshalb wollte er unbedingt dieses Zimmer haben.»

«Hat er hier gearbeitet?»

«Ja, Sir. Fast jeden Vormittag von zehn bis halb eins. Dann hat
er gegessen. Und danach wieder von halb drei bis halb fünf. Das
heißt, wenn er etwas zu tippen hatte. Zum Lesen oder Exzerpieren
ist er in die Bibliothek gegangen. Aber in der Bibliothek ist das
Tippen nicht gestattet, weil die anderen Mitglieder dadurch gestört würden.»

«Haben Sie ihn am Dienstag tippen hören?»

«Die Frau und ich haben jemanden tippen hören, und natürlich
haben wir angenommen, daß es Mr. Seton ist. Es hing ein Schild an
der Tür, daß er nicht gestört werden wollte, aber wir wären ohne-

dies nicht hineingegangen. Das tun wir nie, wenn ein Clubmitglied arbeitet. Der Inspektor hat offenbar geglaubt, daß noch jemand hier drin gewesen sein könnte.»

«So, hat er das? Und was meinen Sie dazu?»

«Na ja, es wäre schon möglich. Die Frau hat morgens gegen elf die Schreibmaschine gehört, und ich habe sie wieder gegen vier gehört. Aber wir könnten beide nicht sagen, ob das Mr. Seton war. Es klang ziemlich flüssig und geübt, aber was bedeutet das schon? Der Inspektor hat gefragt, ob sonst irgend jemand hier herein-kommen konnte. Wir haben niemand Fremdes bemerkt, aber wir waren über Mittag beide beschäftigt und waren den größten Teil des Nachmittags unten. Wie Sie wissen, Sir, gehen die Leute hier völlig ungehindert ein und aus. Wohlgemerkt, eine Dame wäre sicher aufgefallen. Eines der Clubmitglieder hätte sicher eine Be-merkung dazu gemacht, wenn eine Dame hier gewesen wäre. Aber sonst – naja, ich konnte dem Inspektor nicht gut weismachen, daß dieses Haus hier das ist, was er als gut bewacht bezeichnen würde. Offenbar hat er von unseren Sicherheitsvorkehrungen nicht viel gehalten. Aber wie ich ihm sagte, Sir, ist das hier ein Club und kein Polizeirevier.»

«Sie haben zwei Tage gewartet, bevor Sie Mr. Setons Verschwin-den gemeldet haben, nicht?»

«Leider noch länger, Sir. Und auch dann habe ich nicht die Poli-zei angerufen. Ich habe bei ihm zu Hause angerufen und es seiner Sekretärin gesagt. Sie meinte, daß man im Augenblick noch nichts unternehmen sollte und daß sie versuchen wollte, Mr. Setons Stief-bruder zu finden. Ich habe den Herrn selber nie gesehen, glaube aber, daß Mr. Maurice Seton ihn mir gegenüber einmal erwähnt hat. Aber soweit ich mich erinnern kann, ist er nie hier im Club gewesen. Danach hat mich der Inspektor ausdrücklich gefragt.»

«Nach Mr. Oliver Latham und Mr. Justin Bryce hat er Sie doch sicher auch gefragt.»

«Ja, Sir. Sie sind beide Mitglieder hier, und das habe ich ihm auch gesagt. Aber ich habe keinen der beiden Herren in letzter Zeit gesehen, und ich glaube nicht, daß sie hierherkommen und wieder gehen würden, ohne mit mir oder der Frau zu sprechen. Sie wollen sicher das Badezimmer und die Toilette hier im Erdgeschoß sehen.

Bitte sehr, diese kleine Suite hat Mr. Seton immer benutzt. Der Inspektor hat in den Wasserbehälter hineingesehen.»

«Ach ja? Hoffentlich hat er gefunden, was er suchte.»

«Er hat den Schwimmer gefunden, Sir. Ich hoffe zu Gott, daß er ihn nicht verstellt hat. Ist nämlich sehr launisch, diese Toilette. Sie wollen jetzt sicher noch die Bibliothek sehen. Dort hat Mr. Seton immer gesessen, wenn er nicht getippt hat. Sie ist einen Stock höher, wie Sie wahrscheinlich wissen.»

Eine Besichtigung der Bibliothek stand offenbar auf dem Programm. Inspektor Reckless war gründlich gewesen, und Plant war nicht der Mann, der seinen Schützling mit weniger abspeiste. Während sie sich gemeinsam in den winzigen Fahrstuhl zwängten, stellte Dalgliesh seine letzten Fragen. Plant bekräftigte, daß weder er noch jemand vom Personal etwas für Seton zur Post gebracht hatten. Niemand hatte sein Zimmer aufgeräumt oder irgendwelche Papiere vernichtet. Soweit Plant wußte, war gar nichts zum Vernichten dagewesen. Abgesehen von Setons Schreibmaschine und seinen Kleidern, war das Zimmer noch im selben Zustand wie an dem Abend, als er verschwand.

Die Bibliothek mit Blick nach Süden auf den Platz war vielleicht das schönste Zimmer im ganzen Haus. Es war ursprünglich einmal der Salon gewesen und sah, mit Ausnahme der Bücherregale an der gesamten westlichen Wand, noch fast genauso aus wie zu der Zeit, als der Club das Haus bezog. Die Vorhänge waren Nachahmungen der Originalvorhänge, die Tapete hatte ein verblaßtes präraffaelitisches Muster, die Schreibtische zwischen den vier hohen Fenstern stammten aus viktorianischer Zeit. Die Bücher stellten zusammengenommen eine kleine, aber recht umfassende Bibliothek des Verbrechens dar. Da gab es die denkwürdigen «British Trials» sowie die Reihe «Famous Trials», Lehrbücher der Gerichtsmedizin, Toxikologie und gerichtsmedizinischen Pathologie, Memoiren von Richtern, Anwälten, Pathologen und Polizeibeamten, eine ganze Anzahl Bücher von Amateurkriminologen, die sich mit spektakulären und strittigen Mordfällen beschäftigten, Lehrbücher des Straf- und Polizeirechts und sogar ein paar Abhandlungen über soziologische und psychologische Aspekte des Gewaltverbrechens, die ganz offensichtlich noch nicht sehr häufig benutzt worden waren. Die Regale mit der Belletristik enthielten eine kleine Abteilung mit Erstausgaben von Poe, Le Fanu und Conan Doyle, die dem Club gehörten; im übrigen waren hier die meisten der englischen und amerikanischen Krimiautoren vertreten, und es war deutlich zu sehen, daß alle schriftstellernden Mitglieder dem Club Exemplare ihrer Bücher schenkten. Dalgliesh stellte mit Interesse fest, daß die Bücher von Maurice Seton einen besonderen Einband hatten, den sein Monogramm in goldenen Lettern zierte. Außerdem fiel ihm auf, daß der Bann, der sich gegen Frauen als Clubmitglieder richtete, nicht für ihre Bücher galt, so daß die Krimiliteratur der letzten hundertfünfzig Jahre hier ziemlich vollständig vertreten war.

An der gegenüberliegenden Seite des Zimmers standen ein paar Vitrinen, die so etwas wie ein kleines Mordmuseum darstellten. Da die Ausstellungsstücke im Lauf der Jahre von Mitgliedern geschenkt oder vererbt und im selben Geist unkritischen Wohlwollens entgegengenommen worden waren, unterschieden sie sich, wie Dalgliesh vermutete, ebensosehr ihrer Bedeutung wie dem Grad ihrer Echtheit nach. Man hatte nicht versucht, sie chronologisch zu ordnen und auch auf eine genaue Beschriftung weitgehend verzichtet und hatte anscheinend bei der Aufteilung der Gegenstände auf die einzelnen Vitrinen mehr die allgemeine künstlerische Wirkung als die logische Zusammengehörigkeit im Auge gehabt. Da gab es eine Duellpistole mit Feuersteinschloß, silbernen Beschlägen und vergoldeten Pfannen, die nach Ausweis des dazugehörigen Schildchens das Tatwerkzeug des Rev. James Hackman war, der im Jahre 1779 wegen Mordes an Margaret Reay, der Geliebten des Earl of Sandwich, in Tyburn hingerichtet wurde. Dalgliesh hielt das für unwahrscheinlich. Seiner Schätzung nach war die Pistole gut fünfzehn Jahre jünger. Aber er konnte sich vorstellen, daß dieses schöne, glänzende Ding eine schlimme Vorgeschichte hatte. An der Echtheit des nächsten Ausstellungsstücks war kaum zu zweifeln. Es war ein Brief, braun und vom Alter brüchig, von Mary Blandy an ihren Liebhaber, in dem sie sich für sein Geschenk, «ein Reinigungspulver für die Quarzperlen», bedankte – für das Arsen, das ihren Vater töten und sie selber aufs Schafott bringen sollte. In derselben Vitrine lagen eine Bibel mit dem Namenszug «Constance Kent» auf dem Vorsatzblatt, ein zerschlissener Fetzen der Schlafanzugjacke, die ein Teil der Bekleidung gewesen war, in der man Mrs. Crippens Leiche gefunden hatte, ein kleiner Stoffhandschuh, von dem es auf dem Schildchen hieß, daß er Madeline Smith gehört hatte, und ein Fläschchen mit weißem Pulver, «Arsen aus dem Besitz von Major Herbert Armstrong». Wenn das Zeug echt war, reichte es aus, um im Speisesaal eine Massenvernichtung anzurichten. Aber Plant lächelte, als Dalgliesh seine Besorgnis äußerte:

«Das ist kein Arsen, Sir. Sir Charles Winkworth hat vor neun Monaten genau dasselbe gesagt wie Sie. ‹Plant›, hat er gesagt, ‹wenn das Zeug Arsen ist, müssen wir es entweder beiseite schaffen, oder wir müssen es einschließen.› Also haben wir eine Probe davon genommen und es heimlich untersuchen lassen. Es ist nichts anderes als Natron, Sir. Ich behaupte nicht, daß es nicht von Major Armstrong kommt, und ich bestreite nicht, daß es kein Natron war, womit seine Frau getötet wurde. Aber dieses Zeug hier ist harmlos. Wir haben es dort gelassen und haben nichts gesagt. Es ist die vergangenen dreißig Jahre Arsen gewesen und soll nun auch ruhig Arsen bleiben. Wie Sir Charles sagte: ‹Wenn man anfängt, die Ausstellungsstücke allzu genau zu betrachten, bleibt am Ende von unserem Museum nichts mehr übrig.› Und wenn Sie mich jetzt bitte entschuldigen wollen, Sir, ich glaube, ich werde im Speisesaal gebraucht. Das heißt, es sei denn, ich könnte Ihnen sonst noch irgend etwas zeigen.»

Dalgliesh bedankte sich bei Plant und ließ ihn gehen. Er selber aber blieb noch ein paar Minuten länger in der Bibliothek. Er hatte ein quälendes und irrationales Gefühl, daß er irgendwo in allerletzter Zeit eine Spur zu Setons Tod gesehen hatte, einen flüchtigen Hinweis, der sich aber hartnäckig dagegen sträubte, aufzutauchen und erkannt zu werden. Diese Erfahrung war ihm nicht neu. Er hatte sie, wie jeder gute Kriminalbeamte, schon öfter gemacht. Gelegentlich hatte sie ihm einen jener scheinbar intuitiven Erfolge beschert, von denen sich sein Ruf zum Teil herleitete. Meist jedoch hatte sich der flüchtige Eindruck, wenn er sich daran erinnerte und ihn genau untersuchte, als unbedeutend erwiesen. Aber das Unterbewußtsein ließ sich nicht zwingen. Die Spur, wenn es denn eine solche war, entzog sich ihm für den Augenblick. Und jetzt schlug die Uhr über dem Kamin ein. Sein Gastgeber wartete wahrscheinlich schon auf ihn.

Im Speisesaal brannte ein schwaches Kaminfeuer, dessen Flamme im Strahl des Herbstlichts, das schräg über die Tische und den Teppich fiel, kaum zu sehen war. Es war ein einfacher, behaglicher, ganz dem ernsten Zweck des Essens gewidmeter Raum. Die schweren Tische, ohne Blumenschmuck, mit schimmerndem weißen Leinen bedeckt, waren geräumig verteilt. An den Wänden hing eine Serie echter «Phiz»-Zeichnungen, Illustrationen zum «Martin Chuzzlewit», für deren Vorhandensein es keinen vernünftigen Grund gab außer dem, daß sie dem Club unlängst von einem berühmten Mitglied geschenkt worden waren. Dalgliesh dachte, daß sie ein erfreulicher Ersatz für die Ansichten aus dem alten Tyburn waren, die vorher die Wände geschmückt hatten, die das Komitee aber, an allem Vergangenen festhaltend, mit Bedauern abgenommen haben mochte.

Zum Mittag- oder Abendessen wurde im Cadaver Club nur jeweils ein Gericht serviert, da Mrs. Plant die Meinung vertrat, daß sich bei begrenzten personellen Möglichkeiten höchste Qualität mit Abwechslungsreichtum nicht vereinbaren ließ. Es gab aber immer noch einen Salat und kalten Braten zur Auswahl, und denjenigen, denen weder das noch das Hauptgericht zusagte, stand es frei zu erproben, ob sie anderswo besser fuhren. Heute würde es, wie auf der Speisekarte am schwarzen Brett in der Bibliothek zu lesen war, Melone, Steak- und Kidneypudding sowie Zitronensoufflé geben. Schon wurden die ersten Puddings in eine Serviette gehüllt hereingetragen.

Max Gurney erwartete ihn an einem Tisch in der Ecke, wo er sich gerade mit Plant über den Wein beriet. Er hob seine dicke Hand zu einem bischöflichen Gruß, was den Eindruck erweckte, als wolle er zugleich mit der Begrüßung seines Gastes den Steak- und Kidneypuddings seinen Segen erteilen. Dalgliesh freute sich sofort, ihn zu sehen. Es war ein Gefühl, das Max Gurney immer in ihm auslöste. Er war ein Mensch, dessen Gesellschaft einem selten lästig wurde. Weltmännisch, höflich und großzügig, hatte er eine Freude am Leben und an Menschen, die ansteckend und kraftspendend wirkte. Er war ein dicker Mann, der trotzdem den Eindruck von Leichtigkeit erweckte, wie er so auf kleinen Füßen mit hohen Rist dahergewippt kam, mit wedelnden Händen, die Augen schwarz und leuchtend hinter der gewaltigen Hornbrille. Er strahlte Dalgliesh an.

«Adam! Schön, dich zu sehen. Plant und ich sind übereingekommen, daß eine Johannisberger Auslese 1959 genau das Richtige wäre, es sei denn, daß du etwas Leichteres vorziehst. Gut. Ich halte mich ungern länger als nötig mit dem Wein auf. Ich komme mir dabei immer ein bißchen vor, als benähme ich mich wie Ehrenwert Martin Carruthers.»

Das war ein neuer Zug an Setons Kriminalkommissar. Dalgliesh sagte, er hätte nie bemerkt, daß Seton etwas von Weinen verstand.

«Das hat er auch nicht, der arme Maurice. Er hat sich noch nicht einmal besonders viel daraus gemacht. Er glaubte, Wein sei nicht gut für sein Herz. Nein, er hat sich die Details alle aus Büchern zusammengetragen. Was natürlich bedeutete, daß Carruthers einen beklagenswert mediokeren Geschmack hatte. Du siehst sehr gut aus, Adam. Ich hatte schon befürchtet, daß ich dich, auf Grund der Belastung, jemand anderem bei den Ermittlungen zusehen zu müssen, leicht derangiert antreffen würde.»

Dalgliesh erwiderte mit ernster Miene, daß sein Stolz mehr gelitten habe als seine Gesundheit, daß die Belastung aber in der Tat ziemlich groß sei. Ein Mittagessen mit Max würde, wie immer, ein rechter Trost sein.

In den folgenden zwanzig Minuten wurde nicht weiter über Setons Tod gesprochen. Sie waren beide mit Essen beschäftigt. Als aber der Pudding aufgetragen und der Wein eingeschenkt war, sagte Max:

«Also, Adam, diese Sache mit Maurice Seton. Ich muß sagen, daß ich die Nachricht von seinem Tod mit Entsetzen und –» er nahm ein saftiges Stück Fleisch aufs Korn und spießte es zusammen mit einem Pilz und einer halben Niere auf die Gabel – «Wut aufgenommen habe. Und die übrigen Mitarbeiter des Verlags natürlich auch. Wir rechnen nicht damit, unsere Autoren auf derart spektakuläre Weise zu verlieren.»

«Obwohl es doch sicher den Absatz fördert», meinte Dalgliesh boshaft.

«O nein, mein lieber Junge! Durchaus nicht. Das ist ein allgemeiner Irrglaube. Selbst wenn Setons Tod ein Publicitygag gewesen wäre – was auf seiten des armen Maurice freilich eine übertriebene Opferbereitschaft vorausgesetzt hätte –, bezweifle ich, daß dadurch auch nur ein einziges Buch mehr verkauft worden wäre. Ein paar Dutzend alte Damen werden sein letztes Buch auf ihre Bücherliste für die Leihbibliothek setzen, aber das ist ja nicht unbedingt dasselbe. Hast du übrigens sein letztes Buch gelesen? ‹Der Gute ins Töpfchen›. Es handelt von einem Mord in einer Töpferei, der mit Arsen begangen wird. Gewissenhaft wie er immer war, ist er im vorigen April, bevor er angefangen hat zu schreiben, drei Wochen dort gewesen, um töpfern zu lernen. Aber nein, du liest ja wahrscheinlich keine Krimis.»

«Nicht aus Überheblichkeit», sagte Dalgliesh. «Du kannst es meinem Neid zuschreiben. Es ärgert mich, wie die Polizeibeamten in Kriminalromanen ihren Täter verhaften können und kostenlos dazu ein volles Geständnis bekommen, und das alles auf Grund von Beweismaterial, für das ich noch nicht einmal einen Haftbefehl ausgestellt bekäme. Ich wünschte, im wirklichen Leben würden die Mörder genauso leicht die Nerven verlieren. Außerdem kommt noch die Kleinigkeit hinzu, daß diese Romanbeamten anscheinend noch nie etwas von der Strafprozeßordnung gehört haben.»

«Oh, Ehrenwert Martin ist ein vollendeter Gentleman. Man könnte bestimmt eine Menge von ihm lernen. Er kann immer mit einem passenden Zitat aufwarten und ist ein richtiger Draufgänger bei den Frauen. In allen Ehren selbstverständlich, aber es ist deutlich zu erkennen, daß die weiblichen Verdächtigen sofort mit dem Ehrenwert ins Bett hüpfen würden, wenn Seton sie nur ließe. Armer Maurice! Ich glaube, daß da eine gehörige Portion Wunschdenken mit im Spiel war.»

«Wie steht's mit seinem Stil?» fragte Dalgliesh, der den Eindruck gewann, daß er in seiner Lektüre vielleicht doch etwas versäumt hatte.

«Der ist schwülstig, aber grammatikalisch korrekt. Und woher sollte ich es mir anmaßen in unserer heutigen Zeit, wo sich jede ungebildete Anfängerin schon für eine Romanschriftstellerin hält, dagegen etwas einzuwenden? Ich glaube, daß er seine Sachen mit dem Duden in der rechten und dem Dornseiff in der linken Hand geschrieben hat. Sie sind langweilig und abgedroschen, und sie werden bald auch unverkäuflich sein. Ich wollte ihn nicht in unseren Verlag übernehmen, als er vor fünf Jahren von Maxwell Dawson wegging, aber ich bin überstimmt worden. Er war damals schon fast ausgeschrieben. Nun haben wir immer ein oder zwei Krimis im Programm gehabt, deshalb haben wir ihn angenommen. Ich glaube, daß beide Seiten es hinterher bereut haben, trotzdem waren wir noch nicht soweit, daß wir Trennungsabsichten gehabt hätten.»

«Was ist er für ein Mensch gewesen?» fragte Dalgliesh.

«Oh, er war schwierig. Sehr schwierig, der arme Kerl! Ich dachte, du hättest ihn gekannt. Ein pingeliger, von sich selbst eingenommener, nervöser kleiner Mann, der über den Verkauf seiner Bücher, über die Werbung oder über seine Buchumschläge ständig etwas zu meckern hatte. Er hat seine eigene Begabung über- und die Begabung aller anderen unterschätzt, was nicht unbedingt zu seiner Beliebtheit beigetragen hat.»

«Also ein typischer Schriftsteller?» meinte Dalgliesh boshaft.

«Na, weißt du, Adam, das ist aber böse. Und aus dem Munde eines Schriftstellers kann man es geradezu Verrat nennen. Du weißt genau, daß unsere Leutchen so fleißig, umgänglich und begabt sind, wie man sie außerhalb einer Irrenanstalt nur finden kann. Nein, er war kein typischer Schriftsteller. Er war unglücklicher und unsicherer als die meisten. Er hat mir manchmal leid getan, obwohl diese menschenfreundliche Anwandlung in seiner Gegenwart nie länger als zehn Minuten angehalten hat.»

Dalgliesh fragte, ob Seton ihm erzählt habe, daß er etwas völlig Neues schreiben wollte.

«Ja, das hat er getan. Als ich ihn das letzte Mal vor ungefähr zehn Wochen gesehen habe. Ich mußte mir zuerst die übliche Schelte über den Verfall des Niveaus und die Ausschlachtung von Sex und Sadismus in der Literatur anhören, aber dann hat er mir gesagt, daß er vorhätte, selber einen Thriller zu schreiben. Theoretisch hätte ich diesen Plan natürlich begrüßen müssen, aber praktisch konnte ich mir eigentlich nicht vorstellen, wie er das schaffen wollte. Er hatte weder die Sprache noch die Kenntnisse dafür. Das ist nur eine Sache für Profis, und Seton war hilflos, wenn er sich aus seinem eigenen Erfahrungsbereich hinauswagte.»

«Für einen Krimiautor ist das doch sicher ein ziemliches Handikap?»

«Oh, soweit ich weiß, hat er nicht gerade einen Mord begangen. Jedenfalls nicht im Zusammenhang mit seiner Schriftstellerei. Aber er hat sich an Figuren und Schauplätze gehalten, die ihm vertraut waren. Man kennt ja diese Dinge. Das behäbige englische Dorf oder die Kleinstadt als Kulisse. Milieugetreue Typen, die präzise wie Schachfiguren nach dem vorgegebenen Schema geführt werden. Die tröstliche Illusion, daß Gewalt etwas Außergewöhnliches ist, daß alle Polizisten ehrlich sind, daß das englische Klassensystem seit zwanzig Jahren unverändert geblieben und daß ein Mörder kein Gentleman ist. Dabei war er in Einzelheiten geradezu überpenibel. Er hat zum Beispiel nie einen Mord mit einer Schußwaffe beschrieben, weil er sich mit Schußwaffen nicht auskannte. Dafür war er sehr bewandert in Toxikologie, und seine Kenntnisse in der Gerichtsmedizin waren geradezu beachtlich. Er hat eine ungeheure Akribie auf die Todesstarre und derlei Einzelheiten verwendet. Und es hat ihn geärgert, wenn die Kritiker das gar nicht bemerkt und die Leser auch nicht weiter darauf geachtet haben.»

Dalgliesh sagte:

«Du hast ihn also vor ungefähr zehn Wochen gesehen. Wie war das?»

«Er hat mir geschrieben und gebeten, ob er mich sehen könnte. Er ist extra deswegen nach London gekommen, und wir haben uns um 18 Uhr 15, als die meisten unserer Angestellten schon weg waren, bei mir im Büro getroffen. Danach sind wir zum Essen hierher gegangen. Und darüber wollte ich mit dir sprechen, Adam. Er hatte die Absicht, sein Testament zu ändern. Dieser Brief hier erklärt, warum.» Gurney zog einen zusammengefalteten Briefbogen aus der Tasche und reichte ihn Dalgliesh. Der Brief war mit «Haus Seton, Monksmere Head, Suffolk» überschrieben; er trug das Datum vom 30. Juli und war mit der Maschine getippt. Aber die

Tipparbeit, obwohl mit Sorgfalt angefertigt, machte einen unge-
übten Eindruck, und irgend etwas an den Abständen und an der
Trennung der Wörter am Ende der Zeilen wies sie als das Werk
eines Nichtfachmanns aus. Dalgliesh wußte sofort, daß er in jüng-
ster Vergangenheit einen von derselben Hand getippten Text gesehen hatte. Er las:

«Lieber Gurney,
    ich habe über unser Gespräch vom letzten Freitag nachgedacht
– lassen Sie mich an dieser Stelle kurz unterbrechen und Ihnen
noch einmal für das überaus köstliche Essen danken – und bin zu
dem Schluß gekommen, daß mein erster Impuls doch richtig war.
Es hat absolut keinen Sinn, sich mit halben Sachen zufriedenzuge-
ben. Wenn der Maurice-Seton-Literaturpreis den großen Zweck
erfüllen soll, der mir vorschwebt, muß der Kapitalstock groß genug sein, um erstens eine der Bedeutung des Preises entsprechende
Dotation zu ermöglichen und zweitens die Finanzierung des Preises auf Dauer sicherzustellen. Ich habe keinen Anhang, der einen
Rechtsanspruch auf mein Vermögen hätte. Es gibt zwar einige
Leute, die glauben mögen, einen Anspruch darauf zu haben, aber
das steht auf einem anderen Blatt. Meinem einzigen noch lebenden Verwandten werde ich einen gewissen Betrag vermachen, den
er, sollte er Lust haben, sich in diesen Tugenden zu üben, durch
Fleiß und Umsicht beliebig vergrößern kann. Noch mehr zu tun,
bin ich nicht länger bereit. Wenn ich dieser und einigen anderen
kleinen Verpflichtungen nachgekommen bin, würde zur Stiftung
des Preises noch eine Summe von annähernd 120000 Pfund zur
Verfügung stehen. Ich erzähle Ihnen das, damit Sie sich von meinen Intentionen in etwa eine Vorstellung machen können. Wie Sie
wissen, steht es mit meiner Gesundheit nicht zum Besten, und obwohl es keinen Grund gibt, warum ich nicht noch viele Jahre leben
sollte, ist mir sehr daran gelegen, diese Sache unter Dach und Fach
zu bringen. Sie kennen meine Vorstellungen. Der Preis soll alle
zwei Jahre für einen bedeutenden Roman vergeben werden. Ich
habe kein besonderes Interesse daran, die junge Garde zu fördern.
Wir haben in den letzten Jahren unter der weinerlichen Selbst-
bemitleidung unserer Nachwuchsschriftsteller genug gelitten.

Auch möchte ich nicht dem literarischen Realismus Vorschub leisten. Ein Roman hat das Ergebnis schöpferischer Kunst zu sein und keine langweilige Zusammenstellung von Phrasen aus den Protokollbüchern von Sozialarbeitern. Und schließlich möchte ich den Preis auch keineswegs dem Detektivroman alter Schule vorbehalten wissen; der Detektivroman, so wie ich ihn verstehe, wird heute gar nicht mehr geschrieben.

Vielleicht machen Sie sich einmal Gedanken über diese Gesichtspunkte und lassen mich dann wissen, was Sie dazu meinen. Natürlich werden wir auch ein Treuhändergremium brauchen, und ich werde wegen der genauen Formulierung meines neuen Testaments noch meinen Anwalt aufsuchen. Im Augenblick aber spreche ich noch mit niemandem über dieses Vorhaben, und ich vertraue darauf, daß Sie es auch nicht tun. Es wird unvermeidlich Aufsehen geben, wenn die Einzelheiten bekannt werden, aber jede vorzeitige Enthüllung wäre mir äußerst unangenehm. Ich werde die letzten zwei Wochen im Oktober wie gewöhnlich im Cadaver Club sein und würde deshalb vorschlagen, daß Sie sich dort mit mir in Verbindung setzen.

Herzlich
Ihr Maurice Seton»

Dalgliesh wußte, während er las, daß Gurneys kleine schwarze Augen auf ihn ruhten. Als er fertig war, gab er ihm den Brief zurück und sagte:

«Er hat ja einiges von dir erwartet. Was hätte der Verlag denn davon gehabt?»

«Oh, mein lieber Adam, gar nichts. Nur eine Menge Mühe und Arbeit, und das alles natürlich zum größeren Ruhm von Maurice Seton. Er wollte den Preis noch nicht mal unseren Autoren vorbehalten. Ich gebe zu, das wäre auch nicht besonders vernünftig gewesen. Er hatte es auf die wirklich großen Namen abgesehen. Und es war eine seiner Hauptsorgen, ob sie es der Mühe wert halten würden, sich darum zu bewerben. Ich habe ihm gesagt, daß er den Preis hoch genug dotieren soll, und dann würde er schon sehen, wie sie sich bewerben. Aber 120000 Pfund! Ich wußte gar nicht, daß er so reich ist.»

«Seine Frau hatte Geld ... Weißt du, ob er sonst mit irgend jemandem über seinen Plan gesprochen hat, Max?»

«Tja, er behauptete nein. Er hat sich deswegen ja beinahe wie ein Schuljunge aufgeführt. Ich mußte heilige Eide schwören, daß niemand etwas davon erfährt, und ich mußte ihm versprechen, noch nicht einmal mit ihm darüber zu telefonieren. Aber du verstehst mein Problem. Soll ich den Brief nun der Polizei übergeben oder nicht?»

«Aber natürlich. Genau gesagt, Inspektor Reckless von der Kriminalpolizei Suffolk. Ich gebe dir seine Adresse. Und du solltest ihn sogar anrufen und ihm sagen, daß der Brief unterwegs ist.»

«Ich habe mir schon gedacht, daß du das sagen würdest. Es ist wohl ziemlich klar. Trotzdem hat man da so gewisse irrationale Hemmungen. Ich kenne den jetzigen Erben überhaupt nicht. Aber ich denke mir, daß dieser Brief irgend jemandem ein wunderschönes Motiv gibt.»

«Das allerschönste. Trotzdem haben wir keinen Beweis dafür, daß Setons Erbe etwas davon gewußt hat. Und, falls es dich tröstet, der Mann mit dem eindeutigsten finanziellen Motiv hat zugleich das unerschütterlichste Alibi. Er war in Polizeigewahrsam, als Maurice Seton starb.»

«Das war aber geschickt von ihm ... Könnte ich diesen Brief nicht einfach dir geben, Adam?»

«Es tut mir leid, Max. Aber das möchte ich lieber nicht.»

Gurney seufzte, steckte den Brief zurück in die Brieftasche und wandte seine Aufmerksamkeit wieder dem Essen zu. Sie sprachen nicht mehr von Seton, bis sie mit Essen fertig waren und Max sich in seinen gewaltigen schwarzen Umhang hüllte, den er zwischen Oktober und Mai immer trug und der ihm das Aussehen eines Amateuranarchisten verlieh, der schon bessere Tage gesehen hat.

«Ich muß mich beeilen, sonst komme ich zu spät zur Vorstandssitzung. Es geht neuerdings bei uns sehr formell, sehr leistungsbewußt zu, Adam. Alles wird jetzt nur noch vom Gesamtvorstand entschieden. Das kommt von unseren neuen Gebäuden. Früher saßen wir in unseren verstaubten Kämmerlein und haben unsere eigenen Entscheidungen getroffen. Dadurch war unsere Verlagslinie zwar etwas uneinheitlich, was meiner Ansicht nach aber gar nicht so schlecht war ... Kann ich dich irgendwo absetzen? Wer ist als nächster dran bei deinen Ermittlungen?»

«Danke, Max, ich gehe zu Fuß. Ich will nach Soho und mich ein bißchen mit einem Mörder unterhalten.» Max verstummte einen Augenblick überrascht.

«Aber doch nicht Setons Mörder? Ich dachte, du und die Kriminalpolizei von Suffolk, ihr wüßtet nicht weiter. Meinst du, ich habe aus Spaß mit meinem Gewissen gerungen?»

«Nein, dieser Mörder hat Maurice Seton nicht umgebracht, obwohl er wahrscheinlich keine moralischen Bedenken dagegen gehabt hätte. Auf jeden Fall hofft jemand, die Polizei davon zu überzeugen, daß er etwas mit der Sache zu tun hat. Es ist L. J. Luker. Kannst du dich an ihn erinnern?»

«Hat er nicht seinen Geschäftspartner mitten auf dem Piccadilly Circus erschossen und ist ungeschoren davongekommen? Das war doch 1959, nicht?»

«Genau der. Das Urteil ist von einer Berufungsinstanz wegen eines Verfahrensfehlers aufgehoben worden. Richter Brothwick hat in einer ungewöhnlichen Entgleisung gegenüber den Geschworenen die Bemerkung fallen lassen, ein Angeklagter, der die Aussage verweigere, müsse irgend etwas zu verbergen haben. Die Konsequenz seiner Worte muß ihm klar gewesen sein, sobald er sie ausgesprochen hatte. Aber da war es zu spät. Und Luker war frei, genau wie er es vorausgesagt hatte.»

«Und was hat er mit Maurice Seton zu tun? Ich kann mir kaum zwei Leute vorstellen, die weniger miteinander gemein haben.»

«Genau das», sagte Dalgliesh, «hoffe ich herauszufinden.»

2

Dalgliesh ging durch Soho zum Cortez Club. In seinem Herzen noch erquickt von der leeren Weite Suffolks, erschienen ihm die Straßenschluchten selbst in ihrer nachmittäglichen Ruhe deprimierender als gewöhnlich. Er konnte es kaum glauben, daß er zwischen diesen schäbigen Häuserfronten einmal gern spazierengegangen war. Jetzt fand er es schon nach nur vierwöchiger Abwesenheit schwer erträglich, wieder hier zu sein. Zum größten Teil war es sicher eine Frage seiner Stimmung, denn dieses Stadtviertel bedeutet für alle möglichen Menschen alles mögliche, sorgt umfassend für alle Bedürfnisse, die mit Geld zu befriedigen sind. Jeder sieht Soho nach dem eigenen Geschmack. Als eine Gegend, wo man vorzüglich essen kann; als kosmopolitisches Dorf, versteckt hinter Piccadilly gelegen, mit eigenem, geheimnisvollem Leben; als eines der besten Einkaufszentren für Lebensmittel in London; als übelste und schmutzigste Brutstätte des Verbrechens in Europa. Selbst die Reiseschriftsteller sind von seinen vielen Gesichtern fasziniert und können sich nicht zu einem eindeutigen Urteil durchringen. Während er an den Stripteaselokalen, den schmutzigen Kellertreppen, den Silhouetten gelangweilter Mädchen in den Fenstern der oberen Stockwerke vorüberging, dachte Dalgliesh, daß ein täglicher Gang durch diese häßlichen Straßen jeden Mann ins Kloster treiben könnte, weniger aus sexuellem Ekel als vielmehr aus einer unerträglichen Langeweile angesichts der Eintönigkeit und Freudlosigkeit der Lust.

Der Cortez Club war nicht besser und nicht schlechter als seine Nachbarn. Draußen waren die üblichen Fotos und die unvermeidliche Gruppe älterer, deprimiert aussehender Männer, die sich die Fotos mit gespielter Gleichgültigkeit ansahen. Das Lokal war noch geschlossen, aber die Tür gab seinem Druck nach. Der kleine Rezeptionskiosk war leer. Er ging die schmalen Stufen mit dem unordentlich roten Teppich hinunter und schob den Perlenvorhang zur Seite, der das Lokal vom Flur trennte.

Es war genauso, wie er es in Erinnerung hatte. Der Cortez Club hatte ebenso wie sein Besitzer ein natürliches Überlebenstalent. Er wirkte ein wenig eleganter, obwohl das Nachmittagslicht die Geschmacklosigkeit des pseudospanischen Interieurs und die Schmuddeligkeit der Wände deutlich sichtbar werden ließ. Der Raum war so mit Tischen vollgestopft, viele davon gerade groß genug für eine Person, daß man unmöglich bequem daran sitzen konnte. Aber andererseits kamen die Gäste nicht in den Cortez Club, um dort ein Familienfest zu feiern, und waren auch nicht in erster Linie am Essen interessiert.

Am hinteren Ende des Raumes war eine kleine Bühne, auf der nur ein Stuhl und ein großer Wandschirm standen. Links von der Bühne war ein Klavier, auf dem Bogen von Schreibpapier verstreut umherlagen. Ein dünner junger Mann in Jeans und Pullover stand an das Instrument gelehnt, wobei er mit der linken Hand eine Melodie spielte und sie mit der rechten aufschrieb. Trotz seiner lässigen Haltung und des Ausdrucks unbeteiligter Langeweile war er ganz bei der Sache. Er blickte kurz auf, als Dalgliesh hereinkam, kehrte aber sofort wieder zu seinem monotonen Geklimper zurück.

Außer ihm war nur noch ein Neger da, der gemächlich einen Besen auf dem Fußboden hin und her schob. Er sagte mit leiser, weicher Stimme:

«Wir haben noch geschlossen, Sir. Vor halb sieben wird hier nicht bedient.»

«Danke, ich möchte nicht bedient werden. Ist Mr. Luker da?»

«Da muß ich erst fragen, Sir.»

«Bitte tun Sie das. Und Miss Coombs würde ich auch gerne sehen.»

«Da muß ich erst fragen, Sir. Ich bin nicht sicher, ob sie da ist.»

«Oh, ich glaube, Sie werden sehen, daß sie da ist. Sagen Sie ihr bitte, Adam Dalgliesh möchte sie sprechen.»

Der Mann verschwand. Der Pianist fuhr ohne aufzusehen mit seinen Improvisationen fort, und Dalgliesh setzte sich an einen der Tische vor der Tür, um so die zehn Minuten hinzubringen, die ihn warten zu lassen Luker vermutlich für angemessen hielt. Er vertrieb sich die Zeit damit, über den Mann im oberen Stock nachzudenken.

Luker hatte gesagt, daß er seinen Partner umbringen würde, und er hatte ihn umgebracht. Er hatte gesagt, daß man ihn dafür nicht hängen würde, und man hatte ihn nicht gehängt. Nachdem er mit Richter Brothwicks Unterstützung kaum hatte rechnen können, hatte diese Prophezeiung entweder eine ungewöhnliche Voraussicht oder aber ein bemerkenswertes Vertrauen auf sein persönliches Glück bewiesen. Ein Teil der Geschichten, die seit dem Prozeß um seine Person entstanden waren, war sicher erfunden, aber Luker war nicht der Mann, der sie bestritt. Er war in den

Kreisen der Berufsverbrecher bekannt und akzeptiert, ohne daß er dazugehört hätte. Sie brachten ihm den ehrfürchtigen, halb abergläubischen Respekt entgegen, den Menschen, die ihr Risiko stets genau kalkulieren, für jemanden empfinden, der sich mit einem einzigen unwiderruflichen Schritt außerhalb aller Grenzen gestellt hat. Ein Mann, der dem letzten, schrecklichen Gang so nahe gewesen war, verbreitet eine Atmosphäre des Schreckens um sich. Dalgliesh nahm manchmal irritiert zur Kenntnis, daß selbst Polizisten dagegen nicht gefeit waren. Sie konnten sich schwer vorstellen, daß ein Mensch, der einem persönlichen Groll zuliebe so eiskalt getötet hatte, sich damit zufriedengeben sollte, eine Kette zweitklassiger Nachtlokale zu führen. Man erwartete eigentlich grandiosere Untaten von ihm als einen Verstoß gegen die Schankgesetze, frisierte Steuererklärungen oder das bißchen schlüpfrige Unterhaltung, das er den in seinem Lokal trübe herumsitzenden Spesenrittern bot. Falls er jedoch noch andere Geschäfte betrieb, wußte man bis jetzt nichts davon. Vielleicht gab es auch gar nichts zu wissen. Vielleicht war alles, wonach es ihn verlangte, diese üppig genossene Pseudorespektabilität, der falsche Nimbus, die Freiheit des Niemandslands zwischen den Welten.

Es waren genau zehn Minuten vergangen, als der Farbige mit der Nachricht zurückkam, daß Luker ihn empfangen wollte. Dalgliesh stieg allein die zwei Treppen hoch, die zu dem großen, nach vorn hin gelegenen Zimmer führten, das Luker als Kommandozentrale nicht nur für den Cortez Club, sondern auch für all seine anderen Nachtlokale diente. Das Zimmer war warm und stickig, zu reichlich möbliert und zuwenig gelüftet. Die Einrichtung bestand aus einem Schreibtisch in der Mitte, ein paar Aktenschränken an einer Wand, einem riesigen Safe links von dem mit Gas betriebenen Kamin sowie einem Sofa und drei bequemen Sesseln, die um einen Fernsehapparat gruppiert waren. In der Ecke befand sich ein kleines Waschbecken. Das Zimmer sollte offenbar zugleich als Büro und als Wohnraum dienen und war am Ende keines von beiden. Es waren drei Personen anwesend: Luker selbst, Sid Martelli, sein Faktotum im Cortez Club, und Lil Coombs. Sid stand in Hemdsärmeln an einem Gaskocher neben dem Kamin und machte sich in einem Töpfchen Milch heiß. Er trug seine übliche trübsinnig-resignierte Miene zur Schau. Miss Coombs, bereits im schwarzen Abendkleid, kauerte auf einem Sitzkissen vor dem Kamin und lackierte sich die Fingernägel. Sie hob eine Hand zum Gruß und bedachte Dalgliesh mit einem breiten, unbekümmerten Lächeln. Dalgliesh mußte unwillkürlich denken, daß sie in dem Manuskript, von wem auch immer es stammen mochte, ziemlich treffend beschrieben war. Er für seinen Teil konnte Hinweise auf russisches Aristokratenblut nicht an ihr entdecken, aber das überraschte ihn kaum, da er ganz genau wußte, daß ihre Wiege nicht weiter östlich als Whitechapel Road gestanden hatte. Sie war eine stattliche, gesund wirkende Blondine mit kräftigen Zähnen und der dicken, ziemlich blassen Haut, die der Faltenbildung so gut widersteht. Sie hätte Anfang Vierzig sein können. Genau ließ sich das schwer schätzen. Sie sah noch genauso aus wie vor fünf Jahren, als Dalgliesh sie zum erstenmal gesehen hatte. Wahrscheinlich würde sie auch in fünf Jahren noch so aussehen.

Luker war dicker geworden, seit sie sich das letzte Mal begegnet waren. Der teure Anzug spannte über den Schultern, und der Hals quoll über den blütenweißen Kragen. Er hatte ein kräftiges, unangenehmes Gesicht, die glatte Haut schimmerte wie poliert. Ungewöhnlich waren seine Augen. Die Pupillen saßen wie graue Kieselsteine im Weiß der Augäpfel und waren so leblos, daß das ganze Gesicht dadurch entstellt wirkte. Das kräftige schwarze Haar mit dem vorn spitz zulaufenden Ansatz reichte bis tief in die Stirn, was dem Gesicht einen aus dem Rahmen fallenden femininen Zug verlieh. Das drahtige Haar war kurz geschnitten und schimmerte wie ein Hundefell. Er stellte das dar, was er jetzt war. Aber wenn er sprach, verriet die Stimme seine Herkunft. In ihr lag noch seine ganze frühe Vergangenheit drin: das Kleinstadtpfarrhaus, die sorgsam gepflegte Pseudovornehmheit, die höhere Privatschule. Er hatte vieles verändern können. Aber es war ihm nicht gelungen, seine Stimme zu verändern.

«Ah, Inspektor Dalgliesh. Nett, Sie zu sehen. Wir sind leider heute abend ausverkauft. Aber vielleicht kann Michael noch einen Tisch für Sie auftreiben. Sie wollen doch sicher die Vorstellung sehen.»

«Danke, ich möchte weder essen noch die Vorstellung sehen.

Dem letzten meiner Bekannten, der hier zu Abend gegessen hat, ist anscheinend das Essen nicht bekommen. Außerdem muß für mich eine Frau wie eine Frau aussehen und nicht wie ein stillendes Nilpferd. Die Fotos draußen haben mir gereicht. Wo holen Sie die Damen bloß her?»

«Die holen wir nirgendwo her. Die guten Kinder entdecken von selbst die – na, sagen wir Vorzüge, die sie haben, und kommen dann zu uns. Und Sie dürfen nicht so streng sein, Inspektor. Jeder von uns hat seine sexuellen Phantasien. Die Tatsache, daß wir Ihnen hier nichts bieten können, bedeutet nicht, daß Sie keine hätten. Gibt es da nicht den schönen Ausdruck vom Splitter und vom Balken? Vergessen Sie nicht, wir sind beide Pfarrerssöhne. Es scheint allerdings, daß wir ziemlich verschiedene Wege gegangen sind.» Er hielt inne, als sei er für einen Augenblick an den Reaktionen seiner Zuhörer interessiert, dann fuhr er leichthin fort:

«Der Inspektor und ich teilen das Mißgeschick, Pfarrerssöhne zu sein, Sid. Das ist ein schlechter Start für einen Jungen. Sind sie es mit dem Herzen, hält man sie für Narren, sind sie es nicht, werden sie als Heuchler abgestempelt. Sie haben in jedem Fall keine Chance.»

Sid, den ein zypriotischer Barmixer mit einem geistig zurückgebliebenen Dienstmädchen gezeugt hatte, nickte in begeisterter Zustimmung.

Dalgliesh sagte:

«Ich wollte mit Ihnen und Miss Coombs kurz über Maurice Seton sprechen. Da es nicht mein Fall ist, sind Sie auch nicht verpflichtet, mir Auskunft zu geben, wenn Sie nicht wollen, aber das wissen Sie natürlich.»

«Stimmt. Ich bin nicht verpflichtet, auch nur ein Sterbenswörtchen zu sagen. Aber andererseits ist es ja durchaus möglich, daß ich in gefälliger und hilfsbereiter Laune bin. Probieren Sie's doch mal.»

«Sie kennen Digby Seton, nicht?»

Dalgliesh hätte schwören können, daß die Frage für Luker überraschend kam. Seine toten Augen flackerten. Er sagte:

«Digby hat im letzten Jahr, als mir der Pianist weggestorben war, ein paar Monate hier gearbeitet. Das war, nachdem er mit seinem Nachtclub bankrott gegangen war. Ich habe ihm finanziell ein bißchen unter die Arme gegriffen, damit er den Laden halten kann, aber es hat nicht hingehauen. Er ist da schon ziemlich unfähig. Aber er ist ein guter Pianist.»

«Und wann ist er das letzte Mal hier gewesen?»

Luker hob die Hände und wandte sich an seine Gefährten.

«Er hat im Mai eine Woche für uns gearbeitet, als Ricki Carlis die Überdosis genommen hat. Seitdem haben wir ihn nicht mehr gesehen.»

Lil sagte:

«Er ist noch ein- oder zweimal dagewesen, L. J. Allerdings, als du nicht hier warst.» Luker wurde von seinen Leuten immer mit den Anfangsbuchstaben seines Namens angeredet. Dalgliesh wußte nicht recht, ob das ihr ungezwungenes Verhältnis zu ihm dokumentieren oder aber Luker das Gefühl geben sollte, ein amerikanischer Tycoon zu sein. Lil fuhr hilfsbereit fort: «War er nicht im Sommer mal mit mehreren Leuten hier?»

Sid setzte eine Miene angestrengten Nachdenkens auf:

«Das war nicht im Sommer, Lil. Eher im späten Frühling. Ist er nicht mit Mavis Manning und ihrem Anhang hergekommen, als Mavis' Show im Mai bankrott gegangen war?»

«Das war Ricki, Sid. Du denkst an Ricki. Digby Seton ist nie mit Mavis hier gewesen.»

Sie waren so gut gedrillt, dachte Dalgliesh, wie zwei Entertainer, die einen Sketch aufführten. Luker lächelte sanft:

«Warum lassen wir Digby nicht in Ruhe. Es handelt sich hier nicht um Mord, und selbst wenn es Mord gewesen sein sollte, ist Digby ziemlich unangreifbar. Sehen wir uns doch mal die Fakten an. Digby hatte einen reichen Bruder. Das war angenehm für beide. Der Bruder hatte ein schwaches Herz, das jeden Augenblick aufhören konnte zu schlagen. Pech für ihn, aber wiederum angenehm für Digby. Und eines Tages hört es wirklich auf zu schlagen. Das ist eine natürliche Todesursache, Inspektor, wenn dieser Ausdruck überhaupt einen Sinn haben soll. Zugegeben, irgend jemand hat die Leiche nach Suffolk geschafft und sie dort aufs Meer hinausgestoßen. Außerdem hat er, wie ich höre, vorher noch ein paar ziemlich scheußliche Dinge mit ihr gemacht. Es sieht mir so aus, als ob der arme Mr. Seton bei einigen seiner Nachbarn ziemlich unbeliebt gewesen wäre. Es wundert mich, Inspektor, daß es Ihrer Tante nichts ausmacht, unter diesen Leuten zu leben, ganz zu schweigen davon, daß sie ihr Hackbeil unbeaufsichtigt herumliegen läßt, so daß sich jeder, der mag, seine Leiche damit zurechthacken kann.»

«Sie scheinen ja sehr gut informiert zu sein», sagte Dalgliesh. Und er war auch erstaunlich schnell informiert worden. Dalgliesh fragte sich, wer ihn so gut auf dem laufenden hielt.

Luker zuckte die Achseln.

«Das ist nichts Ungesetzliches. Meine Freunde sprechen sich gern bei mir aus. Sie wissen, daß ich immer ein offenes Ohr für sie habe.»

«Besonders wenn sie 200000 Pfund erben.»

«Hören Sie, Inspektor, wenn ich Geld brauche, kann ich es mir verdienen, und zwar auf legale Weise. Jeder Idiot kann ein Vermögen machen, wenn er dabei die Gesetze umgeht. Man muß heutzutage schon etwas auf dem Kasten haben, wenn man das auf legale Weise schaffen will. Digby Seton kann mir die 1500 Pfund, die ich ihm zur Rettung des Goldenen Fasan geliehen habe, zurückzahlen, wann er will. Ich dränge ihn nicht.»

Sid richtete seine Lemurenaugen auf seinen Chef. Der Ausdruck von Unterwürfigkeit in ihnen war schon fast peinlich.

Dalgliesh sagte:

«Maurice Seton hat am Abend, als er starb, hier gegessen. Digby Seton hat etwas mit diesem Lokal zu tun. Und Digby kann damit rechnen, 200000 Pfund zu erben. Sie können den Leuten keinen Vorwurf machen, wenn sie herkommen und Fragen stellen, ganz besonders, nachdem Miss Coombs die letzte war, die Maurice lebend gesehen hat.»

Luker wandte sich an Lil:

«Halt lieber deinen Mund, Lil. Oder noch besser, nimm dir einen Anwalt. Ich werde Bernie anrufen.»

«Was zum Teufel soll ich mit Bernie? Ich habe dem Kerl von der Kripo alles gesagt, als er da war. Und das war die Wahrheit. Michael und die Jungs haben gesehen, wie Mr. Seton mich zu sich an den Tisch gerufen hat, und dort haben wir bis um halb zehn, bis wir weggegangen sind, gesessen. Ich war gegen halb elf wieder da. Du hast mich gesehen, Sid hat mich gesehen, und alle anderen, die da drunten rumsaßen, haben mich auch gesehen.»

«Das stimmt, Inspektor. Lil war gegen halb elf wieder hier.»

«Lil hätte den Club gar nicht verlassen sollen», sagte Luker sanft. «Aber das ist mein Problem und nicht Ihres.»

Der Gedanke, Lukers Unwillen erregt zu haben, schien Miss Coombs nicht weiter zu bekümmern. Wie alle seine Angestellten wußte sie genau, wie weit sie gehen konnte. Es gab einige wenige wohlverstandene Regeln. Den Club an einem Abend, wo wenig los war, für eine Stunde zu verlassen, war verzeihlich. Mord, unter gewissen, genau umrissenen Umständen, war vermutlich auch verzeihlich. Aber wenn jemand in Monksmere hoffte, diesen Mord Luker anzuhängen, würde er eine Enttäuschung erleben. Luker war nicht der Mann, der anderen Leuten zu Gefallen jemand umbrachte, und er machte sich auch nicht die Mühe, seine Spuren zu verwischen. Wenn Luker einen Mord beging, dann machte es ihm nichts aus, seine Fingerabdrücke zu hinterlassen.

Dalgliesh fragte, was an dem Abend geschehen war. Von Rechtsanwälten war keine Rede mehr, und er hatte auch keine Mühe, Lils Geschichte zu erfahren. Dalgliesh entging nicht der rasche Blick, den sie ihrem Chef zuwarf, ehe sie ihre Geschichte begann. Aus irgendeinem Grund war Luker bereit, sie reden zu lassen.

«Also, er kam gegen acht hierher und setzte sich an den Tisch direkt vor der Tür. Er ist mir sofort aufgefallen. Er war ein komisches Männchen, klein, sehr proper angezogen, und er wirkte ziemlich nervös. Ich hielt ihn für einen Beamten, der sich einen flotten Abend machen will. Wir haben alle möglichen Leute hier. Normalerweise kommen sie zu mehreren, aber es gibt auch diese komischen Einzelgänger. Die wollen sich meistens ein Mädchen aufgabeln. Naja, und das ist hier bei uns nicht drin, und es ist meine Aufgabe, ihnen das zu sagen.» Miss Coombs setzte eine Miene frommer Strenge auf, die keinen der Anwesenden täuschen konnte und auch nicht sollte. Dalgliesh fragte, was dann geschehen sei.

«Michael hat seine Bestellung aufgenommen. Er verlangte gebackene Scampi, grünen Salat, Brot, Butter und eine Flasche Ruffino. Er wußte offenbar genau, was er wollte, und hat keine langen Faxen gemacht. Als Michael ihm das Essen brachte, hat er ihn gefragt, ob er mit mir sprechen könnte. Also bin ich zu ihm gegangen, und er hat mich gefragt, was ich trinken will. Ich habe mir einen Gin Tonic bestellt und habe ihn getrunken, während er anfing, in seinen Scampi herumzustochern. Entweder hatte er keinen Hunger oder er wollte nur etwas auf dem Teller herumschieben, während er mit mir sprach. Schließlich hatte er sein Essen so ziemlich auf, aber er machte nicht den Eindruck, als ob es ihm geschmeckt hätte. Aber den Wein hat er getrunken. Er hat beinah die ganze Flasche weggeputzt.»

Dalgliesh fragte, worüber gesprochen worden war.

«Über Stoff», sagte Miss Coombs offenherzig. «Das war es, was ihn interessierte. Nicht für sich selber, wohlgemerkt. Nein, es war ziemlich klar, daß er kein Junkie war, und er wäre auch nicht zu mir gekommen, wenn er einer gewesen wäre. Diese Leute wissen genau, wo sie ihren Stoff herkriegen können. Die kommen nicht zu uns in den Cortez Club. Der Typ hat mir erzählt, daß er ein ziemlich berühmter Schriftsteller ist und daß er ein Buch über die Drogenszene schreibt. Er hat mir seinen Namen nicht genannt, und ich habe ihn auch nicht danach gefragt. Jedenfalls hatte ihm jemand gesagt, daß ich ihm ein paar nützliche Informationen geben könnte, wenn er etwas für mich springen läßt. Offenbar hatte sein Bekannter ihm gesagt, daß er zum Cortez Club gehen und Lil fragen soll, wenn er etwas über Soho erfahren will. Das ist reizend, muß ich sagen. Ich habe mich nie für eine Expertin für die Drogenszene gehalten. Aber es sah so aus, als ob mir jemand einen Gefallen tun wollte. Es schaute Geld dabei heraus, und der Typ gehörte nicht zu der Sorte Menschen, die 'ne echte von 'ner falschen Information unterscheiden können. Alles, was er wollte, war ein bißchen Lokalkolorit für sein Buch, und ich war der Meinung, daß ich ihm das verschaffen könnte. Man kann in London alles kaufen, wenn man das nötige Kleingeld hat und weiß, an wen man sich wenden muß. Das wissen Sie doch genausogut wie ich, Schätzchen. Natürlich hätte ich ihm ein oder zwei Kneipen nennen können, wo das Zeug angeblich gehandelt wird. Aber was hätte er davon gehabt? Er wollte ein bißchen Zauber und ein bißchen Sensation, aber die Drogenszene hat nun mal keinen Zauber und die Junkies auch nicht, die armen Kerle. Deshalb habe ich gesagt, daß ich ihm vielleicht ein paar Informationen geben könnte, und was er denn dafür springen ließe. Er sagte zehn Piepen, und ich sagte o. k. Und kommen Sie mir nicht mit Vorspiegelung falscher Tatsachen. Er hat den vollen Gegenwert bekommen.»

Dalgliesh sagte, er sei überzeugt, daß Miss Coombs immer den vollen Gegenwert bezahle, und Miss Coombs entschied sich nach einem kurzen inneren Kampf klugerweise, die Bemerkung unter den Tisch fallenzulassen. Dalgliesh fragte:

«Haben Sie ihm die Geschichte vom Schriftsteller abgenommen?»

«Nee, Schätzchen. Jedenfalls zuerst nicht. Das habe ich schon zu oft gehört. Sie würden sich wundern, wie viele Kerle sich hier ein Mädchen aufreißen wollen mit dem Vorwand, ‹ich brauche noch ein bißchen echtes Milieu für meinen neuen Roman›. Und wenn es das nicht ist, dann treiben sie soziologische Studien. So kann man das natürlich auch nennen! Der sah genauso aus. Verstehen Sie, nichtssagend, nervös und interessiert, alles zusammen. Aber als er vorschlug, wir sollten ein Taxi nehmen und ich könnte ihm das Zeug gleich in die Maschine diktieren, wurde ich allmählich stutzig. Ich sagte ihm, daß ich höchstens eine Stunde aus dem Club verschwinden könnte und daß es mir lieber wäre, wenn wir zu mir nach Hause gingen. Meine Devise ist immer: Wenn man nicht weiß, gegen wen man spielt, bleibt man gescheiter auf dem eigenen Platz. Deshalb habe ich ihm vorgeschlagen, daß wir mit dem Taxi zu mir fahren. Er sagte okay, und wir sind um kurz vor halb zehn gegangen. Das stimmt doch, Sid?»

«Ja, das stimmt, Lil. Es war halb zehn.» Sid hob die traurigen Augen von seinem Glas Milch. Er hatte ohne sonderliches Interesse die faltige Haut betrachtet, die sich darauf gebildet hatte. Ein widerlicher, süßlicher Geruch von heißer Milch erfüllte das stickige Büro. Luker sagte:

«Um Himmels willen, Sid, trink das Zeug aus oder gieß es weg. Du machst mich nervös.»

«Trink es aus, Schätzchen», redete Miss Coombs ihm zu. «Denk an dein Magengeschwür. Du willst doch nicht so enden wie der arme Solly Goldstein.»

«Solly ist an einem Herzschlag gestorben, und dagegen hat Milch noch nie geholfen. Im Gegenteil, würde ich sagen. Auf jeden Fall ist das Zeug praktisch radioaktiv verseucht. Das ist voller Strontium 90. Das ist gefährlich, Sid.»

Sid trottete zum Waschbecken und kippte die Milch hinein. Indem er den Drang, ein Fenster aufzureißen, unterdrückte, fragte Dalgliesh:

«Wie wirkte Mr. Seton auf Sie, während Sie zusammen waren?»

«Zappelig. Er war aufgeregt und nervös. Michael wollte ihn an einen anderen Tisch setzen, weil es an der Tür ein bißchen zieht, aber das wollte er ums Verrecken nicht. Er hat immerfort zur Tür gesehen, während wir uns unterhielten.»

«Als ob er jemanden erwartete?»

«Nee, Schätzchen. Eher als ob er sich vergewissern wollte, daß sie noch da ist. Ich hatte dauernd das Gefühl, daß er sich gern wieder verdrückt hätte. Er war ein komischer Heiliger, das muß man schon sagen.»

Dalgliesh fragte, was passiert war, nachdem sie den Club verlassen hatten.

«Das, was ich dem Kerl von der Kripo in Suffolk auch schon gesagt habe. Wir haben an der Ecke Greek Street ein Taxi genommen, und als ich dem Taxichauffeur meine Adresse nennen wollte, hat Mr. Seton plötzlich gesagt, daß er lieber ein bißchen spazierenfahren wollte und ob ich etwas dagegen hätte. Wenn Sie mich fragen, hat er plötzlich kalte Füße gekriegt. Er hatte wohl Angst, was ihm bei mir zu Hause alles passieren könnte, der arme kleine Dünnmann. Auf jeden Fall war mir das recht, und wir sind ein bißchen in West End und Hyde Park herumgefahren. Dabei habe ich ihm ein kleines Märchen über die Drogenszene erzählt, und er hat sich in ein Büchlein Notizen gemacht. Wenn Sie mich fragen, war er ein bißchen betrunken. Auf einmal hat er mich gepackt und hat versucht, mich zu küssen. Naja, und langsam war ich etwas bedient von ihm und hatte auch keine Lust, mich von dem blöden Stummel befummeln zu lassen. Ich hatte das Gefühl, daß er's nur probiert hat, weil er glaubte, sich das schuldig zu sein. Deshalb habe ich gesagt, ich müßte zurück in den Club. Er hat den Taxifahrer gebeten, ihn vor der U-Bahnstation Paddington abzusetzen, und hat gesagt, daß er mit der Bahn weiterfahren wollte. Er war kein bißchen sauer. Er gab mir zwei Fünfer und das Geld fürs Taxi noch extra.»

«Hat er Ihnen gesagt, wo er hin wollte?»

«Nein. Wir fuhren Sussex Gardens hoch – die Praed Street ist ja jetzt 'ne Einbahnstraße – und haben ihn vor dem U-Bahnhof abgesetzt. Aber er hätte natürlich auch über die Straße zur Bakerloo gehen können. Darauf habe ich nicht geachtet. Ich habe mich gegen Viertel nach zehn vor der U-Bahnstation Paddington von ihm verabschiedet, das war das letzte, was ich von ihm gesehen habe. Und das ist die Wahrheit.»

Selbst wenn es nicht die Wahrheit war, dachte Dalgliesh, gab es wohl kaum eine Möglichkeit, diese Geschichte zu widerlegen. Zu viele Einzelheiten ließen sich beweisen, und Lil war die letzte, die man durch Einschüchterung dazu bringen konnte, eine gute Geschichte zurückzunehmen. Der Besuch im Cortez Club war Zeitverschwendung gewesen. Luker war unnatürlich, ja fast verdächtig hilfsbereit gewesen, trotzdem hatte Dalgliesh nichts erfahren, was ihm Reckless nicht in der Hälfte der Zeit hätte erzählen können.

Plötzlich hatte er wieder dasselbe Gefühl von Unsicherheit und Unzulänglichkeit, das den jungen Kriminalbeamten Dalgliesh vor fast zwanzig Jahren gequält hatte. Als er Bryces Foto von der Strandparty herausholte und herumzeigte, tat er es ohne Hoffnung auf Erfolg. Er kam sich vor wie ein Hausierer, der seinen unerwünschten Plunder feilbietet. Sie sahen sich das Foto mit geziemender Höflichkeit an. Vielleicht hatten sie, wie freundliche Hausbewohner, Mitleid mit ihm. Beharrlich, verbissen fragte er, ob sie irgendeine der Personen auf dem Bild schon einmal im Cortez Club gesehen hätten. Lil kniff angestrengt die Augen zusammen, während sie das Foto auf Armeslänge von sich hielt, mit dem Erfolg, daß sie nun so gut wie gar nichts mehr sah. Lil war wie die meisten Frauen, erinnerte Dalgliesh sich. Sie log am besten, wenn sie sich einreden konnte, daß sie eigentlich die Wahrheit sagte.

«Nein, Schätzchen. Ich könnte nicht sagen, daß ich jemand wiedererkenne. Außer Maurice Seton und Digby natürlich. Aber das heißt nicht, daß sie nicht hier waren. Sie sollten sie lieber selber fragen.»

Luker und Sid warfen, weniger gehemmt, nur einen Blick auf die Fotografie und versicherten, daß sie diese Leute noch nie im Leben gesehen hätten.

Dalgliesh betrachtete die drei. Sid hatte die gequälte, ziemlich ängstliche Miene eines unterernährten kleinen Jungen, der in der bösen Erwachsenenwelt hoffnungslos verloren ist. Dalgliesh dachte, daß Luker vielleicht heimlich gelacht hätte, wenn dieser Mensch überhaupt in der Lage gewesen wäre zu lachen. Lil sah Dalgliesh mit dem aufmunternden, mütterlichen, fast mitleidigen Blick an, der, wie er bitter dachte, normalerweise ihren Gästen vorbehalten war. Er bedankte sich für ihre Hilfe – der Unterton kühler Ironie würde, wie er glaubte, seine Wirkung auf Luker nicht verfehlen – und ging.

3

Als Dalgliesh gegangen war, machte Luker eine kurze Kopfbewegung zu Sid hin. Der kleine Mann verschwand wortlos, ohne einen Blick zurück. Luker wartete, bis seine Schritte auf der Treppe verklungen waren. Allein mit ihrem Chef, zeigte Lil sich nicht weiter beunruhigt, sondern kuschelte sich tiefer in den schäbigen Sessel links vom Kamin und beobachtete ihn mit Augen, die sanft und gleichgültig waren wie Katzenaugen. Luker ging zum Wandsafe. Sie betrachtete seinen breiten Rücken, während er regungslos dastand und an dem Kombinationsschloß drehte. Als er sich wieder umwandte, sah sie, daß er ein Päckchen von der Größe eines Schuhkartons in der Hand hielt, das in braunes Packpapier gewikkelt und mit einer dünnen weißen Kordel locker verschnürt war. Er legte es auf den Schreibtisch.

«Hast du das schon gesehen?»

Lil hielt es für unter ihrer Würde, Neugier zu zeigen.

«Das ist doch heute morgen mit der Post für dich gekommen, nicht? Sid hat es angenommen. Was ist damit?»

«Gar nichts ist damit. Im Gegenteil, es ist ein schönes Paket. Ich habe es schon mal aufgemacht, wie du sehen kannst, aber das war ziemlich mühsam. Siehst du die Anschrift? L. J. Luker, Esq., Cortez Club, W. 1. Saubere Großbuchstaben, ohne besondere Merkmale, mit Kugelschreiber geschrieben. Nicht ganz leicht zu identifizieren, diese Schrift. Das Esquire gefällt mir. Meine Familie ist, wie sich das nun mal so trifft, nicht von Stand, also greift der Absender ein bißchen hoch, aber da er diesen Fehler mit dem Finanzamt und der Hälfte aller Kaufleute von Soho teilt, kann man das kaum als ein Indiz betrachten. Dann ist da noch das Papier. Ganz gewöhnliches Packpapier; wie man es in jedem Schreibwarenladen bogenweise kaufen kann. Und die Kordel. Siehst du irgend etwas Auffälliges an der Kordel?»

Lil gab zu, nachdem sie sie aufmerksam gemustert hatte, daß an der Kordel nichts Auffälliges sei. Luker fuhr fort:

«Ziemlich ungewöhnlich ist allerdings das Porto, das er – oder sie – dafür bezahlt hat. Mindestens einen Schilling zuviel, meiner Schätzung nach. Also kann man davon ausgehen, daß das Päckchen bereits frankiert zur Post gebracht und, als gerade Hochbetrieb war, mit an den Schalter gelegt wurde, ohne daß die betreffende Person abwartete, bis es gewogen war. Auf die Weise bestand weniger die Gefahr, daß man sich den Kunden gemerkt hätte.»

«Und wo ist es aufgegeben worden?»

«Am Samstag in Ipswich. Sagt dir das irgend etwas?»

«Nur daß es irre weit von hier aufgegeben worden ist. Liegt Ipswich nicht in der Nähe von dem Ort, wo man Maurice Seton gefunden hat?»

«Es ist die nächste größere Stadt in der Umgebung von Monksmere. Der nächste Ort, wo der Betreffende sicher sein konnte, nicht erkannt zu werden. Man hätte das kaum in Walberswick oder Southwold aufgeben können, ohne damit rechnen zu müssen, daß sich jemand an einen erinnert.»

«Um Gottes willen, L. J.! Was ist denn da drin?»

«Mach's auf und sieh nach.»

Lil kam vorsichtig, jedoch mit gespielter Unbekümmertheit näher. Die Papierumhüllung war dicker, als sie erwartet hatte. Die Schachtel selbst erwies sich als ein gewöhnlicher weißer Schuhkarton, von dem aber die Firmenschilder abgerissen waren. Es war ein sehr alter Karton, einer von der Sorte, wie man ihn in fast jedem Haus in irgendeiner Schublade oder einem Schrank finden kann. Lils Hände flatterten über dem Deckel.

«Wenn mir da raus jetzt irgendein Viech entgegenspringt, bring ich dich um, L. J., so wahr mir Gott helfe! Ich hasse solche blöden Scherze. Und was stinkt denn da so?»

«Formalin. Los, mach es auf.»

Er beobachtete sie gespannt, die kalten grauen Augen blitzten neugierig, fast amüsiert. Es war ihm gelungen, sie zu verunsichern. Eine Sekunde lang begegneten sich ihre Blicke. Dann trat sie vom Schreibtisch zurück und kippte mit einer raschen Bewegung der ausgestreckten Hand den Deckel zurück.

Ein süßlich-beißender Geruch wie von einem Betäubungsmittel breitete sich aus. Die abgetrennten Hände lagen auf einem Polster aus feuchter Watte wie zum Gebet zusammengebogen, die Handflächen berührten einander leicht, die Fingerspitzen waren fest zusammengepreßt. Die gedunsene Haut, oder was davon übrig war, war kreideweiß und so verschrumpelt, daß es aussah, als steckten die Hände in zu großen alten Handschuhen, aus denen sie bei der geringsten Berührung herausrutschen würden. Das Fleisch zog sich bereits von den Schnittflächen an den Handgelenken zurück, und der Nagel des rechten Zeigefingers hatte sich aus seinem Bett gelöst.

Die Frau starrte angeekelt und wie gebannt auf die Hände. Dann nahm sie den Deckel und warf ihn zurück auf die Schachtel. Die Pappe verbog sich durch die Heftigkeit des Aufpralls.

«Es war kein Mord, L. J. Ich schwöre es dir! Digby hatte nichts damit zu tun. Dazu wäre er gar nicht fähig.»

«Das hätte ich auch angenommen. Du hast mir doch nichts vorgemacht, Lil?»

«Bestimmt nicht. Ich habe dir nur die Wahrheit gesagt, L. J. Sieh mal, er kann es ja gar nicht getan haben. Er war doch die ganze Nacht von Dienstag auf Mittwoch im Kittchen.»

«Das weiß ich alles. Aber wenn er uns das da nicht geschickt hat, wer war es dann? Vergiß nicht, daß er damit rechnen konnte, 200 000 Pfund zu erben.»

Lil sagte plötzlich:

«Er meinte, daß sein Bruder sterben würde. Das hat er mir mal gesagt.» Sie starrte entsetzt und immer noch wie unter einem Bann auf die Schachtel.

Luker sagte:

«Na klar, daß er sterben würde. Irgendwann einmal. Er hatte doch ein schwaches Herz, nicht? Das heißt aber nicht, daß Digby ihn umgebracht hat. Er ist eines natürlichen Todes gestorben.»

Möglicherweise hatte Lil eine leise Unsicherheit in seiner Stimme gehört. Sie warf ihm einen kurzen Blick zu und sagte rasch:

«Er war schon immer scharf darauf, bei dir einzusteigen. Das weißt du doch. Und er hat 200 000 Pfund.»

«Noch nicht. Und es ist durchaus möglich, daß er sie nie in die Finger bekommt. Geld hin, Geld her, ich möchte keinen Trottel zum Partner.»

«Wenn er Maurice tatsächlich umgebracht und die Sache hinterher wie einen natürlichen Tod hingedreht hat, ist er gar kein solcher Trottel.»

«Vielleicht nicht. Warten wir's ab, ob er ungeschoren davonkommt.»

«Und was wird ... mit denen da?» Lil machte eine Kopfbewegung zu der harmlos wirkenden Schachtel hin.

«Die kommen wieder in den Safe. Morgen laß ich sie von Sid verpacken und an Digby schicken. Danach sind wir dann etwas schlauer. Es wäre doch ein ganz hübscher Gag, meine Visitenkarte mit reinzulegen. Es wird Zeit, daß Digby Seton und ich ein Wörtchen miteinander reden.»

Dalgliesh machte die Tür des Cortez Club hinter sich zu und sog
die Luft von Soho so gierig ein, als wäre es der frische Seewind von
Monksmere Head. Luker hatte schon immer so gewirkt, als ob er
die Atmosphäre um sich herum verpeste. Dalgliesh war froh, dem
stickigen kleinen Büro und dem starren Blick der toten Augen ent-
ronnen zu sein. Es mußte kurz geregnet haben, während er im
Club war, denn die Autos fuhren mit singenden Reifen über nasses
Pflaster und der Bürgersteig war rutschig unter seinen Füßen.
Soho begann langsam zum Leben zu erwachen, und auf der engen
Straße wirbelte billiges Treibgut von Kreuzung zu Kreuzung. Es
ging ein kräftiger Wind, der die Straße unter seinen Blicken trocknete. Er fragte sich, ob es auch auf Monksmere Head so windig
war. Vielleicht schloß seine Tante gerade jetzt die Fensterläden vor
der Dunkelheit.

Er dachte über seinen nächsten Schritt nach, während er langsam auf die Shaftesbury Avenue zuging. Bis jetzt hatte ihm die
Spritztour nach London, zu der ihn eine ärgerliche Regung veranlaßt hatte, wenig gebracht, was er nicht auf bequemere Weise
erfahren hätte, wenn er in Suffolk geblieben wäre. Selbst Max
Gurney hätte ihm seine Neuigkeiten am Telefon erzählen können,
obwohl Max natürlich bekanntermaßen vorsichtig war. Alles in
allem genommen bereute Dalgliesh die Reise nicht, aber es war ein
langer Tag gewesen, und er hatte keine Lust, ihn noch weiter zu
verlängern. Um so ärgerlicher fand er es, daß er die Überzeugung
nicht loswerden konnte, noch etwas tun zu müssen.

Es war schwer zu entscheiden, was. Keine der Möglichkeiten
war verlockend. Er konnte zu den exklusiven teuren Häusern gehen, wo Latham wohnte, und versuchen, etwas aus dem Portier
herauszubekommen, aber in seiner jetzigen nichtoffiziellen Stellung würde er kaum Erfolg haben. Außerdem würden Reckless
und seine Leute vor ihm dort gewesen sein und hätten Lathams
Alibi bereits erschüttert, wenn es sich erschüttern ließ. Er konnte
sein Glück im hochachtbaren Bloomsbury Hotel versuchen, wo
Eliza Marley am vergangenen Dienstag die Nacht verbracht haben wollte. Aber auch dort würde man ihn kaum mit Begeisterung

empfangen, und auch dort würde Reckless schon vor ihm gewesen sein. Er war es ein bißchen leid, in die Fußstapfen des Inspektors zu treten wie ein gehorsamer Hund.

Er hätte zu Bryces Wohnung in der Innenstadt gehen können, aber das erschien ihm nicht sehr reizvoll. Da Bryce noch in Suffolk war, würde es kaum eine Möglichkeit geben, die Wohnung von innen zu besichtigen, und er konnte sich nicht vorstellen, daß es ihm viel bringen würde, sich das Haus von außen anzusehen. Er kannte es bereits gut, da es einer der hübscheren architektonischen Einfälle in der Innenstadt war. Bryce wohnte über den Büros der «Monthly Critical Review» in einem kleinen Innenhof in der Nähe der Fleet Street, der noch aus dem 18. Jahrhundert stammte und so sorgsam instand gehalten wurde, daß er schon ganz unecht wirkte. Der einzige Ausgang zur Straße führte durch die Pie Crust Passage, die schon für eine einzelne Person fast zu schmal war. Dalgliesh wußte nicht, wo Bryce seinen Wagen parkte, aber sicher nicht im Pie Crust Court. Plötzlich tauchte das groteske Bild vor seinem geistigen Auge auf, wie der kleine Mann mit Setons Leiche über der Schulter die Pie Crust Passage hinunterschwankte und seine Last unter den neugierigen Blicken der diensttuenden Verkehrswächter und der halben Polizeibelegschaft Londons im Kofferraum seines Wagens verstaute. Er wünschte, er hätte das glauben können.

Es gab natürlich noch eine andere Möglichkeit, den Abend zu verbringen. Er konnte Deborah Riscoe in ihrem Büro anrufen – sie würde jetzt gleich Feierabend machen – und sie bitten, den Abend mit ihm in seiner Wohnung zu verbringen. Sie würde natürlich kommen. Die Zeiten, wo er ihrer Besuche nicht sicher sein konnte – so köstlich in seiner Erinnerung trotz damit verbundener gelegentlicher Qualen –, sie waren jetzt vorbei. Was auch immer sie sich für den Abend vorgenommen haben mochte, sie würde kommen. Dann würde der ganze Überdruß, Ärger und alle Ungewißheit wenigstens ein körperliches Ventil finden. Und am Morgen würde das Problem noch immer dasein und seinen Schatten auf den neuen Tag werfen.

Plötzlich faßte er einen Entschluß. Er bog rasch in die Greek Street ein, hielt ein Taxi an und bat den Fahrer, ihn vor der U-Bahnstation Paddington abzusetzen.

Er wollte von der U-Bahnstation Paddington aus zu Fuß zu Digby Setons Wohnung gehen. Wenn Maurice Seton den gleichen Weg genommen hatte, dann hatte er möglicherweise einen Bus oder noch mal ein Taxi benutzt (hatte Reckless das überprüft, fragte sich Dalgliesh), aber am wahrscheinlichsten war es noch, daß er zu Fuß gegangen war. Dalgliesh sah auf die Uhr, um festzustellen, wie lange er für den Weg brauchte. Er mußte genau sechzehn Minuten in raschem Tempo gehen, bis er zu dem Torweg aus Backsteinen und verfallendem Stuck kam, der in die Carrington Mews führte. Maurice Seton hatte vielleicht länger gebraucht.

Der gepflasterte Durchgang war wenig einladend, schlecht beleuchtet und roch durchdringend nach Urin. Dalgliesh ging unbeobachtet, da hier offenbar niemand wohnte, durch den Torweg in einen geräumigen Hof, der von einer einzigen nackten Glühbirne beleuchtet wurde, die über einer der in Doppelreihe stehenden Garagen angebracht war. Das Grundstück mit den Gebäuden war anscheinend einmal der Sitz einer Fahrschule gewesen, und ein paar alte Anschlagzettel hingen noch an den Garagentüren. Aber jetzt waren die Garagen einem edleren Zweck zugedacht, nämlich der Linderung von Londons chronischer Wohnungsnot. Genauer gesagt, sie wurden zu winzigen, üb
erteuerten Wohnungen umgebaut, um in nächster Zeit als «Luxusstadtwohnung» zum Kauf oder zur Miete angeboten zu werden für Leute, die für eine Londoner Adresse und modernen Chi-chi jeden Preis und jede Unbequemlichkeit auf sich nahmen. Die vorhandenen Doppelgaragen wurden so aufgeteilt, daß ein Wohnzimmer entstand und dabei noch Einstellmöglichkeit für einen kleinen Wagen übrigblieb, und der Dachraum wurde zu zwei Kämmerchen ausgebaut, die als Schlafzimmer und Bad dienten.

Digby Setons Häuschen war als einziges fertig, und die Außenausstattung war von öder Durchschnittlichkeit. Es hatte eine orangefarbene Tür mit einem Messingklopfer in Gestalt einer Meerjungfrau, Blumenkästen vor den beiden winzigen Fenstern und eine schmiedeeiserne Lampe über der Tür. Die Lampe brannte nicht, doch war das kaum verwunderlich, da sie, wie Dalgliesh sehen konnte, nicht angeschlossen war. Sie wirkte gedrechselt, ohne hübsch, und protzig, ohne zweckmäßig zu sein und war darin symbolisch für das ganze Haus. Die orangefarbenen Blumenkästen bogen sich unter der Last der zusammengeklumpten Erde. Sie waren mit Chrysanthemen bepflanzt, deren Pracht, als sie noch frisch waren, zweifellos einen Mietaufschlag von zwei Guineas bedingt hatte. Aber die ehedem goldgelben Blumen waren jetzt verblaßt und vertrocknet. Die toten Blätter rochen nach Fäulnis.

Dalgliesh strich auf dem gepflasterten Hof umher und leuchtete mit der Taschenlampe in die dunklen Fensterhöhlen. Die beiden angrenzenden Garagen wurden als nächste ausgebaut. Sie waren völlig leer, und die Garagentüren waren entfernt worden, so daß er eintreten und mit Interesse feststellen konnte, daß zwischen dem Wohnraum und der zukünftigen Garage eine Verbindungstür vorgesehen war. Überall hing der Geruch von frischem Holz, Farbe und Ziegelstaub in der Luft. Es würde sicher noch eine ganze Weile dauern, bis die Gegend hier zu einem gesellschaftsfähigen oder gar exklusiven Wohngebiet geworden war, aber der Anfang war gemacht. Digby hatte lediglich als erster den richtigen Riecher gehabt.

Und das führte natürlich zu der interessanten Frage, warum er gerade hierher gezogen war. An sich war es kein Haus, das nicht zu ihm gepaßt hätte. Dieses schäbige kleine Statussymbol war in mancher Hinsicht sehr bequem für Digby. Aber war es nicht mehr als ein bloßer Zufall, daß er ein Haus gemietet hatte, das sich so gut für einen Mord eignete? Es lag nur zwanzig Minuten Fußweg von dem Ort entfernt, wo Maurice sich hatte absetzen lassen; es stand in einem dunklen, unauffälligen Hof, wo sich, wenn die Handwerker erst einmal gegangen waren, niemand mehr aufhielt außer Digby; es hatte eine Garage mit einem direkten Zugang zum Haus. Und da war noch ein Faktum, vielleicht das bedeutsamste von allen. Digby war erst kürzlich umgezogen und hatte niemandem in Monksmere seine neue Adresse gegeben. Als Sylvia Kedge ihn nach Maurices Tod verständigen wollte, wußte sie nicht, wo sie ihn finden konnte. Und das bedeutete, daß Maurice, falls Lil ihn tatsächlich zu den Carrington Mews geschickt hatte, nicht wußte, daß es Digby war, der ihn erwartete. Auf jeden Fall war Maurice vom Cortez Club aus direkt in den Tod gegangen. Und

Digby war der einzige unter den Verdächtigen, der etwas mit dem Club zu tun hatte.

Aber das alles waren nur Vermutungen. Es gab nirgendwo einen Beweis. Es gab keinerlei Anhaltspunkte dafür, daß Lil Maurice hierher dirigiert hatte; und selbst wenn sie es getan hätte – Lil konnte auf einer guten Geschichte mit einer Ausdauer beharren, die einer besseren Sache würdig gewesen wäre. Es hätte energischerer Mittel bedurft, als sie einem englischen Polizisten zu Gebote standen, um Lil zum Reden zu bringen. Es gab keinen Beweis dafür, daß Maurice in den Mews gewesen war. Dalgliesh konnte in das verschlossene Haus nicht hinein, aber Reckless oder seine Leute hatten es sicher durchsucht; wenn dort etwas zu finden gewesen war, hatten sie es gefunden. Es gab noch nicht einmal einen Anhaltspunkt dafür, daß Maurice ermordet worden war. Reckless glaubte es nicht, der Polizeidirektor glaubte es nicht, und wahrscheinlich glaubte es auch sonst niemand außer Adam Dalgliesh, der in unbelehrbarer Hartnäckigkeit allen festgestellten Tatsachen zum Trotz blindlings seinem Verdacht nachging. Und falls man Maurice ermordet hatte, war das größte Problem noch immer ungelöst. Er war um Mitternacht gestorben – zu einem Zeitpunkt, für den Digby Seton und die meisten anderen Verdächtigen ein hieb- und stichfestes Alibi hatten. Solange man nicht hinter das «Wie» kommen konnte, hatte es keinen Sinn, nach dem «Wer» zu fragen.

Dalgliesh leuchtete mit der Taschenlampe ein letztes Mal den verlassenen Hof ab, die aufgeschichteten Bretter unter der Segeltuchplane, die Stapel neuer Ziegelsteine, die Garagentüren mit den herunterhängenden Anschlagzetteln. Dann ging er, so langsam wie er gekommen war, durch den Torweg hinaus und schlug den Weg zur Lexington Street ein, wo sein Wagen stand.

Er hatte gerade Ipswich hinter sich, als ihn schlagartig die Müdigkeit überfiel, und er wußte, daß es riskant sein würde, noch sehr viel weiter zu fahren. Er mußte etwas essen. Das opulente Mahl mit Max lag schon eine ganze Weile zurück, und er hatte seitdem nichts mehr zu sich genommen. Es machte ihm nichts aus, die Nacht auf einem Rastplatz zu verbringen, aber der Gedanke, am frühen Morgen mit knurrendem Magen und ohne Aussicht auf ein Frühstück aufzuwachen, war ihm ausgesprochen unangenehm. Doch das Problem lag darin, daß es bereits zu spät war für ein Gasthaus und daß er keine Lust hatte, an einem Vereinsheim oder einem kleinen Hotel zu halten und sich in ein Gerangel einzulassen, weil der Inhaber wildentschlossen war, warmes Essen nur zu den gesetzlichen Zeiten zu servieren, und das obendrein zu einem Preis und in einer Qualität, die jeden, der nicht am Verhungern war, abschrecken mußten. Aber nach zwei oder drei Kilometern kam er an eine Fernfahrerraststätte, die die ganze Nacht geöffnet hatte, kenntlich an der dunklen Reihe von Lastern, die vor den Türen geparkt waren, und dem hellen Licht in den niedrigen Fenstern. Der Raum war beinahe voll besetzt, die Luft rauchgeschwängert, von Stimmengewirr und den Mißklängen der Musikbox erfüllt, trotzdem ließ er sich nicht abschrecken und nahm an einem nackten, sauberen Holztisch in der Ecke Platz und hatte bald einen Teller voll Eier, Würstchen und knusprigen Pommes frites und einen großen Becher heißen, süßen Tee vor sich stehen.

Anschließend machte er sich auf die Suche nach dem Telefon, das lästigerweise in einem engen Gang zwischen der Küche und dem Parkplatz angebracht war, und wählte durch nach Pentlands. Er hatte keinen Grund, dort anzurufen. Seine Tante erwartete ihn nicht zu einer bestimmten Zeit zurück. Aber er war plötzlich in Sorge um sie und beschloß weiterzufahren, falls sie sich nicht meldete. Er sagte sich, daß es eine irrationale Angst war. Es konnte gut sein, daß sie in Haus Priory zu Abend aß oder noch einen ihrer einsamen Spaziergänge am Strand machte. Er hatte nichts entdeckt, woraus sich vermuten ließ, daß sie sich in Gefahr befand; trotzdem hatte er weiterhin das Gefühl, als sei irgend etwas nicht in Ordnung. Wahrscheinlich war es nur die Folge seiner Müdigkeit und Enttäuschung, aber er mußte sich Gewißheit verschaffen.

Es schien ihm ungewöhnlich lange zu dauern, bis sie sich meldete und er die ruhige, vertraute Stimme hörte. Falls sie über seinen Anruf überrascht war, ließ sie es jedenfalls nicht merken. Sie sprachen kurz miteinander vor der Geräuschkulisse von Geschirrklappern und dem Gedröhn abfahrender Laster. Er fühlte sich besser, als er den Hörer auflegte, war aber noch immer beunruhigt. Sie hatte ihm versprochen, heute nacht die Haustür zu verriegeln –

Gott sei Dank war sie keine Frau, die bei einer einfachen Bitte eine Diskussion begann, Fragen stellte oder einen auslachte –, und mehr konnte er im Augenblick nicht tun. Er fühlte sich beinahe irritiert über diese Unruhe, von der er wußte, daß sie töricht war; wäre es anders gewesen, hätte er trotz seiner Müdigkeit weiterfahren müssen.

Bevor er die Telefonzelle verließ, kam ihm plötzlich ein Gedanke, und er suchte in der Tasche nach weiteren Geldstücken. Diesmal dauerte es länger, bis die Verbindung zustande kam, und es waren Geräusche in der Leitung. Aber schließlich hörte er Plants Stimme und stellte ihm seine Fragen. Ja, Mr. Dalgliesh hatte ganz recht. Plant hatte am Mittwochabend in Haus Seton angerufen. Er bedauerte es, daß er nicht daran gedacht hatte, es Mr. Dalgliesh zu sagen. Er hatte tatsächlich an diesem Abend etwa alle drei Stunden dort angerufen in der Hoffnung, Mr. Seton zu erreichen. Um wieviel Uhr? Nun, soweit er sich erinnern konnte, gegen sechs, gegen neun und gegen zwölf. Aber ganz und gar nicht. Plant war nur zu glücklich, daß er ihm hatte helfen können.

War das überhaupt eine Hilfe gewesen? fragte sich Dalgliesh. Es war nichts damit bewiesen, als daß Plants unbeantworteter Anruf das Läuten gewesen sein konnte, das Eliza Marley gehört hatte, als sie sich vor Haus Seton von Digby trennte. Die Zeit stimmte in etwa, und es war Reckless nicht gelungen, einen anderen Anrufer ausfindig zu machen. Aber das bedeutete nicht, daß es ihn nicht gegeben hatte. Dalgliesh brauchte stichhaltigere Beweise, um Digby Seton als Lügner zu entlarven.

Zehn Minuten später parkte Dalgliesh auf dem nächsten Rastplatz im Schutz einer Hecke und machte es sich in seinem Wagen so bequem, wie es einem Mann von seiner Größe möglich war. Trotz des Tees und des schwerverdaulichen Essens wurde er fast auf der Stelle vom Schlaf übermannt und schlief ein paar Stunden tief und traumlos. Er erwachte von einem Schwall von Steinchen, der gegen die Scheiben prasselte, und von dem hohen Klageton des Winds. Auf seiner Uhr war es Viertel nach drei. Es ging ein heftiger Wind, und der Wagen, obwohl im Schutz der Hecke stehend, schaukelte leicht hin und her. Die Wolken rasten wie schwarze Furien am Mond vorbei, und die oberen Zweige der Hecke, die sich dunkel gegen den Nachthimmel abzeichneten, ächzten und knicksten wie ein Ballett wahnwitziger Hexen. Er befreite sich aus dem Wagen und ging ein Stück die leere Straße entlang. Über ein Gattertor in der Hecke gelehnt, starrte er hinaus auf die schwarzen, ebenen Felder und ließ sich den Wind voll ins Gesicht blasen, so daß er nur mit Mühe Atem holen konnte. Er hatte dasselbe Gefühl, wie er es als Junge bei seinen einsamen Radtouren gehabt hatte, wenn er sein kleines Zelt verließ, um in der Nacht spazierenzugehen. Es war eine seiner größten Freuden gewesen, dieses Gefühl vollkommener Einsamkeit – nicht nur ohne einen Gefährten zu sein, sondern auch zu wissen, daß kein Mensch auf der Welt genau zu sagen vermochte, wo er sich aufhielt.

Eine halbe Stunde später rückte er sich wieder zum Schlafen zurecht. Aber bevor er in die Bewußtlosigkeit eintauchte, geschah etwas. Er hatte, schlaftrunken und ohne es zu wollen, an Setons Mörder gedacht. Es war nur der automatische, träge Rückblick des Geistes auf den vergangenen Tag gewesen. Und plötzlich, unerklärlicherweise, wußte er, wie es sich abgespielt haben konnte.

Drittes Buch

Es war kurz nach neun, als Dalgliesh nach Pentlands zurückkam. Das Haus war leer, und wieder wurde er von seinen düsteren Ahnungen befallen. Dann sah er die Nachricht auf dem Küchentisch. Seine Tante hatte zeitig gefrühstückt und war anschließend zu einem Spaziergang an der Küste entlang nach Sizewell aufgebrochen. Eine Kanne Kaffee stand zum Aufwärmen bereit, und der Frühstückstisch war für eine Person gedeckt. Dalgliesh mußte lächeln. Das war typisch für seine Tante. Sie machte morgens immer einen Spaziergang am Strand, und es wäre ihr nicht in den Sinn gekommen, von dieser Gewohnheit abzugehen, nur weil ihr Neffe, auf der Jagd nach einem Mörder, zwischen London und Monksmere hin und her schoß und sie vielleicht gerne greifbar gehabt hätte, damit sie sich seine Neuigkeiten anhörte. Und sie wäre auch nicht auf den Gedanken gekommen, daß ein gesunder Mann nicht in der Lage sein könnte, sich sein Frühstück selber zu machen. Doch die wesentlichen Annehmlichkeiten waren, wie immer in Pentlands, vorhanden: die Küche war warm und anheimelnd, der Kaffee stark, und es stand eine blaue Schüssel mit frischen Eiern sowie ein Korb voll selbstgebackener, noch warmer Brötchen für ihn bereit. Seine Tante war offensichtlich früh aufgestanden. Dalgliesh frühstückte rasch und beschloß dann, sich die im Auto steif gewordenen Beine zu vertreten, indem er ihr am Strand entgegenging.

Er sprang den holprigen, halb sandigen, halb felsigen Weg hinunter, der von Pentlands zum Strand führte. Das bewegte Meer war zum Horizont hin mit Schaumkronen bedeckt, eine graubraune Ödnis wogenden Wassers, auf dem man weit und breit kein einziges Segel, sondern nur die gedrungene Silhouette eines Küstendampfers gegen den Himmel entdecken konnte. Die Flut stieg rasch. Er rutschte stolpernd über die Steine am oberen Teil des Strandes und erreichte schließlich den schmalen Kiesstreifen zwischen dem Meer und der mit Strandhafer bedeckten Anhöhe, die an das Sumpfgebiet grenzte. Hier ging es sich leichter, obwohl er von Zeit zu Zeit dem Wind den Rücken zukehren und nach Atem ringen mußte. Durchgewalkt und schaumbespritzt patschte er vorwärts über den Kies und freute sich über die vereinzelten, unregelmäßig geformten festen Sandflecken; ab und zu blieb er stehen und betrachtete den glatten grünen Bauch der Wellen, die sich zu einer letzten Wölbung erhoben, bevor sie in einem Wirbel fliegender Kieselsteine und zerstiebendem Gischt zu seinen Füßen zusammenstürzten. Es war eine einsame Küste, öde und verlassen wie das äußerste Ende der Welt. Sie rief keine heimelig-nostalgischen Erinnerungen an die Kinderfreuden am Meer verbrachter Ferien wach. Hier gab es keine zur Erforschung einladenden Felstümpel, keine exotischen Muscheln, keine mit Seegras umwundenen Wellenbrecher und auch keine langen gelben, von unzähligen Kinderschaufeln zerteilten Sandflächen. Hier gab es nur Meer, Himmel und Sumpfland, einen menschenleeren Strand, dessen kilometerlange Kiesweite nur hier und da von einem Bündel teerbeflecktem Treibholz und den rostenden Nägeln alter Schiffsaufbauten markiert wurde. Dalgliesh liebte diese Ödnis, dieses Ineinander von Meer und Himmel. Aber heute war ihm die Gegend unbehaglich. Er sah sie plötzlich mit neuen Augen: eine fremdartige, unheimliche, total verödete Küste. Die Unruhe vom Abend vorher befiel ihn aufs neue, und er war froh, als er in den Dünen die vertraute Gestalt seiner Tante auftauchen sah, die sich, die Enden des roten Kopftuchs flatternd, wie eine Fahnenstange gegen den Wind stemmte.

Sie bemerkte ihn fast sofort und kam auf ihn zu. Als sie sich trafen und einen Moment gemeinsam stehenblieben, um während eines heftigen Windstoßes wieder zu Atem zu kommen, erklang ein mißtönendes «Krääänk», und zwei Reiher flogen, mit trägen Schwingen die Luft zerteilend, dicht über ihre Köpfe hinweg. Dalgliesh beobachtete ihren Flug. Die langen Hälse waren eingezogen, die zierlichen braunen Beine nach hinten abgehend wie ein Nachstrom.

«Reiher», sagte er mit gespieltem Triumph.

Jane Dalgliesh lachte und reichte ihm ihr Fernglas.

«Aber was würdest du zu denen da sagen?»

Eine kleine Schar graubrauner Singvögel zwitscherte am Rand des Kiesstreifens. Doch ehe Dalgliesh Zeit hatte, mehr als ihre weißen Bürzel und die schwärzlichen gebogenen Schnäbel wahrzunehmen, stob die ganze Schar in blitzartigem Aufbruch davon und löste sich wie ein dünnes weißes Rauchwölkchen im Wind auf.

«Alpenstrandläufer?» versuchte er es auf gut Glück.

«Ich dachte mir, daß du das sagen würdest. Sie sehen ihnen sehr ähnlich. Nein, das hier waren Strandläufer.»

«Aber als du mir letztesmal einen Strandläufer gezeigt hast, hatte er ein rosa Gefieder», wandte Dalgliesh ein.

«Das war im Sommer. Im Herbst nimmt das Gefieder die braungelbliche Färbung der Jungvögel an. Deshalb sahen sie dem Alpenstrandläufer so ähnlich ... Hast du in London Erfolg gehabt?»

Dalgliesh sagte:

«Ich habe den größten Teil des Tages damit verbracht, ziemlich ergebnislos in Reckless' Fußstapfen zu treten. Aber während eines allzu üppigen Mittagessens mit Max habe ich dann doch noch etwas Neues erfahren. Seton hatte die Absicht, praktisch sein gesamtes Vermögen zur Stiftung eines Literaturpreises zu verwenden. Nachdem er die Hoffnung auf eigenen Ruhm aufgegeben hatte, wollte er sich eine Ersatzunsterblichkeit kaufen. Und er wollte bei dem Preis auch nicht knauserig sein. Ich kann mir daraufhin jetzt vorstellen, wie Seton umgekommen ist. Aber da es praktisch unmöglich ist, das zu beweisen, wird Reckless mir kaum sonderlich dankbar sein. Ich muß ihn wohl gleich mal anrufen, wenn wir nach Hause kommen.»

Er sagte das vollkommen leidenschaftslos. Jane Dalgliesh warf ihm einen kurzen Blick zu, stellte aber keine Fragen und wandte rasch das Gesicht ab, damit er ihre Besorgnis nicht sehen und sich dadurch beunruhigt fühlen sollte.

«Wußte Digby, daß er enterbt werden sollte?» fragte sie.

«Anscheinend wußte niemand etwas davon außer Max. Das Komische ist, daß Seton es ihm geschrieben und den Brief allem Anschein nach auch selber getippt hat. Trotzdem hat Reckless im

Haus Seton keinen Durchschlag gefunden. Das hätte er sonst bestimmt erwähnt. Und er hätte Sylvia Kedge und Digby sicher danach gefragt, um herauszufinden, ob sie etwas davon wußten.»

«Wenn Maurice seinen Plan geheimhalten wollte, hätte er dann nicht den Brief ohne Durchschlag geschrieben?» meinte Miss Dalgliesh.

«Er hat aber einen Durchschlag gemacht. Der untere Rand des Kohlepapiers war umgeknickt, als er die Bogen in die Maschine spannte, und die letzten Worte stehen auf der Rückseite des Briefs. Außerdem ist der obere Rand vom Kohlepapier ein bißchen beschmutzt. Möglicherweise hat er sich später entschlossen, den Durchschlag zu vernichten, da er aber sehr penibel war in allen Dingen, scheint mir das ziemlich unwahrscheinlich. Übrigens ist das nicht das einzige Rätsel in puncto Durchschlägen. Seton soll die Stelle über den Besuch seines Helden im Cortez Club während seines Londonaufenthaltes geschrieben haben. Der Bedienstete im Cadaver Club sagte aber, daß man in seinem Zimmer keine Durchschläge gefunden hätte. Was also ist damit passiert?»

Seine Tante dachte einen Augenblick nach. Es war das erste Mal, daß er sich mit ihr über einen Fall unterhielt, und sie war überrascht und ein wenig geschmeichelt, bis ihr einfiel, daß es ja gar nicht sein Fall war. Reckless war zuständig. Reckless war es, der entscheiden mußte, welche Bedeutung, wenn überhaupt, den verschwundenen Durchschlägen im Cadaver Club zukam. Aber sie war erstaunt über ihr Interesse an der Sache. Sie sagte:

«Es gibt da wohl mehrere Möglichkeiten. Vielleicht hat Seton keine Durchschläge gemacht. Bei seiner Übergenauigkeit halte ich das für unwahrscheinlich. Oder vielleicht hat er selber oder jemand, der Zutritt zu seinem Zimmer hatte, sie vernichtet. Oder vielleicht war das Manuskript, das Sylvia uns gezeigt hat, gar nicht das Manuskript, das Seton ihr geschickt hat. Ich nehme an, daß der Briefträger Reckless auf seine Frage hin bestätigt hat, daß er ihr einen länglichen Geschäftsumschlag gebracht hat, aber wir haben lediglich ihre Aussage, daß er das Manuskript enthielt. Und wenn es tatsächlich so war, hätte doch irgend jemand, der von Setons Aufenthalt im Cadaver Club wußte, in der Zeit, die zwischen dem Verschließen des Umschlags und dem Abschicken lag, die darin enthaltenen Papiere gegen andere austauschen können. Aber war das überhaupt möglich? Weiß man, ob Seton den Brief irgendwo draußen hingelegt hat, wo ihn andere Leute sehen konnten, damit er zur Post mitgenommen wird? Oder hat er ihn gleich selber zur Post gebracht?»

«Das war eine der Fragen, die ich Plant gestellt habe. Niemand im Cadaver Club hat für Seton etwas zur Post gebracht. Aber es wäre möglich, daß der Umschlag lange genug in seinem Zimmer lag, daß irgend jemand drankommen konnte. Oder er hat ihn jemandem zur Post mitgegeben. Aber darauf konnte sich der Betreffende doch nicht gut verlassen. Und wir wissen, daß es sich hier um einen vorsätzlichen Mord handelt. Zumindest ich weiß es. Reckless werde ich erst noch davon überzeugen müssen.»

Seine Tante sagte: «Gibt es nicht noch eine andere Möglichkeit? Wir wissen, daß Seton das zweite Manuskript, die Beschreibung der Leiche, die an Land treibt, nicht mehr selber zur Post bringen konnte. Er war inzwischen schon tot. Und wir haben noch nicht mal einen Grund zu der Annahme, daß er es überhaupt geschrieben hat. Wir haben lediglich Sylvia Kedges Aussage, daß es von ihm stammt.»

«Ich glaube, daß er es geschrieben hat», sagte Dalgliesh. «Als Max Gurney mir Setons Brief zeigte, habe ich seine Art zu tippen wiedererkannt. Er hat auch das zweite Manuskript getippt.»

Bei diesen letzten Sätzen zogen sie sich instinktiv vor dem scharfen Wind in den Schutz des Hohlwegs zurück, der die Sanddünen vom Vogelschutzgebiet trennte. Entlang des Wegs befand sich eine Reihe von Beobachtungshütten, von denen aus man einen guten Überblick über das Vogelschutzgebiet hatte. Die dritte davon lag etwa zwanzig Meter vom Eingang des Hohlwegs entfernt. Sie war so etwas wie ein natürlicher Zielpunkt für ihre Spaziergänge am Strand, und Dalgliesh brauchte seine Tante nicht erst zu fragen, ob sie hineingehen sollten. Für zehn Minuten die Nester im Schilf durch das Fernglas seiner Tante zu beobachten und vor den kalten Winden der Ostküste Schutz zu suchen, war längst eines jener Rituale geworden, die zu einem Herbsturlaub in Monksmere gehörten. Es war die übliche Beobachtungshütte, ein Häuschen aus rohen Holzbalken, schilfgedeckt, mit einem Querbrett an der

Hinterwand als Stütze für die müden Schenkel und einem Schlitz in Augenhöhe, durch den man einen weiten Blick über das ganze Sumpfland hatte. Ein kräftiger Geruch von sonnendurchwärmtem Holz, feuchter Erde und frischem Gras erfüllte im Sommer das Innere. Und selbst in den kalten Monaten hielt sich die Wärme, als seien die Hitze und die Gerüche des Sommers zwischen den hölzernen Wänden eingefangen.

Sie waren bei der Hütte angelangt, und Miss Dalgliesh wollte gerade als erste durch die schmale Öffnung schlüpfen, als Dalgliesh plötzlich sagte:

«Nein! Warte!» Eine Minute vorher war er noch wie traumverloren vor sich hingegangen. Aber plötzlich war er hellwach, als sein Gehirn die Bedeutung der Zeichen erkannte, die seine geschulten Sinne bisher unbewußt registriert hatten: die Fußspuren eines Mannes, die von dem sandbedeckten Hohlweg bis zum Eingang der Hütte führten, den Anflug eines widerwärtigen Gestanks, den der Wind herantrug und der nichts mit dem Geruch von Erde oder Gras gemein hatte. Während seine Tante stehenblieb, glitt er an ihr vorbei in den Eingang der Beobachtungshütte.

Seine große Gestalt ließ kaum Licht durch die schmale Öffnung ins Innere dringen, so daß er den Tod roch, bevor er ihn sah. Der Gestank von saurem Erbrochenem, Blut und Durchfall stieg ihm so beißend in die Nase, als sei die Luft in dem kleinen Raum mit Unheil und Verderben gesättigt. Dieser Geruch war ihm nicht unbekannt, trotzdem mußte er wie jedesmal gegen einen kurzen und kaum erträglichen Drang, sich zu übergeben, ankämpfen. Dann beugte er sich vor, das Licht strömte hinter ihm herein, und er sah die Leiche zum erstenmal deutlich.

Digby Seton war zum Sterben wie ein Hund in eine Ecke der Hütte gekrochen, und er war nicht leicht gestorben. Seine kalte und starre Leiche lag grotesk zusammengekauert an der hinteren Wand, die Knie hochgezogen bis fast zum Kinn, den Kopf nach oben gedreht, als hätten die glasigen Augen eine letzte, verzweifelte Anstrengung unternommen, einen Lichtschimmer zu erhaschen. Er hatte sich die Unterlippe im Todeskampf fast durchgebissen, und ein inzwischen schwarz gewordener Blutstrom hatte sich mit dem Erbrochenen vermischt, das verkrustet an seinem

Kinn und den Revers des ehemals eleganten Wollmantels klebte. Er hatte mit aufgeschürften, blutigen Händen die Erde in der Hütte zerwühlt, sich das Gesicht und die Haare damit beschmiert und hatte sie sich, wie in einem letzten, rasenden Verlangen nach Kühle und Wasser, sogar noch in den Mund gestopft. Etwa zwanzig Zentimeter von Digbys Leiche entfernt lag seine offene Taschenflasche.

Dalgliesh hörte die ruhige Stimme seiner Tante:

«Wer ist es, Adam?»

«Digby Seton. Nein, komm lieber nicht herein. Wir können nichts mehr für ihn tun. Er ist mindestens schon zwölf Stunden tot; allem Anschein nach ist er an einem schnell wirkenden Gift gestorben, der arme Kerl.»

Er hörte sie seufzen und etwas murmeln, das er nicht verstand. Dann sagte sie:

«Soll ich gehen und Inspektor Reckless holen, oder möchtest du lieber, daß ich hierbleibe?»

«Nein, geh du, wenn es dir recht ist. Ich behalte die Umgebung im Auge.»

Möglicherweise hätte er zehn oder fünfzehn Minuten gespart, wenn er selber gegangen wäre, aber es gab nichts mehr, was man hätte tun können, um Seton zu helfen, und er wollte sie an diesem stinkenden Ort des Todes nicht alleine lassen. Sie hatte einen raschen, kräftigen Schritt, so daß man kaum Zeit verlieren würde.

Sie brach sofort auf, und er sah ihr nach, bis ihre Gestalt hinter einer Wegbiegung verschwunden war. Dann stieg er auf die Dünen und fand dort eine Mulde, in deren Schutz er, den Rücken gegen ein Büschel Strandhafer gepreßt, sitzen konnte. Von dieser günstigen Stelle aus konnte er die Hütte im Auge behalten und gleichzeitig zu seiner Rechten den Strand und zu seiner Linken den Hohlweg überblicken. Von Zeit zu Zeit tauchte für einen kurzen Moment die hohe, energisch ausschreitende Gestalt seiner Tante in seinem Gesichtsfeld auf. Sie legte offenbar ein zügiges Tempo vor, trotzdem würde es mindestens eine Dreiviertelstunde dauern, bis Reckless und seine Leute, mit einer Bahre und ihren sonstigen Gerätschaften beladen, hier ankamen. Es gab keine Möglichkeit, mit dem Unfallwagen näher an den Strand heranzufahren als bis Pentlands, und keinen kürzeren Weg zur Beobachtungshütte als durch den Hohlweg. Mit ihrer Ausrüstung bepackt, würden sie es schwer haben gegen den Wind.

Dalgliesh war nur wenige Minuten in der Hütte gewesen, doch jede Einzelheit stand ihm klar und deutlich vor Augen. Er zweifelte nicht daran, daß Digby ermordet worden war. Er hatte die Leiche nicht durchsucht – das war Reckless' Aufgabe – und sie nur kurz berührt, um festzustellen, ob sie kalt war und die Todesstarre bereits eingesetzt hatte, trotzdem war er ziemlich sicher, daß man keinen Abschiedsbrief finden würde. Digby Seton, diesen freundlichen, unkomplizierten, ziemlich dummen jungen Mann, der sich über seinen Reichtum gefreut hatte wie ein Kind über ein neues Spielzeug und voller begeisterter Pläne für noch größere und glänzendere Nachtlokale war, konnte man sich als Selbstmordkandidaten kaum vorstellen. Und selbst Digby hatte Verstand genug, um zu wissen, daß es leichtere Arten zu sterben gab, als sich die Kehle und den Magen mit Gift zu verätzen. Es hatte kein anderes Gefäß als die Taschenflasche in der Nähe der Leiche gelegen. Da war das Zeug mit an Sicherheit grenzender Wahrscheinlichkeit drin gewesen. Die Dosis mußte sehr hoch gewesen sein. Dalgliesh ging in Gedanken die Gifte durch, die in Frage kamen. Arsen? Antimon? Quecksilber? Blei? Sie alle riefen diese Symptome hervor. Aber das war reine Spekulation. Schließlich würde der Gerichtspathologe alle Antworten geben, den Namen des Gifts, die Dosis, die Zeit, die es gedauert hatte, bis Seton starb. Und alles weitere war Sache von Reckless.

Aber angenommen, jemand hatte das Zeug in die Flasche getan, wer kam dafür in Frage? Jemand, der an beides, an das Gift und an die Flasche heran konnte. Das war klar. Jemand, der das Opfer gut kannte und wußte, daß Digby, allein und gelangweilt, nicht widerstehen konnte, einen Schluck aus der Taschenflasche zu nehmen, bevor er sich in den scharfen Wind hinauswagte und den langen Heimweg antrat. Und das bedeutete gleichzeitig, daß es derjenige gewesen war, der Digby zum Treffen in der Hütte überreden konnte. Warum hätte er sonst dorthin gehen sollen? Niemand in Monksmere hatte je davon gehört, daß Digby ein Interesse daran hatte, Vögel zu beobachten oder Spaziergänge zu machen. Er war für keine von beiden Unternehmungen angezogen. Und er hatte auch kein Fernglas bei sich. Das hier war Mord, daran gab es nichts zu deuteln. Selbst Reckless würde kaum glauben, daß Digby eines natürlichen Todes gestorben war oder daß jemand mit einer sonderbaren Art von Humor die Leiche in die Hütte gelegt hatte, um Adam Dalgliesh und seiner Tante Ungelegenheiten zu bereiten.

Dalgliesh zweifelte nicht daran, daß zwischen beiden Morden ein Zusammenhang bestand, obwohl ihre Unterschiedlichkeit nicht zu übersehen war. Es war, als seien zwei Gehirne am Werk gewesen. Der Mord an Maurice war fast unnötig kompliziert gewesen. Mochte es auch immer noch ein Problem sein, dem gerichtsmedizinischen Befund auf natürliche Todesursache zum Trotz zu beweisen, daß tatsächlich ein Mord vorlag, so war die Todesursache andererseits das einzige dabei, was natürlich war. Die Schwierigkeit lag nicht darin, daß es zu wenige Spuren gab. Es waren zu viele. Es sah fast so aus, als hätte dem Mörder ebensosehr daran gelegen, seine Klugheit zu beweisen wie Seton umzubringen. Dieser neue Mord aber war einfacher, direkter. Hier konnte man nicht zu dem Urteil kommen, daß es sich um eine natürliche Todesursache handle. Dieser Mörder versuchte nicht, das Täuschungsmanöver zu wiederholen. Es war noch nicht einmal versucht worden, die Sache wie einen Selbstmord aussehen zu lassen, den Eindruck zu erwecken, daß Digby sich in einem Anfall von Reue über den Tod seines Bruders selber umgebracht hatte. Zugegeben, es wäre nicht einfach gewesen, einen Selbstmord vorzutäuschen, aber Dalgliesh hielt es für bedeutsam, daß es gar nicht versucht worden war. Und er begriff allmählich, warum. Er konnte sich den Grund denken, warum der Mörder keinerlei Vermutung aufkommen lassen wollte, daß Digby sich aus Reue getötet oder sonst etwas mit dem Tod seines Bruders zu tun hatte.

Dalgliesh fand sein Versteck im Strandhafer wider Erwarten warm und behaglich. Er hörte das Pfeifen des Windes in den Dünen und das unablässige Rauschen des Meeres. Aber die hohen Grasbüschel schützten ihn so gut, daß er von einem sonderbaren Gefühl des Isoliertseins befallen wurde, als käme das Tosen von Wind und Meer aus weiter Ferne. Durch die dünne Graswand konnte er die Beobachtungshütte sehen, eine gewöhnliche, primitive Holzhütte, äußerlich genau wie die sechs anderen, die am Rand des Vogelschutzgebiets standen. Er glaubte fast selber daran, daß an dieser Hütte nichts anders war. Gefangen in dem Gefühl des Isoliertseins und der Irrationalität, mußte er einem absurden Bedürfnis widerstehen, nachzusehen, ob Setons Leiche wirklich dort drin lag.

Jane Dalgliesh mußte ein gutes Tempo vorgelegt haben. Es war noch keine Dreiviertelstunde vergangen, als er im Hohlweg eine Reihe näher kommender Gestalten wahrnahm. Das versprengte Grüppchen trat kurz in sein Blickfeld und war dann wieder hinter den Sanddünen verschwunden. Das zweite Mal, als er sie erspähte, schienen sie noch genauso weit von ihm entfernt zu sein. Dann kamen sie ganz unerwartet um die letzte Wegbiegung und waren bei ihm. Er sah eine vom Wind getriebene, bunt zusammengewürfelte kleine Schar, die sich mit der Ausrüstung abschleppte und den Eindruck einer schlecht organisierten, halb demoralisierten Expedition erweckte. Natürlich war Reckless dabei, mit grimmigem Gesicht und verbissener Wut, den obligatorischen Regenmantel bis unters Kinn zugeknöpft. Er hatte seinen Wachtmeister, den Polizeiarzt, einen Fotografen und zwei junge Kriminalbeamte bei sich, die eine Bahre und eine zusammengerollte Segeltuchplane trugen. Man wechselte ein paar Worte miteinander. Dalgliesh brüllte Reckless seinen Bericht ins Ohr und kehrte dann in seinen Unterschlupf in den Dünen zurück, um alles weitere ihnen zu überlassen. Das Kommende war nicht seine Aufgabe. Es brachte nichts, wenn zwei Füße mehr den feuchten Sand um die Hütte herum zertrampelten. Die Männer machten sich an die Arbeit. Es wurde viel geschrien und gestikuliert. Der Wind hatte, wie zum Trotz, bei ihrer Ankunft kräftig zugenommen, und man konnte sich selbst in dem verhältnismäßig geschützten Hohlweg nur schwer verständigen. Reckless und der Arzt verschwanden in der Hütte. Dort drin zumindest, dachte Dalgliesh, würde es ziemlich geschützt sein. Geschützt, stickig und übelriechend von dem Gestank des Todes. Er gönnte ihnen gern das Vergnügen. Nach etwa fünf Minuten kamen sie wieder heraus, und der Fotograf, der größte in der Gruppe, klappte seine lange Gestalt zusammen und zwängte seine Ausrüstung durch die Öffnung. Währenddessen mühten sich die beiden Kriminalbeamten vergeblich, eine Schutzwand um die Hütte zu errichten. Das Segeltuch tanzte und flatterte in ihren Händen und klatschte ihnen bei jedem Windstoß um die Knöchel. Dalgliesh fragte sich, warum sie sich diese Mühe machten. Es würde kaum Schaulustige geben an dieser einsamen Küste, und man würde auf dem sandigen Umland auch keine weiteren Spuren finden. Es gab nur drei Fußspuren, die zur Tür führten: seine eigene, die seiner Tante, und die dritte stammte wahrscheinlich von Digby Seton selbst. Sie waren schon vermessen und fotografiert, zweifellos würde sie der verwehende Sand bald völlig ausgelöscht haben.

Es dauerte eine halbe Stunde, bis sie die Leiche aus der Hütte brachten und auf die Bahre legten. Während sich die Kriminalbeamten abmühten, die Plane festzuhalten, bis die Gurte angezogen waren, kam Reckless zu Dalgliesh herüber. Er sagte:

«Gestern nachmittag hat mich ein Bekannter von Ihnen angerufen. Ein Mister Max Gurney. Anscheinend hat er eine interessante Information Maurice Setons Tod betreffend bisher für sich behalten.»

Es war ein unerwarteter Anfang. Dalgliesh sagte:

«Ich habe mit ihm zu Mittag gegessen, und er fragte mich, ob er sich mit Ihnen in Verbindung setzen sollte.»

«Das hat er mir gesagt. Man sollte annehmen, daß er in der Lage wäre, von selber darauf zu kommen. Seton wurde tot und mit Spuren von Gewaltanwendung gefunden. Da dürfte es doch klar sein, daß wir an seinen Vermögensverhältnissen interessiert sind.»

«Vielleicht teilt er Ihre Ansicht, daß es eine natürliche Todesursache war», meinte Dalgliesh.

«Möglich. Aber darüber hat nicht er sich den Kopf zu zerbrechen. Auf jeden Fall hat er uns die Geschichte jetzt erzählt, und sie war neu für mich. Es gab im Haus Seton keinen Beleg dafür.»

Dalgliesh sagte:

«Seton hat von dem Brief einen Durchschlag gemacht. Gurney wird Ihnen das Original zuschicken, und Sie werden die Spuren des Kohlepapiers auf der Rückseite finden. Wahrscheinlich hat irgend jemand den Durchschlag vernichtet.»

Reckless sagte finster:

«Irgend jemand. Vielleicht war es Seton selber. Ich habe meine Meinung in der Mordfrage noch nicht geändert, Mr. Dalgliesh. Aber Sie könnten recht haben. Besonders angesichts dieser Sache da.» Er machte eine Kopfbewegung zu der Bahre hin, welche die beiden Kriminalbeamten, die jeder an einem Ende in die Knie gegangen waren, sich gerade anschickten hochzuheben. «In *dem* Fall gibt es keinen Zweifel. Das ist eindeutig Mord. Damit haben wir die Wahl. Wir haben es entweder mit einem Mörder und einem geschmacklosen Spaßvogel zu tun. Oder mit einem Mörder und zwei Verbrechen. Oder mit zwei Mördern.»

Dalgliesh meinte, daß letzteres in einem so kleinen Kreis unwahrscheinlich sei.

«Aber möglich, Mr. Dalgliesh. Schließlich haben die beiden Fälle nicht viel gemeinsam. Zu diesem Mord gehörte keine große Schlauheit und Erfindungsgabe. Lediglich eine gehörige Portion Gift in Setons Taschenflasche und die Gewißheit, daß er früher oder später einen Schluck daraus trinken würde. Der Mörder mußte nur dafür sorgen, daß keine ärztliche Hilfe erreichbar war, wenn es geschah. Obwohl Seton das allem Anschein nach auch nicht mehr viel genützt hätte.»

Dalgliesh fragte sich, wie der Mörder es geschafft hatte, daß Seton zu der Hütte hinauskam – mit Lockungen oder mit Drohungen? Hatte Seton einen Freund oder einen Feind erwartet? Wenn das letztere der Fall gewesen war, wäre er der Mensch gewesen, der allein und wehrlos dorthin gegangen wäre? Aber angenommen, es war eine ganz andere Art Stelldichein gewesen? Für wie viele Menschen in Monksmere wäre Digby Seton bereit gewesen, an einem kalten Herbsttag angesichts eines aufkommenden Sturms knapp drei Kilometer über schwieriges Gelände zu laufen?

Die Bahre bewegte sich jetzt vorwärts. Einen der beiden Kriminalbeamten hatte man offenbar angewiesen, als Wache in der Hütte zurückzubleiben. Die übrige Gesellschaft schloß sich der Leiche an wie ein kunterbunter Zug nachlässig gekleideter Trauergäste. Dalgliesh und Reckless gingen schweigend nebeneinander her. Vorn schwankte der verhüllte Klumpen auf der Bahre sachte von einer Seite zur anderen, während die Träger sich auf dem holprigen Untergrund mühsam vorankämpften. Die Enden der Plane flatterten rhythmisch wie Segel im Wind, und über der Leiche schwebte, wie eine gepeinigte Seele, kreischend ein Seevogel, um dann in weitem Bogen in die Luft zu steigen und über dem Sumpfland zu verschwinden.

2

Es wurde Abend, bis Dalgliesh Reckless unter vier Augen sah. Der Inspektor hatte den Nachmittag damit verbracht, die Verdächtigen zu verhören und Digby Setons Tun und Treiben während der vergangenen Tage zu ermitteln. Er kam um kurz vor sechs nach Pentlands, angeblich, um Miss Dalgliesh noch einmal zu fragen, ob sie am vorhergehenden Tag jemanden die Küste entlang in Richtung Sizewell hätte gehen sehen und ob sie eine Ahnung hätte, was Digby Seton dazu veranlaßt haben könnte, zur Beobachtungshütte zu gehen. Beide Fragen waren schon beantwortet worden, als Dalgliesh und seine Tante bei Reckless im Green Man gewesen waren, um ihren Bericht über das Auffinden der Leiche zu Protokoll zu geben. Jane Dalgliesh hatte ausgesagt, daß sie den ganzen Montagabend in Pentlands gewesen war und niemanden gesehen hatte. Aber andererseits hätte Digby, wie sie schon einmal gesagt hatte – und ebenso jeder andere auch –, durch den Hohlweg hinter den Dünen zur Hütte gehen können oder aber am Strand entlang, und dieser Weg war zum größten Teil von Pentlands aus nicht einsehbar.

«Trotzdem», sagte Reckless hartnäckig, «mußte er an Ihrem Haus vorbei, um zum Hohlweg zu kommen. Wäre das wirklich möglich gewesen, ohne daß Sie ihn gesehen hätten?»

«O ja, er mußte nur nahe genug am Steilhang bleiben. Zwischen meinem Zugang zum Strand und dem Eingang zum Hohlweg ist ein etwa zwanzig Meter breiter Streifen, auf dem ich ihn hätte sehen können. Aber ich habe ihn nicht gesehen. Vielleicht wollte er nicht gesehen werden und hat den Augenblick abgepaßt, wo er unbemerkt vorbeischlüpfen konnte.»

Reckless murmelte, als dächte er laut nach:

«Und das deutet auf ein heimliches Rendezvous hin. Naja, das haben wir ja vermutet. Er war kein Mensch, der allein loszieht, um Vögel zu beobachten. Außerdem war es ja schon ziemlich dunkel, als er aufbrach. Miss Kedge sagte, daß er sich gestern im Haus Seton Tee gemacht hätte. Sie hat heute morgen das schmutzige Teegeschirr gefunden, das noch zum Spülen für sie dastand.»

«Aber er hat dort nicht zu Abend gegessen?»

«Nein, Miss Dalgliesh, das hat er nicht. Es sieht ganz so aus, als ob er vor dem Abendbrot gestorben wäre. Aber Genaueres wird uns natürlich erst der Obduktionsbefund verraten.»

Jane Dalgliesh entschuldigte sich und ging in die Küche, um das Abendessen zu machen. Dalgliesh dachte sich, daß sie es wohl für taktvoller hielt, ihn mit Reckless allein zu lassen. Sobald sich die Tür hinter ihr geschlossen hatte, fragte er:

«Wer hat ihn zuletzt gesehen?»

«Latham und Bryce. Aber sie geben fast alle zu, gestern irgendwann einmal mit ihm zusammen gewesen zu sein. Miss Kedge hat ihn kurz nach dem Frühstück gesehen, als sie nach Haus Seton kam, um dort ihre Arbeit zu machen. Er hat sie als eine Art Putz- und Tippmamsell weiterbeschäftigt. Wahrscheinlich hat er sie genauso ausgenutzt wie sein Stiefbruder. Dann hat er mit Miss Calthrop und ihrer Nichte im Haus Rosemary zu Mittag gegessen und ist um kurz nach drei gegangen. Auf dem Rückweg nach Haus Seton hat er schnell bei Bryce hereingeschaut, um über das Hackbeil Ihrer Tante und sein Wiederauftauchen zu schwätzen und um herauszukriegen, was Sie in London treiben. Ihr kleiner Ausflug scheint allgemeines Interesse erregt zu haben. Latham war auch gerade bei Bryce, und die drei sind zusammen geblieben, bis Seton um kurz nach vier wieder ging.»

«Was hat er angehabt?»

«Die Sachen, in denen man ihn gefunden hat. Er könnte die Taschenflasche in der Jacken-, Hosen- oder Manteltasche gehabt haben. Im Haus Rosemary hat er den Mantel natürlich ausgezogen, und Miss Calthrop hat ihn in die Flurgarderobe gehängt. Bei Bryce hat er ihn über einen Sessel gelegt. Keiner gibt zu, die Flasche gesehen zu haben. Meiner Meinung nach könnte jeder von ihnen das Gift hineingetan haben, Kedge, Calthrop, Marley, Bryce oder

Latham. Jeder von ihnen! Und es muß nicht unbedingt gestern geschehen sein.» Er fügte Miss Dalglieshs Namen nicht hinzu, wie Dalgliesh bemerkte, aber das hieß nicht, daß sie nicht mit auf der Liste stand. Reckless fuhr fort:

«Es ist klar, daß ich nicht viel weiter komme, solange ich den Obduktionsbefund nicht habe und weiß, was das für ein Gift war. Aber dann können wir loslegen. Es dürfte nicht allzu schwierig sein herauszukriegen, wer als Besitzer des Gifts in Frage kommt. Das Zeug kriegt man nicht auf Krankenschein verschrieben, und man kann es auch nicht einfach übern Ladentisch kaufen.»

Dalgliesh dachte, daß er sich vorstellen konnte, um welches Gift es sich handelte und wo es hergekommen war. Aber er sagte nichts. Es war schon viel zuviel spekuliert worden ohne genaue Faktenkenntnis, und er hielt es für klüger, den Obduktionsbefund abzuwarten. Aber wenn er recht hatte, durfte es für Reckless gar nicht so einfach sein, den Besitzer des Gifts herauszufinden. Fast jeder in Monksmere hatte Zugang zu dieser Quelle. Der Inspektor tat ihm langsam ziemlich leid.

Sie saßen eine Minute schweigend zusammen. Es war kein einträchtiges Schweigen. Dalgliesh spürte die Spannung, die zwischen ihnen herrschte. Er hätte nicht sagen können, was in Reckless vorging, er empfand nur mit einem gewissen ohnmächtigen Ärger sein eigenes Unbehagen und seine Abneigung. Er betrachtete mit kühler Neugier das Gesicht des Inspektors, indem er die Züge im Geiste wie Einzelheiten eines Phantombilds zusammenaddierte: die flachen, breiten Backenknochen, die glatte, weiße Haut beiderseits des Mundes, das abwärtsgebogene Fältchen an den Augenwinkeln und das regelmäßige Zucken des Augenlids, das einzige Anzeichen dafür, daß der Mann auch Nerven hatte. Es war ein ganz gewöhnliches, durchschnittliches Gesicht. Und doch strahlte Reckless, wie er in dem schmuddeligen Regenmantel dasaß, das Gesicht grau vor Müdigkeit, eine gewisse Energie und Persönlichkeit aus. Vielleicht war es eine Persönlichkeit, die nicht jeder mochte. Aber sie war zweifellos vorhanden.

Plötzlich sagte Reckless schroff, als hätte er einen Entschluß gefaßt: «Der Polizeidirektor möchte den Yard einschalten. Er hat sich noch nicht endgültig entschieden, aber ich glaube, daß es schon beschlossene Sache ist. Und es gibt Leute, die sagen werden, daß es keinen Augenblick zu früh geschieht.»

Dalgliesh fiel keine passende Antwort darauf ein. Reckless setzte hinzu, immer noch ohne Dalgliesh anzusehen:

«Offenbar ist er derselben Meinung wie Sie, daß die beiden Verbrechen miteinander in Zusammenhang stehen.»

Dalgliesh fragte sich, ob er ihn damit beschuldigen wollte, den Polizeidirektor beeinflußt zu haben. Er konnte sich nicht erinnern, daß er dies jemals Reckless gegenüber als seine Ansicht geäußert hätte, aber es schien ihm eine Selbstverständlichkeit zu sein. Er äußerte das und setzte hinzu:

«Als ich gestern in London war, kam mir plötzlich ein Gedanke, wie Maurice Seton umgebracht worden sein könnte. Es ist im Augenblick noch nicht viel mehr als eine Vermutung, und der Himmel weiß, wie man das beweisen soll. Aber ich glaube, ich weiß, wie es passiert ist.»

Er setzte Reckless seine Theorie kurz auseinander, wobei er sorgfältig darauf achtete, in seiner Stimme jeden Anklang zu unterdrücken, den der Inspektor als Kritik oder Selbstbelobigung deuten konnte. Sein Bericht wurde schweigend angehört. Dann sagte Reckless:

«Und wie sind Sie darauf gekommen, Mr. Dalgliesh?»

«Ganz genau weiß ich es nicht. Es waren wohl mehrere Kleinigkeiten, die mich darauf gebracht haben. Die Bestimmungen in Setons Testament; die Art und Weise, wie er sich an dem Tisch im Cortez Club benommen hat; die Hartnäckigkeit, mit der er darauf bestand, im Cadaver Club immer ein bestimmtes Zimmer zu bewohnen; ja, sogar der Stil, in dem sein Haus gebaut ist.»

Reckless sagte:

«Es könnte durchaus so gewesen sein. Aber ohne ein Geständnis kann ich das nie und nimmer beweisen, es sei denn, irgend jemand verliert die Nerven.»

«Sie könnten nach dem Tatwerkzeug suchen.»

«Ein komisches Tatwerkzeug, Mr. Dalgliesh.»

«Trotzdem ist es ein Tatwerkzeug und noch dazu ein tödliches.»

Reckless holte eine topographische Karte aus der Tasche und breitete sie auf dem Tisch aus. Sie beugten beide die Köpfe darüber, und der Inspektor ließ seinen Bleistift in einem Radius von etwa dreißig Kilometern um Monksmere kreisen.

«Hier?» fragte er.

«Oder hier. Wenn ich der Mörder wäre, hätte ich mir ein tiefes Wasser gesucht.»

Reckless sagte:

«Aber nicht das Meer. Das Ding hätte angeschwemmt werden können, solange man es noch identifizieren konnte. Obwohl ich es für unwahrscheinlich halte, daß es irgend jemand mit dem Verbrechen in Zusammenhang gebracht hätte.»

«Aber *Sie* hätten das tun können. Und dieses Risiko konnte der Mörder nicht eingehen. Es war besser, es irgendwo verschwinden zu lassen, wo die Chance bestand, daß es gar nicht oder aber zu spät gefunden würde. Und da es hier keine Bergwerksschächte gibt, hätte ich mir einen Stausee oder einen Fluß gesucht.»

Der Bleistift senkte sich herab, und der Inspektor machte drei Kreuzchen.

«Wir werden es hier zuerst probieren, Mr. Dalgliesh. Und ich hoffe zu Gott, daß Sie recht haben. Mit diesem zweiten Mord am Hals würden wir sonst kostbare Zeit verlieren.»

Er faltete die Karte ohne ein weiteres Wort zusammen und war verschwunden.

3

Nach dem Abendessen kam noch mal Besuch. Celia Calthrop, ihre Nichte, Latham und Bryce trafen kurz nacheinander in Pentlands ein. Sie kamen mit dem Auto oder kämpften sich zu Fuß durch den aufkommenden Sturm, um an Jane Dalglieshs Kamin eine scheinbare Geborgenheit zu finden. Wahrscheinlich, dachte Dalgliesh, konnten sie es weder jeder für sich allein noch miteinander aushalten. Hier war man wenigstens auf neutralem Boden, wo man die tröstliche Illusion normaler Verhältnisse hatte und die uralten Hilfsmittel von Licht und einem warmen Feuer zum

Schutz gegen die Finsternis und Feindseligkeit der Nacht. Es war ein Abend, an dem nervöse und phantasievolle Gemüter besser nicht alleine blieben. Der Wind fegte bald heulend, bald ächzend über die Landspitze, und die schnell hereinströmende Flut schlug donnernd gegen den Strand, Geröll und Kies in Wellen vor sich hertreibend. Sogar im Wohnzimmer von Pentlands konnte er noch den langgezogenen Seufzer hören, mit dem sich das Wasser wieder zurückzog. Von Zeit zu Zeit trat der Mond hinter den Wolken hervor und tauchte Monksmere in sein kaltes Licht, so daß es hell wurde draußen in der Sturmnacht und Dalgliesh vom Fenster aus die verkrüppelten, sich wie im Todeskampf windenden Bäume und die endlose Wasserwüste sehen konnte, die weiß und aufgewühlt unter dem Himmel lag.

Die Köpfe gesenkt, kämpften sich die ungebetenen Gäste mit der Verzweiflung einer Flüchtlingsschar den Weg hinauf zu Miss Dalglieshs Haustür.

Bis um halb acht waren alle versammelt. Keiner hatte daran gedacht, Sylvia Kedge mitzubringen, aber bis auf sie war der kleine Kreis von vor fünf Tagen wieder zusammen. Dalgliesh fiel auf, wie sehr sie sich verändert hatten. Als er sie genauer ansah, stellte er fest, daß sie zehn Jahre älter wirkten. Vor fünf Tagen hatte sie Setons Verschwinden nur leicht beunruhigt und ein wenig überrascht. Heute waren sie verängstigt und aufgewühlt von Bildern des Todes und der Vernichtung, die je wieder loszuwerden für sie kaum Hoffnung bestand. Hinter der tapfer zur Schau getragenen Unbefangenheit und den verzweifelten Versuchen, so zu tun, als wäre nichts, witterte er die Angst.

Maurice Seton war in London gestorben, und man konnte theoretisch immer noch glauben, daß er entweder eines natürlichen Todes gestorben oder daß irgend jemand in London für den Mord an ihm verantwortlich war, wenn auch nicht für die Verstümmelung der Leiche. Digby hingegen war hier auf heimischem Terrain umgekommen, und niemand konnte so tun, als ob irgend etwas daran natürlich wäre. Doch Celia Calthrop war offenbar fest entschlossen, es zu versuchen. Sie kauerte in dem Sessel vorm Kamin, die Knie ungraziös gespreizt, die Hände in unruhiger Bewegung in dem breiten Schoß.

«Eine schreckliche Tragödie. Der arme Junge! Wahrscheinlich werden wir nie erfahren, was ihn dazu getrieben hat. Und er hatte alles, wofür es sich lohnt zu leben: Jugend, Geld, Talent, ein angenehmes Äußeres, Charme.»

Diese kraß unrealistische Charakterisierung von Digby Seton wurde allgemein mit Schweigen aufgenommen. Schließlich sagte Bryce:

«Ich gebe ja zu, daß er Geld hatte, Celia. Oder zumindest die Aussicht darauf. Im übrigen war man immer geneigt, den armen Digby für einen käsigen, unfähigen, eingebildeten, ungehobelten kleinen Flachkopf zu halten. Nicht daß man den leisesten Groll gegen ihn gehegt hätte. Und nebenbei bemerkt glaubt man auch nicht, daß er sich selber umgebracht hat.»

Latham platzte ungeduldig heraus:

«Natürlich hat er sich nicht selber umgebracht! Und das glaubt Celia auch nicht! Warum sind Sie also zur Abwechslung nicht mal offen und ehrlich, Celia? Warum geben Sie nicht zu, daß Sie genau solche Angst haben wie wir alle.»

Celia sagte mit Würde:

«Ich habe überhaupt keine Angst.»

«Oh, die sollten Sie aber haben!» Bryces gnomenhaftes Gesicht war ganz zerknittert vor Bosheit, und seine Augen funkelten. Er wirkte plötzlich kaum noch beunruhigt, kaum noch wie ein müder alter Mann.

«Schließlich und endlich sind Sie es doch, die durch seinen Tod gewinnt. Es dürfte doch trotz zweifacher Beerdigungskosten ein ganz hübsches Sümmchen übrigbleiben. Und Digby ist in letzter Zeit ziemlich häufig bei Ihnen gewesen, nicht wahr? Hat er nicht gestern noch mit Ihnen zu Mittag gegessen? Sie müssen doch reichlich Gelegenheit gehabt haben, eine gewisse kleine Sache in seine Taschenflasche zu tun. Sie waren schließlich diejenige, die uns erzählt hat, daß er die Flasche immer bei sich hat. Hier in diesem Zimmer. Können Sie sich daran nicht erinnern?»

«Und wo soll ich das Arsen herbekommen haben?»

«Ah – aber wir wissen doch noch gar nicht, daß es Arsen war, Celia! Genau diese Art Bemerkungen sollten Sie besser unterlassen. Bei mir und bei Oliver macht es nichts, aber der Inspektor könnte daraus falsche Schlüsse ziehen. Ich hoffe sehr, Sie haben ihm nichts von Arsen erzählt!»

«Ich habe ihm überhaupt nichts erzählt. Ich habe ihm lediglich seine Fragen beantwortet, und zwar so offen und ehrlich, wie ich konnte. Das werden Sie und Oliver ja wahrscheinlich auch tun. Und ich verstehe nicht, warum Sie unbedingt beweisen wollen, daß Digby ermordet worden ist. Das ist diese krankhafte Neigung von Ihnen beiden, alles im schwärzesten Licht zu sehen.»

Latham sagte trocken:

«Nur die krankhafte Neigung, den Tatsachen ins Auge zu sehen.»

Aber Celia ließ sich nicht beirren.

«Na schön, wenn es wirklich Mord war, dann kann ich nur sagen, Jane Dalgliesh hat großes Glück gehabt, daß sie und Adam die Leiche gemeinsam gefunden haben. Sonst könnten die Leute leicht auf dumme Gedanken kommen. Aber ein Kriminalinspektor – naja, der weiß natürlich, wie wichtig es ist, daß nichts verändert oder an den Spuren manipuliert wird.»

Dalgliesh, von der Ungeheuerlichkeit dieser Bemerkung und Celias Fähigkeit, sich selber etwas vorzumachen, zu verblüfft, um Einwände zu erheben, fragte sich, ob sie vergessen hatte, daß er da war. Die anderen hatten es anscheinend auch vergessen.

«Auf was für dumme Gedanken könnten die Leute kommen?» fragte Latham ruhig; Bryce lachte.

«Sie können Miss Dalgliesh doch nicht im Ernst verdächtigen, Celia! Sonst werden Sie nämlich binnen kurzem vor einem delikaten Problem stehen. In diesem Augenblick kocht Ihnen Ihre Gastgeberin gerade eigenhändig einen Kaffee. Werden Sie ihn höflich austrinken oder schütten Sie ihn heimlich in die Blumenvase?»

Plötzlich fuhr Eliza Marley auf sie los:

«Um Gottes willen, halten Sie den Mund, alle beide. Digby Seton ist tot, und er ist auf eine entsetzliche Weise gestorben. Sie haben ihn vielleicht nicht gemocht, aber er war immerhin ein menschliches Wesen. Und was viel wichtiger ist, er hat es verstanden, das Leben auf seine Art zu genießen. Es mag nicht Ihre Art gewesen sein, na und? Es hat ihm Spaß gemacht, Pläne für seine gräßlichen Nachtlokale zu schmieden und sich zu überlegen, wofür er sein Geld ausgeben könnte. Sie mögen das verachten, aber er hat Ihnen damit ja nichts Böses getan. Und jetzt ist er tot. Und einer von uns hat ihn umgebracht. Ich kann das zufällig nicht komisch finden.»

«Nimm dir das doch nicht so zu Herzen, meine Liebe!» Celias Stimme hatte jetzt den bebenden, gefühlsgeladenen Ton, den sie in letzter Zeit fast unbewußt annahm, wenn sie die gewichtigeren Stellen in ihren Romanen diktierte.

«Wir kennen doch Justin inzwischen alle. Weder er noch Oliver haben auch nur das Geringste für Maurice oder Digby übrig gehabt, deshalb kann man auch nicht von ihnen erwarten, daß sie sich nur halbwegs mit Anstand betragen, von Respekt gar nicht erst zu reden. Ich fürchte, sie haben für niemanden etwas übrig, außer für sich selbst. Das ist natürlich der nackte Egoismus. Egoismus und Neid. Keiner von beiden hat es Maurice je verziehen, daß er ein produktiver Schriftsteller war, während sie zu nichts in der Lage sind, als die Arbeiten anderer Leute zu kritisieren und an ihrem Talent zu schmarotzen. Das erlebt man doch alle Tage, diesen Neid der literarischen Parasiten auf die schöpferischen Künstler. Denken Sie doch nur daran, was mit Maurices Stück passiert ist. Oliver hat es erledigt, weil er nicht ertragen konnte, daß es Erfolg hatte.»

«Ach, diese Geschichte!» Latham lachte. «Meine liebe Celia, wenn Maurice sich einen Gefühlserguß leisten wollte, hätte er zum Psychiater gehen sollen, statt ihn als Bühnenstück zu verkleiden und die Zuschauer damit zu überschütten. Es gibt drei Eigenschaften, die für jeden unabdingbar sind, der ein Dramatiker sein will, und Maurice Seton hatte keine einzige davon. Er muß Dialoge schreiben können, er muß begriffen haben, was ein dramatischer Konflikt ist, und er muß die Kunst beherrschen, eine Handlung geschickt in Szene zu setzen.»

Das war nun wieder Lathams Erkennungsmelodie, und Celia ließ sich nicht beeindrucken.

«Erzählen Sie mir nichts von Kunstbeherrschung, Oliver. Erst wenn Sie ein Werk zustande gebracht haben, das nur das leiseste Anzeichen einer originellen schöpferischen Begabung aufweist, hat es überhaupt einen Sinn, über Kunstbeherrschung zu reden. Und das gleiche gilt auch für Sie, Justin.»

«Und was ist mit meinem Roman?» fragte Bryce verletzt.

Celia warf ihm einen leidenden Blick zu und seufzte tief. Sie war offenbar nicht gewillt, über Bryces Roman zu reden. Dalgliesh rief sich das fragliche Werk in Erinnerung; ein kleines Meisterstück an Sensibilität, das zwar allgemein gut angekommen war, aber offenbar eine Leistung darstellte, die zu wiederholen Bryce nicht die Kraft besaß. Dalgliesh hörte Eliza Marleys Lachen.

«Ist das nicht das Buch, über das die Kritiker geschrieben haben, es besäße die Eindringlichkeit und die Sensibilität einer Novelle? Das ist nicht weiter verwunderlich, denn mehr ist es ja im Grunde auch nicht. Hundertfünfzig Seiten Sensibilität würde ich auch noch schaffen.»

Dalgliesh blieb gerade noch so lange, um Bryce in ein Protestgeheul ausbrechen zu hören. Wahrscheinlich würde der Streit in eine Verunglimpfung der gegenseitigen literarischen Fähigkeiten ausarten. Das überraschte ihn nicht, da ihm diese Neigung an seinen schriftstellernden Bekannten schon früher aufgefallen war; aber er hatte keine Lust, sich in die Sache hineinziehen zu lassen. Er würde jetzt jeden Moment um seine Meinung befragt werden, und die junge Generation würde mit schonungsloser Offenheit seine Gedichte zerpflücken. Zwar schien man über dem Streit das Thema Mord vergessen zu haben, aber es gab angenehmere Arten, den Abend zu verbringen.

Er hielt seiner Tante die Tür auf, als sie mit dem Kaffeetablett hereinkam, und benutzte die Gelegenheit, sich unbemerkt hinauszustehlen. Es war vielleicht ein bißchen herzlos, sie allein dem Gezänk ihrer Gäste zu überlassen, aber er zweifelte nicht, daß sie es mit Anstand überstehen würde. Was ihn selbst betraf, war er sich da nicht so sicher.

Es war still und sehr friedlich in seinem Zimmer, und die solide Zwischendecke mit den Eichenbohlen schluckte das Gewirr der streitenden Stimmen aus dem Zimmer unter ihm. Er öffnete den Riegel an dem Fenster, das zum Meer hinausging, und drückte es mit beiden Händen gegen die heftigen Sturmböen auf. Der Wind fuhr ins Zimmer, warf die Bettdecke in Falten, fegte den Schreibtisch leer und blätterte wie die Hand eines Riesen in dem Roman von Jane Austen auf seinem Nachttisch. Er schnürte Dalgliesh die

Luft ab, so daß er sich keuchend gegen das Fensterbrett lehnte, während er gleichzeitig das wohltuende Prickeln der Gischt auf seinem Gesicht spürte und das Salz auf seinen Lippen schmeckte. Als er das Fenster wieder schloß, schien absolute Stille einzutreten. Das Donnern der Brandung wurde schwächer und verklang wie leises Ächzen an einer anderen, weit entfernten Küste.

Es war kalt im Zimmer. Er zog sich den Morgenrock um die Schultern und machte am Elektroöfchen eine Heizschlange an. Dann sammelte er das verstreut am Boden liegende Schreibpapier wieder auf und legte es mit zwanghafter Ordentlichkeit Blatt für Blatt auf den kleinen Schreibtisch. Die viereckigen weißen Blätter schienen ihn vorwurfsvoll anzublicken, und es fiel ihm ein, daß er noch immer nicht an Deborah geschrieben hatte. Es lag nicht daran, daß er zu träge, zu beschäftigt oder in Gedanken zu sehr durch den Mord an Seton in Anspruch genommen gewesen wäre. Er wußte genau, was ihn davon abgehalten hatte. Es war ein feiges Zögern, sich auch nur mit einem einzigen Wort weiter zu binden, solange er keine Entscheidung über die Zukunft getroffen hatte. Und er war damit heute abend noch keinen Schritt weiter als am ersten Urlaubstag. Er hatte gewußt, als sie sich am letzten Abend voneinander verabschiedeten, sie verstand und akzeptierte, daß diese kurze Trennung für sie beide entscheidend war, daß er nicht nur wegen eines Tapetenwechsels, oder um sich von den Strapazen seines letzten Falls zu erholen, allein nach Monksmere fuhr. Es gab sonst keinen Grund, warum sie nicht hätte mit ihm fahren sollen. So sehr war sie in ihrem Beruf nicht gebunden. Aber er hatte es ihr nicht vorgeschlagen, und sie hatte beim Abschied nur gesagt: «Denk an mich in Blythburgh.» Sie war in der Nähe von South-wold zur Schule gegangen und kannte und liebte Suffolk. Er hatte plötzlich Sehnsucht nach ihr. Das Gefühl war so heftig, daß er sich nicht länger darum kümmerte, ob es klug war, ihr zu schreiben, oder nicht. Angesichts seines Verlangens, sie wiederzusehen und ihre Stimme zu hören, war all seine Ungewißheit, all sein Selbstzweifel so bedeutungslos und so lächerlich unwirklich wie die schaurigen Nachbilder eines Alptraums, die sich bei Tageslicht in nichts auflösen. Er sehnte sich danach, mit ihr zu sprechen, aber es war aussichtslos, in dem überfüllten Wohnzimmer heute abend mit ihr zu telefonieren. Er machte die Schreibtischlampe an, setzte sich an den Tisch und schraubte den Füllfederhalter auf. Die Worte flossen ihm einfach und leicht aus der Feder, wie das manchmal geschieht. Er schrieb sie nieder, ohne allzu lange nachzudenken oder sich zu fragen, ob sie ehrlich waren.

In Blythburgh, sagtest du zu mir,
Gedenke mein,
Als könntest jemals du
Mir nicht im Gedächtnis sein,
Als gäb es eine Kunst
Ein Herz, das dir so ganz zu eigen,
Zu rühren, sich noch mehr dir zuzuneigen.
Lösch in der du-entrückten Seele
Aus das Du,
Auf's Neue wendet sich dein Bild
Noch strahlender der Seele zu.
Und an dem stillen, abgeschied'nen Ort
Ein unvergeß'ner Zauber waltet fort.
Ich, du-besessen, meine Liebe, denke dein
In Blythburgh oder wo es immer sonst soll sein.

«Dieses metaphysische Concetto verfolgt, wie die meisten Gelegenheitsgedichte, einen Hintergedanken. Ich brauche Dir nicht zu sagen, welchen. Ich kann nicht sagen, ich wollte, Du wärest da. Aber ich wollte, wir wären zusammen. Hier hat man es nur mit Tod und Unerfreulichkeiten zu tun, und ich weiß nicht, was von beidem schlimmer ist. Aber so Gott und die Kriminalpolizei von Suffolk will, werde ich am Freitagabend wieder in London sein. Es wäre tröstlich, Dich dann in Queenhithe treffen zu können.»

Er mußte länger für den Brief gebraucht haben, als er gedacht hatte, denn es überraschte ihn, seine Tante an die Tür klopfen zu hören. Sie sagte:

«Sie wollen gehen, Adam. Ich weiß nicht, willst du dich noch von ihnen verabschieden?»

Er ging mit ihr hinunter. Sie waren tatsächlich im Aufbruch, und er stellte mit Erstaunen fest, daß die Uhr zwanzig nach elf war.

Niemand sprach mit ihm, sie reagierten auf sein Erscheinen mit dem gleichen Desinteresse wie vorher auf sein Verschwinden. Man hatte das Feuer im Kamin ausgehen lassen, und es war jetzt nur noch ein Häufchen weißer Asche davon übrig. Bryce half Celia Calthrop in den Mantel, und Dalgliesh hörte sie sagen:

«Es ist sehr ungezogen von uns, so lange zu bleiben. Und ich muß morgen schon so früh aufstehen. Sylvia hat mich heute am späten Nachmittag von Haus Seton aus angerufen und mich gebeten, sie morgen früh als erstes zum Green Man zu fahren. Sie muß Reckless etwas Wichtiges sagen.»

Latham, schon an der Tür, fuhr herum.

«Was soll das heißen – sie muß ihm etwas Wichtiges sagen?»

Miss Calthrop zuckte die Achseln.

«Mein lieber Oliver, woher soll ich das wissen? Sie hat mehr oder weniger angedeutet, daß sie etwas über Digby weiß, aber ich glaube, daß unsere Sylvia sich nur wieder mal wichtig machen will. Sie wissen doch, wie sie ist. Trotzdem kann man es ja nicht gut ablehnen, sie hinzufahren.»

«Aber hat sie nicht irgend etwas fallenlassen, worum es geht?»

Latham sprach mit gezieltem Nachdruck.

«Nein, das hat sie nicht. Und ich hätte ihr auf keinen Fall die Genugtuung bereitet, sie danach zu fragen. Und ich werde mich auch nicht beeilen. Wenn der Wind weiter so anhält, kann ich froh sein, wenn ich heute nacht überhaupt ein Auge zumache.»

Latham sah aus, als hätte er gern noch weitergefragt, aber Celia hatte sich schon an ihm vorbeigedrängt. Mit einem gemurmelten, nur mehr angedeuteten «Gute Nacht» folgte er den anderen in den Sturm hinaus. Angestrengt lauschend hörte Dalgliesh einige Minuten später im Heulen des Winds Türenklappen und das schwache Geräusch abfahrender Wagen.

4

Der Wind weckte Dalgliesh um kurz vor drei. Während er langsam zu sich kam, hörte er die Wohnzimmeruhr dreimal schlagen, und sein erster bewußter Gedanke war ein verschlafenes Erstaunen darüber, daß ein so wohlklingendes, unaufdringliches Geräusch so klar und deutlich durch das Tohuwabohu der Nacht schallen konnte. Er lag wach und lauschte. An die Stelle der Schläfrigkeit trat ein Gefühl des Wohlbehagens und dann eine leichte Erregung. Er hatte die stürmischen Nächte in Monksmere schon immer geliebt. Es war ein vertrautes, vorhersehbares Gefühl; ein Kitzel der Gefahr; die Illusion, am äußersten Rand des Chaos zu schweben; der Kontrast zwischen der gewohnten Behaglichkeit seines Betts und dem Aufruhr der Nacht. Er hatte keine Angst, Pentlands hatte vierhundert Jahre lang den Meeren Suffolks standgehalten. Es würde auch heute nacht standhalten. Die Geräusche, die er jetzt vernahm, waren im Laufe langer Zeiten stets die gleichen geblieben. Seit über vierhundert Jahren hatten Menschen in diesem Zimmer wach gelegen und den Lauten des Meeres gelauscht. Alle Stürme glichen einander, doch keiner ließ sich beschreiben, es sei denn in abgenutzten, nichtssagenden Wendungen. Er lag regungslos da und horchte auf die vertrauten Geräusche; auf den Wind, der sich wie ein rasendes Tier gegen die Mauern warf; auf das unablässige Donnern der Brandung im Hintergrund; auf das Rauschen des Regens, das zwischen den Sturmböen zu hören war; und, in den kurzen Augenblicken der Stille, auf das leise Prasseln der Steinchen, die von Dach und Fensterbrettern herabfielen. Gegen zwanzig vor vier schien der Sturm sich zu legen. Einen Moment lang herrschte absoluter Friede, und Dalgliesh konnte seinen eigenen Atem hören. Kurz darauf mußte er wieder eingeschlafen sein.

Plötzlich wurde er von einer Sturmbö wieder geweckt, die so heftig war, daß das ganze Haus zu schwanken schien, und das Meer heulte auf, als wolle es das Haus überschwemmen. So etwas hatte er selbst in Monksmere noch nie erlebt. Es war unmöglich, bei einem solchen Aufruhr weiterzuschlafen. Ein unbehagliches Gefühl trieb ihn, aufzustehen und sich anzuziehen.

Er machte die Lampe an seinem Bett an, und im selben Augenblick erschien seine Tante in der Tür, fest eingepackt in ihren alten karierten Morgenrock, das Haar in einem langen Zopf über der einen Schulter. Sie sagte:

«Justin ist da. Er meint, man müßte nach Sylvia Kedge sehen. Vielleicht muß man sie aus ihrem Haus herausholen. Er sagt, das Wasser steigt sehr schnell.»

Dalgliesh griff nach seinen Sachen.

«Wie ist er denn hierhergekommen? Ich habe ihn gar nicht gehört.»

«Na, das ist nicht weiter verwunderlich. Du hast wahrscheinlich geschlafen. Er sagt, man kommt mit dem Wagen nicht mehr zur Straße, weil alles überflutet ist. Deshalb muß man wahrscheinlich über die Landspitze gehen. Er hat versucht, die Küstenwache anzurufen, aber die Leitung ist unterbrochen.»

Sie verschwand wieder, und Dalgliesh zog sich unter leisem Fluchen hastig an.

Es war eine Sache, in warmer Geborgenheit zu liegen und die Geräusche des Sturms zu analysieren; aber es war etwas anderes, sich mühsam über die höchste Stelle der Landspitze zu quälen – ein Abenteuer, das nur junge Leute, Draufgänger und unverbesserliche Romantiker reizen konnte.

Er empfand einen ungerechtfertigten Ärger auf Sylvia Kedge, als ob sie in irgendeiner Weise selbst schuld wäre an der Gefahr, in der sie sich befand. Die junge Frau mußte doch bei Gott wissen, ob ihr Haus in einem Sturm sicher war! Es konnte natürlich sein, daß Bryce ein unnötiges Theater machte. Wenn Haus Tanner die Flutkatastrophe von 1953 überstanden hatte, würde es auch den heutigen Abend überstehen. Aber es war auf jeden Fall kein Fehler, sich davon zu überzeugen. Trotzdem war es nicht gerade eine Unternehmung, über die man besonders erfreut sein konnte. Bestenfalls würde es eine unbequeme, anstrengende und lästige Sache sein. Schlimmstenfalls, besonders mit Bryce im Schlepptau, erfüllte sie alle Voraussetzungen einer Farce.

Seine Tante war schon im Wohnzimmer, als er nach unten kam. Sie packte eine Thermosflasche und Becher in einen Rucksack und war bereits fertig angezogen. Sie mußte das meiste schon unter ihrem Morgenrock angehabt haben, als sie ihn gerufen hatte. Dalgliesh kam der Gedanke, daß Bryce ganz und gar nicht überraschend gekommen war, und daß Sylvia sich in größerer Gefahr befinden mochte, als er glaubte. Bryce, in schwerem Ölzeug, das ihm bis zu den Knöcheln reichte und das von einem riesigen Südwester gekrönt wurde, stand wie eine lebendig gewordene Reklame für Lebertran tropfend und glänzend mitten im Zimmer. Er hielt eine Rolle Tauwerk fest in der Hand, als wisse er genau, was er damit zu tun habe, und trug die Miene eines Mannes zur Schau, der zum Handeln entschlossen ist.

Er sagte:

«Falls es nötig werden sollte zu schwimmen, muß man das Ihnen überlassen, lieber Adam. Man hat ja leider sein Asthma.» Er bedachte Dalgliesh mit einem listigen, unergründlichen Blick und setzte entschuldigend hinzu: «Außerdem kann man nicht schwimmen.»

«Natürlich», erwiderte Dalgliesh schwach. War Bryce denn ernstlich der Meinung, daß in einer solchen Nacht noch irgend jemand schwimmen konnte? Aber es hatte keinen Sinn, eine Auseinandersetzung anzufangen. Dalgliesh kam sich vor wie ein Mensch, der zu einer Unternehmung verdammt ist, die er für Wahnsinn hält, gegen die sich zu wehren er aber nicht die Kraft aufbringt.

Bryce fuhr fort:

«Ich habe Celia oder Liz nicht abgeholt. Es hat keinen Sinn, mit einer ganzen Horde loszuziehen. Außerdem ist die Straße überflutet, und sie wären gar nicht durchgekommen. Aber ich habe versucht, Latham aufzustöbern. Er war allerdings nicht zu Hause. Deshalb müssen wir es eben alleine schaffen.» Offenbar machte er sich über Lathams Abwesenheit keine weiteren Gedanken. Dalgliesh verschluckte die Fragen, die ihm auf der Zunge lagen. Er hatte schon genug am Hals, auch ohne neue Probleme aufzuwerfen. Aber was in aller Welt konnte Latham in so einer Nacht außer Haus treiben? War denn ganz Monksmere auf einmal verrückt geworden?

Sobald sie aus dem Schutz der Straße herausgetreten und auf die Landspitze hinaufgestiegen waren, mußten sie alle Kraft zusammennehmen, um vorwärts zu kommen, und Dalgliesh verdrängte das Problem Latham aus seinem Bewußtsein. Es war unmöglich, aufrecht zu gehen, und sie schoben sich wie geduckte Tiere auf Händen und Füßen vorwärts, bis die Schmerzen in Schenkeln und Bauchmuskeln sie nötigten, sich auf die Knie und die ausgestreckten Handflächen niederzulassen, um wieder zu Kräften und zu Atem zu kommen. Aber die Nacht war wärmer, als Dalgliesh erwartet hatte, und der Regen, jetzt weniger heftig, trocknete sanft auf ihren Gesichtern. Von Zeit zu Zeit boten ihnen Büsche und Sträucher Schutz, und dann zogen sie, von der drückenden Last des Winds befreit, leicht wie körperlose Geister durch die warme, nach feuchtem Gras duftende Dunkelheit.

Als sie zum letztenmal aus dieser Deckung heraustraten, erblickten sie zum Meer hin Haus Priory, die Fenster hell erleuchtet, so daß das Haus aussah wie ein großes Schiff, das im Sturm reitet. Bryce zog sich zurück in den Schutz der Büsche und rief:

«Ich würde vorschlagen, daß Miss Dalgliesh Sinclair und seine Haushälterin zu Hilfe holt. Allem Anschein nach sind sie ja noch auf. Und wir werden eine lange, stabile Leiter brauchen. Unserer Meinung nach wäre es das beste, daß Sie, Adam, wenn das Wasser nicht zu hoch ist, über die Tanner's Lane waten, um möglichst schnell zum Haus zu kommen. Wir anderen werden ein Stück weiter landeinwärts gehen, bis wir die Straße überqueren können und kommen dann von der Nordseite her zum Haus. Von dieser Seite aus müßte es uns möglich sein, Sie mit der Leiter zu erreichen.»

Noch ehe er mit der Erläuterung dieses erstaunlich klaren und vernünftigen Plans fertig war, war Miss Dalgliesh bereits wortlos nach Haus Priory aufgebrochen. Dalgliesh, dem ohne seine Zustimmung die Rolle des Helden zugefallen war, stellte mit Erstaunen fest, wie sehr sich Bryce verändert hatte. Der kleine Mann besaß offenbar eine geheime Leidenschaft fürs Handeln. Er war auch nicht mehr so affektiert. Dalgliesh hatte das neuartige und gar nicht unangenehme Gefühl, unter fremdem Befehl zu stehen. Er war immer noch nicht überzeugt davon, daß überhaupt eine Gefahr bestand. Aber falls es sie gab, war Bryces Plan so gut wie jeder andere.

Doch als sie zur Tanner's Lane kamen und im Schutz des südlich gelegenen Hangs auf Haus Tanner hinunterblickten, war die Gefahr deutlich zu sehen. Im Mondlicht, das zwischen den wie rasend dahinsegelnden Wolken hervorbrach, lag die Straße wie eine aufgewühlte, weißschäumende Fläche da. Das Wasser hatte bereits den Gartenweg überschwemmt und leckte jetzt an der Haustür. Im Erdgeschoß brannte Licht. Von ihrem Standort aus sah das kompakte, häßliche Puppenhaus seltsam verloren und gefährdet aus. Aber Bryce fand die Situation offenbar nicht so hoffnungslos, wie er erwartet hatte. Er zischte Dalgliesh ins Ohr:

«Es ist nicht sehr hoch. Mit Hilfe des Seils müßten Sie es schaffen rüberzukommen. Komisch, ich dachte, es wäre inzwischen schon höher. Vielleicht steigt es auch gar nicht weiter. Wirklich nicht sehr gefährlich. Trotzdem sehen Sie wohl besser mal drüben nach.» Es klang fast enttäuscht.

Das Wasser war unbeschreiblich kalt. Obwohl Dalgliesh darauf vorbereitet war, nahm ihm der Schock fast den Atem. Er hatte das Ölzeug und das Jackett ausgezogen und war jetzt nur in Hose und Pullover. Er hatte das eine Ende des Seils um seine Hüften gebunden. Das andere Ende, das sie um einen dünnen Baumstamm gewickelt hatten, glitt Zentimeter für Zentimeter durch Bryces achtsame Hände. Das rasch dahinströmende Wasser reichte Dalgliesh schon fast bis zur Brust, und er hatte große Mühe, sich aufrecht zu halten. Von Zeit zu Zeit stolperte er über Unebenheiten in der Straße, und seine Füße verloren den Halt. Am Seil zappelnd wie ein Fisch an der Leine mußte er einen bedrohlichen Augenblick lang darum kämpfen, den Kopf über Wasser zu halten. Es war aussichtslos, gegen diese Strömung anschwimmen zu wollen. Das Licht im Haus brannte noch, als er an der Tür ankam und sich mit dem Rücken dagegenlehnte. Das Wasser kreiste in großen Wirbeln um seine Knöchel und stieg mit jeder Welle höher. Keuchend, um wieder zu Atem zu kommen, signalisierte er Bryce, das Seil loszumachen. Die kleine dicke Gestalt an dem jenseitigen Hang schwenkte begeistert die Arme, machte aber keinerlei Anstalten, das Seil vom Baum loszubinden. Wahrscheinlich sollten die überschwenglichen Gesten nur Glückwunsch und Anerkennung zum Ausdruck bringen, daß Dalgliesh sein Ziel erreicht hatte. Dalgliesh verfluchte sich im stillen, daß er versäumt hatte, mit Bryce auszumachen, wer von ihnen beiden das Seil einholen sollte, bevor er sich Hals über Kopf in seine Aufgabe gestürzt hatte. Es war unmöglich, sich zu verständigen, noch nicht einmal durch Schreien. Wenn er nicht für alle Zeit an diesen Baum gefesselt bleiben wollte – und seine Lage kam einer Posse schon bedenklich nahe –, mußte er das Seil Bryce überlassen. Er löste den Knoten, und das Seil schnellte von seinen Hüften. Sofort begann Bryce, es mit ausladenden Armbewegungen einzuholen.

Der Wind hatte ein wenig nachgelassen, aber Dalgliesh hörte keine Geräusche im Haus, und auf sein Rufen kam keine Antwort. Er drückte gegen die Tür, aber sie gab nur wenig nach. Irgend etwas Sperriges lag dahinter. Er drückte fester und spürte, wie sich das Hindernis bewegte, als rutsche ein schwerer Sack über den Boden. Schließlich hatte er die Tür so weit offen, daß er sich durch den Spalt hineinzwängen konnte, und stellte fest, daß der Sack Oliver Lathams Körper war.

Er lag quer in dem engen Flur, der Körper versperrte den Durchlaß zum Wohnzimmer, und der Kopf lag mit dem Gesicht nach oben auf der ersten Treppenstufe. Offenbar war Latham mit dem Kopf gegen das Treppengeländer geschlagen. Er hatte eine klaffende Wunde hinter dem linken Ohr, aus der noch immer Blut tropfte, und eine zweite über dem rechten Auge. Dalgliesh beugte sich über ihn. Er lebte und kam schon wieder zu sich. Als er Dalglieshs Hand spürte, stöhnte er, drehte den Kopf zur Seite und übergab sich kräftig. Die grauen Augen öffneten sich, versuchten, sich zurechtzutasten, und schlossen sich wieder.

Dalgliesh blickte durch das hellerleuchtete Wohnzimmer zu der regungslosen Gestalt hin, die kerzengerade auf der Liege saß. Das Gesicht war ein leichenblasses Oval zwischen vollen, schweren Haarsträhnen. Die schwarzen Augen waren riesenhaft vergrößert. Sie starrten aufmerksam und forschend zu ihm herüber. Sie schien das kreiselnde Wasser, das sich jetzt in Wellen über dem Boden ausbreitete, überhaupt nicht zu bemerken.

«Was ist passiert?» fragte Dalgliesh.

Sie sagte ruhig:

«Er ist hierhergekommen, um mich umzubringen. Ich habe die einzige Waffe benutzt, die ich hatte. Ich habe mit dem Briefbeschwerer nach ihm geworfen. Er muß sich beim Fallen den Kopf angeschlagen haben. Ich glaube, ich habe ihn umgebracht.»

Dalgliesh sagte kurz:

«Er wird's überleben. Er hat sich nichts weiter getan. Aber ich muß ihn nach oben bringen. Bleiben Sie, wo Sie sind, und rühren Sie sich nicht von der Stelle. Ich komme gleich wieder und hole Sie.»

Sie zuckte ein wenig die Achseln und fragte:

«Warum können wir nicht über die Straße gehen? Sie sind doch auch so gekommen.»

Dalgliesh erwiderte grob:

«Weil mir das Wasser schon bis zur Brust reicht und eine enorme Strömung hat. Ich kann nicht mit einem Krüppel und einem halb Bewußtlosen auf dem Rücken da durchschwimmen. Wir müssen nach oben. Wenn nötig, aufs Dach.»

Er schob seine Schulter unter Lathams Körper und hob ihn unter Aufbietung aller Kräfte auf. Die Treppe war steil, schlecht beleuchtet und eng, aber gerade diese Enge war ein Vorteil. Nachdem er Lathams Körper auf seinen Schultern zurechtgerückt hatte, konnte er sich links und rechts am Treppengeländer emporhangeln. Zum Glück machte die Treppe keinen Knick. Oben angekommen tastete er nach dem Lichtschalter, und der oberste Treppenabsatz war in helles Licht getaucht. Er blieb einen Augenblick stehen und überlegte, wo das Oberlicht war. Dann stieß er die Tür zu seiner Linken auf und suchte wieder nach dem Lichtschalter. Es dauerte ein paar Sekunden, bis er ihn gefunden hatte. Während er in der Tür stand, mit der linken Hand Lathams Körper festhielt und mit der rechten die Wand abtastete, schlug ihm der Geruch des Zimmers entgegen, dumpf, muffig und widerlich süß wie leichter Moderduft. Dann fanden seine Finger den Schalter, und der Raum erhellte sich mit dem Licht einer einzelnen nackten Glühbirne, die von der Mitte der Decke herabhing. Es war offensichtlich Mrs. Kedges Schlafzimmer, und es sah noch immer so aus, dachte er, wie es ausgesehen haben mußte, als sie es zum letztenmal benutzt hatte. Die Möbel waren schwer und häßlich. Das große Bett, noch immer hergerichtet, nahm fast den ganzen hinteren Teil des Zimmers ein. Es roch feucht und modrig. Dalgliesh ließ Latham vorsichtig auf das Bett gleiten und sah hinauf zur Dachschräge. Er fand das Oberlicht, wie er vermutet hatte. Aber es gab nur noch ein einziges, winziges Fenster zur Straße hinaus. Entkommen konnten sie nur noch über das Dach.

Er ging zurück ins Wohnzimmer, um die junge Frau zu holen. Das Wasser reichte ihm bis zur Taille, und sie stand auf der Liege und hielt sich am Kaminsims fest. Dalgliesh bemerkte, daß sie einen kleinen Schwammbeutel aus Plastik um den Hals hängen hatte. Wahrscheinlich enthielt er alles, was sie an Wertsachen besaß. Als er hereinkam, blickte sie sich im Zimmer um, wie um sich zu überzeugen, daß es nichts weiter mitzunehmen gab. Während er sich zu ihr durchkämpfte, spürte er selbst in diesem engen, umschlossenen Raum die Kraft der Strömung und fragte sich, wie lange das Fundament des Hauses dem standhalten würde. Es war leicht, sich damit zu trösten, daß das Haus schon frühere Überschwemmungen überstanden hatte. Aber Flut und Wind waren unberechenbar. Das Wasser mochte in früheren Jahren höher gestiegen sein, aber es konnte kaum mit größerer Wucht hereingestürzt sein. Während er sich zu der wartenden Gestalt hinmühte, meinte er für einen kurzen Augenblick, ein Beben in den Wänden zu vernehmen.

Er näherte sich ihr und nahm sie ohne ein Wort auf den Arm. Sie war erstaunlich leicht. Zwar merkte er das Gewicht der schweren Beinschienen, doch der Oberkörper war so ätherisch, daß man hätte glauben können, er gehöre einem Wesen ohne Knochen, ja ohne Geschlecht. Er war beinahe überrascht, ihre Rippen und die kleinen, festen Brüste zu fühlen. Sie lag widerstandslos in seinen Armen, während er sie seitwärts gehend nach oben ins Zimmer ihrer Mutter trug. Erst dort fielen ihm ihre Krücken ein. Er spürte eine plötzliche Verlegenheit, einen Widerwillen, von ihnen zu sprechen. Als ob sie seine Gedanken gelesen hätte, sagte sie:

«Entschuldigen Sie, ich hätte daran denken sollen. Sie hängen am Kaminsims.»

Das bedeutete, daß er noch einmal hinunter mußte, aber es ließ sich kaum vermeiden. Es wäre schwierig gewesen, die junge Frau und ihre Krücken auf einmal die enge Treppe hinaufzubefördern. Er wollte sie gerade zum Bett tragen, als sie auf Lathams zusammengekrümmten Körper herabsah und mit plötzlicher Heftigkeit sagte: «Nein! Nicht dahin! Lassen Sie mich hier.» Er ließ sie sachte von seinen Armen gleiten, und sie lehnte sich an die Wand. Einen Augenblick lang waren ihre Augen auf gleicher Höhe, und sie starrten einander wortlos an. Es war Dalgliesh, als ob ihm in diesem Augenblick eine schweigende Nachricht übermittelt würde, aber ob die schwarzen Augen eine Warnung oder eine Bitte zum Ausdruck brachten, vermochte er hinterher nie mit Bestimmtheit zu sagen.

Es machte ihm keine Mühe, ihrer Krücken habhaft zu werden. Das Wasser im Wohnzimmer hatte jetzt den Kaminsims überspült, und als Dalgliesh nach unten kam, trieben sie durch die Wohnzimmertür auf ihn zu. Er packte sie bei den Gummigriffen am oberen Ende und zog sie übers Treppengeländer. Während er den Rückzug nach oben wieder antrat, brach eine große Welle durch die zertrümmerte Eingangstür und schleuderte sie ihm vor die Füße. Der Sockel des Treppengeländers wurde losgerissen, wirbelte herum wie in einem Strudel und zersplitterte an der Wand. Und diesmal gab es keinen Zweifel, er spürte, wie das Haus bebte.

Das Oberlicht war etwa drei Meter vom Boden entfernt, unmöglich zu erreichen ohne etwas, worauf man sich stellen konnte. Es war sinnlos, den Versuch zu machen, das schwere Bett zu bewegen, aber daneben stand ein viereckiger, stabil wirkender Nachtstuhl, und den schob Dalgliesh herüber und rückte ihn unter das Oberlicht.

Die junge Frau sagte: «Wenn Sie mich zuerst nach draußen schieben, kann ich Ihnen ... bei ihm helfen.»

Sie blickte zu Latham hin, der sich jetzt aufgerappelt hatte und, den Kopf in die Hände gestützt, auf der Bettkante saß. Er stöhnte hörbar.

Sie fügte hinzu: «Ich habe ziemliche Kraft in den Händen und Schultern.»

Und sie streckte ihm ihre häßlichen Hände hin wie eine Bittstellerin. So hatte Dalgliesh sich die Sache tatsächlich auch vorgestellt. Latham aufs Dach zu bekommen, war der schwierigste Teil der ganzen Unternehmung. Er bezweifelte, daß es ohne ihre Hilfe zu schaffen war.

Das Oberlicht, dreckverkrustet und voller Spinnweben, sah aus, als ließe es sich nur schwer öffnen. Als Dalgliesh aber mit der Faust gegen den Rahmen schlug, hörte er das brüchige Holz splittern. Die Klappe wurde nach oben gerissen und war sofort im Sturm verschwunden. In wohltuendem, erfrischendem Schwall drang die kühle Nachtluft in den engen Raum. Im selben Moment ging das Licht aus, und sie blickten wie vom Grunde einer Höhle aus zu dem quadratischen, aufgewühlten Stückchen Himmel und dem Mond hinter den vorüberwirbelnden Wolkenfetzen hinauf.

Latham kam durchs Zimmer auf sie zugetaumelt.

«Was zum Teufel … Irgend jemand hat das verdammte Licht ausgemacht.»

Dalgliesh brachte ihn zurück zum Bett.

«Bleiben Sie hier und schonen Sie Ihre Kräfte. Sie werden sie noch brauchen. Wir müssen hinaussteigen aufs Dach.»

«Das können Sie machen. Ich bleibe hier. Holen Sie mir einen Arzt. Ich will einen Arzt. O Gott, mein Kopf.»

Dalgliesh ließ ihn auf der Bettkante sitzen, wo er sich in weinerlichem Selbstmitleid hin und her wiegte, und ging zurück zu der jungen Frau.

Er sprang auf dem Stuhl in die Höhe, umklammerte den äußeren Rahmen des Oberlichts und zog sich hoch. Er hatte sich nicht getäuscht, der First des Schieferdachs war nicht weiter als etwa einen Meter von ihm entfernt. Aber das Dach war steiler, als er gedacht hatte, und der Schornstein, der ihnen einen gewissen Schutz und Halt bieten konnte, war mindestens zwei Meter weiter links. Er ließ sich zurück auf den Boden gleiten und sagte zu der jungen Frau:

«Versuchen Sie rittlings auf dem Dachfirst zu sitzen und sich zum Schornstein hinüberzuarbeiten. Wenn Sie Schwierigkeiten haben, bleiben Sie ruhig sitzen und warten Sie auf mich. Mit Latham komme ich schon klar, sobald wir erst mal draußen sind, aber Sie müssen mir helfen, ihn rauszuziehen. Aber wir kümmern uns erst um ihn, wenn Sie einen sicheren Platz gefunden haben. Rufen Sie mich, wenn Sie soweit sind. Wollen Sie Ihre Krücken haben?»

«Ja», sagte sie ruhig. «Ich will meine Krücken haben. Ich kann sie oben an den Dachfirst hängen, und vielleicht können wir sie brauchen.»

Er wuchtete Sylvia an den eisernen Schienen, in denen ihre Beine von den Knöcheln bis zu den Oberschenkeln steckten, durch das Oberlicht. Die starre Unbeweglichkeit der Schienen machte es ihm leicht, sie hoch hinauf bis zum Dachfirst zu schieben. Dort hielt sie sich fest, schwang ein Bein hinüber und duckte sich mit flatternden Haaren tief vor dem wütenden Ansturm des Windes. Er sah sie heftig nicken zum Zeichen, daß sie bereit war, dann beugte sie sich zu ihm hinunter und streckte beide Hände aus.

Und in diesem Moment empfand er so etwas wie eine Warnung, einen untrüglichen Instinkt für eine drohende Gefahr. Er gehörte ebenso zu seinem Rüstzeug als Kriminalbeamter wie sein Wissen über Schußwaffen, seine Nase für einen unnatürlichen Tod. Er hatte ihm oftmals das Leben gerettet, und er hatte sich stets blindlings auf ihn verlassen. Jetzt war keine Zeit für ruhige Überlegungen und Analysen. Wenn sie drei überleben wollten, mußten sie hinaus aufs Dach. Aber er wußte, daß Latham und die junge Frau unter gar keinen Umständen allein dort oben zusammensein durften.

Es war nicht einfach, Latham durch das Oberlicht zu manövrieren. Er war nur halb bei Bewußtsein, und selbst das Wasser, das jetzt in großen Wirbeln auf dem Schlafzimmerboden kreiste, konnte in ihm kein Gespür für die Gefährlichkeit der Situation erwecken. Sein einziger Wunsch war, in den Kissen versinken zu dürfen, um in Ruhe gegen seine Übelkeit ankämpfen zu können. Aber er konnte wenigstens ein bißchen mithelfen und war nicht ganz ein totes Gewicht. Dalgliesh zog sich und Latham die Schuhe aus, dann brachte er ihn dazu, auf den Stuhl zu steigen und wuchtete ihn durch das Oberlicht ins Freie. Auch als die junge Frau Latham unter den Armen gepackt hatte, ließ er ihn nicht los, sondern schwang sich sofort durch die Öffnung hinaus und stemmte sich, den Rücken der überschwemmten Straße zugewandt, die Beine nach unten ins Zimmer baumelnd, mit aller Kraft gegen den Wind. Gemeinsam schoben und zogen sie den halb Bewußtlosen nach oben, bis seine Hände den Dachfirst umklammerten. Latham zog sich hoch und blieb dann regungslos, mit gespreizten

Beinen über dem Dachfirst liegen. Die junge Frau ließ ihn los, nahm ihre Krücken und rutschte langsam rückwärts, bis sie den Schornstein erreicht hatte und sich dagegen lehnen konnte. Dalgliesh schwang sich zu Latham aufs Dach.

Und dann geschah es. In dem Moment, als Dalgliesh Latham für den Bruchteil einer Sekunde losließ, trat sie zu. Es geschah so blitzartig, daß Dalgliesh die hinterhältige Bewegung der gepanzerten Beine kaum wahrnahm. Aber die Eisenschienen trafen Lathams Hände, die sich sofort vom Dachfirst lösten, und sein Körper glitt abwärts. Dalgliesh riß die Arme nach vorn und erwischte Latham an den Handgelenken. Es gab einen kurzen, unerträglichen Ruck, und Latham hing lang ausgestreckt mit seinem ganzen Körpergewicht an ihm. Dann trat sie wieder und wieder zu. Und nun zielte sie auf Dalglieshs Hände. Sie waren zu steif, als daß er den Schmerz empfunden hätte, aber er spürte plötzlich den warmen Blutstrom und wußte, daß es nicht mehr lange dauern konnte, bis die Handgelenke gebrochen waren und Latham seinen kraftlosen Händen entgleiten würde. Und dann würde die Reihe an ihn kommen. Sie hatte mit dem Schornstein im Rücken einen sicheren Halt und war mit ihren Krücken und den tödlichen Eisenschienen bewaffnet. Vom Hang her konnte keiner sie sehen. Sie waren auf der anderen Seite des Dachs, und es war stockfinstere Nacht. Die besorgten Beobachter, wenn sie tatsächlich schon eingetroffen waren, würden sie lediglich als zusammengekauerte Silhouetten am Himmel wahrnehmen. Und wenn man ihn und Latham später fand, würden ihre Leichen keine Verletzungen aufweisen, die sich nicht mit der wütenden Brandung gegen die Felsen erklären ließen. Er hatte nur eine einzige Chance, er mußte Latham loslassen. Allein konnte er ihr wahrscheinlich die Krücken entwinden. Allein hatte er sogar eine sehr gute Chance. Aber sie wußte natürlich, daß er Latham nicht loslassen würde. Sie hatte immer genau gewußt, was ihr Gegner tun würde. Er harrte verbissen aus; und die Schläge trafen ihn wieder und wieder.

Sie hatten beide nicht mit Latham gerechnet. Vielleicht glaubte die junge Frau, er wäre bewußtlos. Aber plötzlich glitt eine Schieferplatte, die sich bei seinem Sturz gelockert hatte, von ihrem Platz, und seine Füße fanden in der Lücke einen Halt. Ein verzweifelter Lebenswille erwachte in ihm. Er schnellte nach oben, riß dabei seine linke Hand aus Dalglieshs schwächer werdender Umklammerung und packte mit unerwarteter Kraft die eisernen Beinschienen. Von seinem plötzlichen Angriff überrascht, verlor die Frau das Gleichgewicht, und im selben Moment fegte eine heftige Sturmbö übers Dach. Latham zerrte von neuem, und sie stürzte. Dalgliesh streckte blitzartig die Hand nach ihr aus und erwischte die Schnur des kleinen Plastikbeutels, den sie um den Hals trug. Die Schnur zerriß, und ihr Körper rollte an ihm vorbei. Die unförmigen orthopädischen Stiefel fanden keinen Halt, die schweren Eisenschienen an den kraftlosen Beinen rissen sie unerbittlich weiter dem Abgrund entgegen. Dann schlug sie gegen die Dachrinne und stürzte kreiselnd wie eine mechanische Spielzeugpuppe mit gespreizten Beinen ins Leere. Sie hörten den einen wilden Schrei und dann nichts mehr. Dalgliesh stopfte den kleinen Beutel in die Tasche und blieb dann, den Kopf auf die blutigen Hände gebettet, regungslos liegen. Und dann spürte er den sanften Druck der Leiter im Rücken.

Ohne die Verletzungen wäre der Aufstieg zum Hang relativ einfach gewesen. Aber Dalgliesh konnte seine Hände jetzt kaum noch gebrauchen. Schmerzen hatten eingesetzt, und er hielt es fast nicht aus, die Finger zu bewegen. Und er konnte nicht mehr greifen. Die unmittelbar zurückliegende Anstrengung schien Latham völlig erschöpft zu haben. Er war offenbar im Begriff, wieder das Bewußtsein zu verlieren. Dalgliesh mußte ihm ein paar Minuten ins Ohr schreien, bis er ihn dazu brachte, mit auf die Leiter zu kommen.

Dalgliesh ging als erster auf die Leiter und arbeitete sich, die Sprossen im Rücken, mit den abgewinkelten Unterarmen Latham stützend, Stück für Stück hinauf. Lathams schweißgebadetes Gesicht war nur wenige Zentimeter von seinem eigenen entfernt. Dalgliesh roch seinen süßsauren Atem, das Kennzeichen eines zu reichlichen Alkoholgenusses, einer zu ausschweifenden Lebensweise. Er fragte sich bitter, ob seine letzte bewußte Wahrnehmung, bevor sie in die wirbelnde Tiefe hinuntergerissen wurden, in der Entdeckung bestand, daß Latham einen schlechten Mundgeruch hatte. Es gab wichtigere Dinge zu entdecken, und es gab angenehmere Arten zu sterben. Latham sollte sich ruhig etwas anstrengen!

Warum zum Teufel tat der Mann nichts dafür, daß er wenigstens halbwegs körperlich fit war? Dalgliesh stieß abwechselnd gemurmelte Flüche und Ermunterungen hervor, und Latham raffte sich, als hätte er beides gehört, zu einer neuen Kraftanstrengung auf, umklammerte die nächste Sprosse und zog sich mühsam ein paar Zentimeter weiter in die Höhe. Plötzlich bog sich die Sprosse und sprang knallend aus der Leiter. Sie wirbelte Latham in weitem Bogen aus der Hand und verschwand geräuschlos in den Wellen. Einen schrecklichen Augenblick lang sackten ihre Köpfe durch die Öffnung und hingen mit aufgerissenen Augen über dem nur sieben Meter unter ihnen brodelnden Wasser. Dann hob Latham den Kopf, legte ihn an den Holm der Leiter und knurrte Dalgliesh an:

«Gehen Sie lieber runter. Diese Leiter hält keine zwei Leute aus. Es hat keinen Sinn, daß wir beide naß werden.»

«Verschwenden Sie Ihre Kraft nicht mit unnützen Worten», sagte Dalgliesh. «Und sehen Sie zu, daß Sie weiterkommen.»

Er rückte die Armbeugen unter Lathams Achseln zurecht und hob ihn ein paar Sprossen weiter hinauf. Die Leiter knarrte und bog sich durch. Sie blieben einen Augenblick regungslos liegen und versuchten es dann aufs neue. Diesmal gelang es Latham, auf einer der Sprossen Tritt zu fassen, und er bewegte sich unversehens so heftig vorwärts, daß Dalgliesh beinahe aus dem Gleichgewicht kam. Von einer plötzlichen Sturmbö erfaßt, schwankte die Leiter zur Seite. Sie spürten deutlich, wie der Fuß unten über das Dach rutschte. Keiner von beiden wagte sich zu rühren, bis das wilde Schaukeln nachließ. Dann schoben sie sich von neuem Zentimeter für Zentimeter vorwärts. Sie näherten sich jetzt dem Hang und sahen unten die dunklen Silhouetten vom Wind zerzauster Bäume. Dalgliesh dachte, daß sie in unmittelbarer Nähe der Landspitze sein mußten, trotzdem war nichts zu hören als das Heulen des Sturms. Er nahm an, daß die kleine Gruppe schweigend wartete und ihre verbissene Anstrengung noch nicht einmal durch Anfeuerungsrufe zu stören wagte. Plötzlich war alles vorüber. Er fühlte sich von kräftigen Händen an den Knöcheln gepackt. Irgend jemand zog ihn in Sicherheit.

Er empfand keine Erleichterung, nur tiefe Erschöpfung und Selbstverachtung. Aus seinem Körper war alle Kraft gewichen, aber sein Verstand war ziemlich klar, und seine Gedanken waren von Bitterkeit erfüllt. Er hatte die Schwierigkeiten unterschätzt, hatte sich in leichtsinniger Mißachtung der Gefahr von Bryce in diese stümperhafte Posse hineinziehen lassen und hatte sich aufgeführt wie ein gedankenloser Narr. Sie waren losgezogen wie ein paar Pfadfinder, um die junge Frau vor dem Ertrinken zu retten, mit dem Ergebnis, daß sie ertrunken war. Dabei hätte man in dem oberen Schlafzimmer nur in aller Ruhe abzuwarten brauchen, bis das Wasser fiel. Der Sturm ließ bereits nach. Am Morgen hätte man sie, vielleicht ein wenig durchgefroren, aber unverletzt, ganz gemütlich dort herausholen können.

Und dann hörte er – wie eine Antwort auf seine Gedanken – das Rumpeln. Es schwoll zu einem dumpfen Krachen an, und die kleine Gesellschaft am Hang beobachtete gebannt, wie sich das Haus mit einer Art linkischer Anmut ins Meer neigte. Das Krachen hallte auf der ganzen Landspitze wider, und die Wellen, gegen die Steinmauern schlagend, schossen donnernd in die Höhe. Der Gischt stieg tanzend in den Nachthimmel auf und trieb ihnen in die Augen. Und dann erstarb das Rumpeln. Das letzte Haus Tanner war im Meer versunken.

Die Landspitze war von schwarzen Gestalten bevölkert. Sie scharten sich um ihn und dämpften so den Anprall des Sturms. Ihre Münder öffneten und schlossen sich, aber er hörte nicht, was sie sagten. Einmal sah er deutlich R. B. Sinclairs weiße, flatternde Haare sich vor dem Mond abheben, und er hörte, wie Latham mit der quengeligen Beharrlichkeit eines Kindes nach einem Arzt verlangte. Dalgliesh wurde von einem unerträglichen Verlangen erfüllt, auf das weiche Gras sinken und ruhig dort liegen bleiben zu dürfen, bis der Schmerz in seinen Händen, die furchtbare Pein in seinem ganzen Körper nachließen. Aber irgend jemand hielt ihn aufrecht. Es mußte wohl Reckless sein. Die Hände, die ihn unter den Armen stützten, waren unerwartet kräftig, und er roch den starken, durchdringenden Geruch von nassem Gabardine, spürte die rauhe Oberfläche des Stoffs an seinem Gesicht. Dann begannen die Münder, die sich wie die Kinnladen von Marionetten auf und ab bewegten, allmählich Geräusche von sich zu geben. Sie fragten, ob alles mit ihm in Ordnung sei, und jemand schlug vor –

er glaubte, daß es Alice Kerrison war – sie sollten alle nach Haus Priory gehen. Irgendein anderer erwähnte den Landrover. Mit ihm konnte man auf der Straße nach Pentlands fahren, wenn Miss Dalgliesh Adam lieber nach Hause bringen wollte. Dalgliesh bemerkte jetzt den Landrover, ein schwarzer Schatten am Rande der Gruppe. Es mußte der Landrover von Bill Coles sein, und die massige Gestalt im gelben Ölzeug war offenbar Coles selber. Wie zum Teufel war er hierher gekommen? Die verschwommenen weißen Gesichter schienen alle darauf zu warten, daß er irgendeinen Entschluß faßte. Er sagte: «Ich möchte nach Hause.»

Er schüttelte die Hände, die ihm helfen wollten, ab und hievte sich mit den Ellbogen in den Fond des Landrovers. Auf dem Boden standen ein paar Sturmlaternen, die ihr gelbliches Licht auf die Reihe der sitzenden Gestalten warfen. Hier sah er auch seine Tante wieder. Sie hatte den einen Arm um Lathams Schulter gelegt, und er lehnte sich an sie. Er sah aus, wie der romantische Held in einem viktorianischen Melodrama, dachte Dalgliesh, mit seinem langen bleichen Gesicht, den geschlossenen Augen und dem weißen Taschentuch, das ihm jemand um den Kopf gebunden hatte und an dem sich ein Blutfleck abzeichnete. Reckless stieg als letzter ein und zwängte sich neben Dalgliesh. Während der Landrover über die Landspitze schaukelte, hielt Dalgliesh seine zerschundenen Hände von sich gestreckt wie ein Chirurg, der darauf wartet, daß man ihm die Handschuhe anzieht. Er sagte zu Reckless:

«Wenn Sie in meine Tasche greifen könnten, da ist ein Plastikbeutel drin, der Sie interessieren wird. Ich habe ihn Sylvia Kedge vom Hals gerissen. Ich kann selber nichts anfassen.»

Dalgliesh lehnte sich zur Seite, so daß Reckless in seine Tasche greifen und den kleinen Beutel herausziehen konnte. Er knotete die Schnur auf und zog mit dem Daumen die Öffnung auseinander. Dann schüttete er den Inhalt des Beutels auf seinen Schoß. Er bestand aus einem in Silber gerahmten verblaßten Foto einer Frau, einer Tonbandspule, einer zusammengefalteten Heiratsurkunde und einem schlichten goldenen Fingerring.

5

Helligkeit legte sich mit schmerzhaftem Druck auf Dalglieshs Augen. Er tauchte empor durch ein Kaleidoskop kreiselnder Rot- und Blautöne und öffnete mühsam die bleiernen Augenlider, um dem Tag entgegenzublinzeln. Es mußte viel später sein, als er gewöhnlich aufzustehen pflegte; die Sonnenstrahlen fielen ihm schon warm ins Gesicht. Er blieb einen Augenblick liegen, streckte vorsichtig die Beine und spürte fast lustvoll den Schmerz in den überanstrengten Muskeln. Seine Hände fühlten sich schwer an. Er zog sie unter der Bettdecke hervor und drehte die beiden weißen Kokons, während er sie mit der angestrengten Neugier eines Kindes beäugte, langsam vor den Augen hin und her. Wahrscheinlich hatte ihm seine Tante diese fachmännisch aussehenden Verbände angelegt, obwohl er sich nicht daran erinnern konnte. Und sie mußte auch eine Salbe verwendet haben. Es fühlte sich unangenehm glitschig an im Innern des Gazeverbands. Er merkte jetzt, daß ihm die Hände noch immer weh taten, aber er konnte die Fingergelenke bewegen, und die Spitzen der drei mittleren Finger, die als einzige sichtbar waren, sahen ziemlich normal aus. Anscheinend war nichts gebrochen.

Er schob die Arme vorsichtig in die Ärmel seines Morgenrocks und ging ans Fenster. Der Morgen draußen war still und heiter und rief sofort die Erinnerung an seinen ersten Urlaubstag in ihm wach. Einen Augenblick kam ihm der Aufruhr der vergangenen Nacht so fern und unglaubhaft vor wie alle anderen großen Unwetter der Vergangenheit. Aber er hatte den Beweis vor Augen. Das Ende der Landspitze, das er von seinem nach Osten gelegenen Fenster aus überblicken konnte, war so verwüstet, als sei eine ganze Armee, eine Spur abgeknickter Zweige und ausgerissener Ginsterbüsche hinter sich lassend, darüber hinweggetrampelt. Und obwohl der Wind zu einer leichten Brise abgeflaut war, so daß sich in dem Unrat auf dem Boden kaum etwas regte, war das Meer noch immer in Bewegung und rollte in Wellen, groß und schwer, als seien sie mit Sand befrachtet, zum Horizont hin. Die Färbung des Wassers war schmutzig, es war zu trübe und aufgewühlt, um das leuchtende Blau des Himmels widerzuspiegeln. Die Natur war mit sich selber uneinig; während das Meer noch die letzten Scharmützel einer Privatfehde ausfocht, hatte sich die Erde bereits erschöpft unter einem friedlichen Himmel zur Ruhe gestreckt.

Er wandte sich vom Fenster ab und blickte sich im Zimmer um, als sähe er es zum erstenmal. Eine zusammengelegte Wolldecke hing über der Rückenlehne des Sessels, der am Fenster stand, und ein Kissen lag auf der Armlehne. Seine Tante mußte die Nacht dort verbracht haben. Es war unwahrscheinlich, daß sie es aus Sorge um ihn getan hatte. Jetzt fiel es ihm wieder ein. Sie hatte Latham mit nach Pentlands genommen; seine Tante mußte ihm ihr Zimmer überlassen haben. Der Gedanke irritierte ihn, und er fragte sich, ob er wirklich so kleinlich war, sich darüber zu ärgern, daß seine Tante sich um einen Menschen sorgte, den er noch nie hatte leiden können. Na, und wenn schon. Die Abneigung beruhte auf Gegenseitigkeit, wenn man das als Rechtfertigung gelten lassen wollte, und der Tag drohte anstrengend genug zu werden, auch ohne daß er ihn in einer Stimmung übertriebener Selbstkritik begann. Aber er hätte auf Latham verzichten können. Die Ereignisse der vergangenen Nacht waren ihm noch zu frisch im Gedächtnis, als daß ihn die Aussicht erfreut hätte, mit seinem Mitspieler in dieser Posse beim Frühstück Konversation zu machen.

Während er sich nach unten begab, hörte er Stimmengemurmel aus der Küche. Der vertraute morgendliche Duft von Kaffee und Speck lag in der Luft, doch das Wohnzimmer war leer. Seine Tante und Latham frühstückten wohl zusammen in der Küche. Er hörte Lathams schrille, arrogante Stimme, während die in leiserem Ton gegebenen Antworten seiner Tante nicht zu verstehen waren. Er ertappte sich dabei, daß er leise auftrat, damit sie ihn nicht hörten, und wie ein Eindringling auf Zehenspitzen durchs Wohnzimmer schlich. Gleich würde es sich nicht mehr vermeiden lassen, daß er Lathams Entschuldigungen, Erklärungen und auch − schrecklicher Gedanke − seine Dankbarkeitsbezeigungen über sich ergehen ließ. Binnen kurzem würde ganz Monksmere zur Stelle sein, um Fragen zu stellen, Debatten zu führen und durcheinanderzurufen. Nur Weniges an der Geschichte würde neu für ihn sein, und die Erfahrung, wieder einmal recht gehabt zu haben, bereitete ihm schon lange keine Genugtuung mehr. Das Wer wußte er schon lange und seit Montagnacht auch das Wie. Aber für alle anderen würde dieser Tag eine glanzvolle Rehabilitation bringen, und die würden sie natürlich bis zur Neige auskosten. Sie waren erschreckt, belästigt und gedemütigt worden. Es wäre ungebührlich, ihnen den Spaß nicht zu gönnen. Aber im Augenblick wehrte er noch alles ab, als habe er Mühe, den Tag angehen zu lassen.

Im Wohnzimmerkamin brannte ein kleines Feuer, und das dünne Flämmchen flackerte fahl in dem hellen Sonnenlicht. Er sah, daß es nach elf war; die Post war schon da. Auf dem Kaminsims stand ein Brief für ihn. Sogar quer durchs Zimmer konnte er Deborahs große, schräge Handschrift erkennen. Er tastete in der Morgenrocktasche nach seinem eigenen, noch nicht abgeschickten Brief an sie und manövrierte ihn mit einiger Mühe neben den anderen Umschlag. Seine zierliche, steile Schrift wirkte zwanghaft ordentlich neben ihrem großzügig hingeworfenen Gekritzel. Ihr Brief war dünn. Das bedeutete, daß er höchstens ein Blatt enthielt. Plötzlich wußte er genau, was Deborah ihm auf nur einer DIN-A5-Seite geschrieben hatte, und mit einemmal sättigte sich auch der Brief mit der Bedrohung, die dieser Tag für ihn darstellte; ihn zu öffnen und zu lesen, wurde zu einer lästigen Pflicht, die man guten Gewissens noch eine Zeitlang hinausschieben könnte. Während er, ärgerlich über seine eigene Unentschlossenheit, dastand und sich zu diesem einen Handgriff zu zwingen suchte, hörte er ein Auto kommen. Also waren sie schon im Anmarsch und brannten ohne Zweifel vor Neugier und angenehmen Erwartungen. Als das Auto aber näher kam, erkannte er den Ford von Reckless und sah, als er ans Fenster trat, daß der Inspektor allein war. Eine Minute später wurde die Autotür zugeschlagen, und Reckless blieb einen Augenblick stehen, als müsse er sich erst innerlich darauf vorbereiten, das Haus zu betreten. Er hatte Celia Calthrops Tonbandgerät unter dem Arm. Der Tag hatte begonnen.

Fünf Minuten später lauschten sie alle vier dem Geständnis der Mörderin. Reckless saß mit gerunzelter Stirn neben dem Tonbandgerät und musterte es unverwandt mit dem mißtrauischen Blick eines Menschen, der befürchtet, daß es jeden Moment seinen Geist aufgeben könnte. Jane Dalgliesh saß regungslos, mit im Schoß gefalteten Händen, in ihrem Sessel vor dem Kamin und hörte so aufmerksam zu, als lausche sie einer Musikdarbietung. Latham hatte sich gegen die Wand drapiert, ließ einen Arm über den Kaminsims hängen und hatte den bandagierten Kopf gegen die grauen Steine gelehnt. Er sah aus, dachte Dalgliesh, wie ein Schauspieler, der seine besten Tage hinter sich hat und jetzt noch einmal für ein Agenturfoto posiert. Er selber saß mit einem Tablett auf den Knien seiner Tante gegenüber und spießte mit einer Gabel die mit Butter bestrichenen Toastwürfelchen auf, die sie ihm zurechtgeschnitten hatte, oder schloß die Hände mit ihrer praktischen Wärmeisolierung um einen dampfendheißen Becher Kaffee.

Die Stimme der toten jungen Frau sprach zu ihnen, aber nicht mit der bekannten, aufreizenden Unterwürfigkeit, sondern klar, beherrscht und selbstbewußt. Nur gelegentlich machte sich ein Anflug von Erregung bemerkbar, der rasch unterdrückt wurde. Das hier war ihr Triumphgesang, aber sie erzählte ihre schreckliche Geschichte mit der sicheren Gelassenheit einer Rundfunksprecherin, die eine Gute-Nacht-Geschichte vorliest.

«Ich zeichne mein Geständnis jetzt zum viertenmal auf, und es wird noch immer nicht das letzte Mal sein. Man kann ein Tonband öfter benutzen. Man kann sich immer noch verbessern. Nichts ist unbedingt endgültig. So pflegte Maurice Seton sich auszudrücken, wenn er an seinen jämmerlichen Büchern herumfeilte, als ob sie das überhaupt wert gewesen wären, als ob irgend jemand danach gefragt hätte, welchen Ausdruck er verwendete. Und meistens war es dann doch ein Ausdruck, den ich ihm in den Mund legte – ach, so diskret und zurückhaltend in den Mund legte, daß er kaum merkte, daß es ein menschliches Wesen war, mit dem er sich unterhielt. Und als solches hat er mich auch nie betrachtet. Ich war für ihn nur eine Maschine, die stenografieren, tippen, seine Sachen flicken, Geschirr waschen und auch ein bißchen kochen konnte. Natürlich keine wirklich vollkommene Maschine, denn ich konnte ja meine Beine nicht gebrauchen. Aber das machte es ihm in gewisser Hinsicht leichter. Es bedeutete, daß er mich noch nicht einmal als weibliches Wesen betrachten mußte. Natürlich hat er mich als Frau nie wahrgenommen. Das war nicht anders zu erwarten. Aber nach einiger Zeit war ich noch nicht einmal mehr ein weibliches Wesen für ihn. Er konnte mich bitten, bis spät abends zu arbeiten, über Nacht zu bleiben, das Badezimmer mit ihm zu teilen. Darüber würde es kein Gerede geben. Niemand würde sich darum kümmern. Das erregte niemals Anstoß. Warum auch? Wer würde mich schon anfassen wollen? Oh, er riskierte nicht das geringste, wenn er mich im Haus behielt. Und der Himmel weiß, auch mir drohte keine Gefahr bei ihm.

Er hätte gelacht, wenn ich ihm gesagt hätte, daß ich ihm eine gute Frau sein könnte. Nein, er hätte nicht gelacht. Er wäre angewidert gewesen. Es wäre ihm vorgekommen, als solle er sich mit einer Schwachsinnigen paaren oder mit einem Tier. Warum wirkt eine Körperbehinderung so abstoßend? Oh, er war nicht der einzige. Ich habe diesen Ausdruck auch auf anderen Gesichtern gesehen. Bei Adam Dalgliesh. Warum nenne ich gerade ihn als Beispiel? Weil er es kaum ertragen kann, mich anzusehen. Als ob er mir sagen wollte: ‹Ich mag es, wenn Frauen hübsch sind. Ich mag es, wenn Frauen anmutig sind. Du tust mir leid, aber du bist eine Beleidigung für mich.› Ich bin für mich selber eine Beleidigung, Inspektor Dalgliesh. Ich bin für mich selber eine Beleidigung. Aber ich sollte mich nicht zu lange mit der Einleitung aufhalten. Meine ersten Geständnisse waren viel zu lang und unausgewogen. Zum Schluß haben sie sogar mich gelangweilt. Aber ich habe ja Zeit, der Geschichte die richtige Form zu geben, sie so gut zu erzählen, daß ich mir das Tonband für den Rest meines Lebens immer wieder vorspielen kann und jedesmal dieselbe tiefe Befriedigung empfinde wie beim erstenmal. Eines Tages werde ich dann vielleicht alles wieder löschen. Aber jetzt noch nicht. Vielleicht tue ich es auch nie. Der einzige Nachteil bei der Planung und Durchführung eines perfekten Mordes ist der, daß man auf jede Anerkennung verzichten muß. Immerhin kann ich mich mit der kindischen Genugtuung trösten, daß ich wenigstens nach meinem Tod Schlagzeilen machen werde.

Natürlich war es ein komplizierter Plan, aber das machte ihn um so befriedigender. Schließlich ist es kein Problem, jemanden umzubringen. Hunderte von Menschen tun das Jahr für Jahr und erlangen eine kurze, traurige Berühmtheit dadurch, ehe sie genauso in Vergessenheit geraten wie die Zeitung von gestern. Ich hätte Maurice Seton umbringen können, wann immer ich wollte, besonders nachdem ich mir die fünf Gramm Arsen beschafft hatte. Er hatte sie damals, als er an dem Roman ‹Der Gute ins Töpfchen› schrieb, aus dem Museum des Cadaver Clubs entwendet und sie durch eine Flasche mit Natron ersetzt. Der arme Maurice mit seinem zwanghaften Bedürfnis nach Authentizität! Er konnte noch nicht einmal über einen Giftmord mit Arsen schreiben, ohne das Zeug in seiner Nähe zu haben, daran zu riechen, seine Löslichkeit zu überprüfen und sich am Spiel mit dem Tod zu berauschen. Diese Detailbesessenheit, diese Gier nach täuschend echt nachgestellten Erfahrungen waren ein entscheidender Bestandteil meines Plans. Sie führten ihn, das auserwählte Opfer, zu Lily Coombs und zum Cortez Club. Sie führten ihn zu seinem Mörder. Er war ein Fachmann auf dem Gebiet des täuschend echt nachgestellten Todes. Ich wäre gern dabei gewesen, um zu sehen, wie ihm die Realität schmeckte. Er wollte das Zeug natürlich zurückbringen; es war nur geliehen. Aber bevor er das tun konnte, habe ich selber einen kleinen Austausch vorgenommen. An die Stelle des Natrons in der Vitrine des Cadaver Clubs legte Maurice wiederum – Natron. Ich dachte mir, das Arsen würde ich eines Tages noch gut gebrauchen können. Und jetzt ist es so weit. Jetzt werde ich es sogar sehr gut gebrauchen können. Ich werde keine Schwierigkeiten haben, es in Digbys Taschenflasche zu tun. Und wie weiter? Soll ich den unvermeidlichen Augenblick abwarten, wo er allein ist und die nächste Minute nicht ohne einen Schluck aus der Flasche übersteht? Oder soll ich ihm sagen, daß Eliza Marley etwas über Maurices Tod herausgefunden hat und ihn deswegen an einer abgelegenen Stelle am Strand unter vier Augen sprechen möchte? Eines ist so gut wie das andere. Beides führt zum selben Ende. Und wenn er erst einmal tot ist, was kann man dann noch beweisen? Ich werde nach kurzer Zeit zu Inspektor Reckless gehen und ihm sagen, daß Digby in letzter Zeit über Verdauungsstörungen klagte und daß ich ihn an Maurices Apothekenschränkchen gesehen hätte. Ich werde ihm erzählen, daß Maurice sich vor einiger Zeit Arsen aus dem Cadaver Club beschafft hat, daß er mir aber versichert hat, er hätte es wieder zurückgebracht. Aber angenommen, er hätte das nicht getan? Angenommen, er konnte sich von dem Zeug nicht mehr trennen? Das wäre typisch gewesen für Maurice. Jeder wird das bestätigen. Jeder weiß Bescheid über ‹Der Gute ins Töpfchen›. Das Pulver in der Vitrine des Museums wird untersucht werden und sich als völlig harmlos herausstellen. Und Digby Seton wird durch einen tragischen Unglücksfall, der letztlich die Schuld seines Stiefbruders war, ums Leben gekommen sein. Ich finde das einen sehr befriedigenden Gedanken. Schade, daß Digby, der trotz seiner Dummheit so viele meiner Einfälle sehr zu schätzen wußte, dieser letzte Teil des Plans verborgen bleiben muß.

Ich hätte das Arsen genausogut auch für Maurice verwenden und mich an seinen Todesqualen weiden können, wann immer ich wollte. Das wäre ganz einfach gewesen. Zu einfach. Einfach und nicht besonders einfallsreich. Der Mord an Maurice hatte Maßstäbe zu erfüllen, denen ein alltäglicher Giftmord nicht im mindesten genügt hätte. Diese Maßstäbe waren es, die die Planung des Verbrechens so interessant und die Durchführung so befriedigend machten. Zunächst einmal mußte er eines natürlichen Todes sterben. Digby als sein Erbe würde zuerst verdächtigt werden, und es war wichtig für mich, daß die Erbschaft durch nichts gefährdet wurde. Dann durfte er nicht in Monksmere sterben; ich mußte auf jeden Fall vermeiden, daß ich in Verdacht geriet. Andererseits wollte ich aber, daß das Verbrechen und die Leute in Monksmere miteinander in Verbindung gebracht wurden; je mehr sie behelligt, verdächtigt und erschreckt wurden, desto besser, ich hatte viele alte Rechnungen zu begleichen. Außerdem wollte ich die Ermittlungen im Auge behalten. Es hätte mir nicht gepaßt, wenn man die Sache als ein Verbrechen behandelt hätte, für dessen Aufklärung man in London zuständig war. Abgesehen von dem Vergnügen, das es mir bereitete, die Reaktionen der Verdächtigen zu beobachten, hielt ich es für wichtig, daß die Arbeit der Polizei unter meinen Augen stattfand. Ich mußte alles verfolgen und nötigenfalls steuern können. Es ist nicht ganz nach Plan gelungen, aber insgesamt gesehen ist nicht viel passiert, wovon ich nichts wußte. Paradoxerweise hatte ich manchmal meine Gefühle weniger gut in der Gewalt, als ich gehofft hatte, aber alle anderen haben sich genau nach Plan verhalten.

Und außerdem mußten noch Digbys Bedingungen erfüllt werden. Er wollte, daß der Mord mit L. J. Luker und dem Cortez Club in Verbindung gebracht wurde. Natürlich hatte er einen anderen Grund. Er wollte nicht unbedingt, daß Luker verdächtigt wurde. Er wollte ihm lediglich zeigen, daß es noch andere Möglichkeiten gibt, einen Mord zu begehen und ungeschoren davonzukommen. Digby wollte darauf hinaus, daß die Polizei gar nicht anders konnte, als einen natürlichen Tod zu konstatieren – einfach weil es ein natürlicher Tod war –, den Luker aber sofort als Mord durchschauen sollte. Deshalb bestand er darauf, Luker die abgetrennten Hände zu schicken. Ich löste vorher mit Säure den größten Teil des Fleisches von ihnen ab – dabei war es von Nutzen, eine Dunkelkammer im Haus und die Säure greifbar zu haben –, trotzdem gefiel mir der Gedanke nicht. Es war ein albernes, ein unnötiges Risiko. Aber ich habe mich Digbys Laune gefügt. Ein zum Tode Verurteilter hat traditionsgemäß ein gewisses Recht auf Entgegenkommen. Man bemüht sich, ihm nach Möglichkeit alle Wünsche zu erfüllen.

Aber bevor ich schildere, wie Maurice ums Leben gekommen ist, möchte ich erst noch zwei nebensächliche Punkte erledigen. Keiner von beiden ist wichtig, trotzdem erwähne ich sie, weil beide indirekt etwas mit dem Mord an Maurice zu tun hatten, und weil beide geeignet waren, einen Verdacht auf Latham und Bryce zu werfen. Ich kann mir Dorothys Tod nicht unbedingt als Verdienst anrechnen. Natürlich war ich dafür verantwortlich, aber ich hatte nicht die Absicht, sie umzubringen. Es wäre mir als eine überflüssige Mühe erschienen, einen Mord an einer Frau zu planen, die so eindeutig zur Selbstzerstörung neigte. Es konnte schließlich und endlich nicht mehr lange dauern. Ob sie an einer Überdosis ihrer Tabletten starb, ob sie bei einer ihrer nächtlichen Wanderungen im Halbdämmer von der Felskante stürzte, ob sie auf einer der wilden Autofahrten mit ihrem Geliebten ums Leben kam, oder ob sie sich einfach zu Tode trank – was auch immer, es konnte nur noch eine Frage der Zeit sein. Es hat mich noch nicht einmal sonderlich interessiert. Und dann, kurz nachdem sie und Alice Kerrison zu diesem letzten Urlaub in Le Touquet abgefahren waren, fand ich das Manuskript. Es war ein bemerkenswertes Stück Prosa. Es ist schade, daß die Leute, die behaupten, Maurice Seton könne nicht schreiben, nie Gelegenheit haben werden, es zu lesen. Wenn er wollte, gelangen ihm Sätze, die auf dem Papier brannten. Und er wollte. Es war alles darin enthalten: sein Schmerz, seine sexuelle Enttäuschung, seine Eifersucht, sein Ärger, sein Wunsch zu strafen. Wer hätte besser wissen können als ich, wie es in ihm aussah? Es muß ihn zutiefst befriedigt haben, sich das alles von der Seele zu schreiben. Zwischen seinem Schmerz und dem Ausdruck seines Schmerzes durfte es keine Schreibmaschine, keine Tasten geben. Er mußte die Worte unter seiner Hand Gestalt annehmen sehen. Natürlich wollte er diesen Brief nicht abschicken. Das habe ich getan; ich brauchte nur einen seiner wöchentlichen Briefe an sie über Wasserdampf aufzumachen und ihn durch den anderen zu ersetzen. Rückblickend bin ich mir noch nicht einmal sicher, was ich mir davon versprochen habe. Es war wohl einfach ein Jux, den ich mir nicht entgehen lassen konnte. Selbst wenn sie den Brief nicht vernichtete und Maurice deswegen zur Rede stellte, konnte er nie ganz sicher sein, daß er ihn nicht aus Versehen selber abgeschickt hatte. So gut kannte ich ihn. Er hatte immer Angst vor seinem Unterbewußten, aus der Überzeugung heraus, daß es ihm am Ende einen Streich spielen würde. Am nächsten Tag genoß ich es, seine Panik, sein verzweifeltes Suchen und die ängstlichen Blicke zu beobachten, die er mir zuwarf, um zu sehen, ob ich etwas wußte. Als er mich fragte, ob ich irgendwelche Papiere weggeworfen hätte, gab ich ihm ruhig zur Antwort, daß ich nur ein paar kleinere Zettel verbrannt hätte. Ich sah, wie sich sein Gesicht erhellte. Er klammerte sich an den Glauben, daß ich den Brief ungelesen weggeworfen hatte. Jeder andere Gedanke wäre ihm unerträglich gewesen, deshalb ist er bis zu dem Tag, an dem er starb, bei diesem Glauben geblieben. Der Brief ist nie gefunden worden. Ich habe über das, was damit geschehen ist, so meine eigene Meinung. Aber ganz Monksmere ist der Überzeugung, daß Maurice Seton am Tod seiner Frau die Hauptschuld zukam. Und wer hätte in den Augen der Polizei ein besseres Motiv gehabt, sich dafür zu rächen, als ihr Liebhaber Oliver Latham.

Ich brauche wahrscheinlich nicht erst zu sagen, daß ich auch Bryces Katze getötet habe. Das wäre Bryce damals auch klargewesen, wenn er nicht so versessen darauf gewesen wäre, das tote Tier abzuschneiden, daß ihm die Schlaufe mit dem beweglichen Knoten gar nicht aufgefallen ist. Er hätte gemerkt, daß ich Arabella aufhängen konnte, ohne mich in meinem Rollstuhl mehr als einen oder zwei Zentimeter anzuheben, wenn er die Ruhe gehabt hätte, sich das Seil und die Art, wie es benutzt worden war, genauer anzusehen. Aber wie ich vorausgesehen hatte, handelte er weder vernünftig, noch überlegte er kühl. Keinen Moment ist ihm der Gedanke gekommen, daß Maurice Seton nicht der Schuldige sein könnte. Es mag absurd erscheinen, daß ich soviel Zeit damit verschwende, über die Tötung einer Katze zu reden, aber Arabellas Tod war ein fester Bestandteil meines Plans. Er war die Garantie dafür, daß aus der vagen Abneigung, die zwischen Maurice und Bryce bestand, eine offene Feindschaft wurde, so daß Bryce, genau wie Latham, ein Rachemotiv hatte. Der Tod einer Katze mag ein schwaches Motiv für den Tod eines Menschen sein, und ich hielt es für unwahrscheinlich, daß sich die Polizei lange mit Bryce aufhalten würde. Aber die Verstümmelung der Leiche war etwas anderes. Sobald der Obduktionsbefund vorlag, aus dem hervorging, daß Maurice eines natürlichen Todes gestorben war, würde sich die Polizei als erstes auf die Frage konzentrieren, warum man ihm die Hände abgehackt hat. Ein entscheidender Punkt war natürlich, daß sie nicht dahinter kamen, warum diese Verstümmelung sein mußte, und deshalb war es gut, daß es zumindest zwei Menschen in Monksmere gab, die beide aufgebracht und tiefgekränkt waren und ein erkennbares Motiv hatten. Aber es gab noch zwei weitere Gründe, warum ich Arabella getötet habe. Zunächst war es mir ein Bedürfnis. Genau wie Dorothy Seton wurde sie von einem Mann gehätschelt und getätschelt, der dem Glauben anhing, daß das Schöne, ganz egal wie dumm oder nutzlos es war, ein Existenzrecht hat, nur weil es schön ist. Ein paar Sekunden Zappeln an der Wäscheleine – und damit war dieser Unsinn vorbei. Und darüber hinaus war ihr Tod bis zu einem gewissen Grad eine Generalprobe. Ich wollte wissen, wozu ich fähig war, wollte mich unter Stressbedingungen testen. Ich will jetzt keine Zeit mit der Schilderung dessen vergeuden, was ich über mich herausgefunden habe. Ich werde es nie vergessen – dieses Machtgefühl, diesen Triumph, diese berauschende Mischung aus Angst und Erregung. Ich habe das seitdem oft wieder empfunden. Ich empfinde es auch jetzt. Bryce schildert sehr anschaulich mein Entsetzen, mein bedauerlich unkontrolliertes Verhalten, nachdem sie die Katze abgeschnitten hatten, und nicht alles daran war Theater.

Aber kehren wir zu Maurice zurück. Durch einen glücklichen Zufall kam ich hinter die eine Eigenschaft an ihm, die für meine Zwecke entscheidend war – die schreckliche Platzangst, unter der er litt. Dorothy muß das natürlich gewußt haben. Immerhin gab es Nächte, in denen sie sich dazu herabließ, das Schlafzimmer mit ihm zu teilen. Er muß sie geweckt haben, wenn er seinen immer wiederkehrenden Alptraum hatte, genauso wie er mich geweckt hat. Ich frage mich manchmal, wie gut sie über ihn Bescheid wußte, und ob sie Oliver Latham etwas davon erzählt hat, bevor sie starb. Dieses Risiko mußte ich eingehen. Aber was war, wenn sie es getan hatte? Niemand kann beweisen, daß ich etwas davon wußte. Nichts kann etwas an der Tatsache ändern, daß Maurice eines natürlichen Todes gestorben ist.

Ich erinnere mich noch ganz deutlich an den Abend vor über zwei Jahren. Es war ein windiger, regnerischer Tag Mitte September, und mit Einbruch der Dunkelheit wurde es immer stürmischer. Wir hatten seit morgens um zehn zusammen gearbeitet, und es war nicht besonders gut vorangegangen. Maurice bemühte sich, eine Folge von Kurzgeschichten für eine Abendzeitung zu beenden. Es war nicht sein Metier, und er wußte es; er schrieb im Wettlauf mit der Zeit, und das war ihm verhaßt. Ich hatte die Arbeit nur zweimal unterbrochen, einmal um halb eins, als ich uns ein leichtes Mittagessen machte, und dann wieder um acht, als ich uns ein paar Brote und etwas Suppe richtete. Und um neun, als wir mit dem Abendessen fertig waren, heulte der Sturm ums Haus, und ich hörte, wie die Flut über den Strand rollte. Selbst Maurice konnte nicht erwarten, daß ich in der Dunkelheit mit dem Rollstuhl nach Hause fuhr, und mich mit dem Wagen hinzubringen, fiel ihm gar nicht ein. Dann hätte er sich am nächsten Tag die Mühe machen müssen, mich wieder abzuholen. Deshalb sagte er, ich solle über Nacht dableiben. Ob mir das recht war, fragte er nicht. Daß ich etwas dagegen haben könnte, daß ich lieber meine eigenen Toilettensachen benutzt, lieber in meinem eigenen Bett geschlafen hätte, kam ihm gar nicht in den Sinn. Die ganz alltäglichen Höflichkeitsregeln des Lebens, sie galten nicht im Umgang mit mir. Aber er sagte mir, ich solle das Bett im Zimmer seiner Frau beziehen, und kam selber, um ein Nachthemd für mich zu suchen. Ich weiß nicht, warum. Ich glaube, es war das erste Mal seit ihrem Tod, daß er es über sich brachte, ihre Schränke und Schubladen aufzumachen und daß meine Anwesenheit ihm die Gelegenheit und zugleich auch die Kraft dazu gab, ein Tabu zu brechen. Jetzt, wo ich ihre gesamte Wäsche tragen oder auch in Fetzen reißen kann, ganz wie ich Lust habe, kann ich lächeln bei der Erinnerung an diesen Abend. Der arme Maurice. Er hatte sich nicht mehr daran erinnert, daß diese dünnen Chiffongebilde, die schimmernden Durchsichtigkeiten aus Nylon und Seide so schön, so zart, so ganz und gar ungeeignet waren für meinen verkrüppelten Körper. Ich sah den Ausdruck auf seinem Gesicht, als er schützend die Hände darüber breitete. Er konnte den Gedanken nicht ertragen, daß ihre Sachen mit meinem Fleisch in Berührung kamen. Und dann fand er, was er gesucht hatte. Es lag ganz unten in der Schublade, ein altes wollenes Nachthemd, das Alice Kerrison gehört hatte. Dorothy hatte es auf Alices Drängen hin einmal getragen, als sie an einer Grippe erkrankt war und wegen des hohen Fiebers heftig schwitzte. Und dieses Nachthemd gab Maurice mir. Ich frage mich, wäre sein Schicksal anders verlaufen, wenn er sich an diesem Abend anders verhalten hätte? Wahrscheinlich nicht. Aber der Gedanke macht mir Spaß, daß seine Hände, als sie über diesem Häufchen aufreizender Nichtigkeiten zögerten, die Wahl zwischen Leben und Tod trafen.

Es war kurz nach drei, als ich durch seinen Schrei geweckt wurde. Zuerst dachte ich, es wäre das Kreischen eines Seevogels gewesen. Dann kam es wieder und wieder. Ich tastete nach meinen Krücken und ging zu ihm hinein. Halb in Trance, lehnte er am Fenster mit dem verwirrten Ausdruck eines erwachenden Schlafwandlers. Es gelang mir, ihn dazu zu bewegen, wieder ins Bett zu gehen. Es war nicht schwierig. Er nahm meine Hand wie ein Kind. Als ich ihm die Bettdecke unters Kinn zog, ergriff er plötzlich meinen Arm und sagte: ‹Lassen Sie mich nicht allein! Gehen Sie noch nicht weg! Es war mein Alptraum. Es ist immer derselbe. Ich träume, daß ich lebendig begraben werde. Bleiben Sie bei mir, bis ich wieder eingeschlafen bin.› Also blieb ich bei ihm. Ich saß da und hielt seine Hand, bis meine Finger steif waren vor Kälte und mein ganzer Körper schmerzte. Er erzählte mir im Dunkeln vieles über sich, über seine große, überwältigende Furcht, bevor sich seine Finger lockerten, das Murmeln aufhörte und er in einen friedlichen Schlaf sank. Der Unterkiefer war ihm heruntergefallen, und er sah töricht aus und häßlich und verletzlich. Ich hatte ihn noch nie vorher schlafen sehen. Es machte mir Spaß, ihn so häßlich, so hilflos zu sehen, und ich empfand ein derart wohltuendes Machtgefühl, daß ich darüber fast erschrak. Und während ich neben ihm saß und seinen ruhigen Atemzügen lauschte, überlegte ich mir, wie ich dieses neue Wissen über ihn zu meinem Vorteil ausnutzen konnte. Ich begann einen Plan zu schmieden, wie ich ihn töten konnte.

Am nächsten Morgen erwähnte er nichts von den Geschehnissen der Nacht. Ich war mir nie sicher, ob er seinen Alptraum und meinen Besuch in seinem Zimmer nicht völlig vergessen hatte. Ich glaube es aber nicht. Ich nehme an, daß er sich recht gut erinnerte, daß er die ganze Sache aber aus seinem Bewußtsein verdrängte. Schließlich hatte er es nicht nötig, sich bei mir zu entschuldigen oder mir gegenüber Erklärungen abzugeben. Gegenüber einem Dienstboten oder einem Haustier ist man nicht verpflichtet, seine Schwächen zu rechtfertigen. Das macht es ja gerade so erfreulich und bequem, so ein subalternes Wesen im Haus zu haben.

Es gab keinerlei Grund zur Eile, der Mord mußte nicht bis zu einem bestimmten Termin ausgeführt sein, und schon das machte die Sache sehr viel interessanter und ermöglichte es mir, einen komplizierteren und ausgefalleneren Ausführungsplan zu entwerfen, als es möglich gewesen wäre, wenn ich mich im Wettlauf mit der Zeit befunden hätte. In diesem Punkt teile ich Maurices Ansicht. Niemand kann unter Zeitdruck sein Bestes geben. Zum Ende hin gewann die Sache dann natürlich doch noch eine gewisse Dringlichkeit, als ich den Durchschlag des Briefs an Max Gurney fand und vernichtete, in dem Maurice ankündigte, daß er sein Testament ändern wollte. Zu diesem Zeitpunkt aber stand mein endgültiger Plan bereits seit über einem Monat fest.

Ich wußte von Anfang an, daß ich einen Komplizen brauchte

und wer dieser Komplize sein würde. Der Entschluß, Digby Seton dazu zu benutzen, zuerst seinen Stiefbruder und dann sich selber zu vernichten, war so großartig in seiner Kühnheit, daß ich manchmal selber über meinen Wagemut erschrocken war. Trotzdem war es nicht so tollkühn, wie es den Anschein hat. Ich kannte Digby, kannte genau seine Stärken und Schwächen. Er ist nicht so dumm und viel habgieriger, als die Leute glauben; er ist praktischer, aber dafür weniger phantasievoll, er ist nicht besonders mutig, dafür hartnäckig und ausdauernd. Vor allem aber ist er im Grunde schwach und eitel. Mein Plan hat sich seine Fähigkeiten genauso zunutze gemacht wie seine Schwächen. In der Art und Weise, wie ich mit Digby verfahren bin, habe ich nur ganz wenige Fehler gemacht, und wenn ich ihn in einigen wesentlichen Dingen unterschätzt habe, hat sich das als nicht weiter verhängnisvoll herausgestellt. Jetzt wird er natürlich zu einem Risiko und einer Last für mich, aber bald habe ich ihn ja vom Hals. Wenn er mir nicht so auf die Nerven gegangen und etwas zuverlässiger gewesen wäre, hätte ich mir vielleicht überlegt, ihn noch ein Jahr oder so am Leben zu lassen. Es wäre mir lieber, Maurices Erbe nicht gleich mit Beerdigungskosten belasten zu müssen. Trotzdem habe ich nicht die Absicht, mich aus Habgier zu einer Dummheit verleiten zu lassen.

Natürlich bin ich nicht so plump vorgegangen, Digby sofort mit einem Mordplan zu konfrontieren. Was ich ihm vorgeschlagen habe, war auf den ersten Blick weiter nichts als ein ausgefallener Streich. Daran hat er natürlich nicht lange geglaubt, aber das sollte er ja auch nicht. Während der ganzen Vorbereitungszeit hat keiner von uns beiden je das Wort Mord in den Mund genommen. Er wußte Bescheid, ich wußte Bescheid, aber keiner von uns beiden hat es ausgesprochen. Wir hielten uns gewissenhaft an die Fiktion, daß wir ein Experiment durchführten, ein möglicherweise etwas gewagtes, aber auf keinen Fall böse gemeintes Experiment, um Maurice zu beweisen, daß man einen Menschen ohne sein Wissen und gegen seinen Willen heimlich von London nach Monksmere bringen kann. Das war zugleich unser Alibi. Falls die Sache schiefging und wir mit der Leiche entdeckt wurden, hatten wir unsere Geschichte parat, und niemand würde sie widerlegen können. Mr. Seton hatte mit uns gewettet, daß wir ihn nicht kidnappen und, ohne Aufsehen zu erregen, nach Monksmere zurückbringen könnten. Er wollte ein solches Komplott in seinem neuen Buch verwenden. Es würde eine Menge Zeugen geben, die bestätigen konnten, wie gerne Maurice experimentierte, wie detailbesessen er war. Und wenn er während des Transports an einem Herzanfall starb, wie konnte man uns daraus einen Vorwurf machen? Fahrlässige Tötung? Vielleicht. Aber Mord auf keinen Fall.

Ich nehme an, daß Digby die Geschichte eine Zeitlang selber fast geglaubt hat. Ich tat mein Bestes, die Sache in Gang zu halten. Es gibt nur wenige Menschen, die den Mut und die Geisteskraft besitzen, kaltblütig einen Mord zu planen, und Digby gehört sicherlich nicht zu ihnen. Er möchte die unangenehmen Fakten gern schön verpackt bekommen. Es ist ihm lieber, die Augen vor der Realität zu verschließen. Vor der Wahrheit über mich hat er auch immer die Augen verschlossen.

Nachdem er sich einmal eingeredet hatte, das Ganze wäre ein hübsches kleines Spiel mit einfachen Regeln, ohne persönliches Risiko und mit einem Gewinn von 200 000 Pfund, machte es ihm sogar Spaß, die Einzelheiten zu planen. Ich ließ ihn nur das tun, was seinen speziellen Fähigkeiten entsprach, und er stand nicht unter Zeitdruck. Zuerst mußte er ein gebrauchtes Motorrad und einen langen torpedoförmigen Beiwagen finden. Er mußte beides getrennt und gegen Barzahlung in einem Stadtteil von London kaufen, wo man ihn nicht kannte. Er mußte eine abgelegene Wohnung mit einem direkten Zugang zur Garage mieten oder kaufen und mußte seine neue Adresse vor Maurice geheimhalten. Das alles war relativ einfach, und ich war im großen und ganzen zufrieden, wie brauchbar sich mein Geschöpf anstellte. Diese Zeit war für mich fast die schwierigste. Es gab so wenig, was ich selber tun konnte, um den Gang der Ereignisse zu beeinflussen. Wenn man die Leiche erst einmal nach Monksmere geschafft hatte, war ich da, um alles Weitere zu veranlassen und zu dirigieren. Jetzt mußte ich mich darauf verlassen, daß Digby meine Anweisungen ausführte. Die Sache im Cortez Club mußte Digby allein deichseln, und ich war über seine Idee, Maurice zu den Häusern in den Mews zu locken, nie besonders begeistert gewesen. Es schien mir unnötig kompliziert und gefährlich zu sein. Ich konnte mir sicherere und einfachere Möglichkeiten vorstellen. Digby beharrte darauf, den Cortez Club in den Plan mit einzubeziehen. Er wollte Luker unbedingt in die Sache verwickeln und ihn beeindrucken. Also ließ ich ihm seinen Willen – schließlich konnte dieser Teil des Plans mich nicht belasten –, und ich muß zugeben, daß er bewundernswert funktioniert hat. Digby vertraute Lily Coombs die Geschichte von dem Experiment an, das in der Entführung seines Stiefbruders bestehen sollte und sagte ihr, Maurice hätte um einige Tausender gewettet, daß es nicht gelingen würde. Lily bekam für ihre Hilfe 100 Pfund bar auf die Hand. Sie brauchte nur auf Maurice zu warten, ihm ein Märchen über den Rauschgifthandel aufzutischen und ihn, falls er weitere Informationen haben wollte, zu den Carrington Mews zu dirigieren. Falls er ihr nicht auf den Leim kroch, war auch nichts verloren. Ich hatte noch andere Pläne, wie man ihn zu den Mews locken konnte; dann würde man eben auf die zurückgreifen. Aber er kroch ihr natürlich auf den Leim. Er tat es für seine Kunst, und deswegen mußte er einfach hingehen. Digby hatte es bei seinen Besuchen nicht versäumt, Andeutungen über Lily Coombs und den Cortez Club fallenzulassen, und Maurice hatte bereits das obligatorische weiße Karteikärtchen angelegt. Sobald Maurice zu seinem gewohnten Herbstbesuch in London eingetroffen war, stand es ebenso sicher fest, daß er einmal abends im Cortez Club aufkreuzen würde, wie daß er wieder in seinem gewohnten Zimmer im Cadaver Club absteigen würde, dem Zimmer, in das er gelangen konnte, ohne den klaustrophobischen kleinen Fahrstuhl benutzen zu müssen. Digby würde Lily sogar den Abend vorhersagen können, an dem er auftauchen würde. O ja, Maurice kroch voll und ganz auf den Leim. Seiner Schriftstellerei zuliebe wäre er sogar zur Hölle gegangen. Na, und das ist er dann ja auch.

Wenn Maurice erst einmal in den Carrington Mews vor der Haustür stand, war Digbys Aufgabe relativ einfach. Der schnelle Schlag, der Maurice außer Gefecht setzte, zu harmlos, um irgendwelche Spuren zu hinterlassen, und doch kräftig genug, um zu wirken, war kein Problem für einen Mann, der einmal Boxmeister gewesen war. Die Veränderungen, die vorgenommen werden mußte, um den Beiwagen in einen fahrbaren Sarg zu verwandeln, waren eine Kleinigkeit für jemanden, der die Sheldrake ohne fremde Hilfe gebaut hatte. Der Beiwagen stand bereit, und vom Haus aus gab es einen direkten Zugang zur Garage. Der schmächtige Mann, bewußtlos und röchelnd – denn Lily hatte ihre Sache gut gemacht, und Maurice hatte viel mehr Wein getrunken, als gut für ihn war – wurde in den Beiwagen geschoben und der Deckel oben zugenagelt. Natürlich waren in den Seitenteilen Luftlöcher. Es gehörte nicht zu meinem Plan, daß er ersticken sollte. Dann trank Digby eine halbe Flasche Whisky und brach auf, um sich sein Alibi zu verschaffen. Wir konnten natürlich nicht genau wissen, für welchen Zeitpunkt er es brauchen würde, und das machte uns ein bißchen Kummer. Es wäre ärgerlich gewesen, wenn Maurice zu früh gestorben wäre. Daß er sterben würde – und qualvoll sterben würde –, war sicher. Es war lediglich die Frage, wie lange diese Qual dauern und wann sie beginnen würde. Aber ich wies Digby an, sich verhaften zu lassen, sobald er weit genug von zu Hause weg war.

Nach seiner Freilassung am nächsten Morgen brach Digby unverzüglich mit dem Motorrad und dem Beiwagen nach Monksmere auf. Er sah nicht nach der Leiche. Ich hatte ihm auf die Seele gebunden, den Beiwagen unter gar keinen Umständen zu öffnen, aber ich bezweifle, daß er auch nur eine Sekunde lang versucht war, es zu tun. Er lebte noch immer in der angenehmen Phantasiewelt des Plans, den ich mir für ihn ausgedacht hatte. Ich konnte nicht vorhersehen, wie er reagieren würde, wenn er sich nichts mehr vormachen konnte. Aber ich bin mir sicher, daß er an diesem Morgen mit der kindlichen Erregung eines Schuljungen, der seinen Streich gelingen sieht, von den Carrington Mews aufbrach. Auf der Fahrt ging alles glatt. Der schwarze Plastikanzug, der Helm und die Motorradbrille waren, wie von mir vorausgesehen, eine perfekte Verkleidung. Er hatte eine einfache Fahrkarte von Liverpool Street nach Saxmundham in der Tasche und schickte, ehe er aus dem Westend abfuhr, meine Beschreibung des Cortez Club nach Haus Seton ab. Es scheint fast unnötig, darauf hinzuweisen, daß man zwar seine Art zu tippen verstellen kann, daß aber die Schreibmaschine immer identifizierbar bleibt. Ich hatte den Text ein paar Wochen zuvor auf Maurices Schreibmaschine geschrieben und hatte dabei an der rechten Hand einen Handschuh getragen und mir die Finger der linken Hand einzeln mit Binden umwickelt. Die Passage über die verstümmelte Leiche, die aufs Meer hinaustreibt, hatte Maurice selber getippt, und ich hatte sie mir aus seinen Papieren geholt. Es bedeutete für mich eine kleine, aber reizvolle Feinheit, sie in meinen Plan mit einzubauen, und den Entschluß dazu hatte ich gleich im ersten Moment gefaßt, als ich von Miss Calthrops Einfall hörte, wie Maurice seinen nächsten Roman wirkungsvoll eröffnen könnte. Dieser Einfall war in jeder Hinsicht ein Geschenk, sowohl für Maurice wie für mich. Er bestimmte weitgehend das Grundschema des ganzen Mordplans, und ich wußte ihn mir brillant zunutze zu machen.

Aber da ist noch ein ganz entscheidender Punkt in meinem Plan, den ich bisher nicht erwähnt habe. Seltsamerweise machte er die wenigsten Schwierigkeiten, obwohl ich mit dem Gegenteil gerechnet hatte. Ich mußte Digby Seton dazu bringen, mich zu heiraten. Ich dachte, in diesem Punkt müßte er wochenlang tagtäglich weichgeklopft werden, bis er kapitulieren würde. Und dazu war gar keine Gelegenheit. Alles mußte an den paar Wochenenden geschehen, an denen er in Monksmere war. Ich ließ es zu, daß er mir schrieb, weil ich die Briefe ja verbrennen konnte, aber ich habe ihm nie geschrieben, und wir haben nie miteinander telefoniert. Doch ihn zu diesem lästigen und zugleich entscheidenden Teil des Plans zu überreden war etwas, das ich nicht per Post erledigen konnte. Ich fragte mich sogar, ob das nicht die Klippe war, an der die ganze Sache scheitern würde. Aber ich hatte ihn falsch eingeschätzt. Er war nicht ganz dumm. Wäre er das gewesen, hätte ich es nie riskiert, ihn an seiner eigenen Vernichtung mitwirken zu lassen. Er war in der Lage, das Unvermeidliche einzusehen. Und schließlich und endlich lag es in seinem eigenen Interesse. Er mußte mich heiraten, um an das Geld heranzukommen. Es gab sonst niemanden, den er hätte heiraten wollen. Er war sicher nicht scharf auf eine Frau, die Forderungen an ihn stellen oder sich in sein Leben einmischen würde, eine Frau, die vielleicht sogar würde mit ihm schlafen wollen. Und er wußte, daß es einen ganz entscheidenden Grund für eine Heirat mit mir gab. Niemand konnte beweisen, daß wir Maurice umgebracht hatten, solange nicht einer von uns beiden den Mund aufmachte. Und man kann eine Frau nicht dazu zwingen, gegen ihren Ehemann auszusagen. Natürlich haben wir vereinbart, uns nach einer angemessenen Zeit wieder scheiden zu lassen, und ich war sehr großzügig in bezug auf den Ehevertrag. Nicht so großzügig, daß es hätte Verdacht erregen können. Nur sehr, sehr vernünftig. Er mußte mich heiraten, damit ich den Mund hielt und er das Geld kassieren konnte. Und ich mußte ihn heiraten, weil ich sein ganzes Vermögen haben wollte. Als seine Witwe.

Wir ließen uns am 15. März in London standesamtlich trauen. Er mietete ein Auto und holte mich morgens in aller Frühe ab. Niemand sah, wie wir das Haus verließen. Wer sollte uns auch sehen? Celia Calthrop war nicht da, so daß auch nicht die Möglichkeit bestand, daß sie mich zu sich bestellte. Oliver Latham und Justin Bryce waren in London. Ob Jane Dalgliesh zu Hause war, wußte ich nicht, und es kümmerte mich auch nicht. Ich rief Maurice an, um ihm zu sagen, daß ich mich zu schlecht fühlte, um zum Arbeiten zu ihm zu kommen. Er war verärgert, aber er machte sich keine Sorgen, und ich brauchte nicht zu befürchten, daß er bei mir vorbeikommen würde, um zu sehen, wie es mir ging. Krankheiten waren Maurice verhaßt. Es hätte ihn vielleicht bekümmert, wenn sein Hund krank gewesen wäre. Aber für seinen Hund hatte er ja auch etwas übrig. Ich finde eine Genugtuung in dem Gedanken, daß Maurice noch leben könnte, wenn er nur so viel Interesse aufgebracht hätte, an diesem Tag in Haus Tanner hereinzuschauen und sich dann zu fragen, wo ich hingegangen war – warum ich ihn angelogen hatte.

Aber die Zeit vergeht, und das Tonband läuft ab. Ich habe meine Rechnung mit Maurice Seton beglichen. Ich will meinen Triumph feiern und nicht mich rechtfertigen, und es gibt immer noch viel zu berichten.

Digby kam am Mittwoch um kurz vor sechs mit dem Motorrad und dem Beiwagen bei Haus Tanner an. Es war inzwischen schon dunkel und weit und breit niemand zu sehen. Das ist nach Einbruch der Dunkelheit bei uns an der Küste immer so. Maurice war natürlich tot, und Digby war sehr bleich unter seinem Sturzhelm,

als er den Deckel vom Beiwagen stemmte. Wahrscheinlich hatte er
erwartet, das Gesicht seines Opfers zu einer Grimasse des Entset-
zens verzerrt zu sehen, aus der ihm die toten Augen anklagend
entgegenstarrten. Im Gegensatz zu mir hatte er nicht Maurices
gerichtsmedizinische Lehrbücher gelesen. Er wußte nichts von der
Erschlaffung der Muskeln nach dem Tode. Das ruhige Gesicht, so
ausdruckslos, so ohne jede Fähigkeit, Furcht oder Mitleid zu erregen, schien ihn zu beruhigen. Aber ich hatte vergessen, ihm etwas
über die Totenstarre zu erzählen. Er hatte nicht erwartet, daß wir
die Starre in den Knien brechen mußten, damit wir die Leiche in
meinen Rollstuhl setzen und zur Küste hinunterbringen konnten.
Er fand keinen sonderlichen Gefallen an dieser unvermeidlichen
Aufgabe. Ich höre noch immer sein schrilles, nervöses Gekicher
beim Anblick von Maurices dünnen Beinen, die in diesen lächerlichen Hosen steckten, und steif wie die hölzernen Beine einer Vo-
gelscheuche vom Körper wegstanden. Dann schlug Digby zu, die
Starre löste sich, und die Beine baumelten und schlenkerten über
der Fußraste wie die Beine eines Kindes. Dieser kurze Moment
persönlicher Gewaltausübung brachte in Digby eine Veränderung
hervor. Ich war ganz darauf vorbereitet, die Hände selber abzutrennen. Ich wollte schon mit dem Hackbeil zuschlagen. Aber
Digby nahm es mir aus der Hand und wartete ohne ein weiteres
Wort, bis ich ihm die Hände auf der Ruderbank zurechtgelegt
hatte. Ich hätte vielleicht präzisere Arbeit geleistet. Aber auch mir
hätte es nicht mehr Spaß machen können als ihm. Danach ließ ich
mir von ihm die Hände geben und steckte sie in meinen Waschbeu-
tel. Digby hatte eine Verwendung für sie; er wollte sie unbedingt
an Luker schicken. Aber zuvor mußte ich in meiner Dunkelkammer noch einiges mit ihnen machen. Den Beutel hängte ich mir
vorerst um den Hals und genoß dabei das Gefühl, daß sich die
toten Hände an meine Brust zu schmiegen schienen.

Zum Schluß stieß Digby, weit ins Meer hinauswatend, das
Dinghi mit der Ebbe hinaus. Über eventuelle Blutspuren machte
ich mir keine Sorgen. Tote bluten, wenn überhaupt, nicht sehr
stark. Wenn an dem Motorradanzug Flecken waren, würde das
Meer sie abwaschen. Digby kam feuchtglänzend im Dunkeln zu-
rückgewatet und hielt dabei die Hände über dem Kopf ver-

schränkt wie jemand, der gerade eine rituelle Waschung hinter sich hat. Er schwieg, während er mich in meinem Rollstuhl nach Hause fuhr. Wie ich bereits gesagt habe, hatte ich ihn in gewisser Hinsicht unterschätzt, und erst bei dieser stummen Fahrt zurück durch das enge Gäßchen kam mir der Gedanke, daß er für mich zu einer Gefahr werden könnte.

Was sonst noch in dieser Nacht erledigt werden mußte, war der einfachste Teil von meinem Plan. Digby sollte so schnell wie möglich nach Ipswich fahren. Unterwegs sollte er an einer einsamen Stelle am Ufer des Sizewell Stausees halten, den Beiwagen abmontieren und dort ins tiefe Wasser werfen. Sobald er in Ipswich angekommen war, sollte er auch die Nummernschilder vom Motorrad entfernen und es irgendwo in einer Seitenstraße stehen lassen. Es war eine alte Maschine, und es war unwahrscheinlich, daß sich jemand die Mühe machte, den Besitzer zu finden. Und selbst wenn man Digby auf die Spur kam und den Beiwagen fand, hatten wir noch unsere zweite Verteidigungsstrategie: die Geschichte von dem Experiment, das in Maurices Entführung bestand, die unschuldige Wette, die einen so tragischen Ausgang genommen hatte. Und wir hatten Lily Coombs, die unsere Geschichte bestätigen konnte.

Meine Anweisungen für Digby waren sehr klar. Sobald er das Motorrad irgendwo abgestellt hatte, sollte er als erstes Maurices Manuskript abschicken, in dem die Leiche ohne Hände beschrieben wird, die aufs Meer hinaustreibt. Dann sollte er, noch immer in seiner Motorradkluft, zum Bahnhof gehen und sich dort eine Bahnsteigkarte lösen. Ich wollte nicht, daß dem Kontrolleur ein Fahrgast auffiel, der in Ipswich in einen Zug stieg mit einer Fahrkarte, die er in London gelöst hatte. Digby sollte sich, wenn viel Betrieb war, mit durch die Sperre drängen, sollte in den Zug nach Saxmundham steigen, dort auf der Toilette seine Motorradkluft ausziehen und in eine kleine Reisetasche tun und sollte schließlich um halb neun in Saxmundham ankommen. Dann sollte er ein Taxi nach Haus Seton nehmen, wo ich im Dunkeln auf ihn warten wollte, um zu hören, ob alles planmäßig gelaufen war, und um ihm nötigenfalls weitere Anweisungen zu geben. Wie ich bereits gesagt habe, waren diese Dinge das einfachste von allem, was an diesem

Abend getan werden mußte, und ich habe nicht mit irgendwelchen Komplikationen gerechnet. Aber Digby begann seine Macht zu spüren. Er tat zwei sehr dumme Dinge. Er konnte der Versuchung nicht widerstehen, den Beiwagen abzumontieren, wie ein Wilder hier im Ort herumzufahren und sich sogar vor Bryce sehen zu lassen. Und er bat Liza Marley, ihn in Saxmundham abzuholen. Das erste war nichts weiter als kindischer Exhibitionismus; das zweite hätte verhängnisvoll werden können. Ich war physisch inzwischen total erschöpft und gefühlsmäßig nicht darauf vorbereitet, einem solchen Ungehorsam zu begegnen. Als ich Miss Marleys Wagen vorfahren hörte und die beiden aus dem Schutz der Vorhänge beobachtete, klingelte das Telefon. Jetzt weiß ich, daß es nur Plant war, der sich nach Mr. Seton erkundigen wollte. Aber in dem Moment brachte mich das total aus der Fassung. Zwei unvorhergesehene Dinge waren geschehen, und ich war auf keines von beiden vorbereitet gewesen. Wenn ich mehr Zeit gehabt hätte, meine Selbstkontrolle wiederzugewinnen, wäre ich mit der Situation besser fertig geworden. So aber geriet ich in einen heftigen Streit mit Digby. Es wäre Zeitverschwendung, alles zu wiederholen, was wir uns gegenseitig an den Kopf warfen, aber es endete damit, daß Digby noch in der Nacht wütend wegfuhr, angeblich zurück nach London. Ich glaubte ihm nicht. Sein Einsatz war schon zu hoch, als daß er noch hätte aussteigen können. Es war nichts anderes als eine weitere kindische Geste, die mir seine Unabhängigkeit beweisen und mich erschrecken sollte. Aber ich wartete bis lange nach Mitternacht vergeblich darauf, daß der Vauxhall zurückkam. Ich saß im Dunkeln, da ich kein Licht zu machen wagte, und fragte mich, ob ein einziger Augenblick der Wut möglicherweise meinen ganzen sorgsam erdachten Plan zunichte machen würde, und überlegte mir, wie die Situation vielleicht doch noch zu retten war. Um zwei Uhr früh machte ich mich endlich auf den Heimweg. Am nächsten Morgen war ich schon früh wieder im Haus Seton. Noch immer keine Spur von dem Wagen. Erst am Donnerstagabend, als in Pentlands der Anruf kam, erfuhr ich, was geschehen war. Es ist gut zu wissen, daß Digby bald für das bezahlen wird, was er mir in diesen vierundzwanzig Stunden angetan hat. Er wußte sich erstaunlich gut aus der Sache herauszuhelfen. Seine Geschichte mit dem Telefonanruf war außerordentlich clever. Damit wäre alles erklärt gewesen, was ihm im Zustand der Benommenheit über Maurices Tod herausgerutscht war. Sein Alibi konnte durch diese Geschichte nur gewinnen. Und sie machte die Lage für die kleine Gemeinschaft von Monksmere sogar noch ungemütlicher. Ich konnte nicht umhin, seine Klugheit, seinen Einfallsreichtum zu bewundern. Und ich fragte mich, wie lange es dauern würde, bis er darüber nachzudenken begann, wie er mich endgültig loswerden konnte.

Jetzt gibt es nicht mehr viel zu berichten. Es war überhaupt kein Problem, das Hackbeil ins Haus Jane Dalglieshs zurückzubringen, genausowenig wie es vorher ein Problem gewesen war, es von dort zu stehlen. Der Motorradanzug wurde in kleine Stücke geschnitten und mit der Ebbe aufs offene Meer hinausgeschwemmt. Mit der Säure aus der Dunkelkammer löste ich das Fleisch von den Knöcheln an Maurices Händen, und Digby brachte sein Päckchen zur Post. Es ging alles ganz einfach. Alles ganz planmäßig. Und jetzt fehlt nur noch das letzte Kapitel. In ein paar Tagen werde ich auch das auf Band sprechen können. Ich empfinde keinen besonderen Haß gegen Digby. Ich bin froh, wenn er tot ist, und es genügt mir, mir seine Todesqualen auszumalen, ich brauche sie nicht unbedingt zu sehen. Aber ich wäre gern dabei gewesen, als Maurice starb.

Und das erinnert mich an den letzten Punkt, der noch erklärt werden muß. Warum gab ich mich nicht damit zufrieden, Maurices Leiche in London zu lassen — ein lebloses Bündel in irgendeinem Rinnstein in Paddington? Aus einem ganz einfachen Grund. Wir mußten seine Hände abtrennen. Diese verräterischen Hände, mit denen er gegen den Deckel seines Sarges getrommelt hatte, so daß die Haut in Fetzen von den Knöcheln herunterhing.»

Die Stimme war verstummt. Ein paar Sekunden lang lief das Tonband ohne Ton weiter. Dann beugte sich Reckless hinüber, und schaltete das Gerät ab. Er bückte sich wortlos und zog den Stecker aus der Dose. Jane Dalgliesh stand aus ihrem Sessel auf und ging, Latham ein paar Worte zumurmelnd, hinaus in die Küche. Fast unmittelbar darauf hörte Dalgliesh draußen Wasser laufen und den Deckel des Kessels klirren. Er fragte sich, was sie machte. Setzte sie die Vorbereitungen für das Mittagessen fort? Oder kochte sie frischen Kaffee für ihre Gäste? Was mochte sie denken? Interessierte sie sich jetzt, nachdem alles vorbei war, noch für diesen gärenden, tobenden Haß, der so viele Leben vernichtet, so viele Leben durcheinandergebracht hatte, ihr eigenes eingeschlossen? Eines war sicher: sollte sie später überhaupt jemals über Sylvia Kedge sprechen, würde sie sich nicht in sentimentalen Anwandlungen des Bedauerns ergehen, etwa von der Art: «Hätten wir das nur früher gewußt! Hätten wir ihr nur helfen können!» Für Jane Dalgliesh waren Menschen nun einmal so, wie sie waren. Und es war eine ebenso sinnlose Anmaßung, sie ändern zu wollen, wie es ungehörig war, sie zu bemitleiden. Noch nie zuvor war ihm die detachierte Haltung seiner Tante so deutlich aufgefallen; nie zuvor war sie ihm so erschreckend erschienen.

Latham löste sich langsam aus seiner eitlen Pose vor dem Kamin und sank in den leeren Sessel. Er lachte unsicher. «Der arme Kerl! Mußte sterben, weil er das falsche Nachthemd ausgesucht hat. Oder war es das falsche Schlafzimmer?»

Reckless gab keine Antwort. Er wickelte die Schnur des Tonbandgeräts ordentlich auf und klemmte sich dann den Apparat unter den Arm. An der Tür wandte er sich noch einmal um und sagte zu Dalgliesh:

«Wir haben den Beiwagen herausgefischt. Er lag ungefähr zwanzig Meter von der Stelle entfernt, die Sie bezeichnet haben. Auch das haben Sie richtig geraten, Mr. Dalgliesh.»

Dalgliesh malte sich die Szene aus. Es war sicher schön am Ufer des einsam gelegenen Stausees in der frühen Morgensonne, ein grüner Friede, der nur durch das ferne Verkehrsgedröhn gestört wurde, das murmelnde Wasser, die tiefen Stimmen der Männer, die sich über ihre Geräte beugten, der glucksende Laut, den der morastige Untergrund hervorbrachte, wenn die Gummistiefel sich im Flußbett festsaugten. Und dann würde das Ding, das sie suchten, geformt wie ein überdimensionaler Eierkürbis, endlich an die Oberfläche kommen; ein schwarzer Rumpf, mit Wasserpflanzen bekränzt und feuchtglänzend unter den herabgleitenden Schlammklumpen. Er bezweifelte nicht, daß er der Schar Polizisten, die sich damit abmühten, ihn ans Ufer zu ziehen, sehr klein vorkam. Aber Maurice Seton war ja auch nur von kleiner Statur gewesen.

Als Reckless gegangen war, sagte Latham herausfordernd:

«Ich muß mich bei Ihnen dafür bedanken, daß Sie mir das Leben gerettet haben.»

«Müssen Sie das? Ich dachte, es wäre umgekehrt gewesen. Sie haben sie doch vom Dach gestoßen.»

Die Antwort kam rasch, im Ton der Verteidigung:

«Es war ein Unfall. Ich habe nicht gewollt, daß sie herunterfällt.»

Natürlich nicht, dachte Dalgliesh. Es mußte ein Unfall gewesen sein. Latham war der letzte, der in dem Bewußtsein leben konnte, eine Frau getötet zu haben, und sei es auch nur in Notwehr. Na schön, wenn er sich entschlossen hatte, die Dinge so in Erinnerung zu behalten, konnte er ebensogut gleich damit anfangen. Was zum Teufel spielte das überhaupt für eine Rolle? Es wäre ihm lieb gewesen, Latham wäre gegangen. Die Vorstellung einer Dankesverpflichtung zwischen ihnen beiden war albern und peinlich, und er fühlte sich physisch und psychisch zu kaputt, als daß ihm nach einer morgendlichen Plauderei zumute gewesen wäre. Aber es gab noch etwas, das er wissen mußte. Er sagte:

«Ich habe mich gefragt, warum Sie gestern nach Haus Tanner gegangen sind. Sie haben sie wahrscheinlich gesehen – Digby und die Kedge?»

Die beiden viereckigen Briefumschläge, die nebeneinander auf dem Kaminsims standen, hoben sich grellweiß von dem Hintergrund der grauen Steine ab. Er mußte Deborahs Brief jetzt irgendwann aufmachen. Das Bedürfnis, ihn ungelesen ins Feuer zu werfen, als könne man mit einer einzigen nachdrücklichen Geste die ganze Vergangenheit verbrennen, war lächerlich und beschämend. Er hörte Lathams Stimme:

«Natürlich. Am ersten Abend, als ich hier war. Meine Ankunftszeit habe ich übrigens falsch angegeben. Ich war kurz nach sechs da. Gleich danach bin ich an der Felskante spazierengegangen und habe die beiden Gestalten mit dem Boot gesehen. Ich habe Sylvia erkannt und habe mir gedacht, daß der Mann Seton war, obwohl ich mir nicht ganz sicher war. Es war zu dunkel, als daß man hätte sehen können, was sie machten, aber es war klar, daß sie das Dinghi aufs Meer hinausschoben. Ich konnte nicht erkennen, was das Bündel war, das darin auf dem Boden lag, aber hinterher habe ich es mir natürlich zusammengereimt. Es hat mich nicht weiter berührt. Für meine Begriffe hatte Maurice sich das selber zuzuschreiben. Wie Sie offenbar erraten haben, hat Dorothy Seton mir den letzten Brief geschickt, den er ihr geschrieben hat. Sie hat wohl erwartet, daß ich sie räche. Leider ist sie da an den Verkehrten geraten. Ich habe zu oft erlebt, wie sich mittelmäßige Schauspieler in dieser Rolle lächerlich gemacht haben, als daß ich Lust gehabt hätte, sie selber zu spielen. Ich hatte nichts dagegen, jemand anders die Sache erledigen zu lassen, aber als Digby ermordet wurde, dachte ich, daß es an der Zeit für mich wäre herauszufinden, was die Kedge für ein Spiel spielt. Celia hat uns erzählt, daß Sylvia heute morgen mit Reckless sprechen wollte; es schien mir ratsam, mich vorher einzuschalten.»

Jetzt nützte es natürlich nichts mehr, darauf hinzuweisen, daß Latham Digby das Leben hätte retten können, wenn er früher den Mund aufgemacht hätte. Und stimmte das überhaupt? Die Mörder hatten ihre Geschichte parat: die Wette mit Seton; das Experiment, das einen so entsetzlichen Ausgang nahm; ihre Panik, als sie bemerkten, daß Maurice tot war; der Entschluß, die zerschundenen Hände abzutrennen, um nicht entdeckt zu werden. Hätte man ohne ein Geständnis wirklich beweisen können, daß Maurice Seton keines natürlichen Todes gestorben war?

Er nahm Deborahs Brief zwischen den linken Daumen und die fest verbundene Handfläche und versuchte, die Fingerspitzen der rechten Hand unter die Lasche zu schieben, aber das feste Papier gab nicht nach. Latham sagte ungeduldig:

«Kommen Sie, lassen Sie mich das machen.»

Die langen, nikotingelben Finger rissen den Umschlag auf und reichten ihn Dalgliesh.

«Lassen Sie sich durch mich nicht stören.»

«Schon gut», sagte Dalgliesh. «Ich weiß, was drinsteht. Das hat Zeit.» Trotzdem faltete er, während er sprach, den Brief auseinander. Er bestand nur aus acht Zeilen. Deborah war selbst in ihren Liebesbriefen nie besonders wortreich gewesen, aber es lag eine grausame Ökonomie in diesen letzten knappen Sätzen. Und warum auch nicht? Man konnte entweder versuchen, es in einem Leben zu zweit miteinander auszuloten, man konnte es aber auch in acht Zeilen erledigen. Er ertappte sich dabei, daß er sie wieder und wieder zählte, die einzelnen Wörte addierte und mit unnatürlichem Interesse die Abstände zwischen den Zeilen oder Einzelheiten der Schrift fixierte. Sie hatte sich entschlossen, die Stellung anzunehmen, die man ihr in der amerikanischen Niederlassung ihrer Firma angeboten hatte. Wenn er diesen Brief bekam, war sie bereits in New York. Sie konnte es nicht länger ertragen, am Rand seines Lebens herumzustehen und darauf zu warten, daß er einen Entschluß faßte. Sie hielt es für unwahrscheinlich, daß sie einander wiedersahen. Es war besser so – besser für beide. Ihre Sätze waren förmlich, fast banal. Es war ein Abschied ohne große Worte, ohne Originalität, ja sogar ohne Würde. Und wenn der Brief in Kummer geschrieben worden war, so merkte man den festen Schriftzügen jedenfalls nichts davon an.

Im Hintergrund hörte er Lathams schrille, arrogante Stimme ununterbrochen weiterreden. Er sagte, daß er nach Ipswich fahren wolle, um sich in einer Klinik den Kopf röntgen zu lassen, und empfahl Dalgliesh mitzufahren und seine Hände behandeln zu lassen, er stellte boshafte Überlegungen darüber an, wieviel Anwaltskosten Celia würde bezahlen müssen, bis sie das Seton-Vermögen in die Finger bekam, und versuchte noch einmal mit der Unbeholfenheit eines Schuljungen, sich für den Tod von Sylvia Kedge zu rechtfertigen. Dalgliesh wandte ihm den Rücken zu, nahm seinen eigenen Brief vom Kaminsims und legte die beiden Umschläge aufeinander, um sie unwillig zu zerreißen. Aber sie waren zu stabil für seine Hände, und so warf er sie schließlich unversehrt ins Feuer. Sie brannten lange – eines nach dem anderen krümmten sich die verkohlenden Blätter, während die Tinte auf ihnen langsam verblich, bis ihm schließlich, silbrig auf schwarzem Untergrund, sich hartnäckig dem Tod widersetzend, seine Verse entgegenleuchteten. Und er vermochte noch nicht einmal den Schürhaken zu halten, um sie zu Asche zu zerstoßen.

P. D. James

Adam Dalgliesh ist Lyriker von Passion, vor allem aber ist er einer der besten Polizisten von Scotland Yard. Und er ist die Erfindung von **P. D. James.** «Im Reich der Krimis regieren die Damen», schrieb die Sunday Times und spielte auf Agatha Christie und Dorothy L. Sayers an, «ihre Königin aber ist P. D. James.» In Wirklichkeit heißt sie Phyllis White, ist 1920 in Oxford geboren, und hat selbst lange Jahre in der Kriminalabteilung des britischen Innenministeriums gearbeitet.

Ein reizender Job für eine Frau
Kriminalroman
(rororo 5298)
Der Sohn eines berühmten Wissenschaftlers in Cambridge hat sich angeblich umgebracht. Aber die ehrfürchtig bewunderte Idylle der Gelehrsamkeit trügt.

Der schwarze Turm *Kriminalroman*
(rororo 5371)
Ein Kommissar entkommt mit knapper Not dem Tod und muß im Pflegeheim schon wieder unnatürliche Todesfälle aufdecken.

Eine Seele von Mörder
Kriminalroman
(rororo 4306)
Als in einer vornehmen Nervenklinik die bestgehaßte Frau ermordet wird, scheint der Fall klar – aber die Lösung stellt alle Prognosen über den Schuldigen auf den Kopf.

Tod eines Sachverständigen
Kriminalroman
(rororo 4923)
Wie mit einem Seziermesser untersucht P. D. James die Lebensverhältnisse eines verhaßten Kriminologen und zieht den Leser in ein kunstvolles Netz von Spannung und psychologischer Raffinesse.

Tod im weißen Häubchen
Kriminalroman
(rororo 4698)
In der Schwesternschule soll ein Fall künstlicher Ernährung demonstriert werden. Tatsächlich ereignet sich ein gräßlicher Tod... Für Kriminalrat Adam Dalgliesh von Scotland Yard wird es einer der bittersten Fälle seiner Laufbahn.

Ein unverhofftes Geständnis
Kriminalroman
(rororo 5509)
«P. D. James versteht es, detektivischen Scharfsinn mit der präzisen Analyse eines Milieus zu verbinden.»
Abendzeitung, München

rororo Unterhaltung

Die Amerikanerin **Martha Grimes** gilt zu Recht als die legitime Thronerbin Agatha Christies. Mit ihrem Superintendant Jury von Scotland Yard belebte sie eine fast ausgestorbene Gattung neu: die typisch britische Mystery Novel, das brillante Rätselspiel um die Frage «Wer war's?».
Martha Grimes lebt, wenn sie nicht gerade in England unterwegs ist, in Maryland/USA.

Inspektor Jury küßt die Muse
Roman
(rororo 12176)
Für Richard Jury endet der Urlaub jäh in dem Shakespeare-Städtchen Stratford-on-Avon. Eine reiche Amerikanerin wurde ermordet.

Inspektor Jury schläft außer Haus
Roman
(rororo 5947)
Der Inspektor darf wieder einmal reisen – in das idyllische Örtchen Log Piddleton. Aber er weiß, daß einer der liebenswerten Dorfbewohner ein Mörder ist.

Inspektor Jury spielt Domino
Roman
(rororo 5948)
Die Karnevalsstimmung im Fischerdörfchen Rackmoor ist feuchtfröhlich, bis eine auffällig kostümierte, schöne Unbekannte ermordet aufgefunden wird.

Inspektor Jury sucht den Kennington-Smaragd *Roman*
(rororo 12161)
Ein kostbares Halsband wird der ahnungslosen Katie zum Verhängnis – und nicht nur ihr...

Inspektor Jury bricht das Eis
Roman
(rororo 12257)
Zwei Frauen werden ermordet - ausgerechnet auf Spinney Abbey, wo Jurys vornehmer Freund im illustren Kreis von Adligen, Künstlern und Kritikern geruhsam Weihnachten feiern will.

Im Wunderlich Verlag sind außerdem erschienen:

Inspektor Jury besucht alte Damen
Roman
304 Seiten. Gebunden.

Inspektor Jury geht übers Moor
Roman
448 Seiten. Gebunden.

Inspektor Jury lichtet den Nebel
Roman
224 Seiten. Gebunden

**«Es ist das reinste Vergnügen, diese Kriminalgeschichten vom klassischen Anfang bis zu ihrem ebenso klassischen Ende zu lesen.»
The New Yorker**

Léo Malet, geboren 1909 in Montpellier, riß mit sechzehn Jahren nach Paris aus, schloß sich den Surrealisten an und schlug sich als Chansonnier auf dem Montmartre durch. Mit André Breton verband ihn eine lebenslange Freundschaft, ebenso zu Salvador Dalí und René Magritte. Für seine legendären Kriminalromane erhielt Léo Malet mehrere hohe Auszeichnungen. Er lebt heute in Paris.

Bilder bluten nicht *Krimi aus Paris*. *1. Arrondissement* (rororo 12592) Mord in den Markthallen und Diebstahl im Louvre.

Stoff für viele Leichen *Krimi aus Paris 2. Arrondissement* (rororo 12593) Vierzehn Leichen säumen Nestor Burmas Weg.

Marais-Fieber *Krimi aus Paris 3. Arrondissement* (rororo 12684) Ein Pfandleiher ist in mysteriöse Morde verwickelt.

Spur ins Ghetto *Krimi aus Paris. 4. Arrondissement* (rororo 12685) Ein Mädchen wird nach einer Party mit einem SS-Dolch erstochen.

Bambule am Boul'Mich' *Krimi aus Paris. 5. Arrondissement* (rororo 12769) Liebe, Erpressung und Okkultismus.

Die Nächte von St. Germain *Krimi aus Paris. 6.Arrondissement* (rororo 12770) Nestor Burma trifft auf Dichter mit seltsamen Ideen.

Corrida auf den Champs-Élysées *Krimi aus Paris. 8. Arrondissement* (rororo 12436) Nestor Burma als Leibwächter einer Film-Diva.

Streß um Strapse *Krimi aus Paris. 9. Arrondissement* (rororo 12435) Nestor Burma sucht nach den Kronjuwelen des Zaren.

Wie steht mir Tod? *Krimi aus Paris. 10. Arrondissement* (rororo 12891) Ein Schlagerstar fürchtet um Karriere und Leben. Erfolgreich verfilmt mit Jane Birkin und Michel Serrault.

Kein Ticket für den Tod *Krimi aus Paris. 12. Arrondissement* (rororo 12890) Ein Weinhändler setzt alles daran, seine Stieftochter zu beseitigen.

Die Brücke im Nebel *Krimi aus Paris. 13. Arrondissement* (rororo 12917) Nestor Burma wird von einerZigeunerin engagiert um den Tod ihres Vaters zu rächen.

Dorothy Leigh Sayers stammte
aus altem englischem
Landadel. Ihr Vater war
Pfarrer und Schuldirektor. Sie
selbst studierte als einer der
ersten Frauen überhaupt an
der Universität Oxford,
wurde zunächst Lehrerin,
wechselte dann für zehn Jahre
in eine Werbeagentur.
Weltberühmt aber wurde sie
mit ihren Kriminalromanen
und ihrem Helden Lord Peter
Wimsey, der elegant und
scharfsinnig Verbrechen
aufklärt, vor denen die Polizei
ratlos kapituliert. Dorothy L.
Sayers starb 1957 in
Whitham/Essex.

Ärger im Bellona-Club
Kriminalroman
(rororo 5179)

Die Akte Harrison
Kriminalroman
(rororo 5418)

Aufruhr in Oxford
Kriminalroman
(rororo 5271)

Das Bild im Spiegel *und andere
überraschende Geschichten*
(rororo 5783)

Diskrete Zeugen
Kriminalroman
(rororo 4783)

Figaros Eingebung *und andere
vertrackte Geschichten*
(rororo 5840)

Fünf falsche Fährten
Kriminalroman
(rororo 4614)

Hochzeit kommt vor dem Fall
Kriminalroman
(rororo 5599)

Der Glocken Schlag *Variationen
über ein altes Thema in zwei
kurzen Sätzen und zwei
vollen Zyklen.*
Kriminalroman
(rororo 4547)

Keines natürlichen Todes
Kriminalroman
(rororo 4703)

Der Mann mit den Kupferfingern
*Lord Peter-Geschichten und
andere*
(rororo 5647)

Mord braucht Reklame
Kriminalroman
(rororo 4895)

Starkes Gift *Kriminalroman*
(rororo 4962)

Ein Toter zu wenig
Kriminalroman
(rororo 5496)

Zur fraglichen Stunde
Kriminalroman
(rororo 5077)

Linda Barnes

Carlotta steigt ein

(thriller 2917)
Carlotta Carlyle, Privatdetektivin, Ex-Cop und Hin-und-wieder-Taxifahrerin, bekommt von der alten Dame Margaret Devens den Auftrag deren spurlos verschwundenen Bruder zu suchen...

Carlotta fängt Schlangen

(thriller 2959)
Zwei Fälle halten Carlotta in Atem: in Fall 1 sucht sie im Auftrag ihres kürzlich suspendierten Freundes Mooney eine Entlastungszeugin. Hauptmerkmale: Wasserstoff-Blondine, attraktive Nutte, Schlangen-Tätowierung. Fall 2 beschert ihr eine halbwüchsige Ausreißerin, Tochter aus gutem Hause und Schülerin der ebenso teuren wie angesehenen Emmerson-Privatschule. In beiden Fällen führen die Spuren in Bostons üblen Rotlichtbezirk.

Früchte der Gier *Ein Michael Spraggue-Roman*

(thriller 3029)
Michael Spraggue, Schauspieler und Detektiv (auch wenn seine Lizenz schon abgelaufen ist) bekommt es in seinem ersten Fall mit gleich drei Kofferraum-Leichen zu tun.

Blut will Blut

(thriller 3064)
Wer goß Blut in den Bloody Mary, wer enthauptete Puppen und Fledermäuse? Und wer legte den toten Raben ins Büro des Theaterdirektor? Michael Spraggue wird wieder einmal gefordert.

Im Wunderlich Verlag ist erschienen:

Carlotta jagt den Coyoten

Roman
288 Seiten. Gebunden

rororo thriller wird herausgegeben von Bernd Jost. Ein Gesamtverzeichnis der Reihe finden Sie in der *Rowohlt Revue*. Jedes Vierteljahr neu. Kostenlos in Ihrer Buchhandlung.

rororo thriller

«Anna Marx, 35, tizianrot und rubensdick ist das ausgekochte Phantasiegeschöpf der Bonner Journalistin **Christine Grän**, die ihre Krimiheldin als sinnenfrohe Gerechtigkeitsfanatikerin gegen die sattsam bekannte lakonische Melancholie alter Krimihaudegen antreten läßt.»
Neue Presse Hannover

Ein Band ist schnell gelegt...
(thriller 2901)

Weiße sterben selten in Samyana
(thriller 2777)
«Vergnüglich plaudernd begleitet Christine Grän ihre Heldin auf Mördersuche, läßt die Liebe nicht zu kurz kommen und sorgt an den richtigen Stellen für einen Schuß Spannung.»
Hamburger Abendblatt

Dead is Beautiful
(thriller 2944)
Peter Münzenberg ist nicht der Mann, der sich seine Politikerkarriere von einer Frau zerstören läßt. Als er erpreßt wird, soll Anna Marx ihm helfen. Sie hätte lieber nicht zusagen sollen. Erst ein Frontalangriff auf ihre Linie, dann auf ihr Leben...

Nur eine läßliche Sünde
(thriller 2865)
Ein rotzfrecher Teenager zwingt ihre Mutter, den rechtmäßigen Vater um Geld anzugehen. Dem paßt die Sache überhaupt nicht in den Kram - er ist nämlich Bonner Politiker auf der höchsten Ebene.

Ein mörderischer Urlaub *Stories*
(thriller 2950)

Grenzfälle
(thriller 3031)
Als Anna Marx die Zeitungsmeldung über den Tod der dreiunddreißigjährigen Susanne Sawitzki liest ist sie wie elektrisiert. Das ist doch der Name gewesen, den der geschwätzige Typ in der Bar so beiläufig erwähnte. Und seitdem dieser Name gefallen ist, hat sich Philipp Handke verändert. Geistesabwesen und abweisend hat er auf Annas vergebliche Versuche reagiert, wieder Kontakt zu ihrem Geliebten zu bekommen. Aber Anna wäre nicht Anna, wenn sie nicht versuchen würde, der Geschichte auf den Grund zu gehen ...

rororo thriller wird herausgegeben von Bernd Jost. Ein Gesamtverzeichnis der Reihe finden Sie in der *Rowohlt Revue.* Jedes Vierteljahr neu. Kostenlos in Ihrer Buchhandlung.

«Mich fasziniert jedesmal wieder, wie leise-harmlos die Romane von **Ruth Rendell** beginnen, wie verständlich und normal die ersten Schritte sind, mit denen die Figuren ins Verhängnis laufen. Ruth Rendells liebevoll-ironisch geschilderten Vorstadt-Idyllen sind mit einer unterschwelligen Spannung gefüllt, die atemlos macht.»
Hansjörg Martin

Eine Auswahl der thriller von Ruth Rendell:

Dämon hinter Spitzenstores
(thriller 2677)
Ausgezeichnet mit dem Gold Dagger 1975, dem begehrtesten internationalen Krimi-Preis.

Der Pakt
(thriller 2709)
Pup ist sechzehn und möchte seine Stiefmutter loswerden. Aus dem Spiel mit der Schwarzen Magie wird tödlicher Ernst...

Flucht ist kein Entkommen
(thriller 2712)
«...ein sanfter, trauriger Thriller. Mit einer Pointe wie ein Feuerwerk.»
Frankfurter Rundschau

Die Grausamkeit der Raben
(thriller 2741)
«...wieder ein Psychothriller der Sonderklasse.»
Cosmopolitan

Der Kuß der Schlange
(thriller 2934)

Die Masken der Mütter
(thriller 2723)
Ausgezeichnet mit dem Silver Dagger 1984.

Durch Gewalt und List
(thriller 2989)

Ein Wolf auf die Schlachtbank
(thriller 2996)
Mord ist des Rätsels Lösung
(thriller 2899)

In blinder Panik
(thriller 2798)
«Ruth Rendell hat sich mit diesem Krimi selbst übertroffen: die Meisterin der Spannung ist nie spannender zu lesen gewesen.»
Frankfurter Rundschau

Die Tote im falschen Grab
(thriller 2874)

Mancher Traum hat kein Erwachen
(thriller 2879)

«**Ruth Rendell - die beste Kriminalschriftstellerin in Großbritannien.**»
Observer Magazine

«Es liegt in der Tradition des Kriminalromans, daß Frauen bessere Morde erfinden. Aber warum? Diese Frage kann einen wirklich um den Schlaf bringen!»
Milena Moser in «Annabelle»

Patricia Highsmith
Venedig kann sehr kalt sein
(thriller 2202)
Peggy liegt eines Morgens tot in der Badewanne. Niemand zweifelt, daß sie sich selbst die Schlagader aufgeschnitten hat. Nur für den Vater ist klar: der Ehemann muß schuldig sein...
«Unter den Großen der Kriminalliteratur ist Patricia Highsmith die edelste.»
Die Zeit

Nancy Livingston
Ihr Auftritt, Mr. Pringle!
(thriller 2904)
Pringle vermißt eine Leiche
(thriller 3035)
«Wer treffenden, sarkastischen, teils tief eingeschwärzten Humor und exzentrische Milieus schätzt, komm mit Privatdetektiv G.D.H. Pringle, einem pensionierten Steuerbeamten, der die Kunst liebt, ganz auf seine Kosten.»
Westdeutscher Rundfunk

Anne D. LeClaire
Die Ehre der Väter
(thriller 2902)
Herr, leite mich in Deiner Gerechtigkeit
(thriller 2783)
Peter Thorpe zieht an die Küste von Maine und hat zum erstenmal in seinem Leben den Eindruck ehrlichen, rechtschaffenden Menschen zu begegnen. Hier gibt es keine Lügner, Diebe, Mörder. Oder doch?

JEN **GREEN** (HG.)
thriller
MORGEN BRING ICH IHN UM!
LADIES IN CRIME I STORIES
rororo

Jen Green (Hg.)
Morgen bring ich ihn um! *Ladies in Crime I - Stories*
(thriller 2962)
Diese Anthologie von sechzehn Kriminalgeschichten von Amanda Cross über Sarah Paretsky bis Barbara Wilson zeigt in Stil und Humor die breite schriftstellerische Palette der Autorinnen.

Jutta Schwarz (Hg.)
Je eher, desto Tot *Ladies in Crime II - Stories*
(thriller 3027)

Irene Rodrian
Strandgrab
(thriller 3014)
Eine Anzeige verführt so manches Rentnerpaar, die Ersparnisse in ein traumhaftes Wohnprojekt im sonnigen Süden zu investieren. Sie können ja nicht ahnen, daß sie nicht nur ihr Geld verlieren, sondern auch ihr Leben aufs Spiel setzen...
Tod von St. Pauli *Kriminalroman*
(thriller 3052)
Schlaf, Bübchen, schlaf
(thriller 2935)